25時

게오르규

일신서적출판사

차   례

판 타 나

1

"당신이 멀리 가신다는 게 믿어지지 않아요!" 스잔나는 요한 모리츠에게 몸을 기대며 말했다.

그녀는 남자의 머리 위에 손을 올려 그의 검은 머리칼을 쓰다듬었다. 그는 한 걸음 뒤로 물러서며, "왜 안 믿지? 모레 새벽이면 떠나버릴 텐데." 하고 무뚝뚝하게 대꾸했다.

"그런 줄은 알아요!" 스잔나는 속삭이듯이 말했다.

두 사람은 울타리에 붙어 서 있었다. 밤공기는 쌀쌀했고, 시간은 자정을 넘었다. 요한은 여자의 두 손을 끌어내리며 말했다. "그럼 잘 있어!"

"좀더 계세요." 그녀는 애원하듯 말했다.

"더 있음 뭘 해?" 그의 음성은 단호하게 굳어 있었다. "너무 늦었어. 난 내일 일을 해야 해."

그녀는 그 말에는 대답도 하지 않고 몸을 그에게로 더욱 밀착시켰다. 그리곤 남자의 셔츠를 벌리고 그의 가슴에 뺨을 갖다대면서 두 눈을 들었다.

"별들이 참 아름답군요."

그는 그녀가 무슨 중대한 이야기를 하리라 기대했었고, 또 그것 때문에 더 있다 가라는 줄 알았는데, 겨우 별 이야기를 할 뿐이었다. 그는 재빨리 그녀를 떼어놓고 가버리고 싶었다. 하지만 이번에 떠나면 적어도 3년 동안은 돌아오지 못하리라는 생각이 들었다. 그래서 그녀를 기쁘게 해주려고 그도 별을 바라보았다.

"사람은 누구나 하늘에 자기 별을 갖고 있다는 게 정말이에요? 사람이 죽으면 정말 자기 별도 떨어지나요 ? "

"내가 그런 걸 어떻게 알아." 그렇게 대답하며, 그는 이제는 집에 돌아가야겠다고 마음먹었다.

"잘 있어 ! "

"우리의 별도 저 하늘 위에 있을까요 ? " 그녀가 물었다.

"누구나 다 마찬가지지, 저 하늘 위가 아니면 우리 마음속에 있겠지."

그는 두 손으로 그녀의 머리를 그의 품에서 떼어놓았다. 그리고 나서 걷기 시작했다. 그녀는 그의 손을 잡고 길 있는 데까지 그를 따라왔다. 그녀는 별들을 바라보고 나서 그를 쳐다보았다.

"내일 저녁 기다리겠어요." 그녀가 말했다.

"비가 안 오면."

스잔나는 좀더 따라가서 비가 오더라도 와달라고 애원하고 싶었다. 그러나 그는 잰걸음으로 멀어져가고 있었다. 그는 정원 뒷길을 돌아 사라졌다. 그녀는 잠시 그 자리에 우두커니 서 있었다. 그녀는 엉덩이 쪽을 매만지며 거기에 달라붙은 잔나뭇가지를 털어버렸다. 마당으로 빠져들어가기 전에 그녀는 호두나무 밑에 깔려 뭉개진 풀을 바라보았다. 그 풀 위에서 두 사람은 꼭 끼고 누워 있었던 것이다. 요한의 체취가 아직 그녀의 후각에 남아 있었다. 짓눌려 뭉개진 풀 냄새, 담배 냄새, 그리고 버찌씨 냄새.

요한 모리츠는 휘파람을 불며, 들판을 지나 자기 집을 향해 걸었다. 그는 검은 군복바지와 목이 파인 하얀 셔츠를 입고 있었다. 발은 맨발이었다. 몇 번이나 휘파람을 멈추고 하품을 했다. 그러고 나서 지금 막 헤어진 여자를 생각했다. 그는 절로 웃음이 나오는 것을 참을 수가 없었다. '별들의 얘기를……. 여자들이란 어린애와 같아, 쓸데없는 것만 묻거든.' 그 다음으로 그는 이틀 후면 하게 될 여행에 대한 생각을 했다. 미국에 관한 생각이었다. 그러고 나서 그는 아무것도 생각하지 않았다. 다시 휘파람을 불기 시작했다. 졸음이 왔다. 어서 집에 가 자고 싶었다. 아침 일찍 일어나야만 했다. 내일은 일을 할 수 있는 마지막 날이기 때문에. 어느 새 새벽이었다. 몇 시간만 지나면 동이 트리라. 요한 모리츠는 발걸음을 재촉했다.

2

동이 틀 무렵, 요한 모리츠는 마을의 샘터 앞에서 걸음을 멈췄다. 셔츠를 활짝 열어젖히고 두 손으로 샘물을 움켜 떠서는 얼굴과 목을 문질러 깨끗이 씻었다. 그는 길 한복판을 걸으면서 머리칼에 손을 문질러 말렸다. 셔츠의 깃을 열어놓은 채 매만지며 마을을 바라보았다. 뽀얀 안개가 마을을 덮고 있었다. 이 마을은 루마니아의 판타나라는 곳이었다. 요한 모리츠는 25년 전에 이 마을에서 태어났다. 그리고 지금은 조그마한 집들과 세 개의 교회 — — 그리스 정교와 가톨릭과 그리고 신교 —— 의 세 개의 종루(鐘樓)가 있는 이 마을을 유심히 바라보면서, 어젯밤 스잔나가 마을을 떠나는 것이 괴롭지 않으냐고 묻던 말을 생각했다. 그때 그는 그 질문이 재미있어 껄껄대고 웃으며 자기는 남자다, 그런 생각은 여자들이나 하는 거라고 대답해주었 다. 그러나 지금은 막연한 쓸쓸함이 그를 엄습해 옴을 느꼈다. 그는 다시 휘파람을 불며 눈을 딴 곳으로 돌렸다.

알렉산드로 코루가 사제의 집은 그리스 정교 교회에서 멀지 않은 길가에 있었다. 문은 잠겨 있었다. 요한은 몸을 굽혀 문 밑에 숨겨 둔 열쇠를 꺼냈다. 그 열쇠는 매일 아침 그가 일하러 올 때 들어갈 수 있도록 거기에 감추어 둔 것이었다. 그는 천천히 참나무로 된 무거운 대문을 열고 마당으로 들 어갔다. 개들이 쫓아나와 그를 맞아주며 그의 주위에서 껑충껑충 뛰었다. 요한 모리츠가 알렉산드로 코루가 사제 댁에서 일해온 지도 벌써 6년이나 되었기 때문에 그와 이 개들과는 친한 사이였다. 그 6년 동안 요한은 매 일같이 자기 집처럼 사제 댁에서 살다시피 했다. 그러나 오늘로써 그것도 마지막이다. 사과 따는 일로 하루를 보낼 참이었다. 그리고 임금을 받고 나서 사제에게 떠나는 인사와 출발을 알려 드리리라. 사제는 그가 떠난다는 사실을 아직 모르고 있었다.

요한 모리츠는 헛간으로 들어가 광주리들을 꺼내 수레에 실었다. 사제는 발코니에 나와 있었다. 하얀 무명 셔츠에 바지 차림이었다. 지금 막 일어난 모양이었다. 모리츠는 웃으면서 인사를 했다. 그는 광주리를 놓고, 두 손을

문질러 털고는 발코니에 올라가 노인이 들고 있던, 물이 가득 든 물병을
받아들었다.

"기다리세요. 제가 부어 드리죠."

요한 모리츠는 사제의 손에 물을 부어주었다. 그는 손 끝에 달린 손가락들,
길고도 가느다란 사제의 손가락을 바라보았다. 하얀 게 여자 손가락 같았다.
그는 노인이 수염과 목, 그리고 이마에다 비누질하는 것을 재미있게 바
라보았다. 보는 데 정신이 팔려 물을 붓는 것도 잊고 있었다. 사제는 비
누거품 투성이가 된 두 손을 내밀고서 기다렸다. 모리츠는 무슨 죄나 지은
것처럼 느껴져 낯을 붉혔다.

코루가 사제는 이 마을의 사제였다. 50세밖에 안 되었지만 수염과 머
리칼이 하얀 은빛이었다. 훤칠하게 크고 여위어 뼈만 앙상한 그의 신체는
그리스 정교 교회의 성상에서 볼 수 있는 성인들의 모습과 흡사했다. 다시
말하면 틀림없는 노인의 몸매였다. 하지만 그와 시선이 마주치거나, 말하는
걸 들으면 그가 젊다는 걸 느끼게 된다. 세수를 하고 난 후 사제는 올이
굵은 천으로 된 수건으로 얼굴과 목을 닦았다. 모리츠는 손에 물병을 든
채 그의 앞에 서 있었다.

"사제님, 말씀드릴 일이 있습니다." 하고 그가 말했다.

"기다려주게, 나 옷 좀 입고 올 테니." 그는 요한 모리츠의 손에서 물병을
받아쥐고 집 안으로 들어가다가 문 앞에서 일단 멈춰 서서 몸을 돌리며,
"나두 자네한테 할 얘기가 있네. 들어보면 기뻐할 얘기야. 아무튼 우선
광주리들을 수레에 싣고 말을 매어놓게나." 사제는 웃으면서 말했다.

한나절 내내, 요한 모리츠와 코루가 사제는 사과를 따서 광주리에 담았다.
둘은 별로 말을 하지 않았다. 햇볕이 그들의 어깨에 와닿자 사제는 일손을
멈추었다. 그는 피곤하여 두 팔을 쭉 뻗으며 "좀 쉬다 하지." 하고 말했다.

"그렇게 하죠." 모리츠가 말했다.

그들은 사과가 가득 든 부대 쪽으로 가서 그 위에 앉았다. 한동안 말이
없었다. 사제는 늘 모리츠 생각을 하여 담뱃곽을 호주머니에서 꺼내어
그에게 권했다.

"무슨 할 말이 있다고?" 사제가 물었다.

"네, 그렇습니다."

모리츠는 담배에다 불을 붙였다. 성냥개비를 풀 위에다 던지곤 불이 꺼져가는 걸 바라보았다. 자기가 떠난다는 얘기를 사제에게 하기가 곤란했던 것이다. 그래서 조금이라도 뜸을 들이다가 말하고 싶었다.

"내 얘길 먼저 하겠네." 사제가 말을 꺼냈다.

모리츠는 자기가 먼저 얘기를 꺼내지 않아도 되어서 다행으로 여겼다.

"우리 부엌 옆에 있는 작은 방이 비어 있으니 자네가 쓸 수 있을 거라고 생각했네. 내 처가 다시 회칠을 하고 창에다 작은 커튼도 치고, 깨끗한 이부자리도 갖다놓았어. 자네 집은 아무래도 너무 좁은 것 같아. 아버지, 어머니 그리고 자네가 단칸방에서 살고 있으니 말야. 내일 아침 올 때 자네 물건들을 가지고 오게." 하고 사제가 말했다.

"내일은 못 오는데요."

"그렇다면 모레 오게나, 오늘부터 그 방이 자네 방이니."

"앞으로 쭉 못 올 겁니다. 저는 내일 미국으로 떠납니다."

모리츠가 말했다.

"내일 떠나?" 사제는 눈을 둥그렇게 떴다.

"내일 새벽에 떠납니다."

모리츠의 음성은 분명했다. 그러나 그의 목소리에는 후회감이 감추어져 있었다.

"편지가 왔는데, 배가 콘스탄차에 와 있고 사흘 후에 떠난다고 합니다."

모리츠가 미국에 가고 싶어한다는 것은 사제도 잘 알고 있었다. 수많은 젊은 농군들이 미국으로 갔다가 이삼 년 후엔 돈을 벌어가지고 돌아와 마을에서 최고급 저택과 토지를 샀었다. 사제는 모리츠가 떠난다는 것에 불만은 없었다. 몇 년 후에는 그도 돌아와 좋은 땅을 갖게 될 것이니까. 그러면서도 사제가 놀란 것은 그의 출발이 너무 급했기 때문이었다. 매일 둘이서 나란히 일을 했으면서도 모리츠는 여태 그 일을 입 밖에 내지 않았다.

"겨우 어제 편지를 받았습니다."

모리츠가 말했다.

"혼자 가나?"

"키차 이온과 같이 갑니다. 배에서 우릴 인부로 채용해 준답니다. 화부일을 하게 되는데, 그러면 한 사람이 5백 레이씩만 내면 된다고 합니다. 키차의 친구 하나가 콘스탄차 부두에서 일하고 있는데, 그가 모든 일을 주선해 주었어요."

사제는 요한의 행운을 빌었다. 그가 떠난다는 것은 섭섭한 일이었다. 요한 모리츠는 젊고 일을 잘 했다. 마음도 착하고 정직했지만 집안이 가난했다. 단 1에이커의 땅도 갖고 있지 않았다.

두 사람은 하루종일 일을 했다. 노인은 미국에 대한 이야기를 했고 모리츠는 귀를 기울였다. 몇번이나 그는 한숨을 쉬었다. 그는 자기의 결심을 후회하기까지 했다.

저녁에 임금을 받고 난 후 모리츠는 두 눈을 내리깔고 사제 앞에 섰다. 한참 그렇게 하고 서 있었다. 떠날 용기가 없었기 때문이다. 노인은 그의 어깨를 치며 말했다.

"그곳에 도착하는 대로 편지나 쓰게. 그리고 내일 아침엔 내가 약속한 꾸러미를 찾으러 오게. 도중에서 먹을 것을 마련해 줄 테니." 사제는 백레이 지폐 다섯 장을 그에게 주며 말했다.

"새벽에 와서 가만히 창을 두드리게. 내 처가 깨지 않았으면 좋겠어. 여자들이란 가끔 노랑이 짓을 하거든. 오늘 저녁에 모든 걸 준비해 두겠네. 언제 떠나지?"

"새벽에 키차 이온을 동구 밖에서 만나기로 했습니다."

"겨우 우리 집에 들를 시간뿐이겠구면. 정 그럴 시간이 없을 것 같으면 오늘 저녁에 오라고 해도 되겠지만……."

"내일이 낫겠어요." 요한 모리츠가 말했다.

오늘 저녁엔 스잔나가 기다리고 있을 것을 생각하며, 그는 사제의 집에서 나왔다.

3

코루가 사제는 준비된 식량이 든 보따리를 창 밑 벽에다 기대놓았다. 램프를 끄고 자리에 들었다. 잠이 들기 전에 그는 요한 모리츠와 그가 할 미국 여행을 생각해보았다. 음식 보따리를 장만하면서 그는 마치 자기가 떠나는 것 같은 야릇한 기분이 들었다. 30년 전에 자기도 짐을 꾸린 일이 있었다. 바로 신학교 졸업장을 받던 무렵이었다. 그는 미시간 주의 그리스 정교 거류민단의 선교사로 부임하게 되었다. 떠나기 1주일 전에 그는 그 부임을 취소한다는 전보를 보냈다. 그러는 동안에 그는 지금의 아내를 알게 되어 결혼하게 되었던 것이다. 그때부터 그는 이 마을의 사제로 있는데 마을은 작고 생활은 힘들었다. 가끔 그는 미국으로 가지 않은 것을 후회 하기도 했다. 그러나 때는 이미 너무 늦었다. 그래서 미국은 그에게 하나의 꿈으로 남게 되었다. 그곳으로 가는 마을 농부가 있을 때마다 그는 담배와 먹을 것과 얼마의 돈을 주었고 그곳에 도착하는 대로 소식을 달라고 부 탁하곤 했다. 이 모든 것을 그는 아내 모르게 했던 것이다. 아내가 알았다 해도 군소리는 안했지만, 그 노인은 미국을 생각할 때마다 아내에게 어떤 부정한 짓이라도 하는 것같이 생각되었던 것이다. 그가 미국행을 포기한 것이 바로 자기 아내를 위한 마음에서였기 때문이었다. 아직도 마음 한 구석에는 그 갈등이 잠재해 있었다. 그러나 요한 모리츠가 떠나는 것은 다른 사람들이 떠나는 것과는 달랐다. 모리츠는 믿을 수 있는 사람이었다. 그래서 요한 모리츠와 함께 자기 자신의 일부가 신세계로 떠나가는 것과 같은 느낌이었다.

하늘에는 보름달이 걸려 있었다. 코루가 사제는 잠이 오지 않았다. 그는 일어나 불을 켰다. 방의 삼면의 벽이 책장으로 덮인 서재로 갔다. 책 한 권을 집어들었다. 그 책을 펴기 전에 책이 꽉 찬 책장들을 쭉 한 번 훑 어보았다. 거기에는 영어, 독일어, 프랑스어, 이탈리아어 책들이 그리고 다른 벽에는 그리스와 라틴 고전들이 꽂혀 있었다. 그 책들은 모두 오랜 친구와 같은 것이다. 가끔 그는 왜 대학에 가고 싶지 않았는지 자기 자신에게 묻곤

했다. 야시와 부쿠레슈티에 있는 친구들이 그에게 대학에 가라고 권한 적도 있었다. 그러나 두 번이나 그는 교회사 강의를 거절했다. 그는 그렇게 한 것을 후회하지는 않았다. 판타나에서 일요일과 제일(祭日)에 미사를 올리고 나머지 시간에는 자기의 땅과 꿀벌과 과수원을 가꾸는 데 열중했다. 밤에는 책을 읽었다. 그는 자기에게 부과된 앞날의 운명을 받아들였다. 단 한 번 그는 운명에 거역해보려고 했었다. 미국으로 떠날 생각을 하고 있을 때였다. 출발 준비가 다 되어 있었다. 그럼에도 불구하고 뜻하지 않은 일이 생겨서 그는 떠날 수 없었다.

그것이 전부였다. 그 이후 그는 미국으로 갈 계획을 단념해버린 것이다.

30년 전에 떠나지 않은 걸 정말 후회하지 않는단 말인가? 후회하지 않는다면 요한 모리츠가 떠나는 오늘 왜 이렇게도 흥분을 느끼는 걸까? 사제는 자기 자신에게 물었다. 그리고 이불을 끌어올리며 생각해보았다. '남아 있었다는 걸 후회하는 건 아냐. 그것은 우리가 꿈 속에서 사실이라고 믿었던 그 무엇, 다시 말하면 우리가 실제로는 절대를 소유할 수 없는 그 무엇에 대한 향수다. 그래서 만약 우리가 실제로 만져보게 되면 곧 우리는 꿈 속에서 그리던 그 무엇이 존재하지 않는다는 걸 알게 되는 것이다. 아마 내가 찾고 있던 것은 미국이 아닐지도 모른다. 미국은 내 고민의 한 구실에 지나지 않을지도 모른다. 미국은 우리의 향수가 만들어낸 것이다. 미국을 모르는 것이 실제로 아는 것보다 덜 실망을 안겨주리라.'

그래도 코루가 사제는 잠이 오지 않았다. 그는 흥분하고 있었던 것이다. 마치 자기가 동구 밖에서 키차 이온을 만나 '사흘 동안만 정박한다'는 배가 기다리고 있는 콘스탄차로 가는 것처럼 초조하게 동이 트는 것이 기다려졌다.

그가 눈을 떴을 때는 아직도 캄캄했다. 그러나 닭의 울음소리가 이미 새벽임을 알려주었다. 사제는 보따리를 끌러 탁자 위에 놓인 담뱃곽을 그 속에다 넣었다. '요한이 가버리면, 담배 줄 사람이 없구나. 그에게 주려고 담배를 사곤 했는데.' 하고 사제는 속으로 말했다. 창문으로 벌써 해가 솟아오르는 것이 보였다. '서둘러야 약속 시간에 늦지 않을 텐데.'

길에서 발자국 소리가 들렸다. 그러나 그 소리는 집 앞을 지나 멀리 사라져버렸다. 그는 발코니에 나와서 찬물로 세수를 했다. 하지만 물을 부어 줄 모리츠는 거기에 없었다.

해가 떴다. 요한 모리츠는 오지 않았다. 사제는 조반 시간을 기다렸다. 그러고 나서 모리츠가 늦잠을 자서 보따리를 찾으러 올 시간이 없었던 거라고 생각했다. '거 안 됐군! 적어도 3주일간은 먹을 수 있었을 텐데. 저쪽에 가서도 며칠 동안 먹을 것 걱정은 안 해도 되었을 텐데.'

"알렉산드로, 아침 드세요." 하고 아내가 말했다. 그녀는 문간까지 왔다.

"곧 가지." 사제가 대답했다. 그는 가슴을 죄며, 그 어떤 일을 포기해야 하고 또 영원히 그 일을 단념해야 할 것 같은 슬픈 마음으로 그 보따리를 침대 밑에 집어넣었다. 비록 자기 대신이긴 하지만 그가 미국으로 가는 마지막 기회를 놓쳐버린 것이다. 30년 전에 그도 지금과 똑같은 행동을 했던 것이다. 그는 식탁에 앉았다.

'내가 꾸려놓은 보따리를 요한 모리츠가 가지고 가주었으면 내 자신이 떠나는 것 같은 마음이었을 텐데. 다른 사람이 이루는 것은 곧 내가 이루는 것이다. 그가 오지 않아서 유감스럽군.' 하고 그는 생각했다.

4

사제의 집을 나와 모리츠는 길 가에 있는 샘터 앞에서 걸음을 멈추었다. 맑은 물로 세수를 하고 나서 니콜라이 폴피리가 살고 있는 마을 저편을 향해 걸었다. 니콜라이 폴피리는 숲 기슭에 토지를 갖고 있었는데 그것을 팔 생각을 갖고 있었다. 모리츠는 마당으로 들어갔다.

"내일 난 미국으로 갑니다." 모리츠가 말했다. "내가 돌아올 때는 이 조그마한 땅을 살 수 있는 충분한 돈을 지니게 될 겁니다. 그러나 떠나기 전에 딴 사람에게 넘어가지 않도록 계약금을 걸어놓고 싶습니다."

"거기서 얼마나 있을 건가?" 농부가 물었다.

"내 소원이 이루어질 때까지요. 이삼 년 정도 걸리겠죠."

"그래 3 년이면 충분하겠지. 3 년 이상 넘긴 사람은 없으니까, 미국에 가면 돈을 벌기가 쉬운 모양이야."

"얼마를 드릴까요?" 모리츠가 물었다.

"난 지금은 돈이 필요하지 않아. 3년 후에 자네가 5만 레이를 벌어오면, 그 밭은 자네 것이 될 걸세. 누구에게도 팔지 않고 자넬 기다리겠네."

그러나 모리츠는 바지 호주머니 속에서 지폐 한 뭉치를 꺼내 그 집 문턱에서 세어보았다.

"자, 3천 레이요. 계약금을 받아 두는 게 좋겠어요." 하고 모리츠가 말했다.

요한 모리츠는 니콜라이 폴피리와 악수를 했다. 매매 계약이 체결된 것이다. 요한은 나왔다. 아직 어둡지도 않았다. 그는 그 토지를 가서 보고 싶었다. 이미 수십 번이나 가 본 땅이다. 그 토지를 잘 알고는 있었지만, 이제부터는 이야기가 달라졌다. 이제 그 밭은 자기의 것이 된 거나 마찬가지다. 돈만 가지고 오면 되는 것이다.

5

요한 모리츠는 밭을 가로질러 재빨리 걸었다. 셔츠가 땀에 젖은 피부에 달라붙었다. 마음이 급해서 천천히 갈 수가 없었다. 참나무 숲에 와서 멈췄다. 그의 토지는 그가 서 있는 장소에서 숲 기슭에까지 펼쳐져 있었다. 자기 어깨에까지 올라오는 옥수수들이 심어져 있었다. 그리 넓지는 않지만 집 한 채와 마당과 과수원을 꾸밀 수 있는 크기의 땅이었다. 눈어림으로 땅의 길이와 넓이를 재어보았다. 그는 옥수수 너머로 지붕과, 레버가 달린 우물의 긴 손잡이와, 참나무로 된 큰 대문과 외양간이 솟아오르는 것을 상상해볼 수 있었다. 자주 그의 눈 앞에 이러한 것들이 우뚝 솟아오르곤 했지만, 지금처럼 이 모든 것들이 명확하게 보인 적은 없었다. 모든 것이 그가 원하는 그대로 정말 거기에 있는 것처럼 보였다. 요한 모리츠는 싱긋이 웃었다. 바람이 마치 파도처럼 옥수수의 파란 댓가지를 휘어놓고 있었다. 그는 그 소리에 귀를 기울였다. 그는 몸을 굽히고 흙 한 줌을 쥐었다. 그것은 마치 산 생물인 양 자기의 손 안에서 따뜻하게 느껴졌다. 그 온기는 체온과 같았다. 참새를 손 안에 쥘 때 느껴지는 온기와 같은 것이었다. 요한 모리츠는 다시 몸을 굽혀 오른손으로 흙을 떴다. 주먹에 힘을 주었다가 두 손을 펴고 그 손가락 사이로 흙을 흘려버렸다. 옥수수 가지들을 지나 숲 쪽으로 갔다. 그러나 밭 한가운데 와서 다시 몸을 구부려 흙을 쥐었다. '이것도 따뜻하군' 하고 생각했다. 그 흙을 뺨에 문질렀다. 냄새가 풍겨왔다. '담배 냄새군. 흙 냄새가 참 좋구나.' 이렇게 생각하고 요한 모리츠는 머리를 들었다. 향기로운 흙 냄새가 가슴을 채우도록 몇 번이나 깊이 숨을 쉬었다. '스잔나가 나를 기다릴 텐데.' 그는 휘파람을 불기 시작했다.

6

스잔나의 아버지 요르그 요르단의 집은 마을 끝에 있었다. 빨간 기와를 얹은 커다란 집이었다. 요한 모리츠는 정원을 지나 마당 쪽으로 갔다. 그리고 발을 멈추고 생울타리 틈 사이로 집 안을 살펴보았다. 요르그 요르단은 발코니에 나와서 둔하게 걷고 있었다. 그는 덧문들을 닫아 빗장을 걸고 차례로 열쇠를 잠갔다. 모리츠는 이 모든 그의 거동을 살폈다. 문과 창문들에 빗장을 지르고 나서도 요르그 요르단은 안심이 안 되는지 자기 주위를 살폈다. 그는 나무로 된 계단을 내려왔는데, 그 계단은 거인과 같은 그의 몸무게 아래서 삐걱거렸다. 그는 여느 때와 마찬가지로 푸르스름한 윗저고리와 짧은 장화와 승마용 바지를 입고 있었다. 그는 집 앞의 정원을 지나 대문 쪽으로 갔다. 그는 난폭하게 빗장을 지르고 열쇠를 두 번 돌렸다. 그러고 나서 몸을 흔들면서 되돌아갔다. 그는 마치 어둠 속에서 누구를 찾는 것처럼 눈을 사방으로 두리번거리며 집 주위를 한 바퀴 돌았다. 그러고서 그는 뒷문을 통해 안으로 들어갔는데 다시 두 번 자물쇠 채우는 소리가 들렸다. 그러고 나서 조용해졌다. 요르그 요르단은 사냥에서 탄 트로피와, 박제한 사슴과, 늑대와 곰의 머리가 벽을 뒤덮은 침실로 들어갔다. 벽의 한 복판, 박제한 독수리의 사슴의 뿔들 사이에는 엽총·권총 그리고 탄약대가 있었다. 큼직한 침대가에는 두 장의 검은 모피가 깔려 있었다. 요르그 요르단은 장화를 신은 채 곰가죽을 밟고 엽총 한 자루를 가져다 침대에 기대어 놓았다. 서랍에서 권총과 초와 성냥곽을 끄집어내어 침대 옆 작은 탁자 위에 놓았다. 그는 침대 끝에 앉아 숨을 헐떡이면서 장화를 벗어 가지런히 놓았다. 매일 밤 그는 어둠 속에서도 손만 내밀면 잡을 수 있도록 같은 장소에 그것들을 놓았다. 그러고는 옷을 벗고 마치 눈 속에 빠진 곰처럼 하얀 이부자리 속으로 들어가 잠이 들었다. 요한 모리츠는 불이 꺼지는 것을 보았다. 불빛이 약해지면서 바들바들 떨더니 꺼져버렸다. 창은 괴물의 아가리처럼 까맣게 되었다. 요르그의 아내 요란다의 방에는 불이 켜져 있었으나 불빛은 창문으로 희미하고 부드럽게 새나올 뿐이었다. 그것은 창문에 비치기 전에 비단으로 된 전등갓을 통해 비치고 있기 때문이다. 사람들은 말하기를, 요란다는 불행해질 것이라고 했다. 그녀는 25년 전에 요르그 요르단과 같이 이 마을에 왔다. 두 사람은 말을 타고 와서 주막에 머물렀는데, 어디에서 그들이 왔는지 아는 사람은 없었다. 여하튼 아주 먼 곳에서 왔음에 틀림없었다. 여자는 루마니아인이지만 남자는 그렇지 않았다. 그들이 헝가리에서 왔다는 것은 그 뒤에 안 일이다. 둘은 털로 된 긴 외투를 입고 있었다. 구운 고기와 포도주를 꿀꺽 들이키고나서 그들은 여관 주인의 방에서 잤다. 남자는 식충이처럼 잘 먹어대는 편이었지만 여자는 소식가여서 거의 음식에 손을 대지 않았다. 3일이 지난 다음 두 사람이 이 마을에 영주한다는 사실을 알았고, 몇 주일 후에는 그들이 그 주막을 샀다. 이 마을에 왔을 당시에는 요르그 요르단은 루마니아 말을 한 마디도 몰랐다. 지금은 말을 잘 하지만, 마을의 어느 누구와도 가까이 사귀려 들지 않았다. 그들의 딸 스잔나가 다른 농민들의 아이들과 친하게 놀지 않도록 하려고 마을의 학교에도 보내지 않았다. 그래서 스잔나는 도시에 가서 공부를 했다. 농민들이 요란다를 볼 수 있는 때라고는 그리스 정교 교회에서와 자그마하고도 웅크린 모습으로 요르그 요르단 옆에 앉아서 마차로 시내에 갈 때 뿐이다. 거인 같은 남자는 그녀보다 두 배나 컸다. 그녀는 다듬은 비단결 같은 금발에 파란 눈을 가졌었다. 스잔나는 구별하기 힘들 정도로 어머니를 닮았다. 마을에서 요르그 요르단에 관해서 알고 있는 것은 이러한 것이 전부였다.

어느 해 겨울 그는 자기 집에 침입하려던 사람을 죽였다. 사냥총으로 양미간을 똑바로 쏘아 죽였던 것이다. 헌병은 요르그 요르단이 정당 방위를 했다고 인정했다. 밤중에 돈을 훔치려고 자기 집에 들어온 사람은 죽일 수도 있다는 것이었다. 농민들은 헌병의 견해에 동감하지 않았다. 살인범은 언제나 살인범이기 때문이다.

그러나 그 이야기는 곧 사람들의 기억에서 잊혀지고 말았다. 이 모든 일은 먼 옛날 일로 되어버렸다. 울타리 틈으로 요한 모리츠는 불빛이 가늘어지더니 잠시 떨다가 꺼지는 것을 보았다. 그는 깔때기 모양으로 두 손을 입가에 대고 부엉! 부엉! 하고 불었다.

모리츠의 부엉이 울음소리가 주위를 요란하게 퍼져 메아리치더니, 다시 조용해졌다. 짧은 순간의 정적이었다. 덧문이 열리고, 스잔나가 창문에서 뛰어내렸다. 발끝으로 뛰어서 정원을 지나 요한 모리츠가 기다리고 있는 울타리 사이로 해서 마당으로 빠져나왔다.

7

"하필이면 왜 그 소리를 신호로 택했어요? 그 부엉이 울음소리 말이에요. 왜 그랬죠?" 그녀가 물었다.

그녀가 울타리 저쪽에서 나오자, 모리츠는 그녀에게 키스를 하려 했다. 그러나 그녀는 피해버렸다.

"그렇게 부르지 말라고 했잖아요." 그녀의 가슴이 마구 뛰었다. 그녀는 겁에 질려 있었다.

"그럼 어떻게 불러야 되지?" 요한 모리츠가 물었다.

"당신이 부르고 싶은 대로 불러도 좋지만, 부엉이 소리는 불행을 뜻하거든요. 죽음을 알린대요."

"그런 소리들은 늙은이나 하는 수작이야. 밤이나 낮이나, 날씨가 흐려져도, 겨울에도 여름같이 우는 새는 부엉이뿐이지. 다른 새가 있으면 말해 봐! 꾀꼬리는 여름에만 울지. 꾀꼬리 소리를 내면 당신 아버지는 대뜸 그게 남자라는 걸 알아차릴 걸. 그 거인이 당신을 부르는 것이 나라는 것을 알았으면 좋겠어?" 그가 말했다.

"그렇지는 않지만, 그 소리가 싫어서 그래요. 부엉이는 불행을 가져온 대요!"

"내 잘못은 아냐. 죽음을 알리는 일 없이 사철 동안 항상 우는 다른 새는 없을까? 여하튼 다투진 말자구. 내가 당신을 부르는 것도 오늘 밤이 마지막이야. 앞으로는 더 이상 숨어서 만날 필요가 없잖아. 내일 아침에 난 미국으로 떠나니까. 돌아오는 날엔 당신은 내 아내가 돼. 그 때엔 울타리 뒤에 숨어서 부엉이 노릇을 하지 않아도 되겠지."

그는 스잔나를 껴안았다. 그녀는 두 팔로 모리츠의 목을 안았다. 둘은 넉 달 전 그들이 서로 알게 되면서부터 매일 밤 어젯밤도 만났던 그 호두나무 아래 와 있었다. 그는 스잔나를 끌어당겨, 풀 위에 누이고서 그 옆에 자기도 누웠다. 두 육체가 뱀처럼 덩굴진 칡나무처럼 얽혀들었다. 손과 손이 어둠 속에서 서로를 찾고 있었다. 남자는 여자의 입술에 삼킬 듯이 자기 입술을 갖다 눌렀다. 둘은 눈을 감았다. 요르그 요르단의 정원 어디선가 귀뚜라미가 울고 있었다. 그들은 꼭 껴안은 채 아무 말도 하지 않고 있었다. 스잔나의 옷은 풀 속에서 파란 얼룩이 졌다. 그녀는 자기 어머니가 구겨지고 얼룩진 걸 보지 않도록 옷을 벗어버렸다. 달을 가려주던 구름이 벗겨지니 여자의 벗은 어깨가 어둠 속에서 빛났다. 모리츠는 자기의 셔츠를 벗어 스잔나의 몸 아래에다 깔아주었다. 여자의 하얀 어깨 옆에서 모리츠의 가슴은 마치 나무껍질처럼 꺼멓게 보였다.

"요한, 떠나지 말아요." 그녀가 말했다.

"왜 그런 말을 하지?"

침울해진 그가 물었다.

"미국에 가지 않으면 밭 살 돈이 없다는 건 당신도 알잖아. 내가 땅이 없으면 결혼할 수도 없구, 집도 땅도 없으면 우리는 어디로 가지? 3년 후엔 돈을 벌어 돌아와 결혼을 해야지. 나와 결혼하기 싫단 말인가?"

"물론 결혼하고 싶어요. 하지만 당신이 떠나는 것은 싫어요."

"그럼 무엇으로 땅을 산단 말이야?" 요한 모리츠는 웃기 시작했다.

"난 벌써 니콜라이 폴피리에게 토지 계약금을 치렀어. 돌아와서 잔금을 치르기로 하고."

요한 모리츠는 폴피리에게 돈을 치러준 일과 토지를 보러 갔던 사실, 그리고 그 땅 위에 어떤 모양의 집과 외양간과 그 밖의 것을 만들 것인가를 얘기했다.

"요한, 당신이 떠나가면 살아 있는 저를 볼 수는 없을 거예요." 스잔나는 그의 얘기는 듣지 않고 말했다.

"무슨 소릴 하는 거야."

모리츠는 정말 화가 났다.

"그런 예감이 들어요. 제 말을 안 믿어도 좋지만 당신이 돌아왔을 땐 저는 이미 죽었을 거예요."

"그럴 리가 없어. 당신은 죽지 않아. 오늘처럼 당신은 아버지, 어머니와 같이 있을 텐데 뭘. 그러니 난 걱정 안 해도 되고. 당신은 혼자도 아니구 남의 집에 고용살이하는 것도 아니고 부모와 같이 있으니까." 모리츠가 말했다.

그녀는 소리죽여 울기 시작했다.

"왜 그러지?" 그는 그렇게 물으며 여자에게 키스를 했다. 여자의 입술은 찝찔한 눈물로 젖어 있었고 차가웠다.

"무슨 일이라도 있어?"

"이런 말 하면 또 어리석은 소리라고 하겠죠. 여자의 소견머리라고 말이에요. 그러니 아무 말도 않는게 좋겠어요."

"어리석은 소견이란 말 안 할게."

"우리 아버지가 나를 죽일 것 같아요." 하고 그녀가 말했다.

"왜 또 그런 생각을 하게 됐지?"

그의 목소리가 굳어졌다.

"어떻게 당신 아버지가 당신을 죽여?"

"제 말을 믿어주지 않으리라 생각했어요. 하지만 난 무서워서 떨려요. 아버지가 꼭 그러실 것 같은 예감이 들어요. 아버지가 눈치를 챈 것 같아요. 어떻게 아셨는지는 몰라도 그 때문에 나를 죽일 거예요."

"무얼 아버지가 눈치챘다는 거야?"

"우리의 사랑을 말이에요."

요한 모리츠는 그녀에게서 떨어져 나왔다. 스잔나의 몸은 풀 속에서 마치 대리석처럼 하얗게 보였다.

"아버지가 그런 말씀을 하셨어?" 그가 물었다.

"하시진 않았어요."

"당신을 꾸짖기라도 했나?"

"그러지도 않았어요."

"그렇다면 어떻게 눈치를 챈 걸 알았지?"

그녀는 소리내어 울었다.

"그렇지만 내 짐작만은 아니에요. 오늘 점심 때 제가 음식을 들고 식탁에 갔을 때 아버지가 이상한 태도로 나를 주시해 보셨어요. 증오하는 눈치였어요. 그러더니 '벽 쪽으로 돌아서 봐!' 하고 소리를 치시는 거예요. 제가 돌아섰을 때 허리를 살펴보는 것을 느꼈어요. 그리고 나서 '창문 쪽으로 돌아서 봐!' 하시잖아요. 또다시 한참 동안 바라보더니 이번엔 옆으로 배를 주시해 보는 거예요. 또 허리 쪽도요. 마치 말을 검사하듯 자세히 바라보고 나더니 화를 내며 '저리 가, 이 화냥년아!' 하고 소리를 쳤어요. 그리고 진지도 드시지 않았어요. 저는 밖으로 나오면서 아버지가 눈치를 채셨구나 하는 생각이 들었어요. 아버지는 모든 걸 아세요. 저는 어렸을 때도 야단을 많이 듣고 많이 얻어맞기도 했어요. 피가 날 때까지 때린 적도 있었어요. 그렇지만 '화냥년'이란 말을 들어본 적은 없어요. 그랬는데 오늘 점심 때엔 '저리 가, 이 화냥년아!' 하고 소리질렀단 말이에요."

"어떻게 알았을까? 둘이 있는 걸 본 일이 없는데." 모리츠가 물었다.

"본 적은 없지만 알 수 있나 봐요."

"하지만 어떻게 알 수 있단 말야?"

"나를 유심히 보는 것만으로도요."

요한 모리츠는 웃으면서 그녀의 이마에다 키스를 했다.

"망원경으로 당신을 봐도 보이지 않아. 그렇게 본다고 남자 관계가 있는 여자를 알 수 있다고 믿어? 모두 헛소리야!"

"보통 사람은 알지 못한다고 생각하지만 우리 아버진 달라요. 말의 경우에도 알아보는 걸요. 쳐다보기만 해도 새끼를 뱄는지를 알기 때문에 아버지 친구들이 의아스럽게 여겨요."

"그럼 당신이 아기를 가졌어 ? "

"그렇지 않아요."

"그렇다면 걱정할 것 없잖아. 이삼 년 후엔 내가 돈을 갖고 돌아와서 우린 땅을 사고, 코루가 사제의 교회에서 결혼식을 올린단 말이야. 그리고 예쁜 집도 짓고 우린 행복하게 살 거야. 그렇잖아, 스잔나 ? "

그녀는 있는 힘을 다해 그에게 매달렸다. 무서운 듯이, 그녀의 몸은 떨고 있었다.

"당신만 있어 준다면 난 무서울 게 없어요. 하지만 당신이 떠나버린다면 난 무서워서 죽을 것 같아요. 우리 아버지 총으로 내가 죽지 않는다 해도 난 당신이 올 때까지 살아 있을 것 같지 않아요. 당신이 안 계신 동안, 겁에 질려 죽을 거예요. 매일 밤 방문을 자물쇠로 잠그고 자도, 우리 아버지 발자국 소리만 나면 나는 베개에 머리를 박아버려요, 무서워요."

요한 모리츠는 그녀의 어깨 위에 손을 얹고 그녀를 끌어당겨 자기 품속에 안았다. 둘은 더이상 말이 없었다. 그녀는 그의 곁에 있는 것이 행복했고, 그는 그녀가 더이상 울지 않아서 마음이 놓였다. 닭 우는 소리에 자리에서 일어났다. 스잔나는 밤이슬로 온통 축축하게 젖어 입은 옷이 차가워 보였다. 모리츠는 셔츠를 걸치고 스잔나의 손을 잡고 울타리 있는 데까지 데려다주었다. 그리고 울타리 사이로 빠져들어가는 스잔나를 바라보았다. 울타리 사이로 들어간 스잔나는 짧은 비명을 질렀다. 요한 모리츠는 무슨 일이 생겼나 보려고 몸을 굽혔으나 여자는 이미 마당 안에 있지 않고 필사적으로 그에게 매달리고 있었다. 그는 어느새 그녀가 되돌아왔는지 알지 못했다. 그녀는 나뭇잎마냥 파르르 떨고 있었고 온몸이 달아올라 불덩이 같았다. 요한 모리츠는 마당 입구를 바라보았다. 스잔나의 방 창문에 불이 켜져 있고 활짝 열려 있었다. 잠옷을 입은 요르그 요르단이 손에 등불을 들고 마치 무엇을 찾는 듯이 왔다갔다하고 있었다. 모리츠는 아버지를 보지 못하도록 그녀를 바싹 끌어안아, 그녀의 머리칼을 쓰다듬었다. 그러나 그녀는 모든 것을 보았다. 그래서 이처럼 그에게 매달리는 것이다. 어찌나 공포에 떨고 있었던지 그녀는 울음도 나오지 않았다. 요르그 요르단의 목소리가 들렸다. 뭐라고 욕을 하고 있었다. 모리츠는 거인과 같은 그의 몸을 바라보았다. 그의 그림자 위에 요란다의 가냘픈 그림자가 나타났다. 요란다는 요르그 요르단 앞에 잠시 동안 서 있었다. 곧 거인은 창을 등지고 돌아섰다. 모리츠는 요란다를 볼 수 있었다. 이윽고 요란다의 비명이 들렸는데, 그 비명은 살을 찢듯 소름이 끼칠 정도의 날카로운 소리였다. 불이 꺼졌다.

창문은 여전히 열려 있지만 어두웠다. 점점 더 절망적인 요란다의 비명이 어둠을 꿰뚫다가 차차 사라졌다. 또 한순간 질식하는 듯한 비명이 들렸다. 모리츠와 스잔나는 부들부들 떨었다. 비명은 멎었으나 요란다가 땅에 쓰러졌다. 요르그 요르단은 불이 꺼진 방에서 발길로 요란다를 차서 굴리고 있었다.

"어머니! 어머니를 죽이나 봐요." 스잔나가 말했다.

그녀는 모리츠의 품에서 빠져나와 마당으로 들어가려 했다. 그러나 그는 힘을 주어 여자를 껴안아 달래주었다. 그러고 나서 팔의 힘을 풀었다. 그도 맞아 죽어가는 여자를 구하려 달려가고 싶었다. 그대로 있으면 때를 놓치리라는 걸 잘 알고 있었다. 모든 근육이 빳빳해 왔지만 요란다를 구하러 달려가지는 못했다. 그는 무기를 갖고 있지 않았다. 요르그 요르단, 그 거인은 총을 갖고 있다. 힘도 황소 같다, 그러니 싸우지 않는 게 좋을 거라고 본능적으로 느꼈다.

요한 모리츠는 스잔나를 꼭 껴안았다. 그녀는 그의 품 속에서 몸부림쳤다. 그래서 더욱 힘껏 껴안았다. 그리고 빠른 걸음으로 밭을 지나갔다. 그에게는 마치 거인이 손에 총을 들고 스잔나를 찾아올 것같이 생각되었다. 그녀를 숨기고 싶어 아주 멀리, 빨간 기와지붕의 이 집에서 될 수 있는 한 멀리 데리고 갈 생각이었다. 그는 눈을 감고 달렸다. 자기가 지금 가슴에 안고 있는 이 여자를 죽이려고 쫓아오는 거인의 발자국 소리가 뒤에서 들리는 것 같았다.

8

요한 모리츠는 길을 피하려고 밭을 가로질러 달렸다. 몇 번이나 흙더

미에 부딪쳐 간신히 몸을 바로잡기도 했다. 피곤해움을 느꼈다. 몸에 힘이
쭉 빠지고 두 팔이 축 처지는 걸로 보아, 걷기 시작한 지가 꽤 오래 되
었으리라. 땀이 눈 속으로 흘러들어 잘 보이지 않았다. 그는 옥수수 밭
한가운데서 걸음을 멈추고 그 무거운 짐을 땅에 내렸다. 더이상 갈 수가
없었다 그는 스잔나를 축축한 땅 위에 누이고 그녀의 옷으로 무릎을 덮
어주고 가슴에 손을 얹어주었다. 그는 자기 주위에 있는 큰 옥수수 잎들을
뜯어 베개를 만들어 스잔나의 머리맡에 받쳐주었다. 또 다른 잎으로는
푹신한 잠자리를 만들어 그 위에 여자를 눕혔다. 그녀는 말이 없었다.
모리츠는 그녀의 이마와 빰과 머리칼을 다정하게 매만져주었다. 그리고
나서 그는 일어섰다. 사지를 찢는 듯한 아픔이 온 몸을 덮쳐왔다. 어깨와
팔의 근육으로 심한 통증이 왔다.

"꽤 오래 달린 모양이구나." 그는 속으로 중얼거렸다. 고개를 들어보니
어느새 하늘은 푸르스름했다. 그리고 그가 참나무 숲에서 불과 몇 발짝
떨어지지 않은 곳에 와 있음을 알았다. 처음에는 자기 눈을 믿을 수가
없었다. 꿈이라고 생각했다. 차츰 그것이 사실임을 깨닫자 그는 갈대처럼
떨기 시작했다. 꿈이 아니었다. 스잔나와 자기는 니콜라이 폴피리의 밭에
들어와 있었던 것이다. 눈을 감고 달린다는 것이 이곳에 이르고 만 것이다.
스잔나에게 잠자리를 만들어주려고 그가 이제 막 뜯은 옥수수 잎들과 그
녀가 지금 깔고 쉬고 있는 잎들이 바로 어제 저녁에 계약금을 치른 그
땅의 옥수수 잎들이었다.

요한 모리츠의 두 눈에는 눈물이 땀과 범벅이 되어 흘러내렸다. 그는
이제는 결코 자기 것이 되지 못할 이 땅 위에서 소리없이 울었다. 이제는
미국으로 떠나지 못할 것이기 때문이었다.

9

요한 모리츠가 선 곳에서는 마을 전체가 한눈에 들어왔다. 하얀 집들이
보였다. 그는 그 집 한 채 한 채를 마을 이쪽에서 저쪽까지 차례로 훑어
보았다. 그런 다음 자기의 발 밑 옥수수 잎들 위에 누워 있는 여자를 바

라보았다. 그 집들 한 채 한 채를 눈으로 살피면서 그는 어디에 그녀를 숨길 수 있을까 하고 생각해보았다. 숨어 있을 곳을 찾아야 하기 때문이었다. 그 자신은 이미 미국으로 떠날 것을 단념하고 땅도 포기했다. 사랑하는 여인이 자기를 필요로 하기 때문이었다. 그는 그녀를 그대로 내버려 둘 수는 없었다. 하지만 그것만으로 해결되는 일이 아니었다. 그녀가 숨어 있을 곳을 찾아야 했다. 받아줄 수 있는 집이란 두 집뿐이었다. 자기 집과 코루가 사제 댁이었다. 그밖의 집들은 받아줄 가망이 없었다. 농민들은 요르그 요르단을 무서워했으며 다른 모든 사람들도 마찬가지였다. 자기 집에는 방이 하나뿐이어서 스잔나가 차지할 잠자리는 없었다. 그렇지만 결혼도 하지 않은 여자를 코루가 사제 집으로 데리고 갈 수는 없었다. 코루가 사제가 스잔나를 유숙시킨다면 요르그 요르단이 틀림없이 권총을 들고 와서 해결하자고 할 것이다. 모리츠는 그걸 잘 알고 있었고, 그런 일이 일어나서는 안 된다고 생각했다. 하지만 스잔나를 이대로 들판에 버려둘 수는 없었다. 한참 생각을 한 후, 요한 모리츠는 스잔나를 가슴에 안고 마을 쪽으로 걷기 시작했다. 여자는 창백했다. '겁을 먹고 병이 났나보다' 하고 생각했다. 가슴이 고동치는 것을 느낄 수 있었다. 느린 리듬이었다. 모리츠는 발길을 재촉했다. 한시바삐 마을로 들어가고 싶었다.

10

모리츠가 자기 집 앞에 왔을 때는 이미 해가 떠 있었다. 문 앞 벽에다 스잔나를 내려놓고 해가 뜨는 쪽을 바라보았다. 지금쯤 마을 끝에서 키차이온이 자기를 기다리리라. 그는 이를 악물고 용기를 내어 태양 쪽에다 등을 돌리고 집으로 들어갔다. 양친에게 스잔나를 있게 해달라고 부탁하고 싶었다. 양친은 아직 자고 있었다. 요한 모리츠의 어머니인 아리스티차는 성미가 급한 여자였다. 모리츠는 어머니를 피해 직접 아버지께 말할 생각이었다. 그러나 문지방을 들어서자, 아리스티차가 베개에서 머리를 들고 물었다.

"보따리를 가지러 왔니? 문간에 놓아 두었다." 모리츠는 아무 대답도 하지 않았다.

"얼간이처럼 왜 거기에 그러고 있지? 어서 어머니에게 키스하고 아
버지께 인사 드리고 가거라. 거기서 돈을 다 써버리면 안 돼. 어떤 일이
있더라도 갖고 돌아와야지."

"전 미국 안 가겠어요." 요한이 대답했다.

"안 간다구?" 노파는 벌떡 일어났다.

"안 가요."

"키차도 안 가냐?"

"키차는 갑니다." 모리츠가 대답했다.

아리스티차는 명확하진 않지만 어떤 일이 생겼다고 느꼈다. 그녀는 옷을
걸쳤다.

"이유가 뭐니? 키차와 다투기라도 했니?"

"아니에요."

"그렇다면 무슨 일이냐?"

아리스티차는 방 한가운데까지 왔다. 그녀는 화가 잔뜩 나서 아들 있는
쪽으로 다가왔다.

"아무 일도 없었어요. 제가 장가를 가고 싶은 것뿐이에요. 그래서 미국
가는 걸 그만둔 겁니다."

그의 목소리는 떨렸다. 무슨 말부터 시작하고 어떻게 설명해야 할지
엄두가 나지 않았다. 아리스티차는 모리츠의 어깨를 꽉 붙들고 마구 흔들기
시작했다.

"아버지께 말씀드리겠어요. 어머니께는 얘기하고 싶지 않아요." 모리츠가
말했다.

"아냐, 넌 나한테 얘길 해야 해! 넌 아버지 뱃속에서 나온 게 아니고
내 뱃속에서 나왔단 말이야."

"조용히 해!" 하고 이불 속에서 머리를 들면서 아버지가 말했다. 그는
어머니를 진정시키려 했지만, 아리스티차는 그의 말은 들은 체도 안했다.
어머니는 자기의 옆구리를 두 손으로 두드리며,

"넌 내 창자를 뽑고 나왔어. 내 젖을 먹었어. 배은망덕한 녀석 같으니라구.

그래 이젠 나에게 얘기를 하고 싶지가 않다구?" 하고 소리쳤다.

"어머니한테도 말씀드리겠어요. 하여간 진정하세요."

그 늙은 어머니는 머리를 두 손으로 싸안고 침대 언저리에 앉았다. 그녀는 어디 다치기라도 한 심정이었다. 그러나 그 아픔이 그녀의 입을 막을 수는 없었다. 언제나 조용히 있을 수 있는 성격이 못되었던 것이다.

"누구에게 장가를 든다는 거냐?" 하고 소리를 쳤다.

"곧 말씀드릴 테니까요, 우선 마음을 진정시키세요." 모리츠가 말했다.

"누구에게 장가든다는 건지 알고 싶단 말이야. 난 네 어머니니까, 네가 누구와 결혼을 하는 건지 알 권리가 있는 거야."

"말해 봐라, 요한아. 말을 해야 조용해질 거다." 늙은 아버지가 말했다.

그는 아리스티차가 또 소리를 지르리란 것을 잘 알고 있었다. 요한 모리츠는 스잔나라는 이름이 어머니를 진정시키기보다는 더 열이 나 떠들게 할 것임을 잘 알고 있었다.

"요르그 요르단 씨의 따님인 스잔나예요." 말이 끝나자 아리스티차는 아들에게 덤벼들었다. 그를 혼내주려고 그런 것이 아니고 껴안아 키스를 해주기 위해서였다.

"이제 왜 네가 미국으로 가지 않겠다는지 알겠구나." 이렇게 말하면서, 이마에다 뺨에다 한참 동안 키스를 해주었다.

"하긴 말이지, 너는 미국까지 가서 소나 말처럼 일을 해서 몇 년 후에 지치거나 병들어 주머니에 몇천 레이쯤 넣어가지고 돌아올 그런 바보는 아니야. 부잣집 딸에게 장가들라던 내 말을 명심했구나."

그녀는 기뻐서 눈이 반짝였다.

"이젠 나도 부자가 되겠지. 비로드 옷을 입고 마차도 탈 게고. 난 요르그 요르단의 집에서 살 테다. 그건 나, 아리스티차의 당연한 권리야. 바로 내가 널 영리한 미남자로 낳아주었으니, 네가 마을에서 제일가는 부잣집 딸, 돌집에다 지하실이 있고 많은 토지와 말들을 가진 처녀를 홀려 장가들 수 있게 된 거야."

"조용하라니까!" 아버지가 말했다.

하지만 그의 목소리는 떨리고 있었다. 그도 감격했던 것이다. 그 많은 재산에 대한 생각이 그의 마음을 흔들어놓았던 것이다. 그는 누운 채 담배 한 대를 말았다.

"난 네 장인인 요르그 요르단 씨 집에서 살겠어. 당신은 여기서 살구려." 하고 그녀는 남편에게 말했다.

"난 내 아들 곁에서 살아야 해요. 며느리한테 이런 저런 얘기를 할 수 있는 사람이 나 이외에 누가 있겠수?"

"어머니, 또 얘기가 있어요." 모리츠가 말했다.

"얘야! 얼마든지 말해라. 네 어미가 다 들어줄 테니."

"조용히 듣는다구 약속해 주세요." 모리츠가 말했다.

"모든 걸 약속하마."

아리스티차는 뺨을 어루만져주었다.

"어머니, 전 요르그 요르단 씨의 승낙없이 스잔나와 결혼하는 거예요."

"요는 그애와 사는 게 문제가 되는 거야. 난 그 부자인 요르그 요르단의 딸의 시어머니가 되니까. 요르단이 승낙하든 말든 별 문제가 아냐." 아리스티차가 말했다.

"시어머니는 되시지만, 부자가 되실 수는 없을 거예요."

"그러면 누가 재산을 물려받는단 말이냐?"

아리스티차가 물었다.

"요르그 요르단에게는 딸 하나뿐인데, 설마 지참금도 없이 시집보내겠니? 자기 지하실에다 금화가 가득 든 항아리를 묻어두었다는 걸 모든 사람이 다 알고 있는데. 지참금에 대해서 신경쓰지 말아라. 그 일은 내가 맡을 테니. 넌 그런 일을 잘 모를 테니까 말이다."

"어머니, 전 스잔나와 결혼을 하는 거지 그의 돈과 결혼하는 게 아니에요." 요한이 말했다.

"돈보다 계집을 더 좋아한다는 말은 아니겠지?"

"그래요."

"바보 같은 녀석! 허나 네 마음은 알겠다. 여하튼 내게 맡겨 둬. 난 남에게 이용당하진 않을 테니."

벌써 아리스티차는 한푼도 놓치지 않겠다는 결심을 하고서 요르그 요

르단과 흥정을 하는 장면을 상상하고 있었다

요한 모리츠는 어젯밤에 생긴 일을 이야기해주었다. 아리스티차는 부들부들 떨며 물었다.

"뭐라구? 그 애가 아버지에게로 영영 못 돌아간다구?"

"그래요. 돌아갔다간 아버지한테 맞아 죽을 겁니다." 하고 요한 모리츠가 대답했다.

"그래, 그럴 거다. 그 애 아버진 느긋할 줄을 모르는 사람이니." 아버지가 말했다.

"딸의 말이 옳다. 그 아버진 정말 짐승과 같아. 그는 골이 나면 당장에 총을 들어 쏘고 말 거다. 화가 났을 때, 여러 번 자기 말까지도 쏘아 죽였으니 말이야. 자기의 두 눈보다 말들을 더 애지중지하면서도 말이야. 이렇게 집에서 뛰쳐나온 딸이 돌아간다면, 자기 딸이라도 죽일 거야."

"아버지는 잘 아시는군요." 모리츠가 말했다.

"일이 그쯤 됐으니 못 알아듣는다는 게 우습지. 난 그 자가 어떤 작자인지 잘 알고 있다."

"그래도 며칠 후에 돌려보내면 되겠죠. 내가 그 애를 데리고 갈 거예요." 아리스티차가 말했다.

"스잔나는 돌아가지 못해요. 제가 보내지 않겠어요." 요한 모리츠가 말했다.

"그 애가 돈이 없으면 넌 어떻게 할 거냐? 함께 굶어 죽을 생각은 없겠지? 널려 있는 게 여자다. 어떤 남자가 지참금 없는 여자를 얻더냐? 설마 그런 어리석은 짓을 할 생각은 아니겠지?" 하고 어머니가 물었다.

"지참금 없어도 아내로 삼겠어요." 모리츠가 대답했다.

"완전히 미쳤구나. 계집 하나 때문에 모든 걸 다 포기한다구? 계집을 위해서 미국도 안 간다구? 그 때문이지? 더욱이 아무것도 볼 게 없는 말괄량이 같은 계집 때문에 모든 걸 팽개쳐?"

"네 어미 말이 옳다. 바보 같은 짓 그만 하고 미국으로 가거라. 갔다 오면 얼마 안 되는 토지라도 갖게 될 거고 거기에다 집도 짓고, 장가도 들 수 있을 테니, 여자들은 수두룩하단다. 자, 가거라!" 아버지가 말했다.

"가지 않겠어요 !"

"너무 늦었다고 생각해서 그러니? 키차가 동구 밖에서 널 아직 기다리고 있을 게다. 해가 뜬 지 얼마 안 돼. 빨리 가면 만날 수 있을 게다." 아버지가 말했다.

"그 여자를 버려두고 미국으로 가라는 거예요? 아버진 그렇게 하실 수 있겠어요? 예, 아버지 !"

"그 애가 어디에 있다는 거냐?" 아리스티차가 물었다.

"우리 집 문 앞에요." 모리츠가 말했다.

두 늙은이는 부들부들 떨었다. 얼굴이 침울해졌다. 아리스티차가 창문을 쳐다보자, 모리츠는 문을 막아서며 바깥으로 나가지 못하게 했다.

"어머니, 부탁드릴 말이 있어요. 스잔나를 며칠 동안만 있게 해주세요. 제가 다른 곳을 구할 때까지만요. 이젠 그 애는 어머니의 며느리가 되는 겁니다."

"여기서 산단 말이냐?" 어머니는 골이 나 펄쩍 뛰었다.

"넌 요르그 요르단이 네 아비, 어미를 죽여도 좋겠니?"

"너도 알다시피 여긴 우리 식구만도 좁지 않니. 어디다 그 여자를 재우게? 얘야! 그건 안 돼. 할 수가 없는 걸." 아버지가 말했다.

"또 먹을 것도 우리가 주란 말이지? 우리 입에서 먹을 것까지 빼앗아 그 여자에게 주자구?" 아리스티차가 물었다.

요한 모리츠는 시선을 아래로 떨어뜨렸다. 그는 어머니에게서 꾸지람을 많이 들을 거라고 생각했지만, 아버지만은 아무 말을 안하시리라 믿었던 것이다.

"그렇다면 스잔나를 오늘 저녁까지만 여기에 있게 해 주십시오. 당장 데리고 갈 데가 없어요. 오늘 저녁에 우리 둘은 도시로 가서 일자리를 구해 보겠습니다. 지금 그 여자는 병이 나 있습니다. 좀 쉬어야 도시에까지 걸어갈 수 있지 않겠어요? 어젯밤에 너무 겁을 먹어 병이 났나봐요." 하고 그가 말했다.

"오늘은 집에 먹을 거라곤 아무것도 없단다. 그 여자가 굶어 죽어도 좋다면 데려다 놓으렴." 어머니가 말했다.

"먹을 건 제가 갖고 오겠어요. 여하튼 지금 서있을 수도 없는 지경이니, 잠을 자게 해주세요." 모리츠가 말했다.

"네 아버지도 편찮아서 온종일 누워 계셔야 할 텐데, 어디다 그 여자를 재우지? 아버지하고 같은 잠자리에 재울까?" 하고 아리스티차가 말했다. "집 안에다 재울 수 없으면 바깥에 저기 제가 자는 건초더미 속에 재우지요."

"그렇다면 좋아. 그러나 먹을 것은 못 준다. 먹을 게 있어야 말이지." 아리스티차가 말했다.

요한 모리츠는 나가려고 하다가 문지방 위에서 발을 멈추고 아버지에게 말했다.

"그 여자는 잠깐 동안만 여기 있을 테니 잘 돌봐주세요. 그녀는 불쌍한 여자니까요."

"요 몹쓸 녀석아, 감히 네가 우리 보고 어떻게 처신하라고 설교까지 하는 거냐? 달걀이 암탉 보고 어떻게 알 낳는 법을 가르치든? 미국으로 가서 벌이는 못할망정, 그 여자를 우리 두 사람에게 끌어다놓고, 게다가 먹여 살리기까지 하라더니 이제는 또 설교까지 하는구나!" 하고 아리스티차가 소리쳤다.

아리스티차는 몸을 굽혀 나무 막대기를 들고, 아들을 때리려고 했다. 요한에게는 욕을 듣고 매를 맞는 것이 예사였다. 매질과 욕지거리를 빼놓으면 그의 어린 시절에서 남는 것은 아무것도 없다고 해도 과언이 아니었다.

"그 여자를 친절히 대해주시죠?" 웃으면서 그는 말했다.

"곧 다녀올게요. 먹을 걸 가지러 가겠어요."

그 말을 하고서 방에서 나왔다.

스잔나는 움직이지 않고 제자리에 있었다. 부동의 자세로 문 앞에 있었다. 모리츠는 그의 머리칼을 쓰다듬으며 말했다.

"잠깐 마을에 갔다 곧 돌아올게. 좀 자야겠지? 자고 나서 뭘 좀 먹고, 둘이 도시로 가자구."

"여기에선 있을 수 없나요?"

또 걸어야 한다는 생각에 질려 스잔나가 물었다.

"안 돼. 이리 와요." 그가 말했다.

그는 스잔나의 겨드랑이를 부축해서 그녀를 세우고, 집 뒤에 있는 헛간으로 데리고 가서 건초 위에 눕혔다.

"이제 한잠 자요! 그렇지 않으면 걸어서 도시에까지 갈 수 없을 테니. 21킬로는 될 거야."

스잔나는 고맙다는 듯이 그에게 웃어 보였다. 혼자 자게 해주는 것이 좋았기 때문이다. 그녀의 몸은 열이 나 불덩이 같고, 귓속이 윙하니 울려 요한의 말이 잘 들리지 않았다.

"우리 어머니가 와서 듣기 싫은 소리를 해도 못들은 체하고 대꾸하지 말아요. 지금 화가 나 있으니까." 요한 모리츠가 말했다.

요한은 그녀의 곁을 떠났다. 길까지 나와서 머리를 돌려 스잔나를 보고 미소를 지었지만, 그녀는 벌써 눈을 감고 있었다.

11

아리스티차는 아들이 나가자 곧 방에서 나왔다. 발걸음을 멈추고, 허리에 두 손을 얹고서 건초 위에 누운 여자의 몸을 훑어보았다. 스잔나가 눈을 떴다. 아리스티차의 뾰족한 코와 올리브 빛깔의 쭈글쭈글한 뺨이 보였다. 그녀는 무서워 눈을 돌렸다. "난 요한의 어머니야." 노파가 말했다.

스잔나는 인사 겸 대답 대신 고개를 까딱해 보였다. 그러고 나서 자기의 푸른 옷을 무릎 위에까지 끌어내렸다. 노파는 마치 나체를 들여다보는 것 같은 눈초리로 스잔나의 무릎과 허리를 내려다보고 있었다.

"같이 살고 싶으냐?" 얼굴을 찌푸리면서 노파가 물었다.

"네에." 스잔나가 대답했다.

"그럴 게다, 암말처럼 새끼를 뱄으니."

스잔나가 건초 속에 얼굴을 파묻었다. 아리스티차는 바싹 다가와 귀에 대고 소리를 질렀다.

"요 계집애야, 너를 마누라로 맞아줄 어리석은 녀석을 찾았다고 생각하는 것은 아직 일러. 지참금도 없는 너를 누가 데리고 살 것 같니? 내 아들하고 잔 것은 네가 좋아서 한 일이거든. 그렇다구 내 아들이 너를 여편네로 삼지는 않을게다."

스잔나는 팔꿈치에 힘을 주며 몸을 일으켰다. 나가려고 했지만 아리스티차가 자기 위에 몸을 굽히고 있었다.

"야니(요한)는 어딜 갔어요?" 겁먹은 소리로 스잔나가 물었다. 실은 화제를 돌려야겠다고 생각했기 때문이다.

"야니라니? 야니란 사람은 이 집엔 없어." 노파가 깜짝 놀라 말했다.

스잔나는 놀란 표정으로 노파를 쳐다보았다. 무슨 말을 해야 좋을지 몰랐다.

"누구네 집 야니 말이냐?" 아리스티차는 다시 물었다.

"너 정신이 나갔구나. 어디에 와있는지도 모르는구나."

"이 집 아들, 야니 말예요." 하고 스잔나는 더듬거리며 들릴락말락하게 말했다.

"내 아들 이름은 이온이야." 그녀는 거친 목소리로 말을 받았다.

"어머니인 내가 이온이라는 이름으로 세례를 받게 했어. 아무도 내 아들 이름을 고칠 권리가 없어, 알겠어?"

아리스티차는 때릴 듯이 주먹을 쳐들어 보였다.

"알겠어요." 하고 스잔나는 타협적으로 대하라던 요한 모리츠의 말이 생각나서 덧붙여 말했다.

"이온과 야니는 같은 이름인 걸요. 어쨌든 저는 그렇게 생각해요."

그 변명이 더욱 더 노파의 약을 올렸다.

"아니, 네년이 나한테 내 아들의 이름을 가르쳐주는 거냐? 대가리를 깨놓을까보다. 누구한테 감히 덤비는 거냐? 더러운 년 같으니라구!"

"화나시게 해드릴 생각은 없었어요." 스잔나가 말했다.

벌써 노파의 두 손은 스잔나의 어깨를 움켜쥐고 뒤흔들기 시작했다.

스잔나가 큰소리를 질렀다. 요한의 아버지가 집 뒤쪽에서 나타났다. 잠옷 바람이었다. 비명을 듣고 잠자리에서 빠져나왔기 때문이었다. 입에는 담배를 물고 있었다. 아리스티차는 움켜쥐었던 손을 놓고 골이 나 파랗게 되어 가지고 남편 있는 쪽을 돌아보았다.

"이런 모욕을 받아본 적이 있어요? 이 더러운 년이 나보고 내 아들 이름도 모른다는 거예요. 나 원, 분해서." 아리스티차는 몸을 굽혀 돌멩이 하나를 쥐었다.

"대가리를 깨놓을까보다. 뱀대라기처럼 눌러 박살을 내고 말 테야."

노인은 마누라의 손을 붙들었다.

"진정하라구, 여보!"

그는 문쪽으로 아리스티차를 떠밀면서 말했다. 그러고 나서 스잔나에게로 다가와 그녀의 손을 잡고, 가엾다는 듯이 바라보았다.

"이젠 그만 울어!"

"야니는 어디 있어요?" 스잔나가 물었다.

"곧 돌아올 게다. 조용히 기다려라."

스잔나는 보호를 받은 것처럼 느껴졌다. 노인의 손은 컸고, 피부는 꺼칠꺼칠했다.

"얘야, 내가 한 마디 충고할 테니 그렇게 하는 것이 좋을 게다. 아버지 어머니에게로 돌아가거라." 하고 노인이 말했다.

그녀는 여전히 울고 있었다.

노인이 말을 계속했다.

"여기 있을 수는 없어. 이대로 있다간 아리스티차에게 목이 졸려 죽든지 머리가 깨져서 죽을 거야. 꼭 그렇게 되고 말 게다. 피를 본다는 것은 어쨌든 불행한 일이야. 이온이 그것을 본다면 제 어미를 죽여버릴 테니, 그렇게 되면 큰 범죄를 저지르는 거야. 불행이 와서는 안 되겠다. 내 말 알아듣 겠니?"

"잘 알아요."

스잔나의 입술이 약간 움직였다.

"내 생각에는 지금 곧 일어나 가는 것이 좋을 것 같구나. 이온이 돌아오기 전에 가거라. 옥수수 밭을 질러가기만 하면 된다. 부모가 계신 집으로 가거라. 이온이 돌아오면 네가 도시로 떠났다고 할게. 그래야 서로 만날 수 없을 테니. 서로를 잊어버려야지. 너희들은 아직 젊으니까, 젊은이들은 금방 잊을 수 있거든. 자, 일어나 가거라!"

스잔나는 고개를 돌리고 있었다. 두 손으로 귀를 막고 있어서 노인이 하는 이야기를 듣지도 않았다.

"가고 싶지 않아?" 노인이 물었다.

그는 스잔나를 안아다 집까지 데려다놓고 싶었지만, 요한이 용서할 것 같지 않았다. 다시 일어서서 말했다.

"불상사가 생긴다면 네 잘못이야! 난, 내가 해야 할 말은 다 했다. 내가 그렇게 일러줬는데도 그래!"

스잔나는 혼자 있게 되었다. 노인은 집 안으로 들어갔다. 요한 모리츠가 우유 한 병을 손에 들고 마을에서 돌아와 끓였다.

"넌 이 늙은이들에게 우유 한 번 갖다준 적 있니? 그러고도 그 갈보 같은 년에겐 갖다주는군! 이런 꼴 볼 줄 알았다면 저 녀석을 내 품 속에 품어 내 젖을 먹이지 않고, 어렸을 때 진작 목졸라 죽여버렸을 걸!" 아리스티차가 소리를 질렀다.

요한 모리츠는 난로 앞에 무릎을 꿇고 춤추는 불길을 바라보며 어머니의 말을 듣지 않는 체했다. 아리스티차는 그에게로 다가와 소리를 질렀다.

"즉시 내 집에서 저 더러운 년을 데리고 나가거라. 당장에 쫓아내란 말야. 그렇잖으면 죽여버릴 테니. 당장에 그년이 내 눈 앞에서 꺼지지 않으면 목졸라 죽여버릴 테다. 이 손가락으로 눌러서 말야. 자, 알겠니?"

"이 우유를 마시고 나면 곧 나가겠어요." 모리츠가 대답했다.

그는 '스잔나의 목을 졸라 죽이겠다'는 어머니의 손가락을 쳐다보지도 않았다.

"우리가 도시로 가버리면 영영 우릴 보지 못할 겁니다."

"백작 부인께서 우유를 마시기 전에는 갈 수 없다더냐?" 아리스티차가 물었다.

"네 어미는 아침마다 우유를 안 마셔도 되지만 그년은 잡수셔야 된단 말이지?"

모리츠는 불 위에 있는 우윳병을 쥐었다. 아직 끓지는 않았지만 따뜻했다. 두 늙은이를 쳐다보지도 않고 나왔다.

스잔나는 발자국 소리를 듣고 몸이 오싹했다.

"나야! 더운 우유를 가져왔어." 그는 우윳병을 내밀었다.

"마시고 싶지 않아요." 스잔나는 힘없는 소리로 말했다.

"좀 마셔."

스잔나는 모리츠의 손에서 우유를 받았다. 요한 모리츠는 보따리를 가지러 안으로 들어갔다. 미국으로 가기 위해 준비해놓은 보따리, 만일 조금 전에 출발했다면 갖고 갔을 그 보따리였다.

"그 계집과 함께 가는 거냐?" 아리스티차가 물었다.

"네." 그가 대답했다.

"잘 한다!" 아리스티차는 이를 갈았다.

모리츠가 침대 밑에 둔 헌 옷가지를 가지러 간 사이 아리스티차는 마당으로 나갔다. 스잔나는 그녀가 자기 쪽으로 오는 걸 보고 우윳병을 손에 든 채 화석처럼 굳어버렸다.

"일어나!" 아리스티차가 말했다.

"네 년을 실컷 패줘야겠다. 이 화냥년! 잠깐 기다려, 맛 좀 봐라!"

채 말을 끝내기가 무섭게 스잔나의 머리채를 움켜쥐고 때리기 시작했다. 스잔나는 비명을 질렀다. 요한 모리츠는 스잔나의 비명을 들은 것 같아 재빨리 뛰어나갔다.

"어머니, 이게 무슨 짓이에요?" 그는 고함을 질렀다.

노파는 증오심에 불타는 시선으로 흘깃 그를 쳐다보았다. 요한 쪽은 보지도 않고 또 한 번 스잔나를 때리고 나서 옥수수밭으로 나가버렸다.

스잔나의 얼굴은 피투성이가 되고 입술과 두 눈은 부어올랐다. 손에 든 우윳병이 깨져 팔목에 상처를 냈다. 핏방울이 우유와 섞여 푸른 옷에는 큼직한 얼룩이 졌다.

요한 모리츠는 스잔나를 품에 안고 나왔다. 문 앞에 멈추어 보따리를 집었다. 그리고 나서 등에다 보따리를 메고 가슴에는 여자를 안은 채 마당으로 나왔다.

두 개의 짐은 무거웠다. 너무 무거워 고개를 들고 앞으로 갈 수가 없을 정도였다. 그래서 요한은 머리를 어깨에 푹 파묻고 무거운 발걸음을 떼어놓았다.

12

새벽에 요르그 요르단은 말에게 물과 귀리를 먹였다. 목도 쓰다듬어 주었다. 그에게는 말이 여덟 마리 있었는데, 그 중 네 필은 타기만 하는 말로 절대 수레를 끌지 않았다. 그 말들은 너무 좋은 말이었기 때문이었다. 검은 털에다 가늘고도 날쌘 발목을 가진 아라비아 순종이었다. 말은 요르그의 친구였다. 그는 스잔나에게 있었던 얘기를 말들에게 이야기했다. 자기 가슴을 짓누르는 피로움을 전부 이야기했다. 인간들은 그에게 신뢰심을 불어넣어주지 못했다. 말들은 거울처럼 맑고 빛나는 커다란 눈으로 그를 쳐다보았다.

"그래, 지금 내 마누라는 피투성이가 되고 뼈가 부러져 땅바닥에 뻗어 있단다." 말들은 까딱도 하지 않았다. 말들이 침묵을 지키고 있는 것이 그를 나무라는 것만 같아서 이렇게 말했다.

"그렇다면 내가 병원으로 데리고 갈게."

반 시간쯤 지나, 그는 마차를 타고 마을을 지나 도시로 향했다. 요란다는 소매없는 외투로 덮어 감추어져 있었다. 그녀는 쿠션 사이에 누워서 먼 곳을 쳐다보고 있었다. 그들은 너무 일찍 병원에 도착했다. 병원 문 앞에서 여덟 시가 되기를 기다려 마치 짐꾸러미처럼 자기 아내를 안고 이불과 쿠션을 들고 진찰실로 들어갔다. 제일 먼저 진찰을 받았다. 간호사가 여자의 외투를 벗기자, 의사는 통통 부은 얼굴과 피투성이가 된 몸을 보았다. 요란다는 누워 있었다. 그녀는 잠옷밖에 입지 않았는데 살에 찰싹 달라붙어 있었다. 마치 피투성이 짐꾸러미 같았다. 환자는 말이 없었다.

"누가 때렸나요?"

"그런 건 당신이 상관할 바가 아니잖소." 요르그 요르단이 대꾸했다.

"다른 일엔 걱정 말고 치료나 하시오. 치료를 해주는 것이 의사이며, 또 내가 병원에 데리고 온 것도 치료를 받기 위해서니까."

요르그 요르단은 그 외 다른 설명은 하나도 하려 들지 않았다. 의사는 요란다를 진찰하고 응급처치를 하려고 수술실로 옮겨놓았다.

"난 집으로 가봐야겠으니 당신 할 일을 충실히 하시오." 요르그 요르단은 모자를 쓰고 문 쪽으로 걸어갔다.

"필요한 금액을 지불하겠소. 당신이 수술하기 전에 계산할 수 있으면 해도 좋고, 아니면 일부를 놓고 가도 좋소."

그는 주머니 속에다 손을 넣어 지갑을 꺼냈다. "아직 돌아가지 마십시오. 좀 기다리세요." 의사가 말했다.

"왜 기다리란 말이오?" 그는 붙잡는 것이 싫었다. 한시바삐 병원에서 나가고 싶었다. 약냄새 때문에 골치가 아팠다. 그리고 가엾은 생각도 났다. 아내를 때린 것이 후회스러웠다.

'내가 발길로 문질러버린 것만으로 부족해서 저 의사들이 또 난도질을 하겠구나.' 하고 그는 생각했다. 가엾다는 생각이 들었지만 그런 내색을 보이고 싶지 않았다. 그럴 마음이 없었던 것이다. 다만 그곳을 나와, 심호흡으로 새로운 공기로 가슴을 채우고 싶었다. 15분쯤 지났을 때 검사한 사람이 헌병을 데리고 들어왔다. 검사는 요르그 요르단을 병원의 사무실로 호출하여 심문했다. 꼬치꼬치 질문을 했다. 이름이 요르그 요르단 틀림없는가? 주소는 어딘가? 나이는? 그리고 아내를 때린 것이 확실히 자넨가? 요르그 요르단은 투덜거리며 대답했다. 그의 눈은 흐려 있었다. 검사는 아내에 대한 폭력 행위로 체포한다고 그에게 알렸다. 요르그 요르단은 꼼짝도 하지 않았다. 그러나 연행하려고 헌병이 그의 어깨에 손을 대자, 그는 파랗게 질리며 말했다.

"나를 감옥으로 데려가는 겁니까?"

"그래요, 감옥행이오."

"그러면 내 말들, 저기 수레에 매어 대문간에 세워둔 내 말들은 어떻게 하겠소?"

검사는 잠시 헌병을 쳐다보았다.

"돌봐 줄 사람이 없소?"

"아무도 없습니다." 요르그 요르단이 대답했다.

"소방대에 맡기지. 소방대에는 다른 말들도 있으니까 잘 맡아주겠지. 감옥에는 말까지 들어갈 자리가 없으니." 헌병이 말했다.

검사는 어려운 문제를 해결해준 헌병에게 미소로 치하했다. 그는 그 말들을 어떻게 해야 좋을지 몰랐던 것이다. 검사는 사오 일 전에 취임한 사람이었다. 조르주 다미앙이라는 이름으로, 이번 일이 이 마을에서의 그가 처음 맡는 사건이었다.

12시경, 그가 점심을 먹으려는데, 요르그 요르단이 감방 벽에다 닥치는 대로 머리를 부딪치며 자살을 기도했다는 보고를 받았다. 간수장의 보고는 상세히 기재되어 있었다.

'죄수는 병원에서 진술하기를, 자기 소유의 아라비아 순종 네 필이 굶고 목이 말라 죽어간다는 것을 생각하고, 참을 수가 없어 스스로 목숨을 끊으려 했다는 것이다. 아마 그 죄수는 굉장한 애마가(愛馬家)인 모양이다. 생명이 위독함.'

그와 같은 순간에 도착한 또 하나의 보고는 —— 요란다의 죽음을 알렸다. 조르주 다미앙 검사는 입에 재라도 털어넣은 것 같은 느낌이었다. 식당에 가서 식탁에 앉기 전에 그는 찬물에다 비누로 한참 동안 손을 씻었다.

법은 자기 아내를 때려죽였다는 이유로 요르그 요르단을 처벌할 것이다. 아내를 때려죽인 사실, 그리고 사람보다도 말을 더 사랑한다는 사실은 어쩌면 그로서는 중한 죄가 아니다. 그것은 하나의 정신 상태에서 기인한 단순한 결과인 것이다. 야만, 바로 그것이 요르그 요르단의 유일한 범죄다. 모든 야만인처럼 그는 인간을 과소평가하여 무기력하게까지 만들었다. 이 타고난 야만성 —— 즉 모든 다른 죄악을 생성시키는 이 죄악을 처벌하는 법률은 아직은 마련되어 있지 않다. 야만성은 아주 확실한 몇몇 경우에만 불법적 행동으로 인정받는 것이다.

13

스잔나는 몇 킬로 걸어가다가 드디어 길가의 땅바닥에 주저앉고 말았다. "야니! 이젠 더 걸을 수가 없어요." 하고 그녀는 말했다. 그러고는 풀 위에 드러누워버렸다. 그들은 판타나 마을과 도시의 중간쯤에 와 있었다. 요한은 스잔나를 재우면서 그녀를 실어다 줄 마차가 지나가기를 기다렸다. 그러나 길에는 걸어가는 사람 아니면 말을 타고 가는 사람들뿐이었다. 오후 5시쯤 되자 비마저 뿌리기 시작했다. 모리츠가 눈을 드니 차가운 빗줄기가 뺨을 적시었다.

그는 생각했다. '이 비가 어젯밤에만 왔더라도 난 스잔나를 만나러 가지 못했을 텐데. 그랬으면 스잔나는 집에 그대로 남아 있게 되고 나는 콘스탄차에서 배를 탔을 것이다. 이 비가 어젯밤에만 내려주었던들…… 할 수 없지.'

날은 어느덧 저물고 비는 여전히 내렸다. 모리츠는 무슨 수를 써야겠다고 생각했다.

"나, 마을로 되돌아가 짐마차라도 빌려와야겠어." 그는 스잔나를 측은한 듯 들여다보며 말했다.

그녀는 잎이 무성한 나뭇가지 밑에서 웅크리고 앉아 있었다. 옷과 머리는 흠뻑 젖어 있었다. 부들부들 떨면서 이를 가는 것이 추운 모양이었다.

"좋을 대로 하세요, 야니 ! "

"혼자 있어도 무섭지 않겠어 ? " 그가 물었다.

"돌아와주기만 하면 무섭지 않아요."

그는 그녀를 껴안아 키스를 해주고 길을 떠났다. 판타나에 닿았을 때는 벌써 앞을 분별 못할 만큼 캄캄했다. 마을 사람들은 잠들어 있었다. 아무 집이고 닥치는 대로 대문을 두드려보았으나 그 누구도 그를 도와주려 들지 않았다. 마을 사람들은 그 여자의 이름을 묻고 스잔나라고 대면 그것이 요르그 요르단의 딸이라는 것을 알고 대번에 거절해버리고 말았다. 그녀를 재울 자리가 없다고 했다. 모두들 요르그 요르단을 무서워하기 때문이었다. 한밤중에 모리츠는 코루가 사제집 마당으로 들어갔다. 서재에는 불이 켜져 있었다. 문 앞에는 검은 색 큰 자동차 한 대가 비를 맞아 거울처럼 번쩍이고 있었다. 집 안에서 사람들의 얘기 소리가 들렸다. '손님이 오신 모양이지.' 하고 모리츠는 생각했다. 그는 그대로 나오려고 했다. '방해를 해서는 안 돼.' 비는 폭포처럼 퍼부었고, 물이 지붕에서 줄기를 이루고 쏟아졌다.

조용한 가운데 모리츠는 잠시 귀를 기울여 그 소리를 들었다. 그러다가 길가에서 혼자 자기를 기다리고 있을 스잔나가 생각나자 그는 가만히 유리창을 두드렸다.

14

"마침 잘 왔다. 만나고 싶은 참이었는데." 코루가 사제가 아들 트라이안에게 말했다. 그는 아들이 자동차에서 가방을 꺼내 집 안으로 나르는 일을 거들어주었다. 그 자동차는 담쟁이덩굴과 들장미 속에 절반쯤 가려진 발코니 앞에 서 있었다. 비는 여전히 억수로 퍼부었다.

"누구하고 같이 온 모양이구나." 사제가 물었다.

한 청년이 지금 막 차에서 내려왔다.

"아버지, 소개하겠어요. 대학 동창인데 조르주 다미앙이라고 해요. 참 우수한 친구지요. 오늘 오후 시내에서 우연히 만났어요. 우리 군(郡)의 치안 재판소 신임 검사로 부임해 왔습니다."

사제는 자기 옷차림에 대해서 변명을 했다. 뜻밖에 찾아온 손님이었다. 그는 젊은이들을 응접실로 안내하고 잠깐 자리를 떴다. 검사는 뻐꾸기 소리를 내는 벽시계와 동양적인 벽, 융단과 책으로 꽉 찬 책장들을 오랫동안 바라보았다.

"자네가 무슨 생각을 하고 있는지 맞혀 볼까!" 웃으면서 트라이안이 말했다.

"자네는 우리 나라에서 가장 현대적인 작가, 다시 말하면 자기 작품 속에서 자동차라든가, 비행기라든가, 바라든가, 전깃불 등을 지껄이는 작가가 시간의 흐름이 중단되고 모든 것이 과거의 냄새를 풍기고…… 몇 세기가 지나는 동안 무엇 하나 움직이지 않는 것같이 보이는 어느 집에서 태어나서 어린 시절을 보냈다는 데 놀라고 있는 거지?" 검사는 얼굴이 빨개졌다.

"사실, 자네 말과 같은 것은 생각하고 있었네?"

코루가 사제가 방으로 들어왔다. 그는 가늘고 마른 손가락이 보이는 두 손으로 석유 램프에 불을 켜서 조심스럽게 탁자 한가운데 놓았다. 트라이안은 가죽 트렁크를 열고 얌전히 포장된 꾸러미를 몇 개 끄집어내어 탁자에 놓았다. 그러고 나서 포도주 병마개를 따고는 어머니를 불렀다. 어머니가 들어오자, 트라이안은 술잔에 술을 따르고 금빛 책 커버에 완전 가죽 표지로 된 책 두 권을 꺼냈다.

"최근에 나온 제 작품입니다. 여덟 번째 작품이죠. 이 두 권은 제일 먼저 인쇄된 것으로 이번에도 아버님 어머님께 드립니다. 그럼 이 술로, 지난 일곱 개의 작품이 출판되었을 때마다 축배를 들었던 이 '캄사' 주로 축배를 듭시다. 처녀작이 나왔을 때 제가 얼마나 기뻐했는지 기억나세요?" 하고 트라이안이 말했다.

코루가 사제는 제단에서 성서를 잡을 때와 같은 몸짓으로 그 책을 아들의 손에서 받아들었다. 어머니는 손끝으로 만져보고는 탁자 한끝에 올려놓았다. 그러며,

"손이 기름 투성이라 트라이안의 책을 더럽힐까 두렵구나." 하고 말했다.

"세 번째 책은 조르주 자네에게."

코루가 사제는 트라이안의 이마에 입을 맞추었고, 검사는 그와 악수를 했다. 어머니는 아들의 뺨에 키스를 하더니 귓전에다 대고, 그러나 다른 두 사람도 들을 수 있을 정도로 말했다.

"사실은 아직 다른 책들도 읽지 못했단다. 섭섭히 생각지 말아라. 아버지께서 빼놓지 않고 다 얘기해주셨으니까. 그렇지만 이번 책은 꼭 내 눈으로 읽겠다. 내 아들이 쓴 책을 한 권도 읽지 못하고 죽고 싶진 않으니까."

트라이안은 감격했다. 그는 한 사람 한 사람씩과 건배를 들었다. 그것이 끝나자 어머니는 실례한다고 하면서 자리에서 일어났다. 부엌에 가봐야 했기 때문이었다.

"좀더 계세요, 어머니." 하고 트라이안이 섭섭한 듯 말했다.

"이번에 제가 온 건 그밖에 또 다른 중대한 일이 있어서입니다."

트라이안 코루가는 호주머니 속에서 봉투 한 장을 꺼내 아버지에게 내밀었다.

"초판의 인세입니다. 저는 판타나에 땅을 사서 집을 한 채 지을 생각

입니다. 되도록이면 이 근처에다 지어 일생을 여기서 보내고 싶습니다."

사제는 봉투를 받아들고 미소를 지으면서 탁자에다 놓았다. 어머니는 앞치마 한쪽 끝으로 눈물을 닦으며 말했다.

"네가 우리들을 기쁘게 해줄 생각에서 그런 말을 하는 걸 난 잘 알고 있어. 여기서 네가 3일 이상 있어 봤니? 매번 한 달은 있겠다고 약속해 놓고는 이삼 일만 지나면 곧 가버리지 않았느냐. 그러고는 몇 달 동안 얼굴조차 못 보니 말이다."

"지금까진 그랬지만, 이제는 내 집을 지으렵니다." 트라이안이 대꾸했다.

트라이안은 아버지를 슬쩍 쳐다보고는 검사에게도 시선을 옮겼다. 두 사람도 역시 그의 계획이 어울리지 않는다고 생각하는 표정이었다.

"아무도 내가 그렇게 할 수 있으리라곤 생각하지 않으시는군요." 트라이안은 말을 이었다. "여하튼 2년 후, 똑같은 날에, 제가 그때까지 살아 있다면, 판타나의 저희 집에 여러분들을 초대하겠습니다. 그때는 아마 제 말을 믿어주시겠죠, 그럼 이만 해둡시다."

15

저녁 식사가 끝나자, 사제는 트라이안에게 그의 새 작품에 대한 계획이 어떤 것인지 물어보았다. 대답하기 전에 한참 망설이더니, 트라이안은 이렇게 말했다.

"저의 다음 번 소설은 사실을 토대로 한 작품일 겁니다. 다만 기법만이 문학적일 것이고, 작중 인물들은 실제로 살아있는 사람들입니다. 그 책을 읽은 사람은 누구나 그들을 길에서 만나면 인사를 할 수 있을 겁니다. 저는 그들의 주소와 전화 번호도 적어 넣을까 하는 생각까지도 가끔 했을 정도니까요."

"자네가 그렇게까지 선전하는 인물들은 대체 어떤 사람들일까?" 검사는 웃으면서 물었다.

"그 인물들은 이 지구 표면 전체에 존재하고 있는 사람들이야!" 트라이안은 말을 계속했다. "그러나 호머도 등장 인물이 20억이 나오는 역사

소설을 그려내지 못한 것처럼 나도 몇 명 안 되는, 아마 열 명 가량의 인물들을 등장시키게 될거야. 그 이상은 필요가 없지. 그러나 그 몇 명이, 모든 사람들이 경험한 것과 똑같은 사건들을 경험하게 된다네.”

“그러면 그 작중 인물들이 어떤 과학적 기준에 의해 선정되어 인류의 체험의 본질 자체를 대표할 수 있단 말인가?” 하고 검사가 물었다.

“그런 건 아냐. 내 소설의 인물들은 순전히 우연한 것에서 선정되는 거야. 과학적인 기준을 사용할 필요는 전혀 없네. 그 인물들에게서 일어나는 일은 누구에게나 생길 수 있는 것이지. 물론 다소의 차이는 있겠지만 그건 인간인 이상 그 누구도 피할 수 없는 사건들이지. 영웅적인 인물들은 필요없어. 우연한 것에서 인물들을 잡는 거야. 그래서 나는 20억의 인간들 중에서 내가 제일 잘 아는 사람들을 선택하는 거지. 한 가족 전체, 즉 우리 집 가족들, 아버지, 어머니, 나 자네, 아버지의 고용인들, 몇몇 친구들과 이웃에 사는 사람들 말이야.” 트라이안이 대답했다.

코루가 사제는 웃으며 술잔들을 채웠다.

“앞으로 몇 년 동안에 이 인물들에게 생길 사건들을 모두 적어둘 생각이야.” 트라이안이 내처 말했다. “생각지 않은 일들이 많이 일어나리라 믿어. 가까운 장래는 우리 각자에게 어떤 생각잖은 일들을 보유하고 있거든. 역사상에서 지금까지 본 적이 없는 일들 말일세.”

“장래가, 자네가 생각하는 것과 같이 극적이라고 예상되더라도 자네의 소설 속에서만 그렇게 되어주기를 바라겠네.” 하고 검사가 말했다.

“극적인 사건들은 먼저 현실 생활 속에서 일어난 다음에 내 소설에서 나오게 될 걸세.” 트라이안이 대답했다.

“그렇다면 나는 극적인 순간을 살게 되는 건가?” 하고 검사가 물었다. “자네도 알다시피 난 관중들의 관심을 끌지 못하는 범속한 생활을 하고 있어. 난 모험적인 인물과는 정반대되는 사람이거든.”

“여보게 조르주, 이 지구상의 대부분의 인간들은 모험가가 아니야. 하지만 그 사람들 모두가 세상을 떠들썩하게 한 소설을 쓴 작가도 결코 상상하지 못한 파란많은 생을 부득이 겪어야 하네.”

“그렇다면 그처럼 세상을 떠들썩하게 하는 사건이란 대체 어떤 것일까?"

검사가 웃으면서 물었다.

"그만 빈정거리라구, 조르주!" 하고 트라이안이 말했다.

"우리들 주변에서 지금 막 중대한 사건이 일어났다는 것을 나는 느끼고 있네. 그것이 어디서 터져, 언제 시작되고 또 얼마나 오래 계속될지는 나도 모르겠네. 하지만 나는 그 사건이 일어났다는 걸 느끼고 있네. 폭풍우가 우리의 살을 찢고 뼈를 하나 하나 부러뜨리고 말 거야. 나는 오직 침몰하는 배에서 재빨리 도망치는 쥐만이 갖는 예감을 가지고 이 사건을 느끼고 있단 말야. 그 쥐와 다른 점이 있다면 그것은 나에게는 도망칠 곳이 없다는 거야. 이 세상 어디를 찾아봐도 우리를 위한 피난처는 없다네."

"자넨 어떤 사건을 암시하는 건가?"

"자네가 혁명이라고 불러도 좋아. 상상도 할 수 없는 규모의 혁명이라고 말이야. 그리고 전 인류가 그 희생자이고."

"헌데 언제 그것이 폭발한다는 건가?" 검사는 여전히 트라이안의 말을 우습게 여기면서 이렇게 물었다.

"글쎄, 혁명은 이미 터졌다니까. 자네의 그 회의적인 태도와 아이러니도 아랑곳없이 혁명은 폭발하고 말았네. 아버지, 어머니, 자네, 나 그리고 다른 사람들은 차차 위험을 느끼고 혹은 도망치려고, 혹은 숨어보려고 할걸세. 더러는 벌써 마치 폭풍우가 올 것을 예감한 야생 동물들처럼 숨기 시작했다네. 난 시골에 내려와 살겠네. 공산당원들은 그 위험의 책임이 파시스트들에게 있고, 그 위험을 피하는 유일한 방법은 파시스트들을 처치해 버리는 거라고 주장하고 있지. 나치 당원들은 유태인들을 죽임으로써 자기들 신변보호를 하려고 드네. 그러나 바로 그러한 것이 전 인류가 위험 앞에서 느끼는 공포의 징조인 거야. 그 위험은 어딜 가나 있는 거지만, 그 위기에 대한 사람들의 반응에만 차이가 있을 뿐이야."

"그런데 우리 모두를 위협한다는 그 큰 위험이란 도대체 무엇인가?" 검사가 물었다.

"기술 노예라는 거지!" 하고 트라이안 코루가는 계속 말했다. "조르주, 자네도 알다시피 기술 노예란, 하루도 없이는 우리가 살아갈 수 없는 무수한 봉사를 우리에게 해주는 하인이야. 그는 우리를 위해서 자동차를 밀어준다, 광선을 준다, 세수를 하는 데 물을 부어준다, 마사지를 해준다, 우리가 라디오 다이얼을 돌리면 재미있는 얘기를 들려준다, 길을 만들어준다, 산을 헐어준단 말이야."

"난 또 시적 비유(詩的比喩)라고 생각했었지."

"비유가 아냐, 조르주! 기술 노예는 현실 자체야. 그 존재를 부정할 수 없거든." 트라이안이 대답했다.

"그 존재를 부정하는 건 아냐. 하지만 왜 하필이면 '기술 노예'라고 부르느냐 말이야, 문제는 단순히 기계력에 불과한 것이 아닌가!" 검사가 즉시 대꾸했다.

"현대 사회의 기술 노예의 동지인 인간 노예도 그리스 사람이나 로마 사람들의 눈으로 보면 하나의 맹목적인 힘, 생명이 없는 사물로 보일 거야. 그 노예들은 팔아도 좋고 사도 좋고 선물로 주어도 좋고 또 죽여도 좋았으니까. 오로지 그들은 체력과 노동력에 따라 평가되어 왔던 거야. 오늘날 기술 노예에 대한 평가의 기준도 바로 이와 같은 것이 아닌가."

"그러나 그 차이는 매우 크지! 인간 노예를 기술 노예로 바꿔놓을 수는 없지." 하고 검사가 반박했다.

"천만에, 바로 그렇게 바뀌어지고 있다네! 기술 노예는 인간 노예보다 확실히 규율이 바르고 값도 싸단 말이야. 그러므로 급속도로 전자(前者)와 바뀌지기 시작했단 말일세. 우리 배가 갤리 선(船)의 자리를 빼앗았지. 지금은 배가 갤리 선의 노예들의 힘으로 전진하는 것이 아니라 기술 노예의 힘에 의해서 움직이고 있어. 저녁이 되면, 노예를 가질 수 있는 사치스런 부호는, 이젠 로마나 아테네의 자기 선조가 하듯이 손뼉을 쳐서 노예가 불을 들고 오도록 하는 것이 아니라, 단추만 누르면 기술 노예가 방을 비쳐주는 거야. 기술 노예는 아파트를 덥게 해주고 목욕물을 데워주고 창문을 열어주고, 시원한 공기를 만들어주거든. 그는 인간 노예에 비하면 많은 장점을 갖고 있는데, 보다 잘 훈련되어 있고 누구의 말을 듣지 않고, 또 아무것도 보지를 않거든. 기술 노예는 부를 때에만 나타나거든. 잠시 동안에 연애 편지를 갖다주고, 사랑하는 여인의 목소리마저 멀리서 듣게 해주지.

기술 노예는 완전무결한 하인이야. 그들은 밭을 갈고, 전쟁에 앞장서고, 경찰을 조종하고, 행정적인 일도 하지. 모든 인간 활동을 배워가지고 훌륭하게 그것을 실행해 나가거든. 사무실에서 계산을 한다, 그림을 그린다, 춤을 춘다, 하늘로 난다, 물 속으로 기어들어가기도 하지. 기술 노예는 또한 사형 집행인까지 되어 죄수를 사형시키기도 하거든. 병원에선 의사와 함께 환자의 병을 고치고, 신부와 함께 미사를 올린단 말이야."

트라이안 코루가는 잠시 말을 끊고 술잔을 입술로 가져갔다. 밖에는 한결같이 비가 내리고 있었다.

"이제 쓸데없는 얘기는 그만하겠네. 나 자신으로 말하면 나는 솔직히 말해서, 겉으로는 내가 혼자 있다고 해도, 언제나 어떤 단체 속에 있는 것 같은 기분이야. 내 주위에서는 늘 나를 거들어주고 도와줄 태세를 갖춘 기술 노예들이 움직이고 있는 것이 내 눈엔 보이니까. 담뱃불을 붙여주고 세상에 일어난 사건을 들려주고 밤길을 밝게 비쳐주지. 나의 생활은 그들의 박자를 따르고 있어. 다른 생명체보다 더 내 상대가 되어주고 있어. 그래서 나는 가끔 그들의 희생물이 되는 것 같은 느낌을 가질 때도 있어. 조금 전에 어머니께서 말씀하신 것처럼 내가 판타나에 오래 머물지 못한 것도 그때문이지. 내 기술 노예들이 부쿠레슈티에서 나를 기다리고 있기 때문 이라네. 우리는 12명 가량의 노예밖에는 거느리지 못하던 2천 년전의 우리 동료들보다 훨씬 부자란 말이야. 우리는 수백 명, 수천 명의 노예를 거느리고 있으니까. 그런데 한 가지 물어볼 게 있는데 대답해주게. 이 지구상에서 현재 활동하고 있는 기술 노예의 수는 얼마나 되겠나? 적어도 수백억은 될 거야. 그런데 인류의 수는 얼마나 될까?"

"20억이지." 검사가 대답했다.

"맞았어, 오늘날 지구상에서 살고 있는 기술 노예의 수적 우세는 단연 압도적이야. 그 기술 노예들이 현대 사회 기구의 가장 중요한 요소들을 손아귀에 넣고 있다는 사실을 생각하면 위험은 명백해지거든. 군대적 용어를 빌면 기술 노예가 우리 사회의 전략적 맺음을 그 손에 넣고 있단 말이야. 그중 제일 중요한 것만을 들어본다면 군대, 통신로, 식량 공급, 산업 등이야. 기술 노예들은 한 개의 무산 계급을 형성하고 있는데, 이 말을 우리는 한

역사적인 어떤 사회 속에 있는 단체라고 생각할 수 있고, 그 단체는 이
사회 속에 통합되어 있지 않고, 그들의 운명은 인간의 손에 달려 있는 거야.
난 공상 소설을 쓸 생각은 없어. 말하자면 이 기술 노예들이 일조일석에
반란을 일으켜 인류를 모두 포로수용소에 가두고 단두대나 전기의자로
없애버리는 그런 얘기를 쓰려는 게 아니야. 그런 혁명은 인간 노예가 하는
것이거든. 나는 실제의 사실만을 묘사하려고 해, 그런데 사실상 이 기술
프롤레타리아는 그들의 동지인 인간 노예처럼 바리케이드를 사용하는 혁
명은 일으키지 않을 거야. 기술 노예가 현대 사회에서 압도적인 다수를
차지하고 있다는 건 틀림없는 사실이야. 이 사회의 테두리 안에서 그들은
인간의 법률과는 다른 그들 고유의 법칙에 따라서 행동하는 거니까. 이들
기술 노예가 가진 특수 법률이란, 가동성과 인과성과 문명이란 걸세. 수
백억의 기술 노예와 겨우 20억의 인간이 사는 이 사회는(비록 그 사회를
지배하는 편이 10억의 인간들이라 해도) 절대 다수인 프롤레타리아의 성격을
갖게 되는 거야. 로마 시대에도 인간 노예는 그리스나 트라키아나 그 밖의
여러 피점령국에서 들어온 관습에 따라 얘기를 하고, 기도를 드리고, 생활도
했었지. 우리 사회의 기술 노예도 역시 그들의 독특한 성격을 가지고 그들
나라의 법률에 준해서 생활하고 있지. 이 성격, 다시 말하면 이 현실은
우리 사회의 테두리 속에 존재하고 있고 그 영향력은 점점 더 커가고 있음을
느낄 수 있거든. 그들을 사용해야 할 인간들은 부득이 그들의 관습과 법률을
알고 또 모방하지 않을 수 없어. 어떤 주인이건 자기의 고용인에게 일을
시키려면 그들의 말과 습관을 약간 알아야 하는 것과 마찬가지지. 어느
시대를 막론하고 점령자가 수적으로 소수인 경우엔, 그는 편의상 또는
실리상 피점령 민족의 언어와 풍습을 채용하는 수밖에 없는 걸세. 전능한
점령자이며 주인이지만 그렇게 하는 걸세. 그와 똑같은 과정이 우리가 그걸
인정하지 않는다 하더라도 우리 사회의 테두리 안에서 진행되고 있네.
우리는 노예들을 더 잘 부리기 위해서 그들의 법률과 말을 배우게 되네.
그렇게 함으로써 우리 자신도 모르는 사이에 점점 우리는 인간적인 특질과
우리 자신의 법률을 포기해버리게 되는 거지. 우리는 스스로 인간성을
잃어가고 우리의 기술 노예의 생활 방식을 따라가고 있어. 인간성을 잃

어가고 있다는 제일 첫 징조는 인간에 대한 멸시로 나타나지. 현대인은 자기 동류의 사람들을 자기 자신도 포함해서 다른 것으로 대용될 수 있는 요소라고 생각하는 모양이거든. 인간 한 사람을 기술 노예 이삼십 명으로 간주하는 현대 사회는 기술의 법칙에 따라 조직되고 운영되어야 한다네. 이 사회는 인간의 필요에 따라서가 아니라 기계의 필요에 따라서 창조된 사회라고 생각돼. 그리고 또한 바로 거기서부터 비극이 시작된단 말이야. 인간은, 인간의 법규와는 관계가 없는 기술의 법규를 따라 생활하고 행동하게끔 되어버렸네. 사회적 법률의 열에까지 승격한 기계의 법칙을 준수하지 않는 인간은 벌을 받게 되고 소수(少數)로 살아가는 인간은 시간이 가면 갈수록 소수 프롤레타리아가 되어가고 있다네. 인간은 그가 속해 있는 사회에서 배척을 당하고, 그로부터 인간 조건을 포기하지 않는 한 그 사회에 자신이 통합될 수가 없게 되네. 그 결과 그에게는 열등의식, 즉 기계를 모방하고 사회활동의 핵심에서 자기를 멀리하는 인간 특유의 본성을 포기하려는 욕망이 생기고 말거든. 그리고 이 느린 변질 작용은 인류를 변화시켜, 그의 감정과 사회적 관계를 포기하게 하고 마는데, 그 사회 관계는 정확하고 자동적인 어떤 절대적인 것으로 축소시켜, 마치 기계의 부분품들을 잇는 것과 같은 관계가 되고 말아. 기술 노예의 리듬과 언어는 사회적 관계에 있어서 행정, 미술, 문학, 사교춤에서도 모방되고 있네. 인간은 점점 기술 노예의 앵무새가 되어가고 있는 거지. 그러나 이건 아직 비극의 발단에 불과하거든. 바로 이 발단에서부터 내 소설 즉 아버지, 어머니, 조르주 자네, 나 그리고 다른 인물들의 생활이 시작되는 거네."

"자네의 말은 우리가 '인간 기계'로 변해가고 있다는 말인가?" 여전히 조롱하는 어투로 검사가 물었다.

"바로 그 점이 비극을 터뜨리는 거야. 우리는 기계로 변해버릴 수는 없으니까 두 개의 현실 —— 기술적인 것과 인간적인 것 —— 사이의 충돌이 일어나는 거야. 결과는 기술 시민이 되고 말 거야. 그리고 우리 인류는 시민의 다수, 즉 '기술 시민'의 필요와 문화를 토대로 조직된 사회의 프롤레타리아가 될 걸세."

"그러면 실제에 있어서 그 충돌은 어떻게 일어나는 거지?" 검사가 반문했다.

"그건 나 자신도 흥미를 가지고 관찰하고 있지만 한편으로는 두렵다네. 나 또는 나와 같은 사람들이 십자가에 못박혀야 하는 현장을 목격하는 것보다는 내가 먼저 죽는 편이 더 나을 테니까."

"자넨 그걸 명확한 사실로 생각하나?"

"오늘날 이 지구상에서 전개되는 모든 사건들, 그리고 앞으로 올 몇 년 동안에 전개될 모든 사건들은 이와 같은 혁명, 즉 기술 노예의 혁명의 여러 증세와 미사여구에 지나지 않거든. 결국 인간은 인간적인 본성을 보존하고서는 이 사회에 더이상 살아갈 수는 없게 되는 거야. 인간은 인간 본성을 인정받지 못한 채 동일하고도 획일적인 것으로 간주되고 기술 노예에 적용되는 것과 똑같은 법칙에 준해 취급될 것이니까. 자동적 체포, 자동적 선고, 자동적 착복, 자동적 집행이 있고, 개인은 더 이상 존재의 권리가 없이 마치 하나의 피스톤이나 기계의 부분품처럼 취급될 것이며, 그리고 개인적인 생활을 하고 싶다고 할 경우에는 모든 사람들의 웃음거리가 될 걸세. 피스톤이 개인적인 생활을 하는 걸 누가 본 적이 있나? 이 혁명은 이 지구의 모든 표면에서 행해질 거야. 우리는 숲에도 섬에도 숨을 수가 없을 거고, 어떤 곳에도 갈 수가 없지. 어떤 나라도 우리를 방어해줄 수가 없단 말이야. 이 세상의 모든 군대는 개인이 제거되어버린 기술 사회를 견고히 하기 위하여 싸우는, 돈에 팔린 용병으로 구성될 거야. 지금까지의 군대는 국가의 위신에 의해 새로운 영토와 새로운 부(富)를 정복할 목적으로 싸웠고 약탈과 권세를 목적으로 한 황제의 사적 이익을 위해서 싸웠다네. 바로 그것이 인간의 적이었지. 군대들은, 자기들이 프롤레타리아로서 겨우 그 테두리 속에서 살 권리가 있는 하나의 사회의 이익을 위해 싸운다네. 아마 지금이 인류의 전 역사상 가장 어두운 시대라고 볼 수 있을 거네. 이처럼 인간이 멸시를 받은 적은 없었지. 예를 들면, 미개한 사회에서 한 인간은 한 마리의 말보다도 못한 취급을 받았었어. 아마 그런 현상이 오늘날의 어느 민족이나 어느 개인에게 일어날 수 있을 거야. 자네가 조금 전에 한 이야기도, 어떤 농민이 자기 아내를 죽이고도 후회는커녕 자기가 감옥에 있는 동안 말에게 먹을 것과 물을 줄 사람이 없다는 이유로 자살을 하려고 했다지. 이것이 바로 원시 사회 속에서의 개인의 평가절하라는 거야. 인간을 희생시키는 건 늘 다반사여서 현대 사회에서의 인간의 희생은 지적할 필요도 없이 흔하고도 남는 일이니까. 인간의 생명은 에네르기의 원천으로밖엔 가치가 없단 말이야. 그 가치야말로 순수한 과학적 기준이지. 이것이 우리 기술의 암흑적 야만의 법칙이거든. 기술 노예가 전면적인 승리를 거둔 후에 우리들이 도달할 점이 바로 여기야."

"그런데 자네가 예언하는 그 혁명은 언제 일어난단 말인가?" 검사가 반문했다.

"벌써 시작되었지! 우리는 그 진행 과정에 말려들어간 것이고 우리들 대부분은 거기서 살아남지 못할 걸세. 그래서 내가 제일 두려운 것이 이 책을 끝내지 못할는지 모른다는 거야. 나도 또한 사라져버릴 테니까."

트라이안이 대답했다.

"자네의 염세주의는 너무 과격한데." 검사가 말했다.

"난 시인이야, 조르주. 나는 다른 사람이 갖지 못한 미래를 예측해 볼 수 있는 감각을 갖고 있어. 시인은 곧 예언자니까. 나는 이런 슬픈 일을 예언해야 하는 최초의 시인이 된 것이 괴롭지만, 시인이라는 나의 천직 때문에 할 수 없이 말하는 걸세. 비록 그것이 불쾌한 일일지라도 나는 메아리치게 부르짖지 않을 수 없네."

"자네는 그 말을 진정으로 믿고 있나?"

"불행한 일이지만 난 확신하고 있어."

"난 자네가 그저 문학만 하는 줄 알았는데."

"그건 문학이 아냐. 매일 밤 나는 무슨 일이 나에게 생기기를 기다리네." 트라이안이 말했다.

"어떤 일이 일어나길?"

검사가 반문했다.

"아무 일이든. 인간의 가치가 오로지 기술 사회적 가치의 규모로 축소된 이상, 어떤 일이든 일어날 수 있겠지. 체포되어 강제 노동소로 보내지든지 말살되든지 5개년 계획을 위해서나 민족의 진보 또는 기술 사회에 필요한 목적을 위해서 자기 자신의 인간성에 대해서는 여하한 고려도 하지 않는 어떤 노동을 강제로 해야 할지 알 수 없네. 기술 사회는 오로지 기술의 법률에 따라, 다만 추상적 개념 계획을 추진시키면서 일할 거야. 그리고 그 사회의 유일한 도덕은 생산이라는 거야."

"우리가 붙잡혀가는 일이 정말 생길까?"

검사에게서는 이제 빈정거리는 어투는 사라졌다. 그는 약간 겁을 먹은 듯, 마치 원칙적으로는 믿지 않으면서도 손금쟁이에게 미래를 예언해달라고 부탁하는 사람처럼 트라이안에게 묻는 것이었다.

"지구의 전 표면 위에서는 단 한 사람도 자유롭게 살 수 없으리라." 트라이안이 말했다.

"그럼 우리들은 아무 죄도 없이 감옥에서 죽는단 말인가?"

검사가 반문했다.

"그렇지는 않아. 인간은 오랫동안 기술 사회에 예속되겠지만 속박 속에서 생명을 잃지는 않아. 기술 사회는 안락한 시설을 만들어내지만 영혼을 만들어낼 수는 없어. 그러니 영혼 없이는 천재가 있을 수 없고, 천재 없는 사회는 소멸될 운명에 처해 있는 것이야. 서구적인 사회의 위치를 장악하고 지구의 온 표면을 정복하려고 드는 기술 사회도 역시 멸망하고 말 거야. 그 유명한 알베르트 아인슈타인도 다음과 같이 단언했지. '현대 과학으로 세워진 모든 시설을 허물어뜨리기 위해서는 물리학에 특수한 재질을 타고난 첫째가는 두뇌를 가진 혈통 속에서 단지 두 세대의 연속성을 해결해버리면 된다.'고 말일세. 이와 같은 기술 사회의 붕괴에 뒤이어서 인간적 가치와 정신적 가치의 부흥이 올 거야. 이 위대한 광명은 틀림없이 동양, 아시아에서 나타날 거야. 하지만 러시아는 아니야. 러시아 사람은 서양의 전깃불 앞에 엎드렸으니 그걸 넘어서지는 못할 테니까. 동양 사람은 기술 사회를 정복하고 전깃불을 길이나 자기 집을 밝히기 위해 사용할 걸세. 그러나 그들은 오늘날 서구의 기술 사회가 그 야만 상태 속에서 하듯 결코 전깃불의 노예가 된다든가 전깃불을 위한 계단을 세우지는 않을 거야. 그들은 네온사인의 빛으로 정신과 마음의 길을 비추려고 하지는 않을 거야. 동양인은 오케스트라의 지휘자가 음악적인 조화의 재능 덕분에 그렇게 하듯이, 정신으로 기술 사회의 기계의 주인 노릇을 하게 될 거야. 그러나 우리는 우리 스스로가 이 시대를 알게끔 처해 있지를 않아. 우리들은 원시인처럼 전기라는 태양 아래 엎드린 시대에 살고 있거든."

"그러면 우리는 사슬에 매인 채 죽는단 말인가 ? " 검사가 물었다.

"우리 개개인은 기술 노예의 사슬에 얽매인 채 죽을 거야. 내 소설은 그러한 에필로그를 실은 작품이 될 거고."

"제목은 뭐라고 붙이나 ? "

"〈25시〉" 하고 트라이안이 말했다.

"이것은 모든 구제(救濟)의 시도가 무효가 된 시간이야. 메시아의 왕림도 어떻게 해볼 수 없는 시간이야. 이건 최후의 시간이 아니고 최후의 시간에서 한 시간 후니까. 이것은 서구 사회의 정확한 시간, 다시 말하면 현재의 시간이며 정확한 시간을 뜻하고 있지."

16

사제는 두 손으로 얼굴을 파묻고 침묵을 지키고 있었다.

"사제님" 하고 검사가 불렀다. "만약 트라이안의 예언이 들어맞아 인간이 노예로 취급받아야 하는 운명에 있다면 교회는 현대 사회를 위하여 아무 것도 할 수 없습니까 ? 교회가 그런 중대한 시기에 인류를 구제할 수 없다면 교회의 사명은 무엇이겠습니까 ? "

알렉산드로 코루가 사제는 잠시 생각한 뒤에 이렇게 말했다.

"교회는 사회를 구할 수는 없지만, 그 사회를 구성하는 개개인의 구원은 보증할 수 있습니다."

"그런데 사제님은 트라이안의 예언이 실현되리라고 보십니까 ? "

"나는 시인들의 말을 믿는 버릇이 있다오. 그리고 내 눈에는 트라이안이 위대한 시인이라오." 사제의 대답이었다.

"감사합니다. 아버지." 하면서 트라이안은 기뻐서 어린애처럼 얼굴을 붉혔다.

잠시 침묵이 흘렀다.

"누가 지금 막 발코니를 지나간 것 같은데요." 트라이안이 말했다.

　세 사람은 귀를 기울였다. 그러나 밖에서 들려오는 빗소리만이 그들의 기다림에 대답해주었다.

　"누가 마당에 들어오면 개가 짖을 텐데. 개가 짖지 않고 마당으로 들어올 수 있는 사람은 내가 신뢰하는 사람, 요한 모리츠뿐인데, 지금쯤 그는 미국행 배 안에서 곤히 잠들어 있을 거야."

　"하지만 저는 분명히 누가 층층대를 올라오는 발소리를 들었는데요. 저는 민감해서 소리를 잘 분별해 들어요."

　"아마 기술 노예가 자네 자동차에서 도망쳤나봐." 검사가 웃으면서 말했다.

　"벌써 그들의 혁명이 시작되어 바로 오늘 밤에 우리들을 포로로 체포하러 온 모양이지? 몇 명의 기술 노예가 자네 자동차의 일을 맡고 있나, 트라이안?"

　"계산만 해보면 알지. 55마력으로 치고 1마력은 사람 7명과 같으니 몇 개 중대의 인원수인데, 그리고 우리는 3명뿐이니 그들이 공격해 오면 우리는 무조건 항복하고 말 거야. 한 인간이라도 참가하지 않으면 기술 노예는 인간을 공격할 수 없다네. 시민 하나가 —— 그는 인간은 아니지만 —— 참가해야 비로소 기술 노예가 묵시록에 나오는 짐승처럼 될 수 있거든."

　"시민이란 어떤 의미에서지? 우리들은 모두 시민인데." 검사가 물었다.

　"시민이란 인생의 사회적 가치만을 인정하는 인간을 말하는 거야. 마치 어느 기계의 피스톤처럼 그는 한 가지 동작만 하면서 영원히 반복하는 거지. 하지만 피스톤과 다른 점은 시민은 자기의 활동을 상징적으로 만들어놓고 그것을 세상 전체에 표본으로 세우고 모든 사람들에게 그렇게 모방을 하도록 하는 의도를 갖고 있지. 시민이란 인간이 기술 노예와 교섭을 맺은 후로, 지구상에 나타난 가장 위험한 동물이거든. 그는 인간과 짐승이 가지는 잔인성과 기계가 가진 냉철한 무관심을 겸비하고 있다네. 러시아 사람이 그 가장 완벽한 전형을 만들어냈지, 그게 바로 '인민위원'이지."

　창문을 가볍게 두드리는 소리가 들렸다.

　"발자국 소리를 들었다고 했잖아요! 시인의 감각이란 조금도 틀리지 않거든." 하고 트라이안이 말했다.

17

사제는 문을 열어젖히고 발코니로 나갔다가 이내 청년 하나를 데리고 들어왔다. 그 젊은이는 셔츠와 바지만을 입고 있었다. 모자도 쓰지 않고 몸은 흠뻑 젖어 있었다.

"이 청년이 요한 모리츠야." 사제가 소개했다.

그는 모리츠에게 포도주 한 잔을 내밀며 의자에 앉도록 권했다.

그 젊은이는 사양하며 문을 등지고 서 있었다. 양탄자와 의자를 적시지 않으려는 것이었다. 머리에선 물이 빗물받이 홈통에서처럼 흘러내렸다. 오랫동안 빗속을 걸어온 것이 분명했다.

"나한테 할 말이 있나?" 사제가 물었다.

"여기서 말씀드려도 괜찮습니다."

모리츠가 대답했다.

"오늘 아침에 자네가 보따리를 가지러 오지 않아서 얼마나 섭섭했는지 모르네." 하고 사제가 말했다.

"전 미국에 가지 않기로 했습니다." 모리츠는 대답했다. 그는 두 젊은이를 쳐다보고 난 다음, 사제 쪽으로 눈을 돌리며 덧붙였다.

"어제 제가 부엌 옆방에서 자도 좋다고 하셨지요?"

그제야 사제는 한밤중에 모리츠가 찾아온 이유를 깨달았다.

"그 방은 자네 거야. 언제든 필요하면 사용하게."

"오늘밤 다른 한 사람이 자도 될까요?"

모리츠가 물었다.

"물론이지. 혹 그 사람이 역경에 처해 있어 자네가 도와주고 싶다면 그렇게 하게나. 그게 오히려 더 좋겠구면." 하고 사제가 말했다.

"스잔나예요. 요르그 요르단의 딸 말입니다. 집에서 도망쳐 나왔어요. 아버지가 그녀를 죽이려고 했어요."

모리츠는 그 여자의 이름을 듣곤 모든 사람들이 재워주지 않으려고 하던 것이 생각나서 사제를 정면으로 쳐다보았다.

"방이 춥거든 불을 때게. 나무 있는 데를 잘 알테니까." 하고 노인이
말했다.

요한 모리츠는 그냥 문에 기대어 있었다. 그는 그 자리에서 나오기 전에
사제에게 고해를 하듯이 모든 걸 이야기하고 싶었다. 그의 이야기가 끝나고
그 여자가 판타나에서 시내로 통하는 길 중간에 있다는 사실을 듣자 트
라이안 코루가는 벌떡 일어나 외투를 입었다. 그는 요한 모리츠와 같이
자동차로 떠났다. 반 시간쯤 후에 그들은 돌아왔다.

자동차는 발코니 앞에 조금 전과 같은 장소에 멈추었다. 모리츠는 스
잔나를 품에 안았다. 검사는 발코니 위에서 그 광경을 바라보았다. 사제의
아내는 요한과 나란히 왼쪽에서 걸었고 사제는 그의 오른쪽에서 걸어왔다.
그 여자는 잠이 든 어린애처럼 모리츠의 품에 안겨 있었다. 비에 젖은 푸른
옷이 허리에 달라붙은 것이 눈에 띄었다. 트라이안이 방으로 들어오자
검사도 그 뒤를 따라 들어오며, "흠뻑 젖었구나 ! " 하고 말했다.

트라이안은 얼굴을 붉히며 진흙투성이가 된 자기 구두를 내려다보았다.
그리고 물방울이 바닥 위에 뚝뚝 떨어지는 자기 옷을 바라보았다. 그는
괜히 비를 맞았던 것이다. 모리츠가 혼자서 여자를 안아다 자동차에 실었기
때문에 그는 도울 필요도 없었지만 모리츠의 곁에 있었던 것이다.

자기의 행동을 분석해 보면서 트라이안은 앞으로도 이와 같은 환경에
놓여지면 현재와 같은 행동을 취하게 될 거라고 생각했다. '비록 나의
도움이 실제적으로 아무런 가치를 갖지 못하고, 또 그것이 무상의 것이라
할지라도, 이런 행동은 내 주변에 있는 사람의 괴로움을 나누는 데 필요한
거야.'

사제가 방으로 들어왔다. 그도 역시 젖어 있어, 이마에서, 뺨에서, 수
염에서 물이 흘러내렸다. 빗속에서 요한 모리츠를 따라다녔기 때문이었다.
마치 자기 아들처럼, 그의 손이 필요치 않았지만. '하느님도 세상을 창
조하실 때 이와 같은 헛수고를 하셨으니' 하고 트라이안이 생각했다.
'하느님은 실제적인 유용성이 없는 사람들을 창조하셨어. 하지만 그것은
가장 아름다운 것들이야. 인간의 생명도 하나의 무용한 창조다. 그것은
지금의 나의 행동과 우리 아버지의 행동처럼 헛되고 어리석은 것이다.

하지만 그 성의는 훌륭하다. 그건 헛되긴 해도 비교할 수 없을 만큼 훌륭해.'

"감기가 들면 안 될 텐데, 트라이안" 하고 사제가 말했다.

"전 괜찮을 거예요. 그런데 아픈 사람은 어때요?" 트라이안이 물었다.

"열이 있어, 네 어머니가 차를 끓이고 간호를 한다. 네가 자동차로 데리고 온 보람이 있을 게다. 트라이안아, 누구든 저 가엾은 것들을 도와주어야 한다."

뻐꾸기 벽시계가 자정을 .알렸다.

18

요한 모리츠는 문을 두드렸다. 그는 사제와 트라이안에게 감사하는 말을 내일까지 미룰 수는 없었던 것이다. 지난 24시간이 그에게 던져준 온갖 불행 속에서 그는 오직 코루가 사제가 베풀어준 친절한 행동만을 기억하고 그에게 진심으로 감사를 드리는 것이었다. 무엇보다도 스잔나가 안식처를 구했다는 것이 기뻤다. 자칫 잘못했으면 보다 나쁜 일이 생겼을지도 몰랐다. 트라이안 코루가는 눈을 크게 뜨고 모리츠를 뚫어지게 바라보고는 갑자기 그의 말을 가로채어 이렇게 말했다.

"아버지, 요 다음에 제가 다시 판타나에 오게 되면 여기 아버님 댁에서 살겠어요. 그러니 제가 판타나에 집을 짓겠다고 맡겨 놓은 돈을 모리츠에게 주세요. 저 사람이 나보다 집이 더 필요하니 말입니다."

사제는 봉투를 쥐고 모든 위대한 행동이 그렇듯이 간단한 손짓으로 요한 모리츠에게 봉투를 내밀었다. 한 마디의 충고도 없이 오직 봉투만을 내밀었다. 요한 모리츠는 봉투를 열어 보았다. 무슨 영문인지 잘 알 수가 없었다.

지폐 뭉치를 보고는 그의 눈이 휘둥그래졌다. 마치 기적을 본 사람의 눈처럼 커졌다. 뭐라고 하고 싶었지만, 그의 마음속에서는 한 마디 말도 떠오르질 않았다. 그는 봉투를 꼭 쥐고 말없이 서 있었다.

"트라이안에게 고맙다고 하게." 한 순간 침묵이 흐르고 난 후 사제가 말했다. "그리고 가서 자게. 돈을 스잔나에게 주거나, 역시 돈을 잘 간수하는 건 여자들이니까."

"모리츠 군도 이제 판타나의 지주가 됐으니 축배라도 들어야 하겠군."
하고 검사가 말했다.

사제의 아내가 방으로 들어왔다. 모리츠는 술잔을 탁자 위에 놓고 그녀를
뚫어지게 쳐다보았다. 그녀는 스잔나가 좋아졌다고 했다. 그리고는 방 한
구석으로 사제를 데리고 가 귀엣말을 했다. 노인은 눈살을 찌푸렸다가
미소를 지었다. 모리츠는 그의 일거일동을 눈으로 지켜보았다.

"안심하게, 불길한 소식은 아니니까. 내 아내가 한 말은 자네가 머지
않아 아버지가 될 거라는 말일세. 그 전에 결혼식을 올려야지."

요한 모리츠는 트라이안 코루가와 악수를 하고 검사와도 악수를 하고
나서 나갔다. 여전히 비가 내리고 있었다. 계단을 내려가기 전에 그는 돈이
젖지 않도록 셔츠 속에 집어넣었다. 봉투는 온기가 있었다. 부드러운 감
촉이었다. 모리츠는 그 봉투를 가슴에 꼭 껴안았다. 눈 앞에 벌써 집과
울타리와 우물과 정원이 만들어지는 광경이 보였다. 그가 항상 꿈에 그리던
그 모양으로 나타난 것이다. 그가 방으로 들어갔을 때 스잔나는 여전히
자고 있었다. 그는 그 돈을 베개 밑에 넣어놓고 건초더미 속에서 자려고
방을 나왔다.

그가 휘파람을 불며 서재의 창문 밑을 지날 때 사제가 트라이안에게
이렇게 말했다.

"결혼 얘기는 하지 않는 게 좋았을 걸. 스잔나의 어머니는 죽어서 병원
시체실에 있고 아버지는 감옥에 있단다. 그러니 지금 그런 이야기를 할
시기가 아니야."

"하지만 저 두 사람은 아무것도 모르고 있는 걸요. 저들은 장래에 대한
계획을 세우고 있어요. 이제 그들에겐 사랑과 꿈에도 그리던 돈이 있으니까
그들은 행복합니다."

"행복이야 하지. 그러나 사실을 알고 있는 우리들 입장에서 본다면 그들의
기쁨은 하나의 신을 모독하는 일 같아요." 검사가 대답했다.

"인간의 기쁨이란 것은 한 번 분석해서 생각해보고 또 전체와 결부시켜
생각해본다면 신을 모독하는 행위에 불과하거든."

뻐꾸기 벽시계가 1시를 알렸다. 이날 밤 코루가 사제의 서재에 있던
사람은 시간을 알리는 소리와 빗소리에 귀를 기울이고 있었다.

제 1 장

19

요르그 요르단은 2년 후에 석방되었다. 그는 27년 전에 떠나온 고국으로 돌아가게 된 것이다.

출발하기 전에 그는 마지막으로 판타나에 들렀다. 집을 팔 생각이었다. 마을의 골목길을 지나던 헌병 주둔소 소장은 언제나 닫혀 있는 붉은 기와지붕의 그 집 창문이 그 날은 활짝 열려 있는 걸 보고는 무슨 일이 일어났나 보려고 그 집으로 들어갔다. 요르그 요르단은 집 뒤꼍에서 짐을 싸고 있었다.

"요르단 씨, 당신은 과연 부자로군. 이렇게 빨리 석방되려면 엄청난 돈이 들었을 텐데." 헌병이 말했다. 거인과 같은 그는 눈을 들어 헌병을 쳐다보았다.

"모슨 소린지 모르겠는걸."

그의 음성은 무뚝뚝했다.

"석방료로 많은 돈이 들었느냐고 물었소! 당신은 10년 징역이라고 들었는데." 헌병이 말했다.

요르그 요르단은 들고 있던 망치를 놓았다. 그리고 푸른 윗저고리의 주머니에거 종잇조각 하나를 꺼내 헌병에게 던지고는 계속 망치질을 했다. 그리고 말 마디마디에 힘을 주며 이렇게 말했다.

"자네가 지금 누구와 상대하고 있는지 알려주려고 그걸 보여주는 걸세. 며칠만 지나면 나는 S. S(나치의 돌격대)의 하사관 군복을 입게 된단 말이야. 나는 독일 시민으로 이제부터 내 조국을 위하여 의무를 다하러 가는 걸세. 자네가 생각하던 것과는 다를걸."

헌병은 요르그 요르단의 동원 영장을 손에 들고 읽어 보았다. 복역 중의 모든 독일 시민은 귀국과 아울러 입대한다는 조건하에 특사를 받게 되었다는 걸 그도 잘 알고 있었다. 헌병은 영장을 접어서 웃음을 띠고 그 거인에게 돌려주었다.

"이것도 읽어 보게나." 요르그 요르단은 다른 종이 하나를 끄집어냈다. 그것은 감사장이었다. 요르단은 자기의 전 재산을 독일군에 기증하여 장갑차 한 대를 사게 했던 것이다. 그래서 부쿠레슈티 주재 독일 대사가 감옥으로 감사장을 보내온 것이었다. 헌병은 그 종이를 돌려주었다. 독일어로 씌었기 때문에 읽을 수가 없었던 것이다. 그러나 첫머리의 독수리와 卍표 문장에는 감동되었다.

"집을 파시렵니까, 아니면 그냥 두시렵니까?" 그는 묻는 말에는 대답도 하지 않고 이렇게 말했다.

"내 돈으로 산 장갑차는 이미 전쟁터로 나갔소. 그러니 나도 곧 뒤를 따라야 하오. 젊지는 않지만 위대한 독일은 지금 이대로의 나를 받아줄 거요."

요르그 요르단은 서류들을 접어 주머니에 집어넣었다. 그리고는 망치를 집어들고 계속 가지고 갈 궤짝에 못질을 했다. 더 이상 헌병을 쳐다보지도 않았다. 헌병이 작별 인사를 해도 요르그 요르단은 여전히 눈을 내리깐 채 자기만 아는 말로 겨우 무어라고 중얼거렸다.

20

요르그 요르단의 집에서 나온 헌병 주둔소 소장은 여인숙으로 갔다. 때는 5월이었다. 헌병은 자기의 장화에 먼지가 앉을까봐 길 한복판으로 걸어갔다. 그는 자기의 장화가 거울처럼 반짝거리는 걸 좋아했다. 그는 여자와 술을 좋아했다. 브랜디는 유태인인 여인숙 주인이 거저 대주었다. '가끔 새로운 법률이 나오지 않는다면 헌병은 말라죽고 말 거야.' 하고 그는 생각했다. 그런데 국가가 그런 걸 잘 알아서 해주었다. 정월에 그는 마을의 모든

유태인도 강제 노동소로 보내라는 명령을 받았었다. 판타나에도 유태인
이라곤 한 사람밖에 없었다. 골덴베르크라는 여인숙 주인이었다. 헌병은
명령서를 그에게 보여주었다. 명령은 비밀이므로 그는 보여주고 나서 곧
후회했다. 그러나 곰곰이 생각한 후에 보여준 것이 잘한 일이라고 생각했다.
그 뒤로 그는 석달에 한 번씩 골덴베르크가 병중이므로 강제노동소에 보낼
수 없다는 의사 진단서를 보내고는 그 대신 그는 그 유태인으로부터 한
달에 자기 월급의 갑절이나 되는 3천 레이를 받아왔다. 이제는 그 덕분에
늘어진 생활을 하게 되었고 게다가 제딴에는 훌륭한 행위라도 하는 것
같은 느낌이었다. 왜냐하면 늙은 골덴베르크는 수용소에 가서 고생을 하지
않고 자기 집에서 그대로 살면서 계속 장사를 하기 때문이었다.

  브랜디 한 잔을 마시고 난 후, 헌병은 커튼을 들치고 유리창 너머로
유태인의 방을 들여다보았다. 그는 여인숙 집 딸인 로자에게 여느 때처럼
인사를 하고 싶었던 것이다. 로자는 희고 부드러운 살결이었다. 그녀의 팔을
꼬집어 보면 비로드를 만지는 촉감이었다. 로자의 피부는 막일을 하는 시골
여자의 살결과는 달랐다. 늘 그녀는 창문가에 앉아서 소설을 읽었는데
오늘은 그 여자 곁에 한 젊은 청년이 이야기를 하며 서 있었다.

  "저 남자 누구요?" 무뚝뚝하게 헌병이 물었다.

  늙은 골덴베르크는 망설였다. 사실대로 말을 해도 좋을지 몰라서였다.
그러다가 마음을 가다듬고 말했다.

  "내 아들 마르쿠입니다. 파리에서 방금 왔죠."

  "나한테 소개시켜요." 헌병이 말했다.

  그는 한 번도 파리에서 돌아온 젊은이와 사귀어 본 적이 없었다. 파리에서
살던 사람들에게서는 언제나 배울 것이 있는 것이다. 그러나 마르쿠 골
덴베르크는 무뚝뚝한 사나이였다. 이쪽에서 말을 끄집어내야만 몇 마디
하는 사람이었다. 헌병은 파리에서 공부한 젊은이들은 그렇지 않은데 하고
생각했다. 그래서 그는 실망했다. 이 작자는 본래 성격이 무뚝뚝했고, 헌병이
권하는 브랜디도 마시려 하지 않았다. 한 마디로 매우 비사교적인 청년
이었다. 그래도 그 집을 나오기 전에 헌병이 마르쿠에게 이렇게 말했다.

  "오늘 저녁에 주둔소로 오게, 카드놀이 한판 벌이자구."

여인숙을 나오면서 그는 속으로, 골덴베르크 영감이 저런 아들을 파리까지 보냈다니, 돈을 창문으로 던져버린 거나 다름없다고 생각했다.

21

요한 모리츠의 집 앞을 지나다가 헌병은 걸음을 멈추었다. 안마당에서 스잔나가 진흙을 이겨서 벽돌을 만들고 있었다. 2년 전에 요한 모리츠는 집을 지었다. 그와 그의 아내는, 밤낮으로 일을 했다. 그 집은 아주 좋았다. 발코니도 있었다.

"왜 또 벽돌을 만들어요? 집은 다 됐는데."

그는 안마당으로 들어가고 싶었으나 대문이 잠겨 있었다.

"외양간을 만들려구요." 여자가 대답했다.

그녀는 계속 발로 진흙을 이겼다. 그녀의 허연 허벅지가 헌병의 눈에 띄었다.

"남편은 집에 없소?" 그가 물었다.

"야니는 물방앗간에 있어요." 웃으면서 그녀가 말했다.

안마당 가운데는 요한 모리츠의 두 아이가 햇볕에 몸을 그을리고 있었다. 첫째 놈은 드럼통 속에 있고, 둘째 놈은 먼지 속에서 놀고 있었다. 스잔나는 가끔 그들을 쳐다보고는 진흙에 물을 붓고 계속 이겼다. 스잔나는 몸에 꼭 끼는 옷을 입고 있어서 포동포동한 엉덩이가 두드러지게 나타났다. 헌병은 또 한 번 문을 열어보려다가, "열어주지 않겠소?" 하고 물었다.

"그대로 계시는 게 좋을 거예요."

"이렇게 혼자 있는 걸 본 적이 없는데, 오늘은 신랑이 없다고 문마저 열어주지 않는구면."

"물론 그렇게 해야죠! 그렇게 문 앞에서 머뭇거리지 마세요. 갈 데나 가 보세요, 나 일 좀 하게요!"

"문 좀 열어요! 그렇게 매정하게 굴지 말고!"

"야니가 돌아올 때가 됐어요. 당신이 여기 서있는 걸 보면 도끼로 머리를 부숴놓고 말 걸요."

"녀석이 그리운 모양이지?" 헌병이 물었다.

"더 점잖은 말이 없을까요? 이젠 그만 지껄이고 가보시지, 야니가 곧 돌아올 텐데."

"한 가지만 더 물어보고 가겠소."

"물어보라구요!"

스잔나는 진흙을 이기던 손을 멈추고, 두 손을 양쪽 허리에 얹었다.

"남편을 기다리지 않는다면 문을 열겠소?"

"별 소릴 다 하시는군요!" 그러곤 다시 진흙을 이기기 시작했다. 그녀는 그 때까지 만약 모리츠가 어디 멀리 떠나고 헌병이 와서 자기를 보자고 한다면 어떻게 할 것인가 하는 생각을 해본 적이 없었다.

"이제 당신도 결혼한 여잔데 무엇이 두려워?"

"방해하지 말구 어서 나가라니까요."

그녀는 화가 나서 소리쳤다.

"대답을 해주면 간다니까." 헌병이 말했다.

"그걸 내가 어떻게 알아요." 그녀가 쏘아붙였다.

"그런지 안 그런지 말해 봐. 대답 안 하면 언제까지나 여기 섰을 테니." 헌병은 그렇게 말하고는 대문에 팔꿈치를 기대고 기다렸다.

"무엇 때문에 그런 걸 알고 싶어하죠? 야니는 집을 떠날리가 없는데요." 스잔나가 물었다.

"그러나 만약 그가 떠난다면?"

"시험해 보구려, 어떻게 하나. 하지만 야니는 떠나지 않을 거예요. 우린 외양간을 만들어야 하거든요. 그 다음엔 우물을 파야 하고. 이렇게 할 일이 많은 때 그가 어디로 떠난단 말예요?"

헌병의 두 눈이 번쩍 빛났다. 그는 대문에서 멀어지면서 이렇게 말했다.

"네가 용감한 처녀였다는 건 나도 잘 알아."

그는 가버렸다. 스잔나는 그가 휘파람을 불면서 멀어져가는 것을 보았다. 그녀는 일손을 멈추었다. 갑자기 소름이 끼쳤다. 진흙 속에서 두 발을 빼고 아이들 있는 쪽으로 달려갔다. 큰 아이를 품 속에 안고 꼭 껴안았다. 그녀는 마치 자신이 모리츠와 아이들에게 불행을 가져오게 될 어떤 큰 일이라도 범한 것 같은 생각이 들었다.

'하지만 사실 내가 무슨 나쁜 짓을 했단 말인가?' 그녀는 자신에게
물었다. '아무것도 아닌 일에 나는 겁을 먹고 있는 거야!' 그녀는 껴안았던
팔을 풀고 아이를 땅에다 내려놓았다. 이어 옷을 걷어올리고 또 진흙을
이기기 시작했다.

22

1주일이 지난 후 헌병 하나가 요한 모리츠의 집 대문을 두드렸다. 모
리츠는 식사 중이었다. 그는 창문 너머로 군인의 모자를 보고 말했다.
"무슨 일인지 내가 나가보지."

그는 마당으로 나갔다.

집 안으로 들어온 그는 종이 한 장을 들고 있었다. 그러나 그대로 식탁에
앉아 먹기 시작했다. 그래서 스잔나가 물어보았다.

"그 종이는 뭐예요?"

요한 모리츠는, 입 속에 든 것을 삼키고 나서 대답했다. "징발 영장이야.
밥이나 먹고 나서 국가가 우리들에게 뭘 원하는지 알아봐야지."

그는 아주 태연했다. 모든 농민들이 이와같이 말이나, 수레나, 가족에
대한 징발 명령을 받고 있다는 사실을 그도 잘 알고 있었다. 그러나 그에게는
말도 수레도 없었다. 이젠 그런 것들을 사들이지 않은 것을 후회하지도
않았다. 왜냐하면 그런 것이 있어 봐야 국가가 빼앗아갔을 테고, 그는 계속
걸어야 했을 테니까. '하지만 아마 옥수수나 밀 한 부대는 바치라고 할걸'
하고 그는 생각했다. 밀도 징발한다는 걸 알고 있었기 때문이다.

식사 후 요한 모리츠는 헌병이 가져다준 종이를 더럽힐까봐 우선 손을
닦고 나서 읽어 보았다.

스잔나는 그의 표정을 살폈다. 그의 얼굴은 점점 붉어졌다가 파래지더니
결국 납빛으로 변했다.

"뭐라고 씌었어요?" 스잔나가 묻자, 아이들은 말없이 아버지를 바라
보았다. 모리츠는 두 손으로 머리를 받치고 침대에 드러누웠다.

"뭐라고 씌어 있는지 저에게 말하고 싶지 않으세요?" 스잔나가 물었다.

여전히 모리츠가 아무 말도 하지 않는 걸 보니 결코 좋은 일은 아닌 것 같다.

"내가 말해줘도 당신은 무슨 소린지 모를 거요. 실은 나도 모를 일인 걸." 하고 그가 말했다.

"무슨 불길한 소식이에요, 야니?"

"보급계 하사관 녀석이 아마 잘못 보냈을 거야. 연대의 하사관 놈들은 무엇을 기록할 땐, 언제나 딴 생각만 한단 말야!"

그는 종이쪽지를 스잔나에게 내밀어 보였다.

"뭔지 알겠소? 징발 명령이야. 이미 우린 두 장이나 받았잖소. 한 번은 밀이고 또 한 번은 폴피리에게서 부대를 징발해 갔지. 헌데 이번 명령은 밀도, 부대도 아닌 나를 징발한대. 어떻게 사람을 징발한다는 거지? 이게 무슨 소린지 알겠소, 당신은?" 스잔나가 더듬더듬 읽어가자 모리츠는 참지를 못하고 종이를 빼앗아 큰 소리로 읽었다. 그러고는 이렇게 말했다.

"그자들이 어떻게 나를 징발하느냐 말이야, 나를? 나는 사람이야. 말이나, 집이나, 암소나, 부대자루를 징발할 수는 있겠지만 어떻게 산 사람을 징발한단 말이야. 그런데 그걸 좀 봐요, 내 이름이 적혀 있지 않소? 보좌관 녀석 정말 돌았군!"

"그럼 어떻게 하실 거예요?" 스잔나가 물었다.

"내일 아침 7시에 헌병대로 가야지."

"당신 말대로 하사관이 잘못했나 봐요."

"확실히 잘못된 거야." 그렇게 대답은 하면서도 그는 혹시나 하는 의심이 들었다. 만일 하사관의 실수가 아니라면? 그는 군대에 가는 것처럼 길 떠날 준비를 했다. 명령이 거짓이 아니라면, 그땐 아마 한 달이고 두 달이고 붙잡혀 있을 테니까.

23

그날 오후 내내, 모리츠는 스잔나에게 싸움을 걸었다. 스잔나는 마주

화를 내지 않았다. 그가 징발 명령으로 성이 나있다는 걸 잘 알고 있었기 때문이었다. 저녁에 모리츠는 영장 종이를 더럽히지 않도록 신문지로 싸서 주머니에 넣었다.

"사제님께 영장을 보이고 올게." 그는 마당에서 나갔다. 사제네 안마당에는 그의 부인만 있었다. 알렉산드로 코루가 사제는 낮 동안엔 시내에 있었다. 모리츠는 사제 부인에게 모든 걸 이야기할까 하다가 그만두었다. 그는 그녀의 손에 입을 맞추고는 나왔다.

길에서 개들이 짖고 있었다. 밤은 조용히 다가왔다. 모리츠는 돌에 발을 채이자 욕을 퍼부었다. 그는 발걸음을 재촉하여 집으로 돌아왔다.

24

안절부절 못한 밤이었다. 자리에 눕자 곧 요한 모리츠는 불길한 생각에 사로잡힌 것 같았다. 스잔나가 다가와 목을 껴안았다. 남편의 괴로움을 잊게 해주고 싶어서였다. 그러나 그는 아내의 팔을 풀어 떼어놓고는 돌아누웠다. 아내가 바라는 걸 잘 알면서도 그것을 하고 싶은 마음의 여유가 없었기 때문이었다. 여러 가지 일이 머리에 떠올랐다. 집에는 할 일이 태산 같았고, 밤낮으로 소나 말처럼 일을 해도 끝이 없었다. 그런데 뜻밖의 일로, 얼마 동안 집을 비우게 될지 알지도 못하고 떠나게 되어 이 모든 것을 내버려 두어야 한다고 생각하니 겁에 질리지 않을 수 없었다. 모리츠는 절망적이 되어 마치 죽으러 가는 것 같은 심정이었다. 누구에게나 길 떠나기 전엔 정리해둘 일이 많은 법이다. 요한 모리츠는 이런 일 저런 일을 생각하며 고민에 싸였다. 며칠 전에 그는 재목을 20스텔이나 샀다. 대금은 이미 지불되었고 그걸 잘라서 작은 더미로 쌓아 숲 속에 그대로 두었다. 이제 집에까지 운반만 하면 되는 것이다. 그런데 이 모든 것을 내버려두게 되었으니. 그것은 참나무 재목이어서 값도 비쌌다. 건축재였다. 그것이 자기 집 마당에 쌓인 모양을 한시바삐 보고 싶었다.

쌓을 장소까지 다 정해놓았다. 나무통이 굵었기 때문에 울타리 곁에 놓아둘 생각이었다. 그런데 그런 모든 것을 버려두고 떠나게 되었다. 모리츠는 스잔나 쪽으로 돌아누웠다. 재목을 숲 속에 버려둘 수는 없었다. 스잔나는 그 일을 알지 못하고 있어서 재목이 어디 있는지도 몰랐다. 그 장소는 찾기가 쉽지 않았다. 스잔나는 자고 있었다. 모리츠는 그녀의 어깨를 만져보았다.

'재목이 산림 구역 뒤쪽, 개울에서 몇백 미터 떨어진 곳에 있다는 걸 그녀에게 알려줘야지. 그런데 거기에는 다른 사람들의 재목도 있어. 자세히 설명해주지 않으면 못 찾을 거야.' 하고 모리츠는 생각했다.

스잔나는 모리츠의 손이 자기 어깨를 만지는 것을 느끼고는 잠이 든 채 생긋이 웃었다. 보름달이어서 방은 대낮처럼 환했다. 요한 모리츠는 스잔나가 혼자선 절대로 재목을 운반할 수 없다는 것을 잘 알고 있었다. 그건 여자가 할 수 있는 일이 아니었다. '알테미 영감이 같이 가 주면 곧 찾을 거다. 어떻든 내가 산 재목이라는 걸 알려줘야지, 그리고 가서 보라고 말해둬야지.'

모리츠는 더 힘을 주어 아내의 어깨를 껴안았다. 그녀는 또 생긋이 웃었다. 그는 달빛에 비친 아내의 얼굴을 바라보았다. 그녀는 웃으면서 혀로 입술을 축였다. 모리츠는 가엾은 마음이 들어 감히 깨울 수가 없었다. 아내는 어린아이처럼 곤히 잠들어 있었다. 내일 아침 일찍 일어나서 재목이 어디에 있는지를 알려주기로 했다. 그는 팔을 오므리고 몸을 반듯이 폈다. 평소엔 이렇게 누우면 곧 잠이 들었지만 이날 밤은 잠이 오지 않았다. 또 징발령 생각이 났다. 재목 생각을 하게 되면서 잠시 잊었던 것이다. 갑자기 화가 치밀었다. 요한 모리츠는 이미 국경 경비원으로 군복무를 했었다. 그 동안에 그는 세르비아 말을 배웠다. 그는 군대의 규칙을 알고 있었다. 오늘을 내일로 바꿀 수는 없는 규칙을, 그러나 인간을 수레나, 소나, 쟁기나 트럭처럼 징발할 수 없는 일이었다.

요한 모리츠는 관자놀이 있는 데를 비비면서 더 이상 생각하지 않기로 마음먹었다. 내일이 되면 알게 될 일이니까, 틀림없이 하사관들이 잘못 적었을 테니 그의 고민은 모두 헛된 것이 될 터이고, 그렇지 않으면 중대의 사무를 맡아 보는 하사관 중의 한 녀석이 장난으로 동원장 대신에 징발 영장을 보냈을 수도 있을 테니까.

　겨우 마음을 가라앉혀 이젠 잠이 드는가 하는데 문득 발타에게서 5백
레이를 받아야 한다는 생각이 났다. 자기가 얼마나 집을 비우게 될지 모르기
때문에 스잔나도 돈이 필요하겠지. 그는 아내 쪽으로 돌아누웠다. 스잔나는
베개를 끌어안고 왼쪽으로 돌아누워 자고 있었다.

　'무슨 좋은 꿈을 꾸고 있나 보군.' 하는 생각이 들어 모리츠는 그녀를
감히 깨울 수가 없었다. 내일 말해두면 되겠지.

　모리츠는 또 생각하기 시작했다. 우물의 축대를 끝마치지 않으면, 앞으로
장마철이 오면 허물어질 텐데. '그러나 장마철이 되기 전에 돌아오겠지.'
하고 생각하고는 우물에 대한 생각은 안 하기로 했다. 그러나 이번에는
외양간을 만들 벽돌을 아직도 굽지 못했다는 생각이 떠올랐다. 8백 장을
만들어서 집 옆에 차근차근 포개놓고 말리는 중이었다. 구워놓았어야 했
는데. 너무 말라버리면 부스러져 여태까지 한 일이 헛일이 되는 것이다.
이런 일들이 걱정되어 그는 잠자리 속에서 이쪽으로 누웠다 저쪽으로 누
웠다 했다. 다시 스잔나를 바라보았다. 그녀에게서 무슨 말이든 듣고 싶
어서였다. 그녀는 자면서 이불을 차버렸고 얼굴은 베개 속에 파묻고 있었다.
모리츠는 아내가 어떤 도움을 줄 수 없다는 걸 알아차렸다. 깨워보았자
별 소용이 없는 것이었다. 이 모든 건 남자가 할 일이 아닌가. 마을 사람들
중 마땅한 사람을 생각해보았으나 벽돌을 구워줄 만한 사람은 아무도 없
었다. 각자 자기 집이 있고 자기 일이 있기 때문이었다. 지금이 낮이라면
누구한테 부탁을 해보겠지만 지금은 한밤중이라 다들 자고 있을 것이었다.
그러니 벽돌 얘기를 하려고 잠든 사람들을 깨울 수도 없었다. '짚과 옥수수
잎으로 벽돌을 잘 덮어둬야지, 그러면 더디게 마를 게고 또 몇 주일은 견딜
거야.' 하고 모리츠는 생각했다.

　'그러다 보면 돌아오게 되겠지.' 그는 일어났다. 열려 있는 발코니 문을
열고 밖으로 나왔다. 그는 옷을 입지 않고 있어서 셔츠와 바지를 입으러
방으로 들어가려 했으나 아내와 아이들을 깨울까봐 두려웠다.

　그는 벽돌 한 개를 집어 달빛에 비쳐보았다.

　이삼 일 후에는 가마솥으로 들어가야 할 단계에 있었다.

　우물 있는 쪽으로 되돌아왔다. 그리고 온 마당을 돌아다니며 살펴보았다.

자신이 알몸이라는 것도 까맣게 잊어버렸다. 집의 벽돌과 지붕도 살폈다. 밤이 대낮같이 밝고 아름다워 그것들이 아주 잘 보였다.

그 전에는 달이 이처럼 빛나지는 않았다. 모리츠는 자기가 떠나야 한다는 걸 잊어버리고는 외양간 지을 계획을 세우다 보니 수레와 말과 그 다음에 암소 한 마리도 사고 싶어졌다. 그는 마당 한구석에 짚단을 쌓아둔 곳 근처까지 왔다. 짚단을 한아름 안아다가 벽돌 위에 갖다놓았다. 스잔나가 내일 할 수 있겠지만 기왕 짚단더미 가까이 와있으니 아내의 수고를 덜어주는 것이 더 좋을 것 같아서였다. 그는 옥수수잎을 날랐다. 벽돌을 다 덮고 나자 몸에 땀이 났다. 너무 빨리 설쳤기 때문이었다. 첫닭 우는 소리가 나자, 모리츠는 몸이 오싹해 왔다. 지금까지 모든 걸 잊고 있었는데 갑자기 자기가 떠나야 한다는 생각이 났기 때문이었다. 이렇게 벌거벗고 마당에 나와 있는 것이 부끄러웠다. 그는 방으로 들어가 방 한가운데서 걸음을 멈추었다. 아내는 벌거벗은 채 침대를 가로질러 자고 있었다. 모리츠는 아내를 깨우지 않고 그 옆에 드러누웠다. 그녀는 그가 옆에 온 줄도 모르고, 한쪽 다리를 뻗어 모리츠의 다리 위에 올려놓았다. 모리츠는 금방 졸음이 왔다. 잠시 눈을 붙였다가는 깜짝 놀라 다시 눈을 떴다. 주위를 살폈다. 스잔나는 여전히 자고 있었다. 달이 창문의 가장자리에 걸려서 헌병의 철모처럼 보였다. 요한 모리츠는 그걸 유심히 쳐다보며 아침까지 뜬눈으로 보냈다.

25

다음날 아침, 요한 모리츠는 헌병대로 떠났다. 도중에 물방앗간으로, 밭으로, 숲으로 가는 농부들과 마주쳤다. 모리츠는 그들을 보지 않으려고 고개를 돌렸다. 그도 역시 물방앗간에 가야 했고 숲에도 가야 했었지만, 이제는 모든 것을 다 버리고 떠나야 하는 몸이었다. 그는 징발된 것이다. 도망쳐버릴까 하는 생각도 한순간 떠올랐다. 숲 속으로 숨어버리면 헌병들은 절대로 그를 찾아 징발할 수가 없을 것이었다. 그러나 헌병대 문간에서 몸이 굳어버려 꼼짝할 수가 없게 되었다. 그에게는 아내가 있고, 집도 있고,

아이들도 있었다. 도망칠 수는 없었다. 모리츠는 헌병대 마당으로 들어갔다. 소장은 사무실에서 수염을 다듬고 있었다. 모리츠는 그것이 끝나기를 기다려 영장이 잘못이 없는가를 물어볼 생각이었다. 마당에서는 우유가 타는 냄새가 났다. 누군가가 모리츠의 어깨에 손을 얹은 사람이 있었다. 그가 고개를 돌려보니 군인 한 사람이 서 있었다. 그에게 영장을 가져다준 군인이 아니고 다른 사람이었다. 군인의 오른쪽에는 판타나의 유태인의 아들, 마르쿠 골덴베르크가 서 있었다. 모리츠는 그들이 자기 있는 쪽으로 가까이 오는 것을 보고 모르고 있었다. 그러나 그들은 마치 땅에서 솟아난 것처럼 사나운 눈초리를 하고 있었다. 군인은 모리츠의 셔츠를 움켜잡고 마치 자루를 들어올리듯 그를 일으켜 세웠다. 모리츠는 하는 대로 따랐다. 그리고 난 후 곧 마르쿠 골덴베르크의 손목이 묶여 있는 걸 발견했다.

"나란히 서!" 하고 군인은 명령했다.

'마르쿠의 손이 묶인 걸 보니 이건 장난이 아니군.' 하고 모리츠는 생각했다. 그는 유태인 팔꿈치에 자기 것을 가까이 갖다댔다. 그는 두려워졌다. 묶여 있는 사람을 보면 그는 언제나 겁이 났다. 등 뒤에서 보초가 총에 탄환을 재었다. 보지 않고서도 모리츠는 느낄 수 있었다. 그도 군인 생활을 한 적이 있기 때문이다. 헌병은 총에 칼을 꽂았다. 요한 모리츠는 그것이 무얼 뜻하는지 알았다. 그래서 그는 눈을 감았다. 안마당에서 나오면서 다시 한 번 사무실 창문 쪽을 바라보았다. 주둔소 소장은 유리창에 거울을 기대어 놓고, 계속 수염을 깎고 있었다. 농민들이 길을 가다 발걸음을 멈추고 그들이 지나가는 것을 바라보았다. 여자들은 문간까지 나와서 그들을 구경했다.

니콜라이 폴피리의 집 앞에는 샘터에서 돌아오는 한 떼의 아낙네들이 길 한가운데다 물통을 내려놓고 그들이 지나가는 것을 보면서 성호를 그었다. 모리츠는 눈을 감았다. 가슴속에서 무엇인가가 깨지는 소리가 났다. 여자들이 성호를 긋는 것은 손이 묶인 채 어깨에 총을 멘 군인들에 의해 끌려가는 사람을 볼 때 뿐이라는 것을 잘 알고 있었기 때문이다. 뒤에서 군인들의 발자국 소리가 들렸다. 모두 말이 없었다. 발을 맞추어 걷는 발자국 소리만이 침묵을 깨뜨릴 뿐이었다. 모리츠는 마르쿠 골덴베르크와 보조를 맞추며 걸었다. 다리가 자기 것이 아닌 것 같았다. 다리가 혼자 걸어가는

것 같았다. 그리고 자기 몸의 살도 자기 것이 아니었다. 남의 것으로만
느껴졌다. 몸 전체가 그랬다. 그리고 자기 머리 속의 생각도 모든 생각도
그랬고, 이젠 모든 것이 남의 것으로 여겨질 뿐 자기 것이라곤 아무것도
남아 있지 않았다.

26

소장은 수염을 다 깎자 휘파람을 불면서 안마당으로 나왔다. 아름다운
아침이었다. 부하가 물을 부어주어 세수를 했다. 부하는 그가 두 번이나
고쳐가며 정성껏 수염을 깎는 것을 보았었다.

"좋은 일이 생기신 모양이죠, 소장님?" 부하가 묻고는 소리내어 웃었다.
준위가 여자를 만나러 간다는 걸 잘 알고 있었기 때문이다. 소장은 대답
대신 윙크를 했다. 얼굴을 닦고 나서 새 군복으로 갈아 입고 책상 앞에
앉았다. 그는 서류철에서 오늘 아침 죄수 두 명을 동시에 병사로 보냈다는
보고서의 사본을 꺼내어 읽어보았다.

"마르쿠 골덴베르크, 법학박사, 30세 및 모리츠 이온, 농부, 25세를 호
송함. 이 두 사람은 유태인 및 불온한 인물의 징발 또는 포로 수용소에
송치하라는 명령에 따라 법이 정한 규정에 해당함 —— 판타나 헌병대
주둔소 소장 니콜라이 도브레스코 준위."

헌병은 보고서를 서류철에 집어넣었다. 만족스러웠다. 그는 코밑 수염을
매만지며 손거울을 들여다보았다. 그리고는 일어서서 총을 어깨에 둘러메고
요한 모리츠의 집으로 향했다. 이제는 스잔나 혼자다. 그는 이 시간을 2년
전부터 기다리고 있었다.

헌병은 휘파람을 불기 시작했다.

27

한 시간쯤 지나자 소장은 돌아왔다. 나갈 때 그는 오늘은 종일 자리를
비우겠노라고 했는데, 금방 다시 사무실로 돌아온 것이다. 그는 몹시 화가

나 있었다. 무엇을 손에 잡아야 마음이 가라앉을지 자기도 모를 지경이었다. 서신 서류철이 눈에 띄어서 바로 펼쳐 오늘 아침에 죄수 두 명을 동시에 병사로 보냈다는 보고서를 다시 읽어보았다. 점점 더 화가 치밀었다. 산산조각으로 찢어버리고 싶었다. 이젠 소용이 없는 것이니까. 혼자 있었지만 스잔나는 문을 열어주지 않았다. 그래서 억지로라도 문을 열고 들어가려 했으나 그녀는 도끼를 들고 나와 그러기만 하면 대가리를 부숴놓겠다고 위협을 했다. 그것은 결코 농이 아니었다. 헌병은, 여자들과는 어떻게 해야 한다는 걸 잘 알고 있었다. 만약 그가 마당으로 들어갔다면 머리가 깨지고 말았을 것이다. 그래서 단념하고 돌아와버렸다. 화가 나 어쩔 줄 몰라하는 것도 당연했다. 모리츠를 체포해놓고 그의 아내를 자기 것으로 만들려던 그의 모든 책략이 수포로 돌아갔기 때문이었다. 그 보고서를 꾸미느라고 하룻밤을 새웠는데 말이다.

'쓸데없는 일로 잉크와 종이만 버렸는 걸!' 하고 생각하자 다시 모리츠의 생각이 나서 아는 욕설을 다 퍼붓기 시작했다.

28

병사(兵舍) 마당에는 포로들이 줄을 지어 지금 막 떠나려는 참이었다. 모리츠는 그 사람들과 그들이 입은 좋은 옷과 가죽으로 된 가방을 바라보았다. 피곤했다. 발이 아팠다. 골덴베르크는 길을 걸어가는 동안 입을 떼지 않았다. 그도 역시 몹시 피곤한 모양이었다. 어디에 앉고 싶었다. 그들 뒤에 문은 열린 채 있었다.

포로의 행렬이 움직이기 시작했다. 사람들이 마당에서 나가는 참이었다. 한 장교가 서류 묶음을 손에 들고 지나가다가 골덴베르크의 창백한 얼굴을 쳐다보았다. 그리고는 모리츠를 뚫어지게 쳐다보며 헌병에게 물었다.

"둘 다 유태인이지?"

그는 대답을 기다리지도 않고 군인의 손에서 노란 봉투를 빼앗으며 모리츠에게 대문으로 나가고 있는 행렬을 가리키며 명령했다.

"4열 종대로 갓!"

요한 모리츠는 장교를 쳐다보았다. 무슨 뜻인지 알 수 없었다. 그 중위는 그의 어깨를 붙잡아 팽이처럼 팽그르르 돌리더니 장화발로 대열 속에 차 넣었다. 요한 모리츠는 걸어서 다른 포로들과 함께 마당에서 나왔다.

고개를 돌려보니 마르쿠 골덴베르크가 그의 뒤를 따르고 있었다.

29

그들은 저녁 때까지 걸었다. 잠시 쉬느라고 걸음을 멈추었을 때는 벌써 시내 근처에 와 있었다. 마르쿠 골덴베르크는 요한 모리츠의 곁으로 가까이 왔다.

"내 손 좀 풀어주게." 그러면서 그는 돌아서서 등을 들이댔다. 골덴베르크의 손은 희고 가늘었다. 손목에 피 같은 붉은 자국이 나 있었다.

모리츠가 손을 풀어주자 골덴베르크는 "고맙네" 하고 말했다.

그는 웃지도 않고 모리츠의 눈을 쳐다보지도 않았다.

풀 위에 앉아서 유리처럼 차디찬 시선으로 지평선을 바라보고 있었다. 요한은 그의 곁으로 가서 앉았다. 말을 걸어볼 생각으로 지금 막 풀어준 끈을 내밀며,

"이 끈 필요하오? 필요없으면 내게 주겠소?"

하고 말했다.

"갖게." 골덴베르크가 대답했다.

그의 음성은 아까보다도 좀 부드러웠다. 요한 모리츠는 끈을 돌돌 말아서 바지주머니 속에 소중히 집어넣었다.

"노끈 한 오라기라도 지니고 있으면 든든하거든요. 언제 쓰일지 누가 아오."

마르쿠 골덴베르크는 미소를 지어 보였다. 요한 모리츠는 그가 웃는 걸 본 것은 이번이 처음이었다.

30

  그날 밤, 포로의 행렬은 토포리차 강변에까지 왔다. 강바닥은 말랐고 강변엔 버드나무와 왜소한 관목이 서 있었다.

  바로 여기서 유태인들이 수로를 파야 했다. 멀리 인가가 보였다. 가까운 주위에는 마을이 없었다. 빈 외양간만이 이 황량한 땅을 지키고 있었다. 그 외양간은 이 땅이 어느 수도원의 소유로 되어 있을 때 종마 사육장의 마구간으로 세워졌던 것이다. 그것은 숲의 기슭에 있었다. 괭이와 삽과 곡괭이와 취사용 솥을 실은 군용 트럭이 그들 앞에 서 있었다. 포로들은 트럭을 바라보았다. 그 밖에는 볼 것이라곤 아무것도 없었다.

  그날 밤은 그 외양간에서 잤다. 모리츠는 바깥 풀밭에 누웠다. 잠자리가 부드러워 곧 잠이 들었다. 밤중에 몇 번이나 잠이 깼다. 달빛이 대낮처럼 밝았다. 외투로 덮인 육체들, 자기 양쪽에 뻗어 있는 그 몸뚱이들을 보지 않았다면 모리츠는 자기 집에 있는 걸로 착각했으리라. 그것들을 바라보면서 자기가 판타나에서 멀리 떨어져 있다는 것을 깨달았다. 그래서 그는 눈을 감았다.

  이튿날 아침 유태인들은 두 줄로 서서 점호를 받았다. 요한 모리츠와 마르쿠 골덴베르크는 또다시 나란히 섰다. 요한 모리츠가 그 유태인에게 아침 인사를 하니 그도 인사를 했다. 모리츠의 생각엔 그가 웃기까지 한 것 같았다.

  준위 하나가 대열 앞에 서서 포로들에게 삽과 곡괭이를 나누어주었다. 한 사람씩 받았다. 열 사람이 달려들어 솥을 트럭에서 내려 외양간 앞 호두나무 밑에 걸었다. 그러고 나자 금니를 박고 짙은 콧수염을 기른 준위가 연설을 늘어놓았다.

  그는 말하길, 유태인은 조국의 이익과 수호를 위해 이 수로를 파야 한다는 것이었다. 또한 자기 —— 준위 —— 는 유태인의 신(神)이며, 만일 자기가 어떤 것을 주장할 때에는 하늘에 있는 모세도 찬성하지 않을 수 없다는 것이었다. 그러고 나서 자기 이름은 아포스톨 콘스탄틴이며, 아들이 둘인데 하나는 변호사고 또 하나는 장교라고 했다.

유태인들은 그의 말을 똑똑히 듣고 있었다. 그 중에 몇 사람들은 히죽거리며 웃었지만 모두가 그를 두려워하고 있었다.

"오늘은 식사가 없다. 아직 부엌 설비가 되어 있지 않기 때문이다. 내일부터 하루에 두 번 차와 콩국을 배급한다. 그리고 거기에다 빵 반 개를 끼워준다."

그 말이 있은 후 곧 작업이 시작되었다. 각자는 매일 배정받은 땅의 표면을 파야 했다. 그것이 끝나면 밤까지는 자유였다. 자기 일을 완수하지 못했을 경우에는 작업 태만으로 고발되어 국가의 적으로 군법회의에 회부되어 구속된다. 준위가 그렇게 말했기에 포로들은 그의 말을 믿었다.

요한 모리츠는 대열에서 빠져나와 준위에게 자기는 유태인이 아니라고 했다. 준위의 대답은 여기에 자기 사무실을 설치하기 전에는 어떤 청구도 취급하지 않겠다는 것이었다.

요한 모리츠는 마르쿠 골덴베르크의 옆 자기 자리로 되돌아와서 기다렸다. 군대에서는 기다리는 일에 습관되지 않으면 안 된다는 걸 그는 잘 알고 있었기 때문이다.

사무실은 열흘 후에야 겨우 설치되었다. 그것은 널판대기로 만든 막사로 그 속에는 탁자와 의자와 보초용 침대가 있었다.

요한 모리츠가 사무실 문 앞에 얼굴을 내밀자, 준위는 1주일 후에 다시 오라고 했다. 아직 그의 청구를 검토해 볼 시간이 없다는 것이다.

31

수로를 파고 괭이를 땅에 박아 넣으면서 요한 모리츠는 자기의 오른편 옆 사람의 이름을 물었다. 모리츠는 사람들과 얘기를 나누는 게 즐거웠다. 서로 말을 하지 않는 사람들끼리란 증오를 되씹는 것 뿐이다.

"자네 유태 말 하는 것이 부끄러운가?" 옆사람이 물었다.

"유태 말을 모르거든." 모리츠가 대답했다.

"창피한 일이군."

유태인은 땅에다 침을 뱉고는 노골적으로 딴 곳을 쳐다보았다.

모리츠는 왼편 이웃에게로 몸을 돌렸다. 설명을 하고 싶어서였다.

"유태 말로 말해주게."

왼편 사나이가 말했다.

"바로 그 말을 하려던 참이야. 난 유태 말을 모른다니까." 모리츠가 맞받아 대꾸했다.

유태인들은 증오에 찬 눈으로 그를 쳐다보았다. 그는 일손을 멈추고 설명하려고 애썼지만, 아무도 들어주지 않았다.

'모두 유태 말만 하기로 작정을 했나 보군. 그렇게 하라지. 저들은 유태인이니까 유태 말을 하는 게 당연하지. 하지만 왜 내가 유태 말을 해야 된단 말인가?'

"유태 말을 잊어버렸으면 히브리 말은 할 수 있겠지." 하고 누군가가 물었다.

모리츠는 고개를 들고 대답하려고 했다. 모두들 일손을 멈추고 그를 주시했다. 그러고는 소리내어 웃었다.

요한 모리츠는 화가 치밀었다. 얼굴이 빨개졌다. 자제할 수 없을 정도였다.

"외국어가 문제가 된다면 웃을 수 있는 사람은 나지 당신들이 아니야. 나는 4개 국어를 능숙하게 구사할 수 있으니까 말이야. 당신은 몇 나라 말을 할 수 있어?"

자기의 오른편 사나이에게 물었더니 그는 재빨리 "난 말이야. 난 유태 말을 안다네!" 하고 대답했다.

모리츠는 삽으로 땅을 후려쳤다. 유태인들이 자기를 우롱하고 있다는 걸 깨달았기 때문이다. 그들은 모두 루마니아 말을 알고 있었지만 그 말을 쓰려 하지 않았다.

일이 끝나자, 그 대열의 우두머리인 이사크 렌겔 노인이 그를 한쪽으로 데리고 가서 이렇게 말했다.

"우리 유태인들은 지금 어려운 시기를 보내고 있는 중이야. 그리고 우리가 함께 모였으니 우리들 사이에는 아무 일도 없어야 하며 꼭 유태 말을 써야 해!"

"하지만 난 유태인이 아닌 걸요!"

모리츠가 말했다.

"이곳에까지 온 이상 숨겨서 무슨 소용이 있겠나. 붙잡히기 전이라면 숨겨둘 수도 있고 또 그렇게 하는 게 좋겠지. 하지만 여기까지 와서는 그건 아무런 의미가 없는 짓이야. 계속 우리들 사이에서 자네가 거짓말을 한다면 자넨 배교자(背敎者)가 되네."

"하지만 렌겔 씨, 저는 유태인이 아니라니까요."

모리츠의 음성은 떨렸다.

"마음대로 하게나! 자네가 배교도가 되는 게 좋다면!" 노인이 말했다.

요한 모리츠는 외톨이가 되어버렸다. 아무도 그가 유태인이 아니라는 걸 믿어주려 하지 않았다. 모두들 그가 거짓말을 하고, 루마니아 사람이 아니며 수용소를 빠져나가려고 하는 술책을 꾸민다고 생각했다.

렌겔 노인이 가지고 있는 수용소 명부에 그는 모리츠 야콥이란 이름의 유태인으로 기록되어 있었다.

"요한이라는 이름은 유태인에게는 없어! 유태 이름은 야콥이야. 그게 바로 자네 이름일세. 이온 역시 자네 이름이 아니네. 그건 단지 야콥을 루마니아 어로 번역한 것에 지나지 않아." 하고 렌겔이 고집했다.

수용소 친구들은 그를 양켈이라고 불렀다. 그는 거기에 대해 불평하지 않았다. 그러나 거기에 익숙해지기란 용이한 일이 아니었다.

"나를 야콥이든 양켈이든 너희들이 좋을 대로 불러라. 단지 너희들이 내 말을 믿어주지 않는 것이 원통할 뿐이다." 하고 모리츠는 말했다.

32

요한 모리츠는 그와 같이 있는 유태인들이 모두 징발 명령으로 수용소에 끌려왔다는 걸 알았다. 그리고 국가가 말이나 수레의 밀가루 부대를 징발하듯이 유태인을 징발했다는 사실도 알았다.

그런데 그는 유태인이 아니었다. 비로 그 사실을 준위에게 말하고 싶었던 것이다. 그가 아니고는 누구 하나 붙들고 말할 수 있는 사람이 없었다. 그러나 준위는 도무지 겨를이 없었다. 틈을 타 어느 날 그가 그 말을 했더니 준위는 벌컥 화를 내면서 쏘아붙였다.

"너는 넉 달 동안 여기 있으면서 하는 일이란 나를 괴롭히는 일 뿐이구나. 넌 암만 해도 혼란분자 같아. 내가 사무실 문을 열 때마다 으레 문간에 못박은 듯 서 있단 말이다. 노냥 허튼 소리와 불평 뿐이니 왜 먹는 것이 부족하냐? 일을 할 것이 없단 말이냐, 여편네하고 떨어져선 살 수 없단 말이냐?"

요한 모리츠는 할 말을 준비해놓고 매일 마음속으로 연습을 반복했었다. 준위에게 자기 얘기를 모두 하고 싶었던 것이다.

"간단히 해." 준위가 소리쳤다.

"저를 돌려보내주십시오. 저는 유태인이 아닙니다."

"유태인이 아니라고?"

준위는 경멸하는 눈초리로 모리츠를 쏘아보았다. 책상 위에 놓인 포로 명부를 들고 M자가 있는 장을 펴서 읽었다.

"모리츠 야콥, 28세, 기혼, 두 아이가 있음, 현주소는 판타나 마을, 아내의 이름 스잔나, 이게 확실히 너지, 그렇지?"

"접니다." 모리츠가 대답했다.

"그럼 무슨 이유로 유태인이 아니라고 하는 거지?"

"그건 접니다만, 전 유태인이 아닙니다."

"네가 지금 말한 건 매우 중대한 일이야! 넌 그걸 알겠지. 한 마디라도 거짓말을 하면 영창 신세라는 걸 알지. 너는, 여기 적혀 있는 것이, 이것은 군대 공문서인데도 허위라고 주장하고 있는 거야. 그런 짓을 하면 어떻게 된다는 걸 알면서도 아직도 유태인이 아니라고 버티겠나?"

"전 유태인이 아닙니다."

모리츠가 즉시 대꾸했다.

"그렇다면 왜 여기에 왔지?"

"저도 모르겠습니다."

"그럼 왜 지금 와서 겨우 말을 하는 거냐?" 하고 준위가 물었다.

"난 벌써 모든 공문서에 내 지휘하에 운하 작업에 종사하는 2백 50명은 모두 유태인이라고 기록했다. 기록하고 나서 서명을 했단 말이야. 이제 와서 네가 유태인이 아니라고 한다면 난 허위 서명을 한 것이 된단 말야. 그렇게 되면 나도 영창 신세야!"

준위는 화가 나서 얼굴이 벌겋게 되었다.

"네가 하는 짓으로 봐선 양쪽 빰따귀를 후려갈겨 닷새쯤 귀가 멍멍하도록 해놓고 싶다만, 너의 신청을 명심해 두겠다. 그러나 매우 중대한 일이다. 네 손으로 직접 이의신청서를 쓰고 서명을 해야 돼. 만일 네가 유태인이 아니라면 너를 여기로 보낸 놈은 감옥행이야. 하지만 만일 네가 유태인이면 너는 수용소에서 도형수의 감옥으로 넘어가게 돼. 잘 알아들었나?"

모리츠는 문 옆에 서 있었다. 준위는 이의신청서를 써서 그에게 서명케 했다. 거기에는 모리츠는 유태인이 아니므로 곧 석방시켜달라고 적혀 있었다.

"이제 가 봐. 내일 아침 네가 서명한 서류를 보내겠다. 그러고 나서 회답을 기다려야지."

요한 모리츠는 빙긋이 웃었다. 사무실에서 나올 때 기분은 마치 자기 집으로 돌아가는 듯한 느낌이었다. 보초인 스트룰이 쫓아와 그를 불렀다. 준위가 아직 할 말이 있다는 것이다.

"이봐, 야콥. 나는 군에 복무한 지가 25년이나 되네. 나는 한 가정의 가장이야. 네 이의신청 때문에 내 생애를 망치고 싶진 않아. 네 경우는 겉으로 보기보단 복잡하단 말야. 넌 성이 야콥이다. 네가 유태인이 아니라면 무엇 때문에 야콥이라는 이름을 가졌지? 그것이 하나이고, 둘째로 너는 유태인 말을 한다는 것, 유태인 말을 하는 루마니아 사람을 자넨 봤나? 나만 해도 내가 유태 말을 하던가?"

"수용소에 와서 배웠습니다. 독일어를 알고 하루 종일 유태 말을 들으면 배우게 되고 맙니다. 그렇게 어렵지 않습니다." 모리츠가 대답했다.

"들어보란 말야! 첫째 너는 유태인 성을 가졌고, 둘째 유태 말을 할 줄 안다. 셋째 이 서류에 유태인으로 기입되어 있어. 그런데도 네가 루마니아 인이라고 버틸 작정인가?

준위는 모리츠가 서명한 이의 신청서를 손에 들고 있었다. 그리고 그걸 쓰레기통에라도 던져버릴 듯이 책상 위에 놓았다.

요한은 방을 나오지 않았다. 억울한 생각에 목이 메었다.

"준위님, 제가 유태인이 아니라는 걸 모든 성인의 이름으로 맹세합니다."

"그건 두고 보면 알게 될 거야. 그러는 동안, 나는 네 이의 신청을 기록해 두고 내가 확인한 바를 보고하겠다. 난 공평을 기하는 사람이야. 난 지금까지 일생을 통해 그래 왔어. 네 이의 신청서 이외에도 또한 네가 근거를 잘 모르는 유태인 성을 가졌고, 네가 유태인 말을 하지만 수용소에서 배웠으며 그건 증인들이 증명해줄 수 있다는 사실을 기록해 두었다. 이곳에 오기 전에는 전혀 몰랐단 말이지?"

"몰랐습니다." 모리츠가 대답했다.

"다른 문제로 넘어가 보자. 무슨 종교를 믿지?"

준위가 말했다.

"그리스 정교를 믿습니다."

준위는 의심스럽다는 듯이 그를 쳐다보았다.

"유태인이 세례 받는 법을 아나?"

"압니다."

"그러면 너는 그들과 같지 않다는 걸 확인할 수 있나?"

"확인할 수 있습니다."

"정말이지?"

"정말입니다, 준위님."

"창문 가로 밝은 곳으로 가서 네가 유태식 세례를 받지 않았다는 표적을 보여라!" 준위가 명령했다.

요한 모리츠는 창문 곁으로 갔다. 바지 단추를 끄르고 흘러내리게 했다. 그는 홀랑 벗은 채 준위를 바라보았다.

"계집처럼 얼굴을 붉힐 필요는 없어. 부끄러워할 것도 없고, 밝은 곳으로 가서 잘 보이게 해. 보고서에 쓸 것을 내 눈으로 직접 확인해야지."

준위는 책상 곁을 떠나 모리츠 앞에 무릎을 꿇고서 문제의 부분을 자세히 조사하기 시작했다.

그는 지금 눈 앞에 보이는 것을 이전에 이미 목격한 것 아니면 사람들이 하는 이야기를 들은 것과 비교해 보았다. 그러나 어떻게 판단해야 하는지 잘 알 수 없었다. 그런데 보고서는 어디까지나 정확해야 했다. 그는 일어났다. 그러고는 담배에 불을 붙였다. 그의 얼굴이 빨개졌다.

"모리츠, 너는 나에게 골치 아픈 일을 시키고 있어. 너는 조국이 나를 너의 그것이나 보라고 이곳에 보낸 줄 아니. 난 군인이야. 그런 일은 내가 한 일이 아니란 말야. 내가 그런 짓을 한 건 공정하게 하기 위해서야. 정말 네가 유태인이 아닌지는 모르겠다. 그렇다면 내가 너를 이곳에 잡아둘 필요는 없단 말이야."

준위는 옆방의 문을 열더니 스트룰 보초를 불렀다.

"모리츠를 검사해라! 네것과 같은 식으로 베어져 있는지를 조사해라."

스트룰은 모리츠 앞에 무릎을 꿇었다. 그는 은행원이어서 무슨 일이든 수학적 정밀성을 가지고 아주 꼼꼼히 처리한다. 숫자를 다루듯 한 손을 그 위에 놓고 차분히 조사했다. 그러고는 차렷 자세로 보고를 했다.

"할례(割禮)를 받았다 해도 가볍게만 받았습니다."

"'가볍게'라니 무슨 뜻인가? 똑똑히 말해봐. 받았는가 안 받았는가?" 준위가 말했다.

"정확히 말씀드릴 수 없습니다. 부분적으로 베어진 자국은 확실히 있는 것 같습니다만 그것이 법사(法師)의 손으로 된 것인지 혹은 다른 원인에서 생긴 것인지 단정하기 어렵습니다." 스트룰이 답변했다.

"이봐, 모리츠. 네 경우는 아주 복잡하단 말야. 하지만 여하튼 서류를 보낼 테니 이젠 가도 좋아. 스트룰, 너는 여기 남아서 내가 보고서 작성하는 걸 도와줘!"

모리츠는 사무실을 나오면서 생각에 잠긴 듯이 바지 단추를 채웠다.

33

요한 모리츠가 체포되어 간 후, 읍내에서 돌아온 코루가 사제는 헌병대로 갔다. 아침 9시경이었다. 소장이 마을에서 돌아온 직후였다. 그는 골이 잔뜩

나 있었다. "나는 징발 명령을 받고 실행한 것 뿐이오! 그밖의 것은 알려드릴 수가 없소. 나도 사제님과 마찬가지로 알지 못하니까요. 읍내 헌병대로 가서 알아보시지요."

"모리츠가 읍내 헌병대에 있단 말이오?" 사제가 물었다.

"그것도 난 모릅니다. 그리고 만일 안다 해도 말씀드릴 수 없습니다. 군의 기밀이니까요. 그 사람들은 방위 시설 작업을 위해 징발되었기 때문에 그 작업 장소를 알려드리는 것은 금지되어 있습니다."

사제는 일어나 알려주어 고맙다고 했다. 바로 그날 오후에 읍내의 헌병대로 찾아갔다. 그러나 요한 모리츠는 거기에도 없었다. 그에 관한 일을 들은 사람도 없었다.

"그는 유태인입니까?" 하고 한 젊은 장교가 물었다.

"그리스 정교 신자입니다. 저의 교구 내에 속한 사람입니다." 사제는 즉시 대답했다.

"그렇다면 우리한테 보내진 않았습니다. 마을 헌병대로 가서 그 사람이 보내진 번호를 우리에게 알려달라고 부탁하십시오. 어제 오늘 우리에게는 유태인 호송대 뿐이었습니다. 그런데 사제님이 말씀하시는 그 사람은 유태인이 아니시라니 그렇다면 그 중에 들어 있지 않을 겁니다."

"유태인이 아닙니다." 사제는 단정한 어조로 말했다.

그 이튿날 사제는 보고서의 번호를 알아서 헌병대로 갔다. 숙직 장교가 명부를 들여다보더니 그에게 말했다.

"유감스럽습니다만 일체 알려드릴 수가 없습니다. 이건 기밀 서류이므로 육군성의 허가가 있어야 합니다."

"나는 모리츠 이온이 실제로 체포되었는지 또 어디 가 있는지만 알려는 겁니다. 그건 기밀이 될 수 없지 않소."

"그는 체포되었습니다. 그러나 있는 장소는 가르쳐드릴 수 없습니다. 우리도 모르는 걸요. 참모부로 보내진 뒤로 군사 참모부는 우리가 보낸 사람들을 어디로 돌렸는지, 또 어떻게 처치했는지 우리한테는 알려주지 않습니다."

장교의 음성은 무뚝뚝했다. 요한 모리츠라는 이름이 명부에 적혀 있는 걸 보고 나서 경멸하는 눈으로 사제를 쳐다보았다.

알렉산드로 코루가 사제는 나왔다. 장교는 그의 등 뒤에서 큰소리로 외쳤다.

"사제라는 게 거짓말을 식은죽 먹듯이 하는군. 문제는 녀석이 그리스 정교 신자라고 주장하지만 명부에는 유태인으로 기재되어 있거든. 다시 한 번 여기에 발을 들여놓아봐라. 내쫓아버릴 테니!"

34

코루가 사제는 트라이안에게 편지를 써서 요한 모리츠가 억류되었다는 사실을 알려주었다. 그리고 그를 위해 육군성과 참모 본부에 힘써보라고 부탁했다. 트라이안한테서 답장이 왔는데, 그가 할 수 있는 대로 사방에 다 말해서 모리츠가 석방되리라는 약속을 받았다고 했다.

그 편지를 받은 지도 두 주일이 지나고 3주일 그리고 4주일이 지났다. 그러다 두 달이 지나고 여름도 막바지에 들어가고 가을이 다가왔다. 요한 모리츠는 아직 돌아오지 않았다. 알렉산드로 코루가 사제는 지사를 만나러 갔다. 시내로 들어가는 도중에 마르쿠의 아버지, 골덴베르크 노인을 만나 마차에 오르라고 권했다. 그 유태인은 몹시 수척해 보였다.

"체포되어 간 날부터 마르쿠한테선 소식이 없습니다."

그 장사꾼은 이렇게 말을 하고는 한숨을 내쉬었다.

"그를 부쿠레슈티 대학과 파리 대학에서 공부시키느라고 큰 재산을 버렸지요. 그런데 그 애는 박사학위를 받아 집으로 돌아오자마자 붙들려서 구덩이를 파는 데 끌려갔습니다. 마치 구덩이를 파기 위해서 법학박사 학위를 딴 것같이!"

사제는 손가방에서 뜨뜻한 빵을 한 개 꺼내, 두 조각으로 잘라 반 개를 골덴베르크에게 주었다.

두 사람은 말없이 있었다. 오르막길이어서 말은 속도를 늦추었다. 언덕 꼭대기에 닿자, 유태인이 말했다.

"집도 빼앗기고 말았어요, 징발되었어요. 며칠 내로 이사를 가야 합니다.

그대로 있으면 헌병들이 나를 내쫓을 걸요. 피땀 흘려 내가 지은 집인데 말입니다. 먼저 마르쿠가 징발되더니 이번엔 집, 제가 무슨 죄가 있습니까, 사제님?"

유태인은 입을 다물었다. 말도 발걸음을 멈추었다.

"나중엔 목을 매고 죽고 말 거예요. 더 참을 수가 없으니." 하고 유태인이 말했다. 말은 또 걷기 시작했다. 시내 입구에서 골덴베르크는 마차에서 내렸다. 사제는 그가 좁은 유태인 거주지 골목으로 사라지는 것을 바라보았다.

35

골덴베르크와 헤어진 코루가 사제는 도청으로 갔다. 말이 천천히 걸어가게 내버려두었다. 사제는 집들을 바라보고 있었다. 더 높이, 언제나 더 높이 솟아올라가기를 그치지 않는 층층이 포개어진 집무더기들을.

도청 앞에서 말은 제풀에 섰다. 사제는 모리츠의 소식을 알아보려고 적어도 1주일에 한 번은 여기에 왔다. 시내로 들어가면 사제가 어디로 가는지를 말도 잘 알고 있었다. 그래서 그 건물 앞에 와서는 저절로 걸음을 멈추었다. 지사는 사무실에 있는 적이 없었다. 또 자리에 있다 해도 언제나 바빴다. 알렉산드로 코루가 사제는 한 번도 그와 만나 얘기하게 되질 않았다. 비서와 수위들은 그의 얼굴을 기억하고 있어 올 적마다 동정어린 미소를 지었다. 그런데 오늘은 비서가 여느 때와는 다른 웃음을 그에게 보여주었다.

"지사님께서 면회하신답니다. 반 시간만 있으면 사제님 차례가 될 것입니다."

한 시간이 넘어서야 알렉산드로 코루가 사제는 겨우 지사를 만나게 되었다.

"제 교구 내의 한 젊은이가 6개월 전에 억류당했는데, 그가 있는 장소와 억류당한 이유가 무엇인지 알고 싶습니다. 유태인 수용소에 있다는 말이 들리긴 합니다만, 그는 루마니아 사람이고 기독교인입니다. 제 손으로 세례를 준 청년입니다. 그가 석방되도록 좀 힘을 써주십사고 이렇게 찾아

왔습니다."

"원칙적으로 나는 그 일에는 일체 개입을 하지 않기로 되어 있습니다." 하고 지사가 대답했다.

"하지만 제가 말씀드린 그 사람은 아무 죄도 없는 사람입니다."

"하지만 사제님이 말씀하러 오신 그 사람은 지금 유태인 수용소에 있다고 지금 말씀하시지 않으셨습니까?"

지사가 반문했다.

"그렇지만 그는 유태인이 아닙니다."

"똑같은 얘기죠. 현재 유태인 수용소에 있는 이상, 그는 법에 저촉되고 저의 권한 밖의 특별한 처치를 받고 있는 겁니다. 이것이 첫째 문제이고, 다음은 두 번째 문제인데 제 생각으로는 제일 중요한 문제라고 생각되었고, 또 그 문제 때문에 오늘 당신과의 면회를 허락한 것이니, 말해두겠습니다. 저는 우리 도내의 사제 여러분들이 자기 교구의 일에는 별 관심을 두지 않고, 이런 저런 부탁을 듣고 당국에 계속 간섭하러 오는 걸 좋게 보지 않습니다. 지금 우리는 전시에 처해 있는 이상 우리 각자가 자기 직책을 지켜야 합니다. 저의 통고를 공적인 것으로 생각하십시오. 저로서는 사제님에 관해서 징계의 수단을 취하지 않을 수 없게 되는 것을 바라지 않습니다."

"인간의 행복과 인간의 정의를 위해서 일한다는 것은 곧 교회와 신을 위해서 일하는 것이오! 요한 모리츠를 위해 노력하는 것은 곧 교회와 신을 위해서 노력하는 것입니다. 바로 그것은 사제인 나의 사명인 것입니다. 요한 모리츠에게 내려진 처사는 부당한 것입니다."

"부당하다는 건 단지 사제님의 상상 속에 존재할 뿐입니다. 우리는 전시 상태에 있습니다. 우리는 조국과 교회를 위하여 그리스도의 적과 싸워야 합니다. 그런 판국에 사제님은 어느 한 개인이 국방 강화 작업에 참가하여, 그럼으로써 우리의 신성한 사명을 위해 봉사하는 것이 부당하다고 주장 하십니까?" 지사의 음성은 퉁명스러웠다.

"그 개인도 한 인간입니다. 그 인간은 아무 죄도 없이 재판도 받지 않은 채 연행되어 강제 노동에 끌려간 것입니다." 사제가 대답했다.

"그 모든 것이 쓸데없는 소리에 지나지 않아요. 사제님, 만일 우리가 각 개인 한 사람 한 사람의 일에 몰두한다면 볼셰비키의 큰 물결이 순식간에 우리를 집어삼켜버려 머지않아 우리는 끄나불 끝에 매달려 흔들거리게 될 거요. 사제들이 제일 먼저 그렇게 되겠죠. 우리는 십자가를 위해 싸운다는 확신을 가지고 있습니다!"

"한 인간을 존중하지 않는 사람은 십자가를 위해 싸운다고 주장할 수는 없을 겁니다. 누구도 십자가의 옹호자인 동시에 적이 될 수는 없는 것입니다."

"사제님은 우리가 그 모리츠라는 사람을 석방하여주어서, 볼셰비키가 우리 나라에 들어와 우리들 교회에다 불을 지르고, 우리의 부녀들을 욕보이고, 우리를 감옥에 집어넣어도 좋다는 것인지요. 사제님이 교회를 위해 싸운다고 생각하는 것이 그렇게 하는 것입니까?"

"최고로 고귀한 이상, 국가적, 사회적 또는 종교적인 이상도 한 인간에게 가해진 부당한 행위는 용서할 수 없습니다. 선인(善人)에 대해서도 귀죄(歸罪)의 규정이 있는 것은 죄악의 지식을 보급시키기 위해서입니다. 그렇다고 해서 착한 사람을 나타내기 위해 몇 사람한테 부정을 가할 이유는 없죠.

그리스도의 이름으로 인간을 노예화한다는 건 그리스도에 대해 죄를 짓는 겁니다."

"그 사람이 유태인이 아니라는 것은 확실합니까?" 지사가 물었다.

"틀림없는 사실입니다."

"그렇다면 그 사람은 대단한 치욕을 당하고 있군요! 그 책임자는 처벌을 받아야 할 겁니다. 징발 명령을 내린 건 누굽니까?"

"저는 모릅니다. 6개월 동안 모든 관계 관청에 알아봤습니다. 경찰, 헌병대, 군대, 모든 방면에 말입니다. 누구 한 사람 말해주는 사람이 없습니다. 매번 어디서나 기밀이라고만 대답하더군요."

"그건 당연하지요. 이번 작전은 극비에 속하는 겁니다. 나로서는 그 일에 관해서는 사제님께 말씀드릴 수 없습니다. 우선 참모본부에 가보십시오. 거기서 허가증을 받은 뒤에 다시 여기에 오시면 우리가 서류를 검토하여 누가 징발영장에 서명을 했는지 알 수 있을 겁니다. 그리고 그것이 혹시 직권남용이라면 그 죄를 저지른 자는 마땅히 본보기로 처벌을 받아야 합니다. 그러나 사제님이 문제에 관해서 허가된 문서를 입수하시기 전엔 우리로서는 일체의 정보를 제공할 수 없습니다."

지사는 일어섰다. 면회가 끝난 것이다. 코루가 사제는 의자에서 움직이지 않았다.

"지사님, 사람이 그 정도로 무감각해져서 마치 기계처럼 자기 이웃 사람의 호소에 귀머거리가 될 수 있습니까? 저는 제가 요구하는 걸 지사님이 못 알아들었다고는 도저히 믿어지지가 않습니다. 인간에게는 감정이 있고 영혼이 있습니다. 인간은 기계가 아닙니다. 진정으로 당신은 이온 모리츠에 대해서 행해진 부정을 모르겠다는 말씀입니까?"

"사제님, 솔직히 말씀 드리면, 나는 사제님을 도와드릴 처지가 못 된다는 걸 매우 유감스럽게 생각합니다. 사제님의 말씀이 옳다고 생각합니다. 나도 역시 사제님의 아들이기 때문에 그래서 이런 말을 하는 겁니다. 그러나 원칙적으로 저는 유태인이나 프리메이슨 단이나 철위단(鐵衛團)에 관한 일은 보지 않고 있습니다. 이것들은 대단히 위험한 일이어서 여기에 손을 댔다간 금방 덤벼들 것입니다. 나는 관리로서 어떤 경우에도 내 경력을 손상시키고 싶지 않습니다. 요는 그런 일에 휩쓸려들기 싫다는 것입니다."

코루가 사제는 일어났다. 그가 나가려 하자 지사는 사제의 손을 잡으면서 말했다.

"말씀하신 그 사람을 위해 아무런 도움이 되지 못해 미안합니다……. 이름이 뭐라고 했지요? 모리츠라고 했나요. 다른 기회에 또 와 주십시오. 힘닿는 데까지 도와드리겠습니다."

36

시내를 벗어나는 곳에 교회가 있었다. 사제는 발을 멈추었다. 그는 판타나의 헌병과, 지사와, 헌병대의 젊은 장교와, 그를 문간에서 기다리게 하고 요한 모리츠를 죄수로 가두어버린 모든 경관들과 관리들을 머릿속에 떠올려보았다. 그리고는 모자를 벗어들고 W. H. 오든의 기도문을 외었다.

"이제 조그마한 불행한 권력을 남용하는 자들을 위해 우리는 기도드리자. 자기들을 거쳐서 국가라는 비인격적인 압박을 우리에게 강요하는 자들, 사람을 심문하고 또 반대 심문을 하는 자들, 허가를 해주고 금지령을 내리는 자들, 이 모두를 위하여 기도드리자. 문자와 숫자를 살과 피보다도 진실하고 생명이 있는 것으로 생각하는 모든 자들을 위하여 기도를 드리자. 비나이다, 주여 우리들 이 지상의 소박한 시민들이 사람과 사람이 맡은 직책과 혼동하는 일이 없도록 해주옵소서. 항상 우리들로 하여금 우리가 참고 견디어야 하는 국가라는 것이 우리의 조바심과 태만, 우리의 자유에 대한 남용 또는 공포와 결국 우리들의 죄를 속죄하고 용서함에 있어서, 우리들 자신이 저지르는 부정에 의해서 형성된다는 것을 항상 우리 마음속에 새기게 해주옵소서."

사제는 흰 머리 위에 모자를 올려놓고 판타나를 향해 계속 길을 갔다. 네거리에서, 시내에서 돌아오는 골덴베르크 노인을 또 만났다. 유태인 앞으로 가서는 말이 저절로 걸음을 멈추었다. 말은 그 유태인 상인을 알고 있었다. 사제가 늘 그를 마차에 태운다는 걸 알고 있었던 것이다.

37

판타나의 헌병 주둔소 소장은 마을의 유태인 소유로 되어 있는 부동산 전체의 목록을 작성하라는 명령을 받았다. 그는 골덴베르크 노인의 재산 목록을 만들었다. 그러나 그는 목록을 올리지 않았다. 그는 모리츠도 유태인 수용소에 있다는 것을 알고 있었다. 징발 명령을 내려 모리츠를 시내의 헌병대로 보냈을 때 헌병은 그를 유태인으로 취급할 생각은 없었다. 그런 짓을 하면, 모리츠가 루마니아인이기 때문에 허위 보고가 되기 때문이었다. 노무자 징발 규정에는 유태인 및 불온한 인물들만 징발하라고 되어 있었다.

헌병은 모리츠를 불온한 인물로 징발했던 것이다. 그것은 합법적인 것이었다. 이 점에 있어서는 뚜렷한 규정이 없었다. 그런데 시내의 헌병대에는 모리츠가 유태인 명부에 기재되어 있다. 헌병대가 잘못했던가 아니면 모리츠의 실수였던 것이다. 왜냐하면 그는 유태인 이름을 가지고 있었기 때문이다. 소장은 이런 결과가 생긴 것을 후회하기 시작했다. 처음엔 모리츠가 몇 주일만 지나면 돌아오리라고 생각했던 것이다. 그런데 벌써 6개월이 지났다. 그러던 차 유태인 재산을 징발하라는 명령이 내린 것이다. 당연히 모리츠의 집은 징발되어서는 안 되었지만 헌병대의 명부에 판타나에는 유태인이 두 사람 있는 걸로 되어 있었다. 골덴베르크와 모리츠.

헌병은 어떤 해결책을 찾기 위해 머리를 쥐어짰다. 만일 모리츠가 유태인이 아니어서 그의 집은 징발 대상 권내에 들지 않는다는 것은 헌병대에 통고하면, 반드시 요한 모리츠의 구류 원인을 확인키 위한 취조 명령이 내려질 것이었다. 소장은 취조를 원하지 않았다. 자기는 그 취조 대상에서 빠지고 싶었다. 스잔나가 자기에게 불리한 증언을 할지도 몰랐다. 그래서 어떤 다른 해결 방법을 찾아내야 했다. 소장은 골덴베르크를 만나 의논해 보았다.

"만일 스잔나가 이혼을 하면, 그녀가 그 집을 가질 권리가 있지요. 그녀가 유태인이라는 건 아무 곳에도 적혀 있지 않으니까요. 어쨌든 시내에선 그리스도 교인과 결혼한 유태인들은 모두 그렇게 하던데요."

헌병은 스잔나가 결코 이혼을 하지 않을 거라고 생각했다. 그녀는 모리츠가 유태인이 아니라는 걸 알고 있기 때문에 이런 일로 해서 어떤 소란을 피우게 될지도 몰랐다. 더욱이 그녀가 변호사와 의논해 봐야겠다는 생각이라도 들면 어쩌나 하는 생각이 들었다. 그렇게 되면 당장에 취조 명령이 내려질 것이었다.

"이혼은 간단히 됩니다. 여자 편이 '인종 문제'로 남편과 갈라지고 싶다는 걸 문서로 선언만 하면 됩니다. 신청서가 올려지면 그걸로 이혼이 허락된 거지요. 민사재판을 할 것도 없이 구내 행정만으로 처리가 되니까 말이지요. 그것이 새로운 법률이랍니다."

38

헌병은 자기 손으로 스잔나가 쓴 것처럼 이혼신청서를 썼다. 그리고 서명을 하게 하려고 그녀의 집으로 갔다.

"당신의 남편은 유태인 수용소에 가 있어. 그런데 이번에 당신의 집을 징발하라는 명령이 내렸어. 공문서에는 당신의 남편이 유태인이라고 기록되어 있거든. 난 그렇지 않다는 걸 잘 알고 있지만 말이야. 그런데 그 이름이 재수가 없나 봐. 왜 하필이면 모리츠라고 이름을 지었을까?"

스잔나는 턱을 문에다 대고 잠자코 듣고만 있었다. 뚫어지게 상대방을 노려보던 그녀의 큰 눈에서 갑자기 눈물이 쏟아지기 시작했다.

"네 놈이 내 남편을 끌어가더니, 이번엔 내 집마저 빼앗으려 하는구나. 네가 아무리 헌병이라도 널 죽여버리고 말 테다! 무슨 수를 써도 내 집은 못뺏을 거다!"

스잔나는 몸을 굽혀 큼직한 돌멩이 하나를 집어 문 밖으로 던졌다. 헌병은 옆으로 몸을 피했다.

"당신 집을 빼앗고 싶어서가 아냐. 단지 당신이 이 집을 간직할 수 있도록 이 서류에 서명을 받으러 온 것 뿐이야."

이렇게 말하며 그는 이혼신청서와 만년필을 스잔나에게 내밀었다. 그녀의 눈에는 아직 눈물이 가득 괴어 있었다.

"여기에 무엇이라고 씌어 있는데?"

"이혼신청서인데, 당신이 이 집을 소유하기 위한 단순한 형식의 서류야."

"이혼까지 시킬 작정이냐?" 그녀가 고함쳤다.

그녀는 한 마리의 암범같이 그에게 달려들어 그를 산산조각으로 찢어 놓고 싶었다. 헌병은 대문 너머로 그녀의 한쪽 손을 붙잡고 그녀를 진정시키느라 애썼다.

"하나의 형식에 지나지 않는다니까. 사실상의 이혼은 아니거든. 만일 서명을 하지 않는다면 며칠 후엔 별수없이 이 집에서 쫓겨나야 한단 말야. 이렇게 되면 곧 겨울이 닥쳐오는 이 때에 어린 것들을 안고 어디로 갈 테야?"

스잔나는 그의 말을 들으려 하지 않았다.

"야니는 내 남편이야, 헤어지느니 차라리 죽어버리는 편이 더 낫지."

헌병은 한 시간 가까이 그 집 문 앞에 서 있었다. 스잔나는 피로를 느꼈다.

너무 울었기 때문이었다.

　그녀는 집 안으로 들어갔다가 다시 문 앞으로 오더니, 다시 돌멩이를 그에게 집어던졌다. 또 도끼를 들고 와서 그를 위협했다. 그러나 집에서 쫓겨나는 것보다는 서류에 서명해주는 편이 더 낫겠다는 생각이 들었다. 모리츠가 돌아오면 자기를 이해해주고 서명한 것을 용서해주리라. 자기가 그에게 충실했다는 것과 부지런히 일했고, 집을 잘 지켰고, 아이들도 잘 키웠다는 걸 알아주리라. 자기가 오로지 그이만을 위해 그의 아내로 남아 있었다는 것도 알아주리라. 그래서 그녀는 서명을 했다. 헌병은 스잔나의 이혼신청서를 윗옷 안주머니 속에 넣고는 가버렸다. 이제부터 그는 두 다리를 쭉 뻗고 잘 수 있을 것 같았다. 이제 취조 문제가 생길 염려가 없었던 것이다.

　만일 대장이 취조하러 왔더라면 이삼 일 유치되었을 것이다. 하지만 이젠 그런 위험은 없었다. 그는 빙그레 웃고는 휘파람을 불기 시작했다.

39

　모리츠가 있는 수용소 죄수들은 모두 마음만 먹으면 탈출할 수 있었다. 파수병으로는 군인 5명 뿐이었다.

　그러나 탈출해도 하루 아니면 이틀 후엔 붙잡힌다는 걸 잘 알고 있었기 때문에 한 사람도 도망칠 생각은 하지 않았다.

　마르쿠 골덴베르크는 한 번 탈출을 했었다. 그러나 탈출하자마자 준위에게 붙잡혔다. 그래서 다시 수용소로 끌려왔다.

　준위는 작업 시작 전에 포로들을 불러놓고 이렇게 말했다.

　"어떻게 했으면 좋겠나? 골덴베르크를 영창에 집어넣어 군사재판에 돌려야 할까, 아니면 여기에 두어야 하겠나? 이 작자가 다시 이와같이 바보 같은 짓을 하지 않게끔 너희들이 책임지고 감시하겠나?"

　포로들은 마르쿠 골덴베르크를 감시하는 책임을 지겠다고 했다. 그런 일이 있기까지 그는 운하 파는 일을 하지 않았다. 늘 병이 나 있어서 사무실에서 하사관으로 고용이 되었다. 그러나 그 직후 렌겔 노인이 그에게 삽을 주고 파야 할 땅의 분량을 정해주었다.

마르쿠 골덴베르크는 그걸 거절했다. 한 아르팡의 땅을 파기보다는 오히려 두 손을 잘라버리는 게 더 낫다고 했다.

40

"이 일을 하는 것은 나의 정치적 신념을 배반하는 거요." 하고 그는 말했다.

포로들이 둥그렇게 그를 에워쌌다. 누구 하나도 정치적 신념으로 운하를 파는 사람은 없었다. 그래서 모두들 그의 말을 매우 신기하게 여겼다.

"이 수로는 적군의 진격을 막기 위해서 파고 있는 거요. 나는 공산주의자요. 어떤 일이 닥쳐와도 나의 동지들이 가는 길을 방해하긴 싫소!"

포로들은 마르쿠의 용감한 태도에 감동되었다. 모두 동감이었다. 그러나 골덴베르크가 자기 몫을 파지 않는 경우엔 자기네들이 하지 않으면 안 된다는 걸 생각하니 그들의 감격은 금방 사라졌다. 렌겔 노인은, 그 일은 자기가 잘 처리해보겠다고 약속하고는 작업장으로 출발하라는 신호를 했다.

다른 사람들이 일을 하기 시작하자, 렌겔은 두 손을 호주머니에 넣고 수도가에 남아 있는 마르쿠 곁으로 갔다.

"우리 유태인은 어떤 서구 민족과도 견줄 수 없는 장점을 가지고 있네. 우리는 타협이라는 걸 알고 있지. 우리 민족은 중재를 인정하고 독단적인 태도를 경멸할 줄 아는 슬기를 가지고 있지. 이것은 우리들이 동양에서 물려받은 미덕이야. 자네도 잘 알겠지. 염소와 양배추를 아낄 줄 아는 사람은 현명한 사람이야. 그런데 자네는 현명한 점을 경멸하고 고집스런 태도를 취하네. 그런 태도는 야만 민족이나 호전적인 민족의 특징이라는 걸 잊어버린 걸세. 세련된 문화 민족은 여러 가지 태도를 동시에 취하고 그 속에서 목전의 사태에 가장 적합한 태도를 선택하는 여유를 갖는다네. 만일 자네가 그러한 현명을 고려할 의사가 없다면 마음대로 하게나. 우리는 자네가 수로를 파고 싶어하지 않는다는 걸 잘 알고 있으니까."

"어떤 대가로도 될 수 없습니다."

마르쿠가 말했다.

"그렇다면 자네가 이곳에 있는 한 자네 몫의 땅을 매일 누군가가 대신 파주어야 하네. 지금까지는 자네가 병원에 있었지만 오늘부터는……."

"알겠습니다만 나는 팔 수 없습니다." 골덴베르크가 말했다.

"자네가 일하지 않으면 우리가 자네 대신 자네 일을 해야 한단 말야. 오늘은 우리가 그 일을 하겠지만 자네는 아무 일도 않고 호주머니에 두 손을 찌르고 여기에 남아 있고 우리가 자네를 위해 일을 할 수는 없지 않나!"

"제가 그 일을 해달라고 부탁한 건 아닙니다! 그 일이 하고 싶으면 마음대로 하십시오. 그 일이 즐겁거든 말입니다……." 마르쿠 골덴베르크는 경멸하는 투로 말했다.

"자네도 잘 알다시피 우리가 그 일을 하고 싶을 리가 있나. 하지만 우리가 자네의 태도를 준위에게 일러바쳐서 자네가 양손에 수갑이 채여 군사재판에 회부되게 할 수는 없잖아."

"게으름뱅이라고 일러바치십시오! 왜 지금 당장이라도 가서 이르지 않으세요?"

"이봐요. 마르쿠. 자넨 법학박사야. 자넨 사태를 분별할 수 있을 텐데 그래. 우리는 자네가 체포되어 총칼 사이에 끼여 수용소 밖으로 끌려가는 걸 원치 않는단 말야, 마치 야생 동물을 사냥하듯 말이야. 그러니 파시스트들은 우리의 적이야. 골덴베르크, 우리 유태인은 한 사람의 유태인도 감옥에 갇히게 하고 군사 재판에 회부되도록 해달라고 요구할 수는 없는 거야. 우리 각자가 자기 몫의 땅도 겨우 파니까 말이야." 렌겔이 말했다.

"그런 연설이 무슨 소용이 있어요? 동정으로 나를 설득시킬 셈인가요? 나를 설복시킨다는 건 시간 허빕니다!" 마르쿠는 계속 빈정대는 어투로 말했다.

"나도 그렇게 단순한 사람은 아니야. 자넨 일종의 광신자야. 모든 광신자는 미친 동물과 같아서 너무 가까이해서는 안 되는 거야. 자네에게도 아버지, 어머니가 있지. 그래, 내가 잘 알지. 자네는 한 번도 자네의 부모를 생각해본 적이 없지만 우리가 자네 대신 생각해주고 있네. 자네의 아버지, 어머니가 집에서 자네를 기다리고 있어. 우리는 자네가 유태인이라는 걸 잊을 수가 없거든. 자넨 우리 형제야. 우리의 혈관에는 똑같은 피가 흐르고 있네. 자네가 그걸 잊고 있다 해도 그 피는 변함이 없네. 그렇기 때문에 우리들은 자네의 그 광신주의와 우리 공동체의 이해 관계와 그리고 자네가 비웃는 우리들의 감상주의를 융화시키기 위한 타협책을 찾고 있는 거지."

다른 포로들은 그들을 에워싸고 이야기를 듣고 있었다.

"자네는 그것이 소련군, 자네 동무들에게 장애물이 된다고 해서 땅 파는 일을 싫어한다지. 우리가 자네에게 강요할 순 없어. 그렇다면 정치적 의미나 군사적인 의미를 갖지 않은 다른 일은 하지 않을 수 없을 거네. 예를 들면 변소 청소 같은 것이 더 낫겠는가? 우리들은 차례로 변소 청소를 하니까. 만일 자네가 매일 변소 청소를 해준다면 그 날 변소 당번이 자네 대신 땅에 구덩이를 파게 해보지. 그런데 미리 말해두지만, 그건 힘들고 구역질나는 일이야."

이렇게 말하면서 렌겔 노인은 어느 쪽이든 하나를 선택하지 않을 수 없을 경우, 골덴베르크가 반드시 구덩이 파는 일을 택하리라고 확신했다. 변소 청소는 누구든 이틀 이상을 계속할 수 없는 일이라는 걸 잘 알고 있기 때문이었다.

"잘 생각해보게. 오늘 저녁까지 생각해 볼 여유를 주지."

"저녁까지 기다릴 필요가 없습니다. 결정이 되었으니까요." 마르쿠가 대답했다.

"그러면?"

"변소 청소를 택하겠습니다. 그 일은 건설적인 일이니까요. 수로를 파는 일은 범죄적일 뿐만 아니라 반동적이고 파시스트적이지요. 적군(赤軍)의 동지들에게 장애물을 만드는 데 헌신하기보다는 매일 변소 청소를 하는 편이 훨씬 낫겠습니다."

렌겔 노인은 파랗게 질려버렸다. 자기의 계획이 실패로 돌아갔기 때문이었다.

"그런 식으로 결정하기 전에 좀더 생각해보게나." 하고 노인이 말했다.

"조금도 생각할 필요가 없습니다." 그리고 골덴베르크는 돌아서버렸다.

포로 중에서 감히 마르쿠에게 다가가서 말을 붙일 용기가 있는 사람은 한 사람도 없었다. 오직 요한 모리츠만이 "마르쿠, 당신 돌았구먼! 어째서 매일 변소 청소를 하는 편이 더 낫다는 거요? 그건 감옥살이보다도 더 고약한데." 하고 말할 수 있었다.

"시끄러워, 내가 해야 할 일은 내가 알아서 할 테다!" 골덴베르크가 고래고래 소리쳤다.

"그렇게 말하는 게 아닌데." 모리츠가 즉시 대답했다.

그 때 마르쿠 골덴베르크의 눈동자가 요르그 요르단의 눈동자와 아주 흡사하다는 생각이 들었다.

요한 모리츠는 그의 곁을 떠났다.

41

다음 날 렌겔 노인은 후회했다. 일을 잘못 결정지었다는 생각이 들었던 것이다. 그는 너무 인정이 많은 노인이었다. 그날 저녁 그는 마르쿠를 찾아가서 그의 결심을 돌려보려고 했다. 무슨 수를 써서라도 그 일을 그만두게 할 생각이었다. 자기 자신에게 마르쿠에게 이런 일은 처벌로 과한 것 같은 마음이 들었던 것이다.

마르쿠는 아직 일이 끝나지 않았다. 하루 종일 그는 변소로 사용하는 구덩이에서 퍼낸 따듯한 똥통을 수용소 경계까지 운반해서는 그 오물로 들판을 메웠다.

하루 종일 비가 와서 똥구덩이는 퍼내고 퍼내도 물이 괴었다. 그래서 그의 일은 점점 불어났다. 마르쿠는 아주 지쳐버렸다. 그는 몸이 마르고 게다가 폐까지 앓았다.

"자네는 곧 그 일을 단념하고 말 걸세. 자네 같은 사람에겐 맞지 않는 일이니." 렌겔이 말했다.

마르쿠는 구덩이 속으로 내려가 똥통을 채우고는 삽으로 똥을 긁어올렸다.

"내가 자네라면 도저히 하루 종일 이렇게 더러운 악취를 맡곤 못 있겠네."

마르쿠는 즉시 대답하지 않았다. 일어서는 것만도 겨우 할 수 있었다. 그래도 그는 일을 계속했다. 똥통을 두 개나 들고 노인 앞을 지나갔다. 그가 돌아오자 렌겔이 또 이렇게 말했다.

"이대로 계속하면 자네 옷과 자네 몸뚱이는 이내 이 냄새가 밸 거야. 밤에는 이 구린내 때문에 잠도 못잘 걸세."

노인이 다음 날부터 사무실에서 다시 하사관 노릇을 시키겠다는 말을 입밖으로 내려 할 순간이었다. 그러나 마르쿠는 더 참을 수가 없었다. 그는 완전히 지쳐버렸다. 잡고 있는 삽을 높이 쳐들었다가 눈을 감고 내리쳤다. 삽날이 렌겔의 머리 한복판에 닿았다. 렌겔은 비틀거렸다. 마르쿠는 더 이상 상대방을 보지 않았다. 삽자루를 쥔 그의 두 손은 부르르 떨리고 있었다 그리고 또 한 번 내리쳤고, 또다시 한 번, 이제는 허공을 쳤다. 노인은 그 자리에 쓰러졌다. 마르쿠는 삽자루를 쥐고 그 자리에 서 있었다. 그가 눈을 떠보니 렌겔 노인은 머리가 터져 발밑에 뻗어 있었다. 죽일 마음은 없이 절망에 빠져서 한 짓이었다. 그러나 그 일을 조금도 후회하지는 않았다.

42

그 일로부터 넉 달이 지났다. 요한 모리츠에게는 삽으로 두 쪽이 난 노인의 머리와 총칼을 멘 군인에 의해서 수용소를 나가던 마르쿠의 모습이 아직도 눈에 선했지만 이 모든 것은 이미 과거 속에 파묻혀 아주 오래된 일같이 생각되었다. 그에겐 이 얘기가 몇 해가 지난 옛날에 일어났던 사건이 아닌가 하는 느낌이 있었다. 마르쿠는 죽지는 않았지만 감옥에 갇혀 있는 사람들이란 죽은 사람과 마찬가지로 빨리 잊혀지는 법이다.

그날은 눈이 내렸다. 준위는 포로들에게 어느 장군이 사열을 하러 온다는 걸 알렸다.

"국왕 폐하께서도 왕림하신다."

준위가 말했다.

"폐하께서 우리가 파놓은 수로를 보시러 오신단 말야. 이 운하를 설계하신

분이 바로 국왕 폐하 자신이므로 보시려는 거야."

　모리츠는 어느 소금 광산 속에 있을 마르쿠를 생각했다. 그리고는 자신이 직접 운하의 설계를 했다는 국왕을 생각해보았다. 연필을 손에 들고 집무를 보는 책상 앞에 앉아서 설계하는 국왕이 영상처럼 눈에 떠올랐다. 운하는 매우 길었다. 사람들 말로는 백 킬로미터 이상이나 된다고 했다. 그러나 죄수 한 사람 한 사람은 그가 파는 이 작은 부분밖에 모른다. 보려 해도 더 이상 볼 수도 없었다. 운하는 깊이가 3미터에다 양쪽 가는 가파르게 되어 있었다. 여기에 물이 채워질 것이었다. 모리츠는 지금 이 시각에 그가 파고 있는 곳에 물이 흐르는 광경을 상상해보았다. 전쟁이 끝나면 이 운하에 기선도 지나가게 된다는 말을 들었다. 지금 당장에는 러시아의 진격을 막기 위해 사용된다는 것이다. 그래서 이 일은 비밀인 것이다. 국왕과 몇몇 장군만이 알고 있는 일이었다. 준위는 그들에게 그렇게 말했다. 모리츠는 국왕과 장군들이 무엇인가를 귀엣말로 수군거리는 모습이 꿈 속에 자꾸 보였다. 그들은 모리츠 자신이 일하고 있는 운하에 대해 토의를 하는 것이었다. 그래서 이곳 죄수들이 집에다 아내에게나 또는 자식들에게 편지를 보내지 못하게 하는 이유도 잘 알 수 있었다. 비밀을 지켜 러시아 사람들이 이를 알지 못하게 하기 위한 것이었다. 준위는 말하기를, 러시아 사람들은 도처에 간첩을 보내어 모리츠 자신이 일하고 있는 이 운하의 사진을 찍으려 한다고 했다. 그러나 매번 경찰이 그들을 붙잡았다고 한다. 죄수들을 석방시킬 수 없는 것은, 그들이 귀가하게 되면 운하의 기밀이 샐 우려가 있기 때문이라고 했다.

　요한 모리츠는, 전쟁만 끝나면 언제고 자기 아내 스잔나와 아들을 데리고 한 번 여기에 와서 그가 파놓은 운하를 보여주리라 생각했다. 그때 운하엔 물이 가득 차 있으리라. 그래서 모리츠는 잘 기억이 나도록 자기가 일한 장소를 눈여겨보아두었다. 자식들은 눈이 둥그래져 감탄하리라. 그놈들은 바로 이 장소가 옛날엔 가축들이 드나들던 들판이었다고 하면 곧이듣지 않으리라. 그리고 학교에 가서 다른 아이들에게 아버지가 과거에 한 일을 들려주겠지. 이렇게 훌륭한 아버지를 가진 것을 자랑스럽게 여기겠지. 이와 같은 공적을 세운 아버지를 가진 딴 애들은 없을 테니까. 모리츠는 자신이

자랑스럽게 여겨졌다. 처음에는 자기 집 생각이 나서 고민했었다. 마당에
둔 벽돌이 너무 마르지 않았을까, 스잔나가 숲 속에서 제목을 운반할 수
없지나 않았을까, 옥수수를 다 거둬들이지 못하지나 않았을까, 이런 생각
으로 밤에 잠을 이루지 못했었다. 그러나 그런 걱정은 얼맛동안 생기더니
점점 생각하지 않게 되어버렸다. 틀림없이 스잔나가 모든 일을 잘 처리
했으리라. 그리고 여자의 연약한 힘으로 할 수 없는 일은 자기가 돌아가서
하면 되겠지. 준위가 바지를 벗게 하고 검사를 받아 그가 유태인이 아니라는
것을 인정받은 날부터 오래 전에 와있으나 운하를 파는 작업이 끝나지
않아서 자기를 석방시켜주지 않나보다고 생각했다. 그런데 이제 국왕과
장군들이 그가 파놓은 그 수로가 마음에 드는지 와서 본다는 것이다. 그
다음엔 집으로 보내주겠지. 모리츠는 자기를 여기에 보낸 국가를 원망하지
않았다. 맨처음에는 판타나에서 시내까지 자기를 호위하던 군인이 무척
미웠다. 그리고 소장도 미웠다. 자기를 징발한 자가 바로 그 자라고 믿었다.
그러나 이제는 그런 미움도 사라졌다. 다시 마을로 돌아가 혹시 길에서
도브레스코 헌병을 만난다면 옛날처럼 모자를 벗고 인사를 할 수 있을
것 같았다. 만일 6개월 전에 석방이 되었더라면 외면을 하고 말았으리라.
아니면 욕설까지 퍼부었을 게다. 왜냐하면, 바로 그가 징발 영장을 내려
자기를 조롱했기 때문이었다. 그러나 지금은 적개심도 사라졌다. 모든 건
시간과 함께 지나가버린다. 그는 이젠 얼마 있으면 집으로 돌아가게 되
리라는 것을 믿고 있었다. 그가 살던 마을과 아내가 그리웠다. 아이들도
많이 자랐겠지. 베드로는 문간에서 자기 앞으로 달려오겠지. 모리츠의 마
음은 마냥 꿈 속에 잠겨 있었다. 집으로 돌아가 베드로를 가슴에 안고
니콜라이를 꼭 껴안은 자기 모습을 그려보니, 그것이 마치 벌써 실제로
일어난 것같이 느껴졌다. 그리고 스잔나에게는 어떻게 일을 했고 또 어디에
있었다는 걸 알려주리라. 그러나, 매를 맞았다는 말은 일체 하지 말아야지.
그리고 배고파 죽을 뻔했다는 얘기도 빼놓아야지. 그녀를 가슴 아프게
해준들 무슨 소용이 있겠나? 오로지 그가 유태 말을 배웠다는 것과 수용소
내에서는 아무도 유태인들마저 자기가 루마니아 사람이란 걸 믿어주지
않더란 말만 해줘야지. 준위가 요한의 X를 조사하려고 바지를 벗으라고

명령하기까지 했어도 그들은 자기를 루마니아 사람으로 여기지 않았다는 것, 특히 준위가 하사관 노릇을 하는 스트룰에게 명령하여 그자까지 검사했다는 걸 알려주면 스잔나는 배를 잡고 웃겠지. 준위와 하사관 스트룰이 입을 떡 벌리고서 "자네를 수용소에서 내보내야겠네. 자넨 유태인이 아니니까 말야. 국왕께서는 유태인들만이 이 수로를 파라고 명령을 하셨네."라고 말했다는 것도 얘기해주리라.

스잔나는 이런 일들이 이젠 다 끝나서 그가 집으로 다시 돌아오게 된 걸 기뻐하겠지. 그리고는 자기 곁으로 와서 사랑스럽게 매달리며 이렇게 말하리라.

"당신은 제 남편이에요. 제겐 하늘에서 빛나는 태양보다 더 귀중한 분이에요." 모리츠는 장군이 오는 날을 기다리며 이런 공상을 했다. 그런데 바로 그 날이 되자 장군이 다음 날에야 온다는 연락이 왔다. 손에 팽이를 들고 세 줄로 늘어서서 장군을 기다리던 죄수들은 해산했다.

모리츠는 사무실로 불려갔다.

"준위님이 말씀할 것이 있대." 스트룰이 말했다.

모리츠의 가슴은 몹시 뛰었다. 석방 명령이 왔다고 생각했다. 그래서 준위가 자기를 사무실로 부르는 거라고 생각하고 스트룰에게는 아무 말도 묻지 않았다. 기쁨을 감추기에 힘이 들었다. 작업이 끝나면 곧 석방되리라고 생각했었지만 작업이 아직 끝나지도 않았는데 희소식이 하늘에서 떨어진 것이다. 준위는 새 군복을 입고 있었다. 마룻바닥도 장군의 시찰을 위해 깨끗이 닦여 있었다. 사무실 책상은 얼룩 한 점 없이 푸른 종이로 덮여 있었고 서류들은 잘 정돈된 묶음으로 쌓아올려져 있었다. 모리츠는 문 옆에서 발을 멈추고 인사를 했다. 1초라도 빨리 그 희소식을 듣고 싶었던 것이다. 그러나 그는 아무것도 눈치채지 못한 것처럼 했다. 어린아이같이 즐거워하는 모양을 보이고 싶지 않았다. 준위 옆 다른 의자에는 사무엘 아브라모비치 의사가 앉아 있었다. 이 사람도 포로이지만 준위와 친하게 지내면서 언제나 사무실에 그와 함께 있었다. 스트룰은 한 쪽 구석에 있는 푸른 종이로 덮인 작은 탁자 앞에 자리를 잡았다. 세 사람은 다같이 눈을 크게 뜨고 모리츠를 주시하고 있었다. 심각한 표정이었다. 드디어 준위가 결심한 듯이 입을 열었다.

"모리츠, 네 아내가 이혼 신청서를 냈다! 그녀는 이제 네 아내가 아냐."
그러고는 짤막한 콧수염을 비비면서 계속 말을 이었다.

"이혼 신청서를 보내왔으니, 네가 그걸 봤다는 걸 증명할 수 있도록
거기에 사인을 해야 해."

준위는 책상 구석에다 서류를 놓고는 모리츠에게 펜을 내밀었다. 그러나
모리츠는 문에서 꼼짝하지 않고 있었다.

"인종 문제라는 이유로 이혼을 요구했다네. 이젠 유태인의 아내가 되기
싫다는 거야." 준위는 힐책하는 어투로 덧붙였다.

"넌 나에게 루마니아인이며 그리스도교도라고 엉터리 수작을 떨었지.
날 속여먹으려구 했지 그렇지? 나 같은 늙은 여우에게 걸렸다는 걸 몰
랐겠지! 네 신청서를 보내지 않길 잘 했지. 네 여편네가 네가 유태인이라는
이유로 이혼을 신청했거든. 다른 누구보다도, 네 아내보다 너에 대해 더
잘 알 사람은 없겠지, 안 그래?"

준위는 싱긋이 웃기 시작했다. 그러나 모리츠의 얼굴을 보자, 그 일그
러지고 파랗게 질려 있는 얼굴에 그만 웃음이 사라져버렸다.

"여자란 전부가 그런 거야! 네가 떠나자마자 곧 다른 놈팡이 녀석을
물었을 거야. 여자라는 건 갈보와 같아. 까짓것 너무 상심 말고……."

모리츠는 준위 놈을 갈기갈기 찢어놓고 싶었다. 자기 아내를 갈보에
비긴다는 것은 들어넘길 수가 없었다. 그는 이를 갈았다. 울분이 자기 속에서
부글부글 끓어올랐다. 자신을 억제하려고 애썼지만 목구멍이 꽉 죄어들었다.
폭발되기 일보 직전이었다.

그는 준위와 그를 에워싸고 있는 모든 사람들까지 모조리 때리고 싶은
충동을 자제하느라고 두 주먹을 불끈 쥐고 있었다.

"내 아내는 갈보가 아닙니다."

"사실이야, 너는 갈보를 아내로 둔 사람이 아니야. 너에겐 이젠 마누라가
없으니 말이다. 네가 데리고 있었을 때는……."

준위는 책상 모서리에 놓인 서류를 자기에게로 끌어당기며 서류에 적힌
날짜를 읽었다.

"1월 3일까지야. 바로 그 날이 이혼을 선언한 날짜로 되어 있으니까. 따라서 그 날로부터 넌 다시 총각이 된 셈야!"

준위가 계속 말을 했다.

준위는 다시 히죽히죽 웃기 시작했다. 아브라모비치 의사도 입술가에 웃음을 띠었다.

"내 아내가 이혼을 신청했을 리 없습니다! 난 스잔나를 잘 알고 있으니까요."

"네가 믿지 않겠으면 마음대로 해. 하지만 네가 이혼을 인정하고 다시 독신이 된 것으로 여기에 서명을 해야 해."

"난 독신이 아닙니다." 모리츠가 말했다.

"좋아, 독신이 아니라구 해둬라. 하지만 아무튼 넌 문서를 봤다는 증거로 서명해야 하는 거야!"

모리츠는 준위가 내미는 만년필을 뚫어지게 쳐다보며 소리를 질렀다.

"난 절대로 서명할 수 없습니다!"

준위는 화가 났다. 두 뺨이 시뻘겋게 달아올랐다. 자기는 군인이고 모리츠의 대답은 군기를 위반한 행동이라는 걸 상기했다.

"서명해! 여기가 어딘지 잊었나? 머리가 돌았어?" 하고 그가 명령했다.

요한 모리츠는 만년필을 쥐고 서명을 했다. 명령이기 때문에 복종하는 수밖에 없었다.

준위가 손가락으로 지적한 종이의 오른쪽 아래 구석에다 자기 이름을 쓴 다음 만년필을 책상 위에 놓고 그 방을 나오려고 했다. 그의 두 눈에는 눈물이 넘쳐 흘렀고 머리는 빙빙 돌았다.

"읽어봐! 네가 뭣에 서명을 했는지 알아야 할 테니." 하고 준위가 말했다.

"읽어볼 필요는 없습니다! 사실이 아니라는 걸 나는 알고 있으니까요."

모리츠가 대답했다.

그는 문을 열려고 했다. 그러나 그의 손은 어둠 속에서 무엇을 더듬듯 손잡이가 잡혀지지 않았다.

"담배나 한 대 피우고 가게나." 아브라모비치 의사가 이렇게 말하면서 담뱃갑을 그에게 내밀었다. 모리츠는 되돌아왔다. 담배를 한 대 쥐고서 피우기 시작했다. 그러나 그는 언제 라이터를 꺼내 불을 붙여줬는지 기억이 없었다. 그는 기억해보려고 애를 썼지만 그의 눈 앞에 보이는 것은 라이터의 불꽃 뿐이었다. 노란 불꽃이 훨훨 춤을 추면서 엄청나게 커지고 있었다.

"아이들도 있나?" 의사가 물었다.

모리츠는 꿈에서 깨어난 것 같았다. 대답은 했지만 자기 속에 있는 다른 사람이 말해주는 것 같았다. 움직인 것이 자기 입술이 아닌 것 같았다.

그러고 나서 그는 어떻게 했는지도 모르게 사무실에서 나왔다. 그리고 온종일 그는 운하 언저리의 꽁꽁 얼어붙은 땅 위에 앉아 있었다. 그는 추운 줄도 몰랐다. 천만 가지 생각이 머리를 스치고 지나갔다. 때때로 지금 막 서명한 서류 생각이 머리에 떠오르면 화가 치밀어 올랐다.

그 다음 날 아침 그는 또 준위를 만나러 갔다. 서류를 보자고 하여 읽어 보았다. 그러기 전엔 믿어지지가 않았던 것이다. 그는 그것이 사실임을 알았다. 스잔나까지도 자기를 유태인으로 믿고 다른 남자를 찾았기 때문에 그와 이혼을 한 것이었다.

준위가 그에게 총각이라고 말해도 다시는 골을 내지 않았다. 가슴이 찢어질 듯하였으나, 그것이 사실이라는 걸 알았기 때문에 이젠 화를 내지는 않았다. 자기 두 눈으로 그것을 읽었던 것이다.

43

그 이튿날 준위는 멋진 새 군복을 차려입고 나타났다. 죄수들은 수로를 따라 줄을 지어 늘어서서 점심 때까지 기다렸다. 그러나 온다던 장군은 오지 않았다.

사흘째 되는 날, 준위는 항상 입는 군복으로 다시 바꿔 입었다. 그리고 장군이 화가 나서 수로를 보러오지 않는다고 알려주었다.

1주일 동안 그들은 일을 하지 않고 있었다. 그리고 모리츠의 수용소는 북쪽으로 이동해갔다.

지금까지 그들은 보드라운 노란 찰흙을 팠는데 이제는 돌멩이 속을 파야만 했다.

준위는 트럭을 타고 다른 연장을 가지러 떠났다. 지금까지의 도구는 찰흙을 파는 데밖에는 쓰이지 않았다. 그는 사흘 동안 자리를 비우더니 돌덩어리를 잘라내어 깨뜨리는 데 필요한 연장을 두 트럭에 잔뜩 싣고 왔다. 그 일은 매우 힘들었다. 날씨도 추웠다. 모리츠는 겨우내 고된 일을 했다. 음식도 나빴다. 사람들은 파리처럼 쓰러져갔다. 앓는 사람도 있었고 또 몇 명은 죽어갔다. 모리츠는 병이 나지는 않았으나, 1주일 동안 목이 아팠다. 그러나 작업의 진전은 매우 늦었다. 4월이 되었으나 크리스마스 때와 같은 장소의 일을 하고 있었다. 겨우 몇십 미터밖에 되지 못했다. 사람들 얘기로는 올 겨울과 여름 내내 계속되고 가을이 되어서야 끝이 난다는 것이었다. 10월이 되면 물이 들어오리라 한다. 그런데 몇 달 지나더니 일을 중지하라는 명령이 내렸다. 준위가 말하기를 참모 본부가 이 수로를 포기했다는 것이다.

샤를 2세가 퇴위하고 망명했던 것이다. 그래서 그와 동시에 이 수로 계획을 작성하는 것을 도운 장군들이 모두 망명을 가든가 파면되었던 것이다. 이제 왕궁에는 다른 장군들이 들어와서 왕이 한 운하 설계가 필요 없다고 주장한다는 것이다. 그래서 전 작업을 중지하라는 명령이 내려진 것이다.

유태인들은 기차에 실려서 루마니아 서부 국경으로 수송되었다. 거기에서 헝가리인을 막는 요새를 구축하기 위해서였다.

요한 모리츠는 자기의 작업장을 떠나면서 국왕의 설계가 실패로 돌아간 것이 섭섭했다. 모든 작업이 헛수고였던 것이다.

44

새로운 수용소는 루마니아와 헝가리의 국경에 있는 어떤 숲속이었다. 그들은 사흘 낮과 밤을 기차로 달렸다. 떠날 때 그들은 수로를 파던 연장들을 가져갔다. 준위는 자기 사무실 전체를, 다시 말하면 나무로 된 바라크 하나를 기차에 실었다. 스트룰은 명부를 운반했다. 죄수들은 이가 득실거리는 옷을 그대로 입고 갔다. 죄수 한 사람이 여남은 마리는 지니고 있었다. 그러나 새로운 수용소에서는 수로를 팔 때 쓰이던 연장은 이젠 필요하지 않았다. 이번에는 방어 공사를 위해 나무를 찍어 넘겨야 했다. 요한 모리츠는 방어 요새라는 걸 본 적이 없었다. 어떻게 만들어지는지도 알지 못했다. 하여튼 그들은 숲속의 나무를 전부 찍어서 국경으로 운반했다.

수많은 사람들이 나무를 찍어서 골짜기로 보내는 일을 했다.

요한 모리츠는 방어 요새를 보려고 했으나 좀처럼 볼 수가 없었다. 그는 아마 이렇게 잘라낸 나무 전체를 가지고 헝가리인과 루마니아인 사이에 거창한 벽을 쌓는 거라고 생각했다. 결국 참모 본부도 그런 생각을 한 것임에 틀림없지만 잘 알 수는 없었다. 아무튼 두 나라 사이에 굉장히 큰 벽이 서는 걸 하루 속히 보고 싶었다.

벽이 완성되면 모리츠는 자기는 숲의 높은 곳에 가서 볼 수 있으리라. 다른 사람들의 말을 들으면 헝가리 사람들도 국경 저쪽 자기들 땅에다 똑같은 요새를 만든다는 것이다. 요한 모리츠는 어느 쪽이 더 높은지 보고 싶었다. 그는 준위에게서 헝가리 사람들이 만든 요새는 두 푼어치 가치도 없는 허술한 것이어서, 루마니아 사람들이 하룻밤이면 그 위를 넘어 지날 수 있다는 얘기를 듣고 퍽 만족스러웠다. 그렇지만 루마니아 사람들은 그럴 생각이 없는 것 같았다. 요한 모리츠는 걸핏하면 루마니아 군인이 헝가리로 진군해가는 것을 상상해보았다. 그리고 직접 눈으로 그 군인을 보고 싶어했다. 만일 전투가 시작된 때에도 그가 그곳에 있게 되면 높은 숲속에서 그 군인들을 볼 수 있으리라 여겨졌다. 준위의 말에 의하면 루마니아측의 요새는 너무 높아서 날아가는 새도 그 위를 넘을 수 없다는 것이다. 그 말을 듣고 요한 모리츠는 높고도 높은 요새일 거라고 상상했다.

새 중에는 볼 수 없을 정도로 하늘 높이 나는 새도 있다. 만일 그 새들이 루마니아 요새 위를 넘어가지 못한다면 —— 준위 자신이 보증한 얘긴데 —— 그것은 아래에 있는 사람이 쳐다보아도 그 꼭대기가 보이지 않을 만큼 높아 구름 속까지 뚫고 들어간다는 말일 것이다. 요한 모리츠는 제 손으로 잘라 넘어뜨린 나무가 어느 부분에 놓여질까 생각해보았다. 무슨 표적이라도 해서 그 요새가 만들어졌을 때 알아볼 수 있었으면 했다. 어쩌면 자기가 벤 나무 기둥들은 아주 높이 꼭대기 가까운 곳에 사용될지도 몰랐다. 숲 속에서 나무를 자르며 하는 요한 모리츠의 이런 생각들은 어리석은 짓일지도 모른다. 그가 이런 생각을 하고 있다는 것을 알면, 다른 사람들은 땅바닥을 데굴데굴 구르며 웃을지도 모른다. 그러나 그는 그런 생각을 할 때가 좋았다. 그는 집과 마을 일을 조금도 생각하고 싶지 않았다. 생각만 하면 피가 머리로 솟구쳐오르는 것 같았기 때문이었다.

어느 날 스트룰이 숲속으로 찾아와 사무실에서 그를 부른다고 했다. 이혼 서류에 서명을 한 이래 모리츠는 한 번도 사무실 출입을 하지 않았다. 그가 사무실로 들어가 책상과 준위를 볼 때마다 그는 그 날의 그 종이가 놓여 있었던 그 책상 구석과 팔꿈치를 대고 서명하던 자기 모습이 떠오르는 것이었다. 그래서 그는 두 번 다시 들어가고 싶지 않았다. 그러나 호출을 받은 지금은 가지 않을 수 없다. 준위는 사무실에 있지 않았다. 방에는 아브라모비치 의사와 스트룰과 수용소 요리사 후르틱 뿐이었다. 모리츠는 인사를 했다. 그들은 다정스럽게 그에게 답례해보였다. 그러고는 의자 하나를 그에게 내주었다.

모리츠는 준위가 나타나리라 생각했다. 자기를 숲까지 부르러 보낸 걸 보면 준위가 무슨 중대한 일을 맡기려는 모양이다.

"준위는 나가고 없네. 마음놓고 얘기할 수 있다네." 하고 의사 아브라모비치가 말하면서 모리츠에게 담배 한 대를 권했다. 아브라모비치 의사는 늘 담배를 지니고 있었다. 그 담배는 맛이 좋고 값이 비싼 것이었다.

"양켈, 자네 아내는 자넬 버렸네." 하고 아브라모비치 의사가 말했다. 모리츠는 얼굴 빛이 변했다. 아주 파래졌다.

"당신이 무슨 상관입니까. 그건 내게 생긴 일이지 다른 사람이 상관할 바는 아닙니다."

"내가 말하고 싶은 건 자네가 수용소를 나간다 해도 집에서 기다리는 사람이 없다는 것 뿐이야. 더구나 내 생각으로는 전쟁이 끝나기 전에 한 사람도 여기를 떠나지 못해. 그런데 전쟁은 앞으로 10년은 더 걸릴 걸세."

요한 모리츠는 한숨을 쉬었다. 수용소에서 10년을 더 있다간 자기는 아주

백발이 될는지도 모른다고 생각했다.

"다른 나라로 가고 싶지 않나?" 아브라모비치 의사가 물었다.

모리츠는 자기가 키차 이온과 함께 미국으로 뜨려고 했던 일을 회상했다. '그날 비만 왔더라도 난 오늘 미국에 있을 거야. 그날 밤 스잔나와 만나지만 않았더라면 말이야.' 하고 생각했다. 사실 그가 그날 밤 스잔나만 만나지 않았다면, 지금 그는 멀고 먼 나라에 가 있을 것이다. 수용소에 와있지도 않을 것이었다.

"떠나고 싶습니다. 전에도 미국으로 가려고 한 적이 있었지만 일이 잘 되지 않아서……." 하고 모리츠는 아주 기뻐서 말했다.

"이번엔 실행될 거야. 자네가 떠날 생각만 한다면, 몇 달 후엔 자넨 미국에 가 있을 거야." 아브라모비치 의사가 즉시 대답했다.

모리츠는 아브라모비치와 스트룰 그리고 후르틱을 쳐다보았다. 그들도 그를 바라보았다. 그들이 자기를 놀리고 있는 건 아니라는 느낌이 들었다. 만일 그게 장난이라면 숲속에까지 부르러 보낼 리는 없었다.

"꼭 가고 싶습니다!" 모리츠가 말했다.

"그렇다면 우리들과 같이 가면 되는 거야. 우리 셋과 함께 우리는 헝가리로 빠져나가는 거야. 탈출하는 게 무섭나?" 의사가 물었다.

"무섭지 않습니다."

"헝가리에는 유태인을 억압하는 법률이 없네. 내 누이동생이 부다페스트에서 결혼해 살고 있네. 나를 기다리고 있다네. 후르틱 씨도 헝가리에 친척이 있네. 그런데 우리에겐 짐을 운반하는 걸 도와줄 사람이 필요하거든. 난 짐이 많아. 가방이 여섯 개야. 돈이 될 물건들을 갖고 있어. 국경서부터 헝가리 영토에 들어가서 약 10 킬로미터는 걸어야 하는데 나 혼자서는 도저히 운반할 수가 없어. 그리고 우리들은 한 사람도 헝가리 말을 못 한단 말이야. 그래서 자네를 생각한 걸세."

"어떻게 여기를 빠져나갑니까?" 모리츠가 물었다.

"준위가 트럭으로 우리를 수용소에서 국경까지 데려다주네. 그렇지 않으면 도저히 떠날 수 없을 거야. 어느 길을 가나 순찰대가 지키고 있으니까. 그러나 우리는 군용 트럭을 타고 간다는 거야." 하고 의사가 말했다.

"준위가 우리의 탈출을 알고 있습니까?"

"물론이지! 그 사람은 가족이 많아 돈이 필요해. 그 사람의 입장에 있다면 자넨 그렇게 하지 않겠나?" 하고 후르틱이 말했다.

모리츠는 대답을 하지 않았다.

"한 대 더 피우고 가서 짐을 꾸리게! 다른 죄수들이 눈치채지 못하도록 조심하게." 의사 아브라모비치가 말했다.

"곧 떠나야 합니까?" 모리츠가 물었다.

"할 수 있는 한 빨리! 9시에 준위가 트럭을 가지고 문 앞에서 우릴 기다려. 가서 자네 물건을 가지고 곧장 사무실로 와야 하네. 우린 여기서 자넬 기다릴 테니까. 너무 짐을 많이 가지고 오지 말게. 자네가 내 짐을 운반해야 하니까!"

요한 모리츠는 나갔다. 세수수건 하나에 셔츠 한 벌, 그리고 빵 한 조각을 싸가지고 곧 돌아왔다. 9시에 그들은 수용소를 빠져나왔다. 준위가 기다리고 있었다. 그는 그들을 트럭에 싣고 국경으로 갔다.

새벽 3시, 요한 모리츠는 아브라모비치 의사의 가방을 들고 헝가리 영토를 밟고 있었다. 동이 틀 무렵, 그들은 어느 역 앞에 서게 되었다. 아브라모비치 의사는 모리츠에게 돈을 주어 부다페스트로 가는 2등 열차표 넉 장을 사오게 했다.

부크레슈티에 있는 핀란드 공사관에서 베푼 환영연에서 트라이안 코루가는 루마니아의 육군 장관인 토투 장관을 알게 되었다. 며칠이 지난 후, 그는 장관을 만나러 가서 요한 모리츠의 건(件)을 제의했다. 장군은 그의 얘기를 관심있게 들었다. 요한 모리츠의 이름과 직업, 생년월일과 억류된 날짜를 적어놓으며 이렇게 말했다.

"늦어도 1주일 후엔 그 사람은 자기 집으로 돌아가게 될 겁니다. 그 일에 관해서 즉시 조사를 시켜 석방에 필요한 서류를 준비하라고 명령하겠습니다. 오늘이……"

장군은 달력을 쳐다보며,

"……8월 21일이군요. 28일에 다시 한 번 들려주시면 그 사람의 석방 명령장을 직접 내드리겠습니다."

그러고 나서 그는 이렇게 물었다.

"이 모리츠라는 사람이 당신 부친의 심부름꾼입니까?"

"아버님이 믿는 사람이지요. 엄밀히 말하자면 심부름꾼과는 다릅니다."

"시골에는 노동력에 위기가 오고 있으니까요." 장군은 그의 말을 끝까지 듣지 않고 계속 말했다.

"당신이 보잘것없는 녀석을 위해 그처럼 동분서주하는 이유도 이해가 갑니다. 한 사람이 더 있으면 그만큼 수확이 늘 테니까요. 특히 요즘은 농번기라 더할 테죠."

이런 식으로 대화는 계속되었다.

트라이안은 자기가 모리츠를 위해 힘쓰는 것은 그가 아버지의 하인이어서도, 또 농사 일에 필요해서도 아니고, 오로지 그가 부당하게 억류되었기 때문이라는 것을 장군에게 설명하려고 애썼다.

"제 부탁은 순수한 인도적인 행위, 즉 무상 행위입니다."

"하지만 나도 역시 부득이 그런 뜻에서 하는 겁니다. 가끔 농민들의 세례식과 결혼식 같은 것이 있어서 시골에 가 봅니다. 요즈음 그들에게 일을 시키려면 온갖 수단 방법을 써야 하더군요. 그들이 친구라는 생각을 갖도록, 그들과 같은 식탁에 앉을 수 있을 정도까지 해야 되더군요. 당신이 말씀하시는 의도는 잘 알겠습니다. 당신의 아버님도 나와 똑같은 입장일 겁니다."

장군은 책상 서랍을 열고 트라이안의 최근 소설을 꺼내어 책상 위에 놓았다. 새 책으로 아직 들춰보지도 않은 것이었다.

"부대의 심부름꾼을 시켜 서점에서 사왔습니다. 제 딸에게 증정한다고 써주시겠습니까? 엘레자베스라고 부르죠. 나이는 열여덟 살인데, 소설을 아주 좋아해요. 당신은 그 애가 좋아하는 작가의 한 사람이지요. 점심 때 당신이 나를 보러 왔었다는 말을 하면 여러 가지를 물어볼 거예요, 당신이 어떤 옷을 입었더냐, 어떤 넥타이를 맸더냐, 담배는 어떤 담배를 피우더냐 등등 말이에요. 젊은이들이란 그런 거죠, 안 그래요?"

트라이안은 이번에는 틀림없이 요한 모리츠의 석방이 성공할 거라고 확신하며 육군성 계단을 내려왔다. 그는 꽃가게에 들러 오늘 아침에 주문해 둔 백장미 다발을 받아들고, 우체국으로 가서 아버지에게 전보 한 장을 보냈다.

'8월 29일 약혼자와 요한의 석방장을 갖고 판타나로 감.'

45

"8월 29일엔 판타나의 당신 아버지한테 가는 거죠?" 엘레오노라 베스트가 물었다.

그녀는 매우 기뻤다.

"1 주일밖엔 남지 않았어요. 어서 가고 싶어요."

그녀는 트라이안 코루가의 손에서 백장미를 받아 꽃병에 꽂았다. 트라이안은 그녀의 어깨와 까만 비단 드레스 위로 곱슬거리며 늘어진 다갈색 머리칼을 한참 바라보았다. 그리고 그녀의 늘씬한 체격과, 가느다란 다리를 바라보며 말했다.

"노라! 내가 당신을 바라볼 때마다 무슨 생각을 하는지 알아?"

미소를 지으면서 그녀는 그에게 고개를 돌렸다.

"난 마음속으로 시인 튜도르 알게지와 같은 질문을 하게 된단 말야. '그대의 어머니는 요정이었던가, 암사슴이었던가, 아니면 갈대였던가? 어떤 아기가 그녀의 뱃속에서 자랄 수 있었던가? 그것은 실로 정령 아니면 요정의 아기이리라. 왜냐하면 그대는 실로 인간의 종자가 아닌 것 같기에.' 당신은 아름다워. 당신의 혈통에는 반드시 노루들이 들어 있을 거요. 당신의 두 눈은 놀란 다람쥐 눈 같고, 당신의 경쾌한 동작은 그 피를 물려받은 거야. 당신의 조상 가운데에는 해초도 들어 있었나봐. 당신의 몸에는 물속의 풀과도 같은 조화가 깃들어 있어. 당신은 앙고라 고양이의 아양처럼 변덕도 많지."

엘레오노라 베스트는 등을 돌린 채 장미꽃 다발 속에 뺨을 파묻고 있었다.

"내가 언짢게 한 거라도 있소?" 트라이안이 물었다.

"아녜요." 그녀가 대답했다.

"슬픈 표정인 걸. 당신 눈을 보지 않아도 우울한 빛인 걸 알 수 있어. 내가 한 말 때문에?"

"아녜요! 전 슬프지 않아요. 다만 제 혈족을 생각하고 있었어요. 아무리 생각해봐도 사슴이라든가, 왕자라든가, 요정이라든가, 해초라든가, 다람쥐 같은 건 찾아볼 수 없는 걸요……." 그녀는 생긋이 웃으며 대답했다.

두 사람은 식탁에 앉았다. 참나무로 된 낡은 가구들이 놓인 커다란 식당에는 두 사람 뿐이었다.

엘레오노라 베스트의 집은 부크레슈티에서 가장 유명한 집의 하나였다. 그녀 자신이 집을 설계했다. 가구, 양탄자 등 모든 것이 그녀의 도안으로 꾸며졌다.

엘레오노라는 29세이며 루마니아에서 가장 큰 신문인 〈서양(西洋)〉의 사장이었다. 그리고 유럽에서 가장 유명한 몇몇 대학을 나왔다. 신문 사설을 쓰기도 하고, 그밖에 출판사와 문예 잡지사 사장도 겸한 동시에 정계와 문화계 및 사교계를 출입했다. 트라이안은 벌써 몇년 전부터 그녀를 알고 있었다. 그들의 애정은 처음이나 지금이나 변함없이 강했다. 그러나 둘은 결혼하지는 않았다. 트라이안이 그녀에게 청혼을 하면 매번 엘레오노라 베스트는 이렇게 대답했다.

"저는 결코 좋은 아내가 될 수 없을 거예요. 저는 저의 직업을 너무 사랑하나봐요. 만일 일을 그만둔다면 저는 저의 생애에서 가장 중요한 그 무엇을 버린 것 같은, 즉 모든 걸 놓쳐버린 것 같은 느낌이 들 것 같아요."

"요한 모리츠는 석방될 것 같아! 육군성 장관이 오는 29일에 석방해 주겠다고 약속했거든. 아버지한테 약혼녀인 당신과 함께 요한 모리츠의 석방장을 가지고 판타나로 간다고 전보를 쳤소. 기뻐하실 일이 이중으로 생긴 셈이지."

"기어코 당신은 저를 약혼자로 부모님께 소개하고 싶으세요?" 노라가 물었다.

"그래요. 꼭 그렇게 하고 싶어. 하지만 당신이 싫다면 그만둘 수밖에.

아버님이 서운해하시겠지만 무슨 일이든 용서해주시는 분이니까."

"왜 당신 아내가 아니고 약혼녀라고 소개하려는 거예요. 모레 아침에 결혼하면 판타나에 도착했을 땐 아마 우리는 부부가 돼 있을 텐데."

트라이안 코루가는 그녀가 농담을 하는 줄로 알았다. 2년 동안 그녀를 설득하려고 노력했던 것이다. 그녀는 누구의 아내도 되고 싶어하지 않았다. 그런데 지금 갑자기 자기 편에서 결혼하자고 제의해 오는 게 아닌가.

"정말이오?"

그는 일어나서 그녀의 손에 입을 맞추었다.

"무슨 일이 있었소? 오늘 아침 전화로 얘기했을 땐 아무 말도 없더니. 어떻게 그런 결심을 하게 되었지?"

"무슨 일이 있는 건 아녜요! 28일 판타나에 갈 땐 우린 결혼을 했을 거예요. 당신은 수십 번이나 청해 왔잖아요. 그동안 마음이 변하셨어요? 그렇다면 제게 그렇다구 말해주셔야죠."

트라이안 코루가는 분명히 그녀에게 무슨 중대한 사건이 생겼음을 알아차렸다. 어떤 사건이 노라가 자기 아내가 되라고 밀어준 것이다. 그런데 그건 대체 어떤 사건일까? 그는 짐작할 수가 없었다.

"우선 민법상의 결혼식만 올려요. 종교적 결혼식은 나중 판타나에서 올리기로 하구요. 당신은 언제나 당신 아버지의 교회에서 결혼식을 올렸으면 했지요. 제가 흰 드레스를 입고 젊은 시골 여자들에 둘러싸여 제단을 향해 걸어가는 걸 상상하시곤 했죠……. 민법상 결혼 인가증은 받아두겠어요. 제가 직접 검찰총장에게 전하겠어요."

"노라, 말해봐요, 웬일이오? 무슨 중대한 일이 생긴 게 틀림없지?" 하고 트라이안이 물었다.

"아무 일도 없었어요! 정말 아무 일도요. 일이 있다면 제가 당신의 아내가 되겠다고 결심한 일 뿐이에요. 전 자연스럽게 이런 결심을 하게 된 거예요. 그래서 어떤 일이 생겨 방해를 놓기 전에 빨리 그 일을 실행시키고 싶어요. 제가 제 자신에게 바치는 행복은 저에게는 너무도 귀중한 것이어서 곧 그 행복을 피부로 만져보고 제 손 안에 꼭 쥐고 싶어요. 너무 기다리다 놓쳐버릴까 두려워요. 이것이 전부예요. 제 말이 믿어지지 않나요 ? "

46

점심을 먹고 난 후 트라이안 코루가와 엘레오노라 베스트는 서재에 남아서 책과 그림을 보고 있었다.

트라이안은 엘레오노라가 한 말이 진실이라는 것을 확인했다. 그러나 두 사람은 더이상 결혼에 관한 이야기는 하지 않았다. 두 사람 다 머릿속에서 떠나지 않는 그 생각에서 벗어날 필요를 느꼈던 것이다. 둘은 피카소의 그림 앞에서 발을 멈추었다.

엘레오노라 베스트는 고민으로 인해 더이상 인간의 흔적이 남아 있지 않을 정도로 흉한 얼굴을 한 여자를 보여주는 그림을 바라보고 있었다. 그것은 찢어진 육체의 모습으로 고통이 기계처럼 분해된 인간의 초상화였다. 거기에 남아 있는 것은 눈과 코, 입, 귀와 같은 근본적인 요소들 뿐이었다. 그 하나하나가 고립되어 개개의 생명으로 살고 있었다. 고민 때문에 그들은 서로를 배제하고 있었다. 인간의 육체가 그 통일성을 포기한 것이다.

트라이안 코루가는 노라를 돌아보는 순간 그녀가 이 초상화와 비슷하다고 느꼈다. 어떤 사진기도 그 순간의 그녀의 표정을 찍어낼 수는 없었으리라. 너무도 깊은 고뇌였다. 엘레오노라 베스트의 얼굴은 피카소가 그린 여인의 얼굴과 똑같이 허물어져 있었다. 그것은 너무 힘이 강하기 때문에 우리를 감전사시키지 못하는 고주파 전류가 통과한 듯한 얼굴이었다.

"무얼 생각하오, 노라 ? "

그가 물었다.

"아무것도 아녜요. 커피 드시지 않겠어요 ? " 그녀가 대꾸했다.

그리고 그의 대답은 기다리지도 않고, 그가 사슴과 해초의 피가 통했다고 말했을 그때와 똑같이 그녀는 돌아섰다.

47

민법상 결혼식이 시청에서 거행되었다. 트라이안 코루가와 엘레오노라 베스트는 평상복을 입었다. 트라이안의 두 친구가 증인 역할을 했다. 결혼식이 끝난 후 그들은 바네아사 식당에서 점심을 먹었다.

"종교적 결혼식 땐 성대한 잔치를 베풉시다." 트라이안이 말했다.

그는 루마니아 시골의 결혼 풍습을 들려주기 시작했다.

"결혼식에는 먼저 말을 탄 농부가 앞장서서 교회로 가지. 젊은 농군 50명이 우리 나라 고유의 옷차림을 하고, 흰 말을 타고 가고, 그 뒤로 소네 필이 끄는 수레가 따라가는 거요. 수레에는 신부가 받은 선물과 또 신부가 시집으로 갖고 가는 물건들을 보여주는 풍습이 있어요. 그러나 우리 수레에는 꽃들만 싣기로 해야지. 우리에겐 12명의 입회인이 있을 거요. 예식이 한참 무르익어 신랑 신부와 입회인들이 손에 손을 잡고 론도를 추기 시작하면 교회의 높은 곳에선 사탕과자를 비오듯 쏟지. 그걸 주우러 아이들이 신랑신부의 발 밑까지 온단 말이야. 우리의 결혼식 때엔 주머니째로 던져주어 판타나 아이들이 모두 배불리 먹도록 해야지. 나도 어렸을 때 결혼식이 있을 때마다 그걸 주우러 갔지만, 한 번도 흡족하게, 네 개 이상 주워본 적이 없어요. 우리 결혼식 때는 마을 아이들이 모두 호주머니가 가득 차도록 해주고 싶어. 그리고 바이올린과 기타를 켜는 집시 악단 열둘을 불러야지. 술은 술통째 흘러내리게 하여 마을 전체가 취하게 할 거야. 우리의 피로연은 숲속의 빈 터에다 열어 수많은 사람들을 초대합시다. 이것이 1주일 동안 계속되겠지."

노라는 시계를 보았다.

15분 후엔 변호사 레오폴드 슈타인과 약속이 있었다.

"가십시다. 사무실에서 급한 용건이 기다리고 있어요."

그녀가 말했다.

트라이안은 판타나의 결혼식 이야기를 중단했다. 두 사람은 일어나 밖으로 나왔다.

48

트라이안 코루가는 신문사까지 노라를 바래다주었다. 〈서양〉 신문사의 웅장한 건물은 흰 대리석 현관을 갖춘 초현대식 건물이었다. 그것은 그전 인쇄소 자리에 엘레오노라 베스트가 지은 것이었다.

그는 햇빛을 받고 반짝이는 7층 건물을 바라보고 싱긋이 웃었다. '저것이 노라의 작품이다.' 하고 그는 생각했다.

"차에서 기다리고 있을게." 그가 말했다.

그는 노라가 사무실에서 돌아올 때는 언제나 손수 운전을 한다는 것을 알고 있었지만, 오늘은 예외라고 생각했다. 그들이 결혼식을 올린 날이었던 것이다.

"할 일을 끝내고 혼자 들어갈게요."

이렇게 말하고 그녀는 트라이안이 떠나는 것을 보려고 기다렸다가 대리석 층층대를 올라가 금테를 두른 문지기가 활짝 열어주는 큼직한 철문으로 사라졌다.

49

엘레오노라 베스트는 철저히 무관심한 발걸음으로 사무실로 들어갔다. 그녀는 자기가 들어오자 자리에서 일어나는 검은 옷을 입은 노인의 존재를 아는 체하지 않았다. 핸드백과 장갑을 책상 위에 놓고, 그 노인에게 앉으라는 몸짓을 했다. 담배 한 대를 꺼내 손가락이 떨리는 걸 간신히 참으며 불을 붙였다. 그러고 나서 안락의자에 앉으며 노인을 쳐다보았다.

"말씀하세요, 슈타인 씨." 하고 그녀가 말했다.

노인은 무릎 위에 놓인 손가방을 열고 서류 뭉치를 꺼내 책상 위에 놓았다. 노라는 깊은 관심을 가지고 그의 모든 동작을 눈으로 좇았다.

"그 일이 결말이 났습니다. 이것이 서류입니다." 그는 그 중에서 서류 두 장을 꺼내가지고 그녀에게 보여주었다.

"프라에스티 등기소에 있는 문서들 뿐인가요?" 노라가 물었다.

"이것이 오늘 아침 등기소에 있던 유일한 문서들이죠. 지금은 그 문서가 당신 책상 위에 있지 않습니까. 등기소엔 하나도 남아 있지 않습니다." 하고 노인이 대답했다.

엘레오노라 베스트는 그 서류에 경멸하는 듯한 시선을 던졌다. 서류를 집어서 책상 서랍 속에 집어넣었다.

"지금 곧 처분해버리는 것이 좋을 겁니다." 하고 노인이 말했다.

노라는 그 노인의 금테 안경과 빳빳한 칼라와 구식 양복을 바라보았다. "서류가 내 책상 속에 있는 이상 이젠 두려워할 게 없어요, 슈타인 씨."

"저는 겁낼 건 없습니다만, 베스트 양으로서는 곧 불살라버리는 편이 좋을 텐데요."

"이 보잘것없는 작전에 얼마나 돈이 들었나요?" 노라가 물었다.

그녀는 화제를 딴 데로 돌리고 싶었다. 노인이 겁을 먹고 있다는 것을 눈치챘기 때문이었다. 그 문서는 물론 불살라버릴 작정이었으나 그 전에 한 번 보고 싶었던 것이다.

"꼭 10만 레이 들었습니다." 하고 레오폴드 슈타인이 말했다.

"그러면 당신의 수수료는?"

"전부 포함해서입니다."

엘레오노라 베스트는 책상 서랍에서 두 다발의 지폐를 꺼내 노인에게 내밀었다. 그는 오랜 습관에서 우선 그걸 세어보려다 말고 가방 속에 집어넣었다.

"당신과의 용건은 이것이 전부입니다." 노라가 말했다.

그녀는 혼자 남아서 그 문서를 읽어보고 싶었던 것이다. 그러나 노인은 꼼짝하지 않았다.

"또 무슨 용건이 있습니까?"

"이젠 없습니다. 이번 일은 생각대로 잘 정리가 됐습니다." 레오폴드 슈타인이 대답했다.

"모든 일이 잘 정리되었단 말이죠?" 그녀가 물었다.

"물론, 그러나 서류를 없애버려도 임시로만 처리된 것입니다. 나는 그 말을 하고 싶었고 또 이 점에 주의를 기울여야 한다고 말해줄 의무가 있지요. 나는 당신 부친과는 친구요, 또 함께 일해온 사람이었고, 당신이 어렸을 때는 내 무릎 위에 올려놓고 귀여워하던 사람입니다. 그래서 서류가 소멸되더라도 그 문제는 국부적으로밖에 해결되지 않았다는 걸 말해주고 싶은 것입니다."

"그게 무슨 뜻이죠?" 엘레오노라 베스트가 물었다.

"명백한 겁니다, 베스트 양. 당신은 양친의 혈통이 유태인 계통이라는 것을 증명하는 문서를 입수하기를 원했고 이젠 그 문서가 당신 손에 들어왔습니다. 그걸 내가 등기소에서 꺼내왔으니까요."

"그러니까 문제는 해결된 것이지요."

"당신은 서류는 없애버릴 수는 있지만 사실 그 자체를 없애버릴 순 없습니다. 어떤 방법을 써도 당신은 유태인이고 또 그걸 누군가가 증명이라도 한다면……."

"누가 증명하고 싶어도 할 수가 없잖아요."

"당신에게 서류를 내라고 하겠지요."

"그 서류는 갖출 수 있어요. 돈만 내면 내가 원하는 서류는 모두 손에 넣을 수가 있어요."

"그야 그렇죠. 하지만 그렇게 되면 우리는 형법(刑法)에 저촉됩니다. 법률을 농락하는 건 불장난을 하는 것처럼 어리석은 짓입니다." 변호사가 대답했다.

"오늘 아침 프라에스티 등기소에서 서류를 훔친 사람은 바로 당신 자신이 아닌가요? 그런데 무슨 권리로 나에게 그런 도덕 강의를 하는 거죠?" 노라는 비웃는 투로 물었다.

"이건 도덕 강의가 아닙니다. 단지 내가 알려드리는 건 그런 놀음은 위험한 것이며 언제까지나 그런 투기를 계속할 수는 없다는 겁니다." 하고 노인이 말했다.

"당신도 잘 알다시피 돈으로 하는 것이 유일한 해결 방법입니다." 하고 노라는 또 담배에 불을 붙이며 말했다.

"그 점은 조금도 변화시킬 수 없어요. 자신의 생활을 금하고, 집과 직업과 남편을 가지는 것까지 금하는 이상, 나는 내가 가진 모든 무기를 사용해서 필사적으로 싸울 준비가 되어 있습니다. 상처를 입은 짐승처럼 싸우겠어요. 자기 보존의 본능 전체를 이 승부에 거는 겁니다."

"요점은, 베스트 양, 싸우는 데 있는 것이 아니라 싸움에 이기는 데 있습니다."

"나는 이기고 말 거예요." 그러면서 그녀는 담배를 재떨이 속에 비벼 껐다.

"당신은 진실로 앞으로 오랫동안 신문사의 소유자로 또 사장으로 남아 있을 수 있다고 생각합니까? 오늘까지 당신은 자신이 유태 계통이라는 걸 밝히기를 거부해 왔습니다. 그건 대담하고도 젊은 혈기에 찬 행위였어요. 그리고 당신은 운이 좋았어요. 겁을 내어서 그런지 아니면 비굴해서인지 지금까지 그 누구도 감히 당신의 신분 조사를 하지 않았습니다. 새로운 인종법(人種法)이 요구하는 것과 같이 인쇄소와 신문사를 징발하라는 고발도 있었답니다. 그 때도 당신은 조사 담당자를 매수할 수 있었습니다. 당신은 또 그 승부에 이겼던 겁니다. 이제 당신은 양친이 유태 계통이라는 걸 증명하는 서류를 없애버렸으니까 그것도 다시 시간적 여유를 갖게 되겠죠. 그런데 인종법이 점점 엄중하게 적용되고 있어, 어떤 유태인도 이 법망의 눈을 피할 방법이 없을 것입니다. 아직 우리는 최악의 고비에 이르진 않았습니다. 그래서 유태인이기 때문에 법률상으로는, 단 하나의 기사도 발표할 권리마저 빼앗긴 당신이 아직도 이 큰 신문사의 사장직을 맡고 있을 수가 있는 것입니다. 그러나 장래를 생각하셔야 합니다."

"장래에도 나는 〈서양〉 신문사의 소유자이며 사장일 겁니다." 노라는 반박했다.

레오폴드 슈타인은 자기 앞에 있는 여성의 빈틈없는 논리를 잘 알고 있었다. 그러나 지금 그녀의 대답은 광신주의적인 발언이었다. 광신주의자에게는 이론이 서지 않는 법이다. 그는 그녀의 말에 반대하려 들지 않았다. 인간이 각성을 거부할 때는 반대해봐야 소용이 없다. 그녀에게 진실을 가르쳐주려고 아무리 애써봐야 헛수고에 지나지 않는다.

"오늘 정오에 나는 어느 기독교인과 결혼했어요. 신문은 그 사람의 명의로 될 터이니, 만일 루마니아가 독일보다 더 유태인 억압이 심해진다 해도 어느 누구도 〈서양〉을 징발하진 못할 겁니다.”

“정말 결혼했습니까?”

레오폴드 슈타인에게는 곧이 들리지가 않았다.

“오늘부터 내 이름은 엘레오노라 베스트 코루가 부인입니다. 내 남편은 작가 트라이안 코루가입니다. 수일 내로 그가 신문사 사장 및 소유자가 됩니다. 그 사람도 내것이 되는 거죠.”

노라 베스트는 만족한 듯이 웃었다. 레오폴드 슈타인은 태연한 체하려고, 또 말을 하거나 엘레오노라의 시선과 마주치지 않으려고 별로 찾아볼 물건도 없으면서 호주머니 속을 이리 저리 뒤적거려보았다. 그가 마음을 가라앉혀서 노라의 얘기가 정말이라는 걸 믿기엔 약간의 시간이 필요했던 것이다.

“말을 바꾸면, 당신이 신문사를 양보하는군요. 즉 사장직을 물러난다는 말이군요.” 그는 손수건을 입에다 대고 기침을 하면서 말했다.

“신문사를 양도하는 것이 아니라 나는 새 간부 체계를 만들어 재편성하는 거지요. 그래서 나는 새 사장을 고용하는 거지요.”

“비범한 착상인데요 그건. 탁월한 착상이십니다. 그런데 그 분께서는 이러한 조건을 승낙하셨나요?”

“이해 못할 말씀을 하시는군요.” 노라는 냉정히 말했다.

“남편되시는 트라이안 코루가 씨는 이런 해결책을 승낙하셨습니까? 남자로서 그런 일은 그리 유쾌한 건 아니니까요. 그건 어떤 정해진 계획 아래 한 여성에게 매수당하는 게 되니까요.”

“그렇지만 매수한 건 아닙니다. 나는 그 사람을 사랑하니까 결혼한 거예요.” 노라는 신경질적으로 말했다.

레오폴드 슈타인은 자리에서 일어나 그녀에게 축하한다고 말했다. 노라는 손을 내밀지 않았다. 그녀는 양친의 출생증서를 한 장 한 장 넘겨 보았다. 두 눈에서 눈물이 번뜩이고 있었다.

“인간은 죽을 때가 아니면 축복을 받을 권리가 없습니다! 객관적으로 치밀하게 생각해본다면 당신 자신도 잘 알게 될 거예요. 그러나 일단 죽고나면 인간은 축복을 받을 수가 없습니다. 유감스런 일이죠. 인간은 정말 축복받아야 할 유일한 기회를 놓치고 마는 겁니다."

노인은 또 자리에 주저앉았다.

"난 당신이 애정 때문에 결혼을 하셨다고 생각했는데요."

"내가 연애를 할 수 없다고 생각하세요? 당신과 같이 아는 것이 많으신 분이 알아듣지 못하시는 건가요?" 하고 그녀는 물었다.

"그렇다면 무엇 때문에 그렇게 괴로워하십니까? 지금 울고 계신 것 같은데."

"몹시 피로하신 모양이군요, 슈타인 씨. 당신이 무슨 생각을 하시는지 모르겠습니다. 전혀 당신 말씀을 이해할 수 없습니다 유태인답지 않아요. 난 트라이안 코루가를 사랑해요. 또 내가 사랑한 첫 남자이구요. 벌써 몇 해 전부터 나는 그를 사랑해 왔어요. 나는 표현할 수 없을 정도로 그이를 사랑하고 있어요. 그러나 나에게 있어서 사랑이란 결혼의 동기가 아니었던 거예요. 나는 인종법 때문에 결혼을 했어요. 신문사를 살리기 위해서, 또 내 생활을 구하기 위해서예요. 이 말을 이해하시겠습니까?"

레오폴드 슈타인은 이해가 가지 않는 표정이었다. 그는 엘레오노라 베스트의 손에 키스를 하고 문을 향해 나갔다. 그녀는 그를 다시 불렀다.

"이번 주말에 나는 시골 시댁으로 가요. 트라이안의 부친은 그리스 정교의 사제입니다. 며칠간 거기서 묵을 예정입니다. 제가 돌아올 때까지 신문을 포함한 내 동산과 부동산 전부를 트라이안 코루가의 명의로 바꾸는 증여 증서를 만들어주세요. 증여하는 데 있어서 무슨 곤란한 점이 있으면 매매 증서를 만들어주세요. 요컨대 법적으로 가장 유효하고도 유리한 해결방법을 강구해보세요. 곧 일을 착수해주시기 바랍니다."

"당신은 정말 총명하십니다." 노인이 말했다.

"총명한 게 아니에요. 나는 단지 자기의 생존권을 지키기 위해 자신의 모든 힘과 자신의 본능과 그리고 자신의 투시력을 총동원시켜 싸우는 한 여성일 뿐입니다. 안녕히 가세요, 슈타인 씨."

50

노인이 나간 후 엘레오노라는 책상 앞에 앉아, 두 손으로 머리를 감싸고 울고 있었다. 여자만이 울 수 있을 것 같은 울음이었다. 눈만이 우는 것이 아니라, 몸 전체가 우는 것이었다. 그리고 나서 수화기를 들고 트라이안을 불렀다.

"부탁이니 편집국까지 저를 데리러 와주세요." 그녀가 말했다.

"무슨 일이 있었소?"

"아무 일도 없었지만 절 데리러 와주세요. 정말 아무 일도 없었어요. 정말이에요. 하여간 곧 오세요."

트라이안 코루가는 일어나서 나왔다. 그는 서재를 나오며 다시 한 번 피카소의 그 여인을 쳐다봤다. 한쪽 눈 절반은 웃고 있고 다른 절반은 울고 있었다. 그 한 눈으로 동시에 똑같은 농도로 웃고 울 수 있도록 그것이 두 개로 나뉘어 있었다.

51

트라이안 코루가를 기다리는 동안, 엘레오노라 베스트는 수화기를 들어 레오폴드 슈타인을 불렀다. 그는 신문사 가까이에 살고 있어 방금 집에 들어온 길이었다.

"슈타인 씨, 솔직히 말해주세요. 제가 애정에 기초해서 결혼했다고 생각하십니까, 그렇지 않으면 이해 관계로 결혼했다고 생각하십니까? 서슴지 마시고 솔직한 의견을 들려주세요."

"당신 자신은 어떻게 생각하십니까?" 슈타인이 물었다.

"알 수가 없어요. 누가 내 머리를 자른다 해도 명확한 대답을 할 수 없을 것 같아요. 어떤 때는 순수한 애정으로 움직인 것 같고, 또 어떤 때는 양쪽을 동시에 생각하고 움직인 것 같이도 생각돼요. 그러나 이런 설명은 나에겐 아무런 가치가 없는 것 같아요. 제가 확실히 알고 있는 건 단지 한 가지 뿐, 아무래도 그래야 할 필요가 있었다는 거예요. 하지만 저 자신도 진정한 이유를 알고 싶습니다."

"어느 쪽도 다 아닐 겁니다."

"그렇다면 저는 여느 여자들처럼 이해 관계가 있어 결혼한 건 아니군요?"

"그렇지는 않아요. 베스트 부인, 당신은 전 재산과 신문사가 위험한 지경에 빠진다 해도 이해 타산에서 결혼하기엔 너무도 자부심이 강하거든."

"정말이에요?"

"그렇고말고요."

"그렇다면 난 애정이 있어서 결혼한 건가요?"

"진정으로 누구를 사랑하려면 미래를 믿을 수 있어야 하고 행복을 믿을 수 있어야 합니다. 그리고 보다 더 부조리한 건, 특히 이 행복이 영원한 것이며, 사랑하는 사람에게서 행복이 주어질 수 있다고 믿어야 한다는 것이지요. 당신은 그렇게 믿기에는 너무 총명합니다. 그러므로 이것이, 이런 말은 실례가 되겠지만, 당신은 애정을 기초로 해서 결혼하지 않았다는 이유가 되겠지요."

"그렇다면?" 그녀가 물었다.

"애정도 아니고 타산도 아닙니다. 그것은 일종의 공포지요. 공포에서 나오는 행동은 절망적으로 놀랄 만한 신속성을 가지고 나타난답니다." 레오폴드 슈타인이 대답했다.

"그렇다면 애정은 아무 작용도 하지 않았단 말입니까?"

엘레오노라 베스트가 물었다.

"애정도 얼마만큼 작용을 했죠. 그러나 당신의 사랑은 인간이 아직 숲속에 살고 있을 때, 밤낮으로 야수들에게 습격받을 위험이 있었을 때의 여성들이 느끼던 사랑과 같다고 봅니다. 그 경우에만 여성들이 절망적으로 남성의 무릎에 매달려 그의 보호와 사랑과, 생명을 요구하며, 모든 걸 그만큼 열렬한 정열을 가지고 바라는 것입니다. 여성들이 이와 같은 애정을 느낄 수 있는 때는 지진이나, 홍수나, 그밖에 대이변이 일어났을 경우 뿐입니다. 세상이 무너지는 것 같은 때 말입니다."

"왜 아까 내 앞에 있었을 때 그런 말을 안 하셨죠?"

"당신 자신의 힘과 능력에 대해 의심을 품게 하고 싶지 않았던 거지요. 당신이 공포에 떨고 있다는 것을 나는 알고 있었어요. 공포심에서 그렇게 행동했다는 것도 잘 알았구요. 그래서 당신이 가엾은 생각이 들더군요. 당신이 어렸을 때 내가 무릎 위에 앉혀놓고 귀여워했다는 걸 잊지 말아주십시오."

트라이안 코루가가 사무실에 들어왔다. 노라는 수화기를 놓고나서 그를 맞이했다. 그녀는 그에게 매달리며 웃어 보였다. 트라이안은 그녀에게 키스를 해주었다.

"기분이 좋은 걸 보니 기쁘군. 전화 목소리는 울고 있는 것 같았는데."

52

판타나로 떠나기 전날인 8월 21일에 트라이안은 모리츠의 석방장을 받으러 육군성으로 갔다. 마치 주머니엔 벌써 석방장이 들어 있기나 한 것처럼 즐거웠다.

그는 층층대를 뛰어올라갔다. 장관과 트라이안 코루가가 친한 사이라는 걸 아는 부관이 곧 그를 데리고 갔다. 트라이안은 장군의 집무실로 들어갔다.

그는 삽화까지 들어 있는 호화판 처녀작 한 권을 들고 갔다. 책 속에는 정성이 깃들인 증정이란 글자가 씌어 있었다. 장관은 그를 맞으러 나오지 않았다. 맨처음 면회하러 왔을 때처럼 의자에서 일어서지도 않았다.

"방해를 해서 안 됐습니다, 장관님." 트라이안이 말했다.

"아니오. 괜찮습니다. 앉으시오." 장군은 쌀쌀하게 대답했다.

장군은 악수도 청하지 않았다. 트라이안은 그것을 의아스럽게 생각했다.

"단도직입적으로 용건에 대해서 좋지 않은 소식을 드리게 되어 유감스럽습니다. 지난 주일에 의뢰를 받았고 또 오늘 그 일 때문에 오신 그 문제의 인물은 석방될 수 없습니다. 적어도 지금 당장에 석방될 수 없습니다. 우선 우리는 그 인물의 인종적 혈통에 관한 당신의 증언이 옳은 것인지 그 여부를 조사해야 하겠습니다."

장군이 말했다.

트라이안 코루가는 당장에 그 방을 나가고 싶었다. 그러나 모리츠 생각이 나서 움직이지 않고 그대로 있었다.

"할 말은 그게 전부예요. 코루가 씨, 이젠 조사위원의 결과를 기다리는 수밖에 없습니다."

이것으로 면회는 끝났다. 장군은 분명히 그에게 어서 사무실을 나가 달라는 눈치였다. 트라이안은 그걸 눈치챘지만, 그대로 나가지 않았다. 내일 그는 판타나로 떠나야 했다. 아버지가 모리츠의 석방장을 기다리고 있기 때문이다.

"장관님, 바로 1주일 전에 석방장을 저에게 주겠다고 약속하지 않았습니까. 전번 말씀으로는 확실히 제 증언만으로도 충분한 증거가 되니 조사할 필요가 없다고 틀림없이 말씀하셨는데요." 트라이안이 말했다.

"1주일 전에는 상황이 달랐지요."

"변한 이유가 무엇입니까? 요한 모리츠는 루마니아 사람인데도 유태인 수용소에 감금당하고 있습니다."

"바로 그 점을 조사위원이 해결할 겁니다."

"그러나 조사위원의 일은 앞으로 몇 달이 걸리는지 모릅니다. 그 가엾은 사람은 벌써 1년 반 전부터 억류당하고 있습니다."

"알고 있습니다. 조사위원의 일 역시 1년이 걸릴 수도 있습니다. 2년이 걸릴 수도 있구요. 지금 우리들은 평화시처럼 조사하는 데 시간을 허비할 수는 없습니다. 지금은 전시니까요."

"그러나 장군, 제 증언만 가지고 우선 요한 모리츠를 석방시키시고 그 다음에 조사할 수는 없겠습니까?"

"그렇게 할 수는 없습니다." 장군이 말했다.

"장군께서 2주일 사이에 의견이 바뀌었다는 건 유감스럽군요." 트라이안은 자리를 뜨면서 이렇게 말했다.

"나도 유감스럽소. 하지만 그것은 내 마음대로 하는 일이 아니니까요!"

"개인적으로 어떤 것을 암시하는 말씀인가요, 장군?"

"어떤 암시가 아닙니다. 구체적인 사실에 의거해서 말하는 겁니다."

"이번엔 제가 여쭈어보겠는데요, 구체적 사실에 대한 설명을 들려주십시오." 트라이안은 얼굴이 아주 파래지며 말했다.

"설명을 하라구요, 코루가 씨? 전 세계 유태인이 볼셰비키에 가담해서 우리 나라에 항거하고, 우리 조국을 굴복시키려 드는 이 때에 진실한 루마니아 사람이자 우리 나라의 가장 위대한 작가인 당신이 유태인을 아내로 맞는다는 건 무슨 말씀입니까!" 장관은 화가 치밀어 얼굴이 벌개졌다. 그리고 계속해서 말했다.

"나는 군인으로서, 당신의 행동을 반역자적 행위라고 생각합니다. 알아듣겠습니까? 조국에 대한 반역입니다. 당신의 이번 행동을 보고 어떻게 내가 당신 말을 믿을 수 있겠습니까? 당신이 힘을 쓰는 걸 보면 모리츠라는 인물도 유태인이 틀림없다고 믿습니다. 나중에 나의 이 추측이 사실로 단정되더라도 나는 놀라지 않을 겁니다. 이래도 내가 아직 당신 말을 믿어야 할까요?"

"물론 믿을 수가 없겠죠." 그는 그렇게 말하고는 밖으로 나왔다.

계단을 내려오면서, 그는 손에 든 책이 생각났다. 책을 펴서 증정이라고 적힌 페이지를 찢어버렸다. 그리고 자동차에 올랐다.

53

'엘레오노라가 유태인이라! 그녀는 나에게 그런 말을 한 적이 없는데.' 하고 트라이안은 속으로 중얼거렸다. 그는 사랑하는 사람에게서 멸시를 받고 속은 것 같은 기분이 들었다.

시내를 빠져나가는 어귀에서 그는 자동차를 세웠다. 자동차의 문을 열고 들판을 바라보았다.

'그녀는 나에게 그런 말을 한 적이 없었어. 그리고 나 역시 그런 말을 물어본 적이 없었고. 그런 말을 물어본다는 것이 우스꽝스럽지 뭐야. 어느 남자가 자기 아내에게 인종적 혈통을 물어보겠는가!'

그는 몇 번이나 그녀의 족보에 관해 이야기를 했고 노루와 해초와 다람쥐와 요정과 닮았다고 했던 일을 생각했다. 그럴 때마다 엘레오노라 베스트는 어두운 얼굴을 했다. 이제야 겨우 트라이안은 그 이유를 알았고, 그런 얘기를 했던 것이 잘못이라고 뉘우쳤다.

'그 때 그녀는 아마도 내가 그녀의 유태 혈통을 암시하는 줄 알았는지도 모른다. 얼마나 괴로웠을까!'

그는 차문을 닫고 다시 거리로 향했다. 그는 피카소 그림의 여자를 생각했다.

'좀더 빨리 알지 못한 것이 유감스럽구나. 만일 내가 알고 있었던들 그녀의 괴로움을 덜어주었으련만, 가엾은 노라!'

트라이안은 맨먼저 눈에 띈 꽃가게 앞에서 차를 세우고 노라가 좋아하는 백장미 한 다발을 샀다. 꽃 파는 아가씨는 웃으면서 장미를 싸주었다.

54

"지금 쓰고 계시는 작품 얘기를 들려주세요!" 노라가 말했다.

트라이안 코루가는 새 소설을 쓰기 시작했다. 엘레오노라는 그가 아침 4시에 자리에서 일어나 가운을 걸치고 방을 나가는 걸 알고 있었다. 둘이서 같이 하는 조반 시간에만 그는 서재에서 나왔다. 결혼한 지 두 달이 흘렀다. 탁자 위에 놓인 꽃병에는 꽃들이 꽂혀 있었다.

"저에게 들려주시지 않겠어요?" 노라가 물었다.

그녀는 듣고 싶어 못견딜 지경이었다. 트라이안은 언제나 자기 작품 얘기는 그녀에게 들려주기를 좋아하지 않았다. 매번 회피했던 것이었다. 그러나 지금은 더이상 거절할 수가 없었다.

"한 번은 내가 잠수함으로 항해한 적이 있지. 1천 시간 동안 물 속에서 있었소. 잠수함 속에는 환기(換氣)를 해야 할 정확한 시간을 표시하는 특수 기계가 있었는데, 옛날에는 그 기계가 없어서 그 대신 흰 토끼들을 싣고 다녔다는 거야. 공기가 탁해져서 토끼가 죽어버리면 수부들은 이젠 대여섯 시간밖에 견디지 못한다는 것을 알게 된다는 거요. 그러면 함장은 최후의 결심을 내려야 하지. 바다 표면으로 필사적인 노력을 해서 올라오든지, 아니면 그대로 바다 속에 있다가 전원이 모두 죽어버리든지 말이야. 이런 땐 보통 사람들은 스스로 죽어가는 걸 보지 않으려고 서로 권총으로 쏘아 쓰러뜨리지. 내가 탄 잠수함에는 흰 토끼는 없었지만 기계가 있었다오. 함장은 내가 산소 분량이 조금만 줄어들어도 알 수 있다는 걸 눈여겨보았어. 그는 처음엔 나의 감수성을 비웃었지만, 나중엔 그 기계를 전혀 사용하지 않았어. 나만 쳐다보면 알 수 있었으니 말이지. 그래서 나는 산소의 양이 부족한지 아닌지를 언제나 계량기계와 조금도 틀리지 않게 정확히 알려주었소. 공기가 호흡 곤란을 일으키게 될 시간을 다른 사람들보다 2시간 앞서 느낄 수 있는 것은 우리의, 즉 흰 토끼와 나의 타고난 재능이었어. 그런데 얼마 전부터 마치 잠수함을 탔을 때처럼 공기가 숨을 가쁘게 해서 견딜 수 없구려.”

“어디의 공기 말예요?” 노라가 물었다.

“현대 사회가 갖고 있는 공기 말이오. 인간은 이젠 더이상 견디어낼 수 없을 것 같소. 관리, 군대, 정부, 국가 조직, 행정 등 모든 것이 힘을 합하여 인간을 질식시키고 있소. 현 사회는 기계와 인종 노예에 봉사하고 있거든. 그것들을 위해 만들어진 것처럼 말야. 헌데 인간은 모두 질식할 운명에 놓여 있지만, 그들은 아직 그걸 느끼지 못하고 있지. 인간은 모든 것이 정상으로 움직이고 있다고 고집스럽게 믿고 있소. 내가 타고 있던 잠수함 승무원도 역시 지독히 탁한 공기 속에서 참고 있었소. 토끼가 죽은 뒤 여섯 시간 동안은 그들이 살아 있긴 했지만, 나는 이제 모든 것이 끝났다는 것을 알고 있소.”

“그것이 당신 소설의 주제예요?”

“나는 내 작품 속에서 이 땅 위의 인간들이 탁한 공기에 질식되어 무서운 고통을 당하며 죽어가는 모습을 그리고 있지. 그런데 모든 인류를 예로 들 순 없기 때문에, 내가 가장 잘 알고 있는 여남은 사람만을 등장시켜 왔지.”

“그럼 당신 작중 인물들은 모두 죽고 마나요?”

“토끼가 죽은 뒤 인간은 최대한 여섯 시간밖에는 살 수 없으니까. 내 작품은 나와 가장 친한 사람들의 마지막 여섯 시간을 그리는 거요.”

“지금까지 쓰신 건 뭐예요?”

“제 1 장이오. 그 인물들 중 한 사람이 우리들에게서 떨어져 나갔고…….”

“그에게 무슨 일이 있었나요?”

“지금까지 그는 자기의 자유와, 아내와, 자식들과, 집 등을 빼앗기고 말았어. 이젠 그의 이빨까지 뽑히기 시작했어. 좀더 있으면 눈과 아직 뼈에 붙어 있는 살도 발라내어질 거고, 뼈는 부러질 거요. 그의 마지막 고통은 아마 자동 기계나 전기 장치로 가해질 거요.”

“그건 모두 실제로 있는 일이에요?”

“전부 사실이야. 나는 작품에다 각종 인물이 사는 거리의 이름, 도시 이름, 나라 이름도 적어넣었고, 전화 번호까지 밝혔지. 그런데 당신도 나의 첫 등장 인물을 알고 있소. 이 작품에 씌어진 사실이 확실한 건지 아닌지는 당신도 알 수 있을 거요.” 트라이안이 말했다.

“누구예요, 그 등장 인물이?”

“요한 모리츠.”

노라의 이마가 찌푸려졌다. 요한 모리츠에 관해서 트라이안이 말한 것은 사실이었다.

“그 사람은 정말 가엾어요! 그러면 제 1 장의 주인공은 그 사람이고, 제 2 장의 주인공은 누가 되나요?” 노라가 물었다.

“아직 나도 모르겠소. 우리 아버지가 될는지, 우리 어머니가 될는지, 혹은 나 자신이 될는지 여하튼 우리들 가운데의 어느 한 사람이 되겠지.”

“그러면 어느 장이나 모두 요한 모리츠의 얘기와 비슷한가요? 당신의 소설 속에는 행운을 가진 운명, 다시 말하면 해피엔드는 하나도 없나요?” 하고 노라가 물었다.

“하나도 없어. 흰 토끼들이 죽은 뒤에 해피 엔드가 있을 수 없지. 만사의 종말이 오기 전에 남은 시간이란 겨우 몇 시간 뿐이니까.” 하고 트라이안이 말했다.

제 2 장

55

요한 모리츠가 헝가리로 들어간 지 벌써 두 시간이 되었다. 세 사람의 유태인과 그는 역 앞에서 기다리고 있었다. 대합실로 들어가는 게 두려웠던 것이다. 얼마 후에 기차가 도착했다.

아브라모비치 의사와 스트룰과 후르틱은 2등 객차에 올랐다. 모리츠는 플랫폼에 남아서 차장 너머로 트렁크를 집어넣어주었다. 기차가 떠나기 전 마지막 순간에 그는 열차의 발판에 뛰어올랐다. 후르틱이 그의 팔을 붙잡아 안으로 끌어들이고 창문을 닫았다. 모리츠는 얼굴이 새파래졌다. 혼자 플랫폼에 남아 있을 뻔했다고 생각하니 몸서리가 쳐졌다. 헝가리에서 아브라모비치 의사와 다른 사람들과 헤어진다면 어떻게 될 것인가? 그는 제 때에 뛰어오른 걸 하느님께 감사드렸다.

아브라모비치 의사와 후르틱은 곧 좌석을 찾았다. 스트룰과 요한 모리츠는 객차 안을 모조리 돌아보았다. 불은 꺼지고 승객들은 잠이 들었으며 빈 자리라곤 하나도 없었다. 두 사람은 복도에 트렁크를 놓고 앉았다. 얼마 후에 한 여자가 내렸고 스트룰이 객실 안으로 들어가 자리를 잡았다. 모리츠 혼자 복도에 남았다. 아브라모비치 의사가 객실의 문을 열고 말했다.

"자지 말게. 트렁크를 도둑맞을지도 모르니까."

"자지 않겠습니다." 하고 요한은 대답했지만 의사가 문을 닫자마자 그는 잠들어버렸다. 아주 곤히 잠이 들고 말았다. 그는 눈을 감고 부다페스트에 닿기까지 계속 잤다.

기차에서 내렸을 때는 벌써 날이 밝아 있었다. 모리츠는 목이 말랐지만 후르틱은 그가 역 구내 식당에 가서 레모네이드 한 잔 마시는 것도 허락하지 않았다. 순경이 식당에서 그를 찾아내어 그가 루마니아에서 탈출해온 것을 알면 네 사람 다 붙잡힐 염려가 있었기 때문이다.

"내 누이가 자네에게 물을 큰 컵으로 한 잔 줄 걸세." 하고 아브라모비치 의사가 말했다.

그래서 그들은 더 멀리 갔다. 역에는 자동차가 늘어서 있었는데 그 앞에 와서 걸음을 멈추었다.

"걸어서 가는 편이 현명할 걸. 마부가 우릴 밀고할지 모르니까. 부다페스트까지 와서 붙잡힌다는 건 한심하기 짝이 없는 일이야." 하고 후르틱이 말했다. 그래서 그들은 걸었다. 모리츠는 어깨에, 그리고 손에 트렁크를 들고 갔다. 트렁크는 아주 무거웠다. 그러나 어젯밤 국경을 넘을 때보다는 덜 힘들었다.

'아스팔트 길이라 덜 무거운 것 같군.'

이렇게 생각하며 맨발바닥에 힘을 주어 아스팔트를 밟았다. 전차는 아직 다니지 않았다. 너무 이른 모양이다. 모리츠는 가로등이 저절로 꺼지는 걸 보며 후르틱에게 누가 끄느냐고 물어보았다.

"이젠 루마니아 말을 하면 법에 걸리나요?"

"법에 걸리지는 않지만 여기서는 루마니아 사람은 모두 수용소로 가야 해. 헝가리는 루마니아의 적국이니까. 알아들었어?" 후르틱이 말했다.

"그러면 우린 무슨 말을 해야 하죠?"

"유태 말을 해야지." 아브라모비치가 대답했다.

"헝가리에서는 루마니아에서처럼 유태인을 구속하지 않으니까. 하여간 아직까지는 유태인을 억압하는 법률은 없지."

요한 모리츠는 루마니아 말을 한 마디도 입 밖에 내지 않으려고 조심했다. 그러나 그는 유태 말도 하지 않았다. 몹시 지쳐 있었던 것이다. 페트피 거리에 있는 의사의 누이 집에 도착할 무렵 모리츠는 트렁크의 무게로 다리가 휘청거릴 만큼 지쳐 있었다. 그는 문 앞에 트렁크를 내려놓았다. 여자 하인이 나와 그가 트렁크를 올리는 걸 도와주었다. 모리츠는 그녀와 같이 부엌으로 들어갔다. 그녀는 푸른 옷을 입고 있었다. 이 옷을 모리츠는 어디선가 이미 본 것 같은 생각이 들었다. 한참만에 그는 스잔나가 그전에 그런 옷을 입었던 것이 생각났다.

56

아브라모비치 의사의 누이는 비대한 여자였다. 커다란 붉은 꽃무늬가 그려진 가운을 입고 있었는데, 그녀는 말이 빠르고 많은 여자였다. 그녀는 아브라모비치 의사와 후르틱과 스트룰과 의사의 매부인 이사크 나기가 있는 방으로 요한 모리츠를 불러 모두에게 위스키를 대접했다. 모리츠는 서 있었다. 모두 다 앉을 의자가 없었던 것이다. 의사의 누이는 차 끓이는 그릇을 들고 들어와 식탁 가운데에 놓았다.

"당신 자리가 없구려. 부엌에 가서 차를 마셔요. 그래 주면 고맙겠는데, 우리끼리 중요한 이야기가 있어서." 나기가 헝가리 어로 말했다.

모리츠는 이 사람들이 자기와 같이 식사하기를 꺼린다는 걸 알아차렸다. 그러나 그는 별로 기분 나쁘게 생각하지 않았다. 율리스카는 그가 부엌으로 오는 걸 보고 매우 기뻐했다. 설탕과 레몬을 흠뻑 넣은 차를 석 잔이나 부어주었다. 그러고 나서 햄과 버터를 넣은 커다란 빵을 세 조각이나 주었다. 모리츠는 재빨리 먹어치웠다. 그는 몹시 배가 고팠던 것이다. 다 먹고 난 뒤에 그는 세수를 하고 싶었으나 율리스카가, "그 전에 나와 함께 시장에 가요! 돌아와서 씻어요." 했다.

요한 모리츠는 바구니를 들고 율리스카와 같이 장을 보러 갔다. 그 다음부터 매일 아침 그는 그녀를 따라 시장엘 갔다.

시장에서 돌아오면 나무를 패서 부엌으로 날라다주었다. 점심을 먹은 뒤 그는 율리스카와 같이 설거지를 했다. 그녀는 성격이 명랑하고 언제나 농담을 했다. 요한 모리츠는 이 집에 있는 것이 마냥 즐거웠다.

57

부엌 일과 율리스카의 농담에 쏠려 모리츠는 아브라모비치와 그 밖의 사람들을 종일 만나지 못했다는 것조차 잊고 있었다. 점심 때쯤 그들의 안부를 물었더니 아브라모비치 의사의 누이는 그들이 자고 있다고 말해 주었다. 그러면 그는 자기 일에 골몰하여 그들 생각은 더이상 하지 않았다. 저녁이 되어 자리에 들 무렵에야 그는 종일토록 그들과 얘기 한 마디도 나누지 못했다는 생각이 들었다. 한 집에서 식사를 하긴 했지만 말이다. 모리츠는 그들이 점심을 먹고 난 접시를 닦았기 때문에, 그건 확실한 일이었다. 그들이 마시고 난 커피잔 다섯 개를 닦았던 걸로 보아 그 때까지 그들은 여기에 있었던 것이다. 그런데 저녁 식사의 그릇 수효는 기억나지 않았다. 율리스카가 접시를 겹쳐 쌓아 들고 왔기 때문에 모리츠는 그것을 닦기 전엔 그 수효를 헤아려보질 않았다. 그는 너무 마음이 불안해서 잠이 오지 않았다. 그날 저녁 식사의 접시가 적었던 것같이 생각되었던 것이다.

'혹시 후르틱이 자기의 친척 집으로 갔는지도 모르지.' 하고 생각했다. 후르틱이 자기를 만나보지도 않고 가버린 것이 섭섭했다. 그러나 그가 이 집에서 저녁을 먹었는데 모리츠가 접시만 적다고 생각했는지도 몰랐다. 그러나 이튿날 아침 모리츠는 그의 추측이 들어맞았다는 걸 알았다. 후르틱은 어제 저녁에 떠났기 때문에 이사크 나기 집에서 저녁을 먹지 않았다. 그러나 아브라모비치 의사와 스트룰은 아직 있었다. 10시쯤 율리스카가 두 사람의 구두를 가지고 왔기에 그는 정성을 들여 닦았다. 그런 다음 그 구두를 집 안으로 들고 가려 했더니 율리스카가 문간에서 말렸다. 그녀는 자기가 구두를 받아들고 들어갔다. 돌아와서 그녀는 모리츠에게 말했다.

"안주인이 당신을 들여놓지 말라구 했어요. 본래 그런 사람인 걸 어떻게 하겠어요. 누가 들어와 도둑질할까봐 겁난대요."

58

오후에 의사가 모리츠를 식당으로 불렀다.

"이 트렁크를 들고 나와 같이 가세." 그는 명령조로 말했다. 모리츠는 기뻤다. 자기를 불러주는 것만 보아도 의사가 자기를 잊지 않고 있었다는 것을 알 수 있었다.

"왜 맨발로 가나?" 함께 한길로 내려오자 의사는 화를 내며 물었다. 모리츠는 부끄러웠다. 그러나 그는 구두가 없었다. 주위를 살펴보아도 맨발로 걸어다니는 사람은 없었다. 그는 머리를 수그리고 잠자코 길을 걸었다. 옆을 지나가는 사람들의 발을 유심히 바라보았다. 모두들 신발을 신었다. 단화가 아니면 장화를 신었다. 모리츠는 너무도 부끄러웠다. 돌아가고 싶도록 부끄러웠다. 그는 의사에게 잘못했노라고 사과라도 하고 싶었지만, 의사는 그를 모르는 체 주머니에 두 손을 찌르고는 앞에서 걸어갔다.

59

그들은 꽃이 핀 조그마한 정원이 있는 어떤 낡은 집 앞에 섰다. 의사는 트렁크를 받아들고 혼자 걸어들어갔다. 모리츠는 홀로 남아 있었다. 벽에 걸린 간판을 보니, 영사관이라고 씌어져 있었다. 그는 길을 지나가는 사람들을 다시 쳐다보았다. 아브라모비치 의사는 그리 오래 기다리게 하지는 않았다. 그는 트렁크를 들지 않고 돌아왔고 싱글벙글 웃으며 계단을 내려왔다. 그러나 벽에 기대어 그는 기다리는 모리츠를 보자 웃음이 금세 입술가에서 굳어버렸다. 그는 그 자리에서 걸음을 멈추고 두 손을 호주머니에 찌르고서 한참 생각하는 듯했다. 그는 이마를 찌푸렸다. 돌아오는 동안 의사는 입을 굳게 다물고 있었다. 요한 모리츠는 의사가 맨발의 사나이와 동행하고 있는 것을 사람들이 짐작하지 못하도록 그의 뒤에서 멀찍이 떨어져 걸었다. 모리츠는 아브라모비치 의사에게 창피를 주고 싶은 생각이 손톱만큼도 없었다.

이사크 나기의 집 문 앞에서, 의사는 걸음을 멈추더니, 모리츠가 가까이 오기를 기다려서 이렇게 말했다.

"양켈, 자네의 경우는 매우 복잡하더군. 부다페스트의 유태인 단체는 우리들에겐 미국으로 갈 서류를 만들어 주었지만, 자네 문제는 보아줄 수 없다는 거야. 그들에게 자네도 우리와 같이 왔으니 도와달라고 부탁은 해봤지만 영 듣지 않는단 말야. 그리스도교도의 뒷일까진 봐줄 수 없다는 그들의 대답이야. 유태인 위원회는 유태인을 원조하기 위해 조직되었고 그래서 '이스라엘 위원회'라고 부른다는 거야. 그런데 자네는 유태인이 아니거든, 사실 그렇지 않나?"

"그렇습니다, 의사 선생님."

"그들의 말도 일리는 있단 말이야. 하지만 나로서는 그렇게 된 것이 섭섭하네. 자넬 미국으로 데리고 갈 생각이었는데. 그러나 나는 자네를 내버려 둘 사람은 아니야."

사무엘 아브라모비치 의사는 지갑을 열고 지폐를 세기 시작했다. 요한 모리츠는 헝가리의 지폐를 바라보았다.

저렇게 작은 것인가 하고 놀랐다.

"여기 20팽고가 있으니 받아주게. 자네가 오늘 수고한 값이야. 이건 적지 않은 돈이야. 이곳 헝가리에서 20팽고를 벌려면 1주일은 일해야 돼. 그런데 자네는 겨우 몇 시간 트렁크를 운반해주고 그만한 돈을 번 거야."

요한 모리츠는 트렁크를 운반했다고 해서 돈을 요구하려고는 생각지도 않았다. 돈을 위해서 한 일이 아니기 때문이다. 그러나 의사는 손을 내민 채 서 있었다. 모리츠는 할 수 없이 돈을 받아 호주머니 속에 집어넣었다.

"무엇보다 중요한 건 자네를 수용소에서 나오게 하고 이곳까지 데리고 왔다는 거야." 하고 의사 아브라모비치가 말을 계속했다.

"만일 우리들이 도와주지 않았더라면 아직도 자네는 거기서 썩어가고 있을 거야. 그렇다고 해서 내가 자네에게 그 대가로 무엇을 요구하는 것은 물론 아니야. 나는 내가 다른 사람들에게 베푼 여하한 일에 대해 그 무엇을 요구하는 그런 인간은 아니라네."

60

요한 모리츠가 헝가리에 온 지도 1주일이 되었다. 오늘도 처음 오던 날과 똑같은 일을 했다. 율리스카를 따라서 시장에 가고, 장작을 패고, 쓰레기통을 내려놓고, 설거지를 했다. 저녁에는 부엌을 소제하고 바닥과 계단을 닦았다.

어느 일요일 아침, 요한 모리츠가 이사크 나기를 복도에서 만났더니 그는 거친 목소리로 말했다.

"아직 일자리를 못 구했나? 여기 온 지도 벌써 1주일이나 됐는데. 내가 평생 자네에게 적선을 할 줄로 생각하는 건 아니겠지."

그러고 나서 이사크 나기는 한 마디 덧붙이지도 않고 나가버렸다. 요한 모리츠는 일자리를 구해보지 않은 걸 뉘우쳤다. 그런 것은 생각해본 적도 없었다. 자기는 이사크 나기네 집 머슴으로 채용된 줄로 알고 있었다.

'어쩌면 이렇게 바보처럼 여태 일자리를 구해보지 않았을까? 그 사람들 말이 옳아. 저들이 평생 나를 먹여살릴 순 없으니까.' 하고 그는 속으로 중얼거렸다.

그날 저녁 요한 모리츠가 율리스카에게 그 얘기를 했더니 그녀는 곧 일자리를 구해보겠다고 약속해주었다. 초콜릿 공장에 아는 사람이 있다는 것이다.

"만일 그렇게 되면 내게 초콜릿을 갖다주겠죠? 갖다줄 딴 여자가 있으면 몰라도……." 하고 율리스카가 말했다.

"다른 여자에게 주다니?" 모리츠는 율리스카가 그런 생각을 하는 것만도 섭섭했다.

"나에게 초콜릿이 생기면 다 갖다 드리죠. 난 맛도 안 볼게요."

그날 밤 요한 모리츠는 꿈을 꾸었다. 꿈에 그는 벌써 초콜릿 공장에서 일하고 있었다.

그 다음 날 아침 아브라모비치 의사는 자기 누이와 매부에게 작별 인사를 하고 집을 나갔다. 모리츠는 트렁크를 역에까지 들고 가서 침대 열차칸에 옮겨놓았다.

"멀리 가시는 겁니까?" 그는 물었다.

"스위스에 가. 미국으로 떠나기 전에 거기서 몇 주일 정양할 생각이야." 의사가 대답했다.

기차가 떠나려던 무렵, 아브라모비치 의사는 그에게 손을 내밀었다.

요한 모리츠는 얼굴이 붉게 달아오름을 느꼈다. 플랫폼에 있던 모든 신사들이 아브라모비치 의사가, 신발도 신지 않은 사나이와 악수하는 것을 쳐다보고 있었던 것이다.

기차가 움직이자 아브라모비치는 차장으로 외치는 것이었다.

"잘 있게, 얀켈! 자넬 잊지 않겠네. 무슨 짓을 해서라도 자넬 도와줄 테야!"

"안녕히 가십시오." 모리츠가 말했다.

기차가 멀어져 보이지 않게 되자, 요한 모리츠는 와락 울음이 나왔다. 이 세상에 버림을 받아 혼자 남은 것 같은 느낌이었다. 후르틱과 스트룰은 그에게 작별 인사 한 마디 없이 떠나버렸다. 그런데 이제 의사마저 떠나 버렸다. 모리츠는 한참 플랫폼에 서 있었다. 그러다가 초콜릿 공장 생각이 났다. 슬픔이 좀 누그러져서 걸었다. 페트피 거리를 올라가며 그는 생각했다.

'일자리만 얻게 되면 율리스카에게 유리알로 된 목걸이를 사줘야지.'

61

요한 모리츠와 율리스카는 여느 때보다 일찍 시장으로 갔다. 고기와 채소와 그밖의 필요한 걸 서둘러서 사고, 나지막한 집들이 있는 길을 올라갔다.

모리츠는 오른손에 시장 바구니를 들고 왼손으로 율리스카의 팔을 부축했다. 두 사람은 재빨리 발을 놀렸다.

"초콜릿 공장은 저편 시내 언저리에 있어요. 빨리 걸어야 해요." 율리스카가 말했다.

두 사람은 땀에 흠뻑 젖어 있었다. 너무 시간이 걸리면 율리스카가 점심 준비할 시간이 없어지기 때문이었다. 그녀는 그 공장에서 일하는 같은 고향의 총각에게 모리츠의 얘기를 해두었던 것이다. 그는 아무 날이든 아침에 모리츠를 데리고 와서 공장장과 상의해보라고 했다.

"그는 오기만 하면 즉시 채용될 거야. 일손이 모자라니까."

"정말 즉시 채용해줄는지 몰라?" 모리츠는 길거리에 모여 있는 혼잡한 사람들 사이를 헤치고 나가며 말했다.

"만일 즉시 나를 써준다면 오는 월요일엔 첫 봉급을 타게 될 거요. 그러면 아마 당신은 초콜릿을 받게 될 걸."

그는 율리스카의 팔을 잡은 손에 힘을 주었다. 두 사람은 서로 쳐다보고 웃었다.

"그리고 방도 하나 얻어야지. 평생토록 당신의 주인 신세를 질 수는 없거든. 공장 근처에다 방을 하나 찾아봐야지." 그는 말을 계속했다.

"그렇게 되면 내가 거기에 가도 될까요?" 율리스카가 물었다.

그러나 그는 그 말이 들리지 않았다. 그의 시선은 사람들이 붐비는 곳에 팔려 있었기 때문이었다. 왜 이렇게 많은 사람들이 모여 있을까 하고 생각했다. 많은 사람들이 서로 떼밀고 있었다. 율리스카도 걸음을 멈추고 무슨 일이 일어났나 싶어 보려고 하다가 빨리 서둘러야 한다는 생각이 떠올랐다.

"다른 길로 갑시다. 그렇지 않으면 점심 준비할 시간이 없어요." 하고 그녀는 말했다.

두 사람은 다시 걷기 시작했다. 잃어버린 시간을 메우기 위해 한층 더 빨리 걸었다. 그런데 저쪽 길가에 헌병들이 비상선을 치고 있었다.

율리스카는 곁눈질로 헌병을 슬금슬금 쳐다보더니 날쌔게 빠져나갔다.

"헌병과 군인은 세상에서 가장 변변찮은 인간들이야! 절대로 헌병에게는 시집 안 갈 테야." 하고 그녀가 말했다.

율리스카는 모리츠가 그 말을 듣고 있는지 알고 싶어 뒤를 돌아보았다. 그러나 모리츠는 자기 뒤에 보이지 않았다. 율리스카가 군중 속을 바라보며 그를 찾아보았더니, 헌병 곁에 서 있는 그가 눈에 띄었다. 그는 손짓을 해 보였다. 율리스카는 그가 있는 쪽으로 갔다. 이제야 무슨 일이 일어났는지를 알 수 있었다. 사람들이 단속반에 걸린 것이다. 헌병이 길을 막아놓고 통행인의 신분 증명서를 조사하고 난 후에 길을 가게 했다. 여자들은 내버려두었기 때문에 율리스카는 빠져나갈 수 있었던 것이었다.

율리스카는 모리츠가 아무 증명서도 지니고 있지 않다는 것을 알기 때문에 걱정이 되었다. 그녀는 다시 헌병이 쳐놓은 비상선을 넘어갔다. 헌병 하나가 그녀의 팔을 잡았으나 뿌리치고 모리츠가 있는 데로 가까이 갔다. 모리츠는 총검을 멘 한 헌병을 따라 트럭이 있는 데로 끌려가는 무리 속에 끼어 있었다. 모리츠는 바구니를 머리 위로 들어올려서 율리스카가 그것을 보고 찾아올 수 있도록 했다. 그러나 그녀는 더 앞으로 나갈 수 없었다.

헌병들이 더 멀리 못가도록 했던 것이다. 그녀는 물건이 든 바구니를 찾으러 가야겠다고 설명했지만 헌병은 들으려고도 하지 않았고, 또 무슨 소린지 알아듣지도 못했다. 화를 내어 욕을 퍼부어봤자 아무 소용이 없었다.

요한 모리츠는 트럭에 실렸다. 그는 바구니를 바깥으로 내밀어 보이며 율리스카가 와서 찾아가기를 바랐다. 이윽고 트럭이 움직이기 시작했다. 그는 채소 바구니를 무릎 사이에 놓았다.

'율리스카가 시장 바구니를 들고 들어가지 않으면 나기 부인에게 매를 맞을 텐데' 하고 그는 생각했다. 트럭에서 뛰어내려 그 바구니를 가져다 주고 싶었지만 그럴 수도 없었다. 착검하고 총을 둘러멘 헌병 둘이 긴 의자의 양구석에 있었기 때문이었다. 그 둘을 바라보자 요한 모리츠는 시장 바구니 생각은 없어지고 자기가 붙잡혔다는 것을 의식하게 되었다.

62

그날부터 벌써 4주일이 지났다. 영창의 담너머 바깥에서는 어떤 일이 일어나고 있는지 요한은 알 수가 없었다. 그 때부터 햇빛 구경도 못했다. 감방 들창은 안마당을 향해 있었고 잿빛 높은 벽들이 지평선과 하늘까지 가리고 있었다. 4주일 동안 그는 한 가닥의 시원한 공기도 마시지 못했다. 다른 죄수들은 하루에 한 시간씩 마당으로 나갔다. 그들이 영창을 나갔다가 들어오는 소리가 들렸다. 모리츠는 그들이 바깥 공기를 쐬러 나갔다는 걸 알 수 있었다. 그들의 발걸음 소리로 느낄 수 있었다. 그러나 지금은 복도도 조용했다. 해는 아직 떠오르지 않았다. 모리츠는 눈을 떴다. 눈꺼풀이 간신히 떨어졌다. 모리츠가 손을 눈으로 가져다 눈까풀을 만져보니 퉁퉁 붓고 피가 엉겨 있었다. 언제 감방에 데려다 놓여졌을까? 기억이 없었다.

'그들이 나를 안아 데려왔겠지.' 때때로 그는 감방으로 돌아올 때 어디를 걷고 있는지 모를 적이 있었다. 또 어떤 때는 몇 시간 동안 몸을 움직일 수 없는 때도 있었다. 늘 그를 안아서 데려왔지만, 어느 때는 언제 고문이 끝났는지, 또 언제 간수가 부축해서 감방으로 데리고 와서 침대 위에 뉘었는지를 항상 기억했다. 그러나 이번에는 아무것도 기억나지 않았다. 조금도 기억이 나지 않았다. 이런 일은 처음이었다.

'너무 지나치게 맞은 모양이야!' 그는 마치 어느 낯선 사람에게나 얘기하듯 자신에게 얘기했다. 손으로 얼굴을 만져보았다. 숱이 많은 수염은 뻣뻣했다. 콧수염과 머리털과 눈썹에는 피가 말라붙어 있었다. 바싹 마른 흙처럼 거친 피가 손가락 밑에 말라붙어서 바삭바삭 소리를 냈다. 요한 모리츠는 혀를 입술에 댔다. 부풀어 터질 듯한 종기처럼 아팠다. 이 네 개가 달아났다. 그는 어느 날 턱을 주먹으로 얻어맞은 뒤 피와 함께 복숭아씨를 뱉어내듯 이빨을 뱉어냈다. 그 날도 오늘만큼 턱이 아팠다.

'이 이상 이가 달아나면 나는 빵도 먹지 못할 거야.' 이렇게 생각하고는, 또 아예 다른 이가 없어졌는지 혀끝으로 더듬어보려고도 하지 않았다. 조금만 움직여도 몸이 아팠다. 다시 눈을 감았다. 시간이 흘렀다. 복도에서 다가오는 발자국 소리가 들렸다. 그러나 그는 보통 때처럼 귀를 기울이며 발소리가 누구의 발소리이며, 어디서부터 와서 어디로 사라져버리는지 알아보려고 귀를 기울이지도 않았다. 몸 전체가 상처를 입어 그의 사고력마저 마비되어 있었다. 간수가 와서 고문실로 데리고 가려고 침대에서 끌어내렸을 때 모리츠는 울부짖고 싶었다. 발바닥이 방금 구워놓은 빵처럼 부풀어올라 있었다. 언제 발바닥에 매를 맞았는지 통 기억이 없었다. 간수가 마구 떠다밀었다. 모리츠는 감방 문간을 넘어섰다. 간수가 떠다민 등 뒤가 눈물이 날 지경으로 아팠다. 그 아픔이 사라지자 이번에는 발이 아프기 시작했다. 한 걸음씩 옮겨놓을 때마다 누가 살점을 떼어내는 것 같았다.

취조를 맡은 감독관 바르가의 사무실까지 한 백 걸음은 남아 있었다. 아직도 백 발짝은 옮겨 디뎌야 했다. 그 생각만 해도 몸 속의 기운이 자기를 저버리는 것 같아서 땅바닥에 쓰러지고 말았다. 헌병이 겨드랑이 밑으로 팔을 집어넣어 일으켜 세웠다. 요한 모리츠는 어린애같이 가벼워졌다. 뼈와 가죽, 이것밖에는 중량이 나갈 것이 없었기 때문이다. 살과 지방은 말라버려 이젠 문제 밖의 것이었다.

63

붙들리자, 요한 모리츠는 사실대로 말했다. 어떻게 해서 그가 헝가리에 오게 되었는지를 자세히 얘기했다. 헌병은 믿으려 들지 않았다. 사실을 자백하라면서 그를 때렸다. 고문을 당하고 나면, 모리츠는 똑같은 식으로 자기 얘기를 되풀이했다. 그러면 또다시 때리기 시작했다.

지금 그는 헝가리 비밀 경찰의 감옥에 있었다. 그래서 매일 심문을 받고 나서 얻어맞았다.

"무슨 목적으로 헝가리에 보내졌느냐 말이야?" 감독관이 물었다.

"누가 보낸 것이 아닙니다." 모리츠는 대답했다.

"준위가 군용 트럭으로 국경까지 데려다주었다고 말하지 않았어!"

"그건 사실입니다. 준위의 이름은 아포스톨 콘스탄틴입니다. 그가 수용소 소장이었습니다. 아브라모비치 의사의 친구였는데, 보초에게 붙잡히지 않도록 데려다준 겁니다."

"그 놈은 루마니아 첩보 기관의 타나세 이온 사령관이야. 그가 그 부문에서 일하고 있다는 걸 우린 알고 있어. 매달 스파이를 우리 쪽에 보내고 있단 말이야. 너를 보낸 것도 그 자야. 그런데 우리가 알고 싶은 건 어떤 목적으로 그가 너를 여기에 보냈는가 그것 뿐이야. 네 임무가 뭐야?"

모리츠는 눈을 내리깔며 "저는 전부 사실대로 얘기했습니다!" 하고 말했다. 몇 분 후엔 지하실로 고문을 받으러 간다는 것도 그는 알고 있었다. 이런 생각이 들자, 벌써 오한으로 온몸이 아파 왔다.

"연극을 해봐야 아무 소용없다는 걸 아직 모르겠어? 이 이상 떼를 쓰는 건 어리석은 짓이야. 너는 루마니아 사람으로 18개월 동안이나 유태인 수용소에 갇혀 있었다고 했지?" 하고 취조관이 말했다.

"예, 거기 있었습니다." 모리츠가 말했다.

"네가 그런 곳에 들어갔을 리가 없어."

"저는 루마니아 사람입니다."

"헝가리에서는 유태인 행세를 할 작정이었지? 그래서 우리들을 납득시키려고 루마니아에서 유태인 수용소에 있었다고 헛수작을 하는 거야.
그리고 또 유태인 세 명과 같이 국경을 넘었다고 했지?"

"그것도 사실입니다." 모리츠가 말했다.

"거짓말 마라. 넌 단신으로 들어왔어. 아마 너는 우리가 네 말만 믿고
조사를 하지 않을 거라고 생각한 모양이지? 이 서류 속에는 나기 부부가
쓴 진술서가 들어 있는데도 그래? 그 부처는 너 같은 이름은 들어본 적도
없다는 거야. 로자 부인에게는 의사인 오빠가 없어."

"그 분들이 저를 모른다고 했습니까?" 요한 모리츠가 물었다. "그
부인이 그런 말씀을 할 리가 없을 텐데요. 저는 그 집에서 일했습니다.
율리스카와 함께 시장도 가고 접시도 씻었는데요……."

요한 모리츠는 울기 시작했다. 취조관은 소리를 쳤다.

"그것도 거짓말이야. 로자 나기 부인에게는 율리스카라는 식모가 없어.
거짓말을 하려면 식모 이름이라도 똑똑히 알아둬야 되잖아!" 취조관은
소리내어 웃었다.

"나기 부인의 식모도 신문을 했어. 8년 전부터 그 집에서 일하고 있는데,
율리스카라는 이름은 네가 지어낸 이름이더구먼. 넌 우릴 속일 속셈이었지,
응? 타나세 사령관이 네게 율리스카 얘기를 외게 하면서 그렇게 반복
하라고 하더냐?"

요한 모리츠는 눈을 감았다. 그는 간수를 부르기를 기다렸다. 지하실로
데려가기를 기다렸다. 이젠 아무것도 생각하고 싶지 않았다. 그러나 나기
부인이 그를 모른다고 말했다는 걸 생각하니 마음이 몹시 아팠다. 도저히
믿어지지가 않았다.

요한 모리츠는 문이 열리는 소리를 들었다. 발소리가 가까워졌다. 그것은
자기를 지하실로 끌고 갈 간수의 발소리는 아니었다. 그는 눈을 떠 보았다.
이사크 나기가 자기 앞에 서 있었다. 밤새 새 양복을 입고 있었는데, 그는
그를 거들떠보지도 않았다.

"당신은 이 사람을 아십니까?"

취조관이 물었다.

"금시 초견입니다." 이사크 나기는 모리츠를 아래 위로 훑어보며 말했다.

"루마니아에서 탈출한 유태인 세 명이 당신 집에 머문 일이 있습니까?"
취조관이 물었다.

"수년 전부터 내 처와 나와 그리고 식모 이외엔 내 집에 묵은 사람은
한 사람도 없습니다."

"감사합니다!" 취조관이 말했다.

이사크 나기가 취조실에서 나가자 곧 이어서 그의 아내가 들어왔다.
그녀도 모리츠를 모를 뿐 아니라 지금까지 본 적도 없다고 했다.

"당신 오빠되는 분이 루마니아에서 의사로 있습니까?"

"저는 외동딸입니다." 로자 나기가 대답했다.

취조관은 요한 모리츠에게 험악한 시선을 던지고는 로자 나기에게 물
었다.

"당신 집에다 율리스카라는 이름의 식모를 둔 적이 있습니까?"

"없습니다. 부다페스트에 온 지 8년 동안 내가 데리고 있는 것은 조세
피나라는 식모 뿐입니다." 하고 그녀가 대답했다.

나기 부인은 웃음을 지으며 취조실을 나갔다. 그 뒤로 한 노파가 들어와서
조세피나라는 이름으로 8년간 줄곧 나기 씨 집에서 일해 왔다고 했다.
이것이 끝나자 또다시 취조관과 요한 모리츠만 남게 되었다.

"이쯤 되면 이젠 네가 거짓말한 것이 탄로가 났지? 사실을 털어놓으란
말이야! 너는 무슨 목적으로 헝가리로 파견되어 왔지?"

요한 모리츠는 눈물만 흘렸다.

64

요한 모리츠는 바르가 취조관의 취조실에서 여느 때와 같이 직접 고
문실로 끌려왔다. 그러나 오늘처럼 겁이 나 본 적은 없었다. 지하실 방으로
들어가니, 불빛이 얼굴에 들이부어졌다. 이 방에는 언제나 백목처럼 하얀
광선이 가득 차 있었다. 전등은 크고 촉수가 강했다.

요한 모리츠는 눈을 감았다. 그러나 강한 불빛에 관자놀이가 화끈 달
아올랐다.

"옷을 벗어!" 간수가 웃으며 명령했다. 언제나 여기서 트럼프를 치는 비대하고 콧수염을 기른, 두 사나이 중 한 사람이었다. 모리츠는 셔츠의 깃을 풀어헤쳤다. 벗지 않으면 그 두 간수 중 하나가 밧줄로 얼굴을 갈기는 것이었다. 그는 그걸 잘 알고 있었다.

그러나 그의 손가락은 퉁퉁 부어 있어서 조그만 셔츠 단추를 빨리 풀 수가 없었다. 모리츠는 그 두 사람을 기다리게 하는 것이 몹시 두려웠다. 이렇게 밧줄을 무서워해 보기는 처음이었다. 그는 계속 트럼프를 치고 있는 두 간수 쪽을 바라보았다. 그들은 놀이에 골몰해서 모리츠의 행동이 느린 것을 알지 못하고 있었다. 모리츠는 간신히 셔츠를 벗었다. 바지는 벗지 않아도 되었다. 그는 그대로 서 있었다. 그의 눈 앞엔 연장걸이가 있고 거기에는 군대에서 총을 소제할 때 사용하는 꽂을대 같은 가는 쇠막대기가 죽 놓여 있었다. 연장걸이의 왼쪽에는 엄지손가락 만하게 굵은 것이 걸려 있었고, 다른 것들은 갈수록 차차 가늘어져갔다.

20여 종으로 굵기가 달랐고, 각각 두 개씩이다. 모리츠는 오늘 처음으로 그 수를 세어 보았다. 제일 가느다란 것이 연장걸이 오른편 끝에 있었다. 그것은 지푸라기만큼 가늘었다. 모리츠는 그 쇠 회초리 한 개 한 개가 주는 아픔을 정확하게 알고 있었다.

"자아, 작업 시작!" 둘 중의 한 간수가 일어서며 명령을 했다. 탁자 위에는 카드가 흐트러진 채로 있었다.

"일하지 않는 자는 먹지 말지어다."

모리츠는 그 사나이가 이렇게 말하며 기지개를 켜는 걸 보았다. 그는 두둑한 가슴팍에 찰싹 들어붙는 푸른 메리야스 셔츠를 입고 있었다. 졸음이 오는 듯한 표정이었다.

두 번째 간수는 담뱃불을 끄고, 모리츠를 슬쩍 쳐다보았다.

"어때? 오늘은 무슨 사명을 띠고 네가 여기 왔는지 불 테냐?"

간수의 음성은 마치 담뱃불이라도 빌려달라는 듯한 조용한 어조였다. 그렇게 말하고 나서 그는 첫번째 사나이와 마찬가지로 하품을 하고 기지개를 켰다.

"아무도 보낸 사람이 없다고 말하지 않았습니까!" 모리츠는 대답했다.

그 두 간수는 재빨리 머리를 돌렸다. 그들은 벌겋게 달군 쇠붙이에 닿았을 때처럼 몸을 부르르 떨었다. 골이 난 눈들이 번쩍번쩍 빛났다. 요한 모리츠는 몸을 부들부들 떨기 시작했다. 한 간수가 곁으로 다가와 얼굴 한복판 턱 밑을 갈겼다. 한 번 그리고 또 한 번 쳤다. 모리츠는 턱의 감각을 잃었다.

두 번째 사나이는 그를 끌어다가 연장걸이 옆에 있는 긴 의자 위에 엎어 놓았다. 그리고는 그의 등에 말타듯이 앉았다. 매일 간수가 이렇게 올라탈 때면 모리츠는 숨이 막혀 죽는 것만 같았다. 그런데 오늘은 정말 죽고만 싶었다. 가슴의 움푹 들어간 부분이 의자 위에 납작하게 짓눌리고 간수의 중량으로 해서 마치 연자방아에 깔린 것처럼 납작하게 된 허파는 더이상 공기를 들이마실 수 없게 되었다.

"말하겠어?" 얼굴을 갈긴 간수가 물었다. 모리츠는 대답하지 않았다. 발바닥에 첫 일격이 날아옴을 느꼈다. 그는 꿈틀하고 다리를 구부렸다. 자기 위에 타고 앉은 간수는 다리를 꽉 붙잡아 긴 의자 위에 못박듯이 올려놓았다. 두 번째 매질이 가해졌다. 굵은 회초리임에 틀림없었다. 매질이 비오듯 쏟아지자 두뇌에서는 그걸 더이상 느끼지 못했다. 대신 가슴속에서 울려 왔고, 그 다음에는 어깨에서, 그리고는 아무 느낌도 없었다. 그의 육체는 빳빳해졌다. 그러나 계속 그렇게 되어 있지는 않았다. 이젠 발바닥이 몹시 난도질을 당하는 것 같았고 불로 지지는 듯한 아픔이 몰아쳐 왔다. 그것은 틀림없는 가는 회초리였다. 맞을 때마다 아픔이 무릎을 통해 허리로 퍼 져갔다. 방광과 배의 감각이 없어졌다. 빗발치는 매질이 계속되었다. 요한 모리츠는 구역질이 났다. 노란 빛이 눈 앞에 아물거렸다. 아까 게걸스레 먹은 음식물이 입에서 흘러나오기 시작했다. 흠뻑 젖은 바지는 살에 바짝 달라붙었다. 그가 삼킨 물과 빵이 위 속에 남아 있을 수가 없었던 것이다.

요한 모리츠는 자기 주위에서 비치는 노란 빛이 자기를 삼켜버릴 것 같은 느낌이 들었다. 씁쓸하고 푸르스름한 액체가 입 속에 가득 찼다. 그 액체는 코, 입 할것없이 몸뚱이의 구멍이란 구멍에서 흘러내렸다. 그것은 두꺼비의 입에서 나오는 점액처럼 푸른 색 나는 거품과 뒤섞였다. 요한 모리츠는 몸 전체에서 생명이 빠져 달아나는 것을 느꼈다. 오직 정신만이 아직도 살아 남아 있었다. 간수가 점점 가는 쇠 회초리로 때렸다. 그러나 모리츠는 더이상 느끼지 못했다. 피마저도 그 매질을 견디지 못해서, 고문을 당해 찢어진 피부에서 벗어나려 했다. 뚫어진 모든 구멍에서 밖으로 뿜어나왔다. 피는 코를 통해서, 귀를 거쳐서, 요한 모리츠의 몸 밖으로 튀어나왔고, 오줌 속에 섞여 나왔다. 피도 이젠 고통으로 갈기갈기 찢어진 육체에 더 머물러 있으려 하지 않았다. 그도 탈출하지 않을 수 없었다. 어떤 수단을 써서라도, 어디든지 달아나지 않을 수 없었다.

65

눈을 뜨자, 요한 모리츠는 어젯밤 이사크와 로자 나기와의 대면이 생각났다.

'만일 그들이 사실대로 말했다면, 취조관이 나를 풀어주었을 것이고 어제 고문을 당하지 않았을 텐데. 어제처럼 지독하게 맞아본 적은 없었다. 몸 전체가 상처 투성이였다.'

'이사크 나기는 나를 모른다고 했것다. 그 여편네까지도.' 아침마다 이사크 나기의 구두를 닦고 장작을──로자 나기의 분부로──패고, 부엌 바닥을 닦던 자기의 모습을 그려보았다.

'어떻게 그런 거짓말을 할 수 있을까? 더군다나 율리스카라는 식모는 본 적도 없고 집에 데리고 있은 적도 없다고 주장하지 않던가.'

요한 모리츠는 기진맥진했다. 자기 몸과 마음이 약할 대로 약해져, 어제도 그제도 어떻게 언제 감방까지 끌려왔는지 기억이 나지 않는 것도 잘 알고 있었다. 매에 못 견디어 그렇게 되었겠지만 그는 확실히 이사크 나기의 집에서 살았고, 틀림없이 그 집 식모는 율리스카라는 이름이었다. 그런데 이사크 나기는 "아니오."라고 말했다. 그의 마누라도 "아니오."라고 했다. 모리츠는 자기의 두 귀로 "아니오." 하는 것을 들었던 것이다.

요한 모리츠는 두 눈을 감았다.

66

잠시 후에 또 누가 그를 부르러 왔다. 모리츠는 몸이 부들부들 떨렸다. 생전 처음으로 그는 자살할 결심을 했다.

이젠 도저히 이런 고통을 견디어낼 수가 없었다. 간수는 문을 열어젖히고 문간에 서 있었다. 두 눈썹 사이로 모리츠는 그가 웃고 있다는 걸 알아차렸다.

"자아! 일어나!"

간수가 말했다. 모리츠의 눈에는 취조관 바르가의 모습이 떠올랐다. 그의 목소리도 들렸다. 그리고 고문실과 갖가지 크기의 쇠 회초리들이 눈 앞에 선하게 떠올랐다. 등을 타고 앉은 간수의 무거운 중량을 느꼈다.

모리츠의 입술은 애원하듯이 중얼거렸다.

"오늘만은 제발 놓아 주십시오. 내일 그리고 모레, 죽는 날까지 날마다 가겠습니다. 매일요. 취조도 고문도 받겠습니다만 오늘만은 제발……."

"오늘은 너를 석방시켜 준다."

헌병이 말했다.

요한 모리츠는 믿어지지가 않았다. 끝내 믿을 수가 없었다. 그런데 그날 그는 석방되었다.

그러나 자유의 몸이 되는 것이 아니었다. 그는 루마니아의 시민이기 때문에 강제 노동 수용소로 실려갔던 것이다.

67

감옥을 나오기 전에 요한 모리츠는 율리스카의 편지 한 장을 받았다. 취조관 바르가의 사무실 보초가 그걸 가지고 왔다. 그는 모리츠가 감방을 나오려는 순간에 들어왔다. 모리츠는 편지를 펴고 율리스카의 필적을 보았다.

'그리운 요한, 저는 나흘 전부터 나기 씨 집에서 일하지 않고 있습니다. 그래서 당신에게 그걸 알려드리니, 당신이 석방되면 저를 찾으러 페트피 거리로 가지 마세요. 저는 시골에 계신 어머님 곁으로 갑니다. 티사 현(縣) 바라톤 면인데 거기서 사랑하는 당신을 기다리겠어요. 감옥에서 나오시는 날로 곧 오세요.——율리스카'

그리고 오른편 구석에 또 이렇게 적혀 있었다.

'어제 나기 씨 집으로 내 짐을 가지러 갔댔어요. 나기 씨와 그 부인이 경찰에서 당신을 모른다고 한 것을 아무쪼록 화내지 말아달라고 부탁 하더군요. 거리에선 유태인들을 검거하는 중입니다. 그 분들은 자기 집에 외국 사람들을 유숙시켰다는 걸 말하기가 두려웠던 거예요. 당신 칭찬도 하더군요. 이사크 씨는 당신에게 주라고 새것과 다름없는 양복을 주었 어요. 제 집에 오시면 있습니다. 이사크 씨는 훌륭한 사람이에요. 로자 부인도요. 단지 붙잡혀가는 게 무서워 당신을 모른다고 말했던 것입니다. 험악한 세상입니다. 무서움이 자기 아버지, 어머니도 죽일 수 있나 봅니다. 당신께 키스를 보냅니다.——율리스카'

68

헝가리 정부의 각료들은 벌써 세 시간 전부터 레자스 궁전에서 비밀 회의를 열고 있었다. 그 회의가 막 끝나려 할 무렵에 외무장관이 일어서서 또 입을 열었다.

"5만 명의 노무자 문제는 해결되지 않았습니다. 그리고 이것이 가장 중요한 문제입니다."

"그 문제는 이미 해결되었습니다." 수상이 거친 어투로 대답했다.

"그 문제는 일동이 전원 일치로 가결했습니다."

장관들은 가방을 들고 자리를 뜰 참이었다. 외무장관은 이걸 보고도 모른 체 시치미를 떼고 계속해서 말했다.

"우리는 무엇이든 제공할 걸 찾아내야 합니다. 우리 나라와 독일과의 관계는 반드시 안정을 유지할 필요가 있는 것입니다. 우리와 그들은 대등한 관계는 아닙니다. 그리고 우리는 여하한 값을 치르더라도, 그걸 인정하지 않을 수 없습니다. 독일에 대한 헝가리의 입장은 동맹 주체로서의 그것이 아니라 속국으로서의 그것입니다. 그러나 이 입장은 보다 더 불리한 입장인, 군사적 피점령국으로 변할 수도 있다는 것입니다. 처음에 그들은 노무자 20만 명을 제공하라고 했습니다만 그 숫자가 5만으로 줄어진 겁니다. 그러니 아무래도 그 5만은 제공해야 합니다."

"우리 정부는 단 한 명이라도 헝가리 시민을 노예로 독일에 양도할 수 없습니다. 그러므로 그 문제는 해결된 것입니다." 수상은 화가 나서 얼굴이 빨개져 말했다.

"독일은 이 문제를 굉장히 중요시하고 있습니다. 만일 우리 나라가 최소한 5만 명의 제공을 거부한다면 그 거부는 결정적이 될 겁니다. 내가 입수한 정보에 의하면, 만일 이 요구가 수락되지 않을 경우에는 헝가리를 무력으로 점령해버릴 수밖에 없다는 것입니다. 저는 이 점을 여러분께 알려드릴 의무가 있고 거부에 대한 책임은 일체 여러분이 지십시오." 외무 장관이 반박했다.

"타협책이 없습니까?" 어느 장관이 제안했다.

"만일 우리 나라가 단 한 명의 헝가리인을 노예로 독일에 보낸다 해도 사태는 여전히 중대한 것이며, 우리 역사는 이런 행위를 결코 용납하지 않을 겁니다. 따라서 그 요구에 대한 우리 나라의 회답은 단호한 거절 뿐입니다. 이런 문제에 있어 타협책을 취하는 건 불가능합니다." 수상이 말했다.

"그러면 만일 우리가 노무자 5만 명을 독일에 보낼 경우 그 5만 명이 헝가리 시민이 아니면 어떨까요? 우리 나라 강제 수용소에는 30만이 넘는 외국인이 있습니다. 그들을 독일에 제공하면 어떻습니까?"

내무장관의 제안이었다.

"나는 그 해결책을 반대합니다."

외무장관이 반박했다.

"그런 해결은 사태를 더욱 복잡하게 만들 뿐입니다. 그것은 포로와 감금된 정치범에 관한 국제법 규정에 위반됩니다. 우리에게는 외국의 동정이 필요합니다. 그런 방책을 취하면 생 테티엔 왕조의 명예는 심각한 손상을 입게 될 겁니다. 그리고 결과적으로 새로운 적들을 만들 겁니다."

반 시간쯤 지나서 마침내 타협책이 마련되었다. 장관들의 결론은 국적이 분명치 않은 노동자들 중에서 헝가리인이 아닌 5만 명을 골라 독일로 보내자는 것이었다.

내무장관은 그 안을 기초로 외국에 국적을 가졌다는 명확한 근거가 없는 노동자들을 뽑기로 약속했다.

"이로써 우리는 헝가리의 피를 구하는 겁니다. 미래의 역사는 헝가리 사람을 노예로 보냈다고 해서 절대로 우리를 비난할 수 없을 것입니다. 숭고한 우리들의 목적에 비추어서 역사도 우리들이 채택한 방편을 이해할 줄 믿습니다."라고 내무장관이 말했다.

69

헝가리 정보국 국장인 바르토리 백작은 자기 사무실로 들어가 비서를 불렀다. 비밀 회의에서 정부의 결정 사항을 발표하는 공식적인 공문을 받아 쓰게 할 참이었다. '다른 사람에게서 명예와 자존심을 인정받지 못하는 인간은 노예다 !' 바르토리 백작은 이렇게 속으로 생각했다.

'오늘날, 진정한 긍지를 가지고 살고 싶어하는 사람은 스스로 죽음을 택해야 한다. 우리 사회는 개인의 자존심과 명예, 다시 말하면 자유스런 인간의 전 생활을 탄압한다. 허용되는 것은 노예생활 뿐이다. 그러나 이것도 그리 오래 계속되지는 못할 것이다. 그 속에 사는 모든 인간이——장관에서부터 하인에 이르기까지——노예가 돼야 하는 사회는 반드시 무너진다. 무너지려면 하루 속히 무너지는 것이 더 좋겠지.'

"장관님, 뭐라고 하셨습니까?" 비서가 방으로 들어오며 물었다.

"아니야, 필기해 주게. 공고(公告). 내각은 비공식 회합에서 헝가리인 노무자로서 각종 기술산업 부문을 전문적으로 배우고자 독일로 가기를 희망하는 자에 대하여 비자와 여행 조건의 편의를 도모하기로 결정했음. 여행 조건의 편의를 받을 수 있는 노무자의 수는 5만 명임. 이상. 곧 각 신문에 통고해주게. 그리고 제 1 면에 싣도록 말하게." 하고 바르토리 백작은 명령했다.

70

바르토리 백작은 그날 저녁, 자기의 비서실장인 그의 아들과 함께 레스토랑에서 저녁 식사를 했다.

커피를 마시며 백작은 아들에게 물었다.

"독일로 보내는 노무자의 문제를 어떻게 생각하니?"

"정치 링에서 바로 녹아웃을 먹인 거죠! 그 처리법이 훌륭하다고 봅니다. 헝가리 노무자를 보내는 대신에 감옥과 강제 수용소에서 긁어모은 외국인들을 독일로 보낸다는 건 독일의 거만한 태도에 당연히 주어야 할 교훈입니다. 참으로 천재적인 창안이라고 생각합니다." 루시안이 대답했다.

"그것과 교환 조건으로 우리에게 독일에서 어떤 이득이 온다는 걸 넌 아느냐? 좀더 자세히 설명하자면, 우리들은 그 5만 명을 넘겨주고 대금을 받는다는 걸 아느냔 말이다."

백작이 물었다.

"물론 알고 있습니다. 대가를 받지 않고, 노동력을 독일에다 제공할 수는 없지 않아요?" 루시안이 말했다.

"그러면 너는 네 아버지가 오늘 인신 매매에 가담했다는 걸 알아도 조금도 불쾌하지 않단 말이냐? 이런 거래는 도의적 타락으로 사닥다리에서도 마지막 계단이야."

"아버님은 이상합니다. 그래서 오늘 저녁은 그처럼 기분이 우울하시군요……."

"딴 데로 말을 돌리지 마! 내가 노예 매매에 가담하고 있다는 것을 너는 시인하느냐 않느냔 말이야!" 백작은 즉시 되물었다.

"아버님께서 끝내 그런 식으로 물으신다면, 그래요, 아버님은 노예 매매를 맡아 보고 계십니다." 루시안은 미소를 지어 보이며 말했다.

"그래도 불명예스럽지 않단 말이냐?"

"당치도 않은 말씀입니다. 저는 아버님께서 울적해진 원인이 다른 데 있는 줄 알았습니다. 이런 문제는 우울해질 원인이 될 수가 없고, 또 된다고 하더라도 그 때 잠깐이겠지요. 우리는 아무래도 독일에다 노무자를 보내야 합니다. 만일 방법을 생각해내지 않았더라면, 헝가리 사람을 보내는 수밖에 없었습니다. 그렇게 되면 일은 커지는 게 아니겠습니까!"

"그건 그래. 헝가리의 처지에서 보면 그 편이 더 큰 문제지. 그러나 인간적인 처지에서 보면 어느 편이나 다 마찬가지로 큰 문제야. 요는 우리가 독일에다 인간을 판 것이 되니까 말이야."

"그러나 현재로선 부득이한 일입니다. 피할래야 피할 수 없는 일이지요."

"유럽은 몇백 년 전에 노예 매매를 그만두었지. 맨 마지막으로 매매된 것이 미국의 흑인들이었어. 지금은 노예 매매가 이 지구 위의 어디서나 금지되어 있어. 노예 제도의 폐지는 인류 문명의 가장 중요한 업적의 하나다. 그런데 지금 우리들은 뒷걸음질쳐서, 시대의 흐름에 역행하여 다시 노예 매매를 시작하고 있거든. 20세기에서 르네상스와 중세기를 뛰어넘어 별안간 그리스도 이전의 시대로 되돌아간단 말이야."

"하지만, 아버지. 만사를 그렇게 비관적인 각도에서 보실 건 없습니다. 어쨌든 독일로 가는 그 노무자들이 쇠사슬에 묶여 가는 건 아니니까요. 그저 노동자로 갈 뿐입니다." 루시안이 말했다.

"그들이 도망친다는 것이 절대로 불가능하기 때문에 사슬을 묶지 않는 것 뿐이야. 현대 사회는 노예를 붙잡아두는 방법이 있는데, 그 방법은 그리스 사람들이 가지지 못했던 방법이야. 나는 단순히 기관총이나 전류를 보내는 철조망을 말하는 건 아니다. 인간을 통제하는 관료기술(官僚技術)의 온갖 방법을 말하는 거야. 즉 식량 카드라든가 호텔에 잠자리를 얻는 데도, 기차를 타는 데도, 걷는 데도, 또는 주소를 바꾸는 데도 경찰의 허가증이 있어야 하는 거야. 만일 그리스 사람들과 이집트 사람들이 우리 현대 사회가 행사하는 통제법을 알았더라면, 노예들을 쇠사슬에 묶진 않았을 게다. 왜냐하면 노예는 언제나 움직일 수 없는 노예니까."

"이제 그런 걸 생각하시지 않는 것이 좋을 겁니다. 우리가 사회를 바꿀 수는 없지 않습니까. 또 우리에겐 선택이라는 것이 주어지지 않았으니 말입니다. 독일에 노예를 판 건 우리 나라만이 아닙니다. 유고슬라비아, 루마니아, 프랑스, 이탈리아, 노르웨이 등 유럽의 거의 모든 나라가 다 그랬어요. 독일이 노예를 사고, 다른 나라들이 노예를 팔았다고 해서, 지금의 우리 정부가 독일에 반항한댔자 무슨 소용이 있겠습니까? 그렇게 되면 새로 정권을 잡는 우리 정부가 대신 독일에 노무자를 보낼 겁니다. 그리고 우리가 나치 독일을 무너뜨린다 해도 그걸로 문제가 해결되는 건 아닙니다. 러시아인이 독일인 대신으로 일어날 것입니다. 러시아인은 세계에서 가장 대규모의 노예 매매자입니다. 소비에트 러시아에서는 개인은 국가의 소유입니다……."

"그래, 너는 이런 상태를 보면서도 두려움을 느끼지 않니?"

"느끼지 않습니다."

"바로 그것이 심각한 문제야. 그 말은 즉, 네가 인간을 더이상 존중하지 않는다는 걸 말하는 거야. 그런데 너 또한 한 인간이거든. 그렇다면 벌써 너는 너 자신에 대해 아무런 존엄성을 갖고 있지 않은 셈이야." 하고 백작이 말했다.

"저는 그 사람이 갖는 가치에 따라 인간 한 사람 한 사람을 존중합니다. 이런 문제에서 저는 아버지한테서 비난받을 일은 없다고 생각해요." 루시안이 말했다.

"너는 인간이 어떤 가치를 갖고 있기 때문에, 네 자동차를 소중히 여기는 것처럼 인간을 존중한다는 말이로구나."

"그게 뭐가 나쁜가요?"

"그렇다면 너는 인간을 고유한 가치 즉 인간으로서의 가치를 따져서 존중히 여긴다는 거냐?"

"물론입니다. 제가 어떤 사람에게 고통을 주었을 경우에는 반드시 상대방을 가엾게 생각하게 되며 후회하게 되거든요."

"그러나, 만일 상대방이 개라 할지라도, 고통을 준 경우에 너는 그 개를 불쌍히 생각할 것이다. 그것은 채찍으로 때리면 개가 낑낑댄다는 걸 네가 알고 있기 때문일 게다. 너는 네가 어떤 생물에 대해서 품을 수 있는 동정을 인간에게도 품고 있다는 것뿐이야. 내가 알고 싶은 것은 인간이 아무런 사회적 가치를 갖고 있지 않거나, 또는 동물과 같은 연민이나 애정을 너에게 불어넣지 않을 때에도 과연 너는 인간을 인간으로서 무엇과도 바꿀 수 없는 유일한 가치로서 소중히 여길 수는 있는가, 아닌가 하는 것이다."

"저는 아직 그런 문제를 생각해본 적이 없습니다. 제가 알고 있는 건, 다만 인간을 그 사회적 가치에 따라 하나의 산 동물로 존중한다는 것뿐입니다. 많은 세상 사람들이 모두 저와 같은 생각을 갖고, 또 느끼고 있습니다."

"루시안, 확실히 지금 사람들은 모두 너처럼 생각하고 느끼느냐?" 백작이 물었다.

"확실하고말고요. 가장 정확한 논리적 논법이 우리에게 그렇게 하도록 만들죠. 인간은 그 사회적 가치에 달려 있습니다. 그 외의 모든 주장은 가설에 지나지 않아요."

"그건 실로 중대한 사실이다."

"무엇이 중대합니까?"

"우리의 문화는 멸망한 거야. 루시안, 우리의 문화에는 세 가지 장점이 있지. 미(美)를 사랑하고 존중하는 거야. 그건 그리스 사람들이 길러낸 습관이지. 또 한 가지는 법을 사랑하고 존중하는 거다. 그것은 로마 사람들이 길러낸 습관이지. 마지막 한 가지는 인간을 사랑하고 존중하는 것. 그 옛날 많은 고난을 무릅쓰고 그리스도 교인들이 길러낸 습관이지. 바로 그 인간, 미, 법, 이 세 가지 상징을 존중함으로써, 우리의 서양 문화는 비로소 오늘까지 자라 왔다. 그런데 이제 우리는 유산 중에서 가장 귀중한 부분, 즉 인간에 대한 사랑과 존중을 잃어버리고 만 거야. 그 사랑, 그 존중이 없이는 유럽 문화는 이미 존재하지 않는다. 죽은 거나 마찬가지지."

"역사를 따라가 보면 인간은 현재 우리가 겪고 있는 시대보다 더 한층 어두운 시대를 체험해 왔습니다. 인간이 광장에서 불살라지기도 하고, 제단 앞에서 재가 되기도 하고, 수레바퀴 밑에 깔려 죽기도 하고, 물건처럼 팔리기도 하는 취급을 받기도 했지요. 그러나 현대에 대해서 그처럼 가혹한

심판을 내린다는 것은 옳지 않다고 생각합니다."

"정말 네 말은 옳다. 그런 암흑 시대에는 인간이 스스로 자기 가치를 모르고 있었고, 인간의 제물이라는 야만적 행위도 실제로 있었지. 그러나 우리들은 지금에야 겨우 그 야만을 극복하고 인간을 인정하기 시작한 거야. 그런데 우리는 아직 제 1 보에서 한 걸음도 나아가지 못하고 있어. 앞으로 배워야 할 게 많아. 그런데 기술 사회의 출현은 우리가 여러 세기를 거쳐서 획득하고 창조한 모든 것을 파괴하고 말았어. 기술 사회는 다시 인간 멸시의 관념을 끌어들인 거야. 오늘날 인간은 오로지 사회적 차원에 도달했을 뿐이야……. 이젠 그만 하고 가봐야 하지 않겠니? 늦었을 텐데." 백작이 말했다.

루시안은 팔목시계를 들여다보았다.

"제 시계가 섰군요. 몇 시입니까? 아버지!"

"지금 25시다!"

"무슨 말씀이세요?" 루시안이 물었다.

"모르겠지. 아무도 알고 싶어하지 않으니까. 지금은 25시다. 유럽 문명의 시간이야."

71

"이봐, 모리츠. 너는 독일 사람들에게 팔렸어. 네 몸값으로 헝가리 사람들이 얼마를 국고에 넣었을까? 하지만 아주 비싼 값은 못받았을 거야. 고작해서 탄약 한 상자 값일걸. 독일 사람들은 돈으로 갚지 않았다는 말을 들었어. 그들은 무기와 탄약을 보내주었대. 독일 사람들이 자네 몸값으로 탄약 한 상자 이상은 보내지 않았을 걸!" 그러며 반장은 그의 어깨를 두드리고 웃었다.

"꽤 많이 주었는걸! 러시아인이라면 그만큼 주지는 않았을 거야. 러시아에서는 사람 값이 더 싸다니까."

요한 모리츠는 농담을 좋아하지 않았다. 그래서 그는 입을 봉하고 있었다. 반장은 부쿠레슈티의 학생이었다. 그도 역시 헝가리인에게 억류당하여, 8

개월 전부터 모리츠와 함께 참호를 파는 작업을 하고 있었다. 요한 모리츠는 그 학생이 농담하기를 좋아한다는 걸 알고 있었다. 그래서 그는 기분이 상하지 않았다.

"팔렸다는 게 농담 같나?" 학생이 물었다.

"물론, 농담이지. 사람은 수용소에 처박히고, 감옥에 들어가고, 노동을 하고, 고문을 당하고, 죽음을 당할 수는 있지만 팔릴 수는 없거든." 하고 요한 모리츠가 대답했다.

"그렇지만, 모리츠, 넌 팔렸단 말야. 신께 맹세해도 좋아. 너와 나, 그리고 이곳 노동 수용소에 있는 루마니아 사람, 세르비아 사람, 그리고 루마니아 사람 전부가 독일에 팔려간단 말야. 그 자들은 5만 명의 매매계약서까지 벌써 교환했다네."

학생은 이렇게 말하고 가버렸다.

요한 모리츠는 지금 들은 말을 생각해보았다.

'나를 바보로 생각한 모양이야. 얼토당토않은 소리지.'

그러나 온종일 그 학생의 말이 머리에서 떠나지 않았다. 그는 독일 사람들이 자기를 산 대가로 탄약 한 상자를 지불했다는 그 말을, 아무리 생각하지 않으려 해도 잊어버릴 수가 없었다. 그러나 곰곰이 생각해 본 요한 모리츠는 그런 소리를 정말로 여기는 자신이 어리석다고 생각했다.

그들이 있는 수용소는 루마니아와 헝가리 국경에 있었다. 그들의 작업은 참호를 파는 것으로서, 절반 가량이 되어 있었다. 안팀이라는 그 학생의 말을 들어보면, 참호가 완성되려면 아직도 10개월은 더 걸려야 한다는 것이었다. 공사를 완성시키려고 쉴새없이 다른 수용소에서 포로들이 실려왔다. 벌건 인두 자국이 난 도형수도 끼여 있었다. 일손이 부족했던 것이다. 그러던 어느 날 출발 명령이 내렸다. 모리츠가 있는 수용소의 루마니아 사람과, 세르비아 사람들은 모두 기차에 실렸다. 모리츠가 들은 바로는 헝가리 사람들이, 루마니아 사람과 세르비아 사람들은 일하는 능률이 나빠서, 보다 능률을 낼 수 있는 다른 패들과 교체시킨다는 것이었다.

안팀은 홍정이 끝났으므로 독일로 데려가는 거라고 우겼다. 루마니아 사람들 중에는 간혹 안팀과 같은 소리를 하는 축도 있었다. 그러나 대개는 그 말을 믿으려 하질 않았다. 모리츠도 믿지 않는 축이었다.

어느 날 아침 모리츠는 용변을 보려고 기차에서 내렸다. 기차 안에는 변소가 없으므로 모두가 기차가 정거하기까지 참아야만 했다. 그래서 그들은 여기저기 흩어져서 경비병의 감시를 받으며 볼일을 보고 있었다.

기차는 들판 한가운데에 멎어 있었다. 날씨가 나쁘고 비가 내렸다. 모리츠는 여느 때보다 오랫동안 들에 서 있었다. 기차로 가까이 오자, 기찻간 하나 하나에 분필로 무엇인가 써놓은 것이 보였다. 요한 모리츠는 바싹 다가가서 그 독일어를 읽어보았다.

'헝가리 노동자는 나치 독일의 동지들에게 경의를 표한다!' 또 둘째 칸에는 '헝가리 노동자는 추축국(樞軸國—독일, 이탈리아, 일본의 3개국 동맹)의 승리를 위해 노력한다'라고 씌어져 있었다. 요한 모리츠는 안팀을 불러 그 글을 보여주었다.

"헝가리 사람이 우릴 독일에 팔았다는 걸 이젠 믿겠나?"

"난 안 믿어. 그런 걸 누가 믿을 수 있담!" 모리츠가 말했다.

"좀 있으면 납득이 될 걸세!"

모리츠는 기다렸다.

기차는 저녁 때까지 들판 가운데 머물러 있었다. 해가 질 무렵이 되자, 경비병들은 들판에 군데군데 흩어져서 꽃을 꺾었다. 모리츠는 총 멘 군인들이 장교의 명령에 따라 꽃을 꺾는 광경을 난생 처음 보았다. 장교들도 꽃을 꺾었다. 마침내 모두가 꽃 묶음을 한 아름씩 안고서 돌아와 푸른 잎과 풀포기와 꽃들과 가지들로 열차 칸 하나 하나를 마치 결혼식 때처럼 장식했다. 날이 저물었다. 기차는 움직이기 시작했다. 모리츠는 무슨 일이 일어나는지 알고 싶어 잠을 자지 않으려 했으나, 어느새 잠이 들고 말았다. 눈을 떴을 때는 벌써 날이 밝아 있었다. 화차칸 문은 잠겨 있었다. 바깥은 떠들썩했다. 기차는 어느 역에 정지했던 것이다. 그때까지는 들판이든가 아니면 시내 입구에서 좀 떨어진 곳에 정지했었다. 들창 아래에서 사람 소리와 기관차 소리가 났다. 모리츠는 귀를 기울여 바로 화차칸 앞을 큰 소리로 지껄이며 지나가는 사람의 말 소리를 들었다.

"독일 말을 하는구먼." 요한 모리츠는 말했다. 그리고 안팀이 거짓말을 하지 않았다는 걸 알았다. 그들은 독일에 팔려온 것이다.

"독일 놈들이 정말 내 몸값으로 헝가리에 탄약 한 상자를 준 모양이야. 내 뼈와 살과…… 결국 내 전부를 탄약 한 상자와."

"우리들은 모두 종신 노예로 팔린 거야." 안팀이 말했다.

바로 그 순간 그들은 그들이 독일 영토 안에 들어왔다는 걸 새삼 느꼈다. 안팀은 일어서서 연설을 늘어놓았다. 모리츠의 정신은 안팀이 말한 '종신 노예'라는 소리에 집중되어 있었다. 그는 평생을 수용소 살이하며, 운하를 판다, 참호를 판다, 배를 곯고, 매를 맞고, 이에게 뜯기는 자기의 모습이 눈 앞에 떠올랐다.

그리고 그는 수용소에서 그대로 거꾸러져 죽는 자신의 모습도 그려 보았다. 수용소에서 죽고 만다는 생각을 하니 눈물이 앞을 가렸다. 지금까지 그는 많은 포로들이 죽는 광경을 보았다. 그는 죽은 사람의 무덤을 판 적도 여러 번 있었다. 죽은 사람은 옷을 벗겨 알몸으로 파묻었다. '꼭 개처럼' 하고 모리츠는 생각했다.

'개는 파묻기 전에 가죽을 벗겨서 장갑을 만든다. 포로도 옷을 벗긴다. 내가 죽을 때는 가죽까지 벗기는 습관이 생길지도 모르지.' 모리츠는 갑자기 일어섰다.

'나를 한평생 수용소에 넣어두는 건 좋다. 그러나 죽을 임종시에는 석방해 주었으면 좋겠어. 아무튼 죽기 한 시간 전만이라도 그들이 나에게 자유를 주면 나는 갇힌 그대로 죽지는 않는 것이다. 갇혀서 죽는다는 건 큰 죄다. 그러나 이처럼 독일에 팔려왔다면 평생 석방되지는 못하리라. 죽기 한 시간 전에도 석방시켜주지는 않을 테니까.'

72

"늦어도 열흘 이내에 나는 출발해야 합니다. 그 안에 외국으로 탈출하지 않으면 체포 영장이 이리로 날아올 거예요. 열흘, 이 기간은 내게 허락된 최대의 기한입니다. 아마 그것도 실은 긴 시간인지 모르지요." 엘레오노라가 말했다.

엘레오노라 베스트는 여느 때처럼 같은 의자에 앉아 자기 앞에 있는 레오폴드 슈타인을 쳐다보았다. 그리고 자기가 너무 지나치게 과장하지 않았다는 걸 자인하려고 다시 머릿속에서 그 상황을 요약해보았다.

유태계 시민들이 내무 당국에 등록하는 신고 시간은 벌써 지나갔다. 이 수속을 밟지 않은 사람들은 새 법령에 따라 10년 징역을 받게 되어 있었다. 그녀는 신고를 하지 않았다. 검찰청은 고발을 받고 이미 그녀에 대한 조사에 착수했다. 검사는 그녀가 모르고 있는 자료와 그녀의 직계 혈통을 입증하는 뚜렷한 증거 서류를 손에 넣고 있었다. 그 서류들을 소멸시킬 수는 없었다. 그전처럼 조사를 담당한 사람들을 매수하려던 계획도 모두 수포로 돌아갔다.

"이번엔 우리가 졌어요. 슈타인 씨, 싸움을 그만두고 도망칠 수밖에 도리가 없어요. 내 힘으로 가능한 것은 오직 그 길 뿐입니다. 2년 반 동안 나는 최대한으로 버티었습니다. 모든 공격에 잘 견디어 왔어요. 참으로 어려운 일이었지만 견디어 왔습니다. 운명은 무작정 무모한 자를 돕지는 않는군요." 엘레오노라 베스트가 말했다.

"아직 졌다고 할 것까지는 없습니다. 하지만 너무 기한이 짧아 큰일이 군요. 인쇄소와 신문사와 집을 팔되 좋은 값을 받아야 되니까요. 동산과 마찬가지로 그림과 서적도 매매해버릴 수 있습니다. 거기서 나오는 돈은 스위스 은행에 맡길 수 있어요. 하지만 열흘 동안에 코루가 씨의 취임과 여권을 얻는다는 건 불가능합니다." 레오폴드 슈타인이 말했다.

"현재도 공무를 띤 사람 이외에는 루마니아 밖으로 나갈 수 없습니다. 여하튼 제 남편이 라구세의 루마니아 문화관 관장으로 임명되어야 하겠어요. 그 임명을 바탕으로 저는 그의 아내로서 여권과 사증(査證)을 받게 될 것입니다. 그러나 이것도 재빨리 서두르지 않으면 안 됩니다. 검사의 귀띔에 의하면 그가 나를 위해 할 수 있었던 최대한의 일은 이번 조사 기간을 열흘 더 연장시켜 준 거랍니다. 그 기한을 놓치면 책임을 질 수가 없기 때문에 체포 영장을 발부해야 한답니다."

레오폴드 슈타인은 체포되어 감옥에 간 엘레오노라 베스트의 모습을 눈 앞에 한 순간 그려보았다. 그는 몸서리를 치며 얼른 그 환상을 털어 버렸다.

"부군께 아무 말씀도 않고 있습니까? 그건 잘못 계산한 겁니다. 언젠가는 자연히 알게 될 일인데, 한 시간이라도 속히 아신다면 우리들의 이 곤란한 처지를 다소 도와줄 수 있을 겁니다. 그 자신이 신청하지도 않은 임명장과 여권을 보신다면 부군께서 뭐라고 하겠습니까?"

"나로선 말할 수가 없어요. 2주일 후에는 공공연한 사실이 될 것을 구태여 그이에게 숨길 하등의 이유도 없습니다. 제가 유태인이라는 걸 그이도 알게 되겠지요. 하지만 아직 그 말을 할 수가 없어요. 저는 지칠 대로 지쳐 이 이상 용기를 낼 수가 없습니다. 2년 동안이나 숨겨온 유일한 비밀을 그 이에게 말하기 위해서는 굉장한 용기가 필요해요. 이젠 저는 기진맥진해 졌습니다. 저의 의지력도 너무 오랫동안 긴장되어 있었어요. 전 지치고 지치고 또 지쳤어요."

엘레오노라 베스트는 두 손으로 머리를 감싸고 책상에 대었다. 레오폴드 슈타인은 그녀를 뚫어지게 바라보았다. 그녀는 피로한 빛이 뚜렷했다. 슈 타인은 마음이 아팠다. 그러나 그는 그녀에게 아무런 도움이 될 수가 없었다. 그는 그녀를 보지 않으려고, 그처럼 기가 팍 죽어서 얼굴을 두 손에 파묻고 앉아 있는 그녀를 더이상 보지 않으려고 가방을 열었다. 가방 속에는 엘 레오노라 베스트의 집과 토지, 인쇄소, 신문사 그리고 그림 등의 매매증서, 그밖에 트라이안 코루가의 금빛 글자가 새겨진 지갑이 들어 있었다. 레 오폴드 슈타인은 그것을 책상 위 엘레오노라 앞에 갖다놓았다. 그녀는 그걸 쳐다보고 손을 가져갔다.

"내일은 두 분께서 결혼하신 지 2주년이 되는 날입니다. 부인께서는 여러 가지로 걱정이 많아 부군께 선물을 사실 틈도 없었을 겁니다. 그래서 이 지갑을 부인 손으로 그 분께 선물하도록 사온 겁니다. 물론 기뻐하실 겁니다. 꽤 좋은 물건입니다."

"내일이 결혼 2주년이라구요? 전 깜박 잊고 있었어요. 대신 기억해 주셔서 감사합니다. 슈타인 씨, 트라이안이 퍽 좋아할 거예요."

그녀는 지갑을 들고 바라보다가 귀엽다는 듯이 살며서 손으로 어루만 졌다.

"무엇 때문에 저는 자신의 비밀을 숨기려고 하는지 모르겠어요. 아마도 그를 너무 사랑하기 때문이겠지요. 만일 그이가 이번 일을 알면 내게 여간 힘이 되지 않을 거예요. 저는 그걸 굳게 믿어요. 그래도 저는 말할 수가 없어요. 저는 그이를 잃는다는 것이 너무나 두렵기 때문입니다. 이건 어리석은 공포심이라는 걸 알고 있어요. 그래도 꼭 말해야겠다고 번번이 마음을 먹지만 곧 그 공포에 사로잡히곤 해요. 그래서 지금까지 그 지긋지긋한 비밀을 지키고 있답니다. 트라이안은 저를 인간들 속에서 이끌어 나가는 유일한 존재입니다. 만일 그이를 잃어버리는 경우엔 저는 죽어버릴 겁니다."

엘레오노라 베스트는 지갑을 제자리에 도로 놓고 갑자기 생각난 듯이 불쑥 이렇게 말했다.

"검찰총장이 나한테 뭐라고 했는지 아세요? 나더러 결혼하지 않았다고 주장하라는 거예요."

엘레오노라의 목소리는 떨렸다.

"하긴 그 사람 말도 옳아요. 우리가 결혼한 건 루마니아 사람이 유태인 여자와 결혼을 금지한 법률이 효력을 발생한 뒤였으니까요. 그 법률은 4월에 발표됐는데 제가 트라이안과 결혼한 건 그로부터 두 달 뒤였으니까요. 정식으로 따지면 우리의 결혼은 무효가 됩니다. 그 이후의 결혼은 그 법률을 알았든 몰랐든 자동적으로 모두 무효가 된답니다."

엘레오노라 베스트는 입을 다물었다. 지금도 그 검사의 목소리가 귀에 쟁쟁했다. "트라이안 코루가 씨는 당신의 남편이 아닙니다. 법률에 의하면 그 분은 아직 미혼입니다. 당신들의 결혼은 그 자체가 무효니까 코루가 씨는 언제든 다른 여자와 결혼해도 좋습니다. 그렇게 해도 이중 결혼이 될 염려는 없습니다. 아기가 생겨도 그 아기는 사생아가 되므로 코루가라는 성을 따르지 않고 베스트란 성을 가져야 합니다. 부인, 당신 자신도 엘레오노라 코루가라고 서명하는 건 위법적인 행위입니다."

"돈은 얼마가 들어도 좋습니다. 슈타인씨 우리들은 최단시일 내에 어떤 값을 치르더라도 여권과 사증을 손에 넣지 않으면 안 됩니다. 코루가 부부의 여권을……." 하고 엘레오노라 베스트가 말했다.

160

73

닷새 후, 레오폴드 슈타인은 트라이안 코루가를 라구세의 루마니아 문화관 관장으로 임명한다는 임명장과 푸른 가죽 표지의 여권을 가지고 나타났다.

"부인! 우리가 이겼습니다." 그는 만면에 희색을 띠며, "비엔나까지 기차 침대표를 예약해 놓았습니다. 월요일에 떠나십시오. 당산들이 떠날 수 있게 되어 여간 기쁘지 않습니다." 하고 말했다.

레오폴드 슈타인은 안경을 닦았다. 줄곧 여권을 들여다보고 있던 엘레오노라 베스트는 그제야 노인의 얼굴로 시선을 돌렸다. 그동안 노인은 퍽 수척해졌다. 엘레오노라 베스트는 몇 번이고 노인도 우리와 같이 탈출할 생각이 없느냐고 묻고 싶었다. 그런데 노인이 먼저 입을 열었다.

"우리가 서로 다시 만나게 될지 모르겠습니다. 오늘 밤에도 상당한 수효의 유태인들이 트란스트니스트리아로 이송될 겁니다. 나는 당신들이 출발하면 그것으로 만족합니다. 당신들이 다시 돌아오게 될 때에는 부쿠레슈티엔 한 사람의 유태인도 남아 있지 않을 테지요. 나도 물론 없어졌겠지요. 나같이 늙은 건 부그 저쪽 수용소에서 죽어도 이른 건 아니지요."

74

트라이안 코루가는 서재에 있었다. 노라는 남편이 일하는 동안엔 그 방에 들어가지 않았다. 그러나 오늘은 여권을 가지고 곧장 뛰어들어갔다. 트라이안 코루가는 머리를 두 손으로 싸안고 책상 앞에 앉아 있었다.

"결혼 2주년 기념 선물을 가지고 왔어요. 당신은 라구세의 루마니아 문화관 관장으로 임명되었어요."

그녀는 발령장을 보여주며 덧붙였다.

"달마티아 해안은 세계에서도 제일 아름다운 곳이에요. 당신은 조용한 곳에서 작품을 계속 쓰시게 될 거예요."

"어떻게 그런 일을 혼자서 했소? 그리고 그런 비밀을 어쩌면 그렇게 감쪽같이 지키고 있었지?"

트라이안은 아내를 껴안고 키스를 했다.

"노라, 당신은 천재야!"

그는 계속 말을 이었다. "내가 얼마나 기쁜지 당신은 모를 거요. 마침 작품을 계속하려면 기분 전환을 해야 했던 참인데, 다음 장이 쓰이지 않아서 골치를 앓던 중이었거든. 어디든 장소를 좀 바꿔야 쓸 수 있겠다는 예감도 들었고. 다음 장이 이 소설에서 제일 힘든 곳이야……."

엘레오노라 베스트는 남편에게로 다가가 그의 입술에 자기의 입술을 포개었다. 남편이 '다음 장'에 관한 이야기를 못하게 하기 위해서였다. 그녀는 그걸 듣기가 너무 두려웠던 것이다.

제 3 장

75

"너에게는 쉬운 일을 시키라는 주의가 왔어. 너는 아직 병자니까. 우리한텐 맨 병자들만 보낸단 말이야." 공장 책임관이 말했다.

그는 요한 모리츠를 얄미운 듯이 바라보았다. 그러고는 손에 든 서류를 한 번 훑어보고 나서 다시 의심쩍은 표정으로 모리츠를 쳐다보았다. 독일에 온 지 2년 동안 모리츠는 항상 이와 같은 눈총을 받아왔다. 이렇다 할 잘못이 없는데도 언젠가는 일을 저지를 게 틀림없는 인간으로 의심을 받아 온 것이다. "헝가리 사람이야? 전에도 헝가리 사람들이 왔었는데 별로 신통치가 않았어. 넌 그렇지 않을지도 모르지만 말야."

그는 싱긋이 웃더니 큰소리로 읽기 시작했다.

"모리츠 야노스, 헝가리인, 32세, 비숙련공 1941년 6월 21일 독일에 왔음."

서류에 씌어진 걸 듣고 비로소 자기가 2년 전부터 헝가리 시민이 되어 있다는 걸 안 요한 모리츠는 그가 지금까지 일해 온 대 나치 독일의 공장, 제작소, 수용소의 리스트를 읽고 있는 공장 책임관의 몸짓을 눈으로 따랐다. 리스트는 매우 길었다. 여러 가지 공장명도 들렸다. 모리츠는 자기가 이렇게 여러 장소를 거쳐 왔다는 걸 자랑스럽게 느꼈다. 철조망을 둘러친 열 두 곳의 수용소, 그가 노동을 한 열 군데나 되는 강제 노동 수용소, 공장, 거리, 또 자기가 몸소 받아온 고통도 한 순간 눈 앞에 떠올랐다. 모리츠는 여기에 오기까지 수없이 많은 고초를 참고 견디어 온 자기의 용기를 책임자가 감탄해주리라고 기다렸다. 그러나 책임관은 모리츠가 쓰라린 고초를 당해온 여러 장소의 이름에는 흥미없다는 눈초리로 맨 끝장에 와서 멈췄다. '43년 3월 8일, 제707 외국인 노무자 병원 퇴원.'

모리츠는 한 인간이 자기의 눈물어린 고초의 리스트를 아무 감동도 없이 읽어 내려가는 것을 보고 놀라지 않을 수 없었다. 그러나 책임자는 눈썹 하나 까딱하지 않았다. 그는 연필을 집어 서류 한 구석 여백에다 적어 넣었다. '43년 3월 10일, 코노프 운트 존 단추 제조공장에 취업.' 그리고는 그 리스트를 바로 그것과 똑같이 생긴 다른 리스트가 잔뜩 들어 있는 서랍 속에 집어넣고 나서 또 모리츠를 쳐다봤다.

"규율, 복종, 근면, 질서! 이것이 외국인 노무자에 대한 우리 공장의 표어다. 우리 공장에는 독일인 부녀 노동자들도 있다. 특히 이 점에 관해서 몇 가지 주의를 준다. 독일 부인과의 어떠한 접촉도 최저 5년간의 형을 가한다. 우리 공장의 감독관은 이 조항에 특히 엄격하다. 독일 부녀는 모두 몸에 호신용 패쪽을 지니고 있는데 이것을 건드리는 날에는 5년간 징역살이행이다. 만져서는 안될 데를 만지면 어떻게 된다는 것쯤은 말할 필요도 없을 줄 안다. 그리고 여자에게 다른 기대를 갖는다는 건 상상하지도 말아야 한다. 네가 오기 전에 여기 있던 헝가리 사람은 지금 감옥에 들어 있다. 그 녀석이 왔을 때도 나는 오늘 네게 하는 것과 같이 일일이 주의를 주었는데도 그 녀석은 내 훈계를 받아들이지 않았단 말이야. 아마 컴컴하니까 여자와 함께 이불 속에 숨어 있으면 아무도 모를 줄 안 모양이지. 우리 대 나치 독일에서는 너희들의 행동 하나 하나를 샅샅이 안단 말야. 이불 속에 숨어도 네 일거일동은 당장 우리에게 들키고 만다. 심지어 네 머리 속에서 무슨 생각을 하는지도 알아맞힌단 말야. 네가 생각하는 모든 것을 우리는 하루에 열 번씩이나 사진을 찍어 둔단 말이다. 두 번째로 넘어가서, 우리 공장은 전쟁을 위해 일하고 있다. 네가 보는 것, 네가 듣는 것은 모두 군의 기밀이다. 외국인 노무자는 공장의 제품, 제조 방법, 수량 등을 알아서는 안 된다. 만일 알려고 하다간 목이 달아날 각오를 해야 해. 지난 정월에는 이탈리아 녀석이 하나 사형당했어. 오늘도 체코 사람 하나가 코노프 운트 존 공장의 비밀을 탐지하려다 재판을 받고 있는 중이야."

책임관은 일어서서 요한 모리츠를 데리고 문 있는 쪽으로 걸어갔다.

"오늘까지 여기 와서 일한 헝가리 녀석은 모두 신통치 않아. 그들은 지금 모두 감옥에 들어 있어. 한 녀석은 태업(怠業)을 하다가 20년의 강제 노동형을 받았다. 나는 예외라는 걸 믿지는 않지만 네가 그 예외이기를 바란다!"

책임자는 레일 위로 상자를 운반하는 기계 앞에 와 섰다. 레일 한 끝에는 노동자 한 명이 상자 한 개를 들더니 옆에 있는 작은 자동 수레에 실었다. 책임관이 그 노동자 가까이 왔을 때 자동차 수레는 상자를 잔뜩 싣고 레일 위를 달렸다. 그러자 다른 빈 자동차 수레가 또 한 대 노동자 곁으로 가까이 와 섰다. 노동자는 불시에 나타난 그 수레에다 무관심한 태도로 쇠사슬이 운반해 준 상자들을 차례차례로 조금 전과 같이 실었다. 무척 무거운 상자라는 걸 잘 알 수 있었다.

"내일부터 네가 할 작업이다. 간단한 일이지. 공장에서 나오는 상자를 받아서 창고로 가는 빈 자동 수레에다 싣는 거야. 규율을 엄수해야 돼. 이것이 가장 중요한 규칙이니까. 공장에서 일한 경험이 있나?"

요한 모리츠는 자기가 무엇을 하고 있는지도 생각지 않고 그렇다고 해서 딴 생각을 하는 것도 없이 그저 기계적으로 몸을 굽히고 기계적으로 팔을 벌려 단추 상자를 들어 자동 수레에 옮겨놓는 노동자의 모습을 바라보고 있었다. 그는 자기 옆에 누가 와 있는 것도 모르는 것 같았다. 아마 보지 않았는지도 모른다.

"기계는 규율의 문란을 용서하지 않는다. 기계는 무질서와 태만 그리고 인간의 나태를 용서하지 않는단 말이야!"

요한 모리츠는 감독의 얼굴을 힐끔 쳐다봤다.

"너는 딴 생각은 조금도 해서는 안 돼. 기계가 당장에 너한테 벌을 내릴 거야. 너는 모든 주의력을 네 동료인 로봇에 쏟아야 해. 상자를 가져다가 네게 주는 기계 노동자에게 집중하지 않으면 안 된단 말야. 넌 그저 몸만 굽혀 기계의 손에서 상자를 받아 자동 수레에 싣기만 하면 되는 거야!"

책임관은 히죽 웃었다.

요한 모리츠는 자기 동료라는 로봇의 팔을 보려고 했지만 아무 곳에서도 눈에 띄지 않았다. 그래서 그는 책임관의 얼굴을 쳐다봤다. 책임관은 여전히

웃으면서,

"로봇이 인간에게 적응하는 게 아냐. 언제나 너 자신이 그에게 적응해야 하고 네 동작을 로봇의 동작에다 맞추지 않으면 안 돼. 그것이 타당한 얘기지! 왜냐하면 저쪽은 완전무결한 노무자이지만, 넌 그렇지 못하단 말이야. 어떤 인간도 완전무결한 노무자가 될 수는 없어. 오직 기계만이 가능할 뿐이야. 그러므로 일을 배우려면 기계를 주시해야 하는 거야, 알겠나? 기계는 네게 규율과 질서와 안전을 가르쳐줄거야. 그걸 잘 흉내내면 너는 제1급 노무자가 될 수 있어. 그러나 너는 절대로 1급 노무자는 될 수 없을 거다. 너는 헝가리인이니까. 헝가리인은 공장에 들어오면 기계는 보지 않고 여자에게만 눈독을 들인단 말야."

요한 모리츠는 자기가 헝가리 사람이 아니라 루마니아 사람이라는 걸 말하고 싶었다. 자기 얘기도 하고, 자기가 있던 감옥의 이야기와 부다페스트에서 고문당한 얘기도 하고 싶었으나, 책임관은 말없이 규칙적인 간격으로 상자를 날라오는 기계만을 대견스럽다는 표정으로 바라보고 있었다. 그는 기계에서 눈을 돌려 모리츠를 쳐다보았다. 경멸에 찬 눈빛이었다. 모리츠는 그 경멸이 자기의 온몸을 감싸는 것 같아서 부다페스트의 감옥과 취조관 바르가의 얘기를 꺼내지 못하고 말았다.

"인간은 열등 노무자야! 특히 동방인은 더하지. 너희들 동방인은 기계보다 뒤떨어진단 말야. 너는 인간이 되는 것도 부족한데다 동방인이야. 게다가 헝가리인이고 병원에서 나온 병자야! 그게 바로 너란 말야!"

요한 모리츠는 책임관이 자기를 언짢게 여긴다는 걸 잘 알 수 있었다. 그래서 그는 온 힘을 다해서 일을 잘 하겠다고 말해 그를 안심시키고 싶었다.

"너 같은 것이 어떻게 기계와 비교되겠니? 너는 너 자신을 곰곰이 생각해봐야 한단 말야."

책임관은 머리끝에서 발끝까지 모리츠를 훑어보았다.

"너를 기계와 비교한다는 건 기계에 대한 모독이며, 모욕이다. 기계는 완전무결하지만, 너는, 너 같은 건 기계의 노예로도 쓸 수 없는 인간이야. 자 나를 따라와. 작업복을 줄 테니. 공장 안에선 작업복 이외의 옷은 입을 수 없어. 노무자의 옷은 성직자의 제복과도 같은 거야. 너는 이 말을 못

알아들을 거다. 너희들 헝가리인은 여자에만 눈이 팔려 있거든. 너희들은
모두 야만인이야."

76

이튿날 아침 4시, 요한 모리츠는 혼자서 시멘트로 된 큰 방으로 들어가
어젯밤에 배당받은 자동 수레 곁으로 갔다. 작업 시작까지는 아직 5분이
남아 있었다. 가슴이 두근거렸다. 그는 전신을 덮는 푸른 작업복을 입고
나막신을 신고 있었는데 그 신은 시멘트 바닥에 닿을 때마다 망치로 때리는
듯한 소리를 내었다. 처음엔 발끝으로 걸으려고 했다. 혼자서 그렇게 요란한
소리를 내는 것이 싫었던 것이다. 그러나 나막신은 여전히 요란스러웠다.
방 한가운데까지 왔을 때 그는 누가 부르는 것 같은 소리를 들었다. 모리츠는
자기 이름을 부르는 건 아니었지만 부르는 것이 자기라는 것을 잘 알 수
있었다. 그건 확실했다. 그래서 고개를 돌려보았다. 그 때 두 번째 부르는
소리가 들렸다. 명확하게 들려왔다.

"살베 스크라베(안녕하시오, 노예)! "

검은 머리칼과 커다란 눈과 검은 수염, 그리고 사기처럼 하얀 이빨을
가진 얼굴이 철창으로 된 작은 들창 너머로 보였다. 그는 젊었고, 해골처럼
여위었지만, 번쩍번쩍 빛나는 검은 두 눈으로 모리츠를 뚫어지게 보고
있었다. 몸뚱이는 보이지 않았다.

두 사람의 눈동자가 서로 마주쳤을 때 그는 마치 옛날부터 알던 사이인
듯 다시 "살베 스크라베! " 하고 말했다.

"내 이름은 야노스 모리츠요." 모리츠는 그 젊은 사나이가 살베 스크
라베라는 딴 사람과 자기를 혼동하는 줄 알고 이렇게 말했다. 공장 사이렌이
울리기 시작했다. 기계도 움직이기 시작했다. 모리츠는 난간 위 자기 자리로
가서 섰다. 검은 머리의 사나이는 들창가에 한동안 서서 다정스럽게 웃어
보였다.

그는 모리츠의 대답 소리를 듣고서도 떠나기 전에 또 모리츠를 쳐다보며,
"살베 스크라베."라고 했다.

요한 모리츠는 레일 위로 나타난 첫 상자를 들어 빈 자동 수레에 실었다. 상자가 그처럼 무겁지만 않았다면 일곱 살 먹은 아이들도 할 수 있는 일이었다. 모리츠는 상자에 들어 있는 것이 단추라는 것도 알았다.

그걸 한 번 보고 싶었다. 그러나 상자는 모두 봉해져 있었다. 혹시 열려 있다 해도 덮개를 들치고 그 속의 단추를 들여다볼 용기가 그에게는 없었다. "정월에 한 이탈리아 사람이 사형되었다……그리고 오늘 체코 사람 하나가 재판을 받는다."

모리츠는 그 체코 사람이 코노프 운트 존 공장의 기밀을 탐지하려 했다는 말이 생각났다. 그리고 그 체코 사람을 생각해보았다. 그는 지금쯤 판사들 앞에 서서 단추 공장의 비밀을 알려 한 것을 틀림없이 사죄하고 있으리라. 그리고 또 모리츠는 목이 떨어져 달아난 이탈리아 사람을 생각해보았다. 지금까지 그는 많은 이탈리아 사람을 보아 왔다. 모두가 아주 명랑한 사람들이었다. 사형을 받은 그 사나이도 틀림없이 명랑한 성격을 가졌으리라고 생각되었다. 검고 예쁘장한 콧수염을 기른 이탈리아 사람의 얼굴이 웃음을 머금은 채 사형수의 발 밑으로 굴러떨어지는 모습이 눈 앞에 선했다.

요한 모리츠는 우연히 덮개가 열린 상자가 오더라도 결코 단추를 보지 않으리라 속으로 다짐했다. 단추를 보았다는 것만으로 목이 달아난다는 것은 참으로 억울한 일이었다. 그리고 그는 그 단추들이 군수품들일 거라고 생각했다. 다시 상자를 들어 빈 자동 수레에 실었다. 상자를 실은 자동 수레는 그가 보지 못한 사이에 가버렸다. 상자를 실으며 그는 속에 대체 어떤 단추들이 들어 있을까 하고 생각해보았다. 해군용의 단추도 있을 거고, 육군용의 단추도 있을 거고, 공군용의 단추도 있으리라. 검은 단추도 있고, 금단추, 감색 단추도 있겠지. 모리츠는 자기가 안고 있는 상자 속엔 금단추가 들어 있으면 좋겠다고 생각했다. 금단추가 제일 예쁘니까. 작은 금화 같은, 해군들이 다는 그런 것 말이다.

'이 상자 속엔 틀림없이 해군용 단추가 들었을 거다…….'

요한 모리츠는 문득 책임관의 말이 생각났다. "우리들은 너희들이 머릿속으로 생각하는 것까지 전부 안다. 네 생각을 사진까지 찍어놓을 수 있단 말야."

그는 억지로 더이상 상자 속에 든 단추 생각은 하지 않기로 했다. 그건 비밀이므로 모리츠는 공장의 비밀을 알려고 하지 않았다.

한참이 지난 후 문득 그는 독일군이 이 많은 양의 단추를 만들어 무엇에 쓰는 걸까 하는 생각을 하고 있는 자신을 발견했다. 지금까지 그가 본 독일의 사병이나 장교들의 군복과 외투에는 모두 단추가 달려 있었다. 그럼 지금 만들어내고 있는 단추들은 새 군복에 쓰일 단추이리라.

요한 모리츠는 조용한 강의 흐름처럼 차례차례로 흘러오는 수없는 상자들을 바라보며 마음속으로 생각했다.

'헤아릴 수 없을 만큼의 단추가 들어 있을 거다. 독일군 전원의 군복을 다 채울 수 있는 수량인가 보다. 아마 군대 전원에게 새 군복을 지급하라는 명령이 내려 이처럼 많은 단추를 만드는 게지.'

요한 몸리츠는 이 새 군복은 전쟁이 끝났을 때 시내의 큰 길을, 군기를 앞세우고, 군악대에 발맞추어 행진할 군인들을 위한 군복이 아닐까 하고 생각해보았다. 그땐 군대 전원이 태양처럼 빛나는 금단추를 달게 되리라.

요한 모리츠는 싱긋이 웃었다. 그는 벌써 그 요란한 행진을 구경하는 군중 속에 끼어, 모든 장교와 사병들이 달고 있는 단추들, 그리고 장군들이 달고 있는 단추들까지도 자기 손을 거쳐간 것임을 알고 매우 자랑스러워하는 자신을 보는 것 같았다.

'내가 지금 끌어안고 있는 단추는 어느 장군의 군복에 꿰매질 거야. 그리고 장군들의 외투와 군복은 공교롭게도 모두 지금 이 상자 속에 든 단추로 장식될는지도 몰라. 장군 한 사람에게 이 상자 전체가 필요할지도 모르지.'

요한 모리츠는 생각에 정신이 빠져 자기 앞의 상자를 들어 올리는 것을 잊어버렸다. 상자는 레일 밖으로 나가서 꽝 하는 소리와 함께 땅에 떨어지고 말았다. 모리츠는 급히 그걸 끌어올리려고 했다. 바로 그 순간 벌써 다른 상자들이 그 자리로 다가왔다. 두 번째 것도 레일 밖으로 나가 더 큰 소리를 내며 굴러떨어졌다. 시멘트 바닥으로 굴러떨어진 것이다. 모리츠는 그것도 잡아 올리려고 했다. 그러나 맨먼저 떨어진 상자를 팔에 안았을 때였다. 세 번째 상자가 자기 등을 치며 굴러떨어지는 바람에, 팔에 안고 있던 두 개를 떨어뜨리고 말았다. 모리츠는 갑자기 공포에 사로잡혔다. 이런 공포는 생전 처음으로 당하는 것이었다. 네 번째 상자도 와서 굴러떨어졌다. 그다음 계속 다섯 번째 상자도.

모리츠는 단(壇) 위의 제자리로 돌아갔다. 떨어진 상자는 그대로 두고 뒤에서 오는 상자들을 자동 수레에 싣기 시작했다. 그는 기계를 잠시 쳐다보았다. 그의 표정은 마치 다른 굴러떨어진 상자들을 주워올릴 때까지 쇠사슬을 기다리게 해달라고 사정사정해서 설득시켜보려고 하는 것 같았다. 모리츠는 공포에 찬 눈으로 주위를 살폈다. 벌을 받는 것이 무서웠다. 그러나 야단치러 오는 사람은 아무도 없었다.

낮 12시가 되자 기계는 멎었다. 그 때까지 그는 실수한 것으로 벌을 받을까봐 줄곧 불안에 떨고 있었다. 그는 제자리를 떠나서 상자를 들어 자동 수레 위로 올려놓았다. 그제야 그는 기분이 풀렸다. 누구도 자기가 범한 실수를 모를 것이기 때문이었다.

그러나 기계장치는 자동으로 움직이던 자동 수레 전체와 함께 상자 다섯 개를 실은 채 레일 위에 우뚝 멈춰버렸다.

모리츠는 손으로 한동안 밀어보았다. 그러나 자동 수레는 꼼짝도 하지 않았다. 그것은 오직 자동적으로만 움직이는 것이었다.

모리츠는 상자를 안아 저쪽 창고까지 나르고 싶었으나, 겨우 자동 수레 크기만큼 뚫린 창고 벽의 문을 빠져 들어갈 수는 없었다.

가슴에 상자 두 개를 안은 채 우뚝 서 있었다. 어떻게 해야 좋을지 몰랐던 것이다. 뒤에서 말소리가 들려왔다. 모리츠는 깜짝 놀라 그 상자들을 자동 수레 위로 올려놓고 뒤를 돌아보았다.

작은 들창문 속에서 검은 눈에 앙상하게 뼈만 남은 얼굴을 한 남자가 다시 나타났다. 바로 오늘 아침에 자기를 부르던 그 젊은이가 다정스런 눈길로 그를 쳐다보고 있었다. 그는 두 번째로 "살베 스크라베" 하고 말했다.

모리츠는 즉시 상자와 그가 저지른 잘못을 잊어버리고 자기도 웃어보였다.

"내 이름은 그렇지 않은데요. 나는 야노스 모리츠입니다! 다른 사람과 혼동하신 모양입니다."

170

　그 젊은이는 입을 크게 벌려 아주 하얀 이빨을 드러내 보이며 호탕하게
웃었다. 그러더니 다시 한 번 “살베 스크라베” 하고 외치고는 창문에서
사라졌다.
　모리츠는 자기가 아무리 가르쳐줘도 그 검은 눈의 사나이가 그렇게 부른
걸 보면 그 살베 스크라베라는 사람이 퍽 자기와 닮은 모양이라고 생각하며
점심을 먹으러 갔다.
　시간이 흘러가면서 그는 창문 속의 젊은이가 공장에서 일하는 외국
동료들을 모두 살베 스크라베라고 부른다는 걸 알았다. 그는 프랑스 사
람이었다. 그는 자기 자신도 살베 스크라베라고 불렀다. 그 다음에 안
일이지만 그의 이름은 조제프였다.

77

　모리츠가 단추 공장에서 일한 지도 벌써 다섯 달이 흘렀다. 그래서 이제는
상자를 놓쳐버리는 실수는 하지 않게 되었다. 상자가 자기 앞으로 오면
곧 그는 자동 수레로 옮겨놓았다. 볼 것도 없이, 담겨 있을 단추 생각이나
그걸 달 장군들과, 전쟁이 끝나면 새 군복에, 지금 자기 손에 들려 있는
상자 속에 들어 있는 빛나는 단추를 달고 광장을 행진할 군인들에 관한
생각도 이젠 하지 않고 다만 상자를 옮겨놓는 일에만 열중했다.
　요한 모리츠는 더이상 생각은 하지 않았다. 공상도 하지 않았다. 벙글벙글
웃으면서 사형수의 발 아래 굴러떨어졌을 이탈리아 사람의 얼굴도 이젠
상상하지 않았다.
　얼마가 지나자 그는 그가 이 공장에 오던 바로 그날 재판을 받는다던
그 체코 사람은 어떻게 되었을까, 유죄 선고를 받았을까, 혹은 사면이
되었을까를 알고 싶어졌다. 하지만 그런 생각도 처음 한 순간 뿐이었다.
이제 모리츠는 아무것에도 관심이 없어졌다.
　그가 기계실로 들어가면 언제나 그 프랑스인이 용광소(鎔鑛所) 들창으로
얼굴을 내밀고 “살베 스크라베!” 하고 외쳤다.
　모리츠는 그것이 무슨 뜻인지도 모르고 “살베 스크라베!” 하고 대답해

주었다. 그는 자기 자신도 의식하지 못한 채 웃어 보였다. 그는 단 위의 자기 자리로 올라가 단추가 가득 든 상자를 기다렸다. 한 번은 좀 간단하게 일을 해볼 생각으로 상자 두 개를 한꺼번에 들어서 자동 수레에 옮겨놓으려 해보았다. 그러나 레일은 그것을 허용하지 않았다. 쇠사슬이 상자 끝에 부딪치자 물어뜯는 듯한 소리가 났던 것이다. 모리츠는 누가 자기 이빨이라도 뽑아내는 듯 전신에 소름이 끼쳤다. 그런 일이 있은 뒤로 그는 상자를 한꺼번에 두 개씩 실을 생각은 아예 하지 않았다. 기계가 그걸 원하지 않았던 것이다. 그래서 기계가 바라는 대로 자기를 조절해야 했다. 설사 상자를 한꺼번에 다섯 개 실을 수 있다 해도 그는 그렇게 하지는 않았을 것이다. 그는 기계에 리듬을 맞추게 되어버렸고, 거기서 빠져나갈 수도 없었다. 일은 쉽지도 않고 또한 어렵지도 않았다. 전에 힘든 노동을 할 때는 그는 땀을 흘리고 피곤해서 투덜댔었는데 그러나 이 일에는 땀도 흘리지 않았고 투정도 나지 않았다. 일을 하는 것같이 느껴지지도 않았고 그렇다고 아무것도 하지 않고 노는 것 같은 것도 아니었다. 요한 모리츠는 전에 일을 할 때는 여러 가지 생각을 많이 했었고, 그러면 시간이 더 빨리 갔다. 지금은 아무것도 생각하지 않았다. 상자를 들어서 자동 수레에 옮겨 싣는 동안은, 수만 가지 생각을 할 수 있는 여유가 있었지만, 이제 그의 머릿속은 텅 비어 있어서 아무런 영상도 떠오르지 않았다. 생각과 공상이 그의 머리를 떠난 것이다. 그리고 자기가 하는 일도 생각하지 않았다. 그 일은 자기의 팔 뿐만 아니라 또한 머리를 써야 한다는 것도 잘 알고 있었다. 만일 그렇지 않다면 자기의 심장과 뇌는 딴 곳에 가 있어야 할 텐데 항상 거기 상자 곁에, 기계 곁에 있었다.

　요한 모리츠는 자기의 존재가 물기 빠진 식물처럼 말라비틀어지는 느낌이 들었다. 밤에 자리에 누울 때도 몸을 굽혀 상자를 들어올리는 것같이 느껴졌고, 아침에 자리에서 일어날 때도 상자를 놓고 허리를 펴고 다음 상자가 올 때까지 한 순간 빈 손으로 있는 것같이 느껴졌다. 일단 잠이 들면 꿈도 꾸지 않았다. 이마와 두 눈에는 거무스름한 빛이 서리었다. 그건 흙의 빛깔이 아니라 기계의 빛깔을 띤 것이었다. 요즈음 요한 모리츠는 자기가 싣는 상자 속에는 단추가 들어 있다는 것조차 잊어버렸다. 그리고 간혹 그것이 생각날 때는, 자주 생각나는 건 아니지만 빙긋이 웃어 보였는데 그것은 마치 가뭄 후의 땅처럼 메마른 웃음이었다.

무슨 병에 걸렸다는 의사의 진단에 따라 요한 모리츠는 수용소의 의무실로 억류되어 갔다.

78

요한 모리츠는 지금 의무실로 사용하고 있는 판잣집에 있었다. 창에는 철망이 쳐 있었다. 그가 이곳에 온 지 4주일이 되었다. 그는 폐를 앓고 있었다. 온몸이 불덩이처럼 달아올라 그대로 녹아버리는 느낌이었다. 그에게는 공장 생각 뿐이었고, 어서 공장으로 돌아가고 싶었다. 이런 생각에 잠겨 그는 하루종일 눈을 감고 누워 있었다. 오늘은 주위가 떠들썩했다. '의사들이 와서 한 바퀴 도는 것이겠지' 하고 그는 생각했다. 그런데 갑자기 깨끗이 씻은 향긋한 살냄새가 풍겨왔다. 오랫동안 맡아보지 못했지만 그가 잘 알 수 있는 냄새였다. 그래서 미소를 머금고 눈을 떠 보았다. 군복을 입은 한 여자가 자기의 침대 곁으로 가까이 왔다. 젊고, 금발이었다. 그녀의 몸에서는 비누 냄새와 신선한 공기 냄새가 났다.

그녀는 거친 눈초리로 그를 바라보았지만, 그는 미소를 띠고 있었다.

그녀를 둘러싸고 헌병 두 사람과 의무소의 의사들이 있었다. 그 여자가 자기를 바라보는 동안에 의사 하나가 물었다.

"이 사람입니까?"

그녀는 모리츠의 침대맡에 있는 환자 카드를 읽고는 의심쩍은 눈초리로 노려보았다.

독일에서는 누구나 이와 같은 의심을 품은 눈초리를 하고 있었다.

"헝가리 사람?"

그녀가 물었다.

"이탈리아 사람과 같이 이 사람들이 제일 위험한 분자예요!"

그녀는 두 손으로 이불자락을 들치고 모리츠의 가슴을 드러내놓았다. 그러더니,

"이 사람은 아닙니다. 가슴에 털이 많이 난 사람이에요." 그녀는 모리츠의 침대 곁을 떠나, 다른 침대로 돌아다니며 모든 환자의 얼굴을 살피고, 그 중 몇 사람의 이불을 들치기도 했다. 결국 그녀는 찾던 사람을 찾지 못했다. 헌병이 그녀의 뒤를 따라다녔다.

그 냄새, 단지 물과 비누와 향수 냄새만이 아닌 그 냄새는 그녀가 나간 뒤에도 마냥 방안에 풍기었다. 모리츠는 스잔나와 율리스카의 살에서도 이런 냄새가 나던 것을 기억했다.

의사가 말했다.

"너희들 동료들 중의 하나가 어젯밤 어느 독일 여자와 같이 잤다. 지금 나간 여자가 그 현장을 봤어. 여자는 붙잡혔으나 남자는 도망치고 말았다. 갈색 피부에 가슴엔 털이 많이 났다는데 여자가 끝내 이름을 대지 않고 있어. 하지만 저 사람들은 꼭 그 녀석을 붙잡을 거야. 그렇게 되면 5년간 영창 신세지. 불쌍한 녀석!"

의사는 네덜란드 사람이었다.

그는 창문으로 내다보고는 "붙잡혔구나!" 하고 말했다.

모리츠도 상반신을 일으켜서 내다보았다. 두 손목이 묶인 세르비아 사람 한 명이 창문 아래로 지나갔다. 검은 머리칼을 가진 미남자였다. 그는 두 헌병 사이에 끼어 걸어갔다. 모리츠는 그 사나이를 알고 있었다. 제사공 장에서 일하는 아주 명랑한 청년이었다. 군복을 입은 아가씨가 그의 뒤를 따라갔다.

"꼭 붙잡고 말 거라고 하지 않았어요." 그녀가 말했다.

79

모리츠는 조제프 곁에 있을 땐 무서운 것이 없었다. 조제프는 모리츠가 곁에 있어도 두렵지 않은 유일한 인간이었다. 요즘은 모든 것이 모리츠를 두렵게 했다. 공장에 있을 때는 상자를 떨어뜨릴까봐, 레일 위에 너무 늦게 옮겨놓을까싶어 두려웠다. 독일 여자를 쳐다보는 것도 무서웠다. 또 어쩌 다가 단추에 관한 비밀을 알게 될까봐도 겁이 났다. 결국 독일 사람 전부가 무서웠다. 독일 남자뿐만 아니라 독일의 땅과 독일의 말, 그리고 그가 호흡하는 공기까지도 독일 것이기 때문에 두려웠다. 루마니아에서도 요한 모리츠는 감금당하고 배를 굶고 매를 맞았지만 두려움을 느끼지는 않았었다. 자기 살을 한 점 한 점 뜯어낸 헝가리 사람도 그다지 무섭다고는 생각하지 않았었다. 그들도 인간이었다. 요그르 요르단도 역시 하나의 인간이라고 여겨져서 모리츠는 그를 그렇게 무서워하지는 않았었다.

한 번도 모리츠는 사람들 앞에서 떨지 않았다. 인간이란 착하면서도 동시에 심술궂은 것이라고 여겼기 때문이었다. 어떤 사람들은 보다 착하고, 또 어떤 사람들은 보다 덜 착하고 또 어떤 사람들은 더 심술궂은 것이다. 하지만 모든 인간은 동시에 착하고 심술궂다.

루마니아에서 주먹으로 때려 그의 이를 두 개나 부러뜨린 준위도 나중엔 담배를 한 대 주었다. 헝가리에서도 벌겋게 달군 쇠로 그의 발바닥을 지지던 헌병들이 나중엔 물과 담배를 주었다.

독일에서는 한 번도 두들겨맞은 적은 없었다. 매일 빵과 더운 커피와 수프를 주었다. 여기서 하는 일은 루마니아의 운하 파는 일보다, 또는 헝가리의 참호 공사보다 훨씬 쉬웠다. 그래도 그는 독일에서는 살 수가 없었다. 모리츠는 독일 사람들이 반드시 자기 목을 베어버릴 거라고 생각했다. 그런 걸 믿는다는 건 아주 어리석다고 생각했지만, 언젠가는 자기도 아무런 죄 없이 두 손이 수갑이 채여 끌려갈 것만 같았다. 설사 그가 단추의 비밀을 모르고 있다고 하더라도 감옥으로 끌려갈 것 같은 마음이 들었다. 여기 사람들은 기계처럼 악질이었다. 어쩌면 기계는 악질이 아닐지도 모른다. 독일 사람도 고약한 사람들이 아닐지도 모른다. 그러나 모리츠는 기계 곁에서는 살 수가 없었다. 그는 말라비틀어졌고 두려웠다. 모든 기계와 그리고 기계를 닮은 인간들이 무서웠다. 그는 그들 속에, 그리고 기계 가운데 들어 있으면 매우 고독함을 느꼈다. 너무도 외로워서 큰 소리라도 지르고 싶었다. 그래서 그는 그 프랑스 사람에게 애착을 느끼게 되었던 것이다.

조제프가 그를 만나러 왔다. "살베 스크라베!"

"살베 스크라베!" 모리츠가 웃으며 대답했다.

조제프는 자기가 하는 인사말에 이런 식으로 대꾸해주는 것을 좋아했다.

"우리는 모두 노예들이거든. 한 순간이라도 잊어버리지 않도록 하루에 수천 번이라도 상기시키는 것이 좋겠지. 만일 우리가 노예라는 의식을 잊어버리면 모든 것이 끝장이야. 항상 우리는 그걸 의식해야 해."

어느 일요일 오후였다. 요한 모리츠와 조제프는 그늘진 의무소 잔디에 드러누워 있었다. 조제프는 모리츠에게 자기와 좋아지내던 여자의 얘기를 들려주었다. 그래서 모리츠는 그녀가 베아트리스라는 이름으로, 파리에 살고 있다는 것을 알았고, 그녀는 검은 눈을 갖고 있으며 조제프가 포로가 되었기 때문에 매일 밤 울고 있다는 것을 알았다. 그 프랑스 사람이 그녀 얘기를 너무나 자세히 몇 번이나 되풀이해 들려주었기 때문에 모리츠는 자기가 만일 어느 날 베아트리스를 만나게 된다면 수천 명 가운데서도 선뜻 그녀를 알아볼 수 있을 것 같았다. 어떤 때에는 그녀의 목소리까지도 들리는 것 같았다. 그의 음성은 샹송과도 흡사했다. 모리츠에게는 베아트리스가 자기와 조제프 사이에 끼여 있는 존재같이 느껴졌다. 그래서 조제프의 곁에 있으면 늘 그들 세 사람이 모여 함께 얘기하는 것 같은 느낌이 들었다. 오히려 베아트리스가 자기 두 사람의 대화에 뛰어들지도 않고 대답도 하지 않는 것이 이상스럽게 여겨질 정도였다……

80

"모두 의무소로 모여!" 수용소 소장이 확성기로 명령을 내렸다.

"또 수색을 할 모양이지?" 모리츠는 일어서며 말했다.

조제프는 그를 따라오며, "우리에게 또 뭘 원하는 거야!" 하고 말했다.

그 프랑스인은 불만스런 표정이었다. 일요일 오후까지 판잣집 속에 틀어박혀 있고 싶진 않았던 것이다.

노무자들은 몇 사람씩 떼를 지어 마당을 떠났다. 햇빛이 빛나는 따뜻한 날이었다.

모리츠와 조제프는 창문으로 다가가 철조망 너머로 마당에서 무슨 일이 생겼는지 내다보았다.

"그 말이 정말이었구나!" 모리츠가 말했다.

군용 트럭 세 대가 마당으로 들어와 그들의 창문 밑에서 멈췄다.

요즘 수용소에는 여자들이 들어온다는 소문이 떠돌았다. 다른 수용소에서 여자들을 보았다는 것이다. 죄수들은 그걸 믿지 않았다. 그런데 지금 여자들이 여기에 와있는 것이다. 자기들을 위한 여자들이 말이다.

세 대의 군용 트럭은 여자들을 가득 싣고 있었다. 갈색 머리, 금발 머리, 그리고 빨간 머리의 여자들을.

"저것 봐, 정말이지!"하고 요한 모리츠가 말했다. 그는 자기 눈으로 직접 보면서도 실감이 나지 않았다. 그러나 여자들은 거기에 와있었고 모리츠는 여자들을 보고 있었다. 그 여자들은 모두 얼굴에 분칠을 하고 연지를 바르고 가벼운 옷들을 입고 있었다. 여자들은 포로들이 첩첩이 모여 있는 창문을 쳐다보고 깔깔대며 웃고 있었다. 그러고는 트럭에서 내리기 시작했다. 트럭 밖으로 뛰어내릴 때마다 바람에 치마가 벌렁거리며 치켜졌다. 모리츠의 눈에는 담배종이처럼 얇은 가지각색의 슬립과 팬티, 그리고 허벅다리 윗부분까지도 보였다. 모리츠의 등 뒤에서 포로들의 웃음소리가 들렸다. 그는 자기의 눈을 의심했다. 웃을 생각도 나지 않았다.

"여자들은 트럭에서 내려선 안 돼! 아무도 내리라는 명령은 내리지 않았다!" 수용소 소장이 명령했다.

확성기에서 울리는 목소리는 딱딱하고 위협적이었다. 소장의 얼굴은 보이지 않았다. 소장실에서 말하고 있었던 것이다. 여자들은 되돌아서서 내리 밀 때처럼 재빨리 다시 트럭에 올라 빽빽하게 붙어섰다. 명령이 내리기 전에 내렸다고 벌을 받을까 두려웠던 것이다.

여자들이 트럭으로 다시 기어올라갈 때 포로들은 그녀들의 무릎과 슬립과 부드러운 가지각색의 팬티를 보았다. 그 여자들은 연방 웃고 있었는데 이번에는 그 웃음소리가 들리지 않았고 겁을 먹은 듯했다.

"한 방에 여자 10명씩! 여자들의 체류 시간은 저녁 9시까지. 각 방 반장은 계획 진행을 위한 특별 조처를 받았으니 질서 및 규율의 유지에 책임을 져야 한다!"

확성기가 잠잠해졌다.

여자들은 트럭을 탄 채 조용했다. 다음 명령을 기다리고 있었다.

"더러워서 !" 그 프랑스인이 이를 갈며 말했다.

모리츠는 그 프랑스인이 자기에게 무슨 말이라도 하려는 줄 알고 돌아다보았다. 조제프는 골이 나서 그를 쳐다보지도 않았다.

"여자들은 조를 짜서 질서있게 하차하라 !" 확성기에서 명령이 내렸다.

여자들은 그걸 기다리고 있었던 참이다. 여자들이 트럭에서 뛰어내리자 다섯 조로 나뉘어졌다. 각 반에서 반장 5명이 나와 여자들에게 따라오라는 손짓을 했다. 여자들은 연방 웃으며 그들을 따라갔다.

모리츠는 '계획 진행'이 어떻게 되는지 알 수가 없어서 호기심이 생겼다. 여자들이 포로들과 자러 온 것은 알고 있었다. 독일 사람들은 포로들에게 여자를 안겨주지 않으면 일의 능률이 제대로 오르지 않는다는 주장을 했던 것이다. 독일 사람들은 일이 잘 되기를 바랐다. 여자들을 불러온 것은 노무자들이 단추 공장에서, 제사 공자에서, 그리고 주조 공장에서 보다 능률적으로 일을 하게 하기 위해서였다.

요한 모리츠는 남자들이 여자와 자고 나면 왜 일을 더 잘 하는지 이유를 알 수 없었다. 더구나 각 방에 배치된 여자와 포로들이 어떤 순서로 자게 될 것인지 도저히 알 수가 없었다. 숙사는 넓고 침대도 많았다. 그러나 남자 수는 많고 여자 수는 너무 적었다. 그래서 포로 한 사람이 여자 하나씩을 갖는다는 건 불가능했다. '아마 여자들이 이 침대에서 저 침대로 옮겨다니겠지 !' 모리츠는 생각했다. '그리고 이 침대에서 저 침대로 옮겨갈 때 여자들은 창피스럽게 여기겠지.' 이렇게도 생각했다.

그는 창문에 철조망을 둘러친 이 판잣집에서 여자들을 보리라고는 꿈에도 생각지 못했다. 그러나 여자들은 지금 문 앞에 와있는 것이다.

반장이 여자들에게 무슨 말을 하고 있었다. 아마도 실행 방법에 대한 지시를 하는 모양이었다. 여자들은 아주 큰 소리로 웃어대고 있었다.

"이봐, 아까 있던 곳으로 안 가겠나 ?" 조제프가 물었다.

모리츠는 그 프랑스인과 같이 방을 나왔다. 다른 사람들도 나왔다.

문간에서 그들은 여자들과 스치게 되었다. 향수와 분 냄새가 풍겨왔다. 밖으로 나오는 조제프와 요한 모리츠를 쳐다보고 그녀들은 깔깔대며 웃었다. 그들이 피해 도망간다고 놀려대기도 했다.

요한 모리츠는 여자의 손 하나가 자기 얼굴을 쓰다듬는 걸 느꼈다. 그는 눈을 내리깔았다. 그 손은 촉촉하고 향기로웠다.

"살베 스크라베!" 조제프가 여자들 곁에 다가서면서 말했다.

대답 대신 여자들은 큰 소리로 웃어댔다.

조제프 자신은 웃지 않았다. 그는 침울해 있었다.

마당으로 온 그는 풀 위에 누워 하늘을 쳐다보았다. 모리츠는 그의 곁에 누워 그 여자들을 생각했다. 조제프도 그녀들을 생각하고 있었겠지만 그의 본 생각이 어떤 것인지는 알 수 없었다.

"자네 가고 싶거든 가!" 프랑스인이 말했다.

"아니, 가지 않겠네." 모리츠가 대답했다.

두 사람은 더이상 말이 없었다. 그 프랑스인이 모리츠의 곁에 있으면서 베아트리스의 얘기를 하지 않은 것이 이번이 처음이었다.

"저것들은 강제 수용소의 폴란드 여자들이야. 수용소에 들어온 여자들은 반 년 동안만 저 노릇을 하면 석방이 되지. 그러나 반 년 동안에 그녀들은 완전히 몸을 망쳐버리고 말지. 수용소에서 나올 때는 곧장 병원이나 보호소 아니면 공동묘지행이란 말야."

"난, 그게 저 여자들의 직업인 줄 알았는데." 하고 요한 모리츠가 말했다.

비로소 그 여자들이 가엾다는 생각이 들었다. 포로들인 줄은 몰랐다.

"저것들은 직업 갈보가 아냐. 장(그 프랑스인은 늘 요한을 장이라고 불렀다), 저 여자들은 노예들로서 자기들의 자유를 얻기 위하여 필사적인 노력을 하는 거야. 저 여자들은 아무 연장도 없이 가냘픈 빈 손으로 자기들을 얽매어놓은 사슬을 끊으려고 하는 거야. 참으로 용맹스런 일이지. 그런데 가엾게도 저들은 쇠사슬을 끊기는커녕 자기 살만 깎게 되지. 노예의 사슬이란 인간의 육체보다 더 튼튼하기 때문이지."

저녁 9시가 되자 여자들은 수용소에서 나왔다.

트럭에 올라타는 그 여자들은 아까처럼 웃지도 않고 담배만 피워 댔다. 조제프는 떠나가는 그 여자들에게 동정어린 진지한 음성으로 '살베 스크라베' 하고 외쳤다.

그날 밤 그 프랑스인은 수용소를 탈출했다.

81

"장교들이 발칸 어 통역이 필요하다는 거야. 실례되지 않도록 공손해야 하네. OKW(^{국방 총}_{사령부}) 장교들이라니까."

공장 감독관이 요한 모리츠를 사무실로 데리고 가면서 이런 말을 했다.

요한 모리츠는 문 앞에서 적어도 한 시간을 기다린 후 안내되었다. 담배 연기와 포도주 냄새가 목구멍을 찔렀다. 탁자 위에는 컵과 빈 병들이 뒹굴고 있었다.

모리츠가 들어가도 누구 하나 머리를 돌려 쳐다보지 않았다. 요한 모리츠는 문을 등지고 서 있었다. 연기로 숨이 막힐 지경이었다. 그는 자기가 능숙한 통역이 못된다는 것을 알리고 단추 상자가 있는 데로 돌아가고 싶었다.

거기만 해도 조용하고 연기로 숨막힐 지경은 아니었다. 장교들의 바지에 둘러 있는 붉은 띠가 참으로 근사하게 보였다. 모두 젊은 축들이었다. 모리츠는 세어 보았다. 일곱 사람이었다. 그 중 한 장교가 모리츠 곁으로 가까이 와서 손을 모리츠 머리 위에 올려놓더니 마치 고무풍선을 가지고 놀듯 이쪽 저쪽으로 돌렸다. 그는 오른쪽 옆얼굴을 살펴보고는 또 왼쪽 옆얼굴을 주시해보았다.

"돌아섯!" 하고 뒤로 세워놓고는 뒤통수를 살핀 다음 어깨를 두드리기도 하고 턱 아래에다 손을 넣어보기도 했다. 그리고 입을 벌리라고 하고는 이빨까지 들여다보았다. 그 다음엔, "옷을 벗어." 하고 명령했다.

요한 모리츠는 작업복을 벗어 벽 가까이의 바닥에 놓았다. 장교는 그에게서 눈을 떼지 않았다.

그가 옷을 벗는 동안 장교는 모리츠의 동작을 하나하나 검사하듯 지켜 보았다. 다른 사람들은 얘기하는 데 정신이 팔려 그 쪽을 본 체도 하지 않았다.

"여러분, 여러분! 나는 여러분 앞에서 하나의 증명(證明)을 보여주려고 합니다." 모리츠에게 옷을 벗으라고 명령을 내린 돌격대 대령이 말했다.

모든 사람이 이야기를 멈추고 그들 앞에서 벌거벗은 채 어쩔 줄을 모르는 요한 모리츠의 주위를 빙 둘러쌌다. 그는 통역으로 호출당해 여기까지 온 것이지만 지금 대령이 하는 말이 무슨 뜻인지 도무지 알 수가 없었다. 그는 문득 서커스단에서 하는 증명이 생각났다. 그 증명을 할 때는 객석에서 한 사람을 무대로 올라오게 하는 마술사가 그 관객의 호주머니에서 산 고양이와 토끼 혹은 새들을 끄집어내 보이는 것이다. 모리츠가 알고 있는 증명이란 그런 것이었다. 그는 그밖의 다른 증명이란 몰랐다. 그런데 지금 대령이 그를 세워놓고 증명을 보여준다는 것이다. 그는 군대에 있을 때 서커스를 본 적이 있었는데 그런 증명이려니 생각했다. 요한 모리츠는 재미있을 거라는 호기심이 생겨 싱긋이 웃었다. 그는 증명이 두렵지 않았다. 마술사에게 불려나와 그가 시키는 대로 하는 사람은 아무것도 느끼지 않는다는 것도 알고 있었다. 단지 깜짝 놀라는 것으로 그치니까 자기도 대령이 겨드랑이 밑이나 주머니에서 토끼와 고양이와 새를 끄집어낼 때 깜짝 놀라리라고 생각했다. 그래서 모리츠는 줄곧 대령을 쳐다보며 싱글벙글 웃었다. 요한 모리츠는 마술사를 좋아했다. '천 년을 연습해도 나는 그들같이 하지는 못할 거다.' 하고 모리츠는 속으로 생각했다. 그는 대령이 요술까지 부릴 줄 안다는 것이 신기했다. 요한 모리츠는 어머니가 하던 말이 생각났다. 어머니는 늘 마술사는 악마의 종이라고 하셨다. 그 말이 생각나자 약간 겁이 났다. 이젠 더 웃지도 않았다. 악마는 언제나 무서운 것이기 때문이다.

"여러분, 이 사람은 10분 전에 이 방에 들어왔습니다. 여태까지 내가 한 번도 본 일이 없는 사람이죠. 또 무엇 때문에 여기에 들어왔는지도 모릅니다."

"대령님께서 부탁하신 발칸 어 통역입니다." 공장 감독이 말했다.

"내가 자네에게 통역을 부탁한 것을 깜박 잊고 있었군. 난 저 사람이 들어오자 그 얼굴을 보고 깜짝 놀랐다네."

대령은 요한 모리츠의 머리에 손을 얹었다. 그는 벙글벙글 웃었다. 모리츠는 대령이 자기 겨드랑이에서 토끼를 끄집어낼 때를 초조하게 기다렸다. 대령은 심각한 표정을 지었다. 그러나 요한 모리츠는 서커스 마술사들은 늘 이런 근엄한 표정을 짓는 걸 알고 있었다. 구경꾼들이 허리를 꼬며 웃어도, 마술사는 심각한 표정을 하니까.

모리츠는 폭소가 터져나올 때를 기다렸다. 자기도 웃을 마음의 준비가 되어 있었다. 그가 웃어본 것도 오래 전이었던 것이다.

"나는 여러분과 같이 불과 10분 전에 이 사람을 처음으로 보았고, 아직 말 한 마디 주고받은 일이 없소. 그러나 나는 과학적인 근거를 출발점으로 해서 이 사람의 생애와 3백 년 이래 가문의 역사를 아주 자세히 여러분께 말해줄 수 있소."

요한 모리츠는 군대 시절의 서커스에서도 이같은 숫자 프로를 본 것이 기억났다. 마술사가 객석에서 누군가를 불러내다가 그 사람의 나이와 이름과 또 결혼했는지 등등의 그런 풍에 맞는 여러 가지 것을 알아맞힌다. 사람들은 모두 마술사가 이런 사실을 알아맞히는 데 놀란다. 그러나 요한 모리츠는 그런 종류의 증명은 별로 좋아하지 않았다. 그가 좋아하는 건 고양이와 토끼 등을 꺼내는 증명이었다.

그는 대령이 그런 마술을 할 줄을 모르는 것이 유감스러웠다. 자기 호주머니 속에서 고양이가 튀어나오는 걸 정말 보고 싶었던 것이다. 서커스를 볼 때는 마술사 앞에 바짝 가서 보려고까지 했다. 그러나 갈 때마다 사람이 너무 많아서 마술사는 그 아닌 딴 사람을 골라내곤 했다.

"인종에 관한 지식은 사회주의 국가 체제하에서는 굉장한 발전을 했으므로 그것은 다른 나라에 비해서 적어도 백 년은 더 앞섰을 것이오. 이 벌거벗은 사나이를 보고 나는 그의 조상이 어떤 사람이었고, 또 그 조상들이 어떠한 혼인을 했는지, 또 그 가족이 어떤 풍습을 가졌는지 여러분께 말해줄 수 있소. 본인에게 직접 물어보면 여러분은 내 말을 확인할 거요."

뮐러란 이름의 그 대령이 말했다.

"믿어지지 않는데!" 장교들은 이렇게 말하면서 요한 모리츠의 주위를 좁게 둘러쌌다.

"두개골의 구조와 이마, 콧등, 얼굴의 골격, 전신 뼈대와 특히 흉곽의 구조와 쇄골의 위치로 미루어보면, 이 사나이는 오늘날 라인 강 연안, 룩셈부르크, 트랜실베니아, 그리고 오스트리아에 소수 잔재해 있는 게르만

족에 속합니다. 또한 중국과 미국에도 열여덟 가족이 존재해 있지만, 그들은 그 존재를 발견한 지가 전쟁 발발 몇 해 전이었기 때문에 아직 통계 속에 들지 못했고. '영웅족'이라는 이름을 달고 있는 게르만 족에 관해서는 후에 특집으로 간행될 우리들의 통계에서 처음으로 정확하고도 완전한 자료를 우리가 제공할 거요. 이 일족은 최대한 백 명이라는 인원을 포함하고 있지. 그들의 조상은 1500년부터 1600년 사이에 독일 남서부에서 계속적으로 이민을 떠났소. 이 종족은 가장 순수한 독일 인종인데, 역사가 흐르는 동안에 그들에게 가해진 강한 압박 속에서도 오늘날까지 여러 종류의 혼혈에서 자기들의 순수한 혈통을 지켜가고 있단 말이오. 여러분, 민족이라는 것은 때때로 개인의 본능을 초월하여 보존의 본능을 가지는 겁니다. 지금 여러분 앞에 서 있는 이 청년이 소속된 '영웅족'은 우리 민족이 가진 자기 보존의 본능이 얼마나 강한가를 실증해주고 있소. 이 청년의 조상들이 3백 년 혹은 4백 년 동안 주위에 훨씬 더 매력적인 여성이 있는데도 불구하고 오직 자기 종족에 속하는 여성만을 아내로 맞아들인 이유를 무엇이라고 단정할 수 있을까요? 그것은 민족의 자기 보존 본능, 다시 말하면 자기 가족의 구성원으로 하여금 타민족과의 결합인 혼혈이라는 치명적인 죄를 범하지 않게 하기 위한 혈육의 정이었지요. 이 가족의 전 역사를 들춰보면 다른 민족의 여성과 결혼한 예가 단 한 번도 없단 말이오. 그래서 4세기가 지난 지금에도 여러분 앞에 서 있는 이 청년은 역시 그의 조상을 정확하게 닮고 있다는 사실을 여실히 증명해주고 있소. 튼튼하면서도 비단결같이 검은 머리칼을 보시오. 이것이 바로 '영웅족'의 머리칼이오. 4세기 전의 그 머리칼이 그대로 오늘날까지 우리에게 남아 있는 것이오. 이것은 다른 것과 혼동될 수 없는 것이고 감식가들이 보면 금방 알아볼 수 있는 거지요. 이것은 게르만 계통의 주요 민족의 머리칼과 비교하면 약간 더 부드럽기는 하지만 그 근원은 동일한 것이지요. 이 청년의 코, 이마, 눈, 턱은 4세기 전에 그린 우리 나라의 목판화에서 볼 수 있는 것과 똑같아요. 그동안에 아무 변화가 없었다는 걸 보여준 것이오."

장교들은 모리츠의 머리를 만져보고 머리칼을 만지작거렸다. 그러고는 감탄하는 눈초리로 바라보았다.

모리츠는 모든 시선이 자기에게 집중됨을 느꼈다. 이렇게 여러 사람들에게 자세히 선을 보인 건 난생 처음이었다. 그는 영웅이 된 것이다. 그러나 장교들께 실망을 안겨줄 일이 두려웠다. 그는 그들의 찬양——보석과 떡갈나무잎이 달린 훈장을 단 사람들에게만 찬양을 보낸다는 걸 모리츠는 잘 알고 있었다——을 받을 만한 일을 아무것도 못한 것이 유감스러웠다.

뮐러 대령은 마치 트로아 이메라르크 교회의 성년 파라쉬 바하 미라크르즈의 유물을 만지는 것과 같은 감탄과 존경이 담뿍 어린 표정으로 요한 모리츠의 어깨를 만졌다.

요한 모리츠는 자기는 동부 전선에서 싸운 적도 없고, 또 아무런 무훈도 세우지 못한 것이 부끄러워 두 눈을 내리감았다.

"우리가 '영웅족'이라고 부르는 이 종족은 가장 위대한 민족적 영웅주의의 표본을 보여주고 있소. 오늘은 나에게 있어 축제일과 같은 날이오. 이런 전형적인 표본을 이제야 발견하게 해준 날이니 말이오. 말이 나왔으니 말인데, 내 조상에도 영웅족의 처녀와 결혼한 인물이 한 사람 있었소. 불행히도 그는 후손을 남기지 못하고 말았지. 신혼 3개월만에 전사하고 말았으니까. 그러나 이건 부차적인 얘기에 불과하지만, 나는 이 청년의 사진에다 인체 측정과 역사적 참고 자료를 첨부해서 현재 내가 집필 중이며, 로젠베르크 박사의 지도 아래 벌써 10년 전부터 연구하고 있는 논문에 삽입하겠소. 박사님은 내 논문이 상을 받을 만한 자격이 있다고 할 것이오."

"축하드립니다." 장교들은 그를 향해 차려 자세를 하고 이렇게 말했다.

대령은 감격해서 얼굴이 상기되었다. 그는 오른팔을 들어 답례를 하고 한 사람 한 사람과 악수하기 시작했다.

모리츠는 부동자세로 서서 그의 얼굴을 바라보았다.

"자네 나라는 네덜란드인가 룩셈부르크, 아니면 트랜실베니아인가?" 대령이 물었다.

"트랜실베니아입니다."

요한 모리츠가 대답했다.

장교들은 감탄하여 환성을 질렀다. 뮐러 대령은 기쁨으로 희색이 만면했다.

"이 청년의 정확한 주소를 맞혀 보겠소." 뮐러 대령이 말했다. 그러고는 모리츠에서 물었다.

"자네는 티미조아라 아니면 브라쥽, 그렇지 않으면 스제크렐 지방 출신인가?"

"스제크렐 지방입니다." 모리츠가 대답했다.

"틀림없지!" 이렇게 말하며 대령은 기뻐서 두 손을 비볐다.

"틀릴 리가 없거든. 이 청년이 문을 열고 들어서는 순간에 박물관의 '영웅족'의 초상화실에서 한 인물이 우리들 속으로 내려오는 것 같았소. 나는 영웅족의 초상화를 기억하고 있지. 여러분은 나중에 내 저서에서 보게 될거요. 채색까지 한 판화도 있을 거요. 여러분, 이 청년은 '영웅족'의 완전한 전형적인 인물, 내 이론에 꼭 들어맞는 인물입니다."

대령은 감독에게 모리츠의 명부 카드를 가져오라고 명령했다.

"기가 막혀!" 대령은 모리츠의 카드를 읽어보더니, 벌컥 화를 냈다. "'영웅족'의 일원이 야노스란 이름을 가질 순 없어. 이 이름은 하나의 모독이야!" 대령은 모리츠를 돌아다보았다. 그의 얼굴은 침울해 보였다.

"자네 아버지가 야노스라는 이름을 주었나?" 대령이 물었다.

"아닙니다. 대령님, 제 이름은 야노스가 아닙니다." 요한 모리츠가 말했다. 자기 이름은 이온이라고 일러주고 싶었다.

"'영웅족'의 일원이, 자기 아이들에게 독일 책력에도 없는 이름을 붙여 준다는 건 모순된 일이다. 이런 일은 과거 4백 년 동안 없었던 일이야. 이 청년은 결코 야노스란 이름일 수가 없으니까 말일세."

대령은 다시 모리츠를 쳐다보았다.

이번엔 만족스런 표정을 지었다. 모리츠가 야노스란 이름이 아니라는 말이 반가웠던 것이다.

"누가 야노스란 이름을 지었지?"

"모르겠습니다. 2년 전에 독일로 왔을 때 제 서류에 그렇게 적혀 있었습니다."

"이 사람의 이름은 야노스가 아니야. '영웅족'들이 얼마나 이런 모욕을 받아왔는지 몰라요. 그들이 살고 있는 나라의 국민들은 '영웅족'의 이름을

자주 바꾸지만, 그들의 피를 바꿀 수는 결코 없단 말이오. '영웅족'의 피는
그야말로 수정같은 눈물 방울처럼 순수하거든."

　대령은 공장 감독관에게 다가가서 말했다.

　"이 청년은 오늘부터 국립 민족 연구소 관할로 배치하겠다. 우리가 필요로
하는 표본이니까."

　"그럼, 공장에서 일을 시키지 않아도 됩니까?" 감독관이 물었다.

　"안해도 돼. 그에 따른 특별한 법규는 후에 전달해주겠다." 대령은 쌀
쌀하게 대답했다.

　대령은 요한 모리츠를 쳐다보며 이렇게 생각했다. '과학은 눈부신 진보를
했다. 그러나 궁극적인 완성까지는 아직도 멀어. 이 엄선된 표본, 극히 흥미
있는 한 인종의 대표적 인물은 모든 귀중한 전형을 보호하는 인류원(人類園)
에 보존하지 않으면 안 된다. 그러나 불행히도 그런 인류원은 아직 만들어져
있지 않다. 유럽에는 갖가지 종류의 조류와 동물을 선택하여 보존하는
동물원이 있다. 그러나 아직 여러 가지 편견이 '인류원'의 창설을 방해하고
있단 말야. 이것은 막대한 과학적 손실이지 뭔가. 이 분야에 있어선 미국인이
우리보다 앞서 있다. 그들은 흥미 있는 인디언의 표본을 수용해 둔 공원을
가지고 있으니까. 그러나 장차 우리들 유럽에도 그것이 창설될 것이다.
그러려면 우선 전쟁에 이겨야 한다. 다음 회합에서 나는 처음으로 인류원
창설을 제의해봐야겠어. 이렇게 해서 과학은 표본을 맡아 자유로이 그걸
연구할 수 있을 게다. 이 '영웅족'의 일원은 그 우리 인류원을 장식할 최초의
요소가 되겠지. 그리고 나는 그 기증자가 된다.'

　뮐러 대령은 모리츠를 쳐다보며 빙그레 웃었다. 그는 모리츠가 인류원,
즉 독일 민족관에서 아내와 자식을 거느리고 사는 모습을 상상해보았다.

　"이 꿈은 언젠가는 실천될 거요…… 현재로서는 이 청년에게 그 혈통에
적합한 직책을 알선해주지 않으면 안 되오. 제일 알맞은 것은 군인이 되는
일일 게요. 나는 '영웅족'을 잘 알고 있으니까. 게르만 족 중에서도 가장
호전적인 인종이기 때문에 어떻게든 군인이 되도록 해줘야겠소."

　장교들은 대령의 말에 역시 찬동했다. 대령의 제안에 공감이 갔던 것이다.
대령은 다시 한 번 기쁨으로 얼굴을 붉혔다. 그는 당번 사병을 시켜 자기

가방을 가져오게 해서 정보국이라는 도장이 찍힌 종이 위에 요한 모리츠를 돌격대 사병으로 추천한다고 쓰고 병적 등록을 위한 추천장을 썼다. 그리고 그 종이를 공장 감독관에게 내밀며 말하는 것이었다.

"필요한 모든 수속 절차를 밟게. 지금 즉시 말이야."

밀러 대령은 웃음을 머금으며 요한 모리츠 쪽을 돌아다보았다.

"내달 중으로 군복 차림을 하고 찍은 자네 사진이 필요하네. 자네가 소속된 '영웅족'에 관한 내 연구에 매우 귀중한 것이야. 나는 제벨 박사에게도 한 장 보내야겠어. 그렇게 되면 머지않아 자네는 신문 잡지에 실린 자네 얼굴을 보게 될걸세."

82

"이 사람은 군무에 적당치 않네." 징병계의 군의관 대위는 요한 모리츠의 신체검사를 하고 이렇게 말했다.

그의 오른쪽 폐에는 여러 개의 반점이 나 있었다. 군인들은 튼튼한 폐를 가져야 했다.

모리츠가 밀러 대령과 만난 지 벌써 3주일이 지났다.

요한 모리츠는, 군인이 되면 하루에 빵 한 개와 물이 새지 않는 큼직한 구두와 꽤 따뜻한 군복을 배급받아 잘 먹을 뿐더러 담배도 피울 수 있다는 걸 알고 있었다. 그러나 군인이 될 자격이 없다는 말을 듣고 보니, 한편으론 잘 됐구나 싶기도 했다.

"이 자는 총사령부의 국립 연구소에 계신 밀러 대령이 추천했구먼!" 의사는 서류를 뒤적이며, "그러면 떨어뜨릴 순 없지." 하고 말했다.

의사 세 명은 모리츠를 바라보았다.

"자네는 사무 같은 걸 볼 수 있겠나? 민간인으로서는 직업은 뭐지?" 하고 대위가 물었다.

"농사꾼입니다." 모리츠가 대답했다.

의사들은 서로 의논을 하고 나더니, 모리츠더러 밖에서 결과를 기다리라고 했다. 그를 다시 불러서는 군무에 적당하다고 인정하니, 영장을 가지고 부대로 가보라고 했다.

"자네는 보초 임무를 맡게 되네. 자넨 사무 계통은 볼 수 없으니, 경비대에 배치될 걸세."

83

징계자 수용소의 소장이 점심 시간을 알리는 호각을 불었다. 사병 요한 모리츠는 그 소리를 듣고는 흠칫 놀랐다. 그는 자기가 보초막에 서있는 것을 깜빡 잊어버린 채 마음이 들떠가고 이제 막 밥그릇을 찾으러 갈 참이었다. 그러자 창피한 생각이 들어 얼굴이 빨개졌다.

'난 왜 이렇게도 바보일까!' 그는 총대를 양손으로 꽉 거머쥐며 곰곰 생각해보았다. '내가 이젠 포로가 아니고 보초라는 걸 또 잊어버렸으니 말이야.' 그는 이 경비대에 들어온 뒤 3일 동안 호출 신호가 울릴 때마다 이와 같은 반사작용을 일으켰다. 그는 군인이라는 생각이 아직도 머리에 박히지 않았던 것이다. 수용소의 철조망이 둘러 있는 것과 포로들이 줄지어 서 있는 광경을 보면 자기가 어디에 속해 있는지도 깜박 잊어버리게 되고, 자기도 그 속에 갇혀 있는 것처럼 생각되었다. 하도 여러 해 동안 수용소에서 보냈기 때문에 그는 평생 포로라는 생각이 핏속에, 그리고 피부 속에 박혀 있었던 것이다. 포로를 면했다는 생각은 상상할 수도 없었다. 다른 사병이 교대하러 와도 모리츠는 그 사병이 자기를 잡으러 온 것이 아닌가 하는 생각이 들어 겁이 났다. 지금 이 시간에도 수프 솥 앞에 길게 늘어선 포로들을 보면서, 모리츠는 자기가 보초를 서고 있다는 걸 잊고, 자기 차례가 왜 이렇게 늦게 오나 하고 자신에게 물어보는 것이었다. 자기도 그 포로들 틈에 끼여 있는 것으로 생각되었던 것이다.

모리츠는 첫날부터 포로들 속에서 안면이 있는 사람이 있을까 하고 찾아보았다. 아는 사람이라곤 한 사람도 없는 걸 깨닫고 그는 놀랐다. 독일에서만도 그는 열두 군데나 되는 수용소를 옮겨다녔으니까 이 스트라플라제의 포로들 속에서 단 한 사람이라도 동지를 발견할 수 있으리라고 생각했던 것이다. 그에게는 포로들과 얘기하는 것이 금지되어 있었지만 멀리서라도 안면이 있는 얼굴을 보고 싶었던 것이다. 요한 모리츠는 또 자기가 군인이고 보초라는 걸 잊어버리고 소리를 지르기 시작했다.

"조제프, 조제프!"

마당에 모여 있던 포로들이 그를 쳐다보았다. 조제프도 그를 쳐다보고는 다시 먹기 시작했다. 그 프랑스인은 모리츠를 알아보지 못했다.

모리츠는 또 한 번 불렀다. 조제프는 발걸음을 멈추고 밥그릇을 든 채 그를 주시해보았다. 그러고 나서 더욱더 멀리 걸어갔다.

"자네 나 모르겠나? 나 야노스 모리츠야!"

하고 모리츠가 외쳤다.

"살베 스크라베!" 하고 말하며 프랑스인은 소리내어 웃었다. 이제야 모리츠를 알아본 것이다. 그는 밥그릇을 땅에다 놓고 가시 철조망을 향해 걸어왔다.

"자네 어떻게 여기에 오게 됐지? 장!" 조제프가 물었다. 요한 모리츠는 어떻게 해서 자기가 군인이 되었는가를 대충 얘기해주었다. 조제프는 그 전보다 독일 말을 잘 알아들었다. 그러나 두 사람 사이의 거리가 떨어져 있어서 그들은 상대방의 말소리를 가까스로 들을 수 있었다.

"자네는 또 어떻게 되어서 이곳으로 왔지?"

"탈출한 지 닷새만에 붙잡혔어." 조제프는 이렇게 대답하고는,

"베아트리스에게 편지를 한 장 전해 줄 수 없겠나! 우린 편지 쓸 수가 없어서, 벌써 넉 달 동안이나 그녀의 소식을 모르고 있네." 하고 말했다.

요한 모리츠는 주소를 물었다. 프랑스인은 종이 쪽지에다 주소를 적었다. 조제프가 쓰는 동안 사병 요한 모리츠는 자기 호주머니 속에 든 어젯밤에 부대에서 배급받은 담배를 꺼내 철조망 너머로 수용소 마당에 서 있는 그 프랑스인의 발 밑에다 던져주었다.

"내일 또 담배와 빵을 갖다 줄게……편지는 오늘 저녁에 꼭 부치겠네."

조제프는 허리를 굽혀 담뱃곽을 주운 다음, 베아트리스의 주소가 적힌 종이로 작은 돌멩이를 싸 그것을 던졌다. 그런데 그 종이가 철조망 중턱에 떨어졌다. 조제프는 다시 주소를 적으려 했다.

"그만둬, 내가 가서 집어올게. 나는 철조망 가까이 가더라도 총살당하지

않으니까 말야.”

요한 모리츠가 경비병 자리에서 계단을 내려서는 순간 저 멀리서 자기와 교대할 하사가 자기 쪽으로 오고 있는 것이 보였다.

그래서 모리츠는 재빨리 계단을 올라가 조제프를 향해 소리질렀다.

“교대할 하사가 오니 주소를 주울 수가 없군. 내일 9시에 내가 또 근무하니 그 때 종이를 주워오지. 그럼 이제 잘 있게.”

“살베 스크라베!” 조제프의 말이었다. 조제프는 담배에 불을 붙이며 멀리 사라져 갔다. 이전과 똑같은 회색 옷을 입었는데, 그 옷은 그전보다 약간 더 찢어지고 얼굴도 매우 여위어 보였다. 이 수용소의 식사는 말이 아니었다.

하사가 교대하는 동안, 요한 모리츠는 멀어져가는 조제프를 바라보면서 이렇게 중얼거렸다.

‘내일은 빵 한개를 몽땅 조제프에게 줘야지.’

84

그날 밤, 요한 모리츠는 열이 났다. 그 다음 날 모리츠는 응급차에 실려 병원으로 옮겨졌다. 그는 조제프가 철조망 근처에서 자기가 약속한 빵과 담배를 받으려고 자기를 기다리고 있으리라는 걸 알고 있었다. 그리고 베아트리스의 주소가 적힌 종이조각을 주워 왔어야 했고, 그 프랑스 사람이 헛되이 자기를 기다리다 실망할 것을 생각하니 마음이 아팠다. ‘가엾은 조제프! 날이 새어 아침 9시가 되었을 때, 내가 빵을 가져다주기를 초조히 기다렸을 텐데.’ 하고 요한 모리츠는 생각하는 것이었다.

요한 모리츠는, 며칠만 지나면 자기 몸이 완쾌되어 매일같이 빵을 가져다주고, 베아트리스의 편지도 전해 줄 수 있으리라고 생각하면서 자기 자신을 달래었다.

그러나 요한 모리츠의 병은 독한 폐렴이어서 그후 두 달 동안 그는 육군병원에 누워 있었다.

2월 1일, 의사는 이렇게 말했다.

"이번 주일 안으로 퇴원할 수 있겠네. 30일 동안 요양 휴가를 받게 될 거야."

요한 모리츠는 휴가를 얻는다면 조제프를 만나보러 갈 수가 있겠구나 하고 생각했다. 그 프랑스인은 아마도 매일같이 모리츠가 베아트리스의 주소를 가지고 가서 편지를 써보내 주었으면 하고 기다릴 것이고, 그가 약속한 빵과 담배도 가져다주기를 기다릴 것이었다. 그래서 요한 모리츠는 요양 휴가를 단념하고 곧 중대로 돌아갈 결심을 했다.

"자넨 아직 몸을 돌봐야 하네. 잘 먹고 안정할 필요가 있네. 그렇지 않으면 자넨 죽고 마는 거야. 어디 가서 휴가를 보낼 생각인가?" 하고 의사가 물었다.

요한 모리츠는 휴가를 가지 않겠다는 말을 할 용기가 없었다. 그저 얼굴만 붉힐 뿐이었다.

"나도 이해하네. 자넨 갈 곳이 없다는 걸 말이야. 회복기 환자들이 가는 결핵 요양원으로 자넬 보낼 수도 있겠지만, 내 생각에는 자네에게 알맞은 곳은 그런 곳이 아니란 말야. 자네에게는 좀더 따뜻한 가정적인 분위기가 필요하거든……."

요한 모리츠는 눈시울이 뜨거워졌다. 의사가 자기 마음을 너무도 잘 알아맞혔기 때문이었다. 사실 그가 바라는 것은 돈도 아니고, 요양원도 아니고, 좋은 음식도 아니었다. 그는 자기 집에 있는 거나 다름없는 기분을 느낄 수 있는 장소가 그리웠던 것이다.

"자네에게는 자네를 간호해 주고 보살펴 줄 여성이 필요하단 말이네. 자네는 자신을 믿을 수 있는 마음을 다시 찾아야 하네. 그렇지 않으면 자네의 병은 영영 낫지 않을 거야. 요양원에 가면 여자는 많지. 그러나 그 여자들은 그저 성적인 만족만을 채워줄 뿐이야. 육체적으로나 심리적으로나 지금 자네와 같은 상태에 필요한 건 물질이 아니야. 자네에게는 애정이 필요하지, 자극이 필요한 것은 아니란 말이네."

의사는 주위를 둘러보았다. 그는 자신이 내린 진단에 대해 확신을 갖고 있었다. 자기의 환자에게는 무엇이 적합하다는 걸 잘 알고 있었다. 그의 직업의식은 애정과, 가정적인 분위기와, 자신과, 한 여성의 헌신적인 친절이 가장 좋은 처방이라고 그에게 일러주었다. 그러나 그는 환자에게 이와 같은 것을 약으로 줄 수는 없었다. 그러나 환자에게 그 약을 주지 않으면 나을 수 없다는 것을 그는 알고 있었다. 의사의 눈은 진료 카드를 손에 들고서 자기 곁에 서 있는 간호부에게로 쏠리었다.

"힐다 양! 어머니와 함께 이 근처에서 산다지?" 의사가 물었다.

"병원에서 아주 가까워요. 어머니와 같이요." 그녀가 대답했다. 힐다는 엄숙하게 자기 상관의 명령을 기다리는 사병들이 갖는 그런한 신뢰감에 찬 눈매로 의사를 바라보았다. 의사는 싱긋 웃었다. 필요한 것을 발견했다는 눈치였다.

"힐다 양에게 요한 모리츠 군을 맡길 테니 만사를 남편처럼 받들어 줘야겠어. 한 달 후에는 완전히 건강을 회복시켜서 데리고 와야 해. 원대복귀하기 전에 내가 그를 볼 수 있게 말이야. 그에게는 애인도 되고, 누나도 되며, 어머니도 될 수 있는 여자가 필요하거든!"

"알겠습니다, 선생님."

분홍색 두 뺨에 포동포동하게 살이 찐 아가씨였다. 힐다의 나이는 20세였다. 키가 자그마하고 몸집이 통통했다.

의사는 만족스런 얼굴로 그녀를 다시 주시해보고 요한 모리츠에게 필요한 애정을 그녀가 지닌 것 같다고 생각했다. 의사는 그녀의 머리칼을 바라보며 속으로 이렇게 중얼거렸다. '금발이었으면 더 좋았을 텐데. 밤색 머리칼은 환자에게 덜 좋거든. 금발은 곁에 있기만 해도 환자의 마음이 가라앉는데.'

"이 기회에 15일간의 휴가를 주겠어. 그동안 성의껏 그의 건강을 보살펴주도록 해. 음식은 매일 병원 식당으로 가지러 와도 좋아. 그렇지만 집에서도 음식을 장만해야 해. 그에게는 공동 취사장에서 만든 음식이 아닌, 정성을 기울여 만든 식사가 필요하니까."

"알았습니다. 선생님." 힐다는 자기에게 주어진 임무가 은근히 자랑스럽게 여겨졌다. 동료들이 모두 자기를 질투하리라고 생각했던 것이다.

"따로 떨어진 방이 있나?"

"그럼요, 있구말구요." 힐다는 대답을 하면서 얼굴을 붉혔다.

"이 사람이 마음에 드나?" 의사가 물었다. 그녀의 대답을 기다리지 않고 그는 이렇게 명령을 내렸다.

"이 사람의 퇴원증과 두 사람분의 휴가증 두 장과 2인분의 30일간 식당표, 그리고 배급의 특배권(特配券)을 준비하도록 해."

"알았습니다." 힐다는 이렇게 말하고는 문을 열었다.

의사는 문을 나가다 말고 걸음을 멈추고, 요한 모리츠를 보며 재빨리 이렇게 말했다.

"잘 있게. 그리고 되도록 빨리 회복되어 돌아와 주게."

85

요한 모리츠는 병원 마당을 내다보았다. 눈이 내리고 있었다. 마당 끝에 철조망이 보였다. 그는 한참 동안 창가에 서 있었다. 별안간 차거운 두 손이 그의 두 눈을 가렸다.

그가 뒤를 돌아다보니 힐다였다. 모리츠는 그녀를 깜빡 잊고 있었다. 그리고 의사가 한 말도 잊어버리고 있었다.

"군복을 입고 회계과에 가서 봉급을 타세요. 퇴원증과 휴가증은 제가 가지고 있어요. 제 휴가증도 받았어요." 힐다의 말은 빨랐다. 그리고 그가 군복을 입는 걸 거들어주었다. 쉐터 밑으로 손을 넣어 옷을 바로 입혀 주었다. 요한 모리츠는 자기 가슴 위에 닿는 힐다의 손을 느꼈다. 그 손은 정든 손, 오래 전부터 알고 있던 손 같은 느낌이 들었다. 그녀는 그가 벌써 오래 전부터 자기 자식 아니면 자기 남편인 것처럼 모리츠에게 옷을 입혀 주었다. 조금 전까지만 해도 힐다는 그에게 서먹서먹했고 냉정한 태도로 대했던 것이다. 그에게 약을 가져다 주고 열을 재고는 곧 나가버리곤 했던 것이다. 그러던 그녀가 지금은 갑자기 다정하고 친근하게 된 것이다. 스잔나와 율리스카보다도 더 친밀하게 된 것이다.

모리츠는 힐다가 자기에게 반해버렸다는 걸 느꼈다. 의사의 명령을 받고 갑자기 모리츠에게 열을 올리게 되었고 사랑하게까지 된 것이다. 의사와의 약속을 지키려는 것이었다. 그의 가슴팍 살을 만지고 스웨터를 바로잡아주고 윗옷의 단추를 채워주는 그녀의 손은 사랑에 빠진 여인의 손길과 같았다.
의사가 요구한 것은 바로 그것이었다.

"의사 선생님이 병원 침대를 하나 가져가도 좋다고 하셨어요. 외과의
크고 하얀 침대와, 양털로 된 이불 두 채도 주신대요. 제 침대는 둘이서
자기엔 너무 작아요."

힐다는 벌써 침대를 생각하고 있었다.

"의사 선생님은 당신을 너무 흥분시키면 안 된다고 하셨어요. 옳은 말
씀이세요. 당신은 중한 병을 치렀으니까요. 그러나 1주일간 식이요법을 한
후 영양가 있는 음식을 섭취하고 안정을 하면 모든 게 금방 달라지겠죠."

"뭐가 달라진단 말이오?"

모리츠가 물었다.

그녀는 그의 말을 가로막고, 재빨리 그의 입술에 키스를 하며, "차차
알게 되겠죠." 했다.

요한 모리츠는 봉급을 탔다. 그러나 별로 즐겁지가 않았다. 그는 명령을
수행하는 것이었다. 그것은 참호를 파는 공사나, 단추 공장에서 일을 하거나,
수용소의 보초를 서라는 명령은 아니었다. 그는 한 달 동안 정신적으로나
육체적으로나 건강을 회복하기 위해서 힐다와 함께 살아야 한다고 명령을
받은 것이다. 근사한 명령임엔 틀림없다. 그러나 명령은 명령인 것이다.
어떠한 명령도 그를 즐겁게 해주지는 않았다.

86

"말이에요. 우리가 결혼을 하면 저는 다시 2주일간 휴가를 받을 수 있
어요."

요한 모리츠와 같이 1주일을 보낸 힐다가 이렇게 말했다.

모리츠는 다정스럽게 힐다를 쳐다보았다.

"당신은 우리가 결혼할 거라고 어제 나한테 말했죠?"

"그건 정말이야."

이렇게 대답한 모리츠는 지난 밤 힐다와 그녀의 어머니와 같이 포도주를

다섯 병이나 마신 기억이 떠올랐다.

"결혼 못할 이유가 없잖아요? 서두르기만 하면 전 추가 휴가를 받을 수 있어요. 당신도 추가 휴가를 받게 될 거예요. 그리고 아파트와 세간과 2천 마르크의 장려금도 받게 돼요. 당신은 근무가 있는 날만 중대에서 주무시면 되는 거예요. 어머니께 말씀드렸더니, 당장에 우리가 결혼하는 것이 좋겠다고 하시더군요."

모리츠는 아무 말이 없었다. 힐다는 그가 수속을 밟으며 휴가를 보내게 되는 것이 싫어서 그러는 줄 알았다.

"당신은 가만히 계시면 돼요. 꼼짝 말고 지금처럼 집에서 조용히 쉬시면 돼요. 모든 수속은 제가 밟겠어요. 호적계와 주택 관리부, 배급소와 노무국, 그리고 경찰서든 어디든 가야 할 곳은 제가 다니겠어요. 특히 당신은 피로를 느껴서는 안 돼요."

요한 모리츠는 힐다의 말에 동의했다. 그녀의 말은 논리적이었다. 둘이 결혼한다면 그 결과는 이로운 일 뿐이었다.

그래서 두 사람은 결혼했다. 방 세 개에다 욕실과 부엌이 달린 아파트에 들게 되었다. 2천 마르크도 받았고, 침구와 속옷, 가구, 부엌 세간들, 나무, 석탄, 포도주, 결혼식용 고기와 라디오 및 여러 가지 다른 물건들의 티켓을 받았다.

"결혼을 안 했더라면 억울할 뻔했지 뭐예요. 이렇게 많이 생기는데 말이에요." 힐다는 중대로 나가려는 모리츠가 옷을 입는 것을 거들어주며 이렇게 말했다.

"중대에서 주무시는 것보단 집에서 주무시는 게 훨씬 더 편하지요. 그렇죠?"

"그야 물론이지."

모리츠가 대답했다.

"저녁에 제가 만든 음식이 중대에서 잡수시는 것보다 맛이 낫지 않아요?" 힐다는 말할 수 없이 기쁜 표정이었다.

"두 달 후엔 저는 임신 신고를 하고, 당신이 점심도 집에서 잡수실 수 있도록 또 휴가를 받겠어요. 그러면 식량 배급도 많이 타게 돼요. 임신한 여자는 식량표 석 장을 받을 권리가 있거든요. 그렇게 되면 당신은 더 많이 잡수세요. 살이 찐 당신을 보고 싶은 걸요."

요한 모리츠는 웃어 보이며, "힐다, 당신은 마음이 참 곱군 !" 하고 말했다.

87

판타나의 헌병대는 게시해야 할 통첩 두 통을 받았다. 헌병 니콜라이 도브레스코는 그 서류를 읽었다.

'유태인 모리츠, 이온, 요한, 또는 야콥, 양켈은 전국 경찰서에서 지명수배를 받고 있는 인물임. 위자는 노동 수용소를 탈출했음. 위자를 숨겨준다던가, 그 소재를 알면서 이를 알리지 않는 자는 징역에 처함.'

그 통첩장 오른쪽 가에는 요한 모리츠의 정면과 측면을 찍은 사진이 붙어 있었다.

소장은 그걸 바라보고 속으로 생각했다. '그 녀석이 정말 유태인이었구나 !'

그는 사병 한 명을 불렀다.

"총을 들고 이 유태인의 아비와 어미를 당장 붙들어오라. 그리고 그 통첩장을 바깥 벽에다 붙여 놔. 바람이 불어도 날아가지 않도록 잘 붙여라."

판타나에는 눈이 내리고 있었다. 소장은 창문 너머로 바깥을 내다보고 있었다. 헌병대 앞길에는 알렉산드로 코루가 사제가 지나가고 있었다. 그의 어깨는 굽었고 팔에는 가방이 들려 있었다.

얼마 후에 그 하사가 돌아왔다.

"마누라만 데리고 왔습니다. 아빈 앓아 누워 있습니다."

소장은 벌컥 화를 냈다. 두 사람을 한꺼번에 검문하고 싶었던 것이다.

"명령이라면 강제라도 끌고 오겠습니다. 하지만 그는 일어설 수도 없습니다. 이불을 들춰보았더니 전신이 마치 가죽부대처럼 퉁퉁 부어 있었습니다."

소장은 잠시 생각해보더니 요한 모리츠의 아버지를 심문하는 건 단념했다. 그는 사병에게 명령하여 문 밖에서 기다리고 있는 여자를 들어오게 했다. 아리스티차는 골이 치밀어 푸르딩딩해진 얼굴로 사무실로 들어왔다.

"도대체 무슨 일로 큰 죄인을 다루듯이 총자루를 둘러멘 헌병을 시켜 나를 찾게 하죠? 여기 붙들려온 도둑이나 죄인들이 모자라서 그 대신 선량한 사람들을 붙잡기로 했나요? 그렇지 않다면 내가 나쁜 짓이라도 했단 말인가요?"

아리스티차는 벌럭 화를 냈다. 헌병이 집 안에 들어와 같이 가자고 했을 때 그녀는 헌병대 소장의 두 눈알을 빼놓겠다고 마음먹었다.

"당신이 죄인이어서 그런 것은 아니오. 당신 아들을 전국의 경찰이 수배중이란 말이오."

아리스티차는 소장이 내미는 서류를 들여다보았다. 그리고 자기 아들의 사진을 보자, 눈물을 흘리기 시작했다.

"어쩌면 요렇게 말랐는지, 불쌍한 것."

요한의 깡마른 모습을 보자, 틀림없이 고생을 무척 많이 한 모양이라고 생각되었다. 그래서 다른 것은 아무것도 알고 싶지 않았다.

"읽어보시오." 헌병이 명령했다.

"읽어보면 뭘 해!" 그녀는 두 눈을 닦으면서 "이 사진만 봐도 내 아들이 굶주리고, 이한테 물어 뜯기고, 매를 맞은 채 감옥에 갇혀 있는 것이 뻔하지 않소. 그런데 또 뭘 읽어보라는 거요. 난 이것만 봐도 충분해!" 하고 소리쳤다.

헌병은 큰소리로 그 통첩장을 읽었다. 아리스티차는 첫구절을 듣자 곧 그의 말을 가로막았다.

"다시 읽어봐요, 헌병 나리. 아마 내가 잘못 들었겠지. 당신은 '유태인 모리츠 이온'이라고 했겠다? 만일 정말 그렇다면 그건 내 아들이 아닐 거요! 내게는 유태인 아들은 없으니까!"

소장은 서류를 내밀었다.

아리스티차는 아들의 몹시 여윈 모습을 들여다보다가 또 눈물을 쏟았다.

"틀림없이 당신 아들이죠?" 헌병이 물었다.

"틀림없는 내 아들이오. 아이구 가엾어라 ! 내 자식을 잡아넣은 그 죄 많은 놈들을 하느님은 결코 용서하지 않을 거다 ! " 아리스티차가 대꾸했다.

"아들이라고 확인했지요 ? 그렇다면 무엇 때문에 유태인이 아니라고 고집하는 거요 ? 쓸데없이 시간만 끌지 말고 내가 읽는 걸 들어두는 게 당신에게 유리할 거요. 당신이 떠들어봤자 아무 소용이 없으니까. 당신은 단순한 하나의 인간에 불과하오. 난 상관의 말을 믿을 뿐이오. 이 서류는 당국이 보낸 문서니까, 감히 거역 못할 신성한 것이오. 그리고 여기엔 당신 아들이 유태인이라고 인정되어 있단 말이오."

"또 한 번 내 아들이 유태인이라고 말해봐라. 눈깔을 빼어낼 테니 ! 그래도 나를 약올릴 거요 ? 불쌍한 내 새끼, 집을 나갈 때는 참나무처럼 튼튼하고 자랑스러워 보였는데 이 꼴이 되다니…… 뼈하구 가죽만 남았구나 ! "

"당국을 모욕해선 안 돼 ! 말을 듣지 않으면 수사관을 모욕한 죄로 고소할 테다 ! " 헌병이 소리쳤다.

"난, 이온을 말이오, 내 남편하고 만들었지. 경찰 당국하고 만든 건 아냐 ! 그 자식을 뱃속에서 키운 사람은 나요 ! 젖먹인 것도 바로 나지, 당국이 아니란 말이오. 그런 내가 그 자식이 유태인인지 아닌지를 모른다는 게 말이나 돼 ? "

"내무부가 이 통첩장에다 원문대로 모리츠 이온은 유태인이라고 확인 했소."

"그 내무분지 뭔지 그런 말을 할 배짱이 있거든 여기 내 앞에 와서 하라고 해. 내 뱃속에 있던 것을 나보다 더 잘 안다고 떠들어봐라. 그 놈의 낯짝에다 침을 뱉어줄 테니 ! "

"당신이 루마니아 사람이라면 아마 당신 남편이 유태인이겠지. 어쨌든 당신들 두 사람 중의 하나는 유태인임이 틀림없소. 이것은 하나의 공문서란 말요. 아마 당신 자신도 이 사실을 잘 모르고 있었나 보오."

"당신 혹시 술 취한 것이 아니오 ? 내가 나 자신이 어느 성모상 앞에 무릎을 꿇고 어느 종교의 하느님을 믿는지 모른단 말이오 ? "

아리스티차가 물었다.

"성모상이 문제가 아니오. 유태인으로 그리스도교를 믿을 수도 있으니까. 문제는 그 혈통이오."

"내가 가진 피나 우리 양반의 피는 그리스도교도의 피란 말야. 오히려 내 아들을 감옥에 가두어놓고 고초를 겪게 하는 자들이야말로 사교도(邪敎徒)들이야!"

"당신 남편이 그리스도교도라는 건 확실하오? 오랫동안 같이 살면서 이상한 점을 느낄 수 있었을 텐데. 여자와 달라서 남자들은 보다 쉽게 그 증거가 눈에 띄거든. 아마 당신은 그런 자세한 면까지는 눈치채지 못했을는지도 모르지."

"35년간 그 옆에서 잠을 잔 내가 모르다니, 그런 말을 당신이 할 수 있소?"

아리스티차는 울부짖듯 소리를 질렀다.

"갈보년두 같이 잔 남자가 어떤 사나이인가 하는 것쯤은 알 텐데, 35년이란 세월을 같이 잔 내 남편을 어떤 사람인 줄 모르고 살았다는 말을 나에게 할 수 있냔 말이오. 어떻게 해서 우리가 그 애를 만들었는지 경찰 당국이 나보다 더 잘 아는 모양이지? 내 뱃속에서 길렀고, 내 젖을 먹고 자라난 그 애의 일이라면 경찰 당국이나 헌병은 물론 당신까지도 나에게 와서 물어봐야 당연하지 않겠소?"

아리스티차의 두 눈은 자기 앞에 놓인 잉크병을 노려보고 있었다. 모든 게 붉게 보였다. 그녀가 집어서 헌병의 머리깨로 집어던지려는 그 잉크병도 붉었다. 벽도 붉었고, 헌병의 얼굴도 붉었다.

헌병은 상대방의 시선이 잉크병을 노려보고 있음을 알자 슬그머니 자기 앞으로 잉크병을 끌어당겼다.

아리스티차는 마치 경찰 당국자의 목을 손으로 움켜잡듯이 손가락으로 자기 치마를 움켜잡았다. 잉크병이 자기 눈 앞에서 사라지자 자기의 최후의 무기를 약탈당하는 것처럼 느껴졌다.

아리스티차는 이를 부드득 갈았다. 그러고 나서 두 손으로 치맛자락을 거머쥐고 머리 위까지 걷어올렸다. 아리스티차의 주름잡힌 넓은 치마는 마치 폭풍에 휘말려 올라가듯 날아갔다. 속치마도 벗어던졌다. 주름살 투

성이에 올리브색이 도는 피부의 전신이 실오라기 하나 걸치지 않은 채
드러났다. 거무죽죽한 빈 주머니 같은 젖이 양쪽 가슴에 매달려 있었다.
헌병은 한참 동안 멍하니 아리스티차의 벌거벗은 육체를 정면에서, 다음엔
뒤쪽에서 옆에서 보지 않을 수 없었다. 헌병은 보다 못해 두 눈을 감았다.
사무실 문이 쾅 하고 닫혔다. 담벽이 울리고 천장에서 흰 횟가루가 부스스
떨어졌다.

아리스티차는 밖으로 나와버렸다.

목쉰 클랙슨과 같은 그녀의 목소리가 헌병의 귀청에 울려 왔다.

"이게 내 대답이다. 네 놈이나 네가 떠받드는 높으신 분이나 차례차례
이 꼴을 보면 알 게다!"

88

아리스티차는 집에 돌아오자 어깨를 덮었던 목도리를 벗어놓고 난로
앞으로 가서 몸을 웅크렸다. 나무를 넣어 불을 지피고, 길고 빨간 불꽃이
눈 앞에서 춤추는 걸 바라보고 있었다. 눈물이 뺨을 타고 흘러내렸다. '이
양반한테는 아무 소리도 하지 말아야지! 그이는 환자니까, 마음을 괴롭
혀선 안 돼' 그녀는 이렇게 생각했다.

아리스티차는 돌아다보았다. 노인은 똑바로 누워 잠들어 있었다. 눈물로
얼룩진 눈으로 남편을 바라보며 그녀는 억울하게도 유태인으로 취급되어
5년 동안이나 여러 감옥 속에서 경찰 당국자와 헌병의 고문을 받았을 이온을
생각했다. '가엾은 녀석, 이온은 유태인이 아냐. 비록 유태인이라 하더라도
붙잡혀가도록 그러구 있을 리 없었을 거야. 그러나 이온은 마음이 착해서,
사람들이 하는 말을 곧이곧대로 믿는단 말야. 그 놈들의 매에 못이겨 유
태인이라고 했을는지도 몰라. 그래서 헌병 당국이 그 애를 유태인으로
인정한 거야!'

아리스티차는 두 손으로 얼굴을 감싸고서 울었다. 마음을 가라앉힐 도
리가 없었다. 투표 용지처럼 푸른 색종이에 아들의 사진이 나와 있는, 그
종이가 헌병대 문간 게시판에 붙어 있다는 말만이라도 남편한테 알리지

않고는 배겨낼 수가 없었다. '하지만 이온이 강아지처럼 바싹 말랐다는 얘기는 하지 말아야지. 그런 얘길 하면 너무 가슴 아파할 테니. 그렇지만 헌병놈이 이온이 유태인이라고 고집하더라는 것만은 얘기해 줘야지.'

"여보 얀쿠, 눈을 떠 봐요! 낮에 그렇게 자면 밤엔 못 잘 텐데!" 아리스티차가 큰소리로 외쳤다.

노인은 대답이 없다. 누구나 그를 깨웠을 때 그가 대답하는 소리를 들어본 사람은 없었다. 그러나 지금은 잠들어 있는 건 아니었다. 두 눈을 크게 뜨고 있는 걸로 보아 얘기를 듣고 있는 것이 분명했다. 말하기가 싫어서 대답을 않는 것이 분명했다.

"얀쿠! 헌병놈이 당신을 유태인이라구 하잖아요. 뻔뻔스런 녀석 같으니라구. 그래서 그 놈이 알아들을 수 있도록 그럴 듯한 대답을 해주었지!"

남편이 빙긋이 웃는 것 같았다. 35년간 같이 살면서 둘은 말다툼도 많이 했었다. 그러나 그녀는 항상 남편에 대해 깊은 애정을 품고 있었다.

그녀가 바가지를 긁는 것도 남편이 너무나 마음이 착한 호인이기 때문이었다. 누구에게나 속아넘어가는 남편이었다. 그렇지만 그녀는 남편을 사랑했다. 아리스티차는 진정으로 정성껏 남편을 받들었다.

"얀쿠, 내일 아침까지 낫지 않으면 시내로 가 의사를 불러올게요. 돼지 한 마리를 팔아 치료비를 내죠. 당신이 낫게 되면 한 마리 다시 사오면 돼요. 하여간 당신이 얼른 나아야겠어요."

노인한테서는 여전히 아무 대꾸도 없었다.

"눈 좀 떠 봐요 여보. 담배 한 대 드릴 테니. 당신 주려고 한 대 숨겨두었어요."

그녀는 일어서서 선반 위에서 남편한테 주려고 얹어놓았던 담배를 꺼냈다.

"당신 머리맡에 성냥이 있죠?"

그녀는 담배를 손에 들고 침대 곁으로 다가서며 물었다.

그 옛날 신혼 당시에 아침마다 담배를 한 대 꺼내다가 남편 입에 물려주던 것처럼, 자기 손으로 남편의 입에 담배를 물려주고 싶었던 것이다. 그럴 때마다 남편은 두 눈은 감고 있었지만, 담배 냄새를 맡고는 입술만

벙긋이 벌린다는 걸 아리스티차는 알고 있었다.

그런데 오늘은 웬일인지 퉁퉁 부은 노인의 입술이 움직이지 않았다.

아리스티차가 담배를 입에다 갖다 대도 꼼짝하지 않았다.

"웬일이에요, 얀쿠?" 이렇게 말하며 아내는 남편의 어깨를 붙잡아 흔들었다. 손으로 남편을 매만지던 아리스티차에게 속옷을 통해 손끝에 느껴진 것은 싸늘한 남자의 피부였다. 이마를 짚어보았다. 얼음장처럼 차디찼다. 노인은 죽어 있었다.

아리스티차는 소리를 지르기 시작했다. 그러고 나서는 방에서 뛰쳐나가려고 했다. 그러다가 멈칫 서서 죽은 사람의 곁으로 다가갔다. 조금 전에 담배에 불을 붙여주려던 성냥을 그어 초에다 불을 붙여 침대 옆에 가져다 놓았다. 그녀는 목을 놓아 울었다. 아무리 큰소리로 울부짖어도 거기엔 그녀의 울음소리를 들을 사람은 아무도 없었다.

89

아리스티차는 눈물샘이 마르도록 울었다. 목소리도 쉬었다. 목이 쉬어 나오지 않는 울음소리로 통곡을 하고 있었다. 이제 그녀는 죽은 사람 곁에서 말도 없고 소리도 지르지 않은 채 아무런 생각도 없이 조용히 울고만 있었다. 그래도 그녀의 괴로운 심정은 조금도 가시지 않았다.

이제는 생각하는 것마저 지쳐버리고 말았다. 눈물도 이젠 나오지 않았다.

그 때에야 비로소 아리스티차는 자기만이 홀로 남아 있다는 생각이 들었다. 울고 있을 동안엔 누군가가 자기 곁에 있는 듯이 느껴졌었다. 그녀는 또 울려고 해도 울음이 나오지 않았다. 자리에서 일어나 그녀는 불을 돋우었다.

그녀는 불 위에 물을 올리고 저녁 준비를 했다. 여느 때와 마찬가지로 창문의 커튼도 내렸다. 모든 일을 끝내고 나니 홀로 남았다는 생각이 더욱 뼈아프게 느껴졌다. 그녀는 이제 지쳐서 정신이 멍해졌다. 그녀는 죽은 사람의 얼굴을 내려다보았다. 아리스티차는 죽은 사람이 무섭지 않았다.

그날 밤은 이 방에서 죽은 사람과 둘이 보내야 했다. 그리고 매장하기까지 사흘 밤을 이 집에서 시체와 단둘이 보내야 했다.

아리스티차는 헌병의 말이 생각났다. '아마 당신 남편이 유태인이겠죠!'
그녀는 팔짱을 끼고 방 가운데 서서 어찌해야 좋을는지 몰랐다.

물이 끓고 있었다. 그렇지만 배도 고프지 않았다. 침대는 엉망으로 되어
있었으나 거기 누울 수는 있었다. 그러나 잠이 오지 않았다. 그래서 무엇이든
해서 몸을 움직이지 않을 수 없었다. 반드시 무엇이든 해야 할 것만 같았다.
그녀의 마음이나 육체는 너무나 커다란 슬픔에 싸여 있어서 그냥 가만히
있을 수 없었다. 그녀는 몸을 움직여야만 했다. 그래서 또 한번 창가로
가서 커튼을 쳤다. 그러고 나서 시체 곁으로 다가갔다. 그때 귓가에서 헌병이
이렇게 말하는 것 같았다. "아마 당신 남편이 유태인이겠죠!"

아리스티차는 죽은 사람을 바라보았다. 그리고 이불을 들추었다. 시체는
퉁퉁 부어 있었다. 아리스티차는 셔츠와 팬티를 훑어보았다. 올이 굵은
천으로 만든 그 팬티, 자기가 수십번 빨고 다려 입혀온 것이었다. 그녀는
팬티의 끝을 풀고 무릎 아래로 끌어내렸다. 죽은 사람의 살갗은 보랏빛
이었다.

"부끄러울 게 뭐람! 내 남편인데!"

아리스티차는 큰소리로 말했다. 그녀는 둘이 한창 젊었던 그 시절에
남편이 홀딱 벗고 자기 곁에 누웠던 모습이 떠올랐다. 지금 그 사람의 육체는
보랏빛이 되어 있었다.

"아마 당신 남편이 유태인이겠죠!" 이 말이 또 한 번 아리스티차의
귓전에 들려왔다. 그녀는 손을 배꼽 아래로 가져가 남편의 그것을 만져
보았다. 그것도 눈까풀이나 코나, 입술처럼 보랏빛이었다. 보랏빛인데다
차갑기도 했다. 아리스티차는 손을 거두었다. 몸이 오싹했다. 급히 팬티를
올리고 이불을 덮었다. 그러고는 일어서서 성호를 그었다. 전신이 부들부들
떨렸다.

"하느님, 마침 그때 제 손을 떼게 해주셔서 감사합니다."

그녀는 또 한 번 성호를 그었다.

"만약 제가 보았더라면 지옥의 불길 속에 떨어질 겁니다. 큰 죄를 지을
뻔했지요. 하지만 전 보지 않았습니다. 아무것도 보지 않았습니다. 그리고

그 분이 유태인이건 아니건, 보고 싶지도 알고 싶지도 않습니다. 정말 알고
싶지 않습니다."

아리스티차는 죽은 사람의 얼굴을 들여다보았다.

"용서하세요, 여보. 정말 아무것도 보지 않았어요. 얀쿠, 당신도 알다시피
나는 지금까지 그 정도로 죄를 짓지는 않았어요. 당신도 잘 아실 거예요.
그 헌병과 경찰 당국이 내 머릿속에 이 죄를 넣어준 거예요. 그놈들은 다
지옥으로 보내어 불에 태워 죽여야 해요." 아리스티차는 눈물을 흘리면서
이렇게 중얼거렸다.

90

사병 요한 모리츠는 다섯 명의 포로를 감시하며 길을 걸어갔다. 아침
7시였다. 자기 집 앞을 지나갈 때 힐다가 창문가에 나와 그에게 손을 흔
들었다. 아들 프란츠를 안고 있었다. 힐다의 말 소리가 들려왔다. "저기
아버지 봐요. 철모를 쓰고 총을 메셨네."

프란츠는 생후 3개월밖에 안 되었다. 그는 모리츠가 총을 메고 포로들을
감시하면서 시내를 지나가고 있는 걸 볼 수 있었다. 그러나 힐다는 매일
아침, 아들이 자기 아버지를 자랑스럽게 여길 수 있게 하느라고 그 광경을
보여주었다. 그녀 자신이 자랑스럽게 생각하듯이.

요한 모리츠는 남은 길을 가며 어린 자식과 힐다 생각을 했다.

생각들은 거리를 빠져나와서 목장을 지나가고 있었다. 모리츠는 총을
어깨에 메고 말없이 그들의 뒤를 따랐다. 이윽고 어느 다리 밑에 도착했다.
여기가 그들의 일터였다. 모리츠는 그들을 따라갔다. 강물은 바싹 말라붙어
있었다. 강기슭에 이르자 포로들은 모리츠를 돌아보고 큰소리로 웃어댔다.
여기까지 오면 아무도 그들을 보는 사람이 없었던 것이다.

"살베 스크라베! 잘 잤나?" 포로의 한 사람이 다정스럽게 모리츠의
손을 잡으며 물었다. 조제프였다.

"살베 스크라베!" 모리츠가 대답했다. 그는 다른 포로들과도 악수를
하고 총을 바윗돌에 기대어 세워놓았다. 그리고 외투 호주머니를 뒤져 빵

한 덩이와 담배 다섯 갑을 꺼냈다.

"자네에게 아직도 15마르크를 더 주어야 하네." 모리츠는 이렇게 말하면서 조제프에게 담배를 내밀었다. "비누는 사지 못했어. 내일 가지고 오도록 해보겠네." 그는 옆구리에 달린 자루같이 생긴 가방에서 빵을 한 개 꺼내 조제프에게 주었다. 포로들은 앉아 담배를 피웠다. 모리츠도 피웠다. 이 다리에서 작업을 하게 되면서부터 그들은 매일 아침 이렇게 반 시간쯤 이곳 다리 밑에서 모리츠와 함께 쉬면서 소리내어 웃기도 하는 것이었다. 그러고 나서 점심 때까지 일을 했다. 이 시간이 포로들이나 모리츠에게는 하루중 가장 즐거운 시간이었다. 그는 자기 주소로 프랑스에서 오는 그들의 편지를 전해주기도 하고, 담배, 빵, 그밖에 여러 가지 그들이 바라는 물건들을 시내에서 사다가 주었다. 그런 일이 끝나고 나면 일을 하기 시작했다. 모리츠는 대부분의 시간을 그들의 일을 도와주면서 보냈다. 다른 사람들의 눈에 띄지 않도록 조심스레 했던 것이다. 그러나 그는 그 일을 즐거운 마음으로 했다. 포로들은 말렸지만, 모리츠는 그들이 불쌍하게 생각되었다. 다섯 명이 모두 지식 계급의 출신이어서 이런 일에는 아주 서툴렀다. 모리츠는 삽을 들고 그들에게 가르쳐주기도 했다. 그는 이런 일에는 능숙했다.

"장, 오늘은 자네와 의논할 게 있어."

조제프가 말했다.

다른 포로는 일어나 일을 하기 시작했다. 돌멩이에 부딪치는 괭이와 삽 소리가 규칙적으로 들려왔다.

"우리들은 탈출할 생각이야. 오늘은 아니지만, 며칠 안으로 우리 다섯 사람이 같이 탈출할 작정이야." 모리츠와 단둘이 있게 되자, 조제프는 이렇게 말했다.

모리츠는 프랑스 사람을 쳐다봤다. 조제프가 농담을 하는 줄로 생각했다. 그러나 조제프는 농담을 한 것은 아니었다.

"내가 자네에게나 다른 포로들에게 뭘 잘못했기에 탈출하겠다는 거야? 자네들은 내가 평생을 감옥에서 썩었으면 좋겠나보군?" 하고 모리츠가 말했다.

그는 화가 나서 얼굴이 창백해졌다.

"자네들이 탈출해도 내가 총을 쏘진 못하리라는 걸 자네는 잘 알고 있네. 난 자네들을 죽일 수는 없으니까, 그러나 내가 총을 쏘지 않으면 내가 대신 감옥살이를 해야 한단 말이야. 하긴, 자네는 농담을 하고 있는 것이겠지?"

"아냐, 농담이 아냐. 우린 꼭 탈출해야겠어. 하지만 자네는 감금되지는 않을 걸세."

조제프가 말했다.

모리츠는 그 말을 들으려고도 하지 않았다.

"중대에 가면 내 직책을 바꿔달라고 하겠네. 내일 아침부터 나는 자네들과 같이 이 다리로 오지 않을 거야. 자네들이 탈출하겠다고 하니까, 그렇게 하는 수밖에 없네. 난 남을 죽이기도 싫고 또 나 자신 감옥살이를 하기도 싫단 말이야. 난 아직 한 번도 사람을 죽여본 적이 없네. 그래서 난 이미 수년간 옥살이를 했다네. 여하간 내일부터 자네들과 같이 오지 않겠네. 내가 같이 있지 않을 때 탈출하려거든 하라구, 자네들 마음대로 말야."

"자넨 무엇 때문에 우리 계획을 좀 자세히 들어보려 하지 않지?" 조제프가 물었다. "자네도 우리와 같이 탈출하자는 거야."

"난 탈출할 이유가 없어! 내겐 아내도 있고 자식도 있어. 그리고 갇혀 있지도 않아. 만일 내가 감옥살이를 하고 있다면 탈출할 생각을 하겠지만 말야." 모리츠는 즉시 대꾸했다.

"하지만 자네두 갇혀 있는 거나 다름이 없는 거야, 장. 단지 자네는 어깨에 총을 멘 노예구, 우리들은 총이 없는 노예라는 것 뿐이야. 그러나 그밖에는 우린 똑같은 노예야. 그러니 자네두 탈출해야 하네."

"내일 아침부터 절대로 자네들과 같이 오지 않겠네." 모리츠는 이렇게 말하면서 담배에 불을 붙였다. 그는 화가 나서 얼굴이 빨개졌다.

"이봐 친구, 우린 자네를 생각해서 하는 말일세. 전쟁은 곧 끝난다네. 연합군이 전진하고 있어. 혹시 자네가 그 돌격대의 군복을 입은 채 연합군에게 붙잡히면 이번엔 자네가 처벌을 받을 거라는 걸 모르겠나? 그렇게 되면 자네는 10년이나 20년 동안 감옥살이를 해야 한다네." 조제프가 말했다.

"어리석은 소리 말게. 연합군이 오더라도 나를 감옥에 집어넣을 이유가 없네. 난 누구에게도 나쁜 짓은 안했는 걸. 라디오에서도 연합군은 공정한 사람들이라고 하던데 뭘." 모리츠는 말했다.

"그러나 장, 자네는 연합군의 적이거든. 자네는 프랑스의 적이야. 나의 조국과 연합군의 적이란 말이야."

"내가 프랑스의 적이라고? 내가 자네들에게 빵과 담배 그리고 자네들이 원하는 걸 전부 사다주었는데, 그것이 내가 프랑스의 적이어서 그렇다는 건가?" 요한 모리츠는 화가 치밀어 큰소리로 물었다. 그는 피우던 담배를 내던졌다.

"자네들이 나를 적으로 생각하는 줄은 몰랐어. 난 나 대로 자네들 편이라고 생각했었는데."

"자네는 독일 편이구 독일을 위해 싸우고 있는 거야. 자넨 히틀러의 군인이야. 그걸 잊어서는 안 되네."

"내게 맥주 한 병이 생겼을 때, 그걸 독일 사람들과 같이 마시던가 아니면 자네들과 함께 마시던가? 내가 중대에서 마시던가, 아니면 여기 이 다리 밑에 와서 자네들과 같이 마시던가 말야?"

모리츠는 골이 잔뜩 나가지고 물었다. "대답 좀 해봐, 조제프. 내가 가진 담배를 누구와 같이 피우고 있지? 내 가슴속에 있는 말을 누구한테 지껄이던가 말야? 그자들한테던가 아니면 자네들한테던가? 난 중대에서도 독일 사람들과 말을 주고받은 적이 한 번도 없어. 같이 이야기하는 사람이라곤 자네들 뿐이야. 그건 내가 자네들 편이기 때문이야. 그런데 자네들은 나를 적이라고 생각한다니, 내가 독일 사람들 편이라고 자네가 방금 말했으니 말인데, 내가 독일 사람들과 친한 것처럼 얘기하는 걸 한 번이라도 본 적이 있나? 난 옛날에도 자네들 편이었고, 지금도 오직 자네들 편이야!"

입으로 담배를 가져가는 모리츠의 손은 부들부들 떨렸다.

"자네는 연합군이 나를 10년이나 징역살이를 시킬 거라고 했지? 나를 집어넣는 건 결국 프랑스 사람들이겠지, 그렇지?"

"그래. 만일 프랑스 군이 들어오면, 그들은 자네를 감옥에다 잡아넣을 거야."

조제프가 말했다.

"좋아, 그렇다면 이 세상엔 정의라는 건 사라지고 없는 거야. 그렇게 되어버린다면 그자들이 와서 나를 총살해도 난 한이 없어. 세상 만사가 옳지 못하고, 조제프 자네뿐만 아니라 자네 동지들까지 날 적으로 생각하는데 내가 더 살아서 뭘 하겠나? 내일부터 난 이 다리 밑에 자네들과 함께 오지 않겠어. 탈출하고 싶거든 맘대로 하라고. 난 그 일에 참견하지 않을 테니. 자네들을 체포하는 데에도 난 상관하지 않을 거야. 내 생명이 위협받는 일없이 자네들을 도와줄 수 있는 길이 있다면 기꺼이 도와주겠지만 말야. 도망치려는 포로를 도와서 탈출시킨다는 건 선한 일이니까. 그러나 난 자네들과 함께 탈출할 생각은 없네. 자네들 때문에 나머지 일생을 옥살이로 허송할 수야 없지."

"문제는 그런 데 있는 게 아냐. 우리들이 자네를 구해주겠다는 거야. 그건 우정에서 나온 거야. 우린 자네를 프랑스까지 데리고 가겠다는 말일세."

조제프는 말했다.

"나는 여기에 아내가 있고 자식도 있어. 그러니 자네들과 같이 갈 순 없단 말야."

"몇 달 후엔 반드시 연합군이 들어올 거야. 그 때 우리들이 자네 아내와 자식을 프랑스로 데려다 줄게. 나는 파리 교외에 농장을 가지고 있어. 자넨 거기서 살면 되잖아? 자네는 농사꾼이야. 농장을 일구어서 돈을 벌면 다음엔 땅도 사고 집도 지을 수 있지. 프랑스는 아름다운 나라야. 사람들도 마음이 착하구. 종전 후 패전국 독일에서 자넨 뭘 하겠다는 거지? 우리들과 함께 탈출하세."

"그렇겐 할 수 없네."

모리츠가 말했다.

"자네 아내에게 우리가 다시 와서 프랑스로 데려갈 때까지 살 수 있을 만한 돈을 우리들이 남겨두고 가겠네. 그녀를 생각해서 우리가 5천 마르크를 준비해 뒀어. 몇 달 후에 우리가 돌아와서 자네 아내를 데리고 갈 테니까. 만일 자네가 다섯 명의 프랑스인 포로의 목숨만 살려준다면 프랑스는 반드시 자네에게 그 은혜를 갚을 걸세. 어때, 뭐라고 대답하겠나 ? ”

요한 모리츠는 대꾸할 말이 없었다. 그는 줄곧 프랑스에 가서 소유하게 될 농장에 대한 생각을 하고 있었다. 거기서 사게 될 토지와 짓게 될 집과 힐다와 프란츠와 함께 살아갈 생활을 그려보는 데 열중했다. ‘또 아기들이 생기겠지. 계집애를 하나 낳으면 이름을 어머니와 같은 이름인 아리스티차라고 지었으면 좋겠다’ 하고 속으로 생각했다. 모리츠는 미래를 생각해보며 빙긋이 웃고 있는 자신을 깨닫자 깜짝 놀랐다. 그러고는 침울한 표정을 지으면서,

“나는 탈출할 수 없어 ! ”

91

힐다는 대문까지 나와 요한 모리츠를 맞아주었다. 그녀는 외출복 차림을 하고 있었다.

영화 구경을 가자는 것이었다.

모리츠는 무슨 영화를 봤는지 기억이 나지 않았다. 딴 생각만 하고 있었던 것이다. 기억에 남아 있는 건 최근 전선의 전투 상황을 찍은 UFA 뉴스인데, 부서진 탱크, 타버린 집들과 죽은 사람들이 보였다. 또 지도도 나왔다. 전선은 독일 국경에서 가까웠다.

영화관을 나오면서 모리츠는 말할 기력을 잃었다. 자리에 들기 전에 요람 속에서 잠이 든 아기를 들여다보았다. 그러고 나서 자리에 들었다. 그러나 잠이 오지 않았다.

“힐다, 만일 독일이 항복하면 우리는 어떻게 될까 ? ” 모리츠가 물었다.

“독일은 절대로 항복하지 않아요 ! ” 힐다의 대답이었다.

모리츠는 영화에 나온 전선의 전투 장면과 지도와 조제프 그리고 요람 속의 아기를 곰곰이 생각해보았다.

“힐다, 나는 독일이 전쟁에 진다는 걸 알 수 있어. 그렇게 되면 우린 어떻게 되지 ? 난 포로가 되겠지. 그러면 당신과 아기는 어떻게 살아가지 ? ”

“이기던가, 아니면 마지막 한 사람까지 죽던가, 어느 편이든 되겠죠. 독일

국민은 한 사람도 피점령국 독일에서 살고 싶어하진 않을 거예요."

"그렇겠지만 만일 우리가 죽지 않는다면？" 모리츠가 물었다.

"우리는 싸우다 죽는단 말이에요！ 싸우다가 죽지 않는 자는 자살하는 수밖에 없어요." 힐다가 대답했다.

"그건 남자들이 당할 일이지. 여자들은 어떻게 해야 할까."

"여자도 마찬가지에요. 만일 우리가 전쟁에 진다면 나는 아이와 함께 제일 먼저 자살하겠어요. 패배 속에서는 전 하루도 살 수가 없어요. 하지만 독일은 전쟁에 지지 않을 거예요. 절대 항복하진 않아요！ 왜 당신은 잠시라도 그런 생각을 하시는 거예요！ 이젠 그만하고 주무세요！"

힐다는 이불을 머리 위까지 끌어올렸다.

요한 모리츠는 힐다와 프란츠를 생각했다. 둘이 다 죽은 장면을 그려 보았다. 밤새도록 그는 연합군이 독일에 들어와 탱크와 함께 자기 집 앞에 와 있는 꿈을 꾸었다. 또 힐다가 총을 들고 요람 속의 프란츠를 쏘아 죽이고 나서 자살하는 광경도 보았다. 모리츠는 외마디 소리를 지르면서 전신이 땀에 젖어 눈을 떴다. 창문이 훤히 밝았다. 벌써 밖에는 동이 트고 있었다. 힐다는 아직 자고 있었다. 모리츠는 그녀가 깨지 않도록 살며시 침대에서 빠져나왔다. 옷을 갈아입고 중대로 갔다. 어제 마음먹었던 보직 변경을 신청하지 않았다. 프랑스 사람들은 그가 오는 걸 보고 아무 말도 하지 않았으나, 무척 반가운 표정을 지었다. 그들은 모리츠가 자기들과 같이 일터에 가지 않을까 걱정했던 것이다.

그들이 다리 밑에 도착하자, 조제프는 여느 때처럼 "살베 스크라베！ 잘 잤나？" 하고 말했다.

요한 모리츠의 뇌리에는 어젯밤에 꾼 여러 가지 꿈과 특히 힐다가 애기를 죽이고 자살하던 광경이 떠올랐다.

"조제프. 만약 독일군이 항복하면 자넨 틀림없이 내 아내와 자식을 프랑스로 데려다주겠나？" 모리츠가 물었다.

"연합군 군대가 여기에 들어오는 길로 데려다주겠네. 자네에게 그렇게 하겠다고 맹세하겠네."

요한 모리츠는 총을 옆에다 놓고 프랑스 사람들에게 영화관에서 돌아와서 힐다와 나눈 이야기를 들려주었다.

"가령 자네들이 너무 늦게 와서, 내 처가 자식을 죽이고 자기도 죽어버린 후라면 어떡하지 ? "

프랑스 사람들은 연합군 선봉 부대를 따라 이곳에 꼭 올 것이라고 약속했다.

모리츠의 두 눈에는 눈물이 괴어 있었다.

"자네들이 그것만 지키겠다고 약속해준다면 난 자네들과 같이 가겠네. 언제 탈출하겠나 ? "

"내일 아침에 우리들은 다른 날처럼 일하러 나와서는 수용소로 돌아가지 않는 거야. 자네는 프랑스를 위해 영광스런 행동을 하는 걸세. 프랑스는 자네에게 반드시 훈장을 줄 거야."

조제프가 말했다.

"나는 절대 프랑스를 위해서 하는 건 아니야 ! "

모리츠는 대답했다.

"난 힐다를 잘 알거든. 그 여자는 자기가 말한 건 꼭 실행하는 성미야. 만일 우리가 제 때에 오지 않을 때엔 반드시 아기를 안고 죽을 거야. 둘다 죽고 만단 말야. 그녀는 돌처럼 굳은 마음을 가지고 있다네."

모리츠는 계속 말했다.

"무엇 때문에 자네는 내가 프랑스를 위해 탈출한다고 생각하는 거지 ? 자넨 배운 것도 많고 책도 많이 읽었을 테니, 틀림없이 모든 걸 잘 알겠지. 난 프랑스가 어떤 나라인지도 모를 뿐 아니라 나와 프랑스 사이에 대체 무슨 관련이 있단 말인가 ? 내가 알고 있는 것은 내게는 아내가 있고 자식이 있는데, 그들의 목숨이 위기에 놓여 있다는 점뿐이야. 난 단지 그들을 위해서 자네들과 함께 탈출하는 거야 ! "

92

트라이안 코루가가 아버지에게 보내는 편지.

'아버지, 외교 우편을 통해 몇 자 적습니다. 이 편지 받으시는 즉시 회답 주시기 바랍니다. 아버님께 무슨 일이 생기지 않았나 두렵습니다. 쓸데없는 기우라 웃어버리셔도 좋고 신경 과민이라고 하셔도 좋습니다. 단 곧 답장을 주시기를 간절히 바랍니다. 제가 알고 싶은 건 아버님이 살아 계시다는 소식이니까요.

제 소설은 잘 진행되고 있습니다. 지금 제4장을 쓰고 있는데, 하얀 토끼가 죽은 후 세 시간째에 이르렀습니다. 기술 노예는 자기들이 가는 길 위에 있는 모든 걸 파괴하고 빛은 점점 꺼져갑니다. 사람들은 죽음에 가까운 암흑 속에서 방황하고 있습니다.

아버님과 어머님께 키스를 보냅니다.

—— 트라이안과 노라

1944년 8월 20일 달마티아, 라구세에서〉

제 4 장

93

코루가 사제는 트라이안에게 곧 답장을 썼다. 자기와 어머니는 몸성히 잘 있으며 판타나 마을은 옛날과 다름이 없다고 알려주었다. 요한 모리츠만이 아직 돌아오지 않았고 그가 어떻게 되었는지를 아는 사람은 아무도 없다고 했다.

노인이 자기가 쓴 편지를 다시 읽고 있는데 조르주 다미앙 검사가 마당으로 들어왔다. 그는 사제가 있는 방으로 들어왔다. 그는 사제와 같이 한 이틀 시골에서 보낼 생각으로 온 것이다.

그는 거의 매주일 이곳에 오다시피 했다. 두 사람은 같이 편지를 우체통에 넣으러 갔다.

"트라이안은 여기 일이 몹시 걱정되는 모양이야." 이렇게 말하며 사제는 조금 전에 받아본 편지를 검사에게 보여주었다.

검사는 미소를 띠며 편지를 읽었다.

"트라이안은 시인입니다. 언제나 과장이 많지요. 그런데다 너무 과로한 모양입니다."

면사무소 마당에는 사람들이 많이 모여 있었다.

우체부의 마차는 떠나지 않고 있었다. 사제는 그에게 편지를 주려고 했다. 우체부는 받지 못하겠다고 거절했다.

"외국으로 가는 편지는 이젠 받지 않습니다. 오늘 오후 6시에 루마니아는 항복하고 말았습니다. 우리 나라는 러시아 군에게 정복당했다고 왕 폐하께서 라디오로 방송하셨습니다!"

코루가 사제는 편지를 도로 호주머니에 집어넣었다.

94

그날 저녁, 농민들은 알렉산드로 코루가 사제의 집 안마당으로 모여들었다. 그들은 사제의 의견을 들으러 온 것이다. 러시아 군이 벌써 이웃마을에 들어왔다는 것이다. 도시 사람들은 시골로 피신해 왔다. 그들은 무시무시한 얘기들을 들려주었다. 여자들은 강간을 당하기도 하고 목이 졸려 죽기도 했다는 것이다. 남자들은 길가에서 사살되기도 했다는 것이다. 알렉산드로 코루가 사제가 발코니에 나타났다. 농민들은 근심에 싸여 침울한 얼굴을 하고 있었다.

"다른 나라 사람들이 이 나라를 지배하게 됩니다. 그들은 지금까지 우리를 지배하던 사람들보다 훨씬 더 나쁜 사람들이오. 왜냐하면 그자들은 다른 나라 사람들이기 때문이오. 그렇지만 진실한 그리스도 교인들은 이 세상의 모든 지배는 참기 힘들다는 걸 알고 있을 거요. 우리의 참된 왕국은 천국일 뿐이오." 하고 사제는 농민들에게 말했다.

"그렇다면 우리는 숲속으로 가서 숨어야 할까요, 아니면 계속 점령군과 싸워야 할까요? 우리는 어떻게 해야 합니까?" 한 젊은 농민이 물었다.

"교회는 그리스도 교인에게 지상의 권리를 정복하기 위해 싸움터로 나가라고 강요할 수는 없소."

"그러면 교회는 우리의 두 손을 쇠사슬로 묶어달라고 손을 내밀어야 한다는 말씀입니까? 교회는 우리들의 아내가 욕을 보고 우리들의 집이 불타는데도 팔짱만 끼고 보고만 있으란 말입니까? 교회가 우리에게 그런 걸 요구할 수는 없습니다. 교회가 그러길 바란다면 우린 지금부터라도 교회와 인연을 끊을 수밖에 없습니다!"

이렇게 한 농민이 말하자 젊은 농부들은 찬성했다. 코루가 사제는 조금도 얼굴빛을 변하지 않고 조용히 서 있었다. "예수 그리스도는 지상의 통치에는 굴복하라고 신도들에게 가르쳤습니다. 루마니아도 지금 외국의 잔인한 사교도들이 지배하고 있다고 여러분들은 말할 겁니다. 그건 나도 알고

214

있습니다. 그러나 예수 그리스도가 탄생하신 나라를 다스리던 사람들도
역시 외국의 잔인한 사교도들이었지요. 예수 그리스도가 탄생하신 뒤 유
태에서는 헤롯 왕의 명령으로 수천 명 어린이들의 목이 잘렸다는 걸 생각해
보십시오. 그 통치는 정말 잔인했습니다. 아마 공산주의자들의 통치만큼은
잔인무도했을 겁니다. 그러나 예수께서는 반항하지도 않았고, 누구에게
반항하라고 선동하지도 않았습니다. 예수께서는 이렇게 말씀하셨지요.
'케사르의 것은 케사르에게로, 그리고 하느님의 것은 하느님에게로.'"

"그러면 사제님, 사제님은 스탈린을 위해서 기도를 드리시겠습니까?"
젊은 농부가 물었다.

"가령 사제님이 스탈린을 위해 기도를 드리신다면 그건 그리스도의 적을
위해 기도를 올린다는 말이 됩니다. 그렇게 되면 우리들은 두 번 다시 교회에
발을 들여놓지 않겠습니다!"

"만일 나라를 다스리는 자가 스탈린을 위해서 기도를 드리라고 명령을
내린다면 지금까지 내가 국왕을 위해 해온 것같이 그대로 따르게 되겠지요.
나는 스탈린이 무신론자이고 사교도라는 걸 잘 알고 있습니다. 그러나
사교도라 할지라도 그도 인간입니다. 그리고 그자들의 영혼이 죄가 많은
것은 그리스도의 길을 벗어나 방황하고 있기 때문입니다. 사제는 모든
사람을 위해 기도를 드려야 합니다. 특히 죄 많은 영혼들을 위해서 기도해야
합니다."

"사제님은 스탈린을 위해 기도를 드리십시오. 그러나 우리들은 두 번
다시 교회엔 나오지 않을 겁니다."

이렇게 말하고 나서 젊은 농부는 적개심에 찬 어조로 물었다.

"우리들이 볼셰비키와 싸우기 위해서, 또 우리의 자유를 위해서 숲속으로
들어가 숨는다면, 사제님은 주일마다 교회에서 우리들을 위해 기도드려
주시겠습니까?"

"사제는 숲 속이든 산 속이든 싸우는 사람들을 위해 기도를 드릴 겁니다.
주일뿐만 아니라, 하루에 두 차례씩 기도를 드릴 겁니다. 왜냐하면 싸움을
하는 사람들의 생명은 늘 위험 속에 빠져 있으니, 사제의 기도와 성모
마리아의 은총이 필요하기 때문이지요."

군중 속엔 침묵이 흘렀다.

"단 한 번만이라도 우리들을 위해서 기도를 올린다면 사제님은 총살될 겁니다." 아포스톨 바질이 말했다.

"그런 일을 당한다고 해서 내가 여러분들을 위해 기도드리는 걸 그만 둘 수는 없습니다. 그건 이유가 되지 않습니다. 결코 죽음이 그리스도 교도를 위협할 수는 없으니까요."

"우리는 숲 속으로 갑시다. 사제님은 출발하기 전에 우리를 위해 축복해 주시고 성령이 늘 우리와 함께 있게 해주십시오. 우리들에겐 앞으로 어떤 일이 일어날지 모르고, 영영 돌아오지 못하게 될지도 모릅니다. 자 우리는 십자가와 교회를 위해서 싸우러 갑시다 ! " 하고 아포스톨이 말했다.

"여러분들이 십자가와 교회를 위해 칼자루를 들고 싸우고 싶다면, 스스로 죄악의 길로 들어서는 것입니다. 그러므로 집으로 돌아가는 게 더 현명 하겠지요. 교회가 기독교적 신앙을 살리려고 손에 무기를 들어선 안 됩 니다." 사제가 말했다.

"우리들은 기독교 국가인 루마니아를 위해 싸우려는 겁니다." 아포스톨 바질이 말했다.

그는 농민들을 몇 개의 조로 나누었다. 대부분이 숲속으로 피난갈 결심을 하고 있었다. 그 사람이야말로 마을 전체에서 힘을 쓸 만한 사람들이었다.

그 속에는 여자들도 있었고, 아직 학교에 다니는 소년들도 있었다.

그들은 안마당 풀밭 위에서 무릎을 꿇었다.

코루가 사제는 그들을 위해 기도를 올리고 나서, 한 사람 한 사람을 축복해 주었다.

"저에게도 축복을 내려주십시오 ! "

조르주 다미앙 검사가 말했다.

그는 사제 앞에 꿇어앉았다.

"저도 저 사람들과 같이 숲속으로 피난해 인간의 자유와 존엄성을 위해 싸울 생각입니다."

"교회는 축복을 원하는 사람에겐 누구에게나 베풀어줍니다." 하고 사제가 말했다.

"교회는 악한 행위를 범하는 자에게도 축복해줄 수 있습니까? 아니면 사제님은 우리의 동기가 정당한 것임을 인정하십니까?" 검사가 물었다.

"그대가 원하는 대로 사랑하고 행동하시오, 다미앙 씨! 당신의 행동이 진실한 마음의 충동에서 우러난 것이라면 죄의 두려움을 느끼지 않아도 됩니다. 당신은 옳은 길을 걷고 있으니까요." 사제가 말했다.

검사는 농민들이 하는 대로 알렉산드로 코루가 사제의 손에 입을 맞추고 숲을 향해 떠나는 농민들 속에 끼어 마당에서 나갔다.

집 안에는 사제의 아내가 울고 있었다.

95

농민들이 출발한 지 두 시간이 지났다. 사제는 불안을 지워버리기 위해 책을 읽으려 했다. 그때 이 마을 사람이 아닌 농민 두 사람이 문에 노크도 하지 않고 서재로 들어왔다. 그들은 팔에 세 가지 색깔로 된 완장을 두르고 몸에는 권총을 차고 있었다. 사제는 무기를 못 본 체하며 웃는 얼굴로 그들을 맞이했다.

"면사무소에서 나를 부르는 모양이군요." 사제는 옆방에 있는 아내가 들을 수 있도록 큰소리로 말했다. 아내에게 공포감을 주지 않기 위해서였다.

"우리는 당신을 인민 법정으로 데리고 오라는 명령을 받고 왔소!" 한 농민이 큰소리로 말했다.

사제는 아내가 있는 방 쪽으로 시선을 돌렸다.

'아마 아무 소리도 못 들었을 거야.' 하고 생각했다. 그러고는 책을 안락의자 위에 놓고 밖으로 나왔다.

마당을 나오기 전에 그는 뒤를 돌아다보고 작별의 눈길을 던졌다.

두 농민은 그의 양쪽에서 그를 지키면서 따라갔다. 그는 태연히 머리를 치켜들고 대문을 나섰다. 그는 죄수와 같은 걸음으로 걷지 않았다. 이마가 하늘에라도 맞닿을 듯한 태도였다.

그는 자기 집에서 면사무소까지 계속 이런 자세로 마을의 작은 길을 걸어갔다.

96

인민 법정의 의장은 마르쿠 골덴베르크였다. 그는 면사무소의 큰 방 안에 그전 면장이 앉던 의자에 앉아 있었다.

마르쿠 골덴베르크는 죄수처럼 중머리를 하고 있었다. 렌겔을 살해한 죄로 감옥에 갇혀 있던 그를 며칠 전에 소련군이 석방시켜준 것이다. 면장이 쓰던 책상을 중심으로 오른 쪽에는 요한 모리츠의 어머니인 아리스티차가 앉아 있었다. 마르쿠 골덴베르크는 판타나에서 제일 가난한 '인민'이라는 이유로, 그녀를 판사로 뽑았다. 왼쪽에는 몇 년 전에 도끼로 헌병을 죽인 이온 카루가루가 있었다. 그가 선발된 것은 바로 그런 이유에서였다.

코루가 사제는 그들에게 인사를 했다. 마르쿠 골덴베르크는 사제를 빤히 쳐다보았으나 그의 인사를 받지 않았다.

아리스티차와 이온 카루가루는 눈을 내리깔았다. 두 사람은 사제를 못 본 체했다. 그들은 사제가 오기 전에 이미 다른 사람을 재판했었다. 지금은 면사무소의 큰 방은 텅 비어 있었다. 판사들과 삼색 완장을 두른 농민 두 사람 뿐이었다.

마르쿠 골덴베르크는 사제의 성명과 나이와 직업을 물었다.

"사제란 건 직업을 갖지 않는다는 말이겠군요!" 골덴베르크가 말했다.

"구두장이는 구두를 만들고, 재단사는 옷을 만드오. 모든 노동자는 무언가를 만들어내고 있소. 사제가 만들어내는 것이 무엇인지 말해보시오!"

아리스티차와 이온 카루카루는 여전히 두 눈을 내리깔고 있었다. 완장을 두른 두 농부는 사제 뒤에서 껄껄대며 웃었다.

"당신은 직업이 없구려! 아무런 직업도 갖지 않았다는 건 하나의 죄악이오. 당신은 노동자들의 피를 빨아먹는 기생충으로 살아온 거요!"

이렇게 말하는 마르쿠 골덴베르크의 얼굴은 레몬처럼 노랬다. 그의 얇은 입술은 보랏빛을 띠고 있었다. 사제는 마르쿠의 아버지인 골덴베르크 영감도

218

이와 똑같이 입술이 얇았던 것이 생각났다. 그러나 그 영감의 입술은 웃음을 머금고 있었으나 마르쿠의 입술은 경련을 일으키고 있었다.

"왜 인민 법정으로 불려왔는지 그 이유를 아오?" 골덴베르크가 물었다.

"모르겠소." 사제가 대답했다.

"반동분자의 전형적인 대답이다! 반동분자들은 언제나 무엇 때문에 자기가 심판을 받는 것인지 알지 못한다고 잡아뗀단 말야. 당신은 숲속으로 달아난 파시스트 도당을 조직한 사실을 인정하오?" 마르쿠는 큰소리로 외쳤다.

"나는 도당을 조직한 일이 없소. 다만 나는 마을의 젊은이들을 위해 그들이 원하는 대로 내 집 뜰에서 기도를 올린 사실만은 인정하오."

"그러면 그자들이 파시스트 도당이 아니란 말이오? 그리고 당신이 그 노상 강도들의 고해 신부가 아니라면 무엇 때문에 그놈들을 위해 기도를 드렸느냐 말이오!"

"나는 내가 기도를 드려준 그 젊은 사람들이 고난을 겪고 있는 중이라는 걸 알고 있기 때문이었소. 나는 그들을 돕고 그들에게 진리와 정의의 길을 제시해 달라고 성모 마리아에게 빌었던 거요." 하고 사제가 말했다.

"인민 법정은 네게 교수형을 선고한다! 너는 공공질서에 대해 무력 반항 단체를 조직했으므로 죄가 있다고 인정한다!"

마르쿠 골덴베르크가 이렇게 말하자, 아리스티차와 이온 카루가루는 깜짝 놀라 두 눈을 부릅뜨고 마르쿠를 쳐다봤다.

골덴베르크는 서류에 무엇을 기재하는 체하고 그들을 쳐다보지도 않았다.

아리스티차와 이온 카루가루는 사제 쪽으로 눈을 돌렸다. 코루가 사제는 인자한 모습으로 그들에게 웃어 보였다.

"교수형은 내일 새벽에 인민들 앞에서 집행한다!" 마르쿠가 말했다. 인민 재판은 이것으로 끝났다.

97

코루가 사제는 삼색 완장을 두른 농민 두 사람에게 끌리어 면사무소

외양간에 감금되었다. 그 속엔 숲속으로 도망하기 바로 직전에 붙들린 조르주 다미앙과 판타나 헌병 주둔소 소장인 바질 아포스톨과 그리고 마을에서 가장 부자인 여덟 명의 농민이 있었다. 모두 교수형 선고를 받았고 내일 새벽에 집행당할 예정이었다. 인민 법정이 이와같이 결정을 내린 것이다.

밤중에 죄수들은 한 사람 한 사람 외양간 밖으로 끌려나가 거름 웅덩이 옆에서 총살을 당했다. 마르쿠 골덴베르크는 붉은 군대에 대해 집단적 폭동을 선동할 우려가 있으므로 공개 집행을 금지하라는 지령을 받았던 것이다. 그는 자기 손으로 죄수들의 목덜미에다 한 방씩 쏘아 포로들을 하나 하나 처치해버렸다.

98

자정이 지나서, 아리스티차는 유리창을 두드리는 소리를 들었다. 그것은 요한 모리츠의 아내인 스잔나였다.

그녀의 울음소리를 듣고 아리스티차는 러시아군이 마을로 들어와 스잔나에게 욕을 보인 거라고 상상했다. 그녀는 화가 치밀어 벌떡 일어났다.

소련군 선발대가 쳐들어와서 루마니아 여자들을 강간한다는 말을 들었지만, 인민 법정의 인민 판사로 있는 자기의 며느리가 제일 먼저 그런 변을 당했다는 사실은 그녀로서는 참을 수 없는 일이었다.

"무슨 일이냐?"

아리스티차는 문을 열고 물었다.

"코루가 사제께서 총살당하셨어요!" 스잔나가 말했다.

"그럴 리가 없어! 골덴베르크는 내일 새벽에 교회 안마당에서 처형한다고 했으니까. 그렇지만 그가 그렇게 하진 못할 거야. 나도 마을의 판사야. 자기 혼자만 하는 일이 아니란 말야. 내일 아침에 우리들은 다시 한 번 심사를 해보고 사제님을 석방시킬 생각이야. 카루가루에게도 그 얘기를 했어. 그러니 사제 부인에게 가서 아무 걱정 말고 주무시라고 말씀 드려라."

아리스티차가 말했다.

"코루가 사제님은 돌아가셨어요! 총살당하는 걸 보고 온 사람들이 저에게 알려주더군요."

아리스티차는 스잔나의 말이 믿어지지 않았다. 그녀는 방으로 들어가지 않고 스잔나와 같이 면사무소를 향해 걸어갔다. 그녀는 잠옷바람 그대로였다. 환히 밝은 밤이었다. 두 여자는 말없이 길 한복판을 걸어갔다. 스잔나는 소리없이 울고 있었다. 그녀는 때때로 옷자락으로 눈물을 닦았다. 아리스티차는 화가 나서 어쩔 줄을 몰랐다. 숨을 헐떡거리며 가다가도 여러 번 며느리를 돌아보고 야단쳤다.

"넌 졸면서 걷는 거냐? 네 힘줄에서 흐르는 건 뭐냐 말이다. 피냐, 아니면 젖이냐?"

스잔나는 아무리 빨리 가더라도 소용이 없다고 생각하며 걸음을 재촉했다.

'사제님은 이미 돌아가셨으니 누구도 이젠 어떻게 해볼 도리가 없단 말이에요.'

면사무소에는 램프가 켜져 있었지만, 아무도 없었다.

"외양간으로 가보자! 나는 판사니까 무슨 일이 생겼는지 물어보고 알 권리가 있어." 하고 아리스티차가 말했다.

외양간 속은 캄캄했다. 문은 닫혀 있었으나 빗장이 질려 있지는 않았다. 그 속으로 발을 들여놓았을 때 아리스티차는 겁이 더럭 났다.

"성냥 안 가졌니?" 스잔나에게 물었다.

"안 가졌어요, 어머니."

"네가 뭘 가져본 적이 있니? 시집 올 때도 넌 빈 손으로 왔으니까. 우리 아들 같은 못난이에게 걸렸기에 그런 빈털터리로 올 수 있었지 뭐냐!" 아리스티차는 빈정거리며 말했다.

스잔나는 화를 내지 않았다. 아리스티차가 화를 낸 것은 자기에게 향해진 것이 아니라는 걸 알기 때문이었다. 아리스티차는 사제의 죽음이 확인될까봐 겁이 났다. 그래서 화풀이하느라고 스잔나를 꾸짖은 것이었다.

"여기 아무도 없소?" 아리스티차는 외쳤다. 그녀는 외양간 한복판에 못박힌 듯이 서 있었다.

"아무도 없어요, 어머니. 마르쿠가 외양간에 있던 사람들을 모두 끌어내어 거름 웅덩이 옆에서 총살해버렸대요." 스잔나가 말했다.

"너 지금 잠꼬대하는 것은 아니지? 아무렴, 우리 판사들에게 통고도 없이 어떻게 총살을 한단 말이냐?" 아리스티차가 말했다.

스잔나는 말이 없었다. 두 여자는 마당으로 나와서, 어둠속에서 총살당한 시체를 눈으로 찾아보았다.

"마당에도 아무 것도 없구먼. 그것 봐라, 네가 꿈을 꾸었다구. 아마 다른 곳에다 감금시켜 놓았겠지. 그런 걸 마을의 반동분자들이 마르쿠가 그들을 총살했다구 헛소문을 퍼뜨린 거야."

스잔나는 아리스티차에게 떨어져 나와 마당 한가운데 있는 거름 웅덩이 주변을 샅샅이 찾기 시작했다. 그녀 생각으로는 총살당했음이 확실했다. 총살하는 광경을 보고 온 농부들이 마을에 퍼뜨린 이야기로는 마르쿠 골덴베르크가 외양간에 있던 죄수들을 한 사람 한 사람 끌어내다가 손목을 묶어놓고서 등 뒤에서 사살했다는 것이다.

"골덴베르크를 만나러 가자."

아리스티차가 말했다.

그때 스잔나가 으악 소리를 지르며 풀 속에 털썩 주저앉았다. 아리스티차는 화가 벌컥 치밀어 스잔나에게 달려가 "바보 같은 년, 또 뭐냐? 네 그림자에게 부딪치기라도 했단 말이냐?" 하고 고함을 질렀다.

그러나 그녀의 말소리는 목구멍에서 튀어나오지를 못했다. 스잔나 바로 옆에 있는 거름 웅덩이를 따라 시체들이 숲속에 마구 나동그라져 있었던 것이다.

아리스티차는 제일 먼저 스잔나의 발치에 놓여 있는 흰 셔츠를 입은 남자 시체를 보았다. 시커먼 시체가 또 하나 거기서 몇 발짝 떨어진 곳에 있었다. 많은 시체가 줄지어 쓰러져 있었다.

아리스티차는 용기를 내기 위해 가슴에 성호를 그었다.

"일어나거라, 넌 내 곁에 있어야겠다."

그녀는 이렇게 명령조로 말했다. 시체가 무서워서가 아니라, 지금 이 순간만은 혼자 있고 싶지가 않았던 것이다.

스잔나는 일어섰다. 몸을 부들부들 떨고 있었다. 아리스티차는 스잔나의 손을 잡았다. 몸을 구부리고서 두 여인은 하나 하나 시체를 확인해갔다. 사제를 찾아내기 위해 차근 차근 시체를 들여다보았다. 거름 웅덩이 가장자리에 아홉 구가 있었고, 세 구는 웅덩이 속에 빠져 있었다.

아리스티차는 그 중 한 시체를 자세히 살펴보더니, "이건 그전 면장인 니콜라이 슈보타루구나!" 했다.

그녀는 곧 무릎을 꿇고서 아직 심장이 뛰고 있는가를 알아보려고 슈보타루의 가슴에 귀를 대어보았다.

그녀는 일어서며 "죽었구나!" 했다.

그러고 나서 또 몇 걸음 걸어가다가는 다시 허리를 굽혔다.

이번엔 또 다른 시체의 가슴에다 귀를 갖다대었다.

"몸은 아직 식진 않았는데, 심장이 멎어버렸어. 이 사람은 콘스탄틴 솔로몬이구나. 하느님, 이 영혼을 받아주소서. 내가 젊었던 시절에 결혼하자고 하던 사람이야."

이렇게 말하며 그녀는 슬픔에 사로잡히지 않으려고 또 스잔나에게 역정을 냈다.

"아직 살아 있는 사람이 있나 없나 너도 좀 살펴보려무나! 바보같이 왜 아까부터 울고 짜기만 하는 거냐?"

"전 못하겠어요, 어머니. 저는 무서워요."

"뭐가 무섭단 말이냐? 한 사람 한 사람씩 가슴에다 귀를 대고 한동안 숨을 죽여 심장이 노는지 알아보란 말이야. 아무 소리도 들리지 않으면 하느님에게 '이 영혼을 받아주소서.' 하고 기도하며 성호를 긋고. 심장이 뛰거든 성호를 그을 것이 아니라는 걸 알란 말이야. 알아들었냐?"

"알았어요. 하지만 무서운 걸요." 스잔나가 이렇게 말하자, 아리스티차는 화가 잔뜩 나서 소리를 버럭 질렀다.

"바보 천지 같은 년! 내 아들 녀석이 어쩌면 너 같은 바보를 얻어왔는지 모르겠구나."

아리스티차는 또 다른 시체에 몸을 구부리고,

"이 사람은 매주 코루가 사제님 댁에 오던 젊은 검사구나. 트리이안의

친구였지. 참 훌륭한 청년이었는데." 하면서 윗저고리를 헤쳐 귀를 갖다대고
한참 있더니, 다시 일어서며,

"하느님, 이 영혼을 받아주소서! 이 사람도 죽었구나. 이 불쌍한 사
람에게도 집에서 기다리는 처자가 있을 텐데." 하고 말했다.

아리스티차는 이제 스잔나가 곁에 있는 것도 잊어버리고 말았다. 그녀는
코루가 사제의 시체를 찾아내고는 존경심과 경건한 마음으로 몸을 굽혔다.
그녀는 법의(法衣)를 헤치고 귀를 대어 듣더니 나지막한 소리로, "애야,
사제님은 아직 돌아가시지 않았어." 했다.

스잔나는 사제가 아직 죽지 않았다는 말을 듣고 더 큰소리로 울기 시
작했다.

"너 미쳤니? 기뻐하진 않고 왜 더 크게 울지? 얼마나 묘하게 심장이
움직이는지 가까이 와서 들어보렴."

스잔나는 사제 앞에 무릎을 꿇었으나 심장 소리를 듣기 위해 허리를
굽히지는 않았다. 아리스티차는 두 손으로 사제의 손을 움켜쥐고 "아직
온기가 있구나! 애야, 이것 좀 만져 봐." 했다.

아리스티차의 귀와 손은 사제의 체내에 아직 생명이 남아 있는지 없
는지를 보다 정확하게 알고 있었던 것이다. 그러나 손과 뺨의 온기와 심장의
고동만이 느껴질 뿐 아리스티차의 감각은 자기 곁에 있는 사람의 생명을
더이상 분별할 수 없었다.

"이것이 생명이리라, 가느다란 심장의 고동과 몸에 약간 남아 있는 온기
말이다."

이렇게 말하면서 아리스티차는 그 고동과 온기가 너무도 희미한 것임을
시인하고 있었다.

"사람의 생명이 이 정도의 것이라면 정말 보잘것없구나." 하고 그녀가
말했다.

주위는 정적이 뒤덮고 있었다.

"사제님한테서 나는 박하 냄새와 향 냄새가 향기롭구나. 사제님의 몸에서
하도 좋은 냄새가 나니까 마치 교회에 온 것 같구나. 정말 교회에 온 것
같아." 아리스티차가 말했다.

사제 이외의 사람들은 모두 죽었다. 그 중 몇 명은 아직 온기가 남아 있었는데, 그들은 즉시 죽지 않은 사람들이었다. 그들은 오랫동안 괴로워한 흔적이 보였다. 숨이 끊어지기 전에 풀숲을 나뒹군 흔적이 시체에 남아 있었다. 그렇지 않은 시체들은 차거웠다. 그것은 총알이 체내에 들어가자마자 숨진 사람들이었다.

아리스티차는 두 손을 치마로 닦았다. 그녀는 다섯 번 또는 여섯 번 똑같은 동작을 반복했다. 무엇 때문에 그러는 것인지 자신도 그 까닭을 알지 못한 채 다만 무의식적으로 그렇게 할 뿐이었다. 어느 새 그녀의 무릎도 축축하게 젖어버렸다.

"이게 저 사람들이 흘린 핀가 보다. 어둠속에서 내 손과 발을 저들이 흘린 피 가운데에 들여놓다니, 사람의 피를 밟는다는 건 큰 죄거든. 하지만 하느님은 용서해주실 테지. 캄캄한 어둠의 탓이었으니까."

아리스티차가 거름 웅덩이 속으로 내려가 다른 시체들을 살펴보는 동안 스잔나는 사제의 이마를 어루만지고 있었다.

"상처는 어디지?"

아리스티차는 거름 웅덩이에서 나와 다시 손을 치마로 닦으면서 물었다.

"모르겠는데요, 어머니."

"언제 한 번 안다고 해봐라. 상처난 데를 곧 치료해야 한다. 그렇지 않으면 피가 쏟아져나와 생명도 함께 가버리는 거야."

이렇게 말하며 아리스티차는 제일 피가 많이 괸 자리를 찾아냈다. 사제는 오른쪽 어깨에 상처를 입고 있었다.

"상처를 싸맬 헝겊을 빨리 가져오너라." 아리스티차는 명령 투로 말했다.

스잔나는 어디서 헝겊을 가져와야 할지 알 수가 없었다. 아리스티차는 더 기다릴 수가 없었다. 그녀는 속옷이라도 찢으려고 치마를 걷어올렸다. 손으로 아무리 살과 옷 사이를 안달이 나게 더듬어도 속옷은 잡히지 않았다. 그녀는 가슴까지 치마를 들어올렸다.

"빌어먹을 것! 속옷이 대체 어디로 갔담." 아리스티차는 이렇게 중얼거리며 생각해보다가 오늘 아침 인민 법정에 너무 급히 가느라 속옷 입는 것도 잊었던 생각이 났다.

"겉옷만 입고 속옷은 안 입었구나!"

아리스티차는 사제를 안고서 법의를 벗기고 상처입은 어깨를 들추어냈다.

"네 속옷을 벗어 줘, 스잔나." 하고 이른 다음 두 손으로 상처에 묻은 피를 닦아내며, "사제님에게서 나는 박하 냄새와 향 냄새가 향긋하구나. 사제님의 몸에선 교회에서 나는 냄새가 나는군." 하고 말했다.

아리스티차는 지금 막 겉옷을 들어올리고서 속옷을 벗은 스잔나를 돌아보았다. 스잔나의 벌거벗은 알몸이 드러났다.

"너 미쳤냐! 사제님 앞에서 그리고 이 많은 시체들 앞에서 벌거벗고도 부끄럽지 않은가 보구나!" 하고 아리스티차는 꽥 소릴 질렀다.

"먼저 겉옷을 벗지 않고 어떻게 속옷을 드릴 수 있겠어요." 스잔나가 말했다.

"이 더러운 것 좀 봤나, 사제님과 시체들 앞에서 벌거벗은 몸뚱이를 내놓다니……." 아리스티차는 스잔나의 변명은 들은 체도 않고 땅바닥에다 침을 뱉었다.

99

아리스티차와 스잔나는 옥수수밭 언저리에서 걸음을 멈추고 풀 위에 사제의 몸을 뉘었다. 두 여자는 사제를 홑이불로 싸안 듯이 그의 법의로 싸가지고 외양간에서 여기까지 옮겨왔던 것이다. 처음엔 각자 법의 한끝을 잡고서 마치 들것으로 운반하듯 옮겼다. 그러나 어찌 무거운지, 그녀들의 얼굴은 땀으로 흠뻑 젖어버렸다.

머물러 쉴 때마다 아리스티차는 허리를 굽혀 사제의 심장이 뛰는가 들어보았다. 그러고는 또 길을 걸었다. 이제는 더이상 들것처럼 들고 걸을 수가 없어 법의로 싸서 끌고가는 수밖에 없었다.

"하느님, 비나이다. 사제님이 도중에 돌아가시지 않게 해주옵소서. 빨리 가자, 우린 내일이고 모래고 얼마든지 쉴 수 있을 테니."

아리스티차는 사제를 자기 집에 옮겨다놓기가 무서웠다. 공산주의자들이

와서 찾아낼 가능성이 많기 때문이었다.

'한 번은 구해드릴 수 있겠지만 두 번쨴 꼼짝 못할 게다.' 하고 그녀는 생각했다. '숲속에 있는 우리 젊은이들한테로 데리고 가는 것이 제일 안 전하겠어. 그들은 사제님을 간호해서 소생시킬 수 있을 거야. 공산주의자 들이 숲속까지 들어가 찾아낼 리야 없지.'

"그들 속엔 간호사도 있어요. 우리가 그들을 찾아낼 수만 있다면 얼마나 좋겠어. 약과 붕대 상자를 가지고 갔는데." 스잔나가 말했다.

"꼭 찾아내야지." 아리스티차는 말했다.

그러나 숲속에 가까이감에 따라 그녀들의 희망은 줄어들었다. 숲은 넓 었다. 여기서 간호사를 찾아내기란 거의 불가능한 일이었다. 풀숲 속에서 바늘을 찾아내는 것과 다를 바 없었다.

"마을의 젊은이들을 우리가 찾아내지 못하면 공산주의들의 눈이 닿지 못할 먼 장소에 숨겨놓아야 돼. 결국 그렇게 해야 할 거야. 그렇게라도 해놓고 난 다음에 잘 생각을 해보자구. 너는 사제님과 숲속에 남아 있거라. 나는 마을에 다녀오마. 날이 밝기 전에 먹을 것과 물과, 되도록이면 상처를 돌봐줄 할머니 한 분을 모시고 올 테니." 하고 아리스티차는 말했다.

100

스잔나는 울기 시작했다. 한밤중에 숲속에 혼자 남게 되는 것이 무서웠다. 그녀는 하느님께 마을 젊은이들을 만나게 해달라고 소리없이 빌었다.

한 줄기의 길이 숲을 따라 뻗어 있었다. 아리스티차는 그 길을 건너기 전에 누가 지나가지 않나 하고 귀를 기울였다. 길 위를 불을 끈 자동차들이 줄지어 천천히 달려가고 있었다.

나직이 죽인 엔진 소리가 마치 벌레가 윙윙거리는 소리처럼 그녀들이 있는 곳까지 울려왔다. 그 자동차들은 언덕을 넘어 가까이 다가오고 있었다. 두 여자는 무거운 짐을 풀 속에 내려놓고 길가의 옥수수밭에 몸을 숨겼다.

"소련군의 자동차 행렬이구나. 그러나 걱정 말아라, 그냥 지나갈 거다. 우릴 볼 순 없을 거야." 하고 아리스티차가 말했다.

자동차들이 점점 더 가까이 다가왔다. 두 여자가 숨은 근처에까지 올라와서는 자동차 행렬이 일제히 일렬로 멎었다. 엔진 소리도 꺼졌다. 어디선지 귀뚜라미 소리가 들렸다. 군인 몇 명이 자동차에서 내려 나직한 소리로 말을 주고받았다.

"독일 사람들이에요!" 스잔나가 말했다.

아리스티차도 귀를 기울였다. 그러고 나서는 옥수수밭을 따라 땅바닥에 엎드려 기어서 그 행렬 가까이로 갔다. 그리고 정신을 바짝 차리고 귀를 기울였다.

"정말 독일 사람이구나. 사제님의 상처를 좀 봐달라고 해보면 어떨까? 저 속엔 반드시 간호원이 아니면 의사가 있을 텐데……." 아리스티차가 말했다.

두 여자는 옥수수밭에서 나왔다.

"너는 독일어를 한 마디도 모르냐? 단 한 마디도 몰라?" 아리스티차가 물었다. "우리가 아무 말도 안 하면 우리를 적인 줄 알고 총을 쏠거야."

"독일어라곤 한마디도 몰라요." 스잔나가 대답했다. 두 사람은 행렬 앞으로 몇 걸음 더 다가가서 걸음을 멈췄다. 둘은 서로 몸을 껴안은 채 움직이지 않고 길 한가운데 서 있었다. 아리스티차의 손은 스잔나의 손목을 잡아끌었다.

"넌 나보다 젊으니까 독일어 한 마디쯤 기억할 수 있겠지. 독일 사람들이 말하는 걸 들어본 적이 있을 게 아냐? 네 아버지는 독일 말을 했지. 젊었을 땐 기억력도 좋았건만."

"한 마디도 기억나지 않아요. 루마니아 말로 뭐라고 해봅시다!" 스잔나는 말했다.

"루마니아 말로 뭐라고 해보자구? 그 사람들이 알아들을 게 뭐야. 그렇게 되면 우릴 공산주의자들이라고 생각해버리라구." 아리스티차는 화를 내며 말했다.

"어머니, 우리 '그리스도'라고 외쳐보아요! 독일 사람들은 모두 그리스도교 신자들이에요. 우리가 '그리스도'라고 하는 말을 들으면 우리를 공산주의자라고 생각하진 않을 거예요. '그리스도'란 정직하고도 착한 마음을 뜻하니까요."

"그럼, 말해보렴. 독일 사람들이 알아듣기만 한다면 넌 겉으로 보기보다는 바보는 아니라구 해주지!" 아리스티차가 말했다.

"혼자 가서 말할 용기가 없어요. 함께 소릴 질러요."

두 여자는 조금 전보다 더 꽉 안고 외치기 시작했다. 처음에는 좀 낮게 외쳤지만 차츰 더 큰소리를 냈다.

"그리스도! 그리스도!"

"누구냐?" 강압적인 음성이 들려왔다.

여자들은 독일 사람이 하는 말을 알아듣지 못하고 목소리를 향해, "그리스도!" 하고 대답했다.

군인 두 명이 여자들을 향해 걸어왔다. 아리스티차는 겁이 나서 부들부들 떨었다. 스잔나보다 더 심하게 떨고 있었다.

독일 사람들은 여자들이 뭘 원하는지 알아듣질 못했다. 그래서 둘은 옥수수밭으로 가서 코루가 사제를 끌고 와서 길의 한복판에 있는 자동차 앞에 놓았다.

독일 사람들은 램프에다 불을 켜서 사제의 얼굴을 들여다 보았다.

"이건 사제가 아냐?" 한 장교가 물었다.

"그리스도!" 하고 아리스티차는 대답했다.

"볼셰비키가 총살했소?" 하고 장교가 묻자, 아리스티차는 그 장교나 이 부상자가 볼셰비키가 아니냐고 묻는 줄로 알아들었다. 그래서 자신있는 어조로

"그리스도!" 하고 되풀이했다.

독일군 대열은 후퇴하는 중이었다. 그녀들과 이야기했던 장교가 출발 명령을 내렸다. 그는 아리스티차에게 자동차가 지나갈 수 있게 부상자를 치워달라는 손짓을 했다.

아리스티차는 사제를 치료해 줄 의사나 간호병을 보내달라고 장교의 손에 매달리며 애원했다.

자동차가 다시 움직이는 소리를 듣고 아리스티차는 어쩔 줄을 몰랐다. 독일 사람들이 출발하기 전에 사제에게 붕대만이라도 감아줘야 했다. 그녀는

장교 앞에 무릎을 꿇고 그의 손에 입을 맞추었다. 이 기회를 놓치면 다시는 의사를 구할 도리가 없다는 걸 잘 알았기 때문이었다.

"시내까지 부상자를 데려다 달라나 봐요. 이 사람은 그리스 정교파의 사제입니다."

"그럼 왜 그렇게 해주지 않나! 우리들은 설령 패배는 했지만 문명 국가의 국민이야! 의료차에다 부상자를 실어. 빨리 싣고 출발해."

아리스티차와 스잔나는 군인들이 사제를 들것에다 싣고 이불로 덮는 걸 보았다.

이윽고 자동차들이 움직이기 시작했다. 아리스티차는 자기도 사제 곁에 태워주기를 바랐다. 그러나 군인들은 그녀는 아랑곳없이 의료차의 문을 닫아버렸다.

자동차 행렬은 출발하기 시작했다. 스잔나는 그 행렬이 어둠속으로 사라지는 걸 바라보며 마치 구원을 청하듯 울기 시작했다.

"또 무슨 일이냐? 넌 러시아 사람들이 네 울음소리를 들어도 좋으냐?" 아리스티차는 스잔나의 어깨를 잡아 흔들면서 물었다.

"하느님께서는 우리가 방금 지은 죄에 벌을 주실 거예요. 우리는 사제님을 독일 사람들에게 넘겨줘선 안 되는 거였어요. 그들이 무슨 짓을 할 지 알 수 없잖아요?" 하고 스잔나가 말했다.

"병원으로 모시고 가는 거지 뭐냐. 그리고 병원에 가시는 게 숲속에 계시는 것보다 훨씬 더 좋을 텐데 뭐."

그러나 얼마 후에 아리스티차도 울기 시작했다. 그녀는 그렇게 처리해 버린 것이 후회스러웠던 것이다.

"독일 사람들에게 사제님을 내주지 말 걸 그랬구나! 우리들은 큰 죄를 지었으니 하느님께서 벌을 주실 거다! 우린 지옥으로 떨어져 불타 죽을 거야. 아무튼 독일 사람들에게 사제님을 넘겨준 것은 잘못인 줄 알아라!" 아리스티차는 소리를 질렀다.

두 여인은 행렬을 쫓아가서 사제를 다시 찾아오고 싶었다. 그러나 길은 텅 비어 조용해졌다.

두 여자는 마을로 되돌아올 수밖에 없었다.

101

이튿날 아침, 아리스티차는 붙들려 갔다. 면사무소에서 젖은 밧줄로 뭇매를 맞았다. 그녀는 거름 웅덩이에서 사제를 끌어내어 독일 사람들에게 넘긴 사실을 시인했다.

9시에 아리스티차는 거름 웅덩이에서 총살형을 당했다. 스잔나는 자기 두 아들을 데리고 마을을 탈출했다.

마르쿠 골덴베르크의 부하들이 그녀를 잡으러 갔을 때는 이미 요한 모르츠의 집은 텅 비어 있었다.

102

"내 인생에서 가장 기쁜 날이야!" 조제프는 자리에 들면서 말했다.

요한 모리츠 덕분에 탈출한 프랑스인 포로들은 몇 시간 전에 미군 전초선을 통과하게 되었던 것이다.

요한 모리츠와 조제프는 UNRA(국제연합국제부흥회) 호텔의 호화로운 방 하나를 배정받았다. 그들은 맛있는 음식을 배불리 먹었고 포도주도 마시고 아주 값비싼 담배도 피웠다. 그들은 식량과 옷과 또 여러 가지 물건들이 잔뜩 든 고리짝을 받았다. 요한 모리츠는 벽 가까이 양탄자 위에 차곡차곡 포개놓은 물품을 바라보았다. 그는 지금까지 이처럼 영광스럽게 여겨본 적은 한 번도 없었다. 미국 사람들은 그들에게 속옷과 새옷과 면도기, 구두, 비누, 담배까지 주었다. 그들은 요한 모리츠를 보자마자 이 모든 것을 주었던 것이다. 그는 자랑스러웠다. 처음으로 그는 자기도 연합군의 승리를 위해 좋은 일을 했다고 생각하게 되었다.

'내가 위대한 일을 하지 않았다면 미국 사람들이 이같은 물건을 줄 리가 없지.'

그는 미국 사람들이 자기 이름도 묻지 않는 걸로 보아 아마 여기에 도착하기 전에 벌써 탈출해 온다는 사실을 통고받은 것이라고 생각했다.

미국 사람들은 그가 겪은 고통과 그가 보여준 용기를 다 잘 알고 있는지 모두들 그에게 미소를 짓는 것이었다.

요한 모리츠는 피곤했지만 잠을 자고 싶진 않았다. 그는 자기 주위를 자꾸만 둘러보며 아무리 생각해보아도 이 방이 자기를 위해 마련된 것이라고 믿어지지 않았다. 의자와 탁자와 양탄자 위에 놓인 물건들은 모두 자기의 것이었다. 그가 강제 수용소에서 프랑스인 다섯 명을 구출해주는 용감성을 발휘했기 때문에 미국 사람들은 그에게 이같은 물건들을 준 것이다.

"우리들의 탈출은 완전한 성공이야!" 조제프가 말했다.

요한 모리츠는 그날 아침 다섯 명의 포로와 함께 어떻게 수용소 마당을 빠져나왔는지 잘 기억이 나지 않았다. 그들이 시냇길을 건너갈 때 힐다는 여느 때처럼 어린것을 안고 창가에 나와 "저기 좀 봐, 총을 메고 군모를 쓴 사람이 네 아빠란다." 하고 말했다. 모리츠는 언제나처럼 웃어보였다. 그러나 그는 그 다리 밑에서 걸음을 멈추지 않았다. 포로들은 다리를 지나갔다. 모리츠는 어깨에 총을 멘 체 숲 언저리까지 포로들의 뒤에서 걸어갔다.

길에서 만난 사람들은 모두 포로 다섯 명을 군인 하나가 호위하고 간다고밖에 생각하지 않았다. 그러나 그들은 이미 탈주자들이었다. 한 여자가 오랫동안 그를 주시하는 듯 보였기에 모리츠의 가슴은 마구 뛰었다. 그는 무서웠다. 다른 사람들도 수상쩍은 듯이 그를 쳐다보았다. 그러나 요한 모리츠는 그들을 못본 체해버렸다.

숲속까지 오자 그는 포로들이 그를 위해 가져온 평복으로 갈아 입었다. 조제프는 그의 총을 바위에 대고 내팽개쳐 부숴버렸다. 그 조각이 튀어 모리츠를 때리는 순간 그는 자기 마음속의 무엇인가가 깨져 떨어져나가는 것 같은 느낌이 들었다. 그러나 그는 그런 내색을 보이고 싶지는 않았다. 그러고 난 후 프랑스 사람들은 그의 군복을 불태웠다.

요한 모리츠는 자기 윗옷이 불에 타는 걸 보면서 눈물이 쏟아질 것만 같았다. 그러나 그는 프랑스 사람들의 기분이 상할까봐 꾹 참고 있었다. 그들은 늘 히틀러에게 저주를 퍼붓고 있었다. 그래도 요한 모리츠는 그들이 지껄이는 소리가 무슨 뜻인지 조금도 알 수 없었다.

그리고 나서 그들은 숲속을 1주일 동안 내내 걸었다. 그러던 어느 날, 숲 속을 빠져나오다가 그들은 도로에 있는 미군 자동차를 보았던 것이다. 프랑스 사람들은 노래를 부르기 시작했다. 모두 지칠대로 지치긴 했지만 그들은 미친 사람들처럼 숲속에서 노래를 불렀다. 그들은 단추구멍에다 삼색 리본을 달았고 모리츠에게도 달아주었다. 그리고 그들은 자동차 앞으로 달려갔다. 미국 사람들은 그들에게 담배를 주고 UNRA로 데리고 갔다.

거기에는 방이 준비되어 있었고 점심까지 마련되어 있었다. 그들을 기다리고 있었다는 듯이 그들이 이곳에 도착한 이후 지금까지 미국 사람들은 그들에게 갖가지 물품과 식량을 제공했다. 요한 모리츠는 그것이 동화 같은 일로만 느껴졌다. 그렇게 생각하다가도 조제프와 그 물품들이 눈 앞에 있는 걸 보고서야 모든 것이 사실임을 깨닫곤 했다. 이 모든 것은 요한 모리츠가 연합군의 승리를 위해 위대하고도 뜻깊은 행동을 했기 때문에 그에게 주어진 것이었다.

조제프는 잠이 들었다. 요한 모리츠는 여기서 프랑스로 가게 될 것이라고 속으로 생각했다. 자기가 장차 지을 집과, 힐다와 프란츠의 생각이 나기 시작했다. '전쟁이 끝나면 아버지와 어머니를 프랑스로 모셔와야지.' 모리츠는 혼자서 중얼거렸다.

그런 생각을 하면서 그도 잠이 들고 말았다. 옷을 입은 채 침대에 가로 누워서 다가올 행복을 꿈꾸며 아침까지 꼼짝 않고 잠을 잤다.

103

요한 모리츠가 UNRA에 온 지도 벌서 두 주일이 지났다. 그는 미국 사람들에게 그가 어떤 방법으로 프랑스인 다섯 명을 탈출시켰는가를 얘기해주었다. 미국 사람들은 그에게 찬사를 늘어놓았다. 탈출기를 쓰라고 권하기도 했다. 그들은 요한 모리츠의 이야기를 신문에다가 내고 싶었던 것이다. 그렇게 되면 모든 사람들이 그를 찬양할 것이고, 그는 화제의 주인공이 될 것이었다.

날이 가면 갈수록 요한 모리츠는 연합군의 승리를 위해 자기가 도움이 되었다는 사실을 인식하게 되었다. 그는 연합군을 위해 무엇인가를 한 바가 있고, 연합군은 또 그걸 자랑으로 여기는 사실을 볼 때 무한히 행복스럽고 우쭐해졌다.

이렇게 즐거운 나날이 계속되던 어느 날, 협회장이 요한 모리츠를 자기 사무실로 불렀다. 그 사람은 벌써 몇 번이나 모리츠를 불러 탈출에 관한 얘기를 묻곤 했었다.

요한 모리츠는 만면에 희색을 띠고 사무실로 들어갔다. 협회장은 안락의자에 앉으라고 했다. 그는 담배 케이스를 내밀며 웃어보였다. 요한 모리츠는 사람들이 자기에게 베푸는 지나친 영광에 감동할 따름이었다. 번번이 이런 대우를 받았건만, 언제나 이런 대우에 익숙하지 못한 그였다.

"이제 당신은 UNRA에서 자고 식사할 권리가 없소." 하고 협회장은 요한 모리츠의 담배에 라이터로 불을 붙여주며 말했다. "내일부터 당신은 식사하러 오지도 말고 당신이 묵고 있는 호텔 방도 내놓아야겠소."

요한 모리츠는 사색이 되었다. 자기가 무슨 짓을 했기에 그 정도로 미국 사람들을 노엽게 했는지 알 수 없었다. '저 사람들이 나를 갑자기 길거리로 내쫓는다는 건 아마 내가 큰 잘못을 저지른 탓인가 보다.' 하고 그는 생각했다.

여태까지 그는 미국인들로부터 산더미 같은 선물을 받았다. 그는 자기와 힐다 몫으로 다섯 고리짝을 장만했다. 미국인들은 그에게 어린애가 있다는 걸 알자, 프란츠를 위해 장난감과 옷가지를 주었다. 그들은 프란츠의 사진을 보여달라고 조르다시피 해서 모두가 사진을 보기까지 했다. '그런데 지금 바로 그 사람들이 나를 갑자기 내쫓는 걸 보니, 내가 아주 큰 과오를 저질렀나 보다.'

"UNRA는 오직 연합국의 시민만 보호하게 되어 있소. 그런데 당신은 연합국의 적이니 돌봐줄 수 없소."

요한 모리츠는 그가 시도한 행동으로 해서 그들이 많은 선물을 준 것이라고 생각했었다. 누구나 그가 연합국을 위해 중요한 일을 했다고 칭찬했다. 그런데 지금 바로 그 사람이 요한 모리츠를 연합국의 적이라고 단정짓는 것이다.

"당신은 연합국의 적이오!" 협회장은 거듭 말했다.

"하지만 저는 연합국에 불리한 일은 한 일이 없습니다. 회장님, 저는 맹세합니다. 연합국에 대해서 아무 죄도 짓지 않았습니다!" 하고 요한 모리츠는 말했다.

"당신은 루마니아 사람이 아니오?" 회장은 엄한 말투로 물었다. "루마니아 사람은 연합국의 적이오. 당신이 루마니아 사람이라는 건 곧 자동적으로 당신이 우리의 적이 된단 말입니다. UNRA는 적국의 국민을 재울 수도 먹일 수도 없소. 당신은 그 방에서 나가야 하오."

요한 모리츠는 고개를 푹 숙인 채 그 방에서 나왔다. 다시 자기 중대로 돌아가고 싶었다. 그는 숲속에서 총대를 부숴버린 것과 프랑스 사람들이 자기 군복을 불태워버린 것이 생각났다. 무기를 갖지 않고 중대로 돌아갈 수는 없었다. '그럼 난 이제 어디로 가야 한단 말인가?' 요한 모리츠는 자기 자신에게 물었다.

104

모리츠가 탈출하자 힐다는 곧 붙들려갔다. 헌병대에서 그녀는 아무것도 모른다고 잡아뗐다. 힐다의 어머니도 역시 이틀 후에 붙들려갔다. 두 여자는 신문만 받은 것이 아니라 매도 맞았다. 그러나 신문관은 그들에게서 아무 단서도 얻지 못했다. 가택 수사를 할 때 그들은 뮐러 대령의 편지를 찾아냈다.

"그 분은 요한의 친구입니다! 우리들한테 매달 2백 마르크씩 보내줍니다. 부활절이나 크리스마스 때 뿐만 아니라 우리들 생일에도 여러 가지 필수품과 담배를 보내주십니다." 힐다가 말했다.

헌병대는 도움이 될 정보를 입수할 생각으로 요한 모리츠의 탈출을 뮐러 대령에게 통지했다.

이틀 후 그들은 사령부로부터 한 페이지나 되는 장문의 전보를 받았다. 뮐러 대령이 헌병대에 쳐보낸 전보 내용은 다음과 같았다.

'4세기 이래 요한 모리츠가 속해 있는 영웅족의 일원이 탈출했다는 기록은 지금까지 없었다. 요한 모리츠의 탈출은 절대로 있을 수 없는 일이다. 그의 실종은 유괴나 암살을 당했음에 틀림없다고 나는 확신한다. 요한 모리츠의 실종은 영웅족의 역사상 다시 회복할 수 없는 손실이다. 어떤 값을 치르더라도 그를 다시 찾아내야 한다. 게르만 혈통 중 가장 용감하고 명예로운 가족을 탈출이라는 의심을 품고 더럽히지 마라. 귀관이 주도하는 심문에서 탈출이란 어휘를 사용하지 마라. 요한 모리츠의 처자는 공식적으로 독일 연구 조사소의 보호를 받고 있는 인물들이다. 요한 모르츠가 발견될 때까지 그의 처자는 연구 조사소에서 부양료를 받게 된다. 지방 헌병대는 그의 처자를 보호할 의무가 있다. 조사 경과를 나에게 보고하라. 요한 모르츠에 관한 새로운 정보는 전보로 사령부에 통지하라. 국방 총사령부 뮐러 대령.'

"모리츠의 아내를 우리가 체포한 사실을 대령이 알게 되면 우리는 24시간 이내에 징계처분을 받고 전방으로 이송될 거야. 체포한 사실을 대령에게 통고하지 말아 달라고 그 아내에게 단단히 부탁해놓는 게 좋겠어." 헌병대 대장이 말했다.

"소송 서류는 어떻게 하죠?" 사법 경찰 주임인 중위가 물었다.

"곧 정리해버리게. 국방 총사령부와 대립해봐야 좋을 건 하나도 없을 테니까." 대위가 말했다. "그러나 우리들이 탈영병에 대한 걸 취급하고 있다는 사실을 깨닫지 못한다는 것도 역시 바보 같은 짓이야. 높으신 분들은 가끔 대다수의 범인들보다 더 과오를 범한단 말이야. 뮐러 대령은 학자이셔. 나는 잡지에서 그 분이 쓴 기사를 여러 개 읽었지. 그 분은 저서도 많이 출간하셨지만, 좀 지나치게 편협한 사람 같아. 모르츠가 탈출하지 않았다는 걸 무엇으로 믿는지 모르겠어."

힐다는 대위의 자동차를 타고 집으로 돌아왔다.

"언제든지 자동차가 필요하시면 전화만 걸어주십시오. 밤이든 낮이든, 제 메르세데스를 마음대로 쓰시죠. 무엇이든 필요한 것이 있으시면 저한테 알려주시구요. 제발 부탁이니 부인께서 붙들려갔었다는 말을 뮐러 대령에게 알리지 말아주면 대단히 고맙겠습니다. 앞으로 이런 일이 또 생길까봐 본보기를 보이려구 한 일이니까, 그리 알고 그저 하나의 단순한 형식에 불과했다고 마음을 돌려주십시오.”

“그럼 우리 주인은 탈출한 것이 아닌가요? 무슨 특명을 띠고 파견된 건가요?” 힐다가 물었다.

“그건 대답해드릴 수가 없군요. 그러나 당신 주인이 탈영한 건 아닙니다. 그밖의 일은 비밀입니다.”

힐다는 기뻐서 얼굴이 빨갛게 상기되었다. 그날부터 그녀의 생활은 아라비안나이트에 나오는 이야기처럼 변했다.

그녀는 자기 남편이 국방 총사령부의 특명을 띠고 어디론가 파견되었다고 확신했다. ‘그렇지 않다면 그들이 내게 자동차까지 마음대로 쓰라고 할 리가 없지 않나?’ 하고 힐다는 마음속으로 생각했다.

그녀는 몇 시간 동안 창문가에 서서 마치 모험 영화에 나오는 것처럼 심비로움에 가득찬 갖가지 상황 속에다 요한 모르츠를 집어넣고 상상해보는 것이었다.

‘그이는 나한테 아무 말도 하지 않았다. 나를 보잘것없는 여자로 알았던 거야. 그이에게 부끄럽지 않은 아내가 되기 위해서 힘껏 노력해야겠다.’ 그녀는 마음속으로 말하면서 프란츠를 꼭 껴안았다.

“네 엄마는 여태까지 살아오면서 이처럼 행복해본 적은 없었단다. 오직 요한 모르츠의 아내만이 이와 같은 행복과 영웅의 아내가 되는 기쁨을 맛볼 수 있기 때문이란다.”

105

“전쟁에 지다니, 난 믿을 수가 없어요. 도시 사람들은 모두 숲속과 시골로 도망가 버렸어요. 그들이 하는 말을 들어보면 소련 사람들이 여기서 10킬로 밖에까지 왔답니다. 이웃집 사람들도 모두 떠났습니다. 그러나 난 믿어지지가 않아요. 반드시 공포심을 조장하려는 적의 선전일 겁니다. 난 그대로 남아 있겠어요. 독일이 전쟁에 질 리가 없어요." 힐다가 말했다.

"몸을 씻게 대야의 물을 좀 떠다 주십시오." 힐다의 상대편 장교가 명령하는 어조로 말했다. 그는 가죽 코트를 벗어 옷걸이에 걸고 의자 위에 가방을 올려놓았다. 그는 군복 윗저고리를 벗어 의자의 등받이에 걸쳐놓았다. 스웨터 차림이었다.

힐다는 그의 일거일동을 지켜보았다. 이처럼 그가 가죽 코트를 벗어 옷걸이에 걸고 군복 단추를 따는 모습을 몇 시간이고 시간가는 줄 모르게 바라보고 있을 것 같았다.

"면도를 하게 더운 물을 좀 가져다 주십시오." 장교는 이렇게 말하고는 등을 돌려 가방을 열었다. 힐다는 문을 열어놓은 채 방에서 나왔다. 부엌 창문으로 문 앞에 세워둔 군용차가 보였다. 장교는 이 차로 온 것이었다. 힐다는 부엌에 있는 시계를 보았다. 장교가 여기 온 지 불과 15분밖에 지나지 않았다. '그렇지만 웬일인지 오래 전부터 알던 분 같아.' 하고 그녀는 생각했다.

장교는 대문을 두드렸다. 그녀는 열어주었다. 그는 옷을 좀 갈아입겠노라고 했다. 만사를 마치 자기 부하들한테 명령하듯 위압적인 어조로 말했다. 그러고는 대답도 기다리지 않고 집 안으로 들어왔다. 문지방에 서 있는 힐다의 곁을 스치며 지나갔다. 바람과 먼지와 화약 냄새가 뒤범벅이 된 가죽 코트 냄새가 힐다의 콧구멍으로 스며들었다. 그래서 그녀는 마치 그 냄새에 취한 사람처럼 뒤를 따랐다.

새 손님은 키가 큰 남자였다. 정말 거인이라고 할 수 있었다. 그는 아주 익숙한 태도로 서슴지 않고 식당 문을 열었다. 자기 집으로 돌아오기라도 한 것처럼 말이다. 들어와서는 옷을 벗기 시작했다. 문은 열린 채로 있었다. 힐다는 명령이 떨어지기를 기다렸다. 그러나 그 거인과 같은 사나이는 그녀를 돌아보지도 않고 옷을 벗었다.

군모를 벗을 때 힐다는 그의 머리가 은회색 빛깔이라는 걸 알았다. 그리고 그가 코트를 벗을 때 힐다는 중위 계급장이 붙어 있는 걸 보았다.

'예비역 장교인가 봐.' 하고 그녀는 생각했었다.

몇 번이나 거인은 힐다를 돌아보았다. 그러나 눈길만 그녀가 있는 쪽으로 돌렸을 뿐이지 그녀를 보는 건 아니었다. 힐다가 먼저 이야기를 건넸다. 아무거나 머리에 떠오르는 대로 지껄였다. 그 거인은 대답 한 마디 없을 뿐 아니라, 그녀를 주시하지도 않았다.

윗저고리를 벗어버린 다음 물과 대야를 가져다달라고 명령했을 뿐이다. 힐다는 목욕탕에서 몸을 씻으라고 권하고 싶었다. 이 집에는 훌륭한 목욕탕이 있었다. 그러나 대야를 가져오라는 그의 말에 감히 반대할 수가 없었다. 물항아리를 채우며 힐다는 문간에 서 있는 자동차를 또 한 번 내다보았다. 자동차는 거인의 가죽 코트처럼 온통 먼지를 뒤집어쓰고 있었다. 대야를 가지고 힐다가 방으로 들어가자, 거인은 셔츠 소매를 걷어 올리고 있었다.

"거울 가져와요." 하고 그는 말했다. 무슨 생각에 감겨 있고, 또 몹시 피곤한 듯이 보였다. 아마 잠이 와서 그러나보다 하고 힐다는 생각했다. 침실에 자리를 마련해주고 푹 쉬라고 하고 싶었다.

지난 며칠 동안 수많은 부대가 거리를 지나갔다. 사병과 장교들이 그녀의 집 문을 두드리고 하룻밤 묵게 해달라고 했고, 세수를 한다든지 통조림을 데울 물을 좀 달라고도 했다. 힐다는 그들에게 필요한 일이라면 무엇이든 해주었다. 그녀는 남편 생각이 났다. 요한 모리츠는 특명을 받고 임무를 수행하러 간 것이라고 그녀는 믿었고, 남편의 기대에 어긋나지 않도록 자기도 조국을 위해 일을 하고 싶었던 것이다.

이들 사병과 장교들은 식당에서 잤다. 그러나 거인은 침실에서 자라고 권할까 했다. 그러면 힐다 자기는 식당의 긴 의자에서 자야 했다.

힐다는 그 거인이 요한의 침대를 택하지 않고 자기 침대를 택할 거라고 생각하자 전신이 오싹해졌다. 그녀는 늘 요한이 면도할 때 쓰던 거울을 집어다가 거인에게 주었다. 수척한 목을 늘여빼고 그는 방을 거닐었다. 거울을 들고 걸 장소를 찾아보았으나 마땅한 곳이 없었다. 그는 키가 너무 커서, 탁자 위에 거울을 놓으면 몸을 구부려야 했다. 말은 한 마디도 없이, 그는 힐다에게 양손으로 거울을 들게 하고 얼굴에 비누칠을 하기 시작했다.

"좀더 높이!" 그는 명령했다.

그의 얼굴은 햇볕과 바람에 그을려 있었다. 그의 두 뺨은 온통 다갈색 수염 투성이였다. 힐다는 거울을 입 높이까지 들어올렸다. 다시 이마 위까지 올렸다. 그 거인 같은 사나이가 거울 가까이 다가올 때 힐다는 그의 입김을 느꼈다. 그녀는 손이 떨렸다. 그러나 손가락으로 거울을 꽉 붙잡고 똑바로 서있으려고 안간힘을 썼다.

"좀더 높이!"

거친 목소리로 그는 다시 말했다.

힐다는 다시 이마보다 더 높게 거울을 처들었다. 그녀는 팔이 저렸다. 무슨 말을 하려고 했으나 비누거품투성이의 갈색 수염을 싹싹 미는 규칙적인 소리가 말을 하지 못하게 했다. 힐다는 눈을 감고 면도질 소리를 들었다. 그녀는 콧구멍을 벌렁거리며 비누 냄새를 맡았다. 그건 비누 냄새뿐 아니라 남자 냄새이며, 전쟁과 끝없는 길 냄새였다. 그것은 또 가죽 코트 냄새였다. 거인과 같은 사나이는 그녀가 비틀거리는 것도 아랑곳하지 않고 살을 다치지 않도록 조심스레 깎아 나갔다.

면도를 마치고 난 그는 두 손에 비누칠을 했다.

"셔츠 소매를 좀 걷어 줘요." 그는 말했다.

힐다는 셔츠 소매를 걷어올려주었다. 그녀는 거인의 살에 닿는 것이 두려웠다. 그의 손이 그녀의 손을 스쳤다. 그녀는 몸이 오싹해졌다. 거인과 같은 사나이의 몸에서 풍기는 숲과 바람 냄새가 집 안에 가득찬 듯했다. 힐다는 이 냄새가 가구와 양탄자와 벽 속에 스며드는 걸 느꼈고, 그것은 영영 빠져나오지 않을 것이라고 생각했다. 그 냄새는 그녀의 옷과 피부와 머리칼과 속옷에까지 배어들어 이 냄새를 몰아내려면 그녀의 여생을 몸 씻는 데 바쳐야만 할 것 같았다.

"이젠 나 혼자 있고 싶소."

힐다가 문을 닫고 나오며 돌아다보았더니, 그는 허리까지 벌거벗고 있었다. 그는 셔츠를 벗고 있는 중이었다. 머리는 옷에 덮여 보이지 않고 가슴만 보였다. 힐다는 간호사 출신이어서, 수많은 남자들의 나체를 보아 왔다. 그러나 지금까지 이런 가슴은 본 적이 없었다. 힐다는 부엌으로 가서 창문으로 자동차를 내다보았다.

아기는 잠들어 있었다. 힐다는 이 큰 사나이가 곧 출발할 것인지 아니면 떠나기 전에 한잠 잘 것인지 속으로 생각해보았다. 저녁이라도 준비해야 될 테니 말이다. 그래서 그녀는 대기 태세로 있다가 부르면 달려갈 마음을 먹고 있었다.

"소련 사람들이 3킬로 밖에까지 왔어요! 부인은 그대로 여기 남아 있을 작정이오?" 창문 아래로 지나가던 이웃 아낙네가 말했다.

"저는 그대로 있겠어요." 힐다는 대답했다. 그리고 왜 그 거인이 자기를 부르지 않을까 하고 궁금히 여겼다. 그저 기다리고만 있을 수 없었다. 그녀는 문을 두드리고 들어갔다. 그 큰 사나이는 성장을 하고 있었다. 가슴은 훈장으로 가득 덮여 있었다.

힐다는 감격해서 문지방에 멈춰 섰다. 거인은 그녀에게 웃어 보였다. 처음으로 웃는 얼굴을 보여준 것이다. 방 안에는 바람과 전쟁과 가죽 냄새 대신 지금은 꽃향기로 가득 차 있었다.

"부인이 정말 순수한 독일 사람인지 알고 싶소. 꼭 독일 여자한테만 부탁하고 싶은 소원이 하나 있는데." 하고 그 거인이 말했다.

"저는 독일 여자예요! 저는 순수한 독일 여자일 뿐 아니라 남편은 대독일에 의해 특파된……."

힐다는 남편이 출발한 비밀을 키큰 사나이에게 말해주고 싶었다. 그러나 문득 입을 다물었다. 탁자 위에 아름다운 두 여자의 사진이 든 사진틀이 세워져 있었다. 힐다는 그걸 보자 지금까지 누구에게도 얘기하지 않았던 이 거인에게는 기쁜 마음으로 들려줄 생각이었던 비밀을 털어놓을 용기가 사라지고 말았다. 그래서 사진이 눈 앞에 보이자 힐다는 자기만 아는 얘기를 들려줄 생각을 했다는 걸 뉘우치게 되었다.

"내 처와 딸이오. 둘 다 죽어버리고 말았고. 나는 이들을 무척 사랑했었소. 그런데 내 사랑이 배반을 당했다오. 아내와 딸이 나를 배반하고 말았단 말이오. 내 처는 땅에 묻혔고 내 딸은 어디에 살아 있기는 할 거요. 그 애는 보잘것없는 녀석과 같이 살던 그 때부터 내겐 죽은 거나 다름이 없었다오."

거인이 말했다.

힐다는 두 여자의 사진을 바라보았다. '나라면 이 사나이가 사랑만 해주었다면 결코 배반하지는 않았을 거야.' 하고 그녀는 속으로 생각했다.

두 여자의 사진 앞에는 가죽 테를 두른 사진틀에 든 히틀러의 사진이 놓여 있었다.

"이젠 총통도 돌아가셨소! 고로 독일은 이젠 존재하지 않는 거나 마찬가지요. 나는 총통과 독일을 위해 살아온 거요. 젊었을 땐 난 말을 좋아했소. 그러나 그 때는 젊음이 넘치던 때였죠. 이젠 내가 산 보람을 느낄 수 있는 대상이 모두 사라져버리고 말았다오. 마누라도, 딸도, 총통도, 조국도, 이번에는 내 차례인가 보오, 소련 사람들이 반 시간 이내에 여기로 쳐들어올 거요. 그자들이 오기 전에 나는 생애의 마지막 의무를 완수하고 싶소."

힐다는 눈물이 나왔다. 그녀는 그 큰 사람이 침실에서 한 잠 자려니 생각했던 것이다. 그가 시장하리라 생각되어 무엇이든 먹을 걸 주리라 했던 것이다. 그런데 그는 성장을 하고 있었던 것이다.

"무엇이든 원하시는 대로 해드리겠습니다. 어디로 떠나실 생각이십니까?" 그녀는 그의 군복을 바라보며 물었다.

"아무 데도 가지 않소. 여기가 이 속세에서 내가 가는 마지막 여행지요." 거인은 소리내어 웃기 시작했다.

"내가 수염을 밀고, 몸을 씻고, 최고로 좋은 군복을 입었으니까 어디로 떠나는 줄 알았소?"

그는 그녀의 어깨를 툭툭 쳤다. 그녀는 압도감을 느꼈다. 그의 곁에 있으면 힐다는 괜한 위축감을 느끼지 않을 수 없었는데, 그것은 요한이 특사 명령을 받고 떠났다는 것을 알았을 때와 똑같은 위축감이었다.

"당신에게 부탁할 것이 있으니 잘 들어주시오. 극히 간단한 거니까요. 그러나 독일 여자만이 할 수 있는 일이라오! 내 처는 할 자격이 없었소. 하지만 부인은 할 수 있다고 믿소. 그 여자는 그저 아내에 불과했고 너무 약했기 때문이오. 나는 그녀에겐 이런 일을 부탁하지도 않았을 거요. 당신과는 딴판이니까요."

힐다는 그 거인이 자기 아내에게도 부탁하지 않은 일을 자기에게 부탁한다는 것이 자랑스러웠다. "내가 죽으면 내 시체를 마당으로 끌어내다가 화장해 주시오. 난 여기 이 천막 위에서 죽을 테니까."

그 큰 사나이는 군용 천막을 바닥에 깔아놓았다. 그것은 거의 새것처럼 깨끗하고 마루 전체를 덮고 있었다.

"당신은 천막 두 끝을 잡아당겨 마당으로 끌고 가면 되오." 이렇게 말한 다음 그는 군용 수통을 탁자 아래서 끄집어냈다.

"이게 휘발유요. 군용기가 사용하던 거요. 나를 마당으로 끌어내다가 천막으로 내 몸을 싸고 그 위에다 휘발유를 부어요. 그러고 난 다음에 라이터로 불을 지르면 됩니다."

거인과 같은 사나이는 껄껄 웃었다. 호주머니에서 그는 금빛 라이터를 꺼내 힐다에게 내밀었다.

"이것이 불을 붙일 라이터요. 혹시 첫번 불이 금방 타버리거든 두 번째 수통의 휘발유를 부어 불을 지르시오. 그러면 아무 흔적도 남지 않을 거라고 믿소. 소련 사람들은 나의 타고 남은 재밖에 보지 못할 거요. 진정한 군인은 시체일망정 적의 손에 넘겨주어서는 안 되오. 역사를 들추어보면 독일 병사는 모두 이런 방법을 취해 왔소. 이젠 모든 것이 끝이라고 생각되었을 때 그들은 스스로 목숨을 끊었죠. 그리고 시체까지 파괴해버려 적군이 볼 수 있던 것은 검은 재뿐이었다오."

그 큰 사나이는 이렇게 말하며 두 손을 비비댔다. 힐다는 말없이 서서 사진을 바라보고 있었다.

"만일 당신이 사진도 태우고 싶으면 천막 속에 던져 불태워버리면 됩니다. 사진들도 나와 함께 타버릴 테니까. 그대로 두고 싶으면 두어도 좋소. 하지만 그걸 간직할 이유가 없을 거요. 나는 이 나라 사람이 아니라, 루마니아 출신이니까요."

힐다는 꼼짝도 하지 않았다. 그녀는 이 거인이 천막 위에 누워 있는 장면을 상상해보았다. 그런 일이 있으리라고는 믿어지지 않았다. 힐다의 인상으로는 그 거인은 죽음을 위해서라기보다는 영원을 위해 만들어진 것 같았다.

"무서워요? 독일 여성은 결코 두려워하지 않을 거요. 특히 조국을 위해 하는 일인 경우엔 말이오. 그건 한 병사의 마지막 소원을 풀어주는 것이 조국에 충성을 다하는 일이라는 걸 당신이 확신하리라고 믿기 때문이오."

"알겠어요, 전 무서워하는 건 아네요. 그렇지만 저는 이 모든 일이 정말 같지가 않아요. 저는 러시아군이 여기까지 쳐들어오리라고는 상상할 수 없어요. 독일이 패배했다는 걸 도저히 믿을 수가 없습니다!" 힐다가 말했다.

"이것도 저것도 다 끝나고 말았소. 모든 것을 되찾을 수 없도록 잃고 말았다오. 이 권총도 가죽 총집에 넣어 나와 함께 태워주시오. 병사는 무기와 함께 묻히거나 화장하지 않으면 안 되니까요."

한 순간 침묵이 흘렀다. 거인이 마치 깊은 물 속에 빠진 듯 여러 가지 생각에 잠겨 저 멀리 어디인가를 바라보고 있었다.

"이젠 끝났소."

이 말에 힐다는 눈을 들었다. 그 큰 사나이가 자기 눈 앞에서 자살하려는 걸 보자 더 견딜 수가 없었다. 그러면서도 한편으로는 곧 자살할 것 같지도 않았다. 거인은 총통의 사진을 향해 몸을 돌렸다. 차려 자세를 하고 손을 들어 경례를 했다.

힐다는 그의 뒤에 서 있었다. 그녀는 그의 어깨와 군복에 꼭 낀 몸매를 바라보았다. 그는 팔을 들어올리고 석상처럼 꼼짝 않고 서 있더니, 다시 몸을 돌리고, 팔을 들어서 이번엔 힐다에게 경례를 붙였다.

"안녕히 계십시오, 동지여, 감사합니다! 나는 요르그 요르단 중위입니다. 그러나 내 이름을 되풀이해서 말할 필요는 없어요. 이제부터 당신이 완수해야 할 일에 긍지를 가지십시오. 한 병사의 마지막 소원을 이루어준다는 건 한 독일 여성으로서는 명예이니까요!"

그는 이렇게 말하며 힐다의 손을 잡았다. 이별을 뜻하듯이 힘있게 손을 쥐었다.

"그럼 혼자 있게 해주십시오!" 권총 소리가 나거든 곧 달려와주십시오. 안녕히." 하고 그는 말했다.

106

소련군 선발대 트럭이 길 저쪽 끝에 나타났다.

244

힐다는 모터 소리를 듣고 부엌 창문을 내다보았다. 그녀는 거인이 있는 방으로 뛰어갔다. 그는 권총 소리가 나기 전에는 들어오지 말라고 했다. 그녀는 아직 아무런 소리도 듣지 못했으므로 그 명령을 감히 어길 수 없었다.

큰 길을 지나가는 소련군 트럭이 벽을 뒤흔들어놓았다. 힐다는 더 이상 기다릴 수가 없었다. 무서웠던 것이다. 방문을 두드리고 들어갔다.

거인은 방 한가운데 펴놓은 천막 위에 똑바로 누워 있었다.

'어떻게 총소리가 들리지 않았을까?' 하고 힐다는 자기 자신에게 물었다.

거인의 시체는 차려 자세로 총통 사진에다 경례를 하고서 죽은 것처럼 똑바로 놓여 있었다. 그는 머리에다 군모를 쓰고 있었다. 얼굴은 보랏빛이 되어 잿가루가 덮인 듯했다. 오른쪽 뺨과 입, 코는 피로 얼룩져 있었다. 피는 그다지 흐르지 않았다. 가느다란 핏줄기가 보일 뿐이었다. 힐다는 그 거인의 입 곁에 떨어져 있는 권총을 집어 가죽 총집에 넣었다. 그러고 나서 그 덮개를 덮었다. 그녀는 어떻게 이 남자가 총소리도 없이 죽을 수 있었을까 의아스러웠다.

힐다는 천막자락을 잡아당겨 시체 위에 집어놓았다. 얼굴을 덮기 전에 마지막으로 그 큰 사나이를 들여다보았다.

'죽은 사람 곁에 있는 것 같지 않구나! 주검이 무섭지 않아. 주검 옆에 있으면서도 주검이라는 것이 뭔지 알 수 없단 말이야. 아마 병원에서 너무나 죽은 사람을 많이 보았기 때문이겠지…….' 하고 그녀는 생각했다.

힐다는 조용히 거인의 얼굴에 천막을 덮어주었다.

이젠 그도 힐다가 지금까지 보아 온 사람들과 다를 것이 없었다. 살아 있을 때 그 거인은 다른 사람들과는 달랐다. 그러나 이제 힐다가 기억할 수 있는 건 겨우 그 사나이가 아직 살아 있으면서 면도를 하고 군복을 입고 있던 몇 순간 뿐이었다. 그때는 그의 곁에 갈 때마다 전신이 부들부들 떨렸던 것이다.

그러나 그런 일들이 모두 십여 년 전에 일어났던 일과 같았다. 힐다의 기억에는 아득할 따름이었다.

밖에서는 러시아군의 트럭과 탱크 소리가 들려왔다. 힐다는 갑자기 무서워졌다. 그녀는 아기를 안고 정원의 작은 문으로 빠져나와 숲속으로 도망칠까 하는 생각이 들었다. 그러나 거인과의 약속이 머리에 떠올랐다. '태워준다고 약속하지 말 걸.' 하고 속으로 중얼거렸다.

그녀는 시체를 정원에까지 운반할 수가 없었다. 문 앞을 지나가는 트럭과 탱크에 탄 러시아 군인들에게 들킬 염려가 있었기 때문이다.

'저녁 때까지 기다려야지. 밤만 되면 마당으로 끌어내다가 화장해버리자. 그러고 나서 아기를 데리고 도망치자.'

힐다는 아무 생각없이 시체 옆에 서 있었다. 집안에 시체가 있다는 걸 안다면 붙들릴 위험이 있으리라는 생각이 들었다. 옆방에 있는 프란츠를 데리러 갔다. 그녀는 아기를 안고 죽은 사람 곁의 의자에 앉았다. 그러고는 혼잣말로, '죽기 직전의 군인과 약속한 건 지키지 않을 수 없어.' 하고 중얼거렸다.

그녀는 대문을 닫아 걸고 밤이 오기까지 기다릴 결심이었다. 두세 시간만 지나면 어두워질 것이었다. 힐다는 손목시계를 차지 않았다. 그 큰 사나이가 손목에 시계를 차고 있던 것이 생각났다. 그녀는 천막을 벌리고 얼마나 더 기다려야 할지 알아보려고 그 거인의 시계를 들여다보았다. 그때 대문 두드리는 소리가 났다.

힐다는 아기를 가슴에 껴안고 잠자코 있었다. 대문 밖에서 러시아 말로 지껄이는 소리가 들렸다. 그러더니 또다시 문을 두드렸다. 그녀는 마당 쪽으로 달린 창문을 열었다.

'약속을 이행하기 전에는 도망칠 수가 없어. 내 남편 요한은 영웅이니까 말야. 그러므로 나는 비겁해서는 안 돼.'

힐다는 휘발유가 든 수통 하나를 열고 천막 위에 부었다. 총대로 대문을 치는 것이 마치 당장 부숴버리고 뛰어들 것만 같이 들렸다. 힐다는 두 번째 수통을 열고 절반쯤 부었다. 그녀는 러시아군이 대문을 산산조각을 내고 들어올 것을 겁내어 일을 서둘렀다. 프란츠를 안고 창문 쪽으로 갔다.

'창문을 뛰어넘은 다음 불을 켠 라이터를 방 안에다 집어던지면 타버리겠지. 그러면 약속을 지킨 것이 된다.' 그녀는 이렇게 생각했다.

방 공기는 휘발유 냄새로 가득 차 있어 숨이 콱 막혔다. 아기가 기침을 하기 시작했다. 힐다는 다급해졌다. 그녀가 마당으로 뛰어내리려고 창문 난간을 넘어서는 것과 동시에 러시아군이 어깨로 대문짝을 떠밀어 열었다. 창문에서 정원 화단까지는 그다지 높지가 않아서 쉽게 뛰어내릴 수 있었다. 그러나 그 순간 러시아군인의 군모 세 개가 불쑥 창문께로 나타났다.

뜰 안에도 다른 군인들이 있었다. 이제는 뛰어내릴 수가 없었다. 힐다는 대문 쪽으로 눈길을 돌렸다. 아기는 휘발유 냄새에 숨이 막혀 소리를 질렀다. 그래도 뛰어내려 러시아군을 떠밀고 도망을 치리라 결심했다. 바로 그때, 누군가가 그녀를 붙잡으려 들창 너머로 손을 내밀어 그녀의 발을 건드렸다. 힐다는 비명을 질렀다. 자신을 방어하고 싶었다. 손에는 라이터밖에 갖지 않았다. 무의식중에 그녀는 누구나 습격을 당했을 때 권총의 방아쇠를 잡아당기듯이 라이터를 눌렀다. 순간 횐한 불이 커졌다. 다음에는 어두워 졌다. 그 어둠은 밤보다도 캄캄하고 깊었다. 빛은 영원히 소멸된 듯했다.

거인 요르고 요르단의 시체를 태운 불길은 요한 모리츠의 아내와, 자식인 프란츠까지도 휩쓸고 말았다. 그리고 그 불길은 집과 지하실에서 천장의 헛간까지 휘말아버리고 그 집에 있던 모든 것과 그 거인이 가져와 탁자 위에 올려놓은 스잔나의 어머니와 모리츠의 첫번째 아내인 스잔나의 사진까지 몽땅 삼켜버리고 말았다.

거인이 가져온 휘발유는 긴 화염을 하늘을 향해 뿜어올리며 계속 타 오르고 있었다.

107

트라이안 코루가와 엘레오노라 베스트는 바이마르 시의 미국 군정관, 브라운 소령 앞에 나란히 앉아 있었다.

"이것이 전부입니다, 군정관님. 루마니아가 휴전을 청한 8월 23일, 제 처와 저는 루마니아 공사관 직원들과 함께 크로아티아 사람에게 억류당 했습니다. 우리들은 외교 법규를 따라서 모든 적국 대표와 같이 호텔에 억류되었습니다. 그 다음에 크로아티아는 티토 파(派)에게 점령당했습니다. 우리들은 오스트리아로 옮겨졌다가 그 다음에는 독일로, 마지막엔 체코

슬로바키아로 이송되었던 것입니다. 독일이 항복하자 우리를 감금할 사람이 아무도 없었으므로 우리들은 서방을 향해 떠났습니다. 우리들은 모든 걸 내버려두고 서방을 향해 출발했었습니다.' 트라이안 코루가는 말했다.

엘레오노라는 걸어온 2백 킬로의 길을 돌이켜보았다. 다리는 부어올랐고 발바닥에는 못이 박혔다.

"우리는 모든 걸 버리고 숲을 지나, 들을 넘어 미국인이나, 영국인이나, 프랑스인의 점령구역으로 들어오려고 도망쳐 왔습니다. 우리는 러시아군이나 파르티잔의 손에 붙들리기는 싫었습니다. 그들에게 붙들리느니보다는 차라리 죽어버리는 것이 낫겠다고 생각되었던 것입니다." 하고 엘레오노라 베스트가 그 뒤를 이어 말했다.

"왜 러시아군과 파르티잔을 겁냅니까?" 하고 군정관이 물었다. "그들을 무서워하는 건 파시스트들뿐입니다. 러시아군과 파르티잔도 우리의 동맹국입니다. 우리와 함께 연합국의 승리를 위해 싸워온 겁니다."

"군정관님, 물론 당신은 파시스트가 아닙니다. 그러나 당신 부인께서 가령 단 24시간이라도 볼셰비키 점령 지구에 머무른다는 걸 당신이 찬성하리라고는 생각지 않습니다. 그건 정치적 이유에서가 아니라 단지 그들이 불어넣는 잔인성과 두려움 때문입니다. 당신도 군복을 입고 든든한 호위병을 거느리지 않고서는 소련군 점령 지구를 뚫고 들어갈 용기가 없으리라고 생각합니다. 미제 최신 자동식 총을 든 야만인 무리들 속에서 왜 도망쳐 왔는가를 우리처럼 아무런 저항력도 없는 사람들에게 물어보시는 것이 오히려 이상하게 들립니다." 트라이안이 말했다.

"그럼 지금 뭘 원하십니까? 당신들은 독일에서 떠날 수는 없습니다. 여기에서 당신들은 적국 시민으로 취급을 받아야 하고 독일 사람들과 똑같은 의무를 따라야 합니다. 당신들은 독일 사람들과 동등한 권리를 가질 수 있지만 그 이상은 가질 수 없습니다." 하고 군정관은 말했다.

"말하자면 아무 권리도 가지지 못한다는 말이군요. 바이마르의 독일 사람들은 적어도 매주 한 번씩 부셰발트 수용소의 변소를 소제하고 석방된 억류자의 속옷을 세탁해야 합니다. 당신은 제 아내에게도 이런 일을 하라는 것입니까?"

코루가는 물었다.

"우리들은 미국과 연합국의 적은 아닙니다. 우리들은 거의 1년 동안 연합국의 적국에서 억류되어 있었습니다. 그래서 오늘 우리는 이곳에서 방 한 칸이나마 허락해주시든지, 또는 여기서 살아갈 수가 없을 경우, 다른 데로 보내달라고 당신을 찾아온 것입니다. 우리 둘은 길거리에서 헤매고 있습니다. 우리들은 잠잘 곳도, 먹을 것도, 몸을 씻을 장소도 없거니와 그렇다고 여기 머물러 있을 수도 출발할 수도 없는 형편입니다." 엘레오노라 베스트가 말했다.

"당신들은 적국의 시민입니다. 저는 당신들에 대해서 관심을 가질 수가 없습니다. 루마니아 여권을 가지셨죠? 그렇죠? 그렇다면 당신들은 적국인이 분명합니다." 군정관이 말했다.

"그렇지만 루마니아는 연합국측에 끼어 벌써 10개월 전부터 독일과 싸우고 있지 않습니까? 그런 것은 우리들보다 군정관께서 더 잘 아실 줄 믿습니다. 8만 명의 루마니아 사람들이 연합국을 위해 생명을 잃었습니다. 그러면 당신들 편이 되어 싸우는 사람들이 당신네들 적이란 말씀입니까? 엘레오노라 베스트가 말했다.

"루마니아는 적국입니다." 하고 브라운 소령은 거듭 말했다. 그는 책상 서랍에서 종이 한 장을 꺼내어 큰소리로 읽었다.

"적국, 루마니아, 헝가리, 핀란드, 독일, 일본, 이탈리아 이렇게 명확합니다. 아시겠죠? 당신들은 미합중국의 적입니다."

트라이안 코루가는 일어섰다. 엘레오노라 베스트는 애원하듯 군정관을 바라보았다.

"당신은 1년 가까이 루마니아가 연합국측에 합세해서 싸워온 걸 신문에서 읽은 적이 없습니까? 독일에 억류당했다는 사실을 지적하는 우리의 서류가 충분히 인정할 만한 것이 못된단 말씀입니까? 우리는 당신들의 적이 아닙니다." 엘레오노라가 애원하듯 말했다.

"사정은 어찌되었든 간에, 내가 알 바 아닙니다. 내가 받은 규정으로는 루마니아가 미합중국의 적이라는 것입니다. 나는 당신들과 얘기하느라고 시간을 많이 허비했습니다. 부인, 당신은 우리의 적입니다. 내가 적이라고 하는 걸 알아듣겠습니까? 만일 내가 당신들 수중에 떨어졌다면 총살을 당했지, 내가 지금 당신들과 얘기하는 것같이 내 얘기를 여유있게 들어 주지는 않았을 겁니다. 내가 지금 하고 있는 행위는 위법입니다. 그러니 두 번 다시 되풀이하지 않겠습니다. 적과 토론하는 사람이 어디 있습니까?"

바이마르 시의 군정관 브라운 소령은 골이 나서 얼굴빛이 파래졌다. 트라이안 코루가와 엘레오노라 베스트의 인사도 받지 않았다.

"이것이 서양(西洋)이다. 그들은 사실에도 인간에도 관심이 없다. 그들은 모든 것이 일반화해서 규칙에만 굴복하고 있어." 트라이안은 계단을 내 러오며 이렇게 말했다.

"전, 더 걷질 못하겠어요." 노라가 말했다.

트라이안은 그녀의 팔을 잡아 부축해주었다. 노라는 그 어깨에 매달리며 울기 시작했다.

"우리는 그들이 있는 곳으로 오느라고 2백 킬로의 길을 달리다시피 걸었건만…… 이 먼 길을 구원을 향해 뛰어서 왔건만……."

"푸념을 해선 안 돼요, 노라. 우리들은 소련군의 공포에서 탈출해 온 거요. 우리가 거기를 빠져나온 건 잘한 일이오. 그러나 지금 이 시대에서 인간이 잘 있을 수 있는 곳이란 아무 데도 없어요. 대지는 이제 인간의 것이 아니니까." 트라이안이 노라에게 말했다.

108

나흘 후, 트라이안 코루가와 엘레오노라 베스트가 다시 군정관을 찾아 갔다. 바이마르에서 1주일만 더 묵게 해달라고 청해 볼 생각이었다.

노라의 다리가 부어올라 도저히 더 멀리 갈 수가 없었던 것이다.

그녀는 제일 고운 비단 옷에다 모자를 쓰고 하이힐을 신었다. 군정관을 만나고 싶다고 당번병에게 알리고 난 뒤 트라이안은 노라에게 말했다.

"정식 리셉션에라도 온 것 같은 차림인데……."

그녀는 웃어 보였다. 그 옷은 3년 전 어느 날 아침 핀란드의 장관을 방문했을 때 처음으로 입었던 옷이었다.

"군정관님께서는 좀더 기다려달라고 하십니다." 당번병이 정중하게 말했다.

몇 분이 지났다. 노라는 흐뭇했다. 사병 하나가 그들 쪽으로 걸어왔다.

"군정관에게 용무가 계신 루마니아 외교관이십니까? 조금만 더 기다려주십시오." 이렇게 말하고 그 군인은 사라졌다.

엘레오노라 베스트는, 브라운 소령이 사실은 사람됨이 점잖고 예의바른 신사로구나 하고 생각했다. 자기들을 5분 정도 기다리게 하면서 그 동안에 사람들을 두 번이나 보내지 않았는가?

군정 본부는 큰 건물 속에 있었다. 홀은 크고 넓었다.

노라는 거울에 자기 모습을 비추어보았다. 몸이 수척해져서 핀란드 공사관에서 있었던 때보다도 옷의 주름이 더 잘 잡힌 것같이 여겨졌다.

"저를 따라오십시오." 두 번째 군인이 그들을 향해 걸어오면서 말했다.

엘레오노라 베스트는 미소를 머금고 거울에서 떨어졌다. 그들은 군인의 뒤를 따랐는데, 그 군인은 그전처럼 계단을 올라가지 않고 출입구 쪽으로 걸어갔다.

그러고는 문 앞에서 기다리고 있던 지프에 타라고 권했다.

"어디로 갑니까?" 트라이안이 물었다.

안내를 하던 군인은 어깨를 으쓱해 보일 뿐이었다. 바람이 불었다. 지프는 미친 듯이 속력을 내어 거리를 달렸다.

트라이안이 두 번째 군인의 귀에다 입을 대고, "어디로 가는 겁니까?" 했다. 두 번째 군인도 그의 동료가 하듯이 어깨만 으쓱해 보였다. 트라이안은 노라 쪽으로 몸을 돌렸다. 그녀는 두 손으로 모자 차양을 잡고 있었다. 그녀는 웃었다. 노라는 전부터 스피드를 좋아했다.

시내 저쪽 끝에서, 지프는 어느 돌담 앞에 멈춰섰다. 군모를 쓴 문지기가 문을 열어주었다.

군인 한 사람이 문지기에게 봉투를 전했다. 그러고 나서 그는 엘레오노라 베스트와 트라이안에게 내리라고 손짓을 했다.

"여기가 어디에요?" 엘레오노라 베스트가 물었다.

미국 사람들은 그녀가 내려오기를 기다릴 뿐, 아무 대답도 하지 않았다.

"여기가 어디에요？" 노라는 독일어로 문지기에게 거듭 물었다.

"시의 감옥이오." 문지기는 대답했다.

그러더니 노라의 팔을 붙잡았다.

노라는 군인들에게 무어라고 말하려 했다. 지프는 올 때와 같은 속력으로 재빨리 사라졌다. 노라는 트라이안을 쳐다봤다. 그는 파랗게 질려 있었다. 철문은 그들을 받아들인 뒤 곧 닫혀버렸다. 두 사람은 감옥 안마당에 서 있었다.

109

트라이안 코루가는 1층 독방 5호실, 노라는 4층 독방 2호실에 갇히었다.

'그들이 뭘 잘못 오해한 모양이야.' 트라이안은 혼자 있게 되자 이렇게 생각했다. 무슨 오해를 받았을까 하고 곰곰 생각해보았다. 그러나 노라도 자기와 같은 독방에 갇혀 있다는 생각이 떠오르자 그는 이성을 잃고 말았다.

서로 떨어지기 전에 트라이안은 그녀에게 키스를 하고 애정이 담긴 말이라도 한 마디 하고 싶었다. 그러나 감시병이 그의 어깨를 거칠게 낚아채어 두 사람 사이를 떼어놓고 말았다.

노라는 애원하듯 감시병을 쳐다보았다. 그는 노라를 복도 저쪽 구석으로 와락 떠밀었다.

그래서 그들은 감옥으로 들어가는 복도에서 서로 헤어지지 않으면 안 되었다.

'저 사람들이 나와 같은 이름을 가졌거나, 아니면 나를 닮은 죄인과 혼동을 한 모양이야. 그렇다면 노라는 왜 붙잡혔을까？'

트라이안 코루가는 감시병을 부르기 위해 주먹으로 감방 문을 두드렸다.

'소련군에게 체포당한다는 건 예기하고 있던 일이었다. 소련에서는 손이 너무 깨끗해도 붙잡아갈 이유가 된다. 그러므로 내 손을 보지도 않고 나를 붙잡아오고 또 아무런 이유도 없이 나를 끌어간다 해도 난 조금도 놀라지 않았을 거다. 소련 사람들은 그런 짓을 한다는 걸 이미 예기하고 있었으니까.

나는 '이유의 결핍'이 체포와 암살과 유형을 당하는 이유가 되는 사회를 피하기 위하여 2백 킬로를 걸어왔던 것이다.' 하고 그는 생각했다.

그는 주먹이 아프도록 두드렸다. 아파도 계속 감방 문을 두드렸다.

그는 감시병을 부른 것이 아니라, 2백 킬로 길을 뛰어온 자기 자신을——그보다도 부어오른 몸과 피가 나는 팔을 이끌고 쫓아온 아내——노라의 고생을 수포로 돌아가게 한 자기 자신이 원망스러워 감방 문을 두드렸던 것이다.

'독일군은 노라를 체포할 수 있었다. 독일은 나치 국가며 유태인 배척론자였으니까.'

"무슨 일이오?"

문간에 나타난 감시병이 물었다.

"나는 소장님께 즉시 말씀드리고 싶소. 아내와 나는 어떤 착오로 말미암아 붙잡힌 것이 틀림없소."

"나도 그렇게 생각하오. 여기 들어온 사람들은 모두 어떤 착오로 그들이 붙잡혔을 거라고 하더군요." 감시병은 빈정거리는 말투로 대답했다.

"놀리지 마시오. 나는 즉시 소장한테 말해야겠소." 트라이안이 말했다.

"소장은 없소. 당신은 미국 사람들에게 붙들린 거요. 우리들은 관리하는 일만 맡아보고 있소. 우리들도 일종의 죄수에 불과하다오."

"그럼 미국 사람들에게라도 말해 보겠소!"

"그 하사는 1주일에 한 번씩 월요일에만 오는데요." 감시병이 말했다.

트라이안은 그들이 들어온 그날이 바로 월요일이라는 걸 생각했다.

"그럼 누굴 만나려면 내주 월요일까지 기다려야 한단 말이오? 내 아내가 감옥에서 1주일을 보내야 한단 말이오?" 트라이안은 물었다.

"나도 어쩔 도리가 없소. 당신 마음대로 지껄이고 몇 시간이고 문을 두드려보시오, 소용이 없을 거요. 나로선 어떻게 해볼 도리가 없으니까요. 하사는 다음 월요일에야 온답니다." 감시병은 이렇게 말하고는 문을 닫았다.

"이 일을 윗사람이나 어느 누구에게도 얘기할 필요는 없고, 나를 체포한 이유를 알기 위해 소장과 말할 그 때까지 나는 물도 음식도 건드리지 않겠소. 내가 항거할 수 있는 유일한 방법은 이것 뿐이오. 난 그렇게 단행하겠소."

"단식 스트라이크를 하겠다는 거요?" 감시병은 물었다.

"물도 먹지 않소!"

감시병은 열쇠를 든 채 한참 동안 문지방에 머물러 있었다. 그는 트라이안을 가엾다는 듯이 쳐다보았다. 그러고는 문을 닫았다.

"딱하군! 당신은 아직 너무 젊구려!"

그러고는 자물쇠를 두 번 돌려 잠갔다.

110

노라 베스트는 반 시간 동안이나 주먹으로 문을 두들겼다. 감시병은 문을 열지 않고 다가와서 듣기만 했다. 그는 뚫린 구멍으로 감방 속을 들여다보았다.

"그렇게 계속 두드리면 벌을 받소. 죄수들은 감방 문을 두드려서는 안 되오."

감시병은 이렇게 말하고 멀리 사라졌다.

노라 베스트는 침대에 드러누웠다. 다음 순간 그녀는 벌떡 일어났다. '이가 있을 텐데' 하고 생각하니 무서웠다. 그녀는 문을 두드려 다른 이불 하나를 달라고 해서 이가 있는지 없는지를 알아보고 싶었다. 그러나 이젠 문을 두드릴 권리가 없다는 걸 알게 되었던 것이다. 그녀는 감방 안을 왔다갔다했다.

엘레오노라 베스트는 양심의 밑바닥에서 죄스런 마음이 들었다. 자기의 체포도 실은 당연하다고 생각했다. 자기가 이교도 가문 출신임을 증명하는 서류를 위조하고 신분 증명서를 공문서에서 빼내기 위해 많은 비용을 들인 뒤로 그녀는 감옥에 들어갈 것이라는 강박관념으로 밤낮 괴로워했다. 매일같이 그녀는 경찰이 잡으러 올 것이라는 생각과 적발되는 날이면 체포되리라는 것을 알고 있었다. 독일을 여행하는 동안에도 그녀는 경관을 볼 때마다 가슴이 떨렸다. 그녀의 서류는 모두 위조 서류였기 때문이었다.

이 몇 년이라는 세월은 오랜 기다림과도 같았다. 그녀가 체포되어 끌려간 그 날을 기다리는 시간이었다.

'그래서 그 시간이 온 거다. 이젠 내가 유태인이라는 사실이 알려질 것이고, 나는 도저히 빠져나갈 수가 없을 것이다.' 하고 노라는 생각했다.

그녀는 몹시 가슴이 떨렸다. 공포감으로 전신에 소름이 쭉 끼쳤다.

'내가 이교도라는 신분을 감추고 루마니아에서 서류를 위조했다고 해서 미국 사람들에게 체포되었다고 믿는 건 터무니없는 일이다. 하지만 나는 그것이 체포된 유일한 이유라고 느껴진다. 또 그 일밖엔 건더기가 없고 말야. 어떻게 발각되었느냐 하는 논리적인 이유는 모르겠어. 그러나 일은 그렇게 된 거야. 요는 나에게 죄가 있으니까, 그래서 지금 나는 벌을 받고 있는 거야. 본보기를 보여주는 징계 처벌…… 엄하기는 하겠지만 응당 받아야 할 벌이겠지.'

엘레오노라 베스트는 오한이 나기 시작했다. 비누 거품처럼 가벼운 그녀의 속옷과 면사포같이 얇은 겉옷은 돌벽의 차디찬 습기를 막아내지 못했다. 추위는 피부에 스며들고 살갗을 통해 뼛속까지 파고들었다. 그녀는 자기 몸 깊은 곳까지 냉기가 파고드는 것을 느꼈다. 지금까지 신장(腎臟)이 찬 적은 한 번도 없었다. 그녀는 신장이 어디 붙었는지 어떻게 생겼는지 조차도 모르고 있었다. 그러나 지금 그녀는 신장이 차거웠다. 얼다시피 되었다. 신장 뿐만 아니라 창자도 얼어붙었다.

엘레오노라 베스트는 겉옷으로 무릎을 감쌌다. 그러나 아무 소용이 없었다. 그녀는 침대에 앉는 것이 겁이 났다. 몸이 떨려오기 시작했다. 이도 딱딱 떨렸다.

바깥은 따뜻했다. 하지만 그녀가 엄동설한을 만난 듯이 추워 떨며 이까지 딱딱 소리를 내고 있는 이 마당에서 바깥이 따뜻한들 아무런 소용이 없는 것이다. 조금이라도 몸을 녹이려고 엘레오노라 베스트는 감방 한가운데 쭈그리고 있었다.

그 때 그녀는 변소에 가고 싶다는 생각이 났다. 곧 가지 않고는 못견딜 지경이었다. 수백개의 바늘 끝이 방광을 찌르고 있어 도저히 근육을 억제할 수가 없었다. 엘레오노라 베스트는 전에 읽은 소설에서, 감방 안에는 변소 대신 대야 같은 것이 있다고 한 대목이 생각났다. 그러나 그 감방 안에는 침대와 작은 탁자와 창살이 달린 들창 뿐이었다. 노라는 문을 두드릴 생

각으로 주먹을 들어 올렸다. 변소 가는 것쯤은 허락하겠지. 이 생각을 하는
순간 독일 감시병의 엄중한 말이 떠올랐다. "문을 두드리면 벌을 받소."
　그녀는 쳐들었던 손을 내렸다. 겁이 나서 두드릴 수가 없었다.
　'두드려서는 안 될 때 내가 문을 두드린 것이 잘못이었지.' 그녀는 이렇게
생각하며 또 감방 안을 왔다갔다하기 시작했다. 그녀는 다시 문 앞에서
발을 멈추고 손을 들어 올렸다. 그러나 두드릴 용기가 나지 않았다.
　"문을 두드리면 벌을 받소!"
　이 말이 귀에 쟁쟁히 울리는 동안 전신에 전류가 흐르는 것 같았다. 위험
신호였다. 그녀는 이젠 근육의 억제를 잃고 말았다. 그녀는 얇은 비단 바지가
차차 젖어드는 것을 느꼈다. 양말 끈도 젖었다. 스타킹도 마찬가지였다.
축축하고도 뜨뜻한 그 무엇이 허벅지와 스타킹을 따라 구두 속까지 흘러
내렸다.
　엘레오노라 베스트는 그대로 참으려고 애를 썼다. 그러나 근육도, 피부도
또한 몸 전체가 벌써 자기 것이 아니었다. 그녀는 점점 더 쭈그리고 앉았다.
바지가 젖고 점점 뜨뜻해짐에 따라 지금까지 맛보지 못한 편안하고도 자
유로운 감정이 전신에 흐르는 것을 느꼈다. 모든 근육과 털구멍과 힘줄이
노근해졌다. 이러한 감정은 그 어떤 즐거움보다도 강한 것이었고, 진정한
쾌감이었다. 그러나 그것은 쾌감이라기보다는 차라리 황홀한 경지였다.
그녀는 이 쾌감으로 말미암아 이 지상의 모든 걸 잊어버렸다. 그녀는 공
중으로 나는 것같이 느껴졌다. 시간의 속박에서 벗어난 듯한 해방감을
전신으로 맛볼 수 있었다.
　엘레오노라 베스트는 몇 시간 전부터 계속 오줌을 누는 것같이 생각
되었다. 그러다 그녀는 물로 흥건한 시멘트 바닥을 보자 놀라서 몸을 움
찔했다. 그녀는 일어나서 몸을 숨기듯이 감방 한 쪽 구석으로 피해갔다.
그것은 그녀의 생애에서 가장 극적인 장면이었다. 감방의 시멘트 바닥은
온통 축축하게 젖어들기 시작했다. 오줌은 침대 밑으로 탁자 아래로 흘러
마침내 그녀의 발 밑에까지 젖어들었다. 엘레오노라 베스트는 금지되어
있는 짓을 범했다는 것을 확연히 깨달았다. 이 사실이 발각되면 엄벌을
받으리라고 생각했다. 감시병 음성이 위협하듯 그녀의 귓전에 울려왔다.

"당신은 벌을 받을 거요!"

엘레오노라 베스트는 바닥을 훔치기 위해 옷을 찢으려고 했다. 그러나
그건 아무런 소용이 없었다. 그것은 너무 급히 흘러내려서 그녀가 입고
있는 얇은 비단옷과 속옷으로도 도저히 다 흡수시킬 수가 있었다. 그녀의
귓전에는 쉴새없이 이런 말이 들려왔다.

"벌을 받아야 해! 벌을 받아야 해!"

아무래도 숨길 수 없으니 적발되어 벌을 받지 않으려는 온갖 노력도
허사라는 생각이 들자 엘레오노라 베스트는 거미줄처럼 성긴 레이스 장갑을
낀 조그만 손목으로 두 눈을 가린 채 절망에 빠져 울기 시작했다.

111

"일이 이렇게 되어 정말 유감스럽습니다. 당신에게 사과를 드립니다.
당신들의 사정을 좀더 자세히 알지 못한 것이 유감입니다." 형무소장 골
드스미스 하사가 말했다.

트라이안 코루가와 엘레오노라 베스트가 체포된 지 1주일이 지났다.
트라이안은 침대에 누운 그대로였다. 그는 이젠 움직일 수가 없었다. 이레
동안 그는 빵도 물도 입에 대지 않았다.

골드스미스 하사는 두 사람의 소지품을 자기 차로 실어 왔다. 그는 노라가
짐을 푸는 것을 거들어주었다. 그들에게 담배도 권했다. 무척 미안한 표정을
지었다.

"내일 아침 두 분께선 자유로운 몸이 될 것입니다. 나는 개인적으로
주택도 알선해드리고 또 내 차로 모시고 가겠습니다. 이런 일이 생긴 걸
진심으로 사과드립니다."

엘레오노라 베스트와 트라이안 코루가는 아무 말도 하지 않았다.

"코루가 씨 부부는 체포된 것이 아니야. 이쪽의 착오로 구류당했단 말
이야. 당장은 이 분들이 계실 주택이 없으므로 내일까지만 더 계시게 된다.
두 분께서 이 방에서 주무시도록 해. 깨끗한 시트와 이불을 가져오게.
이분들은 우리들의 손님이니까, 알겠나, 우리들의 손님이란 말야."

골드스미스 하사는 간수장에게 이렇게 말하고는 밖으로 나갔다가 한 반 시간 후에 무슨 꾸러미 한 개를 안고 들어왔다. 그는 음식과, 또 트라이안에게는 오렌지와 그레이프 프루트를 따로 가져왔다. 헤어질 때도 거듭 사과를 하고 트라이안과 악수까지 하고 갔다.

간수장은 기적이라도 본 듯이 눈이 휘둥그래져 이 장면을 보고 있었다.

"구금되어 있으면서도 저는 미국 사람들이 우리에게 사과하러 올 것이라고 확신하고 있었어요. 미국은 문명된 사람들이 사는 나라니까요." 노라는 말했다.

트라이안은 열이 있었다. 그는 즉시 잠이 들었다. 밤마다 그는 잠수함을 탔는데 마지막 남은 하얀 토끼마저 죽은 꿈도 꾸었다. 그가 눈을 떠보니 땀이 흐르고 있었고 잠옷은 축축히 젖어 있었다. 그는 꿈 속에서 "흰 토끼가 다 죽어버린 뒤에는 희망이 없다." 하고 힘을 다해 부르짖었다. 그러나 선원들은 그 말을 믿으려 하지 않았다.

112

그 이튿날, 골드스미스 하사는 오지 않았다. 노라는 종일 그를 기다렸다.

"오지 못할 사정이 생겼을 거예요. 하지만 내일은 꼭 오겠죠." 노라가 말했다.

간수장도 이 말에 동의했다. 그러나 골드스미스 하사는 그 이튿날도 그 다음날에도 나타나지 않았다. 1주일이 지난 뒤 다른 하사가 대신 왔다.

"나는 당신들에 관한 얘기는 듣지 못했소!"

새로 취임한 형무소장이 말했다. "골드스미스 하사는 미국으로 돌아갔소. 그는 당신들에 대해 아무런 부탁도 하지 않습니다. 그러나 조회는 해보지요. 내주 월요일에 그 결과를 알려드리겠습니다."

이렇게 말하고 그는 나가버렸다.

붉은 머리칼에 얼굴이 온통 주근깨투성이인 젊은 청년이었다. 그는 간수장에게도 자기 이름을 알려주려 하지 않았다. 그의 사인은 읽어볼 수

258

없을 정도였다. 뿐만 아니라 그는 줄곧 신경질을 내고 있었다.

1주일 후에 그는 감옥에 오긴 했지만 사무실에만 몇 분 쯤 머물렀을 뿐이었다.

코루가가 그를 만나러 갔을 때는 이미 떠나버린 뒤였다. 또 1주일을 기다릴 수밖에 없었다.

그 다음번에 왔을 때는 불쾌한 낯빛이었다.

"난 당신들에 관한 일을 알아보았소. 당신들도 다른 사람과 똑같이 체포되어 온 거란 말이오. 당신들을 특별히 취급해도 좋다는 아무런 지시도 없었소!"

이렇게 말하고는 돌아앉으며, 그는 두 사람을 각자 독방에 수용하도록 지시했다. "다른 사람들과 똑같이 취급해도 좋아. 감옥 안에서 어떠한 예외도 용납할 수 없으니까?"

간수장은 어리둥절한 표정을 지었다. 그는 잘 알아들었다는 걸 자신에게 다짐하기 위해 이렇게 말했다.

"알겠습니다. 각각 독방에 수감, 보통 취급, 예외는 없음."

간수장의 목소리는 떨렸다.

113

"우리들을 떼놓으려 오나 봐요!" 노라는 복도에서 감시병의 발자국 소리가 들리자 이렇게 말했다. 그녀는 트라이안의 목에 매달리며 흐느끼기 시작했다.

"독방에 또 혼자 갇혀 있을 바엔 차라리 죽어버리는 것이 낫겠어요!"

간수장이 문 앞에 서서 열쇠를 흔들었다. 노라는 그쪽을 돌아다보지 않았다. 그가 왜 왔는지를 알고 있기 때문이었다. 트라이안도 알고 있었다. 그는 간수장을 뚫어지게 처다봤다. 그는 한 5분만이라도 함께 있게 해달라고 애원하고 싶었다. 그러나 그는 아무 말도 하지 않았다. 소용이 없는 일이라는 걸 알기 때문이었다.

"올 여름에 난 해임될 겁니다. 난 이제 늙은이지요. 이 나이를 해가지곤 더 이상 숨바꼭질도 배울 수 없고 또 배우고 싶지도 않소."

감시병은 잠시 말을 끊었다. 그는 자기 힘에 겨운 짐을 들어올리기나 하는 듯이 자기 힘을 총동원했다. 그러고 나서 "지금까지 있던 그대로 함께 있으시오. 그리고 문을 열어놓겠소." 했다.

"하사님이 명령을 취소하셨나요?"

노라가 물었다.

"하사가 취소한 건 아닙니다." 감시병은 이렇게 말하고는 열쇠를 흔들면서 가버렸다. 감방 문은 활짝 열려 있었다.

114

"미국 사람들은 우리에게 대체 무슨 감정이 있을까요? 무슨 이유로 우리들을 6주일 동안 감옥에 가두어놓는 걸까요?" 노라는 풀이 죽은 목소리로 물었다.

"미국인들은 우리에게 나쁜 감정을 품고 있는 것이 아니오. 그들은 우리의 존재마저도 의심하지 않으니까."

트라이안은 대답했다.

"그러면 우리가 붙잡혀서 감옥 생활을 하고 있다는 것을 그들이 알게 되기까지에는 얼마나 시간이 걸릴까요?" 노라가 물었다. "저는 더 이상 참을 수가 없어요!"

"그들은 우리가 존재한다는 건 결코 의식하지 못할 거요. 진보의 최후 단계로 들어선 서양 문명에선 개인 같은 건 염두에도 없게 마련이오. 그러므로 문명이 개인을 위해서 무슨 일을 한다는 건 도저히 바랄 수 없는 일이라오. 이 사회는 개인이 가진 약간의 가치밖에 인정하지 않거든. 그러므로 개인으로서의 완전한 인간은 이 사회에서는 존재하지 않는거요. 죄도 없이 갇혀 있는 엘레오노라 베스트 당신이나, 그밖의 많은 사람들도 이젠 그들 자신으로는 존재할 수 없단 말이오. 아주 간단히 말하면 우리들은 존재해 있지 않은 거요. 우리는 단지 하나의 카테고리의 무한히 작은 분자로밖에는 존재해 있지 않다는 거지. 예를 들면 당신도 독일 영토 내에서 붙들린 한 사람의 적국 시민에 지나지 않소. 바로 이것이 서양의 기술 사회를 한결같이 똑같은 사회로 만들 수 있는 하나의 특질이지. 또한 바로 그것이 그들 앞에 당신을 나타낼 수 있는 전부일 거요. 이 사회는 당신을 그러한 특징으로밖에 인정하지 않고, 결국에 가서는 곱셈, 나눗셈 또는 뺄셈의 법칙을 따라서 당신의 소속된 그룹 전체로서의 당신을 대우하는 것 뿐이오. 당신은 루마니아의 일부에 지나지 않아요. 그 작은 분자가 붙들린 셈이지. 체포된 원인──또는 죄──은 당신이 이 카테고리에 속한다는 것뿐이야."

트라이안이 말했다.

"그렇지만 미국 사람들이 우리를 체포한 이유가 있을 거예요. 그들은 우리에게 나쁜 감정을 가지고 있어요. 의심도 하고요. 그렇지만 않았더라도 우리는 벌써 석방되었을 거예요. 체포당한 이유를 모르니 더 괴롭군요. 아무래도 무슨 이유가 있을 거예요!"

노라는 말했다.

"하긴 이유야 있지. 그러나 그 이유는 인간적인 견지에서 볼 땐 한심스런 것이지만, 기계적인 견지에서 볼 땐 아주 정당한 거지. 서양은 인간을 기술이라는 눈으로 들여다보니까 말야. 살과 뼈를 가지고 기쁨과 괴로움을 느낄 수 있는 인간은 존재하지 않는다는 거야. 그렇기 때문에 우리들을 붙잡아서 감옥에 집어넣고 또 내일이라도 처형해버릴지도 알 수 없는 이 사실이 범죄라고 생각될 수 없는 거요. 살과 뼈를 가진 인간에게 이런 얘기를 한다면 응당 범죄가 되지만, 서구 사회는 산 인간의 존재를 인정하지 않는단 말이오. 그래서 누구를 붙잡는다든지 죽이는 경우에도 이 사회는 살아 있는 그 무엇을 붙잡고 죽이는 것이 아니라 한 개의 관념을 처벌하는 거요. 논리적으로 그럴 듯하게 이 사회적 범죄는 성립되어 있거든. 왜냐하면 어떤 기계도 죄의 문초를 받을 수 없기 때문이지. 그것은 각 개인의 특질에 따라서 인간을 취급해달라고 기계에게 요구할 수 없는 것과 마찬가지야."

"그렇다면 미국 사람들이 우리를 체포한, 기술적 견지에서 본 정당하고도 완전한 이유는 무엇일까요?"

노라가 물었다.

"나도 모르겠소. 내가 아는 건 인간을 법칙과 기술 표준으로 그것도 기계와 같은 우수한 표준에 따르게 한다는 사실은 살인 행위와 같다는 것이오. 한 인간이 물고기의 상태나 환경 속에서 살아야 한다면 몇 분도 못 가서 죽어버릴 거고, 물고기를 인간의 조건과 환경에 놓아보면 마찬가지 결과가 오겠지. 서양은 기계와 같은 사회를 만들어놓고 인간을 그 사회 속에서 살면서 기계의 법칙에 순응해나가도록 강요하고 있소. 그래서 어떤 면에서 볼 때 서양은 성공했다는 인상을 주지만, 트럭과 크로노미터를 지배하는 것과 똑같은 법칙으로 인간을 지배한다는 건 인간을 죽이고 있는 거나 다름없지. 사람은 다 다르고…… 민족도 다 다르지, 생김새도 다 다르듯이 지혜도, 힘도, 모든 것이 다 다르다오. 기계만이 종류에 따라서 아주 똑같을 수 있지."

"기계만이 대치될 수도 있고 분해하여 중요한 요소나 또는 몇 명의 중요한 운동으로 환원시킬 수도 있는 거지. 인간이 기계와 동일화될 만큼 닮아진다면 그땐 지상에는 이미 인간은 없을 거요."

노라는 한숨을 내쉬었다.

"당신도 한 인간으로서 존재하는 건 아니오."

트라이안은 계속해서 말했다.

"이렇게 말하는 것이 당신의 성미에 맞을는지 모르겠소. 즉, 당신은 존재하고 있긴 하지만 기계의 눈에 의해서 보여지고 변형되어 존재하는 거라는 말이오. 그러나 기술 사회에서는 야만 사회에서와 똑같이 인간은 하등의 가치가 없는 거요. 어쩌다가 하나쯤 있다고 하더라도 그것은 아주 최초의 가치에 지나지 않소. 사실은 당신은 붙잡혀 있는 게 아니라는 결론이 되지."

"우리가 붙들리지 않았다고요?"

"붙들리지 않았지. 우리들, 즉 당신과 나는 벌써 6주일 전부터 감옥에 들어와 있지만 붙들린 건 아니란 말이오. 우리들 개인성은 서구 기술사회에서 존재하지도 않으니까. 따라서 개인으로서는 우리는 붙잡혀질 수도 없고 또 붙잡힌 것도 아니란 말이오."

트라이안은 말했다.

"그런 말은 저에게 아무런 위로가 되지 않아요. 붙들린 건 아니라도 우린 감옥에 들어와 있지 않아요." 노라가 말했다.

"그렇지, 그건 하나의 위로가 될 수 있지. 그것이 역사의 이 늦은 시간에 대한 단 하나의 가능한 위로가 될 수도 있겠지."

115

"이젠 모든 게 끝장이오." 감시병이 코루가의 감방으로 들어오며 말했다.

"신문 보도를 읽어보시오. 튀링겐과 바이마르 시는 벌써 러시아군 손에 넘어갔어요. 러시아 군대가 이미 시내에 들어와 있습니다. 군인들을 잔뜩 실은 트럭이 밤 사이에 쳐들어왔습니다. 미국군은 후퇴하게 되어 겨우 군정청의 건물과 감옥 그 밖의 몇 채의 건물에만 주둔하고 있답니다. 아무도 시내를 빠져나가지 못하도록 헌병이 사방을 에워싸고 있어요."

노라는 신문 보도를 읽어보고는 트라이안과 문을 기대고 서 있는 감시병을 번갈아 쳐다보며 "감옥이 넘어갈 때는 물론 우리들은 감옥과 함께 러시아군에게 넘어가겠지요?" 하고 물었다.

"그렇게 될까봐 두려워요. 오늘 아침이나 오후 아니면 늦어도 오늘 저녁까지는 러시아군이 접수하겠죠. 정확한 시간은 알 수 없지만……." 감시병이 말했다.

트라이안 코루가는 두 손으로 머리를 감싸고는 한참 동안 생각에 잠겨 있더니, 대충 중요한 일들을 요약해보았다.

"탈출, 2백 킬로, 러시아, 공포, 강간, 시베리아, 노라의 붓고 상처 투성이인 다리, 정치위원, 사슬에 묶인 노예처럼 감옥과 독방에 넘어간다……."

"이젠 올 때가 왔으니, 제일 긴요한 문제만 해결하도록 하시오. 더 이상 비밀을 움켜쥐고만 있을 때가 아니라는 걸 간수장도 잘 아시겠죠. 미국군은 우리들을 감방에 가둬놓은 채 러시아군에게 넘길 겁니다. 그건 죄악입니다. 그러나 그들의 입장에서 본다면, 그들한테도 죄가 없는 것입니다. 그들은 철로에 사람을 깔아 죽이고도 웃으면서 달리는 것 같은 기관차처럼 순진한 사람들이니까요. 서양 사람들은 죄악도 어떤 유일한 척도로 축소시켜 극도로 압축시켰습니다. 나는 그들이 죄악이라는 걸 모른다고까지 말하고 싶어요.

그들에게 죄가 있는 것이 아닙니다. 나는 우리가 더 이상 환상을 갖지 않도록 단지 생각을 정리해본 거요. 몇 분만 지나면 우리는 러시아군의 손으로, 다시 말하면 국가 체제로 이 지구 위의 구석 구석에 영향을 주고 있는 가장 잔인한 인간들의 손으로 넘어가야 한다는 말입니다. 나는, 로봇의 역할을 하도록 축소된 '인간 기계'는 그대로 참고 견딜 수 있겠지만, '총력화한 야수'와 맞서서 싸울 수는 도저히 없어요. 소련군에게 접수되기 전에 나는 내 있는 힘을 다해 탈출하겠소. 그러다가 실패하면 자살해버릴 작정이오." 트라이안은 이렇게 말하고 나서 간수장 쪽을 쳐다보며 "우리가 탈출하는 걸 도와주겠소?" 하고 물었다.

"내 권한으로 할 수 있는 한 도와드리지요. 나는 실은 여길 떠날 생각입니다. 나는 오스트리아 사람입니다. 빈에 있는 내 집으로 돌아가렵니다. 하지만 나의 출발은 훨씬 늦어질 겁니다." 하고 감시병이 말했다.

"나는 어떻게 하면 좋아요? 나는 도망칠 수가 없어요! 무서워요. 차라리 나를 죽여 주세요. 트라이안!" 노라는 말했다.

"우선 도망치시는 게 좋겠죠. 못 갈 건 없지 않아요. 벽이 포탄에 무너져버렸으니, 요는 마당까지 나가는 거지요. 그 다음부터는 아이들 장난처럼 쉬울 겁니다." 감시병이 말했다.

116

"나는 2층에서 밧줄을 타고 내릴 용기는 없어요. 당신은 남자니까 그렇게 할 수 있겠지만, 난 무서워요." 노라는 말했다.

트라이안 코루가는 홑이불과 담요를 잡아매어 밧줄을 만들기 시작했다.

"무서울 것 없어. 당신은 그냥 가만히 있으면 돼. 당신을 묶어서 창문으로 내려보내 줄 테야. 마당에 내리거든 벽을 따라 살며시 돌아가 저기 내가 얘기한 나무 아래서 나를 기다리란 말이오."

노라는 트라이안이 이불을 매는 동안에 밧줄 한쪽 끝을 잡고 있다가 늘어뜨렸다.

"저는 도망칠 수 없어요. 당신이 저를 내려보내면 누가 총을 쏘지 않을까 줄곧 겁이 나서 어쩔 줄 모를 거예요. 생각만 해도 기절할 것 같아요. 제가 내려가는 동안에 총알이 날아오지 않을 거라고 생각하세요?"

"그렇게 될 수도 있겠지. 그러나 여하튼 노력은 해봐야지. 총을 쏘지 않을 수도 있잖아. 어쨌든 이렇게라도 하는 편이 가만히 앉아서 죽는 것보다는 구출될 희망이 있을 것 같아."

트라이안이 말했다.

"러시아로 가도 되잖아요?" 노라가 말했다. "아무리 나쁘다고 하더라도 사람들이 말하는 것만큼 그렇게 나쁘지는 않을 거예요. 공산주의 체제하에도 사람들이 살고 있는 걸요. 그 사람들이 살고 있는데 우리라고 살지 못할 리가 없지 않아요?"

"당신 말도 옳아. 공산주의 국가에서도 사람들은 살 수 있지. 경우에 따라서는 서양 사람들보다 나은 생활을 하는지도 모르지. 그렇지만 우리의 판단이 의존할 만한 객관적인 기준이 없단 말요. 객관적인 진리는 없는 거지. 모든 것이 주관적인 것이야. 나로서는 소비에트적인 낙원에서는 절대로 살아갈 수 없소. 내 고집을 어리석다고 생각할 수도 있겠지만 나의 입장에서 본다면, 내 생각이 옳거든. 한 인간에게 있어서 옳은 것은 오직 자기의 개인적인 견해니까 말이오. 나 개인적으로는 볼가(Volga)의 동력화한 야수들의 손아귀에 잡혀 들어가기는 싫어. 난 미치광이 같은 사나이인지도 모르지. 인간의 존엄성을 존중하는 정신은 자기의 마음에 맞지 않는 삶을 원하지 않아. '예지를 가진 정신은 오직 삶만을 아낄 수는 없는 법이오.' 나는 그다지 생명에 대해 애착을 느끼긴 않아. 언제든지 나는 생명을 버릴 수 있으니까. 그러나 내가 생명을 버리지 않을 경우엔 가장 적합한 생활 조건에서 살고 싶어. 내 인생관이 옳지 않다고 지적해봐야 소용이 없을 거요. 나는 어떤 의견도 듣지 않을 테니 말이오. 그러나 나는 다른 사람들이 이렇게 살아라, 혹은 저렇게 살아라고 지시를 한다든지, 또 다른 사람들이 볼 때에 가장 훌륭하다고 생각하는 생활 태도를 나에게 강요하는 건 절대로 반대하오. 내 생명은 내것이야. 내 생명은 집단 농장에도 고유 재산제에도 정치위원에게도 소속된 게 아냐. 그러므로 나 자신이 선택한 방법으로 살 권리가 있는 거야. 만일 내가 원한다면 나도 정치위원이 말하는 생을 흉내내며 살아갈 수도 있겠지. 그렇지만 나에게는 그럴 생각이 없는 걸 어떡해. 그리고 내가 그럴 생각이 없다고 해서 나를 비난하고, 내 행동을 옳다거나 그르다거나 하고 시비할 권리는 아무에게도 없는 거야. 나는 나대로 내 생을 살아갈 테야. 누가 무어라 해도 나는 소비에트식 생활 방식은 절대 반대요. 바로 그것이 내 스스로 내 목숨을 자르는 이유가 될 수도 있을 거요."

노라는 울기 시작했다. 트라이안은 여전히 밧줄을 매고 있었다. 노라는 한쪽 끝을 힘껏 쥐어잡고 있었다.

"미국 사람들이 마당의 초소를 떠났는지 살펴보구려." 트라이안이 말했다.

노라는 복도로 나와 문쪽으로 가서 러시아군 보초가 벌써 와 있는지 어떤지 보려고 보초탑을 내다보았다.

"5분마다 내다봐야 해. 우리가 도망치기에 제일 적당한 시간은 러시아 보초와 미군 보초가 서로 교대하는 시간일 거요. 그 기회를 놓치면 그만이야."

그들은 계속해서 밧줄을 매어 나갔다. 아침 나절 내내 작업을 계속했다. 그들은 밧줄의 길이와 탄력이 충분한가를 시험해보았다.

그리고 한 사람이 5분에 한 번씩 감옥의 보초탑을 살피러 갔다 와선, "아직도 미국 사람이야!" 하고 말했다.

그럴 때마다 둘은 기뻐했다. 미국인 보초가 감옥의 보초탑에서 경비하고 있는 한 '아직은 전부를 잃은 건 아니다'라는 꿈이 남아 있었기 때문이었다.

117

오후 6시경에 트라이안 코루가와 엘레오노라 베스트는 감방에서 나와 다른 죄수들과 함께 미국군 트럭을 탔다.

트라이안은 파랗게 질려 있었고, 노라는 울고 있었다.

"러시아군에게 우리들을 양도하는 장소를 다른 데에다 택한 모양이다.

이 트럭은 동쪽을 향해 달리고 있으니 말야." 트라이안이 말했다.

바이마르 시가는 러시아군인들과 자동차로 가득차 있었다.

"트럭에서 뛰어내릴까? 틀림없이 우린 러시아군 감옥으로 옮겨지는 거야." 트라이안이 노라에게 의견을 물었다. 그들은 거리를 벗어났다. 노라는 푸른 들판을 바라보았다. 그리고는 태양을 쳐다보았다. 동쪽으로 가고 있는 건 확실했다.

"조금만 더 가면 숲을 지나게 될 거야. 당신이 먼저 뛰어내려가서 숲 속에서 기다려. 내가 당신 뒤를 따라 뛰어내릴 테니."

노라는 울고 있었다.

"준비해!" 트라이안이 말했다.

"좀 있다 가요. 당장엔 너무 무서워 못하겠어요." 노라는 대답했다.

"이런 좋은 기회는 다시 없어. 길가의 숲을 봐요. 이렇게 숨기 좋은 곳도 없어. 뛰어내리지 않겠소? 이것 봐 트럭의 속도가 느려졌어!"

그는 노라의 팔을 잡았다. 그녀는 두 손으로 긴 의자를 움켜잡았다. 손가락들이 경련을 일으키고 있었다.

"싫어요. 당신은 원하시는 대로 뛰어내리세요. 당신이 저를 여기에 두고 도망치더라도 저는 절대로 당신을 원망하지 않을 거예요."

트라이안 코루가는 노라 곁에 바짝 다가앉아 그렇게도 숨기 좋은 숲을 더 이상 보지 않으려고 두 눈을 감았다. 그들에게는 다시없는 기회였던 것이다.

그가 눈을 떴을 때 태양이 얼굴 정면에 떠 있어서 눈이 부실 지경이었다. 태양은 아까처럼 자기 뒤에 있지 않았다. 지금 그들은 서쪽으로 달리고 있는 것이다.

"미국 사람들도 때로는 좋은 녀석들이군." 트라이안은 노라의 팔을 잡으며 말했다. 그의 얼굴은 기쁨으로 빛났다.

"아마 우리를 러시아군에게 넘기지는 않을 모양이야."

"그럼 우리를 어디로 데리고 가는 걸까요?" 노라가 물었다.

트라이안은 다시 얼굴이 침울해졌다.

"미군 감옥이겠지." 그는 이렇게 말하며 기뻐했던 걸 부끄럽게 생각하였다.

"용서해요, 노라. 그 정도 일로 좋아하다니. 이 감옥에서 저 감옥으로 이송된다고 좋아하다니 내가 미쳤지 뭐야. 하지만, 이것이 유럽에 사는 인간이 도달한 최후의 단계야. 두 개의 감옥 중에서 어느 한 편만을 택해야 한다는."

118

"요한 모리츠가 바로 당신이오?" 미국 장교는 물었다.

그는 다정스럽게 웃어 보이고 말을 이었다.

"이 도시의 사령관께서 어떻게 탈출했는지 당신 입으로 직접 들어보시겠다고 하십니다. 강제수용소에서 5명의 포로를 구해낸 사람이 바로 당신이오?"

요한 모리츠는 기뻐서 얼굴이 빨개졌다.

그는 미국 장교들이 자기 공로를 들으러 자동차로 그를 찾으러 온다는 건 생각할 수도 없었던 것이다. 이 도시의 사령관까지 나에 대한 얘기를 들었구나 하고 모리츠는 생각했다. 그는 지금까지 한 번도 느껴보지 못한 기쁜 마음으로 자기 이름을 댔다.

"예, 제가 바로 요한 모리츠입니다."

"그럼 같이 갑시다. 자동차가 와 있으니." 하고 장교가 말했다.

요한 모리츠는 윗옷을 입고 싶었다. 그는 셔츠와 바지만을 입고 있었다. 맨발에다 구두를 신었기 때문에 양말도 신고 싶었다.

그러나 장교는 급하다고 재촉했다.

"사령관께서 우릴 기다리고 계십니다. 그대로 가도 괜찮소. 30분 후면 돌아올 거요. 자동차로 데려다주겠소."

둘은 지프에 올랐다. 사령관에겐 사실대로 보고하리라고 모리츠는 마음먹었다. 그는 이제부터 자기가 할 말을 생각해보았다. 그의 얼굴은 기쁨으로 빛났다. 사령관의 얼굴을 상상해보았다. 벌써 사령관 앞에 앉아서 자기의 탈출 경로를 얘기하는 듯한 기분이었다.

그런 상상을 하는 동안 자동차는 큰 석조 건물 앞에 섰다. 장교는 모리츠를 돌아보며, "여기서 기다리고 있어요."라고 했다.

요한 모리츠는 차에서 내렸다. 장교가 자기를 동반하지 않는 것이 유감스러웠다. 그가 같이 있으면 더 용기를 내어 애기할 수 있을 텐데……. 그러나 지프는 떠나가버렸다. 문간의 보초가 마당으로 모리츠를 안내했다.

두 사람의 독일 경관이 그를 맞아들였다. 모리츠는 좌우를 두리번거리며 살펴보았다. 그는 이 도시의 사령관이 이런 누추한 집에 살고 있으리라곤 생각지 못했다. 그러나 그런 걸 감히 물어볼 수도 없었다.

안으로 들어갔을 때 그는 모든 창문에 마치 감옥처럼 창살이 달려 있는 걸 보았다.

요한 모리츠는 물었다.

"여기가 시의 사령관이 계신 곳인가요?"

경관들은 폭소를 터뜨렸다. 웃음을 참을래야 참을 수 없었던 모양이었다. 그들은 모리츠를 지하실 캄캄한 독방에다 가두었다. 자물쇠를 두 번 돌려 잠그면서도, 그들은 포로가 던진 물음이 우스워 계속 킬킬거리고 있었다.

119

코루가 사제의 아내 코리나 코루가는 면사무소로 불려갔다. 삼색 완장을 두른 두 농민이 와서 창문을 두드리며 자기들을 따라오라고 명령한 건 자정이었다.

밖에는 보름달이 떠 있었다. 코리나 코루가는 조심스레 문을 잠그고 손에다 열쇠를 쥐었다.

면사무소에는 10명 가량의 러시아군인이 농민들과 술상을 벌이고 있었다.

사제의 아내는 그들 앞으로 끌려갔다. 그들은 포도주를 한 잔 그녀에게 권하며 그녀를 뚫어지게 쳐다보았다.

사제의 아내는 눈을 내리깔고, 성 니콜라이에게 남몰래 기도를 올렸다.

군인들은 그 술을 마시라고 강요했다. 그러나 그녀는 아무도 쳐다보지도 않을 뿐더러 술잔을 입에다 대지도 않은 채 성 니콜라이에게 계속 기도를 드렸다. 군인 하나가 그녀의 가슴에다 술을 부었다. 다른 군인 하나는 그녀의 치마를 들치고 속옷에다 술을 끼얹었다. 그러나 그녀는 아무 말도 하지 않았다. 또 아무것도 보지 않았다. 그녀는 두 눈을 꼭 감고 남편 알렉산드로 코루가와 성 니콜라이에게 계속 기도를 올렸다. 러시아군과 농민들은 그녀의 머리 위에다, 속옷 속에다, 그리고 치마 속에다 술을 퍼부었다. 그녀의 옷과 속옷은 술에 젖어버렸다. 그러고 나서 그녀를 마룻바닥에다 사정없이 때려뉘였다. 사제의 아내는 옷도 몸도 물에 빠진 것처럼 젖어 있다는 걸 느꼈다. 그 다음엔 그녀는 함빡 물에 빠져 흘러내려가는 것같은 기분이었다. 성 니콜라이가 물가에 서서 그녀를 위해 기도하고 있었다.

그 다음 날, 면사무소에서 당한 변 때문에 코루가 사제의 아내 코리나는 닭장 속에서 목을 매어 죽었다.

120

엘레오노라 베스트는 올드루프 강제수용소에서의 첫날 밤, '하여간 아무 이유도 없이 우리를 체포한 건 아니겠지' 하고 생각했다.

그녀는 누웠다. 메트리스도 이불도 없었다. 널빤지로 된 침대 뿐이었다. 허리와 팔꿈치와 뼈마디 할 것없이 몸 전체가 아팠다.

몇 시간 전 수용소에 도착했을 때는 이미 캄캄한 밤이었다.

바이마르 시에서 그들이 타고 온 트럭에서 내리자마자 둘은 헤어져 트라이안은 딴 곳으로 끌려갔고 노라는 이곳으로 온 것이다.

여자 강제수용소는 목제 바라크였다. 그녀가 누워 있는 방에는 약 30명 가량의 여자들이 있었다. 노라가 바라크에 들어왔을 때는 이미 캄캄해서 다른 여자들의 얼굴을 알아볼 수가 없었다. 그러나 그 여자들이 모두 젊은 여자들이라는 걸 육감으로 느꼈다.

노라는 나무 침대에 드러누워 울기 시작했다. 그러다가 이내 잠이 들어버렸다.

'지금은 자정쯤 되었겠지. 여기 갇혀 있는 여자들은 대체 어떤 사람들일까?' 하고 노라는 생각해보았다.

이 때 방 저쪽 구석에서 웃음을 참느라고 히히덕거리는 소리가 들려왔다.

노라의 귀에는 그 소리가 남자의 웃음소리처럼 들렸다. 그러나 여자 수용소에 남자가 있을 리는 없었다. 그녀는 귀를 기울였다. 확실히 남자였다. 이제 그는 웃고 있지는 않았다. 그러나 그가 성교를 하고 있다는 걸 짐작할 수 있었다. 틀림없이 남자와 여자가 내는 가쁜 숨소리가 귀에 들어왔다.

남자는 또 웃기 시작했다. 그러자 이번에는 방의 다른 쪽 구석에서 웃음소리가 들려왔다.

노라는 무서워졌다.

'성교를 하는 이 남자들을 나는 왜 무서워할까.' 하고 그녀는 생각했다. 그러나 아무리 애를 써도 마음을 가라앉힐 수가 없었다.

노라는 귀를 막았다. 아무 소리도 들리지 않았다. 그러나 두 눈을 감아도 그들이 계속 보였다. 그녀의 침대가 흔들렸다.

노라는 다시 눈을 떠보았다. 문이 활짝 열렸고 또 다른 남자들이 방으로 들어왔다. 그들은 방 한복판에 서서 그들끼리 뭐라고 지껄였다.

잠옷을 입은 여자 하나가 그들 곁으로 다가갔다.

노라는 더 참을 수 없어 고함을 지르기 시작했다. 눈을 꼭 감고 있는 힘을 다해 부르짖었다.

자기 자신도 왜 그런 짓을 하기 시작했는지 모를 일이었다. 그러나 지금 자기와 이 방에 있는 여자와 남자가 무서워서 계속 소리를 내어 울부짖었다. 그들은 노라가 소리를 지르며 우는 바람에 그 짓을 계속할 수가 없다고 그녀를 사정없이 때리러 올는지도 모른다.

'바보 같은 짓을 했지. 큰소리로 울지 말 걸. 그들은 이제라도 내 위에 올라타고 죽도록 때릴지도 모르지. 그들이 나를 때려죽여도 할 말이 없지. 내가 소리를 질렀으니까.' 하고 노라는 속으로 중얼거렸다.

남자들은 재빨리 방을 나가버렸다. 그들은 도망을 치는 모양이었다. 그들의 수는 꽤 많았다. 그들은 방 안에서 방바닥에 누워 있었던 사람들이었다. 노라는 그들의 소리를 듣지 못했다.

한 남자는 노라의 옆 침대에서 여자를 끼고 누워 있었지만 노라는 그 남자의 소리도 못 들었던 것이다.

마침내 남자들은 방에서 사라졌다. 마치 그림자와 같았다.

엘레오노라 베스트의 눈에 그들은 키가 크고 시커멓게 보였다. 그들은 밤의 어둠보다 더 까맣게 보였다.

여자 몇 명도 남자들을 따라나갔다가 곧 발끝으로 살짝살짝 걸어들어와서는 자리에 누웠다.

이제는 모두가 조용해졌다. 여자들은 제각기 제자리로 가서 침대에 누웠다. 그런데 두 여자만 방 한가운데에 그대로 서 있었다. 그 둘은 어둠 속에 서 있었는데 짧은 속옷만 걸치고 있었다. 어둠 속에서 두 개의 짙은 그림자를 볼 수 있었다. 그 둘은 아무 말도 하지 않고 서로 꼭 붙어 있었다. 노라는 그녀들이 무엇을 먹고 있는 소리를 들었다. 초콜릿을 갉아먹고 있었다.

노라는 방 한가운데 있는 두 여자가 제자리로 가서 잠들기를 기다렸다. 그 여자들이 자기가 잠들면 때리거나 죽여버리지나 않을까 겁이 났던 것이다. 그러나 그 여자들은 자리에 조용히 서서 아무 소리도 하지 않고 계속 초콜릿을 갉아먹고 있었다.

"누가 소리를 질렀지? 오늘 저녁에 온 빨간 머리를 한 낯선 여자지?" 한 여자가 나직한 소리로 물었다.

"글쎄, 모르겠어. 소리를 질러 줘서 다행이었어. 난 그이와 막 끝난 참이었어…… 다시 하고 싶은 생각은 없었어." 하고 다른 여자가 대답했다.

그 여자들은 계속 초콜릿을 먹으며 입을 다물었다. 노라는 그들의 동작을 눈으로 지켜보았다. 드디어 두 여자는 헤어져서 각자 다른 구석으로 가 침대에 눕는 모양이었다. 침대 널빤지가 삐걱거리다가 조용해졌다.

그러나 노라는 가슴이 답답하여 도무지 잠이 오지 않았다.

이제 방에는 남자는 한 사람도 없었다. 여자들은 잠이 들었다. 그러나 공기는 술과 땀, 그리고 성교를 하던 남자들의 입김으로 더럽혀져 있었다. 창문은 활짝 열려 있지만 그 악취는 여간해서 사라지지 않았다.

엘레오노라 베스트는 이젠 다른 생각을 하고 있었다.

'체포한 이유가 있겠지. 그렇지 않다면 나를 이런 곳에다 가두어 둘 필요는 없을 테니까…….'

그녀는 기침을 하고 싶었지만, 손으로 입을 막고 참았다. 저 여자들이 와서 폭행을 가할지도 모른다는 생각이 들었기 때문이었다.

121

올드루프 강제수용소에서의 첫날 아침이었다. 코루가 트라이안은 눈을 뜨자 요한 모리츠를 발견했다.

"우리들은 서로 곁에서 밤을 샜군 그래! 자넨 어떻게 여길 왔나?" 트라이안은 요한 모리츠의 손을 잡으며 물었다.

요한 모리츠는 자기 얘기를 처음부터 끝까지 들려주었다. 그는 사령관이 자기의 탈출에 관한 것을 듣고 싶어하니 같이 가자고 하던 장교의 이야기도 했다.

"그런데 시의 사령관에게 데리고 가지 않고 나를 감옥에다 집어넣었어요! 창문이 없고 햇빛도 들지 않는 독방에서 나는 8주일이나 갇혀 있었습니다. 그동안 줄곧 사령관께서 나를 불러주기를 기다렸습니다. 통 소식이 없더니, 결국 나를 여기에 끌고 왔습니다. 이게 제 얘기의 전부입니다." 요한 모리츠는 얘기를 마치고, 트라이안을 돌아보며 물었다.

"그런데 선생님께서는 어떻게 이런 데 다 오셨나요?"

트라이안 코루가는 어깨만 으쓱해 보였다.

땅바닥에 누워서 잠을 잔 죄수들이 하나 하나 눈을 뜨기 시작했다. 올드루프 강제수용소는 철조망으로 둘러싸여 있었다. 1만 5천 명의 죄수들이 수용되어 있었다. 하늘과 땅과 인간들 뿐인 곳이었다.

철조망을 친 울타리 사방 구석에는 기관총을 손에 쥔 군인들이 탱크 곁에 서서 수용소를 감시하고 있었다.

"판타나의 소식은 좀 들으셨습니까?" 요한 모리츠는 물었다.

요한은 트라이안을 쳐다보며 "선생님이 이런 곳에 와 게시다니 저는 믿을 수가 없습니다! 도대체 어떻게 되어 선생님과 제가 만나게 되었을까요? 밤새 나란히 누워서 잠을 자다니, 전 이해가 안 되는군요……." 하고 말했다.

122

울드루프 수용소 소장은 유태인이었다. 엘레오노라 베스트는 기뻤다.

'그가 유태인이라면 내가 받는 고통을 알아주겠지. 같은 혈족으로서 나를 도와줄 거야. 곧 나를 여기서 내보내주겠지.'

노라는 속으로 생각했다. 그녀는 모든 것을 그에게 얘기할 마음을 먹었다. 그에게 애원해야지, 도와달라고 부탁해야지, 오빠에게 말하듯이.

소장실의 벽에는 독일 강제수용소에서 찍어둔 사진들이 붙어 있었다.

엘레오노라 베스트는 그 사진들을 쳐다보았다. 사진들은 벽의 크기만 했는데 목을 졸라매고 굶어죽은 사람들, 줄무늬 작업복을 입은 죄수들, 산산조각이 난 시체들, 교수대, 여자 시체들을 실은 트럭들을 찍은 것이었다.

노라는 지금 자기가 어디에 있는지도 깜빡 잊어버렸다. 자기도 역시 나치 독일의 유태인 말살 수용소에 와있는 것 같은 느낌이었다.

그녀는 사무실에 있는 붉은 머리의 중위를 쳐다보고 있었다. 그녀는 눈으로 애원하듯 쳐다보면서, 학살과 굶주림과 가스실과 고문에서 구원해 달라고 간청하고 있었다.

"나는 당신의 누이동생이에요. 제발 도와주십시오." 엘레오노라 베스트는 이렇게 속으로 중얼거렸다. 그 순간만큼 노라가 자신이 유태인이란 점을 강하게 느껴본 적은 여태껏 한 번도 없었다.

"중위님!" 노라는 말했다.

그녀의 음성은 떨렸다. 목이 꽉 잠기고, 울음이 목구멍을 막아 말할 수가 없었다.

"너는 내가 묻기 전에는 말할 권리가 없어." 장교는 냉정하게 대답했다.

엘레오노라 베스트는 입술을 깨물고 묵묵히 있었다. 그의 질문을 기다렸다.

장교는 그녀를 쳐다보지도 않고 서류를 읽더니,

"네 이름이 엘레오노라 베스트 코루가냐? 네가 틀림없지? 네 남편도 잡혔지, 그렇지?" 그는 쌀쌀하게 물었다.

장교는 그녀를 너라고 불렀다. 그가 말하는 투는 정확하게 말해서 형제와 같은 말투는 결코 아니었다.

"네 남편은 반연합 기구 관리였지?"

"제 남편은 루마니아 왕국의 관리였습니다." 엘레오노라 베스트가 대답했다.

장교는 얼굴이 빨개졌다. 창백해지면서도 주근깨가 뒤덮인 그의 얼굴은 새빨개졌다. 그의 입술은 떨렸다.

"루마니아에서는 지독한 유태인 살인을 했다지, 그렇지?" 하고 중위가 물었다. 노라에게 대답할 여유도 주지 않고 "루마니아에는 유태인 강제 수용소가 있었지? 그 수용소에서는 유태인들이 학살당하고, 가스실에 감금되고, 목이 잘리고 총살을 당했다지……."

노라는 자기도 유태인이라는 것을 말할 작정이었다. 자기가 어떻게 위조 서류를 손에 넣게 되었고, 또 어떻게 도망을 쳤고, 그리고 그 일로 해서 매일 밤 무서워 떨었다는 얘기를 할 셈이었다.

"내 질문에 대답해 봐!" 장교는 고래고래 소리를 질렀다. 그러더니 주먹을 불끈 쥐고 노라 곁으로 다가왔다.

노라는 얼굴 한복판을 한 대 갈길 줄 알았다. 그녀는 두 눈을 감고 주먹이 날아오기를 기다렸다. 전신이 떨려서 지금까지 생각하고 있던 말을 한 마디도 할 용기가 없었다.

"대답하라니까, 이 죄 많은 년아! 네 손으로 얼마나 많은 유태인을 죽였느냐? 말 좀 해봐. 네가 그대로 말하지 않고 버티면 산산조각 찢어 놓겠다! 네 손으로 몇 명이나 유태인을 죽였지?" 장교는 짐승처럼 으르렁거렸다.

노라는 계속 입을 다물고 있었다.

"말하기가 싫은가보구나! 이젠 무서운 모양이지, 너무 무서워서 오줌까지 쌌노라고 했는데, 네가 사람을 죽일 때는 무섭지 않았나?"

"저도, 저도……."

엘레오노라 베스트가 말하려 하자,

"나치의 더러운 갈보 년아, 여기서 나가거라? 꺼져버려!"

그는 주먹을 노라의 눈앞에 휘둘러보이며 후려갈길 듯이 위협했다. 엘레오노라 베스트는 사무실을 나오고 말았다.

제5장

123

트라이안 코루가는 무엇인가를 쓰고 있었다.

요한 모리츠는 그 옆에 서서 마치 자기가 연필자루를 잡기라도 한 듯이 손가락을 오그리며 들여다보고 있었다. 그의 표정은 실에 진주알을 꿰어 나가듯 열심히 펜을 따라 움직였다.

요한 모리츠는 글 같은 걸 쓸만한 참을성이 없었다. 또 쓰기도 싫어했다. 그러나 트라이안 코루가가 쓰는 것은 몇 시간이고 싫증내지 않고 들여다볼 수 있을 것같이 생각되는 것이었다.

'코루가 씨가 글을 쓰고 있는 자세는 마치 성모상 앞에서 기도를 올리는 모습 같단 말이야. 코루가 씨를 보고 있으면 그가 죄수라는 것도 잊어버리겠구먼. 그가 맨발에다 수염까지 깎지 않고 구멍 뚫린 바지를 입고 있다는 것도 안 보인단 말이야. 트라이안 코루가가 글을 쓰고 있을 때는 신사로 보여. 모자를 벗고 소곤소곤 얘기를 나누고 싶단 말야.' 모리츠는 생각했다.

"뱀을 놀리는 사람의 이야기를 들어본 적이 있나?" 트라이안은 잠깐 손을 멈추고 물었다.

"예" 모리츠가 대답했다.

"성 다니엘은 사자 굴에서 살았었는데도, 사자들은 그를 잡아먹지 않았다네. 그가 사자들을 길들였으니까. 사람은 뱀을 놀릴 수 있고, 사자도 길들일 수 있거든. 무솔리니는 자기 사무실에 호랑이 두 마리를 키웠어. 그놈들을 잘 훈련시켰던 거야. 사람은 어떤 사나운 짐승도 길들일 수 있어. 그런데 얼마 전부터 이 지구상에는 새로운 종류의 동물이 나타났단 말야.

그 동물의 이름은 시민이라고 부르지. 그들은 숲속이나 밀림 속에 사는 것이 아니라 사무실이라는 것 속에 살고 있지. 그런데 그들은 밀림의 무서운 짐승들보다도 더 잔인하단 말이야. 그들은 인간과 기계와의 잡종으로 태어난 일종의 퇴화 족속(退化族屬)이라고 볼 수 있는데, 실제로는 이 지구상에서 가장 힘이 강한 족속이라네. 그들의 얼굴은 인간과 흡사해서 가끔 사람과 혼동하게 된다네. 그러나 곧 우리는 그들이 인간으로서가 아니라 기계와 같은 동작을 취한다는 걸 알게 된다네. 그들은 심장 대신에 크로노미터를 달고 있네. 그들의 두뇌는 일종의 기계란 말일세. 그러니 기계도 아니고 인간도 아니라고 볼 수 있지. 그들의 욕망은 야수의 그것과 같거든. 그렇다고 그들이 진짜 야수는 아냐. 그의 이름은 시민이라는 거야……괴상한 잡종이야. 그들이 지금 전 세계를 휩쓸고 있네." 트라이안이 말했다.

요한 모리츠는 그 시민이라는 것을 상상해보려고 했다. 그러나 머리에 잘 떠오르지 않았다. 잠시 후에 그는 마르쿠 골덴베르크가 생각났다. 그러나 트라이안이 말을 계속하는 바람에 마르쿠의 영상은 사라지고 말았다.

"나는 작가야. 내 생각으로는 작가란 일종의 길들이는 사람과 같은 거야. 아름다움, 다시 말하면 진리를 인간에게 제시해줌으로써 인간의 마음을 부드럽게 해주는 사람이야. 나는 시민을 길들이고 싶은 생각에서 작품을 하나 쓰기 시작했었는데 제 4 장까지 들어갔었다네. 그런데 시민들이 나를 이렇게 감금시켜놓았기 때문에 더 이상 쓰질 못하고 있지. 제 5 장은 아직 시작하지도 못한 형편이야. 지금은 더 이상 쓸 이유가 없어졌네. 이젠 작품 출판도 하지 않겠네. 제 5 장 대신에 시민을 길들이는 그 무엇을 쓰고 싶어졌기 때문이야. 만일 그 일에 성공한다면, 나는 속편히 죽을 수 있겠어. 자네에겐 내가 쓴 글을 읽어주겠네. 이건 소설도 아니고 희곡도 아냐. 시민들은 문학을 싫어하거든. 그들을 잘 훈련시키려면 그들이 좋아할 수 있을 장르로 써야 한단 말야. 나는 탄원서를 쓰겠네. 시민들은 소설이나 희곡이나 시를 읽느라고 허비할 시간이 없거든. 그들이 읽는 건 탄원서뿐이란 말이야." 트라이안이 말했다.

124

탄원서 제1호——경제 문제 '지방질(脂肪質)'

나는 당신에게 여러 장의 탄원서를 보내드릴 작정입니다. 우선 경제적인 문제부터 언급하겠습니다. 기술 문명은 물질적인 기반 위에 세워졌습니다. 경제는 당신의 복음서와 같은 것입니다.

개인적으로 말하면 나는 작가입니다. 무엇보다도 작가란 누구나 '증인 (證人)'이 되지요. 증인이 되는 데 있어서 첫째 자격은 공정함입니다. 따라서 나의 탄원서는 진리의 증언이 될 것입니다.

내가 당신에게 던지는 질문은 특히 나에겐 중요한 것입니다. 지금 문제가 되는 건 지방질입니다.

물론 당신도 현재 세상 사람들이 겪고 있는 지방질의 결핍에 대해서 잘 알고 있을 줄 압니다. 내가 이 수용소에 도착했을 때 죄수들은 땅바닥에 나란히 누워 있었습니다. 나는 누울 자리를 찾기가 여간 힘들지 않았습니다. 나는 감옥에서 막 나온 참이어서 너무도 피곤해 있었습니다. 이 수용소를 둘러싸고 있는 들판은 엄청나게도 넓게 보였습니다. 그래서 나는 당신이 수용소 울타리를 왜 이렇게 좁게 줄였는지 이해가 되지 않았습니다. 이 곳에는 1만 5천 명이라는 인간이 밀집하여 붙어살고 있습니다. 이 사람들이 서 있을 때에만 약간 틈이 생길 뿐입니다. 그러다가 그들이 누우면 공간이 너무도 좁아져서 서로 몸을 포개듯 해야 합니다. 내 경우만 두고 보더라도 밤새도록 두 다리를 펴고 잘 수가 없었습니다. 내 옆에서 자는 사람들은 내 머리 위에다 다리를 뻗기도 합니다. 따뜻한 다리들이 밤새 내 몸에 올려져 있어서 춥지 않게 자게 되었습니다. 이제야 왜 당신이 수용소의 공간을 이렇게 좁혔는지 알 수 있을 것 같습니다. 포로들이 발로 풀을 밟아버릴 테니까 들에 자라는 풀잎을 아끼기 위한 이유도 있었겠지요. 풀도 비싸니까요. 그들이 어쩔 수 없이 풀을 밟게 되는 건 안타까운 일일 테니까요. 젖소가 뜯어먹는다면 우유라도 되어 나오겠지만 죄수들이 풀을 밟아서는 조금도 이익될 건 없지요.

한편 당신이 울타리를 더 넓게 했더라면 더 많은 가시 철조망이 필요했겠지요. 철조망 값도 비싸니까요. 단지 죄수들이 좀더 넓은 공간에서 두 다리를 쭉 펴고 잘 수 있도록 하기 위하여 그렇게 철조망을 낭비할 필요는 절대로 없겠지요.

더욱이 날씨가 추워지고 장마철이 되면, 대부분의 포로들이 죽을 겁니다. 혹은 그 전에 죽는 사람도 있을 테지요. 그렇게 되면, 살아 있는 죄수들이 발을 펼 만한 틈이 생기게 되겠지요. 저는 당신이 이 수용소를 지으실 때 이 점을 참작하셨으리라 믿습니다. 과학적인 정확성을 가진 당신의 예견에 나는 고개를 숙이지 않을 수 없습니다.

어느 날 저녁 잠들기 전에 나는 베를린 대학 교수의 강연을 들었습니다. 지방질에 관한 강연이었습니다. 그래서 나는 이 탄원서에다 그 강연과 같은 주제에 관해 이야기하려고 합니다.

그 교수는 우리가 수용소에서 먹는 수프 속에 든 콩알을 매일 헤아려보았다고 합니다.

30일간, 아침 저녁으로, 자기 국그릇에 든 콩알을 하나도 빼놓지 않고 세어서 합계하여 평균을 내보았다 합니다. 그의 말에 따르면 죄수 한 사람이 하루에 먹는 두 번의 수프 속에는 열 개의 콩알이 들어 있는 결과가 나왔다고 합니다. 그 교수의 조교들도 자기들 국그릇에 든 콩알을 세어본 결과, 그 계산이 정확하다는 것을 확인했답니다.

그 다음 그 교수는 수프에 든 감자 껍질을 세어보고, 또 밀가루의 양을 계산해보았습니다. 그 양은 물론 그 교수가 부엌으로 들어갈 수 없었기 때문에 대충 계산해본 것이었습니다.

독일 사람들이 측량하는 능력에 있어서는 매우 우수하다는건 여러분이나 나나 잘 알고 있는 사실입니다. 그러므로 그 콩알의 수가 매우 정확하리라고 생각해도 좋을 것 같습니다. 독일 사람들은 인내심이 강하고 또 꼼꼼한 사람들입니다.

30일간 이런 작업을 한 그 교수는 자기 연구를 끝내어 강연을 했는데, 청중들은 그 연구의 가치를 인정했습니다. 또 독일 사람들은 다른 여러

가지 문제에 대한 강연도 듣고 싶어했어요. 그것은 중세기 때부터 내려오는
그들의 관습이지요. 교수는 자기가 어떤 방법으로 매일 수프를 엄밀히
검사해서 콩알을 헤아릴 수 있는가를 얘기한 다음 그 콩알 하나에 내포된
칼로리 함량을 밝혔는데, 나는 정확한 수치는 기억할 수 없습니다. 그 다음
그는 열 개의 콩알에 내포된 칼로리를 계산하고, 감자와 밀가루의 칼로리
계수를 거기에다 합했는데, 그것은 포로들이 수프 속에서는 볼 수 없을
뿐만 아니라, 교수 자신도 정말 수프 속에 그것이 들어 있다고 말하기가
힘든 양이라고 했습니다. 그 결과 수용소의 포로 한 사람이 하루 평균 5백
칼로리 정도의 영양을 섭취한다는 계산이 나왔습니다. 어떤 때는 보다 적은
칼로리를 섭취하게 됩니다. 왜냐하면, 그 교수 자신도 콩알이 한 개도 들어
있지 않은 수프를 먹게 되는 때가 있었기 때문입니다. 그런 날은 계산에서
그만큼을 빼야 합니다. 그런가 하면 또 어떤 날에는 15개가 들어 있기도
하고, 재수 좋은 날은 18개까지 찾아낼 수 있었다고 합니다. 그러므로 그
평균량은 정확한 숫자로 나옵니다.

수용소의 포로들은 하루 종일 잠만 자는 것이 아닙니다. 그런데 그 교수가
해놓은 계산을 보면 하루 종일 잠을 자는 사람에게 필요한 칼로리와 동등한
칼로리를 포로들이 눈을 뜨고서 소모하고 있다는 것입니다. 1천 칼로리가
그들이 취해야 할 최소한의 숫자라고 합니다.

그런데 포로들은 콩알에서 5백 칼로리를 얻습니다. 5백 칼로리 이상을
소모하는 죄수들은 결국 자신에게 저축된, 즉 자기 몸 속에 쌓인 자본에서
끌어내야 합니다. 결국 수용소에 올 때 지니고 온 자본에서 매일 5백 칼
로리씩 빼내는 포로들은 한 달에 6파운드씩 체중이 준다는 계산이 나옵니다.

물론 이 계산은 모두 평균치이지요. 교수는 몸소 임시 변통한 저울에다
죄수들의 몸무게를 달아보았습니다. 그런데 그 도수가 꽤 정확했던 모양
입니다. 6파운드, 즉 각 포로가 칼로리로 소모하는 3킬로그램의 지방질을
합쳐보니, 당신의 빈틈없는 관리하에 배치된 이 올드루프 수용소 한 곳
에서만 해도, 매달 4만 5천 킬로그램의 지방질을 잃고 있다는 결과가 나
옵니다. 매달, 지방질을 잔뜩 실은 다섯대의 열차가 수용소에서 나가버리는
것입니다. 기름기가 대기 속에 없어져버리는 것입니다. 1만 5천 명의 포

로들은 주위의 공기한테 이 중요한 양의 지방질을 빼앗겨버리는 것입니다. 당신 자신이 이 손실을 계산해보십시오. 개인적으로 나는 경제학자가 아니기 때문에 어떤 해결책을 암시해드릴 수는 없습니다만, 내가 확신하는 것은, 당신의 지휘하에 있는 기술 도구를 이용해서 이 살아 있는 지방질을 유용하게 쓰실 수 있다는 것입니다. 그냥 잃어버릴 이유가 어디 있습니까? 이상이 내 탄원서의 목적입니다.

기술 문명이 발달한 국가에 속하는 당신은 내 말을 잘 이해할 줄 믿습니다. 당신 나라의 과학원(科學院)에다 이 문제에 관한 보고서를 보내실 수도 있겠지요.

매달 4만 5천 킬로그램의 기름기를 이렇게 잃어버린다는 것은 문명인다운 소행이 아니지요. 당신에게는 또 다른 수용소도 있습니다. 내가 알기로는 독일에만 해도 몇백 개나 된다고 생각합니다. 그러니 매일 산더미 같은 신선한 지방질을 이용할 수 있는 것입니다.

베를린 대학 교수의 강연을 듣고 나서 내가 공기를 들이마셔보니 정말 사람의 기름기 냄새가 나는 것 같았습니다.

당신 소유의 수용소는 기름기를 포로들한테서 빼내는 거대한 압축기입니다. 나는 대기 속에서 그 기름기 냄새를 맡을 수 있습니다만, 사무실에 계신 당신은 창문을 활짝 열고 맡아도 그 냄새가 나지 않습니까? 하긴 당신의 옷에도 그 냄새가 스며들었을 텐데요. 청컨대, 당신의 아내이거나, 아니면 밤마다 당신과 잠자리를 같이하는 당신의 애인에게 당신의 머리나 피부에서 사람의 기름 냄새가 나지 않는지 여쭈어보십시오. 여자들의 후각은 남자들보다도 더 섬세하니까, 그 냄새가 난다고 할 겁니다. 이런 생각을 하니 지금 또 내 가슴이 울렁거립니다. 구역질이 나서입니다. 당신이 대표한다고 볼 수 있는 문명에 대해 나는 변함없이 언제나 마음속으로 더할 나위없는 찬양을 보내고 있습니다. 당신이 가진 자원과 기술 도구로써 이 지방질을 잘 이용할 수 있으리라 믿어 마지 않습니다. '나도 한 달에 3 킬로그램의 칼로리를 내 몸에서 빼내 당신에게 바치고 있다는 걸 잊지 말아주십시오.'

―― 증인

125

탄원서 제 2 호——미학적(美學的)인 문제 '서양 기술 사회에 있어서의
이상적인 인간미'

어젯밤 나는 어느 독일인 교수와 미학에 관한 토론을 했습니다. 그러다가
우리는 결국 말다툼을 하게 되었습니다. 독일 사람들은 다른 유럽 사람들과
마찬가지로 그 문제에 있어서는 고전주의에 머물러 있습니다. 그것이 바로
그들의 사회가 무너진 이유이지요. 당신네 사회처럼 건강하고 발달한 사회는
현대적인 예술을 소유하고 있습니다.

독일인 교수는 수용소의 마당에서 왔다갔다하는 포로들을 지적해 보여
주었습니다. 그들은——당신도 잘 알다시피——뼈와 가죽밖엔 남아 있지
않지요. 교수는 죄수들이 보기 흉하다고 했고, 이야기는 그리스 예술의
개념에 이르러서 중단되고 말았습니다. 내 눈에는 뼈와 가죽만 남은 그
사람들이 정말 살아 있는 예술품이기나 한 듯이 아름답게 보입니다.

나는 당신네 사회가 지금까지 어느 사회도 도달하지 못한 경지에까지
도달하여 아름다움을 사랑하게 되고, 오직 미학적인 목적, 즉 우주를 아
름답게 꾸미기 위해 인간의 육체에서 기름기를 빼내는 것이라고 하면서
그 독일인을 설득시키려고 했습니다. 그랬더니 그 교수는 내 말을 못 알
아듣더군요. 독일 사람들은 잘 알아듣지를 못하는 모양입니다. 아마 그래서
사람들이 그들을 외고집쟁이 독일 놈이라고 부르나 봅니다. 내일 나는 현대
유럽에 있어서 인간미의 개념이라는 주제하에 강연을 할 생각입니다.

알베르토 자코메티라는 스위스 조각가는 당신이 인체에서 기름기와 살을
없앰으로써 실제로 완성한 것과 똑같은 원칙과, 그리고 남성적인 미와
여성적인 미에 관한 똑같은 개념을 조각 부문에서 실현했습니다. 동상(銅像)
을 만들면서 그는 인체와 공간에서 기름기를 없애려고 노력했던 것입니다.
이렇게 일차원으로 줄어든 인체는 철사와 같은 굵기로 바싹 마른 기다란
형체를 이루게 되는 것입니다.

이 수용소에서 당신이 만들고 있는 것이 바로 그것입니다. 나는 예로부터 당신의 문명 전부가 미적 원칙을 바탕으로 하고 있다고 생각했습니다.

그러므로 당장 내일이라도 이 지구의 모든 표면이 자코메티의 예술——당신의 예술이기도 한——즉 새로운 예술관을 따라 만들어진 조화된 육체를 가진 인간들로만 가득차게 된다면 우주는 아름다움으로 눈부시게 되지 않겠습니까 ?

——증인

126

"모리츠 군 ! 지금까지 나는 40통이 넘는 탄원서를 썼다네. 그들에게 사실을 알려주고 그들을 설득시켜 더이상 인간을 괴롭히지 말라고 해보았다네. 그건 잘한 일이라고 믿네. 탄원서 한 장 한 장을 묘하게 꾸며 썼지만 결과는 헛수고였네. 나는 법률문, 외교문, 전보문, 요리 설명문, 그리고 광고문 등을 동원했어. 때로는 감상적으로, 때로는 속되게, 때로는 애원하는 말투를 차례로 구사하여 내 앞에 놓인 이 절망적인 상태가 허락하는 한 온갖 수단을 총동원해서 정의를 요구해보았지. 그런데 아직 한 마디의 대답도 없다네. 나는 그들이 매우 불쾌하게 여길 사실들을 말했는데도 그들은 화도 내지 않더군 그래. 애써 끓어앉아 썼는데도 불쌍하다는 생각도 들지 않나 봐. 내가 욕지거리를 했는데도 모욕을 당했다고 생각하지 않았고, 그들을 웃기거나 또 호기심을 끌어보려고도 해보았지만 헛수고였네. 결국 나는 훌륭한 감정도 비천한 욕망도 그들 마음속에 불러일으키지 못했다네. 다시 말하면 그들에게 아무런 반응도 일으키지 못했다는 말일세. 돌멩이들에게나 말해 볼 걸 하는 생각이 들더구먼. 돌멩이는 감정이 없으니까, 미워할 줄도 모르고 또 복수할 줄도 모를테니 말이네. 그들에게는 연민이란 것이 없어. 그들은 자동적으로 일을 할 뿐 예정표에 들어 있지 않은 일은 모른다네. 내가 내 살을 한 조각 베어 내어 그 위에다 아직 뜨거운 내 피로 탄원서를 쓴다 해도 그들은 읽기는커녕 내가 지금까지 보낸 탄원서 종이들처럼 휴지통에다 집어던지고 말 것이네. 그것이 나의 살점 즉 아직도 따뜻한 사람의 살이라는 것조차도 생각지 않고 던져버릴 거네. 기계보다도 한 술 더 뜨는 무관심이지." 트라이안 코루가는 말했다.

"가엾은 트라이안 씨! 아직도 무얼 하실 생각이십니까? 그들에겐 해봐야 소용없습니다." 요한 모리츠는 동정어린 표정으로 말했다.

"난 계속 써 보내겠네. 내가 쓰는 일을 끝냈을 땐 난 이미 죽어 있을 거네. 인간이 야수를 길들이기는 하는데 왜 우리가 시민을 길들이지 못한단 말인가?"

"아마 다른 방법을 취해야 할 것 같아요. 글로 써서는 아무런 결과도 얻지 못할 겁니다." 요한 모리츠가 말했다.

"인간이 지구 표면에 나타나면서부터 오늘날까지 인간이 획득한 모든 승리는 정신의 승리였다네. 정신에 의해서 결국 우리는 사무실에 앉아 있는 시민을 길들일 수 있게 된다네. 우리가 그들을 길들이지 못하면 그들은 우리를 산산조각으로 찢어놓을 거니까. 그러니 우리는 사람을 만나자마자 갈가리 찢지 말라고 그들을 가르쳐야 한다네. 우리가 그들에게 그걸 가르쳐 주지 않는 한, 그들과 같은 땅에서, 같은 도시에서, 또 같은 집에서 살아갈 수 없으니까. 그러나 내가 오늘처럼 낙관주의자가 된 적은 없다네. 아마 내가 지금 느끼는 것은 죽기 바로 직전에 있는 인간이 갖는 낙관일 거야. 임종을 앞둔 내 전신의 경련이 바로 25시의 탄원서로 된 장(章)이지. 하지만 나는 그걸 꼭 쓰고 말겠네!"

127

탄원서 제3호──경제 문제 '자기 육체의 절반 또는 3분의 1밖에 갖지 못한 죄수들)

나흘 동안 나는 친구 한 사람과 같이 이 수용소 죄수들 중에서 그들 신체의 절반, 3분의 1, 또는 5분의 1밖에 소유하지 못한 사람들을 세어 보았습니다. 내 친구는 자기가 낸 통계를 아직 발표하진 않았으나 그는 계산을 매우 잘 합니다. 그런데 내가 지금 서둘러서 당신에게 글을 쓰는 것은 이 문제가 경제적인 관점에서 볼 때 매우 시급한 문제라고 생각되기 때문입니다. 한 마디로 요약하면 당신이 매일, 적어도 몇만 마르크를 절약할 수 있게 된다는 것입니다.

문제는 아래와 같습니다. 나와 같이 갇혀 있는 1만 5천 명의 죄수들 가운데 적어도 3천 명은 자기 몸 전부를 갖고 있지 못합니다. 그들 중의 2백 명은 다리마저 없습니다. 그들은 수용소에서 마치 뱀처럼 꿈틀거립니다. 그리고 1천 2백명의 포로들이 한쪽 다리 뿐인가 하면, 또 다른 죄수들은 하나 뿐이고, 또 몇몇 사람은 두 팔이 절단된 완전한 불구자입니다. 이상 말한 것은 외부에 나타난 사실들입니다.

그러나 그들 죄수 중 많은 수가 내부 기관 몇 개를 잃어버렸는데, 한쪽 폐라든지, 콩팥 한 개, 또는 여러 군데의 뼈 등이 절단되었습니다. 또 40명의 죄수들은 완전히 두 눈이 없습니다.

이 사람들은 모두 나와 같은 시간에 자동적으로 붙잡혀 온 사람들입니다. 처음엔 그들이 불쌍하다는 생각이 들더군요. 내 친구 요한 모리츠는 수용소의 불구자들과 팔 다리가 없는 죄수들이 보이면 두 눈을 감아버려요. 그러니 요한 모리츠는 한 미개인이지요. 그로서는 모든 포로가 기계적으로 체포당한 이상 일단 감금되어 어떤 카테고리에 소속되면 단지 다리나 눈, 코, 폐 등을 덜 가졌다는 이유만으로 이곳을 빠져나갈 수 없다는 것을 이해 못하는 것입니다. 자동적 체포란 움직이지 않는 상태에 있는 신체를 가진 사람들을 위한 예외를 예측하지 않습니다. 마땅히 그래야지요. 정의란 어느 누구를 막론하고 예외를 만들어서는 안 되니까요.

이 수용소에는 팔없는 교수 한 분이 계신데 전쟁터에서 두 팔을 잃었다고 합니다. 당신이 교수들이란 교수는 모두 체포하라는 명령을 내렸을 때 팔이 없다고 해서 이 친구가 예외가 된다는 건 옳은 일이 아니지요. 체포되는 것과 팔이 없다는 것 사이에 무슨 관계가 있습니까? 하등의 관계도 없지요. 그러므로 그 친구는 교수니까 그가 속해 있는 부문의 교수들과 동시에 체포되어야 했고 또 당신은 그렇게 실행한 것 뿐입니다. 당신은 빈틈없는 사람입니다. 그래서 내가 이렇게 당신을 존경하나봅니다. 나는 위대하고도 찬란한 당신의 문명을 위해서 언제든지 내 목숨을 바칠 수 있을 것 같습니다.

당신은 정의와 정확성의 화신(化身)이십니다.

그건 그렇고, 다시 본론으로 들어갑시다. 살덩어리뿐인 인체의 부분도 완전한 몸을 소유한 죄수들과 똑같은 양의 음식을 받는다는 건 매우 불공평한 일이라고 생각합니다.

내가 제의하고 싶은 것은, 그 죄수들이 지금 지니고 있는 육체의 양에 정비례한 양의 식량을 할당 배급하라는 것입니다. 당신네 나라의 정부는 죄수들에게 할당할 식량을 확보하느라고 피나는 희생을 치르고 있으니까요. 그러나 죄수라고 하면, 한 인간 전체를 말하는 것이 아닙니까? 3천 명이나 되는 팔다리 없는 불구자를 모아서, 그들의 손, 발, 눈, 그리고 폐를 헤아려 본다면 당신은 사실상 기껏해야 2천 명의 죄수들밖에 갖고 있지 않다는 것을 알게 될 것입니다. 그러므로 하루에 적어도 천 명의 식량 할당량을 절약하게 됩니다.

이제 죄수들의 신체에 붙어 있지도 않은 기관까지 먹이기 위해 무엇 때문에 돈을 낭비하십니까? 그런 후한 인심은 정말 쓸데없는 것입니다.

이런 사실을 당신이 지적해주면 고위층 당국은 매우 만족하게 여기리라 믿습니다. 훈장이라도 받게 될지 모를 일이 아닙니까? 그렇게 함으로써 당신은 국가 경제에 큰 이익을 가져다주는 것입니다. 모든 사람들이 문제는 돈이라는 걸 알고 있으니까요. 나도 바로 그런 신념 위에서 말을 끝낼까 합니다.

─── 증인

128

탄원서 제4호─── 군사적 문제 '性의 변화'

굶주림으로 해서 수용소의 죄수들은 당신에게 군사적인 큰 흥미를 불러일으킬 수 있는 변모의 대상이 되었습니다. 몇 마디로 줄여보면 아래와 같습니다. 오래 전에 체포되어서 매일 5백 킬로리만으로 살아온 포로들은 이젠 수염을 깎을 필요가 없게 되었습니다. 여느 때엔 하루에 한 번 또는 두 번씩 면도를 하던 사람들도, 수용소에 와서는 단지 이틀에 한 번씩 수염을 깎기 시작하더니, 그 다음엔 1주일에 한 번, 또 한 달에 두 번, 그러다가 결국엔 전혀 면도를 하지 않게 되었습니다. 그들의 수염은 날이 가면 갈수록 듬성듬성 자라서는 이윽고 솜털처럼 되고, 마침내 그 솜털마저 사라지고 맙니다. 그들의 얼굴도 여자 얼굴처럼 부드럽고 매끈매끈해집니다. 그것만이 전부가 아닙니다. 그들의 목소리도 여자의 목소리처럼 변해갑니다. 그들의 젖가슴도 발달되어서 몇몇 죄수들의 그것은 열세 살짜리 소녀의 가슴만 합니다. 그들의 피부는 여자처럼 부드럽고 비단결 같아집니다. 그들의 태도마저 여성화합니다. 그들의 성기는 어떻게 되었는지 정확히 알 순 없습니다만 나의 생각으로는 그 식이요법으로 '특히 식량 할당량을 더욱더 줄여볼 생각이시라면' 음경(陰莖)과 그에 딸린 기관은 떨어지고 말 것이며, 그렇게 되면 완전히 여자로 변모되는 것입니다. 의사들의 설명을 들어보면 그런 현상은 굶주림 때문에 생기는 것이며, 영양 부족은 그 결과 이중 기능을 가진 호르몬 분비, 즉 남성 호르몬과 여성 호르몬을 많이 줄어들게 하거나 거의 없애버린다고 합니다.

더욱이, 약해진 간장은 호르몬 조절 기능을 할 수가 없어서, 남성 호르몬을 무제한으로 파괴할 수도 있지만 여성 호르몬은 계속 솟아나게 내버려둘 수도 있기 때문이라 합니다.

호르몬 분비의 균형이 잡히지 않음으로써 인체는 여성다운 모습을 두드러지게 띠게 되는 것입니다.

이 확인된 사실은 당신의 문명에게 매우 큰 군사적인 중요성을 가지고 있습니다. 야만스런 당신의 적들을 강제 노동수용소에다——지금 당신이 하기 시작한 것처럼——모두 집어넣고 날마다 그들이 모두 여자가 될 때까지 하루에 단지 몇 백 칼로리만 준다면 시끄러운 세상이 얼마나 조용해질까 하고 생각해보십시오. 당신네 적국에는 남자가 없을 테니, 이젠 전쟁을 선포할 사람은 한 사람도 없게 된다는 것입니다. 나는 위대하신 나라의 원수께서 그 발명을 이용하시게 되리라 믿습니다. 당신네 문명이 실제적이며, 특히 창의성이 풍부한 정신을 가졌다는 것을 참작해보면 그와 반대되는 작용도 생기리라 믿습니다. 다시 말하면 지원병으로 입대하고

싶어하는 당신네 조국의 여성들의 식이요법과 점점 남성적으로 되어가는
그들의 변모라고 하겠지요. 이로써 노동력이 점점 상승된다는 것입니다.
그러므로 당신의 지휘하에 있는 수용소의 죄수들에게 허용된 5백 칼로리의
식량은 좀더 줄여야 한다고 제의하고 싶습니다. 그렇게 하면 죄수들이 빨리
참다운 여자로 변모될 것이니까요.

———증인

129

출발 준비. 1만 5천 명의 포로들이 다른 수용소로 옮겨가게 되었다. 새벽
3시였다. 탱크와 트럭이 수용소 주위에 몰려 있었다. 트럭의 헤드라이트가
일제히 켜지고 거기에다 탱크의 불빛까지 합쳐져 대낮처럼 환하게 밝았다.
자동식 기관포들이 마치 강물처럼 대문에서 쏟아져 나오는 포로들의 무리를
일제히 겨누고 있었다. 트라이안 코루가와 요한 모리츠는 나란히 걸어나
왔다. 모리츠는 이를 달달 떨고 있었다.

대문 옆에는 방망이를 든 두 패의 군인들이 있었다. 그들은 대문을 나오는
포로들을 세어보고 여러 그룹으로 갈라놓고 있었다.

"보통 10명 내지 12명이 타는 트럭에 60명은 실은 모양이야. 어떻게
할 작정일까? 자네는 인간 육체의 상호 침투가 불가능하다는 법칙을 들어
본 적이 있나?" 트라이안이 물었다.

모리츠는 아무 대답도 하지 않고 떨고만 있었다. 트라이안은 첫 번째
트럭을 채우는 군인들을 유심히 바라보고 있었다. 처음에 20명을 올라타게
했다. 그것으로 더이상 자리가 없을 만큼 찼다. 그 군인들은 이미 트럭에
탄 죄수들을 굵은 방망이로 때리기 시작했다. 사람들은 한 쪽으로 꽉 몰렸다.
그 다음 또 10명 가량 올라타게 했다. 그러더니 또 방망이가 움직이기
시작했다. 새로 탄 사람들은 먼저 탄 사람들에게 바싹 달라붙어 섰다. 또
빈틈이 생겼다. 군인들은 또 10명을 태웠다. 이젠 어린이 하나도 더 들어갈
틈이 없다고 장담할 정도였다. 그러나 군인들은 무기를 휘둘러 개머리판으로
후려갈기기 시작했다. 또 다른 10명이 트럭에 기어올랐다. 이렇게 해서

60명 그룹 중에 한 사람도 아래에 남아 있지 않았다. 모두 트럭에 올라탄 것이다. 이젠 방망이질도 끝났다. 트럭은 출발 신호를 기다리고 있었다.

트라이안 코루가는 요한 모리츠의 손을 잡고 트럭에 올랐다. 서로 떨어지기 싫었던 것이다.

"모리츠, 절대적인 법칙이란 없는 건가 봐. 물리학도 결국 불변의 법칙을 갖지 못하거든. 물리학에선 두 개의 몸뚱이가 공간 속에서 동시에 같은 장소를 차지할 수 없다구 했단 말야. 그런데 지금 이 경우는 7명이 단 한 사람의 장소를 점령하고 있거든. 이래도 물리학을 믿을 수 있다는 건가. 자네는 피카소의 얘기를 들은 적이 있나?" 트라이안이 물었다.

"없는데요, 트라이안 씨."

요한 모리츠의 목소리는 숨이 막히는 듯했다.

트라이안은 키가 크기 때문에 공기를 들이마실 수 있었다. 요한 모리츠는 키가 작았다. 그의 머리는 여러 사람의 가슴 틈에 끼여 납작해질 지경이었다. 그의 가슴은 하도 짓눌려서 공기마저 빨아넣을 수 없을 정도였다.

"숨이 막혀 죽겠소!" 모리츠는 말했다.

그는 어찌할 바를 몰라 울고 싶은 심정이 되었다. 꼼짝할 수도 없었다. 그는 조금이라도 공기를 마시려고 콧구멍을 크게 벌려보았지만, 공기는 들어오지 않았다.

"숨이 막혀 죽겠어요. 트라이안 씨!"

그는 말했다.

"대답해. 피카소의 얘기를 들은 적이 한 번도 없는가?"

"들은 적이 없어요. 저는 아는 것이 없으니까요. 아아, 숨막혀. 아마 이대로 끝장이 나나 봐요." 모리츠가 말했다.

트라이안은 모리츠의 머리를 들어올리려고 했다. 그러나 팔을 빼낼 수가 없었다. 손가락 하나 움직일 수 없도록 몸은 짓눌리고 꽉 끼어 최소한의 부피로 줄어들었다. 그러나 머리만은 다른 사람들 머리 위로 솟아나와 있었다.

"그 피카소라는 사람은 서양 사회에서 가장 위대한 화가야." 트라이안이 말했다.

"아무것도 들리지 않습니다. 이 코만이라두, 아니 콧구멍만이라두 여기서 내놓게 해주십시오, 트라이안 씨. 제발 절 도와주세요. 죽을 것만 같아요!"

트라이안은 약간의 틈이라도 내주려고 애를 썼다. 모리츠의 머리가 그의 가슴에 와 닿았다.

"피카소는 자네의 초상화를 그렸다네. 자네가 지금 트럭 속에 있는 거와 같은 모습을 그렸다네, 모리츠."

"제 추상화를요? 잘 안 들려요. 귀가 꽉 막혀버렸어요."

"자네의 초상화를 그렸는데, 사진처럼 꼭 닮았어. 정확하게 그렸지. 또 우리가 트럭을 타고 있는 이 모습, 다시 말하면 공간 속에 똑같은 자리를 같은 시간에 점령하고 있는 7명의 인간을. 어떤 사람은 다섯 개의 다리를 가지고 또 어떤 사람은 세 개의 머리를 가졌으나 그의 허파는 없어졌다네. 자네만 하더라도 목소리는 있어도 입이 없잖나. 또한 머리만 있지 몸은 없단 말이야. 트럭 위의 공간 속에 솟아나온 머리……파리에서 내가 처음으로 그 그림을 보았을 때 아주 내 마음에 드는 그림이라고 생각했지만, 그 그림이 무엇을 뜻하는지는 알지 못했지. 그런데 지금에야 알 수 있을 것 같아. 바로 그것이 우리가 타고 있는 트럭을 그린 그림이었어. 아주 정확한 묘사야. 세밀한 부분까지 빼놓지 않았어. 그는 또한 우리 수용소도 그렸어. 사진을 찍듯이 사실 그대로를 그려놓았어. 그야말로 천재적인 화가야."

트럭이 출발했다. 트라이안은 주위의 사람들을 둘러보았다. 그들은 이제 인간이 아니었다. 어둠에 싸인 마을의 좁은 길을 달리는 트럭 속엔 이제 살아 있는 사람이라곤 하나도 없었다. 그러나 그 트럭 위의 사람들이 죽은 것은 아니었다. 삶과 죽음 사이를 오락가락하고 있었다. 한 순간은 살아 있고 또 어느 순간은 죽음으로 돌아가는 것이었다. 또 때로는 죽음과 삶이 같은 순간에 있을 수도 있었다. 그들이 점령한 부채꼴에는 공간이란 것은 없었다. 공간은 제거당하여 죽어 없어진 것이다.

그들의 부채꼴 속에 남은 것은 경련 뿐이었다. 눈이 경련을 일으키는가 하면, 살도, 피도, 공기도, 시간도, 생각도 모두가 경련에 싸여 있었다. 인간은 형체와 정신을 이젠 가질 수 없었다. 인간 자체가 경련 그것이었다.

"아직은 숨쉴 수 있나?"

트라이안이 물었다.

"모르겠어요. 쉴 수 있는 것 같기는 하지만 그것도 한쪽 콧구멍으로 어쩌다가 쉴 수 있을 뿐입니다. 여기 바로 당신 가슴 위에서, 갈비뼈를 통해서……."

모리츠는 대답했다.

"콧구멍 하나라도 충분하지. 내 말 좀 들어보게. 자네에게 아주 중요한 어떤 사실을 알려줄 테니……."

"아무 말도 안 들려요. 용서하십시오." 모리츠가 말했다.

"정신을 좀 차려 봐요. 아주 중요한 일이니까." 트라이안은 말을 덧붙였다.

"어떤 공포일지라도 끝이 있고,
어떤 슬픔일지라도 그 종말이 있으니,
인생살이엔 끝없는 근심에 쓰일 시간은 없어라.
그러나 이것은 삶의 테두리 밖의 것,
시간을 넘어선 것.
이것은 간악과 불의의 기나긴 시간이어라.
씻어버릴 수 없는 오물로 더럽혀진
우리는 괴상한 독벌레와 어울렸다네.
우리들, 우리가 사는 집과 도시만이 아니라네.
이 세상 전체가 더러워졌다네."

"좀더 큰 소리로 말해주십시오! 아무 소리도 들리지 않아요!" 모리츠가 말했다.

트라이안은 있는 힘을 다해 소리를 높여 계속 지껄여댔다.

대기를 깨끗이 하라! 하늘을 말끔히 닦아라! 바람을 씻어라! 돌에서 돌을 골라내고 팔에서 살갗을 벗겨내며 뼈에서 근육을 갉아내어 그것들을 모두 씻어라! 돌멩이도 씻고, 뼈도 씻고, 머리도 씻고, 영혼도 씻어라! 그 모든 걸 씻어라! 그 모든 걸 씻어라!

T·S 엘리어트

"무슨 소린지 모르겠습니다. 정말 당신은 행복하십니다. 트라이안 씨, 숨을 쉴 수가 있으니까요. 저는 질식할 것만 같아요!"

수용소 안에서는 키가 작은 사람들일수록 덩치가 큰 사람들보다 굶주림이 다소는 덜했다. 그러나 60명을 한 데 쑤셔넣고 마치 괴물처럼 올드루프 마을의 길을 달리는 이 트럭 속에서는 키가 작은 포로들은 숨을 쉬지 못해 죽을 지경이었다.

"트라이안 씨, 이젠 아무 말도 하지 말아 주세요. 전 도무지 들리지 않으니까요." 요한 모리츠는 말했다.

"자네가 내 말을 안 들으면 생명이 없어진다는 걸 알아야지……."

"뭘 들으란 말입니까?"

"그 독일인 교수가 돼먹지 않은 소릴 했거든. 그는 중대한 죄를 범했기 때문에 벌을 받아 죽을 걸세."

트라이안이 말했다.

"어느 독일 사람이 중대한 죄를 지었단 말입니까?"

"우리들의 지방(脂肪)과 우리들의 살을 달아본 교수 말일세. 그 교수는 우리들의 고통을 달아볼 셈으로 아직 따뜻하게 살아 있는 기름기를 달아 보았단 말이야. 하지만 인간의 고통은 킬로나 톤으로 달 수 있는 것이 못되거든……. 생명이란 잴 수 없는 거야. 그래서 생명을 감히 달아보려는 자가 있다면 그는 죽을 죄를 짓는 거야!" 트라이안은 말했다.

"저에겐 들리지가 않아요!" 요한 모리츠가 말했다.

"들리지 않는 건 그리 대단한 일이 아냐. 들리지 않더라도 서서히 몰락하는 건 마찬가지야. 이 트럭의 운전사와 보초들과 몽둥이를 가진 사병들 그리고 기관총을 가지고 우리들이 죽을 그 순간만 기다리고 있는 군인들도 전혀 들리지 않을 거니까. 어느 사람도 듣지는 못하지만, 그들도 우리와 같은 시각에 우리와 마찬가지로, 우리와 함께 서서히 몰락해가는 거야. 그들이 몰락해 쓰러지는 게 보이나?" 트라이안이 물었다.

"제 눈은 가려져 있어서 아무것도 안 보입니다." 모리츠가 대답했다.

"느끼지도 못한단 말인가!"

"오직 제가 숨이 막히는 것밖엔 아무것도 느낄 수 없어요."

"그러나 자네도 본질만은 느끼고 있다는 건 잘 알겠지. 왜 아무것도 느끼지 못한다고 떼를 쓰나? 누구든 다 자네와 똑같은 걸 느끼고 있지만, 그걸 고백하지 않는다는 것뿐이네……."

트라이안은 쓸쓸한 표정으로 말했다.

130

포로들은 가축을 싣는 화차에 실렸다.

말 스무 필을 싣는 화차에 사람 1백 40명이라는 화물을 실었다.

화차의 모든 문은 닫혀 있었다.

뒤에 붙은 화차에는 3천 명의 여자 포로를 실었다.

참으로 긴 열차다. 트라이안은 이런 긴 열차를 멀리서 볼 수 있었으면 하고 속으로 생각해보았다.

"우리가 탄 기차는 골고다의 언덕을 기어오르는 상여의 행렬과도 같다. 그러나 우리의 기차는 동력화한 행렬이니, 우리는 기계의 힘으로 골고다를 기어오르고 있다고 할 수 있지. 예수님은 틀림없는 두 도둑 틈에 끼어 맨발로 그 언덕을 올라가셨어. 자넨 왜 예수께서 두 도둑 사이에서 못박히셨는지 알겠나?"

"모르겠는데요."

모리츠가 대답했다.

"죄없는 사람을 처벌하려고 일부러 죄인 두 사람을 끼게 하는 것이 재판관의 수완이거든. 그런 술책은 옛날부터 내려온 거야. 유태인들은 예수 한 사람만을 못박아 죽일 용기가 없었기 때문에 처형을 하는 동안 군중의 관심을 딴 곳으로 쏠리게 하기 위한 유일한 목적으로 아주 평판이 나쁜 도둑 두 사람을 함께 처단한 거야. 나나, 자네나, 내 아내나 또 다른 사람들이 다 각각 자기 좌우에 한 사람의 죄인을 달고 있단 말일세. 골고다의 방법과 똑같은 술책이야. 단지 수효의 차이만 있을 뿐이야. 예수의 경우에는 죄 없는 한 사람이 죄인 두 사람 사이에 끼었지만, 지금은 만 명의 죄없는 인간이 두 명의 죄인 틈에 끼어든 셈이야. 그러나 그건 별로 큰 차이는 아닐세. 방법은 언제나 똑같은 것이니까. 더욱이 우리들은 기계가 조종해서 자동식으로 십자가에 오르게 되는 거야. 하지만 그런 수작은 위험한 걸세. 왜냐하면 일단 처형이 끝나고나면 군중은 예수와 함께 못박혀 죽은 두 사람의 죄수에 대해선 더 얘기를 하지 않고 오직 예수만을 기억하게 된단 말야. 그건 어느 때고 마찬가지야. 오늘날에 와서도 그렇고, 비록 십자가에 매달리게 못질을 하는 것이 자동적이고 우리들이 기차로 골고다 언덕을 올라간다 해도 결과는 마찬가지란 말일세."

트라이안 코루가는 화물차 창살에 다가섰다.

열차는 멎어 있었다.

"뭐가 보입니까?」 요한 모리츠가 물었다.

그의 키는 들창까지 닿지 않았다.

"열차가 역에서 멎었어. 이 기차와 나란히 또 다른 기차가 들어와 있어." 트라이안이 말했다.

"역시 포로 열차인가요?"

요한 모리츠가 물었다.

그는 알고 싶었던 것이다.

"포로 열차야. 어제까지도 독일의 노예였던 외국인들로, 오늘엔 자유의 몸이 된 사람들일세." 트라이안은 옆의 열차를 둘러싸고 법석을 떠는 남녀들을 바라보며 대답했다.

"모두들 담배를 피우는군."

트라이안의 이 말을 듣고 요한 모리츠는 침을 꿀꺽 삼켰다.

"여자 하나가 열차에서 내리는군. 소시지와 흰 빵을 먹고 있네."

트라이안도 이 말을 하며 침을 삼켰다.

"나도 좀 봤으면, 어쩌면 한 사람쯤 아는 사람이 있을 것도 같은데요. 어느 나라 사람들입니까?"

요한 모리츠가 물었다.

"여러 나라 사람들이야." 트라이안은 화차 밖에 그려진 국기와 단추
구멍에 끼여 있는 작은 깃발을 쳐다보며 "버터를 바른 빵과 소시지를 먹고
있는 저 여자는 덴마크 여자로군. 그녀의 허벅지의 피부 빛깔이 먹고 있는
빵처럼 하얀데……그 여자 뒤에는 프랑스 여자가 있어. 아주 미인인 걸.
눈동자도 까맣구."

"또 다른 프랑스 사람은 없습니까?" 모리츠가 물었다.

"우리들이 탄 화차 옆에 한 무리가 모여 있네. 벨기에 사람과 이탈리아
사람도 있다네." 트라이안은 대답해주었다.

"프랑스 사람들을 좀 봤으면 좋겠어요!"

요한 모리츠는 조급한 듯이 말했다.

프랑스 사람들에 대한 지난 날의 감정이 눈을 떴던 것이다.

트라이안 코루가는 그를 부축하여 보이도록 해주었다.

"프랑스 사람들이구나! 저기 저 이탈리아 사람 곁에 있는 사람은 조
제프와 똑같은데…… 보이지요?" 모리츠는 기뻐서 소리쳤다.

"어느 조제프 말인가?"

"제 친구 조제프 말입니다. 제가 얘기하지 않았던가요? 탈출하도록
도와준 그 사람 말입니다. 그 조제프가 지금 프랑스에 가있지 않다면 저
사람이라고 믿겠는데요. 너무 똑같이 생겼는데요! 저 사람에게 뭐라고
말을 걸어봐 주시겠어요?"

"뭐라고 했으면 좋겠나?" 트라이안은 물었다.

"무슨 말이든 해보세요. 조제프와 너무도 닮았군요. 나는 프랑스어를
못하지만 무슨 말이든 하고 싶어요. '안녕하십니까, 프랑스까지 안녕히
돌아가십시오'라고 말해보십시오." 모리츠는 프랑스 사람에게 한 마디도
건네지 않을 뿐더러 정다운 미소조차도 보내지 않고서 그냥 지나쳐갈 수는
없었다.

"저것 보세요. 이젠 바로 우리들 곁에 왔는데요. 제발 뭐라고 해봐 주
세요!" 모리츠는 애원하듯 말했다.

트라이안 코루가는 여전히 아무 말도 하지 않았다.

그래서 요한 모리츠는 더 참고 있을 수 없어서 독일어로 부르짖었다.

"프랑스로 안녕히 돌아가십시오!"

모리츠는 부드러운 음성으로 말했다. 그의 얼굴은 반가운 나머지 생기를 띠어 빛났다. 그가 누구이든 간에 그는 프랑스 사람임에 틀림없으며, 그리운 프랑스 사람에게 말을 건넬 수 있다고 생각했기 때문이었다.

몰려 있던 무리는 모두 주고받던 얘기를 뚝 그치고 긴장된 얼굴로 창살께로 시선을 집중했다.

트라이안 코루가는 조제프를 닮았다는 사나이가 프랑스어로 대답하는 걸 들었다.

"뭘 달라는 소리겠지. 저 나치의 돼지새끼가!"

플랫폼에 서 있던 여자들과 남자들은 창살 속에서 정답게 웃어 보이는 요한 모리츠를 뚫어지게 바라보았다.

"저 나치의 돼지새끼가 아마 담배 생각이 나나 보지!"

조제프 같다는 청년이 호주머니에 손을 쑤셔넣다 말고 갑자기 손을 멈췄다. 그 옆에 있는 사람이 몸을 구부려 돌멩이를 주워 요한 모리츠가 여전히 웃으며 내다보고 있는 창문을 향해 던졌다. 돌은 창을 뚫고 들어와 화차 한복판에 떨어지면서 포로 한 사람에게 맞았다.

"자, 네 담배다! 네 덕분에 나는 3년 동안이나 독일에 있었다!"

둘째 번 돌멩이가 화차의 칸막이 벽을 쳤다. 다음 세 번째 돌은 비가 쏟아지듯 화차를 마구 두들겼다. 포로들은 바닥에 엎드려 들창에서 되도록 멀리 피했다. 돌멩이들이 우박처럼 쏟아졌다. 마치 전쟁터에서 공격을 받듯이 화차 속은 저주와 아우성으로 온통 들끓었다.

여자의 목소리, 남자의 목소리, 아이들 소리, 그야말로 격분한 무리들의 목소리였다. 프랑스 말, 이탈리아 말, 러시아 말, 덴마크 말, 노르웨이 말, 즉 세계 각국어로 부르짖는 요란한 아우성 바로 그것이었다. 그들의 입에서 터져나온 저주는 똑같이 격한 분노를 터뜨렸고 요한 모리츠를 치려고 날아드는 돌멩이의 뒤를 따라오는 말은 비록 나라에 따라 발음은 다를지언정 다 똑같은 의미였다. "나치의 돼지새끼, 강도 같은 나치, 살인마 나치, 나치……."

난민 열차에 타고 있던 사람들은 모두 내려와 합세해서 포로들이 탄

열차에다 돌을 던졌다.

보초와 헌병은 질서를 잡느라고 사뭇 쩔쩔맸다. 그러나 너무도 격분한 형세인지라 진정시킬 도리가 없었다. 범위는 점점 확대되어갔고 사태는 더욱더 험악해졌다. 헌병은 드디어 공중에 대고 발포를 시작했다. 나치들을 보호하려는 헌병을 향해, 해방된 노예들의 가슴속에서는 일제히 반항의 긴 울부짖음이 터져나왔다.

요한 모리츠는 첫 번째 돌멩이가 귀를 스치고 지나간 뒤에도 여전히 창가에 붙어 있었다. 그는 공격이 가장 맹렬한 가운데에서도 꼼짝하지 않고 웃어 보였다.

그는 이 떠들썩한 이유가 무엇인지 알 수가 없었다. 가령 안다 해도 그는 조제프와 비슷한 프랑스 사람이 자기에게 돌을 던져 얼굴을 까놓으려고 한다는 걸 결코 믿지 않았을 것이다.

요한 모리츠가 두 눈을 둥그렇게 뜨고서 자기에게 돌멩이를 던지는 군중을 내다보고 있는 동안 화차 속의 포로들이 모리츠의 다리를 들창에서 낚아채어 마룻바닥에다 쓰러뜨렸다. 모두가 그를 갈겨주고 싶었던 것이다.

손이란 손은 모두 그를 움켜잡아 살을 갈기갈기 찢어놓으려고 그를 찾고 있었다.

요한 모리츠의 몸뚱이를 몇백 개의 발이 사정없이 짓밟았다. 증오와 절망과 야수성을 띤 발들이 그를 짓밟는 사이에 우박 같은 돌멩이들이 끊임없이 그 포로들 머리 위로 떨어졌다.

포로들은 모리츠가 플랫폼에 있는 석방된 포로들의 증오와 공격을 촉발해놓은 데 대해 참을 수 없을 만큼 격분해 있었다. 그의 몸뚱이를 토막토막 잘라놓고 싶었다.

모리츠를 에워싸고 있는 것은 인간들이 아니라 인간의 무더기였다. 즉 묵시록에 나오는 천 개의 다리를 가진 짐승이 그의 몸을, 살아 있는 그의 따뜻한 살을 짓밟는 것과 같았다.

밖에서는 또 하나의 무더기가, 천 개의 팔을 가진 짐승이 그에게 돌을 던지고 있었다.

요한 모리츠의 코와 입에서는 피가 빨갛게 흘러나왔다. 요한 모리츠는 영락없이 죽을 것만 같았다. 그런 생각이 머릿속에 꽉 차게 되자, 자기를 짓밟는 장화 바닥도 자기를 후려갈기는 주먹도 이젠 느껴지지 않았다. 고통도 느껴지지 않았다. 고통의 종말이 다가온 것이다. 코루가 사제와 판타나 교회와 성모 마리아의 상이 머리에 떠올랐다. 화차의 칸막이 벽을 쳐부수는 소리가 들려왔다. 그는 이 공격이 모두 자기 한 사람을 향해 있다는 걸 알고 있었다. 모든 사람들이 자기를 짓밟으려 했다. 모든 사람들이 그의 목숨을 원했던 것이다.

이제 그는 이것을 깨달았다. 그는 세상이 끝장이 나고 그가 살아 있는 한, 이 세상에는 더 이상의 '진보'란 없으리라고 느껴졌다.

그는 지구상에 있는 모든 악의 책임을 짊어지고 있었다. 단 하나의 죄인은 바로 자기, 요한 모리츠였다. 그래서 이처럼 누구나 그를 죽여버리려는 것이다. 그래서 포로들이 발로 그를 짓밟았고 옛 포로들은 돌멩이로 그를 때린 것이다. 또 그래서 군인들에게 붙들린 것이리라. 그에게 목숨이 붙어 있는 한 군중은 진정되지 않으리라. 헌병들은 요한 모리츠를 죽이기 전에는 독일 포로들을 진정시키지 못하리라. 화차 속의 포로들도 그가 죽은 걸 보기 전에는 마음이 풀리지 않으리라. 기관총과 탱크를 조종하는 군인들도 요한 모리츠가 갈가리 찢어지기 전에는 바다 건너 자기 나라로 돌아가지 않으리라. 모리츠는 부득이 죽어야 할 몸이다. 그는 '인간'이었다. 그는 용서를 받을 수가 없는 것이다.

'하느님, 제가 무슨 죄를 지었습니까?' 하고 스스로 물어보았다. 그러고는 '저는 프랑스 사람들이 좋습니다. 그래서 저는 그들에게 다정한 말을 해주고 싶었습니다. 그것이 원인이 되어 그들은 저를 죽이려고 합니다. 예수님께서도 '인간'을 사랑하셨기 때문에 죽음을 당하셨습니다' 하고 모리츠는 생각했다.

모리츠는 트라이안 코루가의 말이 생각났다. "우리들은 기관차를 타고 골고다 언덕을 기어오른다. 우리들은 기계 장치를 고루 갖춘 골고다 언덕을 올라가고 있다."

요한 모리츠는 자기가 십자가에 못박힌 듯한 마음이 들었다. 밤이 된 것 같았다. 깜깜한 어둠이 찾아왔다.

131

요한 모리츠는 밤이 깊어서야 의식을 회복했다. 머리와 가슴에는 붕대가 감겨 있었다. 머리는 트라이안 코루가의 어깨에 기대어져 있었다. 모리츠는 자기의 뺨이 다른 사람의 피부와 맞닿고 있다는 느낌이 들었다. 그건 셔츠도 입지 않은 트라이안의 벌건 어깨였다.

모리츠는 트라이안에게 왜 셔츠를 벗어버렸느냐고 묻고 싶었으나 그럴 만한 힘이 없었다.

"물 좀 주십시오." 요한 모리츠가 말했다.

트라이안 코루가는 아무 소리도 못 들은 척 묵살했다.

"물 좀 주세요!" 요한 모리츠는 거듭 말했다. 그는 정신을 잃은 채 트라이안의 팔에 안겨 몇 시간 동안을 이렇게 보냈던 것이다. 그 사이에 트라이안 코루가는 자기 셔츠를 찢어 상처를 감아주고 자리를 만들어 그를 눕혀놓았던 것이다.

요한 모리츠는 완전히 정신을 잃고 있었다. 트라이안은 모리츠의 가슴에 손을 얹어보았다. 약하게나마 심장의 고동이 느껴졌던 것이다. 가끔 트라이안은 손을 떼어 붕대 위에 귀를 가져다대고 들어보았다. 때때로 모리츠의 심장이 너무나 희미하게 뛰어서 손으로는 그 고동을 잘 느낄 수 없었기 때문이었다. 귀를 갖다대어도 트라이안에게는 잘 들리지 않을 정도였다.

그런데 지금, 요한 모리츠는 말을 하고 있는 것이다.

트라이안 코루가는 그가 먼 곳에서 돌아오기라도 한 것처럼 기뻤다.

그런데 요한 모리츠는 물을 달라고 하지 않는가. 십자가에 매달린 예수처럼 그도 목이 탔던 것이다. 화차 속에는 물이라곤 없었다.

20시간 전부터 포로들은 먹지도 마시지도 못했을 뿐 아니라 대소변 보러 가는 것마저 허락되지 않은 채 갇혀 있었다. 화차 속은 구린내와 지린내로 가득 차 숨이 막힐 지경으로 악취가 풍겼다.

화차 바닥은 오줌이 흘러 질퍽거렸다. 모리츠는 오줌 속에 누워 있었다. 그도 무의식중에 오줌을 화차 바닥에다 질질 쌌다. 그래도 그는 느끼지를 못했다. 그때까지 눈 한 번 뜨지 않았다.

입술만 약간 벌리고 있었을 뿐이다.

"아 목말라!" 또 모리츠가 되뇌었다.

"안 됐지만 물이 없네. 마실 거라곤 아무것도 없어." 트라이안 코루가가 대답했다.

트라이안은 모리츠의 입술만이라도 좀 축여 줄 것이 없을까 하고 생각해보았다. 마실 거라곤 아무것도 없었다. 트라이안은 징기스칸의 군사들이 초원 지대를 통과할 때 먹을 것과 마실 것이 없어서 말 안장에서 내려 타고 가던 말의 혈관──발굽의 혈관──을 칼로 따고서 피를 빨아먹었다는 얘기를 어디서 읽은 일이 생각났다. 그 군사들은 피를 빨아먹고는 그곳에 붕대를 감아주고 다시 떠났는데, 며칠이고 몇 주일 동안을 징기스칸 군사들은 몇 방울의 뜨거운 피 이외엔 아무것도 먹지도 마시지도 않았다는 것이다.

트라이안은 이 얘기의 영상에 사로잡혀 있었다. 요한 모리츠의 갈증을 해소시키기 위해서라면 자기의 피 몇 방울쯤은 주고 싶었다. 그가 피를 먹으면 반드시 몸이 좋아질 거라고 생각했다.

"아, 목말라!"

요한 모리츠는 애원하듯 말했다.

"모리츠 군, 마실 것이라곤 아무것도 없네. 내 힘으로 자네에게 줄 수 있는 단 하나의 액체는 내 피밖엔 없네. 그거라면 난 기쁜 마음으로 몇 방울 주겠네. 그러나 자네는 피를 마셔선 안 돼. 피를 마시는 인간은 흡혈귀거든. 그도 인간의 형상을 갖추었지만 그건 인간이 아니야. 그건 기계이고 악마야. 군중이란 말일세. 그도 인간과 똑같으나 혼이 없는 인간 괴물이지."

"목이 타요!" 모리츠가 중얼거렸다.

"나도 알고 있네. 그렇지만 자네는 피를 마셔선 안 돼. 그런데 자네에게 줄 건 그것밖에 없네. 내 주위에 있는 모든 사람들 중에서 자네만이 인간의 피를 마셔본 적이 없는 유일한 인간이야. 내 말이 들리나? 다른 자들은 모두 피를 마셨으니 지금은 흡혈귀가 되어버렸어. 그들은 이젠 인간이 아냐.

여기 있는 포로들, 보초들, 자네에게 돌을 던진 그런 포로들은 어느 누구도
인간이 아니야. 남아 있는 것이라곤 단지 자네뿐일세. 자네는 아직도 인간을
사랑하고 있으니까."

트라이안이 말했다.

"아, 목말라！"

"알고 있어. 난 자네가 목이 말라 뭣이든 마시지 않으면 죽을 거라는
걸 잘 알고 있네. 그러나 저자들처럼 살려면 차라리 죽어버리는 편이 낫겠지.
자네는 인간의 피를 마셔서는 안 돼. 내 말이 무슨 뜻인지 알겠나？"

이렇게 트라이안은 말했다.

"목이 타 죽겠어！" 요한 모리츠는 또 한 번 중얼거렸다.

132

요한 모리츠의 탄원서

저는 루마니아 마을 출신인 요한 모리츠입니다. 저는 제가 지금 살고
있는 이 나라를 다스리고 계시는 분들에게 이 탄원서를 제출하여 제가
무슨 죄로 붙들려 십자가를 짊어진 예수만이 받으신 고초를 받고 있는지
물어보고자 합니다.

이런 질문을 진작 드리지 않은 것은 당연히 그렇게 해야 할 일이지만
제가 선천적으로 인내심이 강하기 때문이었습니다. 저는 농사꾼입니다.
농사꾼들은 무엇이든 잘 참고 기다릴 줄 압니다.

그래서 저는 봄 동안 내내 기다렸습니다. 여름 동안 내내 기다렸습니다.
겨울 동안 내내 기다렸습니다.

이젠 다시 봄이 왔습니다. 저는 뼈와 살가죽만 남았습니다. 저의 마음은
슬픔과 괴로움으로 아주 까맣게 타버렸습니다. 석탄이나 먹물처럼 새까
맣습니다.

이제는 더 기다릴 수 없습니다. 그래서 이렇게 물어봅니다. 무슨 죄로
저는 체포되었습니까？

저는 도둑질이나 살인을 한 일이 없었고, 저는 누구를 속인 일도 없으며 법률이나 교회가 금하는 죄를 저지른 적도 없습니다.

죄인이나 도둑이나 혹은 악인이 아니라면 무엇 때문에 저는 갇혀 있어야 합니까?

이렇게 갇힌 몸이 되어 온갖 고초를 겪은 저는 이제 땅 위에 비친 그림자와 같은 신세가 되어버렸습니다. 저는 열네 군데의 수용소를 돌아다녔습니다. 지금이야말로 제가 힐책을 받게 된 질문을 할 시기가 왔다고 생각됩니다.

저로서는 이런 결심을 하기가 대단히 힘들었습니다. 그러나 지금 저는 각오를 했습니다.

저는 이 탄원서를 이 나라를 다스리는 사람들에게 우편으로 보내드립니다. 수용소 문을 지키는 보초에게 부탁하여 보냅니다. 만일 돌고 돌아 세계 각국을 돌아다니더라도 반드시 어느 때고 이 나라를 통치하시는 분들의 수중에 들어가고야 말 것입니다. 그분들이 두 귀를 꽉 막으시더라도 저의 진정을 반드시 듣게 될 것입니다.

저는 수용소의 문이란 문에는 전부 제 탄원서를 붙여놓겠습니다. 탄원서 속에 돌멩이를 싸서 한길에 던질 계획도 하고 있습니다.

저는 수용소 위를 날아가는 새라도 붙잡아서 그 다리에다 제 탄원서를 매달겠습니다. 그러면 그 새들은 지구상의 어느 곳이든 날라다 줄 것입니다.

이제부터 저는 정의가 이루어질 때까지 계속 호소할 계획입니다. 저를 수용소 지하실에 가두어 누구에게도 제 목소리가 들리지 않게 되는지도 모르겠습니다.

하지만 제가 어디에 있든지간에 호소하기를 중지하지 않으려 합니다. 종이와 연필이 없으면 손톱으로라도 수용소 벽에다 쓰겠습니다. 손톱이 다 없어져 살이 나오게 되면, 또 자라기를 기다려 쓸 작정입니다.

저를 총살하시더라도 저는 지옥에도 천당에도 연옥에도 가지 않을 겁니다. 제 영혼은 이 땅 위에 그대로 남아서 끊임없이 여러분들을 따라다닐 것입니다. 내 영혼은 그림자처럼 따라다닐 겁니다. 하룻밤에도 백 번이나 당신들 꿈 속에, 그리고 당신과 잠자리를 같이하는 당신들 정부(情婦)의 꿈 속에 나타나서 제가 옳다는 것을 호소할 생각입니다.

그래서 여러분들은 눈을 감으실 수 없을 겁니다. 생애가 끝날 때까지 여러분들은 노래도 사랑의 속삭임도 들리지 않을 겁니다——여러분들의 귀에는 아무것도 들리지 않을 겁니다——여러분들의 귀에 들려오는 건 오직 저의 즉, 요한 모리츠가 하는 말뿐일 것입니다.

저는 하나의 인간입니다. 그러므로 제가 아무런 잘못이 없는 이상 아무도 저를 가둬놓고 괴롭힐 권리는 없다고 생각합니다. 저의 생명과 저의 그림자는 바로 제것입니다. 여러분들이 어떤 사람이든, 소유하신 탱크와 기관총과 비행기와 수용소와 돈이 얼마나 되든 간에 저의 생명과 저의 그림자에 손을 댈 권리는 조금도 없다고 생각합니다.

제 한 평생 소원이란 다름이 아니었습니다. 일을 할 수 있고 처와 자식과 함께 살 수 있는 장소를 마련하여 먹을 것을 얻는 일이었습니다.

바로 그것이 저를 체포한 원인입니까? 루마니아 사람들은 무슨 물건이나 동물을 징발할 때처럼 저를 징발하러 헌병을 보냈습니다. 저는 순순히 징발되어 왔습니다. 저는 빈 손으로 왔기 때문에 총이나 권총을 든 헌병들과는 싸울 수가 없었습니다.

그들은 저의 어머니가 지어주신 세례명인 이온이라고 저를 부르지 않고 제멋대로 야콥이라고 불렀습니다. 그들은 철조망을 둘러친 수용소에 저를 유태인들과 같이 마치 가축처럼 잡아 가두고 강제 노동을 시켰습니다.

우리들은 짐승처럼 떼를 지어 잠을 자고, 떼를 지어 먹고, 떼를 지어 차를 마시고, 우리가 떼를 지어 도살장으로 끌려가는 그 날을 기다리고 있었습니다. 다른 사람들은 거기로 끌려갔을 겁니다. 그러나 저는 탈출해 버렸습니다.

바로 그 이유로 여러분들은 저를 체포한 것입니까? 도살장으로 넘어가기 전에 탈출했기 때문입니까?

헝가리 사람들은 저를 야콥이 아니라 이온이라고 불렀지만 제가 루마니아 사람이니까 체포한다는 것이었습니다. 그들은 저를 고문하고 몹시 괴롭혔습니다. 그러고 나서 저를 독일 사람들에게 팔아버렸습니다. 독일 사람들은 저를 이온이라고도 야콥이라고도 부르지 않고 야노스라 부르며, 제가 헝가리 사람이라고 또 고문을 했습니다. 그런데 어느 대령이 한 사람 나타나 저를 야콥도 양켈도 아닌 요한이라고 부르며, 저를 군인으로 만들어주었습니다. 대령은 먼저 저의 머리통을 재보고 제 이를 세어보고 제 피를 유리로 된 시험관 속에 뽑아 넣었습니다. 이것은 제 어머니가 붙여주신 세례명이 아닌 다른 이름을 제가 가졌다는 걸 증명하기 위해서였습니다. 이 때문에 제가 붙잡혔습니까?

군인이 되어서 저는 프랑스 포로들을 수용소에서 탈출하도록 도와주었습니다. 이 때문에 제가 체포된 것입니까?

전쟁이 끝났을 때, 그리고 저도 역시 평화스럽게 살 권리가 있다고 생각했을 때 미국 사람들이 와서 저를 귀족처럼 대우하며 초콜릿과 그들의 나라에서 온 음식을 주었습니다.

그러더니 하루는 한 마디의 말도 없이 그들은 저를 감옥에 집어넣었습니다. 이렇게 저는 열네 군데의 수용소로 끌려다녔습니다. 천지개벽 이래 일찍이 없었던 가장 흉악한 강도처럼.

그래서 지금 저는 제가 왜 이처럼 갇히게 되었는지 그 이유를 알고 싶습니다.

야노스, 이온, 요한, 야콥 또는 양켈이라는 제 이름이 마음에 들지 않아서입니까? 여러분들도 제 이름을 바꾸고 싶습니까? 그렇다면 바꿔보십시오. 이젠 사람들이 세례 받을 때에 얻은 이름을 달고 있을 권리가 없다는 걸 알았습니다. 그러나 여러분들은 잘 알고 봐주십시오. 이젠 더 이상 기다릴 수 없습니다. 무엇 때문에 저는 체포되어 고통을 받아야 하는지 그 이유를 알고 싶습니다.

회답 주시기를 기다립니다. 존경하는 통치자 여러분께.

모리츠 이온 요한——야콥——양켈——야노스
농사꾼, 그리고 호주——

"왜 우나, 모리츠?" 탄원서를 읽어본 트라이안 코루가는 물었다.

"저는 울지 않습니다."

"눈에 눈물이 가득 괴었는데……왜 울지?"

"저도 모르겠습니다."

"자네, 탄원서를 보내는 것이 겁나서 그러나? 내가 쓴 것이 모두 사실이 아니란 말인가?"

모리츠가 대답했다.

"겁이 나서가 아닙니다. 쓰신 것은 전부 사실입니다."

"그렇다면 왜 울어?"

"바로 그 탄원서 때문에 우는 겁니다. 너무도 진실 그대로이니까요." 모리츠가 대답했다.

133

탄원서를 보낸 지 사흘만에 요한 모리츠는 심문을 받으라는 호출을 받았다. 트라이안 코루가는 자기 셔츠와 바지를 빌려주었다.

"우리가 이겼어. 탄원서가 효과를 낸 모양이야." 트라이안은 말했다.

요한 모리츠의 두 눈은 빛났다. 벌써 석방이라도 된 듯한 기분이었다.

"우리가 이겼어요. 모두가 당신 덕분입니다. 당신이 탄원서에 쓰신 건 죄다 너무도 사실이었습니다." 모리츠가 말했다.

"두려워해선 안 돼. 두려워해야 할 사람은 저자들이야. 저자들이야말로 정말 죄인이거든." 트라이안은 말했다.

모리츠는 싱글벙글 웃음을 감추지 못하며 심문을 받으러 나갔다.

한낮이 되어서 그는 돌아왔다. 트라이안은 문 앞까지 마중을 나갔다.

"어떻게 됐어, 석방해주겠다는 약속이라도 들었나?"

모리츠는 눈을 내리깔았다. 누가 무엇을 물어보아도 그는 여전히 수수께끼 같은 표정만 지었다.

"나중에 얘기하지요. 당장엔 얘기할 수 없어요."

"자네 돌지 않았나? 나는 이렇게 몇 시간을 자네가 돌아오기만 기다렸는데, 나중에 말해주겠다니 그게 무슨 말인가?"

요한 모리츠는 사무실에서 담배꽁초를 주워 왔다. 그는 그걸 호주머니에서 꺼내어 천천히 까더니 똑같이 나누어 하나는 트라이안에게 주고 또 하나는 자기가 가졌다. 그리고 신문지에다 담배를 말기 시작했다.

"좀더 있다 말하는 편이 좋을 것 같아서요, 트라이안 씨."

"석방한다고는 하지 않던가?"

"그런 말은 하지 않았어요."

"야단이라도 치던가?"

모리츠는 계속 담배를 말면서 말했다.

"야단도 치지 않았어요."

"때리던가?"

"아뇨!"

"그럼 왜 말을 하지 않지? 내가 보기엔 자네를 나쁘게 대하지 않은 모양인데."

트라이안은 물었다.

"아뇨, 조금도 나쁘게 대하진 않았어요." 요한 모리츠는 담배에 불을 붙이며 대답했다.

"차례가 오지 않았나? 그렇다면 나쁠 건 없잖아. 내일 또 부르러 오겠지."

"제 차례는 왔었습니다."

"신문은 받았나?"

"예!"

요한 모리츠는 혀가 마비된 것 같았다. 한 마디 한 마디가 입에서 나오기에 힘이 들었다. 트라이안은 더 참을 수가 없었다.

"죄다 말해보게. 처음부터……."

"제가 제일 첫 번이었어요. 사무실에 들어갔더니 의자에 앉으라고 하더군요. 책상 앞에 의자가 있었어요." 모리츠는 말했다.

"일은 잘 시작되었군. 의자에 앉으라고 했다는 건 좋은 징조거든. 자네 기록을 읽고 죄가 없다는 걸 알았던 모양이지. 아무나 의자에 앉으라고 할 리가 없으니까……그 다음에?"

"신문한 건 중사였습니다."

"친절하던가!"

"예!"

"처음에 뭘 묻던가?"

"처음엔 서류를 들여다보더군요. 그러고는 '당신이 요한 모리츠요?' 하고 묻길래 나는 '그렇습니다.' 하고 대답했지요. 그는 나를 쳐다보더니 다시 서류를 들여다보았어요. 그러고는 '모리츠에 T를 씁니까? 그렇지 않으면 TZ를 씁니까?' 하고 묻기에 나는 양쪽 다 쓴다고 대답했어요. 루마니아에선 T를 쓰고, 독일에서는 TZ라고 쓴다고 했지요."

요한 모리츠는 얘기를 중단했다. 그러고는 트라이안 코루가를 절망적인 눈으로 쳐다보았다.

"계속 얘기해보게. 왜 그러구 말지?"

트라이안은 답답해서 이렇게 물었다.

"그 다음엔 그 중사가 '고맙소. 나가도 좋소' 하고 말했어요."

"그것 뿐인가?"

"예, 그것 뿐이었어요." 요한 모리츠는 대답했다.

"그래서 자네는 상대에게 다른 말을 해보려고 하지 않았단 말인가? 왜 가르쳐준 대로 죄다 말하지 않았지?"

"저도 말하려고 했어요. 그렇지만 그 중사는 제 말을 들으려고 하지 않더군요. 거들떠보지도 않고 '다음 사람' 하고 불렀어요."

"그래서 자넨 뭐라고 했지?"

"아무 말도 못했어요."

"그럴 수가 있나! 정말 바보 같은 짓이야. 그래서 자넨 나와버렸단 말인가?"

트라이안은 손으로 얼굴을 감싸쥐며 말했다.

"예, 나오고 말았어요."

"고작 그것이 우리가 감옥 속에서 2년 동안 기다린 심문이란 말인가? 그밖에 다른 말이 없었단 말인가? 자네가 무슨 말을 잊어버린게 아냐?" 하고 트라이안은 물었다.

"아닙니다. 그밖에는 아무 말도 없었어요. 저는 나와버렸어요. 문을 다시 닫으려니까 손이 떨리더군요. 그러고는 다음 사람이 들어갔는데 그건 토마스 만이었습니다."

요한 모리츠는 대답했다.

"그럼, 그에겐 뭐라고 묻던가?"

"토마스 만의 '만'엔 Z를 한 자만 쓰느냐, 아니면 두 글자를 쓰느냐고 묻던데요."

"그것 뿐인가?"

눈물이 요한 모리츠의 뺨에 흘러내렸다. 진주처럼 굵은 눈물이었다.

"모리츠, 단념하게." 트라이안은 그의 어깨를 두드려주며 "흰 토끼가 죽은 후는 단념하는 수밖에 다른 도리가 없네……."

하고 말했다.

134

탄원서 제5호——재판 문제 '기계화한 신문'

나는 여러분들이 이 수용소의 죄수들을 개인적으로 심문하도록 특별 지도를 받았으리라 믿습니다. 그건 물론 어리석은 명령인 것입니다. 일단 이 모든 사람들이 자동적으로 무더기로 체포된 이상 개인적으로 심문을 받는다는 건 웃지 않을 수 없는 일이니까요.

그러나 왜 이런 명령을 내렸는지 나는 알겠습니다. 당신네 문명은 토착민들의 풍습에 대해서 그 어떤 예의 있는 제스처를 쓸 줄을 알기 때문입니다. 바로 그것은 순수한 형태의 양보 즉, 단순한 예의에 지나지 않지요.

한 장교는 아침나절에 5백 명의 죄수를 심문해야 하고 오후에도 역시 또 다른 5백 명을 심문해야 합니다. 그래서 나는 모든 사람에게 똑같은 질문을 하고 그 죄수들의 대답은 듣지도 않는다는 걸 알았습니다. 하기는 죄수 하나 하나가 지껄이는 걸 들어준다는 건 너무도 어리석은 짓이지요. 죄수의 입에서 나오는 말 가운데서 흥미로운 것이 뭐가 있겠습니까? 아무것도 없지요.

그러나 나는 여러분들이 질문을 하느라고 허비하는 에너지를 생각해봅니다. 하루에 똑같은 질문을 천 번이나 묻는다는 건 매우 힘이 들 것입니다. 그 일을 맡은 장교들은 밤마다 턱과 입술이 아프리라고 생각합니다.

그러므로 그 질문을 레코드 판으로 녹음하시기를 권유하고 싶습니다. 그 작용은 아래와 같을 겁니다. 즉 심문 담당 장교는 자기 사무실에 앉아 있어야 하는데 그것은 심문 절차가 그걸 요구하기 때문입니다. 장교는 전축을 돌리면 되지요. 그래서 포로가 방으로 들어가면 레코드 판은 말할 겁니다. "앉으시오!" 그러면 죄수는 앉게 됩니다. 디스크는 계속 돌아가며 첫째, 둘째, 그 다음 셋째 질문을 던지게 됩니다. 그러고 나서 디스크는 "감사합니다. 나가도 좋습니다"라고 할 것입니다. 그러면 죄수는 일어나 문쪽으로 걸어가서, 문 앞에 닿으면 '다음 사람.' 하는 마지막 말을 듣게 됩니다. 이렇게 되면 심문은 끝나지요! 그 다음 또 다른 죄수가 들어갑니다. 그러면 레코드 판은 똑같은 말을 되풀이합니다. 이렇게 디스크 한 장으로 여러분들은 4백 내지 5백 명의 포로들을 심문할 수 있습니다.

그 동안에 심문 담당 장교는 자기 사무실에 앉아서 탐정소설이나 읽겠지요. 그러다가 점심 때가 되면 그도 점심 식사를 하러 가서는 조금도 힘들인 것이 없으므로 아무런 고통도 턱에 느끼지 않고 정상적으로 먹을 수 있을 것입니다.

그러므로 심문을 한다는 사실은 오직 질문을 하는 것이지 대답을 듣는 것이 아니라는 것을 알아두어야 하겠습니다. 그러니 기계가 이 작업을 맡아할 수 있는 겁니다. 아주 논리적이지요. 형식은 따라야겠지만 심문을 맡은 사람들을 혹사할 필요는 없으니까요. 이런 방법으로만 재판이 이루어지는 것입니다. 문명된 사회의 재판은 자동적으로 시행되고 있습니다. 전기가 발명되기 전처럼 일을 처리할 필요는 없습니다. 재판이 축음기마저 사용하지 않는다면 그 많은 기술적인 발명은 어디에다 쓰시렵니까?

—— 증인

135

다름슈타트. 열다섯 번째의 강제 노동 수용소. 지금까지 거쳐 온 다른 수용소와 같다. 다소 다른 점이 있다면, 여기에는 희랍 정교의 교회가 있다는 점이다. 임시로 마련한 자그마한 교회다.

트라이안 코루가와 요한 모리츠는 모자를 벗고 교회로 들어갔다.

교회는 천막을 친 것인데 제일 안쪽에 제단이 있었다. 성모 마리아 상이 석탄과 색분필로 두꺼운 종이 위에 그려져 있었다.

내부는 마룻바닥도 없는 맨땅이었다. 전날 밤에는 비가 내렸다. 빗물이 천막 속으로 스며들어 땅은 진흙투성이가 되어 있었다.

교회 한복판에 사람의 키만한 십자가가 걸려 있었다. 트라이안은 그 앞에 가서 꿇어앉았다. 예수는 마분지로 만들어져 있었는데, 가시 면류관은 가는 가죽끈처럼 오린 깡통으로 꾸며져 있었다.

트라이안 코루가는 눈을 들어 그리스도의 손과 옆구리의 못박힌 상처를 바라보았다. 그걸 그린 화가는 핏자국을 나타낼 붉은 색이 없었던지 상처 자국이 있어야 하는 곳에 러키 스트라이크 담뱃갑의 붉은 종이를 오려붙였다. 검은 글자는 그대로 남아 있어서 글씨를 읽어볼 수 있었다.

"주님, 이처럼 괴로움으로 가득찬 수난상(受難像)을 본 적이 없습니다. 저는 제 상처를 위해 기도드리러 왔습니다. 그러나 저는 제 상처를 위해 기도드릴 수 없게 되어버렸습니다. 용서해주십시오. 주님, 저는 무엇보다도 당신의 그 다리, 그 발, 그 손바닥을 피로 덮은, 러키 스트라이크로 오려붙인 상처를 위해 빌고자 합니다. 당신의 상처는 제 몸뚱아리의 상처보다도 더 괴로움으로 가득차 있습니다. 또한 당신의 머리에 씌어진 깡통으로 꾸며진 가시 면류관을 위해 기도드립니다."

이렇게 말하는 트라이안의 눈은 그리스도의 몸을 더듬다 '구세주'의 가슴께에 인쇄된 M자를 보았다. 그것은 마분지로 십자가에 매달린 체형을 오려낼 때 거기 박혀 있던 Menu Unit 상자의 M자였다.

트라이안은 몸을 일으켜 그리스도의 발에 입을 맞추었다.

"지금 저는 주 예수와 한몸이 되었다고 믿습니다. 우리의 희망, 영원한 Menu이신 구세주여. 저의 Menu Unit이신 당신의 육체가 우리들의 양 식이라는 걸 저는 이처럼 진실되게 느껴본 적이 없습니다. 어떻게 포로 화가가 Menu Unit라고 쓴 마분지로 당신의 모습을 오려낼 생각을 했을까요? 지금이야말로 당신은 신앙과 빵과 자유에 대한 갈망을 모두 상 징하고 계십니다.”

트라이안은 황홀한 경지에 빠져서 이젠 자기 주위에 있는 사람이 보이지 않았다.

요한 모리츠는 담뱃갑의 매끈매끈한 종이로 만든 천사들과 Pudding의 금색 뚜껑으로 꾸민 목걸이를 한 성모 마리아 상을 유심히 바라보고 있었다.

모리츠는 코루가 사제와 비슷하게 생긴 성(聖) 니콜라스 상(像) 앞에 꿇어앉아 성호를 그었다.

그 다음에는 트라이안 곁으로 와서 그리스도의 붉은 상처를 쳐다보았다.

“주여, 저는 제 입술에서 이 잔을 빼앗아줍시사고 비는 것은 아닙니다. 또 그렇게 할 수 없다는 것도 잘 압니다. 그러나 이 잔을 다 마시도록 도와주시기를 간절히 버옵니다. 1년 동안 저는 계속해서 이 잔을 입술에서 떼지 않았습니다. 1년이란 세월을 삶과 죽음의 길목에서 살아 왔습니다. 1년이란 긴 시간을 삶과 꿈의 한계점에서 살고 있습니다. 저는 시간을 벗어나 있지만 아직도 계속 살아가고 있습니다. 여전히 살아서 숨을 쉬고 간신히 몸을 끌어가며 먹고 싶지 않지만 무의식적으로 빵과 물을 몸 속에 흡수하고 있습니다. 그리고 이러한 고뇌는 모두 제가 죄수인가 혹은 자 유스런 몸인가를 의식하지 못하는 데서 생기는 것입니다.

저는 확실히 갇혀 있기는 하오나 제가 갇혀 있다는 사실을 믿게 되지는 않습니다.

제가 자유로운 몸이 아니라는 건 확실합니다. 그래서 저의 ‘정신’은 제가 자유롭지 못할 이유가 없다고 주장합니다. 이러한 불가해(不可解)에서 오는 고통은 노예 상태에서 오는 괴로움보다도 한없이 더 큰 것입니다. 저를 가두어놓은 사람들은 저를 미워하거나 저를 처벌하거나 죽이려고 하지는 않습니다. 그들은 오로지 세계를 구제해야 한다고 합니다. 그러면서도 속 으로는 저를 괴롭히고 조금씩 조금씩 저를 불태워 죽이려고 합니다.

그들은 전 인류를 이렇게 괴롭혀서 죽이고 있습니다. 저 혼자만이 고통을 당하는 것은 아니라는 것도 저는 잘 알고 있습니다.

세계를 움직이고 있는 사람들은 인간의 상처를 고쳐주기 위해 커다란 병원들을 세우고 있습니다. 그러나 그들의 흙손에서 만들어지고 있는 것은 병원이 아니라 감옥들입니다.

모든 일이, 운명이 그들에게 내맡겨준 대로 진행되고 있습니다.

제 사고(思考)가 이젠 이해하지를 못합니다.

제가 죽어버리려는 이유도 여기에 있습니다.

주님, 제가 죽을 수 있도록 도와주시옵소서.

제 힘으로는 더이상 이 괴로움을 견딜 수 없습니다.

제가 처해 있는 시간은 이제 삶에 속해 있지 않으므로 저는 무거운 살과 피를 지니고 생을 살아갈 수 없습니다. 지금은 25시, 그야말로 구원을 받기에도, 죽기에도, 살아가기에도 너무 늦은 시간인 것입니다. 만사가 너무 늦었습니다.

주님, 비옵건대 저를 한 개의 돌멩이로 변모시켜주옵소서. 그렇다고 저를 영원히 삶에다 버리진 마옵소서!

당신께서 버리신다면 저는 죽을 수조차 없습니다. 저의 육체와 정신을 보시옵소서. 그 어느 것이나 죽음을 갈구하고 있습니다. 그러나 저는 아직 살아 있는 것입니다. 세상은 빈사 상태로 아직 살아 있습니다. 저는 유령도 아니고 산 인간도 아닙니다."

트라이안 코루가는 자기 머리를 두 손으로 움켜잡았다. 요한 모리츠는 그를 어루만져주려고 조심스레 트라이안의 어깨 위에 손을 얹었다. 그러나 트라이안은 이미 아무것도 느끼지 못했다.

사제가 교회 안으로 들어왔다. 그는 모든 포로와 같이 PW라는 글자가 씌어 있는 미군복을 입고 있었다.

요한 모리츠는 사제 앞으로 나아가 그의 손에 입을 맞추었다.

트라이안 코루가는 꿇어엎드린 채로 있었다.

사제는 모리츠에게 그들이 어디서 왔으며, 또 어느 나라 사람들이냐고 물었다. 트라이안의 아내도 붙잡혔다는 말을 듣자 사제는 두 손을 가슴에 포개고 그녀를 위해 기도를 드렸다. 사제는 자기가 들어온 곳도 모르고 십자가 앞에 엎드린 트라이안에게도 축복을 빌었다.

"매일 아침 6시에 우리들은 미사를 드립니다. 나는 바르샤바 지구의 대주교입니다. 사제 교의회(司祭敎議會) 전원이 이 수용소에 감금되었습니다. 우리들은 모두 붙들려 왔어요. 종교적인 행위는 가장 아름다운 것입니다. 여러분도 오십시오. 미사를 올리는 루마니아 사제도 계십니다. 지금 그 사제는 입원하고 있어요."

요한 모리츠는 대주교를 뚫어지게 쳐다보았다.

"병원에다 전해 드려야지. 수용소에 루마니아 사람이 있다는 것을 아시면 그분은 당신들에게 축복을 하러 오실 겁니다……." 바르샤바 지구의 대주교는 말했다.

136

6시경에 사제 교의회는 미사를 드리기 시작했다. 그들은 포로의 군복 위에 사제 법의를 껴입었다.

트라이안 코루가와 요한 모리츠는 나란히 서 있었다. 대주교도 법의를 입고 주교관을 쓰고 있었다. 물론 여느 때의 주교를 장식하는 보석류는 없었다.

대주교의 목소리는 첼로의 음색처럼 부드러웠다.

트라이안은 제단 앞으로 가까이 갔다. 그러나 그리스도의 십자가 앞까지 온 그는 그 자리에 쓰러지고 말았다. 모리츠는 트라이안이 미끄러져 넘어진 줄로 알고 급히 달려가 그를 부축했다. 그러나 트라이안의 몸은 갑자기 뼈가 없는 사람처럼 축 늘어졌고, 양쪽 뺨은 양초처럼 노랗게 되었다.

천막 교회 속에는 사제들 외에는 아무도 없었다. 요한 모리츠는 도움을 받으려고 눈을 쳐들었다. 그러자 바로 그 순간 그는 트라이안이 쓰러진 이유를 알았다. "코루가 사제님!" 모리츠는 간신히 이 한 마디를 입 속에서 중얼거렸다. 다음 순간 그는 사제 앞에 꿇어앉았다. 모리츠는 사제의 무릎을 얼싸안고 싶은 심정이었다. 그러나 코루가 사제에게는 다리가 없었다. 그는 목발에 의지하여 이쪽으로 가까이 왔다.

트라이안 코루가와 요한 모리츠는 꼼짝도 못하고 있었다.

코루가 사제의 머리는 그전보다 더 세어 있었다. 그는 깊은 자애를 뜻하는

314

미소를 지었다. 그것은 행복의 표현이었다. 그의 웃음과 눈을 보면 푸른 하늘을 바라보는 것 같은 느낌이 들었다.

"트라이안, 내 사랑하는 아들아!"

코루가 사제가 이렇게 말하고 허리를 굽히려는 데 목발 하나가 나가 떨어졌다. 사제는 한쪽 목발에 몸을 의지한 채 서 있었다.

그러더니 한쪽 목발마저 내동댕이쳤다. 그는 남아 있는 다리로 곧게 선 화살처럼 꼿꼿이 트라이안 곁에 서 있었다. 그는 자유로워진 두 손으로 아들을 끌어안으려고 목발을 내동댕이친 것이다.

요한 모리츠는 목발을 주워들고 코루가 사제와 그의 아들 곁에 서 있었다.

137

이제 요한 모리츠와 코루가 사제와 트라이안 세 사람은 다름슈타트 수용소의 같은 천막 아래서 살게 되었다.

여기에 도착한 지 1년이 지나서야 포로들에게는 편지를 받을 수 있는 허락이 내렸다.

요한 모리츠가 맨먼저 편지를 받게 되었다. 그것은 힐다의 어머니가 그에게 보낸 편지였다.

보고픈 한스

1945년 5월 9일에 자네의 집은 불타버렸네. 자네는 이 사실을 아직 모르고 있겠지. 불이 일어난 건 러시아 군대가 우리 마을에 들어온 그날 오후였다네. 힐다와 자네 아들 프란츠는 집에 있었다네. 그들이 불에 타죽었다는 것을 첫 주일 내내 모르고 있었네. 그런데 어느 날 혹시 무엇이라도 남아 있을까 해서 잿더미를 파헤쳐 보았더니 그들의 타죽은 시체가 발견되었지 뭔가. 힐다는 어린것을 안고 죽어 있었네. 집이 불타기 시작했을 때 힐다가 왜 도망치지 않았는지 알 수 없네. 아마 힐다가 자고 있었다고 생각할 수밖에 없겠네. 그러나 힐다가 그 시간에 잠들었을 리는 없을 텐데. 특히 그날은 러시아 군대가 시내로 밀려들어오던 날이어서 모든 사람들이 도망을 쳤고,

특히 여자들이라곤 남아 있지 않았으니 말이네. 자네도 알다시피 힐다는 낮잠자는 애는 아니거든. 그 애는 정오에도 병원에 도착하면 곧 일을 시작하는 애였으니까.

　나는 힐다와 자네 아들의 뼈를 주워모아 같은 관 속에 넣어주었다네. 그리고 그것을 우리 집 묘지에 묻었네. 나는 관을 두 개로 따로 장만할 수가 없었네. 관값이 여간 비싸지 않고 이젠 사람들이 관을 만들려 하지도 않는다네. 지금 이곳 사람들은 시체를 관에 넣지 않은 채 매장하네. 널빤지가 귀할 뿐더러 못값도 굉장히 비싸거든. 나는 벽과 그림에 박힌 못을 뽑아서 목수를 시켜 힐다의 관을 짰던 걸세. 이런 조건에도 목수는 일을 하려들지 않았다네. 관을 만들기에는 못이 너무 가늘고 또 너무 짧다고 잔소리를 늘어놓았다네. 어쨌든 만들어야 했으므로 목수를 달래느라고 자네 모자 하나를 주었다네. 자네의 허락도 얻지 않고 이런 짓을 한 것을 나쁘게 생각지 말아주기 바라네. 그러나 그 모자를 주지 않으면 관을 짜줄 것 같지 않고 뼈는 아무래도 파묻어야 했으니 어쩌나. 벌써 1주일 동안이나 집에 놓아두었었다네. 나는 나무로 십자가를 만들어 세워주었네. 자네가 돌아오거든 돌로 만들어주게. 우리 가족 묘지에는 모두가 돌로 만든 훌륭한 십자가 뿐이거든.

　불탄 자리에는 또 완전히 꺼멓게 탄 장교의 시체 한 구가 나왔네. 이것은 아마 하루 묵어가려고 들어온 장교이거나, 아니면 군복을 벗고 평복으로 갈아입으려 들어온 장교일 거라고 생각하네. 러시아 군대가 도착했을 때 독일 군인들은 모두가 이렇게 했다네. 그런데 가죽으로 만든 그의 가방은 타지 않아 그 속에서 그 장교의 서류들을 발견할 수 있었네. 그의 이름은 요르그 요르단이며 자네와 같은 루마니아 사람이었다네. 자네를 만나러 온 친구가 아니면 친척일 것만 같아 이렇게 죄다 적어 보내는 걸세.

138

　"어쩌면 그렇게 된 것이 잘 됐는지도 모르지." 알렉산드로 코루가 사제는 말했다.

그는 요한 모리츠의 어깨에 손을 얹으며 위로해주려고 애를 썼다.

"힐다가 살아 있다면 자네가 석방되는 날 어느쪽 여자한테로 돌아가겠나? 이것만은 누구도 선택할 수가 없는 걸세!"

"그렇다면 스잔나는 이혼하지 않았군요!"하고 요한 모리츠는 말했다. 이제야 비로소 스잔나가 충실하게 자기를 기다리고 있다는 사실을 알았다.

"그럼, 스잔나가 집에서 저를 기다리고 있단 말씀입니까?"

"스잔나는 자넬 기다리고 또 평생토록 자네를 기다릴 걸세. 스잔나는 여전히 자네의 아내일세. 스잔나가 이혼장에 서명을 한 건 집을 빼앗기지 않고 또 자네 자식들이 거리에서 헤매지 않도록 하기 위해서였어. 스잔나는 절망적인 이유 때문에 그렇게 한 걸세. 그러나 한 번도 자네와 헤어졌다고 생각해본 일은 없었다네."사제는 대답했다.

"그럼 이혼은 거짓말이었군요. 그런 걸 난 바보같이 스잔나가 다른 남자와 살 것으로 믿었었군요. 그렇게 생각되었기 때문에 저는 힐다와 결혼했던 겁니다. 저는 스잔나가 저를 버리고 간 줄만 알았어요. 제 눈으로 똑똑히 이혼장을 본 이상 어떻게 믿지 않겠습니까? 그러나 저는 죄를 지었어요! 하느님께선 저를 절대로 용서해주시기 않을 겁니다!"

"자네가 지은 죄는 용서하실 거야! 모리츠, 일어난 사건은 매우 심각한 것이지만 자네나 스잔나는 죄가 없네. 오직 국가와 그 법률만이 책임을 져야지. 그리고 하느님께서 그 국가를 용서하시지 않을 거야! 그 국가는 죄악으로 멸망한 소돔과 고모라처럼 벌을 받을 걸세. 불벼락은 다만 우리 나라뿐만 아니라 하느님께서도 쓰디쓴 괴로움을 당하지 않고는 볼 수 없을 이런 죄악을 저지른 오늘의 우리 사회 전체가 받아 마땅하네"하고 코루가 사제는 말했다.

139

트라이안 코루가는 처음으로 심문을 받으러 갔다.

"자네는 1년 이상이나 무슨 일로 갇혀 있는지 그 이유를 모른단 말인가?

2만 5천 명이나 되는 포로들 중에서 자기가 왜 불려왔는지를 안다고 말할 녀석은 하나도 없을 거야. 자네와 같은 자들은 모두 우리가 유럽을 침공해서 조그마한 행복이나마 누리고 있던 사람들을 붙잡아갔다구 말하지만 그건 자네들 잘못이야. 체포는 반드시 명령에 의해서 행해진 거니까."

트라이안 코루가는 싱긋이 웃었다. 장교는 그 웃음을 보고 깜짝 놀랐다.

"자네는 우리들의 법률이 권리의 영원한 법칙에 일치되어 있지 않다고 주장하는가? 이런 비난을 듣지 않는 날은 하루도 없으니까. 자네들이 모두 자네들을 체포한 근거가 된 법률을 영원히 무가치하고 보편성을 잃은 것이라고 주장하는 건 정말 어리석기 짝이 없는 소리야! 첫째로, 각 국가는 자기가 원하며 자기 나라에 적합한 법률을 가질 권리가 있는 거야. 우리에게는 우리 나라에 적용되는 법률이 문제가 되는 거야. 둘째로, 법(法)에는 영원한 원칙이란 있을 수 없는 거야. 정의란 건 결국 인간이 만들어내는 것이고 인간이 만들어낸 것은 영구적인 것이 될 수가 없어. 전체적으로 볼 때, 어떤 법률도 임시적인 것이지 영구적인 것은 아니란 말이야. 그것을 반대하고 나서는 자는 스스로 잘못을 저지르는 것뿐 아무것도 아니지. 현재 미군 점령구에서 효력을 발생하고 있는 법률에 의해 자네들은 적국의 관리로서 체포된 것이야. 법률이 그렇게 제정되었거든. 자네의 아내의 경우 역시 적국 고급 관리의 아내라 자동적으로 체포되게끔 되어 있는 똑같은 법률에 의해서 행해졌어. 자네 아버지도 역시 적국의 관리여서 자동적으로 체포된 것뿐이야. 이런 법률이 자네들에게 너무 엄격하다고 생각되리라는 건 나도 잘 알고 있어. 하지만 바로 그것이 법률이란 거야. 역사를 되돌아보더라도 모든 법률은 엄격했으니까. 여하튼 우리들이 우리의 법률을 제정할 때 자네들의 의견을 물어봤어야 했다고 주장할 수는 없잖아!"

트라이안 코루가는 일어섰다. 그는 나오고 싶었다. 그는 이번 소설을 쓰기 시작했을 때만 해도 법률이 인간 각자의 고유한 생활을 금지할 때가 가까워오고 있다는 걸 확신했었다. 그가 체포되었을 때부터 이런 법률이 이미 적용되고 있다는 걸 느꼈지만 자기가 오해했을 거라고 막연한 희망을 품고 있었던 것이다.

그런데 지금 그 법률이 엄격히 시행되고 존중되어간다는 것이 공공연하게 선포되었던 것이다.

　조금도 어길 수 없는 것이 되어버렸다.

　"죄없는 사람도 법률의 규정에 따라 체포되고 고문을 당하고 굶주림을 당하고 가죽을 벗기거나 참살을 당했네." 장교는 말했다.

　"나는 자네의 무죄를 믿고 있어." 장교는 계속 말을 이었다. "공식적으로 우리에게는 자동적으로 체포된 포로들의 개인적인 석방 요구는 금지되어 있지만, 나는 자네와 자네의 처와 아버지의 석방 요구를 네 번째나 했다네. 아직 아무런 회답도 받지 못했어. 석방 명령은 개인적으로는 불가능해. 석방은 개개인의 카테고리에 의해서만 실현된다네."

　"그렇다면 각 개인이 유죄다, 혹은 무죄다 하는 사실은 아무런 문제가 안 된다는 말입니까? 이런 사실은 단순한 호기심밖엔 아무 흥미가 없다는 거군요." 트라이안은 물었다.

　"그 문제는 우리가 관여할 바가 아니야. 가령 이것이 자네의 개인주의적 사고방식에 의해서 교육받은 인간의 감수성과 신학적, 미학적, 또는 인도주의적인 모든 자네의 관념을 손상시킬지라도 하여간 이걸 변경시킬 수 있는 건 내가 아니란 말이야. 더구나 변경시킬 필요도 없지. 우리들의 제도가 너무 무정하고 기계적이며 수학적이라 하더라도 그것은 당연한 거야. 전세계가 일종의 '수학적인 방법'으로 움직이고, 또 아무도 그 진행이나 방향을 변경시킬 생각은 하지 않을 거야." 장교는 대답했다.

　"그러니 나를 설복하기 위해서 물으신 심문은 당신과는 아무 관계가 없는 일이므로 애초에 하지 않는 편이 좋았으리라는 말씀입니까? 다시 말하면 개인에 관한 일은 당신의 흥미를 끌 수 없다는 말이군요?" 트라이안은 물었다.

　"조금도 흥미가 없어. 우리들이 개인에 관해서 알고 싶어 하는 것은 모두 사적인 사실 뿐이야. 예를 들면 그 사람의 정확한 성명, 생년월일, 출생지, 직업……. 우리들의 통계 속에 기록하기 위해 카드에 적는 사실들 뿐이야. 또한 이 심문도 그러한 사실들을 여러 범주로 분류시켜놓기 위해서 행해지는 거야. 체포나 석방에 관한 규정은 그런 범주에 의해서만 이루어지는 것이지. 우리의 직분은 각 개인을 자기가 속한 범주로 분류하는 일이지.

이것은 정확을 필요로 하는 수학적인 일이거든" 하고 장교가 대답했다.

"그런데 당신은 인간을 폐기한다든가 카테고리의 일부분으로 취급한다는 것을 비인도적이라고 생각지 않으십니까?"

"나는 그것이 비인도적이라고 생각지 않아. 이 제도는 실질적이고 신속성을 지녔고, 게다가 공정함은 이 방법을 통해서만 이루어질 수 있거든. 공정함은 수학적이며 물리적인 방법, 다시 말하면 가장 정확한 방법에 의해 이루어지는 거야. 이런 방법을 거부하는 자는 시인(詩人)과 신비주의자들 뿐이야. 그러나 현대 사회는 신비주의론과 시를 버리고 말았어. 정밀 과학과 수학 시대 한복판에 있는 만큼 감정적인 질서의 유인으로 뒷걸음질칠 수는 없는 거야. 감정이라는 건 시인과 형이상학자들의 창조물에 지나지 않거든."

이렇게 지껄인 장교는 이제 심문이 끝났다는 손짓을 하며 말했다.

"너무 괴로워하지 말게나!"

트라이안 코루가가 문을 열었을 때 그의 등 뒤에서 자기를 심문한 그 장교가 차거운 목소리로 "다음 사람"하고 부르는 소리가 들렸다.

140

요한 모리츠는 탈출할 것을 마음먹었다.

스잔나가 이혼을 자원한 것이 아니며, 어린 것들과 함께 자기가 돌아오기를 충실히 기다리고 있다는 사실을 안 뒤부터 요한 모리츠는 마음 둘 바를 몰랐다.

"탈출할 생각은 하지도 말게. 철조망 가까이 가기만 해도 폴란드군이 자네를 쏠 거야."

모리츠는 푸른 미군복을 입은 폴란드군 보초들을 쳐다보았다. 폴란드 군인들은 꼼짝 않고 서서 마치 모리츠의 생각을 눈치채기라도 한 듯이 총을 들고 쏠 것 같은 태세로 그를 뚫어지게 쳐다보고 있었다.

"만일 폴란드군이 자네를 놓치면, 다음엔 미군이나 독일군에게 사살되고 말 걸세. 루마니아에 도착하기 전에, 자네는 도중에서 차례차례로 오스트리아, 체코, 프랑스, 헝가리의 수사대를 만나게 될 테니, 결국 자네는 집까지 돌아갈 가망이 없는 걸세……. 도중에서 붙잡히고 말 테니까. 한 나라의 탄환을 어떻게 피한다 하더라도 그 다음 나라의 탄환은 도저히 피하지 못할 거네. 모리츠 자네와 자네 집 사이, 자네와 가족 사이에는 세계 각국이 가로막고 있고, 그 나라들은 자네를 죽이려고 단단히 무장을 하고 있는 중이네. 각 인간과 정다운 자기 사생활 사이에 이렇게 국제적인 군대가 버티고 있는 거지. 이젠 인간에게 자기만의 생활이 허용되지 않게 되었으니 억지로 하려다간 총살되고 만다네. 탱크나, 기관총이나, 탐조등, 그리고 철조망을 사용하는 것은 바로 그 때문이지……."

"어찌되든간에 저는 탈출하렵니다." 요한 모리츠는 말했다.

폴란드 보초병은 여전히 그를 노려보고 있었다.

바로 이때 미군 장교 두 사람이 수용소 안마당까지 들어와 의무실 쪽으로 걸어갔다. 요한 모리츠는 그들을 유심히 쳐다보았다.

그러더니 갑자기 아무 말도 없이 트라이안 곁을 떠나 그들이 걸어가는 쪽으로 달려가 그들의 앞을 막아섰다. 두 장교는 똑같이 걸음을 멈췄다. 그들은 요한 모리츠를 바라보고 요한 모리츠는 그들을 바라보았다. 잠시 그러고 있었다. 드디어 장교 중의 한 사람——꽤 뚱뚱하고 나이도 꽤 먹은 쪽——이 요한 모리츠를 두 팔로 안아 반가운 듯이 껴안았다. 포로들은 호기심에 끌리어 그들 주위로 몰려들었다. 지금까지 미군 장교가 포로를 껴안는 것은 처음 보았던 것이다.

요한 모리츠는 여전히 자기 어깨를 껴안긴 채 미군 장교를 따라 의무실 쪽으로 갔다.

트라이안 코루가는 의료실 가까이 가 대체 어찌된 영문인지 궁금해서 문 앞에서 기다렸다. 그러나 모리츠는 좀처럼 나오지 않았다.

한참 후에야 트라이안 코루가는 요한 모리츠의 음성을 들었다. 그는 의료 사무실 창문으로 머리를 내밀었다. 그의 검은 눈동자는 숯불처럼 타올랐다.

"미군 장교는 제 친구, 의사 아브라모비치입니다! 첫눈에 알아보았어요. 저는 이분과 함께 루마니아에서 탈출했지요. 이젠 저는 틀림없이 석방될 겁니다!"

요한 모리츠는 이렇게 말하고 창문을 닫았다. 그의 친구인 미군 장교가 그를 불렀던 것이다.

141

요한 모리츠는 의사 아브라모비치와는 루마니아 수용소와 헝가리에서 유태어로만 말했었다. 그래서 지금도 그들은 유태어로 말했다. 아브라모비치 군의관 중위는 요한 모리츠를 만난 걸 진정으로 기뻐하고, 또 모리츠가 하는 말 한 마디 한 마디를 주의깊게 들었다.

모리츠는 그와 헤어진 후부터 오늘에 이르기까지 자기에게 생겼던 일들을 죄다 들려주었다. 아브라모비치는 동정한다는 듯이 고개를 끄덕였고, 그 중에서도 모리츠가 근래 몇 년 동안 열다섯 군데의 수용소에 감금되어 당한 고통을 들려줄 때는 한층 더 크게 끄덕였다.

"이젠 가봐야겠는 걸." 아브라모비치는 이렇게 말하며 손목시계를 들여다보았다. "도와달라는 말이군. 양켈. 나도 알고 있어. 물론 그럴 거야. 자네에게 필요한 게 있거든 뭐든지 말해보게. 들어줄 테니. 우리들이 함께 어려운 고비를 넘었다는 걸 난 잊지 않고 있네."

의사는 그의 어깨를 두드렸다.

"지금 나는 힘이 되어줄 수 있네. 자네는 어려움을 겪고 있을 걸세. 뭐가 필요한가? 담밴가, 먹을 건가, 옷인가? 뭐든 말해보게."

"나는 가고 싶습니다. 집으로 돌아가 아내와 자식들을 만나고 싶습니다." 하고 요한 모리츠는 말했다.

"불가능한 소린 그만두게, 양켈. 내 힘으로 자네를 도울 수 있는 걸 말해보게. 석방만은 자동적으로밖엔 안 되는 거야. 그런 생각은 아예 하지도 말게. 참고 기다리는 도리밖엔 없네." 의사는 속이 좀 상한 듯한 표정으로 말했다.

"하지만 나는 아무 죄도 없습니다. 왜 나를 가두어둡니까?" 요한 모리츠는 물었다.

"죄의 유무와 석방되는 것은 서로 관계가 없는 일이라네."

이렇게 말한 의사는 안절부절못하는 표정을 짓더니 이어 말했다.

"얀켈, 자네에게 누가 죄가 있다고 했단 말인가? 자네의 석방엔 인내심이 문제야."

"기다리는 것도 한도가 있지요!"

"그건 자네의 이론이야. 자네는 아직도 세련되지 못한 시골뜨기로구먼. 포로가 죄가 없다고 해서 간단히 아무 장교나 석방시켜줄 수 있다고 믿나? 그럴 수만 있다면 수용소는 오늘 내일 사이에 텅 비고 말 걸세. 어떤 나치 당원도 무죄를 증명할 수 있을 테니까. 석방은 프랑크푸르트 총사령관의 명령이 아니면 절대로 안 되네. 거기서 서류가 워싱턴에 갔다가 결정은 비스바덴으로 옮겨가서 특별위원이 그걸 취급한 뒤에 베를린으로 넘겨 보낸다네. 석방 명령이 베를린에 넘어오면 다시 하이델베르크로 회부되지. 그 명령이 하이델베르크에 도착한 뒤라야 수백 개나 되는 포로 사무실에 있는 서류뭉치에서 비로소 포로 카드가 빠져나가게 되는 거야. 이런 절차를 다 밟고 난 후에야 겨우 자네는 석방될 수 있다네. 그러나 이 모든 수속은 아주 복잡하여 이런 일을 틀림없이 해낼 수 있는 건 기계 뿐이라네. 각 포로는 자기 카드를 가지고 있는 거야. 미국 사람들은 참으로 어마어마한 카드 묶음을 가지고 있는데 그것은 앞에 보이는 부대 크기만 하다네. 석방 명령이 하이델베르크로 일단 보내지면 자동적으로 워싱턴, 슈투트가르트, 뤼드비스부르크, 뮌헨, 코른베스트하임, 파리, 베를린, 프랑크푸르트의 카드 묶음에서 카드가 빠져나가게 되지. 자네의 이름은 전 세계 방방곡곡에 기록되어 있는데, 특히 미국 연방 조사국, 파리 연합국 최고 사령부, 베를린 관리위원, 전체 수용소, 전체의 감옥, CIC, CID, MP, SP, SOS 사무소마다 등록되어 있단 말이야. 자네의 행동은 비록 어떤 사소한 일이라도——한 수용소에서 다른 수용소로 옮겨간 사실까지도——전부 전체 카드 묶음 속에 있는 자네 카드에 변화를 가져온다네. 이런 것까지는 자네는 모르고 있었겠지?"

요한 모리츠는 자기 이름이 세계 각국의 도시마다 적혀 있으면서 수용소의 철조망 위로 있는 탐조등처럼 켜졌다 꺼졌다 하는 광경을 눈 앞에 그려보았다. 이제야 그는 자기 행동의 하나 하나가 사진찍혀 기록되고 조명된다는 걸 알았다.

"예, 몰랐습니다."

"그걸 알았더라면 내게 석방을 부탁하지는 않았을 거야. 내가 자네의 요구를 들어줄 수 없는 이유가 바로 거기에 있네. 자네는 내 혼자 힘으로 그 어마어마한 기계 속에서 자네를 뽑아낼 수 있다고 생각하나?"

아브라모비치는 껄껄거리며 말했다.

"미국 대통령이라도 안 되는 일이야. 조용히 차례를 기다릴 수밖엔 없어."

"그렇지만, 죄없는 나를 뭣 때문에 감옥에 집어넣는단 말입니까? 나쁜 짓이라곤 한 적이 없는 나를 그 기계는 왜 놓아주지 않을까요? 선생님께서 말씀하신 기계는 아마 도둑놈이나 죄인이나 나쁜 사람을 잡기 위해 만들어진 것이 아닙니까?" 요한 모리츠는 물었다.

"이봐, 양켈. 그런 시대에 뒤떨어진 촌뜨기 사고방식은 버려야 해. 자네는 모든 문제를 자네 개인의 일로 끌고 간단 말이야. 문명국은 개인의 경우를 생각하지 않는 거야. 자네에게 죄가 있다는 것과 없다는 것은 개인적인 문제거든. 그런 문제는 자네 아내나, 자네 이웃이나, 자네 마을 농민들에게는 흥미 있는 일일는지 몰라. 개인 문제에 관심을 갖는 사람이란 그 정도의 사람들이니까. 문명국은 만사를 대국적인 견지에서 보기 때문에 개인적인 경우는 중요하게 여기지 않는다네."

"그렇지만, 저를 왜 체포했습니까?"

"우리들은 예방 체포(豫防逮捕)의 범주에 의해서 한 것뿐이야. 예를 들면, 어느 죄인이나 전쟁범죄자가 필요한 경우에 우리는 곧 손이 닿는 범위 내에서 붙잡아두면 그들을 잡으러 가거나 마을마다 또는 숲속을 뒤져 찾아다닐 필요가 없거든. 그런 짓은 너무 시간을 낭비하는 일이거든. 이런 식으로 잡아두고 각자의 성명의 머리글자가 붙은 단추만 누르면 하나 둘 셋까지 세기도 전에 즉시 우리 눈 앞에 그 사람의 사진과 신장, 몸무게, 머리 빛깔, 출생 연월일 및 출생지, 이빨 수효 등 그 밖에 우리에게 필요한 사항이 적힌 카드가 나오게 마련이거든, 우리들은 전화 수화기를 들고 그자가 감금되어 있는 수용소나, 또는 감옥에 통지만 하면 두세 시간 후엔 뉘른베르크의 국제 법정으로 그 사람이 실제로 출두한단 말이야. 신기한 일이지. 이것은 기술의 결과야. 모두가 자동적이란 말이야. 모든 것이 전기로 움직여지네. 어떻게 자네가 석방되기를 바라나? 정신나간 소리지. 자네는 방직 기계 속에 든 한 실오라기와 같은 존재야. 한 번 들어가면 영영 빠져나올 수 없네. 그 실이 다른 실과 함께 짜여져 저절로 나오게 될 시간까지 기다려야지 다른 도리가 없는 걸세. 기계는 정확하니, 기계와 관련된 일이라면 참고 견디어야지. 자네는 기계 속에 아주 들어가버린 거야. 아무리 몸부림치고 날뛰어도 빠져나갈 수 없는 거야. 기계는 귀머거리니까. 보지도 듣지도 못하고, 일만 하거든. 기계가 일하는 능률은 감탄할 정도지. 인간은 도저히 따르지 못할 정도로 완벽에 가깝지. 기다리고만 있으면 차례가 온다는 건 확실해. 기계는 인간처럼 잊어버리는 일은 절대로 없어. 기계는 정확하니까. 알아듣겠나?"

모리츠는 어깨를 으쓱해 보였다.

"그럼, 선생님은 내 석방에 대해선 아무 일도 할 수 없단 말씀입니까?"

"자네는 기계 속에 들어 있으니까 기다리는 수밖에 다른 도리가 없다고 방금 설명해주지 않았나?"

"그러나 선생님께서 힘쓸 생각이 있으시면 일을 좀 진전시킬 수 있을 텐데요. 사령관들도 선생님이나 나나 똑같은 인간이니까, 선생님께서 저에게는 아내와 자식이 있고 또 아무 죄도 없는데 몇 년 동안이나 수용소에서 고통을 받고 있다는 걸 설명하시면 그분들도 알아들으실 겁니다."

"쇠귀에 경 읽기로군!" 하고 의사는 신경질을 내며 "자네는 모든 걸 개인적인 문제로만 이끌어간단 말이야. 자네는 자네 문제밖에 모르니 딱하네. 원시적 인간에게나 어울리는 생각이야. 그건 그렇고, 뭣이든 필요한 물건이나 말하게. 곧 가봐야겠으니. 담배야, 먹을 거야, 옷이야?" 하고 말했다.

"저를 정당히 취급해달라는 겁니다. 그러나 인간의 정의는 지구상 어느 곳에서도 없어졌다는 걸 알았습니다. 그것 외엔 아무것도 원하지 않습니다." 모리츠는 말했다.

"그러지 말고 담배나 한 대 받지 그래" 하고 말하며 아브라모비치는 모리츠에게 러키 스트라이크를 한 갑 내밀었다.

그는 웃으면서 말했다.

"우리들은 같이 불행을 겪은 친구가 아닌가, 얀켈!"

요한 모리츠는 담배를 받으려고 손을 내밀었다. 담뱃갑은 빈 갑이었다. 의사는 다른 걸 꺼내려고 호주머니에 손을 넣어 뒤져보았으나, 마침 가진 게 없었다.

"다음 번에 여기 찾아올 때 담배를 갖다주지, 얀켈!"

그는 이렇게 말하고 가버렸다.

142

코루가 사제는──무릎 위에 목발을 올려놓고──심문 담당 장교 앞에 앉아 있었다.

"당신이 나치 당원도 아니고 나치 협력자도 아니라면 뭘 하러 독일에 왔습니까? 당신 말처럼 어떻게 돼서 왔는지 모르는 사이에 독일 육군 병원에서 제 정신이 들었다는 얘기는 어린아이들에게나 통할 수 있는 얘기요. 그런 얘기는 발칸 지방의 환상소설에나 나오는 거지. 현실엔 일어날 수 없는 일이오. 우리 미군 장교의 눈으로 보면, 그런 얘기는 속이 뻔히 들여다보이는 얘기에 지나지 않아요. 너무나도 동화 같고 너무나도 신화 같은 얘기란 말이오. 친구도 협력자도 아닌 당신을 독일 사람들이 뭣 때문에 독일 병원에다 입원시켰을까요? 왜 그들은 당신을 6개월간이나 간호해 주고, 다리까지 절단해주었을까요? 당신이 그들의 적이기 때문일까요? 단순한 인도적인 감정에서였을까요? 언제부터 그들이 인도주의자가 되었던가요? 독일 사람들은 자기의 적이라면 누구든 감금시켜 가스실에 집어넣었어요. 당신은 그들의 협력자가 틀림없으니까, 그들이 간호한 것입니다. 히틀러가 전쟁에 패해 퍽 슬펐겠습니다." 장교는 말했다.

코루가 사제는 침묵을 지켰다. 그는 창백한 얼굴을 하고 있었다. 이마에는 땀방울이 진주알처럼 방울방울 맺혀 있었다. 의자에 앉아 있기도 몹시 힘들었다. 다리를 자른 뒤부터 그는 항상 누워 있을 수밖에 없었다. 열이 나기 시작했다. 그는 되도록 빨리 심문이 끝나서 이 의자를 떠날 수 있기만 바랐다.

"히틀러가 이겼다면 퍽 기뻤을 테지요. 그렇죠? 전쟁에 이기기만 했더라면 히틀러는 당신을 루마니아의 대주교로 임명했을 테니까. 그랬더라면 매우 만족했겠죠?" 장교는 거듭 물었다.

"아닙니다. 만족하지 않았을 겁니다." 사제는 대답했다.

"그렇다면 연합군이 이겨서 만족하단 말이오?"

"별로 그런 것도 아니고요."

사제는 대답했다.

중위는 눈살을 찌푸렸다. 알렉산드로 코루가는 미소를 지으며 말했다.

"무기의 힘으로 이루어진 그 어떤 승리도 내게는 행복이 될 수 없습니다."

이야기를 하며 코루가 사제는 독일 강제 수용소에서 찍어온 벽에 걸린 사진들을 줄곧 바라보았다. 그리고 그는 마르쿠 골덴베르크의 손으로 자기와 함께 총을 맞고 면사무소의 외양간 뒤 거름 웅덩이 속에 던져진 조르주 다미앙 아포스톨 검사와 바질, 그 밖의 판타나 마을의 농민들의 시체가 생각났다. 그는 드레스덴, 프랑크푸르트, 베를린의 어린아이 시체들도 눈에 선했다. 또 덩케르크와 스탈린그라드의 시체들도 생각해보았다. 이들 시체들을 생각해본다면 그로 인하여 얻은 승리는 기뻐할 수 없는 것이었다.

승리를 얻기 위해서 지구는 죄없는 사람들의 시체로 뒤덮이고 말았다.

승리에는 아름다움이 있을 수 없으니,
이를 아름답게 보는 자는
인간 살육을 즐거워하는 자이리라.
살육을 즐거워하는 자는
세상을 정복할 자기 욕심을 결코 채우지 못하리라.
참살된 군중 뒤에 죽음의 통곡이 있고,
싸움의 승리는 조례(吊禮)로써 찬양을 받으리라——.

노자(老子)

"그 시 참 좋군요. 당신이 지었소?"

장교가 물었다.

"2천 년 전에 어떤 중국 사람이 쓴 것입니다."

"그걸 내게 적어주시오. 미국에 있는 내 가족에게 보내고 싶군요." 장교는 말했다.

장교는 웃고 있었다. 아마 가족 생각이 났던 모양이었다. 그러나 곧 안색이 흐려지며 다시 의심쩍은 눈으로 사제를 노려보았다.

"지금 당신이 왼 시는 중국 사람이 지은 게 확실하오?"

"틀림없습니다. 그러나 이 시가 당신 마음에 든다면 작가가 누구든 상관이 없지 않습니까. 그 시가 아름답다는 것이 전부가 아니겠어요. 그 밖의 것은 조금도 중대한 문제가 안 되지요." 사제는 이렇게 말해주었다.

"천만에요. 바로 그것이 중대한 겁니다." 장교는 즉시 대꾸했다. "작가가 중국 사람이라고 해서 안심했습니다. 중국은 미국과 연합국이니까. 우리 가족도 이 시를 받아 읽으면 퍽 기뻐할 것입니다. 만일 이 시를 적국의 시인이 쓴 것이라면 나는 보낼 수 없거든요. 내일 아침까지 그걸 좀 적어 주십시오. 종이와 연필을 드릴 테니까. 당신, 신학 이외에 다른 것도 배웠습니까?"

"나는 생활이 허락하는 한, 배우고 싶은 건 모두 배웠습니다."

"중국 말도 아십니까?"

"모릅니다."

"유감이군요. 이 시를 한자(漢字)로 적어 보내려구 했는데. 나한테서 중국말로 된 편지를 받으리라곤 꿈에도 생각지 못할 가족들을 깜짝 놀라게 해주고 싶었는데. 할 수 없지요. 중국어를 모르면 영어로 써 주세요. 이 시를 쓴 중국 사람에겐 유머가 있거든. 그리고 또 그는 연합군의 일원이어서 좋군요."

장교는 말했다.

수용소로 돌아온 사제는 너무나 피로해서 그 자리에 쓰러지고 말았다. 요한 모리츠는 그를 침대에 누이고 이마에 차가운 물수건을 올려놓았다.

"사제님을 석방시켜주신다고 했습니까?"

"아니." 노인은 대답했다.

"그럼 또 뭘 묻습디까?"

"노자의 시를 적어달라고 했다네. 중국 말로 써달라고 했는데 내가 중국말을 모른다고 했더니 아주 실망하더군."

"심문은 그저 그런 말로 그쳤나요?" 사제는 그렇다고 머리를 끄떡여보였다.

143

트라이안 코루가는 노라로부터 편지를 받았다.

"노라가 체포된 건 알고 있었어. 하지만 노라만은 그동안 석방되었으리라고 희망을 걸었었는데, 이젠 그 희망마저 사라져버렸어. 노라도 우리들과 마찬가지로 수용소에 갇혀 우리와 똑같은 괴로움을 겪고, 우리와 똑같은 대우를 받고 있다니⋯⋯. 노라도 우리들처럼 이 수용소에서 저 수용소로 옮겨다니면서 기관총을 멘 폴란드 군인이 철조망을 지키는 감옥 속에 갇혀 있다니⋯⋯. 나는 더 이상 참을 수 없을 정도로 가슴이 터질 것 같아요." 트라이안은 '전쟁 포로'라는 표지가 붙은 봉투를 두 손에 들고 이렇게 말했다.

노라는 이 편지를 쓸 때엔 트라이안의 주소를 모르고 있었다. 그녀는 봉투에다 트라이안이란 이름을 쓰고 미군 점령 지구에 있는 전체 수용소의 번호를 적어놓았다. 트라이안의 손에 들어오기까지 그 편지는 이 수용소에서 저 수용소로 전전했던 것이다.

"내가 있는 곳을 가르쳐주지 않은 모양이에요. 나도 노라가 있는 수용소의 이름을 물었더니 가르쳐주지 않더군요."

트라이안은 말했다.

사제는 트라이안을 위로하려고 애썼다. 그는 물수건을 이마에 얹고 침대에 누워 있었다. 요한 모리츠는 그 곁에 있었다. 트라이안은 어떤 위로의 말에도 귀를 기울이지 않았다.

"어떤 괴로움도 한계가 있는 거야. 나는 그 한계에까지 도달한 것 같아. 그 어떤 인간도 이 한계를 넘어서서 계속 살아갈 수는 없을 거야."

트라이안은 일어서면서 이렇게 말하고는 천막에서 나가버렸다.

"트라이안 씨가 자살할 것 같은데요."

깜짝 놀란 모리츠는 말했다.

사제는 두 눈을 감고 있었다. 모리츠가 하는 말이 들리지 않았다. 그는 사뭇 기도를 하고 있었던 것이다. 트라이안과 노라만을 위해서 기도로 드린 것이 아니라, 모리츠를 위하여 또 이 서구 기술 사회 속에서 산, 그대로는 도저히 지낼 수 없는 극한점에까지 도달한 모든 사람들을 위해서 기도를 올렸다.

"트라이안 씨는 그대로 혼자 내버려두면 자살할 겁니다."

모리츠는 말했다. 사제는 눈을 떴다. 그는 요한 모리츠의 손을 만지고는 그가 쫓아나가게 내버려두었다.

144

"네 손을 좀 다오." 코루가 사제는 말했다.

그는 두 눈을 반쯤 뜬 채 누워 있었다. 그의 이마는 창백했다. 뺨에도 핏기가 없었다. 노인은 트라이안의 손을 잡고 아무 말없이 자기 손으로 꼭 감싸쥐었다. 두 손에서 나온 체온이 서로 전해지고 피가 서로 통하는 것 같았다. 그들은 오직 부자지간에만 느낄 수 있는 한없이 가까운 감정을 느꼈다. 심장의 고동이 서로 호응하는 듯했다. 그러나 사제의 맥박은 점점 미약해갔다.

요한 모리츠는 물수건을 갈아주고 싶었다. 환자는 그럴 필요가 없다고 손을 내저으며 웃어 보였다. 모리츠는 침대가에 앉았다.

"지금 나는 내 손이 인간의 열(熱)로 더워진 것이 아니라 바로 생명의 불꽃으로 더워진 것 같다. 네 몸은 생명만이 가질 수 있는 불꽃으로 타고 있어." 하고 사제는 말했다.

트라이안은 아버지의 손을 꼭 잡았다. 그 손은 얼음처럼 차거웠지만 사제는 여전히 웃음을 머금고 있었다.

"나는 두 가지 큰 꿈을 그리고 있었다. 하나는 미국에서 사제 노릇을 하는 거고, 또 하나는 내가 죽으면 판타나의 묘지에 가서 묻혔으면 하는 거야. 트라이안 너도 잘 알지. 담도 철조망도 없는 묘지, 꽃과 들풀이 뒤덮인 그 묘지 말이다. 그 묘지는 마치 목장 같아. 바로 거기에 제일 먼저 가서 영혼 속에서의 나의 여로를 조용히 생각해보고 싶어. 이 두 가지 소원은 이상한 형태로나마 실현된 거야. 나는 미국에 가지는 않았으나 미국이 내게로 온 거야. 나는 지금 미국 성조기가 휘날리는 이 감옥에서 죽어가고 있으니까……. 또한 나는 판타나 묘지에 가서 묻히진 못할 거야. 하지만 판타나의 묘지는 판타나 마을 자체보다 더 확대되어 유럽 전체에 뻗치고 있다. 판타나도, 루마니아도 그리고 전 유럽도 오늘에 와서는 세계 지도 위에 있는 커다란 검은 점에 지나지 않지. 마치 떨어진 잉크 자국처럼 말이다. 모든 대륙은 죽은 듯 고요해지고 기쁨은 사라졌어. 기쁨은 판타나의 묘지를 떠나버렸듯이 대륙에서도 사라지고 말았어. 그러나 얼마 있지 않아 지구도 우리의 묘지와 같이 꽃과 들풀로 무성하게 되겠지. 우리 대륙의 어느 곳에 묻혀도 상관없어. 나는 어디에 있든 장애물 없는 우리 판타나 마을의 묘지 속에 묻혀 있는 기분일테니 말이다."

사제는 말했다.

"왜 그런 말씀을 하시는 겁니까? 이젠 그만 주무십시오."

트라이안은 말했다.

"그래, 자마. 그러나 내게 아직 할 말이 있구나. 트라이안, '사람들이 그처럼 죽음을 지적하지 않는 한, 생명은 객관적인 목적을 가지지 않았다. 즉 사실적이고 진실한 목적은 모두 주관적인 것'이라는 걸 알아라. '서구 기술 사회는 생명에 객관적인 목적을 부여하려고 하거든. 이건 생명을 멸망시키는 가장 좋은 방법이란 말이야. 그들은 생명을 통계로 환원시켰어. 그러나 모든 통계는 유일한 경우를 인정치 않고 있지. 그리고 인류가 진화하면 할수록 중요한 건 개인과 여러 가지 특수한 경우가 가지는 유일성이야. 기술 사회는 거꾸로 정확히 진보하고 있다. 그건 모든 걸 일반화하고 있어. 서구 사람들이 단일(單一)한 것, 즉 개인적 존재 가치에 대한 모든 감각을 잃어버리게 된 것은 너무나 일반화하고 또 일반적인 부류에서 모든 가치를 찾거나 또는 구하기 때문이지. 여기서부터 러시아적인, 또는 미국

적이라고 생각하는 집합주의(集合主義)의 커다란 위험이 생긴단다(H. 드 키슬링 백작).' 이 사회가 붕괴될 것이라고 우리들이 확신할 수 있는 것도 아마 바로 이런 점에서일 거다. 이건 네가 어느 날 저녁 판타나에서 말한 것이었지. 기술 문명의 사회는 개인의 생명과는 비교할 수도 없는 것이 되고 말았어. 그건 인간을 질식시키거든. 그래서 사람들이 네 소설의 흰 토끼처럼 죽어가고 있지. 우리들은 그야말로 네가 네 책에서 말하려던 그대로 기술 노예와 기계와 시민밖엔 활동할 수 없는 이 사회의 독한 분위기 속에서 전부 질식되어 죽어가고 있는 거지. 사람들은 이와같이 중한 죄를 범하고 하느님에 대해서도 죄를 지은 거야. 우리는 있는 힘을 다해서 우리의 고유한 선(善)과 특히 하나님을 배반하는 행동을 하고 있어. 바로 인간 사회가 지금까지 도달해본 적이 없는 최후의 실권 단계(失權段階)야. 그리고 이 사회는 지금까지 역사의 흐름 속에서, 마치 유사 이전에 수없이 멸망되어간 사회처럼 멸망될 거야. 사람들은 이 사회를 논리적인 질서로써 구원하려고 하지만 결국 바로 그 질서가 이 사회를 멸망시키고 있는 거야. 이것이 서구 기술 사회의 죄악이다. 그건 산 인간을 죽이고, 인간을 이론과 추상과 계획의 희생물로 만들어버리지. 그것이 바로 인간 희생의 현대적 형태인 것이다. 화형(火刑)과 아우토다페는 사무실과 통계로 바뀌졌을 뿐이야. 이것은 인간 희생으로 이글거리는 불꽃 속에서 생겨난 두 개의 현실적인 사회적 신화란다.

예를 들면, 민주주의는 전체주의보다 명확히 우수한 사회 조직의 형태이지만, 그건 사회적 차원(次元)밖에 나타내지 못해. 민주주의를 생명의 의미와 혼동하는 것은 생명을 죽이는 것이고, 또 유일한 차원으로 생명을 축소시키는 거야. 나치 당원과 공산당원이 서로 통하는 큰 과오도 바로 이것이지.

인간의 생명은 그 전체 속에서 움직이고 사는 데에만 의미를 가지게 돼. 생명의 궁극적 의미를 파고들려면 우리들의 예술과 종교를 이해하기 위해 사용하는 것과 똑같은 기구, 즉 예술적 창조의 기구, 모든 창조의 기구를 사용치 않으면 안 돼. 생명의 궁극적 의미의 발전에 관하여 이성(理性)은 부수적인 역할밖에 못하지. 수학이나 통계나 논리가 인간 생활의

이해와 구성에 대해 지닌 효과는 베토벤이나 모차르트의 협주곡을 이해
한다든가 구성하는 경우와 같다.

그러나 서구 기술 사회는 베토벤과 라파엘을 수학적인 계산에 의해서
이해하려고 기를 쓰고 있지. 그 사회는 인간 생활을 통계학적으로 이해하고
개선하려는 데에 열중하고 있어.

이러한 시도는 어리석을 뿐만 아니라 비극적인 일이란다.

이러한 제도에 의해서 인간은 최선의 경우에는 사회적 완성의 결정에
도달할 수도 있어. 그러나 그건 인간에게 아무런 구원도 가져오지 못하지.
인간의 생명도, 그것이 사회적인 것과 자동적인 것, 그리고 기계의 법칙으로
환원되었을 때부터 존재 가치를 상실해버리지. 이런 법칙은 결코 생명에
대해 어떤 의미를 줄 수 없는 거야. 만일 생명으로부터 그것이 가진 의미—
—생명이 가진 독특하고도 완전 무상(無償)이며, 또 논리를 초월한 유일한
의미——를 제거한다면, 그때는 생명 그 자체는 사라지고 마는 거야. 생명의
의미는 완전히 개인적, 내적인 거란다.

현대 사회는 오래 전부터 이 진리를 포기해버렸고, 절망적인 노력을
다해서 굉장히 빠른 속도로 다른 길을 향해 돌진하고 있지. 그래서 라인
강이나 다뉴브 강이나 볼가 강의 물결이 지금 노예의 눈물로 파문을 일
으키고 있는 것도 이 때문인 거야. 이와 같은 눈물은 유럽의 모든 강변과
지구상의 모든 강둑을 넘쳐흘러 나중에는 바다와 대양까지 기술, 국가, 관료,
자본의 인간 노예의 모든 고민이 범람하게 될 것이다.

결국 하느님이——벌써 몇 번이나 그랬지만, 인간을 불쌍히 여기실 거야.
그래서 마치 물 위에 떠 있는 노아의 방주처럼——정말 인간으로 남아
있는 몇몇 사람들이 이 전체적인 큰 재앙의 물결 위로 떠오를 테지. 역사를
따라서 거듭 반복되듯이 인류를 구하는 건 바로 이 사람들이야.

그러나 구원은 참다운 인간, 즉 개인으로서의 사람들한테만 오는 거지.
이때 구원받는 것은 카테고리는 아니지.

여하한 교회도, 여하한 국민도, 여하한 국가도, 여하한 대륙도 단체나
카테고리에 의해서 인간을 구할 수는 없어. 오직 개인으로서의 인간만이
종교나 인종이나 그가 소속한 사회적 또는 정치적 카테고리의 여하를 막

론하고 구원을 받게 되지. 그래서 결코 사람은 그가 속한 카테고리에 의해서
판단될 수 없는 이유가 바로 여기에 있지.

　카테고리는 인간의 두뇌가 산출한 가장 야만적이고 가장 악마적인 착
오야. 우리들의 적도 인간이지 카테고리는 아니란 걸 잊어서는 안 되지."

　트라이안 코루가는 사제가 숨을 돌리는 틈을 타서 겁먹은 목소리로
물었다.

　"아버님, 새삼스럽게 왜 그런 말씀을 하십니까? 주무시는 것이 좋을
텐데요."

　"네 말대로 하마. 곧 자야지. 그러나 자기 전에 나는 지금 말한 거와
같은 걸 너한테 모두 말해줘야겠다. 너도 나와 같이 이런 걸 느끼고 생각할
게다. 인간이라면 누구나 이걸 알 수 있고 느낄 테지. 요한 모리츠도 느끼고
있지. 그 말을 되풀이했더니 어쩐지 기분이 좋구나. 미리 이런 걸 말하지
않고서는 나는 잘래야 잘 수가 없었단다."

　"손이 차군요, 아버님."

　"알고 있어, 트라이안아. 아마 내가 이기지 못하는 이상한 불안 상태에서
오는 거겠지. 육체적 근심보다도 더 강한 불안 말이다."

　"무슨 말씀이신지 모르겠어요, 아버님. 무슨 뜻이에요, 기분이 좋지 않
으신가요?" 트라이안이 물었다.

　"아니." 사제는 대답했다.

　사제의 입술은——마치 전선에 번개가 통한 것처럼——고통을 못이겨
일그러지며 경련을 일으켰다. 트라이안은 아버지 위로 몸을 굽혔다.

　사제의 얼굴은 사랑이 넘치는 인자한 미소로 갑자기 훤해졌다. 탐조등이
아마 뒤쪽 어디서 비쳤던 것이다.

　트라이안은 임종이 왔다는 걸 알고 침대 아래에 엎드렸다. 그리고 그는
흐느끼기 시작했다.

　요한 모리츠는 일어서며 물었다.

　"의사를 부르러 갈까요?"

　트라이안은 아무 대답도 하지 않았다.

　그는 아버지의 손을 꼭 쥐고서 지금까지 이처럼 슬퍼해본 적이 없는

그런 비탄에 빠져 엉엉 소리내어 울었다.

요한 모리츠도 사태를 짐작했다. 모자를 벗고 트라이안 곁에 꿇어앉아 성호를 그었다.

잠시 후에 요한 모리츠는 일어섰다. 포로들이 주위에 모여들었다. 이웃 천막뿐 아니라 모든 천막의 죄수들이 모여들었다.

요한 모리츠는 모자를 벗고 말없이 서 있는 많은 포로들을 뚫고 길을 헤쳐나갔다. 그는 곧 돌아왔다. 그는 초콜릿 상자에서 주운 파라핀으로 만든 초를 한 자루 가져와 죽은 사람의 머리맡에 놓았다.

그는 초에다 불을 붙여 빈 깡통 속에 세운 다음 그것을 코루가 사제의 머리맡에 놓았다.

145

PW 수용소의 의사가 들것을 든 두 위생병을 데리고 코루가 사제가 있는 천막으로 들어왔다.

"무슨 일로 오셨습니까?" 트라이안이 물었다.

"시체를 운반하러 왔소. 천막 안에 시체를 놓아둘 순 없으니까요." 하고 의사는 말했다.

"어디로 모셔갈 작정인가요?"

"수용소 밖으로요. 그러나 우리도 시체를 어디로 옮기는진 몰라요. 상부에 보고하면 미군 차가 와서 실어가게 돼 있어요."

"여하튼 나는 아버님의 시체가 어디로 운반되어 가는지 알 권리가 있습니다."

"우리들도 알고 싶은 일이 한두 가지가 아니지만 안다는 것이 불가능하죠." 의사는 냉담하게 대꾸했다.

두 위생병이 침대 곁으로 가까이 와, 들것에다 시체를 실으려 했다. 의사는 몸짓으로 중단시키며 말했다.

"우선 사망이 확실한지 그 여부를 알아야 해. 아직 숨이 붙어 있을지도 모르니까."

그는 사제의 손목을 잡고 잠시 진맥을 하고 난 다음 몸을 구부려 귀를 노인의 가슴에다 가져다 댔다.

"운반해도 좋아."

의사는 두 위생병에게 명령했다.

"안 됩니다!" 트라이안은 소리쳤다.

"왜 안 된다는 거요? 우리도 당신과 같은 포로에 지나지 않아요. 명령에 복종하지 않으면 안 되오." 의사는 말했다.

"무엇보다도 나는 아버님의 시체를 당신이 어디로 옮겨가는지 알아야겠소. 매장하는 장소까지는 갈 권리가 없다 하더라도 물어볼 수는 있지 않소. 아무리 포로라고 할지라도 그것만은 알 권리가 있어요. 숨이 끊어진 순간부터 제 아버님은 포로가 아닙니다. 그리고 어떤 신분을 막론하고 모든 죽은 사람들에 대해서 우리가 표하는 경의를 제 아버지도 받을 권리가 있는 것입니다."

"누가 죽은 사람에 대해 경의를 표할 수 없다고 했소?"

의사는 말했다.

"그런 의미에서 한 말은 아닙니다. 다만 저의 아버님은 정교의 사제입니다. 그의 소속 교회의 의식으로 매장해달라는 겁니다."

트라이안은 말했다.

"내일 서면으로 미군 사령부에 청원해보슈."

"내일이라도 너무 늦지 않다고 보장해주시겠습니까?"

"보장할 수는 없어요. 나도 당신과 똑같은 포로이니까."

의사는 대답했다.

"그럼 아버님의 시체를 이대로 두어주십시오. 아버님과 작별하기 전에 정교 교회의 의식으로 매장시켜달라고 청원을 드려볼 테니까요."

"쓸데없는 고집을 부리지 마시오."

"고집일는지는 모르지만 여하튼 버티어 보렵니다."

"우리는 시체를 운반해야 해. 수용소에 시체를 두어서는 안 된다는 명령을 받았으니까."

"당신은 강제로 운반할 수도 있겠지만, 나중에 후회할 겁니다."

트라이안이 말했다.

위생병이 트라이안의 팔을 잡아 난폭하게 침대 곁에서 떼어놓았다. 사제의 시체는 들것 위로 옮겨졌다. 트라이안은 움직이지 못하게 그를 붙잡고 있는 사람들 사이에서 몸부림쳤다. 들것이 그의 곁을 지나갈 때 그는 밝은 달처럼 훤한 아버지의 이마밖에 보지 못했다.

요한 모리츠는 모자를 벗은 채 아직도 촛불이 타고 있는 흰 깡통을 두 손으로 받들고 위생병의 뒤를 따랐다.

"이 죄의 대가를 톡톡히 받고 말걸. 도저히 용서받지 못할 행동이야. 의사 선생, 잘 기억해 두게. 당신이 수용소 대문까지 내 아버지의 시체를 따라가지 못하게 했다는 사실을 말야."

"내가 당신을 막은 건 아냐 규율이 그런 거지."

"진정하게. 자네가 떠드는 소리를 미국 사람들이 들으면 틀림없는 벙커행이야."

수용소 소장이 트라이안 곁에 와서 말했다.

"이제부턴 누구든 나를 가만히 있게 만들지 못할 걸. 내 고함을 가둬둘 독방과 감옥은 없어. 오늘부터 나는 죽을 때까지 음식을 전폐할 테야. 나는 수용소의 2만 명 중에서 혼자라도 단식을 할 작정이야. 반항의 표적으로 시간 맞춰 조금씩 말라가겠지. 내 죽음은 반항의 외침이 되어 내 주위의 사람들, 말하자면 나와 함께 갇혀 있는 사람들이나 또 나를 붙잡아 넣은 사람들의 귀와 눈과 피부에 배어들어갈 거다. 그 부르짖음은 사방에서 들을 수 있을 거야. 아무도 이 외침을 피할 수 없을 거다. 그 누구도 내가 죽은 다음에도 결코……."

146

"정말 죽을 작정이오? 굶주리고 목말라 죽으렵니까?" 요한 모리츠는 물었다.

트라이안이 단식을 시작한 지 나흘이 지났다. 날씨는 더웠다. 트라이안은 그늘진 천막 속에 똑바로 누워 있었다. 걷는 것도 피로하고 얘기하기도 피로했다. 서 있다든가 남이 말하는 것을 듣는다든가, 하늘을 쳐다보는 그 모든 것이 피로를 줄 뿐이었다. 자기 자신의 존재를 느끼는 것도 피로를 주었다.

점심 식사를 알리는 종소리가 들렸다. 모리츠는 또 한 번 그를 설득시키려고 마음먹었다.

"점심을 갖다 드릴까요?" 모리츠는 트라이안에게 물었다.

그는 트라이안의 밥그릇을 손에 들고 "당신이 돌아가시기라도 하면 그들은 좋아할 거예요. 그러니 죽으려는 생각은 포기하시는 게 좋을 겁니다."하고 도 한 번 말했다.

"더 필요하거든 내 몫까지 먹게. 나에겐 소용없으니."

모리츠는 나갔다가 곧 수프가 가득 든 그릇을 들고 돌아왔다. 그는 수프 그릇을 땅에 놓고 호주머니에서 숟가락을 꺼내어 손으로 닦았다. 그는 무릎 사이에 수프 그릇을 올려놓았다. 수프에서는 김이 모락모락 났다. 코를 벌름거리며 그는 그 김을 맡았다.

"왜 자네는 내 몫까지 가져오지 않나, 자네 몫만으로는 부족할 텐데. 하긴 두 사람 분으로도 충분하진 않지만." 트라이안은 이렇게 물어보았다.

"당신의 몫까지 먹을 수는 없습니다. 하느님이 벌을 내리실 겁니다. 당신께서 괴로워하시는데, 어떻게 저만 배를 불립니까? 그건 죄악이죠. 저는 그런 짓은 못합니다."

무릎 사이에 그릇을 놓고 눈을 들어 모리츠는 찌푸린 회색하늘을 쳐다보았다. 그리고 뭉게뭉게 피어오르는 먹구름을 입을 반쯤 벌리고 한참 동안 바라보더니, 그는 성호를 그었다.

트라이안은 모리츠의 행동을 하나하나 살폈다. 모리츠는 무슨 의식의 절차라도 밟듯이 천천히 수프 속에 숟가락을 넣었다.

그는 숟가락에다 절반쯤 수프를 떠서 성직자들처럼 여유있는 동작으로 그걸 입술께로 가져갔다. 그것은 마치 성례(聖禮)를 받을 때와 같은 동작이었다.

한 순갈 삼킨 다음 잠깐 멈추더니 숟가락을 손가락 사이에 마치 그 속에 수프가 아직 들어 있기라도 한 것처럼 꼭 쥐고 있었다.

그의 크고 검은 눈은 멀리 저쪽에 그만이 보이는 그 무엇, 하늘과 땅 사이의 한계점을 벗어난 어떤 지점을 줄곧 따라가고 있었다. 모리츠는 다시 숟가락으로 수프를 떴다. 한 번도 숟갈 가득히 뜨지 않았고 또 반 숟갈 이하로 내려가게 떠서 마시지도 않았다. 그는 언제나 처음처럼 천천히 위엄있게 입으로 가져갔다.

요한 모리츠는 미사를 올릴 때처럼 한결같이 절도 있는 마음으로 먹었다.

먹는다는 것은 그에게는 본래의 타고난 위엄을 지닌 신성한 행위——영양 섭취의 행위——인 것이다. 모든 본질적인 행위를 대하듯 그는 서둘지 않고 실수없이 신중하게 이행하는 것이다. 한 방울의 수프도 입술에 묻어 남거나 땅에 흘리거나 떨어뜨리지 않았다.

요한 모리츠가 먹는 일에 갖는 거의 신성하다고까지 말할 수 있는 그 행위는 모든 회의주의(懷疑主義)를 무력하게 만들고 감히 입을 열지 못하게 만든다. 조금도 일부러 꾸민 것 같은 점도 없었고, 쓸데없는 무상의 동작도 하지 않았다.

식사하는 동안만은 요한 모리츠는 자연적인 리듬에 자신을 맞추었다. 그는 대지의 깊은 흙 속에서 수액을 빨아올려 나무가 자라듯이 자신에게 먹이는 것이었다. 그는 자신의 전신이 행하는 행동을 따랐고 그리고 자기 주위에서 무슨 일이 일어났는지 알아볼 생각도 없이 그 시간만은 자연을 되찾아 자연과 정답게 일치된 자기 자신에 빠져 있는 것이었다.

수프 그릇의 바닥에 붙은 마지막 한 방울까지 긁어먹고 난 그는 자기의 눈앞에 벌어진 자기만이 볼 수 있는 풍경을 바라보며 한참 동안 움직이지 않았다. 그러더니 손가락 셋을 모아가지고 또 성호를 그었다.

그는 트라이안을 또다시 돌아보며, 마치 오랜 꿈 속에서 깨어난 사람처럼 "남의 것을 먹으면 큰 죄를 짓는 겁니다."라고 말했다.

그러고는 그릇을 씻으러 밖으로 나갔다.

트라이안은 저 멀리 시선을 던진 채 움직이지 않았다. 그러나 지평선이 보이지 않았다. 트라이안의 눈에는 자기가 포기해버린 영양 섭취의 의식, 즉 장엄한 영양 섭취 행위를 하던 요한 모리츠의 영상이 그대로 남아 있었다.

147

"나는 모든 의학적 구조법을 거부한다." 트라이안 코루가는 말했다.

그가 단식한 지 나흘이 되던 날 저녁이었다. 수용소장 재콥슨 중위는 미국 신문 기자단이 독일의 수용소와 포로 시찰을 위해 슈투트가르트에 도착한다는 보고를 받았다. 그는 슈미트 시장과 담당 의사에게 당분간 코루가를 수용소 밖으로 나가 있도록 하라고 명령했다. 그의 경우는 참으로 문제를 일으킬 수 있는 자료가 될 수 있어서 신문 잡지가 보도했다간 큰일이었기 때문이다. 사실 트라이안 코루가는 나치 당원이 아니었다. 최근에 죽은 그의 아버지는 사제였다. 다리까지 절단되었다. 트라이안의 아내는 유태인이었다. 신문기자가 좋아할 화젯거리가 되기에 충분하다. 재콥슨은 화젯거리의 인물이 되고 싶은 마음은 조금도 없었다. 만일 신문이 이 문제를 들고 일어나 보도전이라도 벌인다면 그는 즉시 미국으로 소환될 것이다.

마침 그는 독일 도자기에 대한 중요한 수집을 완성할 단계에 있었다. 그는 이런 도자기를 모두 담배로 사들여 상자에 넣어 이미 영국 지구 내의 창고 속에 보관해 두었다. 미국으로 부치는 일만이 남아 있었다. 독일의 여러 도시와 마을과 지하 창고에 흩어져 있는 수집품을 모두 사버리기만 한다면 그 뒤부터는 그는 여생을 손 하나 까딱하지 않아도 편안히 보낼 수 있었다.

그러나 그는 그것을 전부 사들이기까지는 당분간 이곳에 남아 있을 필요가 있었다.

신문기자들이 슈투트가르트에만 오지 않는다면 중위는 코루가의 사건쯤 겁내지 않았을 것이다. 코루가의 단식건도 보고서에다 기재만 하지 않으면 완전히 묵살해버릴 수도 있었다. 수용소에서는 포로가 매일같이 굶어죽고, 또 대부분의 포로들이 충분히 먹지 못해서 죽고, 또 어떤 사람은 먹기를 거부하여 죽어가는 사실은 그에게 별 중대한 문젯거리는 아니었다. 그러나 현 단계로는 소문이 그의 모든 계획을 깨뜨려버릴 위험성을 충분히 지니고 있었다. 그는 무슨 수를 써서라도 이것을 피하고 싶었다. 수백만금이 이 일에 걸려 있었기 때문이었다.

슈미트 시장——전 SS 대령이며 바이마르 경찰서장——은 재콥슨 중위에게 되도록 조속한 시일 내에 빈틈없이 이 일을 잘 처리해놓겠다고 약속했다.

"의사는 환자를 치료해줄 의무가 있거든. 설혹 환자가 치료를 원치 않더라도 말이야. 자넨 열이 있군. 우리는 자네를 수용소의 의무실로 옮길 생각이야." 하고 시장은 말했다. 저녁 10시경이었다. 요한 모리츠는 트라이안의 침대 곁에 있었다. 그는 슈미트 시장의 말소리를 들을 적마다 몸서리를 쳤다. 요르그 요르단의 목소리를 듣는 것 같았기 때문이었다. 그 두 사람의 목소리는 똑같다고 할 수 있을 정도였다.

"여기서 한 발짝도 움직이지 않겠습니다. 이 속에서 나를 끌어내려는 것은 내가 병이 들었기 때문이 아니라 내가 여기 있으면 추문이 폭로될까 두려워서 그러죠? 그러나 그걸 억제할 순 없을 겁니다. 당신네들은 내가 곧 죽으리라고 생각하겠죠? 이 수용소에 갇혀 있는 2만 명의 시체는 조금도 당신을 괴롭히지 않아요. 다른 포로들은 나보다도 더 얌전하게 죽을 겁니다. 얌전히 죽으면 추문도 일지 않지요. 그들은 천천히, 그리고 완전히 죽을 터이니 소문이 날 염려는 없지요. 왜 그들을 병원으로 실어가지 않습니까?"

트라이안은 말했다.

"자네를 입원시키라고 명령하는 건 의사로서의 내 의무일세. 자네는 상당히 위험한 상태에 있네. 코루가, 우리는 자네를 한시라도 더 천막 속에 내버려둘 수는 없어." 포로 의사 돌프 박사는 말했다.

두 명의 위생병이 트라이안 코루가를 번쩍 들어 마치 물건처럼 들것에 올려놓았다. 모리츠는 두 주먹을 불끈 쥐고 이를 바드득 갈았다. 그는 트라이안을 지키려 하였으나 벌써 사태가 싸운댔자 소용없는 지경에 이르러 있었다.

"정당한 동기를 부당한 것을 위해 사용하는 건 말할 수 없이 큰 죄악이야." 트라이안은 말했다.

의사는 못들은 체하며, "갑시다" 했다.

위생병은 들것을 수용소 밖으로 운반했다.

포로들은 길을 비켜주었다. 누구 하나 잠든 사람은 없었으나 모두들 잠자코 있었다.

죽음의 전주곡처럼 조용했다. 극히 중대한 사건이 벌어졌다는 그것만은, 이들도 모두 잘 알 수 있었다. 그러나 그것이 무슨 일인지는 아무도 정확히 말할 수는 없었다.

보름달이 훤히 비치는 밝은 밤이었다. 요한 모리츠는 상여 뒤를 따라가듯 머리를 수그리고 들것을 따라 걸었다. 그는 트라이안의 옷과, 신발, 안경, 그리고 파이프를 손에 들고 있었다. 눈물이 줄줄 흘렀다.

그러나 곧 들것 위에 누운 자기 친구가 아직 살아 있다는 걸 깨달았다.

의무실 문간에 이르자, 요한 모리츠는 들어오지 말라는 명령을 받았다.

"너는 의무실 안에까지 들어와선 안 돼, 정식 명령이다. 아무도 트라이안 코루가와 말을 하지 못하게 되었으니, 누구도 그와 면회할 순 없어. 옷과 신발은 내가 가지고 들어가겠다." 하고 시장이 말했다.

그날 밤, 요한 모리츠는 의무실 울타리 밖의 철조망을 따라 홀로 왔다 갔다했다. 그는 트라이안을 넘겨준 것으로 그냥 체념할 수만은 없었던 것이다.

148

트라이안 코루가는 의무실의 어느 방에 갇혀 있었다. 그 방에는 여섯 개의 침대가 놓여 있었다. 누워 있는 사람은 한 사람도 없었다. 그를 혼자 두기 위해서 모두 다른 데로 내보냈다.

두 젊은 위생병이 그를 지키고 있으라는 명령을 받았다.

트라이안은 벽을 향해 누워 있었다. 그의 입술은 횟가루처럼 바싹 말라 있었다. 천연색 영화의 한 토막처럼 꿈이 눈 앞에 떠올랐다.

그는 눈을 감고 있었으나, 네온의 강한 광선이 쏟아져나오는 듯 눈부셨다. 그 빛은 몸 속에서 나왔다. 그것은 눈시울이 타는 듯 뜨거운 빛이었다. 그의 모든 생각은 채색되어 번쩍였다. 그래서 온몸이 광선으로 화하여 꿈과 같이 가볍게 타오르는 것 같았다.

공중을 날고 있는 듯한 기분이었다.

'이제야 도를 닦는 사람들과 신비론자들이 단식하는 이유를 알겠다' 하고 트라이안은 생각했다.

'굶으면 지상에서 빠져나가기란 참 쉬운 일이군. 하느님은 바로 곁에 계시거든. 하늘과 이마가 맞닿는 것 같아.'

트라이안 코루가는 오랫동안 이런 황홀한 경지에 빠져 있었다. 이 때 누군가가 먹을 것을 가져왔다는 걸 의식했다.

위생병 하나가 트라이안의 침대 옆 의자에 음식을 담은 쟁반을 올려 놓았다. 트라이안은 쟁반을 등지고 돌아누웠다. 그는 그 음식을 거들떠보지도 않았다. 그러나 그 속에 무엇이 담겨 있는지 똑똑히 알 수 있었다.

먼저 그의 콧구멍은 버터에 튀긴 감자 냄새를 맡았다. 다음에는 커피 냄새. 그는 벌써 그것들을 보고 또 맛본 듯이 쟁반 위에 담긴 음식 냄새를 맡고 있었다. 후각이 예민해져 있었던 것이다. 이제까지 그는 이처럼 정확하게 냄새를 구별해 본 적은 없었다.

그 밖에도 쟁반 위에는 한 대접의 따끈한 우유가 놓여 있었다. 김이 무럭무럭 나는 우유 냄새는 커피 냄새에 못지 않게 자극적이었다. 고기 냄새도 풍겼다. 트라이안은 이 고기 냄새가, 마치 그림 속에서 본 어떤 색깔보다 유난히 강하게 눈에 띄는 것을 또렷이 느낄 수 있었다. 버터와 구운 고기 냄새는 다른 음식에 대해 자극적인 효과를 증가시켰다. 이 냄새들은 이불과 셔츠와 머리와 벽에 파고들었다.

트라이안은 약간 탄 듯한 고기와 버터, 우유, 커피 냄새가 포마드처럼 자기 몸에 달라붙는 것 같았다.

그는 숨을 쉴 적마다 그 냄새가 폐부 속과 위 속에까지 흘러들어오는 것을 느꼈다. 마치 그 음식물들을 한창 먹고 있어, 이젠 결사적인 단식을 하지 않는 듯한 느낌이었다. 그는 호흡하는 공기 속에서 음식 냄새를 없애려고 애썼다. 그러나 그건 불가능한 일이었다. 그리고 그 음식 냄새는 1분 1초마다 점점 더 파고들었다.

트라이안 코루가는 프리즘을 통해 광선을 분석하듯 냉철히 그 음식 냄새를 분석하기 시작했다.

"내 후각 능력을 검증하는 한 방법이야" 하고 말하며, 그는 음식물을 연구 대상으로 취급하면서 자신을 그 유혹에서 이겨낼 수 있다는 생각을 갖게 하는 이 실험에 몰두하게 되었다. 맨먼저 알아낸 것은 고기가 제육도 쇠고기도 아니라는 것이었다. 그건 통조림 고기였다. 여러 잡동사니가 섞인 것이었지만, 트라이안은 틀림없는 새고기——아마 칠면조일 거라고 결론을 내렸다. —— 를 눈으로 확인해보고 싶었으나 생각을 고쳐먹고 그냥 얼굴을 벽 쪽으로 두고 있었다. 우유에서는 약간 단 냄새가 났다. 그것은 분유를 탄 것인데, 너무 진하게 탄 데다가 너무 급히 끓였음에 틀림없었다. 쟁반 위에는 그 밖에 과일졸임이 있었다. 그 냄새만은 식별하기 힘들 정도였다. 트라이안은 마치 너무 연한 색깔처럼 감별하기 힘든 냄새라고 생각했다. 그러나 설탕으로 졸인 과일 냄새를 맡았을 때는 마치 자기가 새 기록을 세웠거나, 또는 실험실에서 중요한 발견이나 한 것처럼 강렬한 지적 만족으로 흥분되었다. 한 가지 아직 남은 건 쟁반 위에 빵이 있는지 없는지 하는 것이었다. 있다면 그것은 전분(澱粉)만 남도록 채질한 미국 밀가루로 만든 흰 빵일 것이고, 딱딱하게 굳은 것임에 틀림없을 것이라고 생각했다.

"어서 먹는 편이 좋을 걸요. 식으면 맛이 없을 테니까." 위생병이 그의 침대 가까이 오며 말했다.

트라이안은 대답하지 않았다. 끝끝내 음식을 보지 않고 실험을 계속하고 싶었으나 이미 때는 늦었다. 이제는 다시 의지를 집중시킨다든가 아까처럼 조용한 마음이 들지 않았기 때문이었다. 지금은 모든 냄새가 혼합되어 하나의 냄새로 변하고 말았다. 마치 스펙트럼의 일곱가지 빛살이 혼동되어 죄다 흰 빛으로 변해버리듯이, 위생병의 말 소리가 샘물에 던진 돌멩이가 조화된 물결의 파동을 뒤흔들어놓듯이 냄새의 혼란을 일으키고 말았다.

트라이안 코루가는 다시 냄새를 분석하여 죄다 알아맞힌 결과를 음미할 수 없는 것이 슬펐다. 이튿날 아침까지도 쟁반은 그대로 거기에 놓여 있었다. 트라이안 코루가는 그것을 보려고도 하지 않았다. 음식 냄새는 거의 사라져 버렸다. 음식물은 이미 살아 있지 않았다. 그것은 얼어붙었거나 혹은 죽은 것이었다.

트라이안 코루가는 피로했다. 그는 침대 속에서 돌아눕지도 않았고 눈도
뜨지 않았다. 입술에 침을 발라 몇 번인가 적셔 보았으나 쓰디쓰고 칼칼한
맛이어서 슬펐다.

위생병이 어제 저녁 것을 들고 나가고 다른 쟁반을 들고 들어와 침대
옆에 놓았다. 이번 쟁반에는 달걀이 들어 있었다. 그 냄새는 포스터 컬러처럼
강렬한 빛이 났다. 달걀 곁에는 오렌지 잼과, 우유, 커피 그리고 버터가
놓여 있었다. 이 모든 냄새는 트라이안의 육체를 화살로 찌르는 듯이 쑤시며
파고들었다.

트라이안은 그 호된 고통을 참느라고 아예 눈을 감았다.

"주여, 저의 죽음이 좀더 빨리 오게 도와주시옵소서. 이 육체 속에 갇힌
인간이 쉴새없이 닥쳐오는 유혹과 대결한다는 것은 너무도 고통스럽습니
다" 하고 트라이안은 중얼거렸다.

그는 이삼일 안으로 끝장이 날 것으로 믿고 스스로를 달랬다.

'이삼 일 후에 나는 죽어 있을 거야' 하고 속으로 중얼거리며 그는 다시
잠이 들었다.

149

트라이안 코루가는 자리에 일어나 앉아 창밖을 내다보았다. 때는 정오
였다. 마당에는 포로들이 열을 지어 있었다. 그들은 벌거숭이였다. 수용소의
마당은 벌거벗은 남자들로 득실거렸다.

바로 의무실 들창 밑에는 지프가 서 있고, 몽둥이를 든 군인들이 그 주위에
늘어서 있었다. 군인들은 껌을 씹고 있었다. 포로들은 차례 차례로 군인들
앞으로 나왔고. 그들의 발걸음은 확실히 이상스러웠다. 알몸이 된 그들은
모두 주춤거리며 다가왔다. 트라이안은 그들의 감정을 잘 알 수 있었다.
그도 이와 같은 경우를 당해 보았기 때문이었다.

'또 검색이야? 이번에는 또 뭘 찾을 참인가?' 하고 그는 마음속으로
중얼거렸다.

검색은 한 달에도 몇 차례씩 되풀이됐다. 노인 한 사람이 군인들 앞으로

나왔다.

"바르샤바의 대주교군." 트라이안은 소리를 내어 말했다.

대주교는 등이 약간 구부러지고 바싹 말랐지만 키는 컸다. 멀리서도 그의 갈빗대, 살가죽으로 덮인 해골을 세어볼 수 있었다. 대주교의 수염은 흰색이었는데, 마당 안의 유일한 흰 빛깔이었다. 그 흰 빛깔은 보는 사람의 눈으로 하여금 광채를 느끼게 했다. 그것은 가문의 표시처럼 부드러운 흰빛이었다. 군인들은 그가 오는 걸 보자 웃기 시작했다.

그러나 대주교는 그들을 보는 것 같지 않았다. 그는 군인들의 모자 위로 활짝 트인 하늘을 우러러보았다. 그날의 하늘은 비잔틴식 성당의 둥근 지붕처럼 푸르렀다.

군인은 대주교의 손가락을 조사했다.

"손가락을 벌려!" 통역이 명령했다.

노인은 손가락을 벌렸다. 군인들은 자세히 들여다봤다. 노인 포로는 반지를 끼고 있지 않았다.

"팔을 들어!" 또 통역이 명령했다.

노인은 또 팔을 들었다. 처음에는 축복을 할 때처럼 가슴 위로, 그 다음엔 머리 위까지 번쩍 들어올렸다. 그는 통역도 군인들도 보지 않았으나 통역과 군인들은 혹시 겨드랑 밑에 보석을 숨기지나 않았나 해서 샅샅이 조사했다.

다음에 그들은 목덜미 위에 늘어진 머리칼을 검사했다. 대주교는 희고도 긴 머리칼을 기르고 있었으므로 그 속에 보석을 감추면 얼마든지 감출 수가 있었다. 군인들은 처음에 몽둥이 끝으로, 그 다음엔 손으로 머리칼 한 올 한 올을 벌리고 헤집어보았다. 그들은 이렇게 머리 위에서부터 목덜미까지 빈틈없이 조사한 다음 수염 속에 반지를 감추지 않았나 하고 쓰다듬어보기도 했다.

"뒤로 돌앗!" 통역이 말했다.

노인은 군인에게 등을 보이며 돌아섰다.

"엎드렷!" 통역이 외쳤다.

노인은 몸을 엎드려 마치 그리스도 상(像) 앞에서 기도드릴 때처럼 등을 굽혔다. 그러나 아마 그것도 충분하지 않았던 모양이었다.

"다리를 벌려!" 통역이 말했다.

대주교는 다리를 벌렸다. 가늘고 하얀 다리였다. 통역과 군인은 대주교의 다리 사이에 혹시 반지나 또는 그 밖의 귀금속이 숨겨져 있는가 보려고 몸을 굽혔다. 군인 한 사람이 자기 동료에게 무어라고 속삭였다.

노인은 등을 돌리고 다리를 벌린 채로 엎드려 있었다.

"이젠 가도 좋아." 통역이 말했다. 군인들은 다음 포로를 수색했다.

대주교는 조금도 망설이는 기색이 없이 멀어져갔다. 그의 수염과 머리는 바람을 안고 하얀 비단 깃발처럼 휘날렸다. 트라이안의 눈에는 대주교가 다른 사람들과 똑같은 나체로 보이지 않았다.

트라이안 코루가는 그가 나체들의 무리로 되돌아갈 때까지 눈으로 그를 쫓았다. 지금 노인은 다른 포로들 틈에 끼이긴 했으나 군중 속에 아주 섞여버린 건 아니었다. 무어라고 형언할 수 없는 것이 노인의 머리 주위를 감돌고 있었다. 아마 머리칼의 흰 빛과 흰 수염 때문이리라. 아니면 아마 노인의 머리 모습 때문이리라. 그리스도의 성스런 모습을 바라볼 때와 같은 무엇이 그를 쳐다보도록 유혹하는 것이었다.

"이젠 뭐가 보이는지 알겠어." 트라이안 코루가는 몸서리를 치며 말했다.

위생병이 그를 돌아봤다. 그러나 트라이안은 그대로 바깥만 내다보며 위생병들이 옆에 있다는 걸 잊고 있었다.

"대주교의 머리는 빛으로 둘러싸여 있다. 후광(後光)이야. 그의 머리 뒤로 네온과 전기보다도 더 강한 빛이 있어. 그것은 머리 둘레에 빛을 퍼뜨리고 있지. 금빛을 말이야."

대열 속으로 드러간 노인은 눈을 들어 의무실의 들창을 쳐다봤다. 그의 머리를 싸고 도는 광채는 더한층 빛을 발했다.

'후광이란 성상(聖像)을 그린 화가의 창작이 아니구나' 하고 트라이안은 생각했다. 그는 다른 포로들도 살펴봤다. 후광을 지닌 포로가 몇 명 더 있었다. 그는 그들이 누군지 모두는 알지 못했다. 그러나 빈 한림원(翰林院) 원장과 베를린의 한 젊은 기자도 가지고 있었다. 그 밖에도 희랍의 어느 장관과 베를린 주재 루마니아 대사도 그랬다. 그 외에도 몇 명이 더 있었다. 그들의 이마는 강렬한 불꽃이나 전기 반사경처럼 광채를 발하고 있었다.

그러나 이 광선은 불꽃과 전광으로 이루어진 것보다 더 아름다웠다. 그의 이마에서 솟아나온 빛은 전세계를 밝게 비쳐줄 수 있으리라. 그리하여 이 땅 위를 결코 밤이 짓누르지는 못하리라…….

150

"왜 자넨 먹지 않는가?"

재콥슨 중위는 물었다.

그는 트라이안의 방으로 들어왔다. 그는 트라이안과 단둘이 있으려고 의사와 시장에게 자리를 비켜달라고 했던 것이다.

"대체 어떻게 해달라는 거요? 이 수용소를 시장 바닥으로 알아선 안 돼!"

중위가 말했다.

"난 먹지 않아도 배고프지 않으니까 안 먹는 거요. 입맛이 갑자기 없어져 구역질이 납니다. 아주 창자가 뒤집히는 지독한 구역질입니다. 그런데, 중위님! 당신은 구역질이 나지 않습니까?"

트라이안은 말했다.

재콥슨 중위는 아무 말도 하지 않았다. 그는 트라이안 코루가와 단둘이 된 것을 후회했다. 이 포로는 틀림없이 정신이 돈 것 같다. 그래서 두 눈이 번쩍번쩍 빛이 나는 것이다. '갑자기 내 목덜미를 향해 덤벼들어 물어뜯을지도 모르지!'하고 장교는 생각했다. 그는 문 있는 쪽을 힐끔 바라보고 나서 웃는 얼굴로 말했다.

"코루가 씨, 마음을 진정해요. 당신은 몹시 흥분되어 있어요. 그럴 수도 있겠지. 엿새나 물 한 모금 마시지 않고 있으니."

"나가지 마시오, 중위님. 나는 미치광이가 아닙니다! 두려워할 건 없어요. 구역질이 나지 않느냐고 물은 내 질문은 어리석은 소리였어요. 물론, 중위님께서 메스꺼워할 이유는 없을 테니까요. 처음부터 눈을 감고 코까지 막아준다면 아무런 위험도 일어나지 않아요. 인간은 무엇에든 익숙해질 수 있으니까. 이 메스꺼움도 마찬가지일 거요. 그건 오직 의지의 문제지요.

그런데 나에겐 의자가 없나 봐요. 그래서 나는 속이 거북스럽고 구역질이
나나 봅니다. 어떤 노동자들은 수챗구멍이나 변소 옆에서도 아침이나 점
심이나 저녁을 먹습니다. 그들에겐 아무렇지도 않은가 보지요. 습관이 되면
그렇게 되겠지요. 나는 내 눈으로 직접 변소 바로 옆에서 소시지와 버터를
바른 빵을 먹는 그들을 보았습니다. 그들은 입맛을 쩝쩝 다셔가며 즐겁게
농담을 하더군요. 아무리 지독한 악취일지라도 결국 습관 들이기에 달렸나
봐요. 수용소의 시체를 태우는 독일인들은, 화장장 문만 닫으면 그대로
유쾌히 식사하러 가거든요. 물론 아니꼽다든지 속이 거북한 눈치는 조금도
없었어요. 여기에는 수용소에서 죽은 여자들의 머리칼을 가지고 침대 요를
만든 사람들이 있는가 하면, 또 그 이불을 애인과 같이 깔고 사랑을 속삭이는
사람들도 있어요. 매질을 해 죽이고 태워서 죽인 여자들의 머리칼이 든
이 요 위에서 그들은 아내에게 애를 배게 하는 짓도 하더군요. 이런 행동은
그들에게 아무런 혐오나 메스꺼운 기분도 일으키지 않는단 말입니다. 그들은
그것이 잘 만들어져서 좋다고 아주 기뻐하거든요. 나는 침실과 방 안에
사람의 피부로 만들어진 전등갓을 가진 여자와 한 수용소에서 지낸 일이
있습니다. 그 전등갓은 누르스름하고 음란한 광선을 방에다 비춰주더군요.
바로 그 빛 아래서 그녀는 성교를 하고, 먹고, 춤을 추고, 마시고, 같이
자는 사나이에게 몸을 맡기며 키스를 하며 행복에 젖더군요. 인간들이란
구역질에는 곧 익숙해지니까요. 이것은 대수롭지 않은 습관과 의식의 문
제지요. 러시아 군인들은 여든 살난 노파를 강간했는데, 그것도 한두 사람이
아닌 굉장한 수효랍니다. 그들은 한 노파를 차례로 열 번 이상 강간했단
말입니다. 여든 살 먹은 노파와 관계를 한 뒤에도 그들은 조금도 기분이
나쁘지 않다고 하면서 보드카를 마시며 좋아들 하더군요. 당신네들은 물론
이런 짓은 안 하리라고 믿습니다. 당신네들은 여자를 강간하지는 않는다고
들었으니까요. 당신네들은 동침을 하려면 초콜릿을 여자에게 주고 예방물
같은 것도 사용하실 겁니다. 여러분들은 또한 독일 사람들처럼 처신하지도
않지요. 어떤 국민이든 자기들의 풍습이 있으니까요. 그러니 당신네들도
무슨 일을 하든 구토를 겁낼 필요가 없습니다. 내가 확언하건대, 여하한
위험도 느끼지 않을 겁니다. 왜냐하면 구역질나는 건 큰 고통이니까요. 나의

고통이 얼마나 지독하냐는 건 보시는 바와 같습니다. 내 창자는 장갑을
뒤집어놓은 것처럼 뒤집혀져 내 입에까지 올라온 것 같습니다. 담즙도
거꾸로 올라오고 위장은 구역질 때문에 뒤죽박죽이 되었습니다. 그래서
나는 인간에게 연민을 느낄 따름입니다. 무서운 연민이지요. 이런 조건에서
내가 어떻게 먹을 수 있겠습니까? 아직도 나에게 식욕이 남아 있다고
생각하십니까? 이후로는 나는 더 이상 먹을 수 없으리라는 것을 아시
겠습니까" 트라이안은 말했다.

재콥슨 중위는 출입구를 향해 걸어갔다. 그는 들어갔던 걸 후회했다.
시장과 의사는 트라이안 코루가가 미쳤다는 사실을 미리 말해주지 않았던
것이다. 그들은 환자의 정신은 멀쩡하다고 알려주었다. 그러나 지금 얘기를
들어보면 그들이 한 말과는 정반대이다. 그들이 거짓말을 한 거다. 이 환자는
완전히 정신이상이었다.

"자네 말이 옳아. 트라이안. 이 상태에선 자네가 식욕이 없는 건 당연
하지." 소장은 말했다.

"가지 마세요. 나는 도저히 일어설 기운이 없습니다. 들창 밖에서 검사가
끝났는지 그걸 좀 알려주십시오." 트라이안은 말했다.

"아니, 아직도 하는 모양이군." 재콥슨 중위는 대답했다.

트라리안 코루가는 새삼스레 감탄했다. '어쩌면 한 인간이 마당에서 저런
검사를 해도 재콥슨처럼 무감각한 표정으로 쳐다보고 난 후, 식사하러 곧장
갈 수 있을까?'

정오가 되었다.

"조사가 아직 끝나지 않았군요. 지금 시작한 거나 다름없으니 곧 끝나진
않겠군요. 당신네들은 처음에는 가방 속과 집 속, 옷 속, 호주머니 속, 신발
속, 속옷 속, 그리고 팬츠 속 등을 뒤지더니 이제는 그것을 사람의 입과
겨드랑이 밑, 항문 속까지 샅샅이 조사합니다. 사람들은 모두 벌거숭이로
서 있는데 아직 시작에 지나지 않아요. 내일은 아마 당신들이 금을 찾느라고
사람의 껍질까지 벗겨낼 것입니다. 그 다음은 금을 발견하기 위하여 뼈에서
살까지 발라낼 테지요. 그래도 부족하면 금을 찾기 위해 뼈를 쪼개고 인간의
두개골마저 부술 겁니다. 그들의 내장을 휘젓고 또 그 내장을 토막토막

자를 겁니다. 이 모든 일이 금, 금조각, 금반지, 금가락지를 찾기 위해서이죠.
나중엔 인간의 심장까지도 난도질을 하겠지요. 금을 찾기 위해서, 금！
금！ 금！ 오늘은 시작이니까 당신은 아직 피부가 남아 있어요. 그러나
결국 피부도 벗겨지겠지요. 검사는 얼마든지 계속될 터이니……."

재콥슨 중위는 이미 그 방에 있지 않았다. 트라이안 코루가는 벽쪽으로
돌아누웠다.

151

탄원서 제 6 호——주제·경제에 관하여 '포로들에게서 발견된 가치'

포로들에게 행한 조사 결과로 반지, 결혼 반지, 팔찌, 시계, 만년필, 돈,
기타 모든 값나가는 물건들을 몰수당하고 말았습니다.

조사가 피부에 이르기까지 세밀히 행해졌지만 아직 만족한 것은 아닌
듯합니다.

오늘 저는 몇몇 포로에게서 성상에 그려진 성인들의 후광과 같은 광채가
그들 머리 둘레에서 빛나고 있는 걸 발견했습니다. 제가 보아온 성인들은
금으로 된 관을 쓰고 있었습니다. 그러나 포로들의 관은 금이나 다른 귀
금속은 아니었습니다. 만일 그런 것으로 만들어졌다면 이들의 관——이렇게
말해도 좋다면——즉 후광은 벌써 몰수당했을 것입니다. 귀금속이 아니지만
이것의 가치는 업신여길 수 없는 것입니다.

개인적으로 말하면 저는 과학자는 아닙니다만, 이 관들은 굉장한 가치가
있다고 저는 생각합니다. 그것은 오직 몇몇 포로들의 '정신'이 발하는
방사광에 의해서 형성된 것입니다.

서구 기술 사회에서는 이러한 현상이 있을 수 없다는 그것과 대조해
본다면 퍽 흥미로운 일입니다. 이러한 현상은 아마 비문명 사회의 부속
물이라고 생각합니다. 그러나 요점은 그런 데 있는 것이 아닙니다. 이 후광이
어떤 가치를 갖게 되면 벌써 포로의 소유물로 남아 있지 못하게 될 것입니다.
포로가 귀중품을 가진다는 것은 엄격히 금지되어 있기 때문입니다.

저는 역사상 이런 종류의 관——또는 후광——이 몰수의 대상이 되었다는 것을 똑똑히 기억하고 있습니다. 징기스칸과 같은 야만적 정복자들이 어떤 포로들에게 이런 장식관을 발견하고 상당히 가치있는 것으로 판단한 나머지 그런 사람을 골라냈습니다. 그 때는 수송 방법이 자유롭지 못할 때라 그 후광의 모양과 광채를 그대로 보존해서 자기 궁궐까지 데려가기 위해 징기스칸은 후광이 감도는 머리만 운반하라는 명령을 내렸습니다. 중국이나 아라비아의 포로들 중에서 후광을 지닌 머리들은 줄에 매어져 말안장에 실려서 몽고까지 운반되었습니다. 그러나 도중에 기후 상태와 기온의 변화로 그리 되었겠지만, 후광이 사라져 어느 머리에도 그 웅장하던 빛은 없어지고 말았으니 부득이 내버리지 않을 수 없었습니다. 그것은 그들의 머리가 썩어들어갔기 때문이지요. 이러한 피해를 막기 위해서 당신은 징기스칸이 한 것같이 포로들의 목을 자르지는 마십시오. 이런 귀중한 후광을 가진 포로들은 잘 조절된 대기와 일정한 온도를 가진 보호실에 보호해서 당신의 본국으로 보내는 것이 좋을 겁니다.

우리들의 사회는 필요한 기술 방법을 이용하여야만 정복자들이 입힌 손해를 면하는 데서 무엇과도 비교할 수 없는 행복을 누린다고 봅니다. 《연대기(年代記)》를 들춰보면 이미 5만의 후광이 이처럼 헛되게 사라졌다고 합니다. 변함없이 저의 무한한 찬사를 받아주시기를 바랍니다. 항상 웃음을!

——증인

152

"5분 이내에 자넬 병원으로 옮겨간다." 시장은 말했다. 그는 뒷짐을 지고 뚜벅뚜벅 트라이안의 방에 들어왔다.

"안됐지만 거기에서 강제로라도 음식을 먹일 거다. 우리들은 되도록 최선을 다해서 노력해 봤네. 재콥슨 중위도 애 많이 썼지. 그러나 자네는 우리들의 마음을 이해하지 못해. 우리들은 자네에게 잘 해주려고 노력했지만 자네는 항상 우리들에게 등을 돌려왔단 말이야."

트라이안은 벽을 향해 누워 있었다.

"자네의 행동은 전혀 우정을 무시한 거야. 자네의 개인 문제로 의사들과 재콥슨 중위는 너무도 많은 시간을 허비하고 말았어. 우리들은 2만 명이나 되는 포로들의 일로 손이 매어 있기 때문에 한 개인이 우리들의 시간을 허비하게 할 수는 없는 거야. 자네가 바로 그렇단 말이야. 자네는 한 사람이지만 저 사람들은 2만 명이나 되거든. 개인적인 문제에 정신을 쓸 수 없어. 우리들은 누구든 가족과 아내와 자식의 걱정을 갖고 있어. 죄수들이 모두 자네와 같은 행동을 한다면 대체 어떻게 되겠나 말이야. 그러니 자네는 집단 생활은 조금도 생각지 않는 지독한 이기주의자야. 개인적으로 나는 재콥슨 중위의 의견을 따라서 모든 미국인이 그러하듯 나도 낭만주의자며 또한 민주주의 신봉자거든. 그래서 요즘 며칠 동안 나는 다른 2만 명의 포로들이 불편해할 걸 차치하고 이 수용소에서 단 한 사람의 일로 적어도 다섯 시간을 소비했다네. 이건 정신 나간 짓이야." 시장은 골이 나서 말했다.

"당신은 이 수용소의 어느 포로도 돌본 일이 없습니다. 당신은 관리 기계, 다시 말하면 비인간적인 일에 종사한 것뿐입니다. 이 수용소의 사람들을 장부나 타이프라이터 혹은 숫자를 의미하는 이런 기계와 혼동해서는 안 됩니다. 당신이 돌보고 있는 건 바로 그런 것에 불과합니다. 시장님, 당신은 한 번도 수용소의 2만 명의 인간을 돌본 것이 아닙니다. 2만 명의 인간은 살과 피와 정신으로 되어 있습니다. 그들은 고통과, 신앙과, 욕망과, 기아와, 절망과, 공상으로 만들어져 있습니다. 그런데 당신은 그들의 살과 피와 같은 개인적 요소도, 보다 더 개인적인 요소인 그들의 희망과 절망은 염두에 없었지요. 당신은 숫자와 서류 조각에만 관심이 있지요. 당신은 한 사람의 포로도 알지 못합니다. 한 사람의 포로 일도 처치 못하는 당신이 어떻게 2만 명의 포로를 위한다고 말하는 겁니까? 참으로 우습군요. 당신이나 재콥슨, 그 밖의 여러 사람들이 관심을 갖는 건 관념(觀念)이며 추상(抽象)입니다. 이런 말을 하고 있는 나도 당신이 관심을 가지고 있는 그런 인간은 아닙니다. 지금 당신의 눈에 보이는 나는 2만 중의 한 분자에 불과합니다. 당신이 시간을 허비했다고 화내는 이유도 바로 여기에 있어요. 당신은 나를 개인으로서 보지는 않습니다. 당신의 아내도 마찬가지로 당신은 동떨어진

한 개의 인간으로 인정하지는 않습니다. 당신은 아내를 한 여자로서, 당신의 자녀의 어머니 또는 주부로서만 보아왔지 결코 그녀를 전체로 보지 않았을 겁니다. 그러나 당신의 부인은 전체적으로만 존재할 수 있습니다. 당신 자신도 그 이상은 모르고 있는 겁니다. 당신은 지구상에 있는 어느 한 인간도 이해하지 못하고 있습니다. 왜냐하면 만약 당신이 한 사람이라도 이해하고 있다면 그 중의 한 사람을 돌보는 걸 시간낭비라고 생각하지는 않을 겁니다. 당신은 단일(單一)의 차원으로 환원된 인간들밖에는 모르고 있습니다만 그들은 이미 인간이 아니며, 그건 마치 삼각형의 한 변을 없애버리면 더 이상 삼각형이 될 수 없는 것과 같은 이치입니다." 트라이안은 말했다.

위생병이 마당에 구급차가 도착했다는 걸 알려왔다.

"나는 내 친구 요한 모리츠에게 작별 인사를 해야겠소."

트라이안은 말했다.

"다른 포로와 말을 하는 건 안 돼!"

트라이안 코루가는 시장에게 등을 돌리고 누웠다. 위생병은 그를 이불에다 둘둘 말아서 무슨 물건처럼 구급차에 옮겼다.

운반차의 창문은 커튼으로 가려 있었다. 그러나 트라이안 코루가는 요한 모리츠가 구급차가 떠나는 걸 보러 의무실 문 앞에 서 있으리라고 믿었다.

트라이안 코루가는 요한 모리츠를 생각해보고는 웃음을 지으며 "잘 있게!"했다.

153

"미국인 두 사람이 한 미친 포로를 데리고 왔습니다."

카를스루에의 포로 병원 원장은 잠자리에서 나와 전기 스위치를 누르고 시계를 보았다. 오전 1시였다. 그걸 알리러 온 위생병이 옷을 입는 원장을 거들어주었다. 의사는 방을 나왔는데, 기분은 별로 좋지 않았다.

포로 병원으로 이송해 오는 것은 언제나 단체로 왔었다. 수용소에서는 아픈 사람이 생기면 백 명이라는 수효가 차기를 기다려서 병원으로 데리고 갔던 것이다. 아무리 중태에 빠진 환자일지라도 그 수효가 차고 수송표

(輸送票)가 일제히 교부될 때까지 삼 사 주일은 수용소 안에서 기다려야
했다. 1년을 통해 예외는 두 번밖에 없었다. 그런데 이번이 세 번째의
예외였다.

"단 한 명을 한밤중인 이 시간에 보내다니 도대체 어떤 종류의 미치
광이지?" 사무실로 들어가며 의사는 물었다.

"아마 대단히 중태인 모양입니다. 그러나 저는 아직 보지 못했어요.
구급차 속에서 잠들었나 봐요. 미국인 두 사람이 이런 시간에 데리고 오는
수고를 한 것을 보면 상당히 위험 상태인가 봅니다." 위생병은 말했다.

바깥은 추웠다. 의사는 포근한 잠자리에서 금방 나온 참이라 포로의 입원
카드에 서명하면서 부들부들 떨었다.

미국인 두 사람은 구급차를 타고 돌아가버렸다. 의사는 즉시 포로를
진찰하지 않고 그대로 잠자리에 들었다. 날씨는 추웠다. 그는 적당한 장소에
옮겨다놓으라고 지시했다.

트라이안 코루가는 자신이 어디에 와 있는지 모르고 있었다. 그는 구
급차가 도중에 고장을 일으켜 한밤중이 되도록 지체된 것을 몰랐다. 그는
몇 시가 되었는지 알지 못했다. 들것에 실려서 병원 마당으로 들어왔을
즈음에야 잠시 눈을 떴을 뿐이었다. 그 때 그는 별들이 가득한 푸른 하늘을
보았다.

"은하수구나" 하고 그는 하늘 높이 그어진 하얀 큰길을 보고 미소를
지었다. 그러자 시장이 한 말이 생각났다.

"우리는 자네를 병원으로 보낸다. 거기에선 강제로라도 자네에게 음식을
먹일 거야." 트라이안은 어떠한 치료법도 거절하려고 결심했다. '의식이
있는 한 먹는 것도 마시는 것도 거절하리라.'

간호병들은 그가 "은하수구나" 하는 소리를 듣자 픽 웃었다. 그들은
들것을 땅에 내려놓았다. 한 사람이 트라이안에게 가까이 오며 농을 걸었다.

"우리들은 은하수에까지 왔다네."

트라이안 코루가는 그 농담엔 대꾸조차 하지 않았다. 이윽고 누가 자기를
안아서 침대에다 누이는 걸 느꼈다.

154

트라이안 코루가는 자기가 있는 방을 둘러봤다. 천장에는 철망으로 둘러싼 등불이 걸려 있고 들창에는 쇠창살이 튼튼하게 쳐져 있었다. 방에는 침대가 네 개 놓여 있었다. 환자 두 사람이 나란히 누워 서로 얘기를 하고 있었다. 그들은 독일 군대의 제복을 입고 있었다.

트라이안이 전날밤 이 방으로 들어왔을 때 그들은 돌아보지도 않고 계속 지껄였다. 둘 다 젊은 사람이었다. 세 번째 환자는 침대 속에서 머리 위까지 이불을 뒤집어쓰고 있었다. 이불 밑으로 큰 구두 두 짝이 비죽이 나와 있었다. 트라이안은 이 큰 구두를 신은 환자가 이런 시각에 아직 잠들어 있을까 하고 자신에게 물어보았다.

문 옆에는 하얀 가운을 입은 위생병이 앉아 있었다.

그의 머리는 슈미트 시장의 머리와 비슷했다. 네모진 큰 머리였다. 나무통으로 된 머리 같았다. 얼굴의 근육이 하나도 움직이지 않아 죽은 것 같았다. 두 눈도 유리알처럼 죽은 듯했다. 위생병의 머리는 죽은 사람이라기보다는 여태까지 살아 있지 않은 사람의 그것이었다.

위생병은 트라이안에게 가까이 왔다.

"자네 신세 타령이라도 들려주지 않겠나?" 하고 위생병은 말했다.

어린애를 꾸짖을 때처럼 트라이안의 턱을 꼬집었다. 트라이안은 턱을 피하며 아무 말도 하지 않았다.

"그러고 보니 아무 얘기도 안 들려주겠단 말이지. 너도 침묵을 지키는 족속이구나."

위생병은 이렇게 말하고는 트라이안의 어깨를 가볍게 두드렸다.

"마음에 든다면 천장에 매달린 거미하고나 단둘이 놀게."

이런 말을 내뱉고는 그는 문 옆에 놓인 자기 의자로 돌아가 앉았다.

155

'나는 단식 투쟁을 했기 때문에 미치광이 소굴에 갇혔어.'

트라이안은 입술을 깨물었다. 모든 피로는 사라져버리고 싸워보리라는 강한 의욕이 그의 마음을 사로잡았다.

'나는 미치광이 병실로 끌려왔군! 저자들의 계획은 나쁘진 않군. 이전에 이런 경우를 당한 적이 있는데, 러시아 감옥의 고문을 그린 소설 속에도 이런 장면은 없었거든. 수용소의 포로 의사도 대학 교수들도 모두 내가 미치광이라는 걸 증명하는 데 서명을 했던 거야. 그들은 나의 투쟁 선언이 하나의 광적인 행위라고 증명하고 싶었던 거겠지. 그러나 인생에는 그렇게 급속하게, 더군다나 그리 간단하게 처리할 수 없는 것이 있다는 걸 알아야 돼. 나는 계속 싸워보겠다.'

트라이안 코루가는 주먹을 꼭 쥐었다.

"지금 나는 저놈들에게 내 의식이 똑똑하다는 걸 증명해줘야겠다" 하고 그는 말했다. 그러고는 위생병에게로 다가갔다. 그는 휘청거리며 벽에 쓰러질 듯이 기대었다.

"신세 타령이라도 하러 왔나? 네가 와서 얘기하리라는 걸 난 알고 있었어."

이렇게 말하며 위생병은 웃었다.

"여기 들어온 자들은 누구나 할것없이 신세타령을 하고 싶어하지. 하지만 지금 나는 네 얘길 들어줄 시간이 없어. 내일이나 모레, 한 달 후 아니면 1년 뒤에나 들어줄게. 네 얘기를 말한 시간은 넉넉하니 말이야."

위생병은 손에 신문을 들고 있었다. 그는 계속해서 읽고 싶었던 것이다.

"네 침대는 저 구석이야. 가서 조용히 누워 있어. 다른 사람 침대로 들어가지 말게. 알아들었나?"

"당신에게 좀 물어보고 싶습니다." 트라이안은 말했다.

"네가 뭘 물어보고 싶어한다는 것두 난 잘 알고 있어. 그러나 지금 나는 시간이 없다니까 그래. 어서 침대로 들어가. 말을 잘 들어야지, 그렇지 않으면

이 채찍 맛을 톡톡히 보게 될 거야.”

위생병은 귀찮다는 표정으로 이렇게 말을 하고는 책상 서랍에서 회초리를 끄집어내 트라이안에게 보여주었다. 그러고는 다시 제자리에 집어넣었다.

트라이안 코루가는 자기가 무슨 말을 해도 소용이 없으리라는 걸 알았다.

무슨 말을 해도 상대방은 듣지도 않을 것이며 미친 소리로 취급할 테니까. 그는 침대로 되돌아가 누워버렸다.

156

‘감옥만으로도 부족했다. 지금 나는 정신병원에 있다.’ 트라이안은 눈을 감았다.

그는 다음 날에 해야 할 계획을 세워보려고 했다. 그러나 도저히 안 되리라는 예감이 들었다. 그는 주먹을 꼭 쥐고 잠들었다.

“일어나!”

트라이안은 몸을 부들부들 떨었다. 마침 깜빡 졸았던 것이다. 자기 앞에는 전날밤 들것에다 그를 운반해놓고 은하수에 왔다던 그 위생병이 서 있었다.

트라이안은 그의 목소리를 기억하고 있었다.

“네 호주머니 속에 있는 걸 모두 끄집어 내봐.”

트라이안은 일어났다. 호주머니에 손을 넣었다. 손이 후들후들 떨렸다. 그는 손수건을 꺼내 위생병에게 내밀었다. 그는 다른 호주머니에서 파이프를 꺼내 아까처럼 내밀었다. 윗 호주머니에는 조그마한 성상(聖像)이 들어 있었다. 성 앙투안의 상이었다. 성상을 한참 바라보고 나서 또 간수에게 내주었다.

“이젠 호주머니에 아무것도 없나?”

“없습니다. 그게 전부입니다.”

트라이안은 대답했다.

“팔을 들어 봐!”

위생병이 명령했다.

　트라이안은 가슴 높이에까지 팔을 올렸다. 그의 눈은 엷은 막이 가린 듯 잘 보이지 않고, 그 이상 팔을 올릴 수가 없었다.

　"더 높이 들어!" 위생병이 명령했다.

　"더 들 수가 없습니다. 쓰러질 것 같아요. 어질어질합니다" 트라이안은 대답했다.

　위생병이 트라이안의 팔을 머리 위로 올렸다. 트라이안은 자기의 팔이건만 돌멩이를 머리 위에 올려놓은 듯 무거웠다. 팔이 이렇게 무겁다고 느껴보기는 처음이었다. 팔을 다시 내릴 수도 없을 지경이었다.

　위생병은 그의 호주머니를 뒤졌다. 트라이안은 남의 손이 호주머니 속만 아니라, 피부 속, 살 속까지 휘젓는 것처럼 느껴졌다.

　"팔을 내려도 좋아."

　위생병이 손을 잡아 가만히 내려주었다.

　"구두 끈을 풀어!"

　"그만두게. 그 얼굴을 좀 보라구. 양초처럼 노래졌어."

　그 방에 보초를 서고 있던 위생병이 말했다.

　트라이안 코루가는 침대에 드러누웠다. 위생병들이 그의 구두를 풀어 끈을 잡아채었다. 그러고는 바지를 내리고 군복 팬츠의 끈을 빼내어 그것도 가졌다. 뒤이어 그의 안경을 벗겼다.

　"안경만은 뺏지 말아 주십시오!" 트라이안은 애원하는 목소리로 말했다. 그는 아주 근시였다.

　"그럼 안경알로 정맥을 끊을 작정이냐?"

　"안경이 없으면 아무것도 보이지가 않기 때문입니다."

　"여기선 너는 아무것도 볼 게 없다."

　위생병은 안경과 손수건, 파이프, 그리고 성 앙투안의 상을 한데 모아 쌌다. 그것은 트라이안이 이 세상에서 간직하고 있는 물건의 전부였다. 위생병은 그것을 움켜쥐고 밖으로 나가버렸다.

157

"일어나서 먹어!"

정신병원에서의 첫날 아침이었다.

트라이안은 간수가 내민 수프 그릇을 바라보며 말했다.

"필요없어요. 난 안 먹습니다."

"그따위 고집을 부리면 너는 시간만 허비할 뿐이야." 간수는 말했다.

그는 침대 옆 마룻바닥에 수프 그릇을 내려놓고 다음 침대로 갔다.

"나는 엿새째 단식을 하고 있습니다."

트라이안은 이렇게 말했다.

"여기서는 모두가 단식을 한단 말야. 못난 녀석! 너만 하는 줄 아냐!"

위생병은 머리 위까지 이불을 뒤집어쓰고 구두를 신은 채 자고 있는 환자에게로 가까이 갔다.

그는 이불을 와락 벗겼다. 백발의 노인이었다. 그는 두려운 듯이 간수를 쳐다보고는 베개 속에 얼굴을 파묻었다. "무슨 일입니까?" 노인은 이렇게 묻고는 또 베개 속에 얼굴을 묻었다.

"일어나 늙은이야! 먹이를 줄 테니." 위생병은 명령했다.

젊은 두 미치광이도 노인 곁으로 가까이 왔다. 그들은 서로 떨어질세라 꼭 붙어 있었다. 위생병들은 그들을 '불독'이라고 불렀다.

"이봐 불독! 저자를 좀 일으켜주게." 간수가 외쳤다.

마치 개들에게 무엇을 명령하는 것 같았다. 불독 중의 하나가 노인의 겨드랑 밑에다 손을 넣고 뒤에서 끌어 일으켜 앉혔다.

"살살 조심해서 다뤄라. 뼈가 부러진다." 간수는 웃으며 말했다.

노인은 울고 있었다. 가슴에 턱을 얹고 마룻바닥을 뚫어져라 노려보고 있었다.

"입을 벌려요. 이 영감탱이야! 영감의 유모가 젖을 먹여줄 테니!" 위생병은 말했다.

노인은 턱을 가슴에 파묻고 힘을 다해 이를 악물었다.

"주둥아리를 벌려라! 그러나 조심해서 해!"

불독들은 침대 위에 무릎을 세우고 노인의 입 속에다 숟가락을 넣어 막고 억지로 벌렸다. 위생병 하나가 그의 코를 쥐고 콧구멍을 누르자 다른 위생병 하나가 입 속에다 수프를 퍼 넣었다.

환자는 웃음보를 터뜨린 불독 가슴에다 수프를 뱉어냈다. 위생병은 다시 노인 입에다 두 번째 숟가락을 집어넣었다. 이번에는 환자가 미처 뱉지를 못했다. 수프가 그의 목구멍을 막아버려서 질식하지 않으려면 아무래도 그것을 삼키지 않을 수 없었다. 콧구멍을 위생병이 손가락으로 막고 있어서 코로 숨을 쉴 수가 없었던 것이다.

"숨이 막혀!" 노인이 소리쳤다.

작업은 계속되었다. 노인은 가끔 숨이 막힌다고 외치며 힘껏 껴안고 있는 불독의 품속에서 몸부림쳤다.

"어때, 영감, 이럴 줄은 몰랐지!" 위생병이 말했다.

노인은 양초처럼 얼굴이 노랗게 되었다.

트라이안 코루가는 이런 꼴을 더 볼 수 없어 눈을 가렸다.

"무서워! 잠시 후엔 네 차례야." 위생병이 말했다.

"저 녀석한테도 먹여줍니까?" 두 불독이 동시에 물었다.

"말을 잘 듣지 않으면 그에게도 먹여줄 수밖에 없지."

불독은 이젠 노인에게서 시선을 돌려 트라이안의 턱과 목을 노려봤다.

트라이안 코루가는 몸을 굽혀 수프 그릇을 들고 씹지도 않고 재빨리 삼켜버렸다. 다 먹고 나서 그는 말했다.

"당신네들이 옳아. 정신병원에 감금된 뒤까지도 먹는 걸 거절한다면 정말 미치광이지. 미치광이에게 단식이란 있을 수 없어. 미치광이는 책임을 감당할 수 없으니까. 나는 미치광이가 아니야. 내가 먹는 이유는 거기에 있다. 그러나 그것이 투쟁을 포기했다는 뜻은 아니야."

158

'내가 미치지 않았다는 걸 꼭 증명해야겠다.' 트라이안은 생각했다.

그는 머리가 쑤셨다. 급히 삼켜버린 음식이 뱃속에서 납덩어리처럼 무거웠다. 그러나 발을 땅에 붙이고 똑바로 서보려고 노력했다. 미소를 지어보려고도 애썼다. 그는 위생병 곁으로 갔다.

"담당 의사에게 할 말이 있는데요."

"회진할 때까지 기다려. 그때면 너는 의사와 말할 수 있으니까." 위생병은 대답했다.

"회진 전에 말할 수는 없을까요?"

"여기 환자는 회진 시간 외에는 의사를 부르지 못하게 되어 있어."

"알겠습니다. 의사는 미친 사람을 위해선 수고를 하지 않는다는 말이군요. 그러나 나는 미치광이가 아닙니다." 트라이안은 말했다.

"미치지 않았으면 왜 이리로 왔지?"

"단식을 중단시킬 작정으로 데려온 겁니다. 아까도 제가 이 말을 한 걸로 아는데요. 오늘부터 나는 먹기로 했습니다. 그러면 나는 미치광이 취급을 받을 하등의 이유가 없지요. 내가 먹는 걸 거부했더라면 내 행동을 단순한 반항이라고 생각하지 않고 미친 짓이라고 생각했을 겁니다요. 그러나 지금은 모든 것이 확실해졌습니다."

트라이안은 말했다.

그는 위생병이 자기 말을 듣지도 않고 신문만 읽는 걸 보았다. 그는 트라이안에게 하등의 관심도 두지 않았다.

"내가 먹는 것을 보고 난 뒤에도 아직 나를 미친 사람이라고 생각해요?"

그의 음성은 떨렸다.

"이제 가서 자! 나 신문 좀 읽게." 하고 위생병은 명령했다.

"나는 미치광이가 아니래도!"

"알았어, 알았어. 이젠 누워서 조용히 있어. 여기서는 말을 잘 들어야 해. 말 안 듣는 녀석은 회초리로 매를 맞는다는 걸 알아둬!"

159

회진 의사는 오전 내내 나타나지 않았다.

정오경에 불독 중의 한 사람을 위생병이 데리고 나갔다. 반 시간 가량 지나 그는 들것에 실려 돌아왔다. 방 한가운데 내려놓인 그의 코에는 솜이 틀어막혀 있고 몸은 부들부들 떨렸다. 이마는 창백했다. 푸르스름한 거품이 미친개처럼 입 속에서 흘러나왔다. 입술도 떨고 있었다.

"어떻게 된 일입니까?"

다른 불독은 경련으로 떨고 있는 자기 친구의 딱딱해진 육체를 바라보며 비웃었다. 들것 속에 누운 사람의 가슴은 대장간의 풀무처럼 부풀어올랐다. 손과 발의 근육은 신체의 다른 부분과는 별도로 떨고 있었다. 피부의 빛깔도 변해버렸다. 이미 산 인간의 피부는 아니었다. 등골은 죽은 사람의 뼈처럼 굳어져 있었다. 그의 온몸을 뒤흔드는 경련은 생명이 붙은 사람의 것이 아닌 성싶었다. 그것은 기계인형의 자동적 경련과 흡사했다. 그가 살아 있다는 단 하나의 표시는 입에서 흘러 가슴 위로 다시 들것 위로 퍼진 푸르스름한 거품뿐이었다.

"불독이 어떻게 된 것입니까?" 트라이안은 다시 물었다.

"별일 아냐, 주사를 맞았어."

위생병은 대답했다.

"무슨 주사길래 이렇게 되었습니까?"

"알고 싶은 것도 많군! 너도 곧 맞게 될 게다. 늦어도 내일까지는." 위생병은 말했다.

"내일?" 트라이안 코루가는 들것 위에 늘어져 있는 몸뚱아리를 내려다보았다.

"놀랐나? 믿을 수가 없다고? 여기서는 모두 주사를 맞아야 해."

그는 불독의 코를 막은 솜을 새것으로 갈아넣고 뺨을 꼬집어보았다. 불독은 아무런 반응도 없었다.

"이럴 때는 칼로 난도질을 해도 모른다니까. 이 발작이 계속되는 한 아무런 감각이 없단 말이야. 너희들은 즉시 주사가 필요하거든. 그건 신경을 자극시키는 주사야. 저 녀석이 하고 있는 멋진 체조를 보란 말이야."

트라이안은 손으로 얼굴을 가리고 침대에 엎드렸다. 문이 열렸다. 트라이안은 몸이 떨렸다. 그러나 의사는 아니었다. 남아 있던 불독을 데리러 온 위생병이었다. 그는 불독의 팔을 잡고 같이 방을 나갔다.

얼마 후에 그 불독도 들것에 실려 돌아와 그의 친구 곁에 내려졌다. 그도 코를 솜으로 틀어막히고 입가에선 미친개의 거품 같은 희고도 푸르스름한 것을 흘리고 있었다. 그의 몸도 거센 동작으로 떨었다. 노인도 끌려나갔다가 한참만에 들것에 실려 왔다.

트라이안은 각각 다소의 차이는 있을망정 똑같은 리듬으로 경련을 일으키는 세 개의 몸뚱아리를 바라보았다.

"무슨 주사입니까 ? " 트라이안은 물었다.

"흥분제야. 신경에 충격을 줘야 하니까. 이것은 두뇌를 자극하고 체내의 독소를 없애는 작용을 하는 거지."

위생병은 이렇게 말하며 웃기 시작했다.

트라이안은 발치에 나란히 누워 있는 세 개의 육체를 다시 내려다보았다. 경련은 기계적으로 나타났다. 로봇의 동작과 같은 것이었다. 콧구멍은 같은 간격을 두고 같은 율동과 같은 힘으로 부풀어오르며 떨곤 했다. 가슴은 기계의 피스톤과 같이 오르내렸다.

이들 육체에 아직 남아 있는 전 생명은 근육의 자율운동으로 환원되는 것이리라. 의지도 본능도 모두 죽어버리고, 오직 기계적 반사운동밖에 남아 있지 않았다. 이 반사운동은 점점 확대되어갔고 경련으로 변화되었다. 트라이안 코루가는 현대 기술 사회에 남아 있는 인간 생활의 환상을 그려 보았다. 그가 몸을 붙이고 있는 그 방은 전유럽과 전서양, 전세계를 포함할 만큼 한없이 확대되어갔다.

그 방 속에는 로봇과 흡사한 반사운동밖에 남지 않은 세 명의 인간이 있는 것이 아니라 지상의 전인류가 있는 것이었다.

이것은 터무니없는 환상이기도 했다. 그러나 그 환상은 트라이안을 짓궂게 따라다녔다. 그는 그 속에서 악마의 리듬에 맞춰 춤을 추고 있는 코른베스트하임 수용소의 슈미트 시장도 본 것 같았다. 그와 나란히 재콥슨 중위와 브라운 군정관, 사무엘 아브라모비치와 그 밖의 인간들이 재즈와 흥분제의 자극이 가져온 충동으로 함께 춤추는 모습을 보았다. 모든 사회가 똑같은 경련에 떠는 것이었다. 트라이안은 눈을 가리고 부르짖었다. "보기 싫다! 보기 싫어!"

160

"자네 개인 기록표에는 자네가 말하는 단식에 관한 기록은 전혀 없어." 의사는 의심쩍다는 듯이 트라이안을 쳐다봤다.

"만일 자네가 단식을 했다면 자네 기록표에 적혀 있을 텐데. 그런 건 전혀 적혀 있지 않고, '신경장애, 자살 계획, 횡포 발작, 강박 관념' 이렇게만 씌어 있다. 단식에 관한 것은 전혀 없어. 단식은 의식이 분명한 자의 행동이야. 그러나 그런 건 여기 기록되지 않았어. 자네 진단서에는 대학 교수 두 사람이 서명했다. 그분들은 독일 의학계의 권위자이시다. 그럼 나는 대체 어느 편을 믿어야 옳단 말인가? 자네냐, 그렇지 않으면 두 사람의 고명한 교수냐?"

의사는 트라이안의 얘기가 처음부터 끝까지 거짓이라고 믿었다.

"자네의 처도 갇혀 있다는 건 사실인가? 나 개인의 의견으로는 아직 자네가 결혼했으리라곤 믿지 않지만 결혼반지는 어디다 두었지?" 의사는 물었다.

"수용소에서 검사할 때 몰수당했습니다."

"있을 법한 일이지. 그러나 나는 아무런 증거도 가진 것이 없네. 자네 기록표에 적혀 있는 것을 믿지 않을 수 없어. 화를 내서는 안 돼. 그러나 증거가 나올 때까지 나는 다음과 같은 전제하에 일을 처리하지 않을 수 없네. 즉 자네 아내는 붙잡히지 않았고, 자네는 아마 결혼도 안했을 거고, 자네의 아버지도 수용소에서 죽은 것이 아니며, 이유없이 자네가 체포된 것도 아니라구 말이야. 자네가 내게 말한 건 터무니없는 소리라고 생각해야 하거든." 하고 의사는 말했다.

트라이안 코루가는 생각해보았다. '그 누구에게 내가 미치지 않았다는 걸 어떻게 증명할 수 있을까? 지금까지 아주 정상적이라고 생각한 언행도 일단 분석하려들면 진짜 미치광이가 되고 마는 거다. 바깥 사회에서 정상적이며 기적으로 간주되는 말과 문장도 의견도 정신병원에선 미친 증세로 인정된다. 정상적인 상태와 미친 상태와의 분기점은 명확해질 수 없는 거다. 그러나 나는 내가 미치광이가 아님을 꼭 증명하고 말 테다!'

"제발 부탁합니다. 의사 선생님, 도와주십시오."

트라이안은 말했다.

"어떻게 하라는 건가?"

"저를 믿어주십시오!"

"그런 말을 한다고 해결되는 건 아냐." 의사는 대답했다.

"저는 선생님께 그저 믿는다는 말을 해달라는 것이 아니라, 진심으로 저를 믿어주십사고 부탁드리는 겁니다. 그리고 선생님께서 직접 세밀한 종합진단을 해주셨으면 좋겠습니다." 트라이안은 말했다.

"자네의 마지막 부탁은 하나마나야. 종합 진단은 꼭 하는 거니까. 헌데 첫번째 부탁은 난 거절하겠어. 나는 과학자라, 내가 인정하는 것 이외의 것은 믿을 수 없어. 증거가 없는 것을 어떻게 믿느냐 말이야." 의사는 말했다.

"인간으로서 저를 믿어주십시오!"

"나는 과학자야. 내 직업의식으로 보아 확실한 증거없이 남의 말을 믿는다는 건 도저히 있을 수 없는 일이야." 하고 의사는 말 한 마디 한 마디에 힘을 주며 말했다.

161

트라이안은 종합 진단을 받게 되었다. 양쪽 팔의 정맥에서 피를 뽑았다. 두 번째의 피는 손 끝에서 뽑았다. 세 번째는 또 팔에서 뽑았는데, 이것이 제일 중요한 채혈이었다. 그는 주저하지 않고 자기 피를 주었다. 인간은 언제나 자기 피를 주지 않으면 안 된다. 언제든, 어디서든, 그러나 그것만으로 충분치 않았다. 뇌척수액 몇 방울을 뽑으려고 머리 뒤 목덜미께를 바늘로

찔렀다. 그는 고통을 참았다. 그러나 그것은 그를 몹시 아프게 했다. 수술이 되풀이되었다. 트라이안은 감수했다. 그는 인간은 피만으로 부족해서 뇌까지도 제공하지 않으면 안 된다는 것을 잘 알고 있었다. 그렇지 않으면 살 권리를 빼앗기고 말 것이니까.

머리끝을 자극했다. 제일 깊은 곳의 분비액을 뽑아내서 유리판에 놓고 램프 불빛으로 분석했다. 오줌, 침, 갖가지 종류의 선(腺)과 체내 기관의 액체가 실험실 속에서 현미경으로 조사를 받고 시험관에 넣어져 계량(計量)되었다.

의사들은 폐의 X 레이 사진을 찍었다. 다음에는 머릿속을 찍었다. 뼈라는 뼈, 관절이라는 관절마다 X광선이 비쳐졌다.

의사들은 정의를 탐구하는 인간의 절망적 부르짖음을 말해주는 상처를 찾아보았다. 상처는 다른 곳에 있었지만, 의사들은 트라이안 몸 속의 폐, 뼈, 두뇌, 골수에서 그것을 찾으려고 골몰했다. 트라이안은 그들이 하는 대로 몸을 내맡겼다. 그들은 계속해서 반응을 보려고 모든 근육과 신경을 하나 하나 조사했다. 무릎, 손, 위장, 그 모든 것이 조사 대상이었다. 그들은 심장의 고동을 들었다. 폐부의 가장 하찮은 변화조차 찾으려고 애썼다. 의사의 귀는 그의 핏속에 감춰진 모든 운동을 알아내기 위해서만 존재하는 것 같았다.

트라이안의 체중이 계측되고 다음에는 키가 재어지고 가슴 둘레, 뼈, 팔, 다리까지 재어졌다. 의사는 입을 벌리라고 명령하고는 상한 음식인지 아닌지 알아내려는 것처럼 혓바닥을 조사했다. 트라이안의 전신이 의혹이라는 그림자로 싸인 물건처럼 세밀히 조사되었다. 이것이 과연 유익한 결과를 가져다줄 것인가?

다음에는 정신과 의사의 심문을 받아야 했다. 의사는 아침이나 낮이나 저녁이나 때로는 밤에까지 그와 토론을 했다. 대수롭지 않은 질문에 대한 대답도 조심스럽게 기록되었다. 의사들은 그의 대답에서 마치 형사들이 피해자의 집에서 살인의 증거를 찾아내듯 미치광이의 흔적을 찾으려고 애썼다. 그들은 트라이안의 어린 시절의 일과 어머니, 누이들, 아버지, 그가 사귀어 온 여자들의 이야기까지 추궁했다. 의사들이 찾고 있는 트라이안 코루가는 최선을 다해 의사들의 조사를 도와주었다.

트라이안의 영혼은 속속들이 파헤쳐지고 발가벗겨졌고, 헌 옷과 더러운 옷들로 가득찬 옷장처럼 활짝 열려 있었다.

의사들은 그 속에 코를 파묻고 속 깊숙이 감춰진 생명의 구석구석을 바라보며 냄새까지 들이마셨지만 조금도 구역질을 내지 않았다.

드디어 검진이 끝났다.

"자네는 완전히 정상적이야!" 의사가 말했다. "어쩔 수 없는 열등의식, 영양 부족, 비타민 결핍, 평균 이하의 체중, 이런 것을 제외하고는 전부 건강하네. 다소 빈혈 증세가 있고 관절이 영양 부족으로 부어 있지만. 이도 같은 이유로 조금 나빠졌지. 맥박은 기관의 쇠약으로 불규칙하고, 폐에는 대수롭지 않은 반점이 약간 생겼고, 류머티즘 증세도 다소 있네. 그러나 이런 건 현대병이니까 걱정할 것 없네!"

"그러면 제가 미치광이가 아니라는 것이 증명됐습니까?" 트라이안이 물었다.

그는 지쳤다. 감람 산상(山上)의 그리스도만큼 지쳤다.

"아무튼 병원에서 곧 내보내 주십시오."

"자네는 의무실에 수용될 거야. 몹시 쇠약해 있으니까." 의사가 말했다.

"저는 수용소로 돌아가고 싶습니다." 트라이안은 말했다.

"자네의 요구는 합당치 않아."

"저를 수용소에 한시라도 빨리 돌려보내주십시오!"

1주일 이상이 지난 뒤에 트라이안 코루가는 수용소로 다시 돌아갔다. 그는 미치광이가 아니고 또 전에도 미친 적이 없었다는 증명서를 받아가지고 돌아온 것이다. 그의 눈은 승리의 기쁨으로 빛났다. 그러나 그의 온몸은 고통과 피로로 화한 그림자처럼 비틀거렸다……

162

"자동적 체포도 하나의 방법이긴 하지만 체포의 이유가 될 수는 없습니다." 트라이안 코루가는 말했다. "인간을 감옥에 넣는다든지, 죄인 취급을 한다든지 다소 완만한 방법으로 인간을 죽인다든지, 그러기 위해서는 무슨 이유든지 있어야 하지 않겠습니까. 도대체 나한테 무슨 죄가 있다는 말입니까? 내 아내에게 무슨 죄가 있단 말입니까? 대체 나의 아버님이 무슨 죄를 저질렀습니까? 또 요한 모리츠가 무슨 일을 했단 말입니까? 수용소에서 15개월을 지낸 후, 그 결과로 생긴 절망 속에서 이런 질문을 했다고 해서 당신은 나의 이러한 외침을 다짜고짜 발광 증세라고 판단해 버렸습니다. 정의와 자유에 대한 인간의 갈망을 미친 짓이라고 비난하는 그 순간부터 인간은 이미 존재할 수 없을 것입니다. 인간은 역사의 가장 진보된 문명을 가질 수 있습니다. 이젠 이 문명마저 인간을 구할 수 없게 되었군요."

재콥슨 중위는 담배에 불을 붙였다. 그는 트라이안 코루가 병원에서 돌아오자 곧 사무실로 오라고 명령했던 것이다. 지금 그는 그것을 후회하고 있었다.

"당신들, 유럽인들은 무엇이든 사물을 비극적으로 생각한단 말이야. 당신네는 그것밖에 생각하지 못하는 모양이지." 재콥슨 중위가 말했다.

"당신 생각이 옳을는지도 모르지요." 트라이안이 말했다.

"확실히 그것은 결점이긴 합니다. 그러나 비극이란 화제, 즉 인간의 동란(動亂)에 미소를 보내는 것은 무척 중하며 또 그 무엇과 비길 수 없는 중대한 일입니다……. 그러나 그것을 결점과 과오로만 단정할 수 없지 않을까요?"

"나는 자네를 위해서 무슨 일이든지 하려고 노력했네. 그러나 그건 허사였지. 나는 자네가 석방되기를 바랐어." 재콥슨 중위가 말했다.

"나는 당신이 최선을 다했다는 걸 잘 압니다. 그러나 그건 아무 도움도 되지 못했습니다. 당신의 도움은 결코 성공하지 못할 것입니다. 어떤 사람도 이제부터는 남을 자유롭게 해준다든가 자기 자신을 자유로이 만드는 데 성공하지 못할 것입니다. 인간은 이후부터 차차 줄어들 것이고 손을 결박당할 것입니다. 이미 자기 자신을 위해서나 자기 동지를 위해서 아무런 힘이 될 수 없을 것입니다. 인간은 기계라는 사슬에 묶일 따름입니다. 당신도 그렇게 되겠지요. 기술관료주의라는 사슬이 당신의 사지를 결박할 것입니다.

이것이야말로 현대 서구 문명이 우리 인간에게 줄 수 있는 전부입니다. 그것이 바로 수갑인 것이지요." 트라이안이 말했다.

"그만 하고 수용소로 들어가서 좀 쉬지. 이 이상 어리석은 수작은 말란 말이야." 재콥슨 중위가 말했다.

"기술 사회가 인간에게 해도 좋다는 일만 할 수밖에 없죠."

"자네는 또 위선자 행세를 하려고 드는군. 그런 꼴을 하고 있는 자는 보기 싫어. 담배라도 피우지?" 재콥슨 중위가 말했다.

"예, 고맙습니다." 트라이안은 담배를 집었다. 그리고 그는 또 말했다.

"재콥슨 중위님, 우리들은 모두 연극이 끝난 다음에도 좌석에 그대로 앉아 있는 관람객과 같은 느낌이 들지 않습니까? 이렇게 버티고 있어 보았자 아무 소용도 없습니다. 우리들은 모두 쫓겨날 것입니다. 우리 같은 존재는 누구나 할 것없이 물러서게 되겠지요. 극장 안을 환기시켜야 하고 의자도 치워야 하지요. 대륙도 환기를 시켜야 합니다. 얼마 후에 연극은 다시 시작될 것입니다. 역사는 순서대로 연극을 계속하겠지요. 어제까지 상연한 것은 '탄원서'였습니다. 즉 사무직 시민으로 살게 해달라고 비는 인간의 가련한 절규이며 탄원이었지요. 그러나 사형을 선고받은 인간이 특사를 부탁한 탄원서는 거부당하고 말았습니다. 그 탄원서의 서두도 읽혀지지 않았습니다. 연극은 성공하지 못했으며 해피 엔드도 아니었습니다. 내일부터는 '기계문명'이라는 연극이 상연됩니다. 그것은 인간이 나오지 않는 연극입니다. 무대에는 로봇과 기계와 얼굴이 없는 시민밖에는 나오지 않을 것입니다. 그러나 나는 이미 존재치 않아 그 연극을 볼 수 없을 것입니다. 그 연극은 너무 늦게 상연되어 내가 참석할 수 없을 것입니다. 당신은 좌석을 예약해서 첫 장면만은 볼 수 있겠죠. 가서 마음껏 즐겨보십시오! 그러나 당신의 좌석도 공연 초기에만 예약되어 있다는 사실을 잊지 마십시오……"

트라이안 코루가는 중위의 책상 위에 있는 재떨이에 타고 있는 담배를 남겨 놓은 채 방을 나갔다.

163

트라이안 코루가는 요한 모리츠를 수용소 문 앞에서 만났다. 모리츠는 매우 쓸쓸해보였다. 트라이안을 보자 그는 울음을 터뜨렸다.

"바로 당신이군요. 다시는 못 만날 줄 알았습니다."

"그것이 마음에 걸리던가?"

"죽을 때까지 마음에 걸릴 뻔했죠." 요한 모리츠는 그의 손을 잡으면서 말했다. "나는 당신이 떠나실 때 작별 인사조차 못했었죠. 그들은 나를 병원에 들어가지 못하게 했어요. 공연히 들어가보려고 애만 썼습니다. 그들이 당신을 어디다 가두었습니까?"

"미치광이 소굴에 끌려갔었지."

요한 모리츠는 트라이안을 쳐다보면서 손으로 입을 가렸다.

"그럴 리가 있어요! 미치광이 소굴이라뇨?"

"정말이야, 미치광이 소굴이야. 피울 담배를 좀 가져왔지." 트라이안이 말했다.

트라이안은 담배꽁초가 몇 개 들어 있는 손수건을 펼쳤다.

"그런 곳에 가두다니, 불쌍하게도!"

그들은 수용소 문 옆의 타는 듯한 땅바닥에 나란히 앉아 담배를 말았다. 모리츠는 아직도 놀라움에서 깨어나지 못한 채였다.

"자네 전부터 내 파이프를 좋아했지, 그렇지?" 트라이안은 말했다.

"파이프가 있으면 언제나, 어떻게 해서든지 담배를 피울 수 있으니까요. 아무리 작은 꽁초라도 종이에 말아 피울 수는 없어도 파이프면 피워지거든요. 그래서 나는 그걸 하나 가지고 있지 못한 걸 후회했어요. 수용소에서는 파이프를 가지고 있지 못하면 참으로 불편해요."

"이걸 자네에게 주지." 트라이안 코루가는 요한 모리츠에게 파이프를 주면서 이렇게 말했다.

"이 파이프는 내 살과 같이 1년 이상 갖고 있던 것이야. 별로 피우진 않았지만 늘 입에 물고 있었지."

"그건 안 됩니다. 수용소에서는 파이프는 귀중품입니다. 그럼 뭣으로 담배를 피우실 작정이죠?" 모리츠가 말했다.

"이젠 피우지 않을 거네. 이게 마지막 담배가 될걸."

"의사가 담배를 끊으라고 했습니까?"

"아니, 끊으라곤 하지 않았네. 나 혼자서 피우지 않겠다고 생각했을 뿐이야."

요한 모리츠는 파이프를 손에 들고 그 속에 담배를 다져넣었다.

"정말 고맙습니다. 그러나 또 피우기 시작하시면 곧 돌려드리겠어요. 그렇게 아세요. 피우시지 않는 동안만 제가 가지고 있겠습니다."

그는 말했다.

"아니, 이젠 영원히 피우지 않을 거야."

모리츠는 빙그레 웃었다.

"저도 지금까지 이젠 담배를 피우지 말아야지, 하고 몇 번이나 맹세했었는지 모릅니다. 그러나 견디기가 어렵더군요. 담배를 끊는다는 것은 쉬운 일이 아니에요."

"그건 나도 잘 알아. 그러나 이번만은 정말이야." 트라이안은 말했다.

트라이안 코루가는 담배에 불을 붙이고 요한 모리츠는 파이프에 불을 붙였다. 그들은 단둘이서 묵묵히 담배를 피우고 있었다. 트라이안은 안경을 벗어 조심스럽게 애정이 담긴 시선으로 그것을 들여다보았다.

그것은 고급 테를 가진 안경이었다. 그는 곧 그 안경마저 포기하려는 듯이 들여다보고 있었다.

그가 항상 몸에 지니고 있던 여러 가지 물건 중에서 그의 손에 남아 있는 것이라곤 이 안경 뿐이었다. 담배 케이스, 약혼 반지, 돈지갑, 만년필, 연필 등은 하나하나 몰수당하고 말았다. 그는 이젠 안경밖에 남지 않았다.

최후까지 목에 걸고 있던 십자가는 아버지의 임종시에 같이 묻히도록 그 가슴에다 걸어 드렸다. 그리스 정교 사제는 정복을 입고 가슴에 성상을 안고 매장되어야 한다. 그의 아버지는 묻히기 전에 자신의 정복을 입지 못했던 것이다. 죽었을 때에도 등과 소매에 PW 글자가 붙은 미군의 작업복을 그대로 입고 있었다.

  그는 속옷도 입지 못한 채 숨졌다. 속옷은 세탁해놓았었지만 마르지 않았기 때문이었다. 요한 모리츠가 그것을 아침에 빨아 널었는데, 운명하자 트라이안이 그것을 가져다 입힐 사이도 없이 사제를 재빠르게 실어가버렸던 것이다. 그러나 트라이안은 목에 걸고 있던 조그만 십자가를 아버지 작업복 밑에다 숨겨놓았다. 그의 아버지는 이 조그만 십자가와 함께 매장되었다. 그것은 화장터에서 그의 아버지와 함께 타버렸을 것이다.

  지금 트라이안의 몸에는 안경 하나밖에 남지 않았다. 이것이야말로 그가 자기 자신 말고 여태껏 지니고 있는 유일한 것이었다. 가지고 있는 것이라곤 몸뚱이와 이 안경뿐이었다. 이것 하나만이 그가 평생 아끼고 지킬 수 있는 유일한 물건이었다. 지금 이 안경을 애석한 마음과 슬픈 눈길로 바라보며 만지고 있었다. 이윽고 그는 요한 모리츠에게 그것을 내밀었다.

  "내 안경 좀 간수해주게."

  "이제 안경이 없어도 볼 수 있으세요?"

  모리츠는 물었다.

  그는 한평생 안경을 써야 하는 사람은 참으로 무거운 형벌이나 짐을 지고 있는 사람과도 같다고 생각해 왔다. 그는 트라이안이 이젠 안경이 필요치 않다고 하는 말이 진실로 반가웠다.

  "아니, 나는 안경없이는 조금도 볼 수가 없어. 그러나 안경이 없는 편이 퍽 편할 성싶어서 그러는 거야. 이제부턴 안경을 쓰지 않기로 했네." 트라이안은 말했다.

  "나는 하루 종일 당신이 안경을 쓰고 있어서 정말로 놀랐습니다. 방에서 주무실 때만 벗으시는지요? 나는 안경을 벗은 당신의 모습을 본 적이 없습니다."

  "만약 자네가 나보다 먼저 석방되는 경우엔 이 안경을 내 아내에게 전해주게. 아마 금방 내 아내를 찾지는 못할 걸세. 하지만 이 안경을 쭉 자네가 가지고 있어 주게. 물론 자네가 언제, 어디서 내 아내를 만나게 되는지는 모를 일이지. 아마도 멀고 먼 장래에 루마니아에서 만나게 될지도 모르지. 그걸 깨뜨리지 않도록 조심하게."

  요한 모리츠는 안경을 받아 쥐고 그것을 들여다보았다. 트라이안 코루가가 자기에게 무엇인가 숨기고 있다는 것을 느꼈다. 파이프와 안경을 자기에게 맡긴다는 것은 참으로 의미심장한 일이었다.

"겁낼 건 없네." 트라이안은 말했다.

"그냥 자네한테 이 안경을 맡아가지고 있어 달라는 걸 부탁할 따름이야. 나는 이젠 그것이 필요하지 않아서 그러는 걸세. 그러나 다른 사람에게 주어서는 안 되네. 그 안경 덕으로 나는 살아 있는 동안 이것저것을 다 보아 왔으니까. 이 안경이 내겐 얼마나 소중한 물건이라는 걸 알겠지? 내 아내된 사람을 처음 본 것도 이 안경으로였지. 이 안경으로 수많은 미녀들도 보았고, 나는 이 안경으로 그림, 조각, 박물관, 도시들을 보았지…… 내가 하늘과 바다와 산을 본 것도 이 안경 덕분이야. 내가 몇 백권 책을 밤새워가며 읽은 것도 안경의 덕일세. 이 안경으로 나는 나의 아버지가 돌아가시는 모습도 보고 이 안경으로 나는 자네와 나의 친구들의 얼굴을 보았네. 이 안경으로 나는 유럽이 붕괴하는 것을, 인간이 굶어 죽는 것을, 포로가 되어 괴로움을 받고 강제 수용소에서 죽어가는 광경을 보았지. 이 안경으로 성인도, 인간도, 미치광이도 보았지. 나는 이 안경으로 인간과, 법칙과, 신앙과, 희망을 안고 죽어넘어지는 대륙을 보았네. 그 대륙은 수용소와 야만적인 규율을 지키는 사회의 기술 법칙 속에 갇힌 채, 죽는 줄도 모르게 죽어넘어갔네. 나의 친구 모리츠. 이 안경은 내 눈과 같은 것이네. 때로는 안경을 눈으로 착각할 때도 있었지. 둘은 따로 떨어질 수 없는 사이지. 나는 지금 이 시간까지도 이 안경으로 봐야 할 모든 것을 보았네. 그러나 오늘부터 나는 아무것도 보고 싶지 않아. 나는 지쳤어. 연극이 너무 길었기 때문이지. 앞으로 안경을 쓴다 하더라도 나는 이미 폐허나 파괴된 도시, 희망을 잃은 인간, 멸망한 나라, 허물어진 교회, 무너진 희망밖에는 볼 수가 없을 거야. 나는 이 안경으로 또 나 자신의 파멸을 보았지. 파멸 속의 또 파멸을 본 거야. 나는 사디스트가 아니야. 나는 이 파멸들을 볼 수가 없어. 폐허 밑에서 새로운 개척자가 고개를 들기 시작했네. 그들은 역사 속에서 태어난 신세계의 시민일세. 그들의 건설은 다소 광적(狂的)이야. 그러나 오로지 관람객으로서만, 다시 말하면 증인으로서만 산다는 것은 살아 있다는 의미가 없지. 서구 기술 사회는 인간에게 관람객의 지위밖에는 주지 않았네. 야유는 서글픈 일이야. 내가 몸수색에서 빼앗기지 않은 것은 단지 이 안경 뿐일세. 이것이야말로 그들이 내게 허락한 단 하나의 물건이지. 어떤 때는 군인이 내게 안경을 내주면서 관대하게 굴었는데 그것은 관대한 마음이 아니라 사디즘이었어. 왜냐하면 그들은 나에게 관객의 역할만 하게 했고, 꼭 봐야 할 것만 지적해주었는데, 그것은 바로 수용소지. 그들은 수용소와 정신병원, 감옥, 군인들, 그리고 한없이 긴 철조망 외에는 다른 것을 보여주지 않았네. 바로 여기에 내가 안경을 포기하는 이유가 있네. 나는 이 세상에서 내게 허용된 단 하나의 물건을 포기하려고 해. 안경은 이 세상에서 눈처럼 가장 신기하고 그럴싸한 물건 중의 하나지만 그것도 살아 있을 때의 얘기지. 목숨이 다했을 때나 얼마 남지 않았을 때, 일시적인 한정된 생명을 가졌을 때, 안경은 불길한 조롱거리밖에 안 되는 걸세. 자네, 안경을 쓴 주검을 본 적이 있나?

"하지만 트라이안 씨, 당신은 아직 살아 계시잖아요."

"아직 죽지 않았다는 것이 우리들이 갖고 있는 유일한 희망이지. 그러나 희망은 생명과 바꿀 수 없네. 희망은 묘지 틈바구니에서도 자라나는 잡초 같은 것이야."

"그러나 우리는 이렇게 살아 있지 않습니까, 트라이안 씨."

모리츠가 말했다.

"우리는 살아 있다고 믿고 또 살고 싶어하지."

요한 모리츠는 한참 동안 트라이안을 바라보았다. 그는 트라이안이 정신병원에서 갓나온 사람이라는 것을 생각했다. 트라이안 자신이 그 사실을 얘기했으니까.

"모리츠, 무서워할 것 없어. 나는 미치지 않았어. 자네 역시 나를 미쳤다고 생각하니 유감스러운 일이군. 아직 내가 살아 있다고 자네가 주장하는 것은, 나의 죽음을 목전에 느끼지 못하기 때문이지. 또 내 눈이 감기지 않고 내 심장의 고동이 멎지 않고 전신이 차가워지지 않기 때문이기도 하지. 그러나 모리츠, 세상은 시체를 남기지 않지. 문명은 사라지나 시체는 남기지 않네. 종교 역시 그렇고, 인간도 때로는 시체로써 죽었다는 걸 증명하기 전에 먼저 죽을 수 있지. 내 말의 뜻을 알아듣겠나?"

요한 모리츠는 울기 시작했다.

"왜 울지, 모리츠?"

"당신은 병이 나셨어요, 트라이안 씨……."

"내가 헛소리를 하고 미쳤단 말이지?"

"아니오, 그런 뜻으로 말한 건 아닙니다. 트라이안 씨. 어떻게 제가 그런 말씀을 드릴 수가 있겠습니까요?"

"자네 눈엔 내가 미치광이로 보이는 모양이지. 자네가 우는 이유도 거기에 있네. 그러나 울어도 소용없어. 나는 미치지 않았어. 모리츠, 나는 지금 여느 때보다도 정신이 멀쩡하다네." 트라이안은 말했다.

"그래요, 트라이안 씨?"

"물론이지, 모리츠. 난 아주 정신이 맑아."

"당신의 정신이 어떻게 되었다는 게 아니라 그저 몹시 두통이 나시는 것 같다는 얘깁니다. 당신은 여러 달 동안 마시지도 잡숫지도 않으셨잖아요…… 또 그곳에서 고통도 받으셨을 테니…… 안색이 몹시 창백하시군요. 저는 한 번도 그런 생각을 해 본 적이 없습니다만, 당신은……."

요한 모리츠는 미쳤다는 말은 차마 입밖에 낼 수가 없었다.

트라이안 코루가는 또 담배를 한 대 말았다. 그는 서구 문화의 붕괴를 서러워하는 사람들이야말로 그 문화와 더불어 멸망하고 사라져버린다고 생각했다. 이 붕괴를 돕는 사람은 이 연극에 관계되지 않은 무리들이었다. 예를 들면, 그들은 트라이안을 미치광이로 취급한 재콥슨과 같이 기계 문명에 속한 자들이거나 본능과 맹목적 신념을 가진 모리츠 같은 원시적 존재들인 것이다.

이 양자가 똑같이 트라이안을 미치광이로 취급했다. 이런 인간은 유럽과 아무런 관계가 없는 것이다. 재콥슨처럼 요한 모리츠도 정신적 고뇌의 최고 한계점까지 다다른 인간을 미치광이로 여기는 것이었다.

그가 발광해서가 아니라 극도에 달한 고뇌로 해서 행동한다는 걸 알아 줄 사람은 물론 그의 처 노라뿐이었다. 그녀야말로 이 연극에서 생존할 수 있는 단 한 사람이라는 것을 그는 믿었다. 왜냐하면 그녀는 수천년의 노예 상태와 굴욕의 세습적 단련을 받아왔기 때문이다. 그 민족은 피라

미드를 세울 당시부터 이집트에서 노예 생활과 괴로움에 익숙해 왔다. 그 민족은, 스페인에서는 종교적 박해를 받았고, 러시아에서는 유태인 학살을, 독일에서도 포로 수용소의 생활을 감수했다. 엘레오노라 베스트의 민족은 새로운 기술 문명에까지 저항을 계속했다. 트라이안 코루가는 노라를 생각하자 즐거워졌다. 그는 미소를 띠며 말했다.

"자네 파이프에 불을 붙이게, 모리츠. 그리고 안경을 천막에 잘 갖다 놓고 오게. 내 아내에게 넘겨줄 때까지 깨뜨리지 않도록 조심하게."

"곧 다녀오겠습니다, 트라이안 씨."

요한 모리츠는 그의 파이프와 비슷한 약간 구부러진 등을 하고서 천천히 걸 갔다.

트라이안 코루가는 요한 모리츠가 수용소의 마당을 건너가는 것이 아니라, 역사의 몇 세기를 횡단하는 것처럼 생각되었다. 그 걸음걸이는 주위의 느 누구에게도 볼 수 없는 색다른 동작처럼 보였고, 어떤 뿌리가 땅 속 깊이 박혀 있는 것 같은 동작이었다. 그의 눈은 하늘이 왜 저렇게 푸르를까 하는 의심조차 없이 푸른 하늘의 끊임없이 변해가는 기적을 응시하는 것처럼 보였다.

요한 모리츠와 노라 베스트는 유럽에서 생존해나가리라고 트라이안은 생각했다. 그들은 서구 기술 사회 속에서 그대로 버텨 나아갈 것이다. 그러나 그들도 그 속에서는 오래 살지 못하리라. 어떤 인간이라도 그곳에선 오래 살 수 없는 것이다. 그들도 연극의 첫 장면으로 그치리라. 최후의 인간, 가장 굳센 인간들이 퇴장한 뒤에는 동서남북에서 로봇들이 이 세계에 번식하게 될 것이다.

164

요한 모리츠는 천막 사이로 사라졌다. 트라이안 코루가는 일 서서 담배를 내던지고 수용소 정문을 향해 걸 갔다.

포로들은 수용소 정문으로 통하는 마당에는 들어가지 못하게 금지되어 있었다.

트라이안 코루가는 그것을 잘 알고 있었지만 침착하게 빠르지도 않은 걸음걸이로 더 멀리까지 걸 가고 있었다. 그것은 하루의 일을 끝마치고 집으로 돌아가는, 서두르지도 않고 늑장을 부리지도 않는 그런 걸음걸이였다.

수용소 마당에 있던 포로들은, 언제나 그곳엔 삼사 천명이 있었는데, 감금당한 죄수가 금지 구역 안으로 들어가는 걸 보고 있었다. 그들은 소장의 비서가 아니면 의사일 거라고 생각했다. 그런 사람들만이 이 구역 안을 출입할 있기 때문이었다.

포로들은 무슨 일이 생기려나 하고 몹시 보고 싶어했다. 수용소 안에는 수천 명의 눈이 즐길 수 있는 것이란 아무것도 없었다. 매일 같은 일만 보아온 눈들은 사소한 일이라도 새로운 사건이라면 열심히 보려 했다. 그것은 자동 현상을 벗어난, 알려지지 않은 사적인 특이한 생의 요소를 찾고 싶어하는 원시적 요구인 것이다.

금지 구역을 걸어가는 포로도 그들에게는 관심의 대상이 될 만했다. 그것이야말로 하나의 사건이었다. 저 포로는 식사 당번이거나 의사의 자격을 가진 자이므로 그곳을 지나갈 권리가 있으리라. 그러나 그들에겐 이 연극도 보아둘 가치가 있었다. 그래서 그들은 일반 포로들에게 금지된 행동을 하고 있는 이 무대의 배우를 아주 흥미롭게 바라보았다.

트라이안 코루가는 수천의 시선이 자기를 쫓는 것을 알았다. 또 철조망을 지키고 있는 감시탑의 폴란드 보초병들이 놀라서 그가 도대체 어디로 가려는 것인지 바라보고 있을 것도 알았다.

트라이안 코루가는 그에게 시선을 던지고 있는 포로들도, 탑 위에 있는 폴란드 보초병들도 보지 않았다.

그는 앞으로 곧장 걸 갔다. 그의 걸음걸이는 모든 장애물을 돌파하려고 결심한 노한 인간의 꿋꿋한 걸음이었다. 그것은 걷는 그 자체에 즐거움을 느끼는 홀가분한 걸음걸이였다.

트라이안 코루가는 걷는 그 자체에 별로 즐거움을 느끼지 않았지만 자기가 하는 거동은 의의가 있고 또 충분히 정신적 만족을 줄 수 있다는 것을 알았다. 그렇듯 그의 걸음은 기계 운동이나 감정에 눈이 어두운 사람의 움직임처럼 딱딱하고 단조로운 걸음걸이가 아니었다. 트라이안 코루가의 걸음걸이는 미친 사람의 그것도 아니었다.

트라이안은 눈을 크게 뜨고 걷고 있었다. 그는 안경이 없이는 거의 아무것도 보지 못했다. 그러나 그의 마음과 정신의 눈은 환히 열려 자기의 길을, 그리고 이 길의 의미를, 이 길의 기쁨과 비극을 보고 있었다.

진정한 눈을 가진 사람이라면 트라이안의 걸음걸이에서, 모래 위에 자국을 내며 걸어가는 그 걸음걸이에서 은근하나마 깊은 슬픔을 알아볼 수 있었으리라. 그것은 집을 버리고 떠나는 사람들의 슬픔이었고, 배가 떠날 때 느끼는 선원들의 슬픔이었다.

진정한 마음의 눈을 가진 사람이라면 트라이안의 걸음 속에서 모든 뜻을 읽을 수 있을 것이다. 모든 것이 모래 위에 남긴 그의 발자국에 그려져 있으니. 그러나 그것을 알아볼 만한 눈은 그곳에 없었다. 폴란드 보초의 눈과 포로의 눈들은 그저 트라이안이 차츰 철조망 가까이 가는 것만 바라다보았다. 그것은 금지된 일이었다. 철조망 안 1.5미터의 선을 넘어 들어오는 것은 누구에게나 금지된 일이었다.

그러나 트라이안 코루가는 그 금지된 행동을 하고 있었다. 포로들은 트라이안의 행동을 좀더 잘 보려고 눈에 손까지 갖다대었다. 어떤 사람은 가슴 두근거리는 시합을 볼 때, 또는 무서운 영화를 볼 때, 또는 탐정 소설을 읽을 때 느끼는 그런 기분으로 앞으로 일어날 사태에 불안마저 느끼면서 주먹을 입으로 가져갔다.

감시탑의 폴란드 보초는 자기의 눈을 의심했다. 하마터면 그도 손을 입에 댈 뻔했다. 그러나 그의 손에는 총이 들려 있었다.

그가 팔을 들었을 때 자루가 따라 올라왔다. 포로가 철조망 가까이 오면 사격하는 것이 그의 임무라고 생각했다. 그래서 그는 방아쇠를 잡아당겼다.

탄환이 날아왔다. 폴란드 보초는 아차 하고 생각했다. 겨냥을 하지 않고 쏘았던 것이다. 사격하려면 우선 겨냥을 해야 한다. 그것이 올바른 사격법이라는 것을 잘 알고 있었다. 또 그의 잠재의식도 그것을 알고 있었다. 그래서 그는 즉시로 실수했음을 깨닫고 두 번째 사격을 위해서 개머리판을 뺨에 대고 그 사람을 겨냥했다.

트라이안은 첫 번째 총소리를 들었다. 계속해서 두 번째 총소리도 들었다.

그는 눈 앞에서 교차되는 번갯불 같은 빛을 보고 전신이 폭삭 주저앉는 듯한 피로에 빠져들어가는 것을 느꼈다. 이 피로는 더운 방 안에서 뜨거운 독주를 한 잔 마신 뒤에 오는 그런 기분과 비슷했다. 그의 손 위로 무엇인가 더운 것이 흐르고 있음을 알았다. 다음에는 그의 몸이 비틀거리며 철조망 아래 타는 듯한 땅 위에 고꾸라졌다. 그는 옷걸이에서 벗겨져 마룻바닥에 떨어지는 외투처럼 소리없이 쓰러졌다.

트라이안은 땅 위에 소리없이 쓰러진 자기 육체에 강한 연민을 느꼈다. 그 육체는 그의 가장 좋은 벗이었다.

이제야 비로소 육체를 무척 사랑했음을 깨달았다. 그는 그의 육체와 같은 성을 가진 자기의 친구였던 노라와 아버지를 생각했다.

노라의 모습, 어머니의 모습, 모리츠의 모습, 다미앙 검사의 모습, 그리고 이 모습들과 함께 여러 다른 모습들이 트라이안의 의식 속에 한순간 떠오른 뒤 벽에 박혀 있던 못이 뽑혀져 떨어지듯 사라져갔다.

가장 사랑했던 사람들의 모습을 그린 그림들이 트라이안의 육체와 동시에 땅 위에 떨어져 하나하나 쌓였다. 의식은 이제 그들의 모습을 되찾을 수가 없었다. 이미 그럴 기운이 없었다. 잠시 동안이나마 버티고 떨어지지 않으려고 했던 마지막 것은 그의 머리였다.

그의 이마는 아직 땅 위에 들려져 있었다.

그러나 잠시 후 트라이안 코루가의 이마마저 무거워졌다.

그는 뜨거운 땅에 뺨을 대고 아직 무엇엔가 매달리려고 했다.

그러나 그의 기억은 깃발처럼 아까의 그림들과, 피가 흘러 이제야말로 축 늘어진 육체를 덮었다.

트라이안 코루가는 말해야 할 무엇이 남았다는 것을 알았다. 그러나 그것을 입 밖에 낼 수가 없었다. 그것은 기도였다. 바로 그가 좋아하는 기도였다. 그러나 이 기도는 그의 생애에 있어 가지가지의 일이 그랬듯이 말하지 못하는 운명을 지니고 있었다. 그렇지만 그것은 그다지 긴 것은 아니었다. 그가 다만 몇 분 동안이나마, 단 몇 초 동안이나마 더 살았더라면 이 기도를 올릴 수 있을 것이었다.

대지, 사랑하는 그대여 !
나는 그대에게 내 몸을 바치노라
영원히 돌아오지 않으리
나는 멀리서 이곳에 온 이름없는 몸이어라.

R. M. 릴케

그의 뺨과 그의 입술은 애정과 그리움을 담은 채 모든 것을 포기했다. 체념과 사랑의 표정을 지닌 채 뜨거운 땅 위에 엎드려져 있었다.

모든 것은 장엄하고 완전무결했다. 왜냐하면 꺼져가는 불길이 엄숙하게 서서히 스러지듯이 모든 것이 간단하게 전개되었던 것이다.

수용소 마당에서 요한 모리츠는 비명을 지르려다가 손으로 입을 가리고 간신히 자신을 진정시켰다. 고함을 질러선 안 되었다. 그는 눈을 감고 성호를 그었다.

165

트라이안 코루가가 죽은 지 나흘 뒤에 요한 모리츠는 스잔나로부터 편지를 받았다.

요한 모리츠에게 보낸 스잔나의 편지는 다음과 같았다.

사랑하는 야니

당신은 제가 죽은 줄로 생각하고 계실는지도 모르겠군요. 서로 소식을 모르고 지낸 지 벌써 9년이나 되었어요. 저는 여러 번 당신이 돌아가신 것으로 생각했어요. 그래 성당에 가서 당신의 명복을 빌고 싶은 적도 있었어요.

그러나 마지막 순간에 가서는 언제나 생각이 달라지곤 했어요.

나의 마음은 당신이 돌아가시지 않았다고 믿고 있었던 거예요. 지금 저는 당신을 위해서 미사를 올리지 않은 것을 잘한 일이라고 생각해요.

돌아가시지 않은 분에게 미사를 올리면 불행이 온다고 하기 때문이죠.

스위스 적십자사의 페루세 씨가 당신의 주소를 알려주었어요. 당신이 몇 해나 갇혀 있다는 것도 말해주시더군요. 저는 당신의 생명을 보호해주신 하느님께 감사를 드린 뒤에 당신이 아무 잘못도 저지르지 않았는데도——저는 잘 알고 있는 일이지만——도둑이나 죄인이 아닌 당신을 이유없이 감방에 몰아놓은 사람들의 마음을 하루바삐 깨우쳐달라고 기도했어요.

당신에게 말씀드릴 것이 태산 같군요. 지난 아홉 해 동안 여러 가지 일이 많았지만 편지로 어떻게 다 말씀드릴 수 있겠어요.

지금 제가 독일에 있다는 것을 아시면 화를 내실지 모르겠군요. 집과 토지와 우리가 가지고 있던 모든 것을 다 잃어버리고, 아이들도 외국인의 손에서 자라고 있답니다. 왜 이렇게 되었는지 당신에게 그 사유를 말씀드리겠어요.

당신은 오순절이 지난 다음다음 날 떠나셨어요. 마을 사람들은 헌병이 당신 등에다 총을 대고 데려가는 것을 보았다고 제게 말해주었습니다. 저는 당신이 아무 죄도 없이 총부리에 밀려 죄인처럼 붙잡혀 갈 이유가 조금도 없다는 것을 알고 있었기 때문에 사람들의 말이 곧이들리지 않았어요.

당신이 떠나신 후 네 주일 동안 저는 따뜻한 빵을 구워놓고 당신을 기다렸어요. 저는 당신이 굶주리고 목이 말라 돌아오시리라고 생각했어요. 빵이 굳어지면 그것은 아이들에게 주고 당신이 돌아오시면 언제나 따뜻한 빵을 잡수실 수 있도록 또 새것을 만들곤 했습니다. 웬일인지 제 마음은 항상 당신이 돌아오신다고 생각되었어요. 저는 매일 기다렸어요.

저는 당신이 밤에 돌아오시면 문을 열러갈 동안만이라도 기다리실까봐 대문을 잠그지 않았어요. 피로한 다리를 이끌고 돌아오신 당신을 대문 앞에 서 계시게 하고 싶지는 않았기 때문이에요. 그러나 사랑하는 야니, 당신은 돌아오시지 않았어요. 밀가루가 떨어져 당신께 드릴 빵도 만들지 못했어요. 그렇지만 매일 계속해서 당신을 기다렸어요. 오순절쯤 해서 어느 날 헌병이 찾아와 당신이 유태인이므로 집을 몰수하겠다고 하더 군요. 그러고 나서 아이들과 함께 이 집에서 살려면 서류에 서명을 하라고 했어요. 그것은 이혼서 용지였어요. 저는 서명했어요. 그렇지만 저는 이혼하지 않고 전처럼 당신을 기다렸어요.

소련 사람들이 진주했을 때 코루가 사제님과 마을의 중요한 사람들을 총살했어요. 저와 당신의 어머니 아리스티차는 그날 밤 아직 숨이 끊 어지지 않은 사제님을 면사무소의 거름 웅덩이에서 끌어내다가 숲 속에 숨기려 했어요. 도중에 우리들은 독일 군대를 만나 병원에 모시고 가게 하려고 독일군에게 사제님을 넘겼어요. 이것이 잘한 일인지 아닌지조차 우리는 몰랐어요. 그러나 사제님을 그대로 돌아가시게 할 수는 없었어요. 그 이튿날 아침 이것이 발각되어 어머님은 마르쿠 골덴베르크의 손에 총살당하고 마셨어요. 그러나 저는 아이들을 데리고 마을에서 탈출했 어요. 저는 이곳 저곳에서 일하고 고생도 무척 했어요. 저는 러시아 사람이 저를 붙잡으다가 당신 어머니처럼 쏘아 죽일까봐 겁이 났던 거예요. 저는 도망칠 수 있는 데까지 멀리 피해 갔어요. 그러나 전쟁이 끝나자 저는 독일에서 결국 러시아 사람에게 붙잡히고 말았어요. 그들은 저를 쏘아 죽이지 않고 제게 여간 친절히 굴지 않았어요. 당신의 아이들에게 빵과 과자와 옷도 주었어요. 그것은 아이들이 독일인이 아니었기 때문이에요. 그들은 제게도 먹을 것과 옷을 주었어요. 그러나 저는 지금 러시아 사 람들을 피해 판타나에서 도망친 것을 몹시 후회하고 있어요.

이렇게 나흘이 지났어요. 그런데 제가 몹시 아팠기 때문에 우리 집까지 돌아가려면 병이 낫기를 기다리는 수밖에 없었어요. 어느 날 밤 누군가 창문을 두드렸어요. 그것은 러시아 군인들이었어요. 그들은 문을 부수고 방으로 들어왔어요. 여자들이 있나 없나 이곳 저곳 찾아보다가 열 네 살 먹은 주인집 딸을 데리고 왔어요. 그들은 우리에게 마실 것을 주었어요. 그들은 권총을 꺼내 들고 마시지 않으면 쏜다고 위협했어요. 그리고 그들은 우리들에게 옷을 벗으라고 명령했어요. 아이들도 방에 있었어요. 저는 죽으면 죽었지 아이들 앞에서 벌거벗지 않겠다고 버티었어요. 군 인들은 내 옷과 속옷을 막 잡아 찢었어요. 그리고 우리를 능욕했어요.

날이 밝을 때까지 그들은 그 방에 있었어요. 그들은 제가 마시지 않는다고
입에다 억지로 술을 퍼놓고 또 귓속에까지 넣은 다음 또 한 번 저를
능욕했어요. 사랑하는 야니, 이런 얘기를 전부 당신에게 하는 저를 용서해
주세요. 그러나 저는 당신에게 무엇이든 숨기고 싶지 않군요. 제가 눈을
떴을 때 이미 러시아 사람들은 가버리고 아이들은 시체 앞에 모여 앉은
듯이 내 주위를 에워싸고 울어댔어요.

   그 다음 날 밤, 러시아 사람들은 또 왔어요. 전날 밤에 왔던 그들이
었어요. 그들은 집주인 딸을 데려다가 나와 함께 또 유린했어요. 저는
소련 사람들에게 발견되지 않으려고 아이들과 함께 지하실로 숨어 있
었어요. 그러나 사흘째 되던 밤에 그들은 저를 지하실에서 찾아냈어요.
그 뒤로 매일 이런 일이 일어났지만 제 몸을 침범당하기 전에 저는 언제나
정신을 잃어서 아무 기억도 없어요.

   이렇게 매일 밤 두 주일이 계속되었어요. 저는 마당으로 옆집으로
다락으로 숨어보았어요. 그러나 러시아 사람들은 언제나 저를 찾아냈
어요. 단 하룻밤을 피할 수가 없었어요. 저는 자살해버릴 결심도 했어요.
그러나 아이들을 볼 때 어미없는 자식을 차마 만들 수가 없다는 마음이
들었어요. 아버지 없는 자식은 여기저기 수두룩했어요. 불행한 아이들이
남의 나라에서 아는 사람 없이 어떻게 될 것인가 하는 생각이 들었어요.
제가 자살하지 않은 것은 순전히 아이들 때문이었어요. 저는 그때부터
완전히 죽은 사람과 같았어요. 러시아 사람에게서 빠져나오기 위해 그후
서쪽으로 도망을 쳤어요. 영국 사람에게도 갔다가 다시 지금 있는 미국
사람에게로 왔어요. 그러나 오는 도중 몇 번이나 러시아 사람에게 붙
잡혔어요. 그들은 저를 붙잡기만 하면 모든 여자에게 그랬듯이 아이들
앞에서 겁탈했어요. 영국 사람에게 넘어가기 전 저는 국경에서 3일 동안
러시아 사람에게 억류되어 낮이나 밤이나 그들에게 욕을 당했어요. 그
들이 마지막으로 저를 겁탈했을 때 저는 임신중이었어요. 제가 뱃속에
아이를 가진 지도 어느덧 다섯 달이 되었어요.

   제가 어떻게 해야 좋을지 당신에게 묻고 싶어요. 지금까지의 일을 전부
아시고도 그대로 저를 당신의 아내로 생각해주시겠는지, 또는 영원히

384

제게로 돌아와주시지 않겠는지 회답해주세요. 저는 어떻게 처신해야
할는지 몰라 눈물을 머금고 당신의 편지만 기다리겠어요.

스잔나

166

편지를 다 읽고 난 뒤에도 요한 모리츠는 오랫동안 손아귀에 틀어쥔
편지를 노려보고 있었다. 그는 식사 시간을 알리는 종이 울리는 것도 꿈결에
들은 듯 어렴풋이 들었다. 그는 꼼짝도 하지 않았다. 그는 그대로 벌렁
누워버렸다.

그의 시선과 육체, 누워 있는 모습까지도 여태까지의 것은 아니었다.
그것은 이미 이전의 요한 모리츠가 아니었다. 요한 모리츠의 육체와 정신은
도저히 지속할 수 없는 격류에 휩쓸려서 떠내려가는 끄나불과 같았다. 그는
이미 타버린 뜨거운 재로밖에 존재하지 않았다. 다시 말하면, 요한 모리츠는
이미 존재하지 않는다는 것이다. 누가 와서 바늘로 그를 찌를지라도 요한
모리츠는 아무런 감각이 없었으리라. 그것은 굶주림도 갈증도 느끼지 않는
모리츠며, 기쁨도 슬픔도 없는 요한 모리츠였다.

그는 웃을 수도 울 수도 없었으리라. 왜냐하면 이제는 그 어떤 것에도
흥미를 느낄 수 없었고 살아 있다는 것조차 느끼지 못했기 때문이다

요한 모리츠는 침대에서 일어나 천막을 나왔다. 그는 어디로 가는지
알지도 못하면서 걷고 있었다.

그는 아무 생각없이 전처럼 철조망 앞에 섰다. 금지선을 넘는다면 트
라이안 코루가와 같이 죽어버린다는 사실에도 전혀 무관심해진 그였다.
그러나 그는 딴 방향으로 나갈 생각은 없었다. 어디로 간다는 생각 같은
것은 전혀 없었다. 그는 아무것도 생각지 않고 또 아무것도 바라지 않았다.

조금 후에 사진기를 든 두 사람의 미국 군인이 그를 찍으려고 왔다.

모리츠는 움직이지 않았다. 그들을 거들떠보지도 않았다. 세 번째 군인이
가까이 오는 것을 보자 몸만 떨었다. 그리고 조용히 그 군인을 불렀다.

"스트룰, 어떻게 여기에 왔지……."

미국인은 사진기를 든 채 그 자리에 서서 요한 모리츠를 바라보았다.

그것은 루마니아의 유태계 수용소에서 식사계를 맡아 보던 스트룰이었다. 모리츠와 의사 아브라모비치와 함께 부다페스트로 도망했던 스트룰이었다. 그들은 서로 쳐다보다다 누군지를 알아챘다.

요한 모리츠가 다시 이름을 부르자 스트룰은 자기의 눈을 가리면서 사진기를 얼굴에 대고 모리츠를 찍는 시늉을 했다.

그리고 대답도 하지 않고 총총히 사라졌다.

요한 모리츠는 철조망에 붙어서서 스트룰과 다른 두 사람의 군인이 지프에 올라 떠나는 것을 바라보았다.

지프가 움직였을 때 스트룰은 요한 모리츠 쪽으로 한번 눈을 주었으나, 난처한 듯이 재빨리 시선을 돌렸다.

모리츠는 조금도 화가 나지 않았다. 다른 날만 같아도 옛날 고생하던 시절의 친구였던 스트룰이 그를 만나 모른 체했다면 몹시 화가 났을 것이다.

그러나 오늘의 그는 무슨 일에건 무관심했다. 요한 모리츠는 오랫동안 철조망 옆에 서 있었다. 누군가가 그의 어깨를 건드렸다. 그는 돌아보지도 않았다.

"모리츠, 떠날 준비를 하게!"

요한 모리츠는 그제야 돌아다보았다. 석방의 명령이 내린 줄 알았던 것이다. 그의 눈에 희열의 빛이 돌았다.

"석방시켜준대나!"

그는 어깨를 잡고 있던 막사 반장에게 물었다.

"아니야. 모리츠!"

"그럼 또 다른 수용소로?"

"뉘른베르크로 가는 거야!"

요한 모리츠는 무관심하게 머리를 흔들었다. 그는 벌써 전부터 모든 SS와 마찬가지로 전범자들이 선고를 받은 사실을 알고 있었다. 그래서 그는 다른 전범자들인 괴링 원수나 루돌프 헤스, 로젠베르크, 폰 파펜 등이 있는 뉘른베르크로 가는 것을 당연한 일로 여겼다. 그는 사형선고를 받을 가능성도 있었다. 교수형을 받았을는지도 모른다. 그러나 지금 와서는 이런 것들이 그와는 별로 상관없는 것으로 느껴졌다.

그가 철조망 너머 저 먼 곳을 그냥 바라보고 있는 것도 이런 이유에서였다. 막사 반장은 그의 어깨를 계속 두드리며 말했다.

"반 시간 후에 떠난단 말이야."

모리츠는 움직이지 않았다.

"짐을 꾸리러 가게! 시간이 촉박하니까. 13시에 집합이야."

반장은 말했다.

"난 아무 짐도 없어."

모리츠는 대답했다.

"가지고 갈 게 없단 말인가?"

"아무것도 없어."

"담요도?"

"그래."

반장은 요한 모리츠가 정말 담요를 안 가지고 간다면 자기가 그 담요까지 두 장을 차지할 수 있을 것이고 그렇게 되면 잠자리가 좀더 편안해질 것이라고 생각했다. 그러나 그는 그런 생각을 떨쳐버리고 말했다.

"담요는 가지고 가야 해. 뉘른베르크 국제법정의 감옥은 춥고 습기가 많다니까 담요가 필요할 거야."

"이젠 아무것도 필요없어."

"늦지 않도록 하게. 출발은 13시야." 반장은 가기 전에 말했다.

모리츠는 그 자리에 서 있었다. 구두 끝은 백선 위에 있었다. 그 선은 포로들이 넘어서는 안 되는 걸로 규정이 되어 있었다. 모리츠의 오른쪽 발끝이 앞으로 나와 그 선을 절반쯤 밟았다. 모리츠는 보초탑에 서 있는 폴란드 군인을 보았다. 보초는 개머리판을 뺨에 대고 방아쇠를 잡아당길 준비를 했다. 그러나 요한 모리츠는 백선을 넘지 않았다. 그냥 백선을 구두 끝으로 밟은 채 움직이지 않았다.

반 시간이 지나서 그는 수용소의 다른 전범자들과 함께 뉘른베르크로 떠났다.

스잔나의 편지는 모리츠의 모든 소지품과 함께 천막 속에 남아 있었다. 동료들이 그것을 읽어보고 싶어했으나 단념할 수밖에 없었다. 편지는 루마니아어로 씌어져 있어서 그들은 한 자도 읽을 수 없었기 때문이다.

편지지가 퍽 얇았다. 포로들은 그것을 잘라 담뱃종이로 나누어 가졌다. 그리고 그들은 그 종이로 담배를 말아 피우기 시작했다.

167

탄원서 제7호——주제(主題)·정의 전범자 요한 모리츠의 형벌에 관한 건(증인이 죽은 뒤에 사무실에 넘어온 것임.)

뉘른베르크의 국제법정은 52개국의 이름으로 나의 친구인 요한 모리츠를 전범자로 판결을 내렸습니다.

그것은 참으로 지당한 일입니다. 선고 판결이 공포된 다음부터 나는 그와 함께 수용소의 마당을 산책하지 않을 것입니다. 죄인과 같이 산책한다는 것은 그리 유쾌한 일이 아니고, 더구나 사람들도 좋게 보지 않을 것입니다. 그러나 요한 모리츠는 뉘른베르크 국제법정의 판결과 자기 죄과에 대해서 아주 무관심해 보입니다. 바로 여기에 나의 탄원의 목적이 있습니다. 그는 결코 사람을 죽인 일이 없고 심지어 파리 한 마리도 죽여본 일이 없었으므로 자기는 죄인이 아니라고 합니다. 요한 모리츠가 죄인이라고 국제법정에서 52개국이 결정한 것으로 미루어보면 그의 주장은 틀린 것일 것입니다. 모리츠는 또 자기는 그 52개국을 전혀 알지 못하는데 그런 나라에 죄를 지었을 리가 있느냐는 것입니다. 그의 논법은 물론 순박한 것입니다. 그래서 나는 그에게 그를 기소한 52개국의 이름을 읽어주었습니다. 그 중에는 그가 생전 처음 들어본 나라 이름도 있었습니다. 그는 그런 나라들이 이 지구상에 있는지조차 모르고 있었습니다. 그러나 이것은 어떤 변명도 될 수 없습니다.

요한 모리츠는 그를 기소한 52개국 중 프랑스와 그리스의 이름이 있는 것을 보고 몹시 화를 냈습니다. 그는 새파랗게 질릴 정도로 화가 났습니다. 그는 다른 사람의 얘기는 통 믿으려 하지 않습니다. 그는 수용소에서 구해준 여섯 명의 프랑스인을 전부터 잘 아는 사이라고 했습니다. 그는 또 그리스인 하나를 알고 있었습니다. 그리스 인은 수용소에서 그와 함께 있었는데 그에게 빵도 절반 나누어 준 일이 있었다고 합니다. 이런 일로 보아서 그는 결코 그리스와 다른 관계를 가지고 있지 않습니다. 그러나 이것은 엄밀히 따진다면 사적이며 개인적인 문제인 것입니다.

요한 모리츠는 이 두 나라에 의해서도 죄인 취급을 받았습니다.

판결은 명백하고 절대적입니다.

연합국에 대해서 그의 유죄성을 납득시키려면 요한 모리츠를 이들 각 나라의 감옥에서 1년씩 복역시킬 것을 나는 제안합니다. 그렇게 하면 그도 과연 전범자라는 것을 납득할 것이고 또 무관심도 사라져버릴 것입니다.

그런데 요한 모리츠는, 모든 전범자들도 똑같은 상태지만 몹시 쇠약해 있어서 그가 52년간 그대로 살아 있으리라는 것은 좀 믿을 수가 없으므로 52개국 중의 몇 나라들은 그를 수감치 못하는 피해를 입을 가능성이 있습니다. 그래서 그가 받고 있는 강제 노동의 기간을 2개월씩 탕감시키면 어떨까 합니다. 그러면 도합 26년간의 복역을 하게 될 것입니다.

그 26년 후에도 그가 그냥 살아 있다면(그로서도 52개국의 복역을 끝마치지 못하고 죽는 것은 대단히 안타까운 일일 것입니다.) 그를 쇠사슬에 매어가지고 52개국의 감옥을 1개월씩 순회시킬 것을 제안합니다. 한 바퀴 돌고 나면 또다시 시작합니다.

이렇게 하면 전체 국가가 평등하게 아무 손해도 보지 않을 것입니다.

정의는 실행되어야 합니다. 정의는 서구 기술 사회 성립의 기초가 되는 것입니다.

그런데 어떤 나라(예를 들면 러시아, 폴란드, 유고슬라비아)는 죄수를 완전한 관리 형태로 취급하지 않아 때로는 죄수가 감옥에 있다는 것조차 잊어버리게 되므로 나는 요한 모리츠가 각국을 순회하기 전에 체중을 정확하게 재고 그의 전신 기관의 자세한 진단서를 첨부할 것을 제안합니다.

각국은 뉘른베르크 국제법정의 요한 모리츠에 대한 책임을 져야 하며 전기 법정에서 원상태 대로 그를 반환해야 할 것입니다. 즉 파운드로 달아서 똑같은 중량을 유지해야 할 것이고 또 명세서에 기록된 대로 완전한 사지(四肢)를 가지지 않으면 안 될 것입니다.

이처럼 요한 모리츠에 대한 관리는 완전한 형태대로 유지되고 또 52개국에 의해서 이용될 수 있다는 것입니다.

서구 기술 사회의 원칙은 무엇이든 파손시키지 않는 데 있습니다.

문명 정도가 얕은 국민에 대해서 우리들이 위탁하는 사물을 야단스럽게 취급하지 않도록 요구하는 것은 바로 우리들의 의무인 것입니다.

우리들의 사명은 이 지구 전체를 문명화하는 데 있습니다. 이것이 우리들의 역할입니다. 따라서 우리들은 그것을 자랑스럽게 생각하는 바입니다.

——증인

간주곡

요한 모리츠는 드디어 수용소에서 나오게 되었다.

그는 13년 동안이나 집을 비웠던 것이다.

그 사이 그는 수백 군데의 수용소를 돌아다녔다. 지금 그는 다시 아내와 자식들을 만난 것이다.

저녁 10시였다. 처음 맞이하는 밤이었다. 요한 모리츠는 식사를 했다. 그는 식탁 위에 팔꿈치를 올려놓고 아이들을 바라보았다.

제일 맏이인 페드로는 열다섯 살이었다. 모리츠는 찬찬히 살펴보았다. 꿈이 아니라는 걸 확인하려고 몇 번이나 눈을 껌벅거려보았다. 그는 요한 모리츠의 아들이 앉아 있다는 사실이 도저히 믿어지지가 않았다. 페드로는 푸른 빛깔의 미국식 짧은 외투를 입고 담배를 피웠다. 그는 눈이 아버지를 닮았다. 페드로도 지금 자기 앞에 앉아 있는 반백의 여윈 사나이가, 이전에 한 번도 본 적이 없는 이 사나이가 자기 아버지라고는 믿어지지가 않았다.

그러나 그들이 한 방에 모여 살아야 하는 이 마당에서 그는 아버지라는 사람과 친해지려는 생각이었다.

"감독에게 얘기해보지요. 아마 그가 공장에서 일자리를 구해줄 수 있을 것 같은데요." 페드로는 말했다.

요한은 빙그레 웃었다.

"제가 부탁하면 감독은 채용해줄 겁니다. 자격없는 자는 지금까지 채용된 적이 없어요. 아버지는 자격이 없으시지만 제가 아버지라고 잘 부탁하면 예외로 취급해줄 것 같기도 해요."

요한 모리츠는 둘째 아들 니콜라이를 바라봤다. 스잔나를 닮았다. 온통 금발이고 부드럽고 상냥스런 눈동자를 갖고 있었다.

요한 모리츠는 네 살짜리 셋째 아이도 바라보았다. 이 애는 자기의 아들은 아니었다. 스잔나와 러시아 사람 사이에 태어난 아이였다. 그러나 요한 모리츠는 스잔나를 용서했다. 그것은 스잔나의 실수가 아니었기 때문이었다.

요한 모리츠는 또 담배 한 대를 피워물었다. 페드로는 환영하는 뜻으로 담뱃갑째 아버지에게 드렸다.

요한 모리츠는 피곤했다. 그러나 자고 싶지는 않았다. 방에는 침대가 둘밖에 없었다. 스잔나는 제일 작은 꼬마와 작은 침대에서 자기로 하고 요한 모리츠는 혼자 제일 큰 침대를 차지하게 되었다. 큰 아이들은 마룻바닥에 이불을 깔고 잘 수밖에 없었다.

"우선 이렇게 자기로 합시다." 페드로는 이렇게 말한 다음 덧붙였다. "차차로 방이나 침대를 더 구해보지요."

아이들은 마룻바닥에 이불을 펴고 옷을 벗기 시작했다.

요한은 그대로 탁자 곁에서 턱을 괴고 앉아 있었다.

그는 페드로와 니콜라이가 옷을 벗고 자는 것을 들여다보았다. 그들은 독일어로 그에게 '안녕.' 하고 밤인사를 했다. 요한 모리츠는 그들이 루마니아 말로 해주었으면 좋겠다고 생각했다. 그러나 이들은 루마니아 말을 잘 하지 못했다.

스잔나는 침대에서 어린것을 재우고 있었다. '러시아놈의 새끼' 하고 모리츠는 생각했다. 아이는 꽤 예쁘게 생겼다. 금발에다 곱슬머리였다.

모리츠는 이 아이를 바라보기가 역겨웠다. 수용소에서 스잔나에게 편지를 보낼 때 그는 저 애도 자기의 아이로 삼겠다고 말했던 것이다.

그러나 스잔나 역시 모리츠가 이 곱슬머리의 아이를 보는 것이 싫었다. 스잔나는 아이의 옷을 벗겨 숨기듯이 침대 속에 집어넣었다.

스잔나는 한참 동안 어쩔 줄을 모르고 방 한가운데 멍하니 서 있었다.

그러고 나서 남편이 있는 탁자 곁으로 와 앉았다. 그녀는 모리츠가 몹시 피곤해 있다는 걸 잘 알고 있었다. 그러나 감히 그에게 가서 자도록 권할 수는 없었다.

그녀는 지금까지 일어난 사건들이 모두 자기의 탓이라고 여겨졌다. 그가 붙잡혀 간 것도, 그가 수용소에서 보낸 세월도, 그것도 어리석기 짝이 없는 일이었지만 러시아 사람들이 자기를 범한 것도 자기 잘못으로 여겨졌다. 그녀는 요한 모리츠의 시선을 바로 받을 수가 없었다. 그래서 스잔나는 그에게 어서 자라고 권하지도 못했다.

그가 돌아오리란 건 알고 있었다. 그를 위해 식사 준비를 하고 잠자리를 마련했다. 그는 굶주린 늑대처럼 돌아오기가 무섭게 탁자 위의 음식을 모조리 처분해버렸다.

그는 페드로가 준 담뱃갑을 벌써 절반이나 태워버렸다.

아이들은 모두 잠이 들었다. 스잔나는 남편에게로 시선을 옮겼다. 눈과 눈이 서로 부딪치자 한 순간 그대로 얼어붙은 듯 떨어지지 않았다.

"그 옷은 그날 밤에 당신이 입었던 것이지, 응?"

모리츠는 요르그 요르단이 스잔나의 어머니를 죽이던 날 밤에 스잔나가 입었던 목이 파인 그 푸른 옷을 바라보며 말했다. 스잔나는 그녀를 데려오는 걸 반대하던 시어머니와 시아버지 집에서도 또 부엌에 달린 조그만 방에다가 그들을 받아들인 코루가 사제의 집에서도 그녀는 이 옷을 입고 있었던 것이다. 처음에 스잔나는 이 옷밖에 지닌 것이 없었다. 다른 것은 아무 것도 없었다. 속옷까지도 없었다. 그래서 몇 주일 동안 그녀는 이 푸른 옷밖엔 입지 않았었다. 그녀는 벌거벗고 자기 때문에 밤에만 이 옷을 벗었다. 그러다 차츰 다른 옷을 장만했다. 그리고 남편이 제일 마음에 들어하던 옷도 바로 이 푸른 옷이었다. 스잔나가 이 옷을 입기 시작했을 당시에 그들은 가장 진실하고도 순수한 사랑의 몇 주일을 보냈던 것이다.

"저는 당신이 판타나를 떠나신 이후론 한 번도 이 옷을 입지 않았어요. 당신이 붙들려가던 날 저는 당신이 다시 우리 집 대문에 들어서는 그 날까지 이 옷을 입지 않기로 맹세했어요. 13년간을 쉬지 않고 당신을 기다리면서

13년 동안 어딜 가나 이 옷을 갖고 다녔어요. 그러다 오늘에야 비로소 입어 보는 거예요."

스잔나는——부끄러운 듯——눈을 내리깔고 이렇게 말했다. 그리고 머리를 든 그녀의 눈은 다시 요한의 눈과 마주쳤다.

요한 모리츠는 무릎 위로 그녀를 끌어오고 싶었다. 그는 "당신이 그리웠어." 하고 한 마디 들려주고 싶었다.

그러나 그는 아무 말도 하지 않았다.

그는 담배 한 대를 더 붙여 물고 잠든 아이들을 바라보았다. 그리곤 스잔나에게로 눈을 옮겼다. 그녀는 조금도 변하지 않았다. 얼굴엔 약간 주름이 잡혀 있었고 살결은 반지르르한 맛이 없었다. 머리칼도 빛이 변해서 삼빛처럼 되었다. 젖가슴도 좀 처졌다. 그러나 그녀는 옛날과 다름이 없었다. 요한 모리츠는 변하지 않은 스잔나, 판타나의 스잔나를 다시 만나리라곤 꿈에도 생각지 않았다. 13년……. 이것은 대차증서(貸借證書)와 같은 것이었다.

"좀 걷고 싶은데." 요한 모리츠는 말했다.

그러나 그는 일어나지 않았다. 스잔나가 먼저 일어서기를 기다렸던 것이다.

"당신과 함께 가도 좋아요?" 그녀는 물었다.

요한은 대답하지는 않았지만 스잔나가 옷을 입기를 기다렸다. 그들은 아이들이 깨지 않도록 발끝으로 걸어 살며시 방을 나왔다.

그들은 다소 어색한 감이 들었다.

계단을 내려가다가 두어 번 서로 어깨가 부딪쳤다. 한참 동안 둘은 말을 걸려고 하지 않았다.

하늘은 캄캄했다. 모리츠는 중심가로 나가고 싶었다. 스잔나는 그쪽으로 안내를 했다.

밝은 진열창 앞에서 스잔나는 남편을 위해 사고 싶었던 구두 한 켤레를 그에게 보여주려고 그의 손을 잡아당겼다. 그들은 꽤 먼 곳까지 왔다. 손을 잡은 채로였다. 다른 진열창도 들여다보았다. 그들은 수용소 이야기도, 판타나의 집 이야기도 지나가버린 일도 말하지 않았다. 단둘을 위한 즐거운 밤을 가지고 싶었던 것이다. 쓰라린 추억이 없는 즐거운 밤을.

"이틀 동안은 쉴 작정이야. 그러고는 일자리를 구해야지. 페드로가 자기가 다니는 공장에 어떻게 해줄 것 같은데." 요한 모리츠는 말했다.

"하여간 당신은 몇 주일 동안 쉬셔야 해요. 천천히 일자리를 구해도 좋아요. 지금 당신은 너무 쇠약해 있어요. 저와 페드로가 버는 것으로 먹고 살기엔 충분해요. 제가 일하는 속옷 세탁소에는 모두 좋은 손님들 뿐이에요."

스잔나는 좀더 손에 힘을 주며 꽉 잡았다. 그는 스잔나가 이토록 휴식해야 한다고 말해준 것이 무척 반가웠다.

교외에 다다랐다. 길 좌우는 풀밭이었다. 어두컴컴했다.

"판타나에 온 것 같군." 요한 모리츠는 말했다.

"정말 그래요." 스잔나는 대답했다. 그들은 산책을 계속했다. 판타나의 밤을 생각했다. 부엉이 울음 소리가 생각났다. 그들은 똑같은 생각을 하고 있었다.

"다리가 아픈데 어디 좀 앉고 싶지 않아?" 요한이 물었다. 그들은 어느 뜰 안으로 들어가 풀 위에 앉았다.

"정말 판타나 같은데!" 팔을 베고 풀 위에 벌렁 드러누우며 그는 말했다. 그리고 그는 몸을 엎어 얼굴을 풀 속에 파묻었다.

"스잔나! 이 풀 냄새를 맡아 봐요. 당신 집 뒤 뜰의 풀 냄새야. 둘이 밤마다 만나던 그 마당의 풀 냄새……."

스잔나도 엎드려 풀 냄새를 맡았다. 심장이 몹시 두근거렸다. 그녀는 대답조차 할 수가 없었다. 목소리가 너무도 떨렸기 때문이었다.

요한 모리츠는 스잔나의 어깨에 손을 얹었다. 그녀는 엎드린 채 가만히 있었다.

그런 자세로 그들은 꼼짝 않고 있었다. 둘은 아직 서로 떨어져 있었고 요한 모리츠의 손만 스잔나의 어깨에 놓여 있었다. 두 사람은 그 이상 더 가까워지려 하지 않았다.

"이봐, 스잔나. 수용소에 있을 때 나는 정말 당신이 보고 싶어서 못견딜 지경이었어." 요한 모리츠는 말했다.

하늘에서 별이 몇 개 반짝였다. 스잔나는 하늘을 우러러보고는 요한 모리츠가 눈치채지 못하게 그에게로 점점 몸을 구부렸다. 부끄러웠던 것이다.

"화내지 말아, 스잔나, 수용소에선 당신의 벌거벗은 모습이 자주 눈 앞에 떠올랐지. 붙잡힌 사람에게는 가끔 그런 것이 보인다지. 나는 당신에게 조금도 숨기고 싶지 않아. 당신의 집 뒤뜰 마른 풀더미 속에서 당신이 벌거벗었던 그 광경을 꿈꾼 일도 있었어. 올 여름은 우리들 생애에 있어서 가장 아름답고 즐거운 여름이 될 거야." 그는 변명하듯 말했다.

스잔나는 좀더 그의 곁으로 가까이 가 그의 어깨에다 머리를 기대었다. 그는 스잔나의 어깨를 어루만졌다. 그리고 등과 가슴을 애무했다.

"13년 동안이나 모셔두었던 이 아름다운 옷이 다 구겨질 텐데." 그는 말했다.

스잔나는 그 옷은 구겨지지 않는다고 말하려 했다. "옷을 몽땅 벗구 판타나에서 당신이 하던 대로 풀 위에 잘 개켜 놔둬."

스잔나는 옷을 벗었다. 몸을 가리듯이 하면서 재빨리 벗었다. 그녀는 알몸이 되었다. 초록빛 풀 위에 누운 그녀의 몸이 대리석처럼 떠올랐다. 아직은 요한과 그녀는 떨어져 있었다. 그는 다가가 스잔나의 허리를 끌어안으며 무척 놀란 듯이 말했다.

"당신 몸은 그때나 다름이 없군. 조금도 변하지 않았어. 우리들이 당신의 집 마당에 있을 때와 똑같단 말이야. 어떻게 그리 변하지 않았지?"

"거짓말 마세요. 저는 많이 늙었어요. 그런데 당신은 변하지 않았어요." 스잔나는 말했다.

모리츠는 자기 쪽으로 스잔나를 잡아당겼다. 스잔나는 몸을 피했다.

"당신은 그 때처럼 여전히 몸을 피하는구려. 13년이란 세월이 흐르지 않은 것만 같단 말이야."

그는 그때처럼 스잔나의 몸을 껴안고 자기 앞으로 스잔나를 잡아당기며 숨이 막힐 정도로 그녀의 입을 자기 것으로 덮어버렸다. 스잔나의 가슴은 자라등처럼 눌려 뻐개지는 것 같았다. 모두가 다 옛날 그대로였다.

"당신의 몸도 판타나의 풀처럼 향기로워요. 당신의 몸에서는 언제나 이 풀 냄새와 건초 냄새가 나요. 저도 쭉 당신만 생각하구 살아 왔어요. 맹세해요. 밤이나 낮이나 늘 당신 생각만 했어요. 생각하는 것이라곤 모두 당신에 대한 추억 뿐이었어요. 정말 하느님께 맹세해요. 당신은 저의 태양, 저의 남편, 저의 하늘이었어요. 당신만이……." 스잔나는 이렇게 말했다.

요한 모리츠는 스잔나가 거짓말을 하지 않는다는 걸 잘 알고 있었다. 스잔나의 모든 것은 요한 자기 한 사람의 것이었다. 타는 듯한 그녀의 몸을 통해서, 심장의 고동을 통해서 귀가 뜨거울 정도의 말소리를 통해서 그는 그것을 느낄 수 있었다. 요한 모리츠는 자기가 스잔나의 태양이며 하늘인 동시에 그녀가 자기만을 생각하고 또 자기만을 기다렸다는 것을 알고 있었다. 요한은 그 13년이란 세월 속에서 일어난 모든 일이 지금 홀연히 사라져버린 느낌이었다. 그들은 또 한 번 껴안았다. 바로 옛날 그때처럼 두 사람 사이에는, 두 사람 앞에는 인생이 있었다.

요한 모리츠는 이제 인생을 두려워하지 않았다. 날이 밝기 전에 그들은 일어났다. 그들은 서로 수줍어했다.

"우리들은 이젠 13년 전처럼 젊지는 않아요. 속히 집으로 가봐야지요." 스잔나는 말했다.

그는 웃기 시작했다.

그들은 다음 날 밤도 같은 장소에 오기로 했다.

"이제부턴 매일 밤 여기 와야. 여기서만 우리는 다정해질 수 있을 것 같아. 여기는 정말 판타나 그대로야. 나는 판타나에 있는 것 같은 기분이 들어. 그 동안에 있던 모든 일은 실제로 있었던 일 같지 않아." 요한 모리츠는 이렇게 말했다. 집으로 돌아오는 길에 그들은 마주보고 웃었다. 이제야 서먹서먹하던 기분이 가셨다. 그는 몇 번이고 스잔나의 허리를 휘감았다. 스잔나는 모리츠가 하는 대로 내맡겼다.

"그런데 여보, 난 조금도 고단하지 않아. 내일 아침부터라도 일자리를 구하러 페드로와 함께 나갈 테야. 이 이상 더 기다릴 필요는 없잖아? 우리들은 어서 방을 두 개 얻어야 해. 그렇게 되면 돈도 벌게 되고 행복해질 수도 있을 거야."

스잔나는 요한에게 우선 며칠 동안 쉬라고 권유했다. 그러나 모리츠는 결심이 돼 있었다.

"내일 아침 페드로와 함께 나가야겠어. 나는 일하는 습관이 밴 사람이야. 13년 동안 아침부터 저녁까지 일만 했으니까. 그 동안은 정말 힘들고 고된 일 뿐이었지."

그들은 가게 앞에서 걸음을 멈추었다. 진열장은 휘황하게 불이 켜진 대로 있었다.

"처음 번 돈으로 당신에게 구슬 목걸이를 사주지. 저 붉은 구슬이 마음에 들지 않아?" 요한은 물었다.

스잔나는 가격을 살펴보고 나서 요한을 쳐다봤다. 무어라고 대답해야 좋을지 몰랐던 것이다. 야니가 돌아오면 구슬 목걸이를 사주리라는 그녀의 꿈이 그대로 실현되었기 때문이었다.

"우리는 이젠 결코 떨어지지 않겠어요." 스잔나는 말했다.

"내일부터 일을 시작하면 토요일에는 목걸이를 사게 될 거야."

그들은 집 가까운 길로 나왔을 때 거의 날이 밝아 있었다.

모리츠는 스잔나를 껴안고 입을 맞추었다.

"집에선 당신과 입맞출 수는 없단 말이야. 녀석들이 아마 놀려댈 걸. 그 녀석들은 우리를 늙은이 취급을 할 테니. 그러나 우리는 늙지 않았어. 어때, 내 말이 옳지? 우리는 늙은 편은 아니지?" 요한 모리츠는 말했다.

집 앞에 조명등을 켠 트럭이 한 대 서 있었다.

모리츠의 심장은 대번에 두근거리기 시작했다. 그는 석방장이 들어 있는 호주머니를 만져보았다. 그 서류는 틀림없는 것이었다. 그러나 그는 불안스러웠다. 트럭은 수용소의 그것과 비슷했다. 헤드라이트도 그처럼 반짝반짝 빛을 내뿜었다.

모리츠는 석방장이 다 갖춰져 있고 또 현재 그걸 지니고 있다는 것을 잘 알고 있었다. 세 개의 헤드라이트가 모두 그와 같은 불빛을 내비치고 있다는 것도 잘 알고 있었다.

"왜 떨고 계세요." 스잔나가 물었다.

그는 대답하지 않았다. 그러나 집으로 재빨리 들어갔다.

층층대를 올라가는 도중에 자기들 집에서 나오고 있던 두 헌병을 만났다.

그들은 요한 모리츠의 아이들을 깨워가지고 페드로에게 내일 아침 7시까지 한 사람당 50킬로씩 짐을 준비해가지고 문 앞에 모여 있으라는 통고를 했던 것이다.

그러나 그들은 요한 모리츠를 계단에서 만났으므로 그에게도 이런 통고를 되뇌었다.

"내일 아침 7시까지 문 앞에 모여 있도록 하시오."

"어디로 데려갑니까?" 스잔나가 물었다.

"동유럽의 외국인 전부 피감금자(被監禁者)입니다. 이것은 정책이오. 당신네 나라는 서양의 연합국과 전쟁중이오. 그러나 걱정할 건 없어요. 수용소는 아주 살기 좋게 돼 있으니까. 당신들은 미국인과 똑같은 급료를 받게 될 거요. 단지 안전책에 불과하오. 겁낼 건 없어요. 당신들을 붙잡아 가는 건 절대로 아니니까."

그날 밤 요한 모리츠는 도망갈 궁리를 했다.

이전에 시의 군정관이 프랑스 사람을 그가 어떻게 구출해냈는지 알려 달라고 청해 온 일이 있었다. 그 때 그는 그 말을 믿었다. 그런데 믿었던 탓으로 해서 그는 그렇게 오랜 세월을 갇혀 있었던 것이다. 그래서 이제 요한 모리츠는 어떤 말도 그대로 믿을 수가 없었다. 그는 다하우의 수용소에서 열여덟 시간 전에 짊어지고 온 부대를 도로 둘러메고 작별 인사를 하려고 아이들을 깨웠다.

페드로는 도망갈 준비를 한 아버지를 보고 웃기 시작했다. 페드로는 유창하게 영어를 지껄이고 또 미국인들을 열심히 지지하는 편이었다.

"어디로 가시려구 이러십니까, 아버지? 그렇게두 생각이 없으세요. 저는 미국 사람을 잘 압니다. 미국인 친구도 많이 있구요. 저는 그들과 매일 밤 같이 놀구 있어요. 미국인이 체포하지 않는다고 하면 그 말을 믿으셔도 돼요. 헌병이, 이건 단지 정책이라고 말한 것은 우리도 미국인과 같은 급료를 받고 맛있는 커피라든가, 담배라든가, 초콜릿을 준다는 말이에요. 그리구 우리들은 일할 필요조차 없어요. 도망치다니 말이 됩니까. 아버지는 미국 사람을 몰라서 그러세요."

요한 모리츠는 알고 있는 이것저것들을 생각해보았다. 고통을 겪어온 여러 가지 일을…… 보아온 여러 가지 일을…… 그러고는 페드로를 바라보았다. 자기가 알고 있는 사실을 이야기해주어서 아들의 꿈을 건드리고 싶지는 않았다.

요한 모리츠는 짊어졌던 부대를 도로 내려 탁자 위에 놓았다. 그는 어디로 도망쳤으면 좋을지 알 수 없었다. 미국 사람한테서 빠져나가면 러시아 사람에게로 가는 것이 된다. 러시아는 더 나쁘다고 하지 않는가. 그렇다고 페드로가 그에게 한 이야기가 전부 옳다는 말은 아니었다. 그는 어떻게 처신해야 할지 알고 있었지만 너무 피로했다. 이제는 더 도망칠 기력조차 없었다.

그대로 또다시 체포되도록 머물러 있을 수밖엔 별 도리가 없었다.

"네 말이 옳다. 도망친다는 건 어리석은 짓이야." 요한 모리츠는 페드로에게 말했다.

페드로는 아버지의 어깨를 다정스레 두드리며, "우리들은 미군에 지원병으로 참가하는 겁니다. 우리는 러시아 놈들을 격퇴했을 때에야 비로소 루마니아로 돌아가게 될 겁니다. 이건 문명과 야만의 전쟁입니다. 아버지도 지원병이 되지 않으면 안 돼요."

요한 모리츠는 아들의 말은 하나도 듣지 않았다. 그는 울하우, 하이르브룬, 코른베스트하임, 다름슈타트, 올드루프, 지켈하임의 철조망과 지금까지 갇혀 있던 38 수용소의 철조망과 알렉산드로 코루가 사제와 트라이안이 죽은 수용소, 그가 하마터면 굶어 죽을 뻔했던 그 수용소들의 철조망을 눈 앞에 더듬어보았다. 그는 이들 철조망이 전부 자기 가슴속에 들어오는 것 같았다.

'나는 열여덟 시간밖에 자유롭지 못했다. 이제 나는 또 수용소에 들어간다. 그러나 이번은 유태인이라든가, 루마니아인, 독일인, 헝가리인, 또는 친위대(親衛隊)에 국적을 가진 자로 체포되는 것이다.' 그는 생각했다. 눈물이 자꾸 괴어올랐다.

"왜 짐을 꾸리지 않습니까, 아버지?"

베드로는 물었다. 아들은 출발할 생각에 무척 마음이 들떠 있었다.

"출발 준비는 이미 다 돼 있다. 나는 13년 동안 수용소에서 수용소로 옮겨다니는 일만 겪어온 사람이야. 그래서 13년이란 세월을 언제나 출발 준비만 하고 살아 왔지. 너두 익숙해질 거야. 동정한다. 그러나 누구나 익숙해져야 할 걸. 사람들은 이제부터 수용소와 가시 철조망과 수송대 (輸送隊)밖에 보지 못할 거니까. 지금까지 백다섯 군데의 수용소를 돌아 다녔다. 이번이 백여섯 번째다. 유감스럽지만 나는 열여덟 시간밖에 자유 롭지 못했어. 죽기 전에 단 한 시간이라도 다시 한 번 자유를 가질 수 있을는지 없을는지 누가 알겠니."

　　요한 모리츠는 스잔나를 바라보며 "그러나 참으로 좋았어. 이젠 죽어두 한이 없어. 나는 이렇게 아름답고 즐거운 시간을 다시 가질 수 있을 줄은 생각지도 못했었지. 정말 판타나의 그때와 조금도 다를 바가 없었어. 그 렇잖아, 스잔나?" 하고 말하는 것이었다.

에필로그

"베스트 부인, 개인적인 문제로 당신에게 할 얘기가 있습니다."

엘레오노라 베스트는 두 손에 들고 있던 서류를 탁자 위에 놓고 루이스 중위를 쳐다보았다.

그는 자기 책상 앞에 앉아 다리를 꼬고 의자에 등을 기대어 담배를 피우고 있었다.

루이스는 외인 의용병(外人義勇兵)의 징병 사무소 소장이었다. 엘레오노라 베스트는 같은 사무실의 직원으로 통역이었다. 그녀는 루이스 중위 곁에서 6개월간이나 일했다. '왜 저이는 양말 대님을 매지 않을까?' 엘레오노라 베스트는 나선형으로 꾀어 그의 종아리에 흘러내리는 루이스의 양말을 바라보며 이렇게 생각했다. '왜 저렇게 말에 올라앉은 듯한 자세로 의자에 앉을까? 마치 선창의 뱃사공 같아! 더구나 루이스는 양가의 자손으로 대학도 나온 사람이 아닌가. 저 사람들의 사회적 개방이 어떤 정도인지는 모르겠지만 사무실 같은 데서 여자한테 종아리를 보여선 안 되는 거야.' 노라 베스트는 루이스가 입에 담배를 문 채 자기에게 손을 내민다든가 또는 마치 개한테 뼈다귀를 던지듯 탁자 위에 서류를 던져줄 때마다 뺨을 철썩 얻어맞는 것 같은 느낌이었다.

루이스 중위는 노라가 어떤 생각을 하든 도무지 관심이 없었다. 오히려 그와 반대로 자기에게 호의를 가지고 있거니 하는 태도였다. 그러나 그의 눈은 항상 두려운 표정을 짓고 있었다.

"무슨 말씀인지 들려주세요." 노라는 말했다.

"베스트 부인, 제 아내가 되어줄 수 없을까요?"

루이스 중위는 의자에 실은 몸을 더한층 뒤로 젖히고 몸까지 흔들기 시작했다. 네 발 달린 의자가 두 발만 서 있었다.

"전 당신의 아내가 될 수 없습니다. 루이스 씨."

"무슨 좋은 장래 계획이라도 있나요?"

"없어요. 그런 건 없지만, 제 대답은 '노'예요."

엘레오노라 베스트는 서류를 펼쳤다. 그러나 좀처럼 일이 손에 잡히지 않았다. 눈은 소송 기록을 보고 있지만 마음은 딴 곳으로 날개를 펴고 있었다. 노라는 2년 동안 수용소에 있었다. 그러다가 그녀가 체포되던 것처럼 자동적으로 석방되었다.

그녀가 수용소를 나왔을 때는 수중엔 돈이 한 푼도 없었고 더군다나 옷과 장식품 같은 건 남아 있지 않았다. 결혼 반지까지 사라지고 말았다. 모든 것을 송두리째 몰수당했던 것이다. 외국에 예금해둔 것까지도 몰수당했다. 성경에 나오는 욥처럼 알거지가 되었다. 트라이안이 죽었다는 통지를 받았다. 자살했다고 알려주었다. 그것 뿐이었다. 그 이상 트라이안의 죽음에 대해서 알 도리가 없었다. 그녀는 러시아 점령 지구로 되돌아갈 수도 없었고 또 어디고 먼 곳에도 갈 수가 없는 형편이었다. 그녀는 그대로 독일에 남아 번역가로 어느 신문사에서 일하게 되었었다. 그런데 동반구에 국적을 가진 자는 모두 억류하라는 명령이 내렸다. 전쟁이 선포되었기 때문이었다. 그녀는 또 억류자의 한 사람이 되었다. 자동적으로 그러나 이런 일은 처음 당하는 것은 아니었다. 그녀는 할 수 없이 외인 용병 징병 사무실의 통역이 된 것이다. 수용소 안에서 살고 있었다. 급료가 지불되고 식량과 배급을 받았다. 자유로운 시간에는 글도 썼다. 트라이안이 채 끝마치지 못한 《25시》라는 소설을 계속 써내려갔다. 그녀는 이 소설의 중요한 부분인 처음 4장의 원고 뭉치를 손가방 속에 숨겨둘 수 있었다.

장래의 희망 같은 건 생각지도 않았다. 그녀의 계획은 단지 이 작품을 완성하는 것뿐이었다. 그것은 적절히 말하자면 장래의 계획을 세우는 게 아니라 장래의 계획을 피하기 위한 한 수단이었다. 그녀는 이 일을 사랑하고 전력을 다했다. 그녀는 트라이안의 문체를 따르려고 노력했고, 트라이안 자신이 쓴 것처럼 이 작품을 완성시킬 작정이었다.

이렇게 해서 그녀가 쓰고 있는 한 장 한 장에서 트라이안을 가깝게 느낄 수 있었고, 또 그와 같이 쓰고 있는 듯한 마음이 들었던 것이다. 트라이안은 이 소설의 여러 가지 계획을 틈틈이 베스트에게 들려주었다. 그녀는 되도록 충실하게 트라이안의 의도를 따르기에 최선을 다했다.

"오케이!" 루이스 중위는 잠깐 있다가 이렇게 말하더니 "당신이 거절하는 이유를 들려주실 수 없을까요?" 하고 물었다.

"꼭 듣고 싶으시다면, 나이 차이가 너무 난다고 하겠죠."

"그건 넌센스요?" 루이스 중위는 유쾌한 듯이 웃었다.

"난 당신보다 한 살 위가 아닙니까? 당신의 신분 증명서를 본 걸요. 그런데 당신이 나보다 나이가 위라고 하는데, 도대체 그 주장은 무엇에 기인한 겁니까?……실은 그와는 정반대인데요."

"잘못 아셨습니다."

"괜한 농담은 그만하세요. 그럼 몇 살이시죠?" 루이스 중위는 물었다.

"다른 얘기나 해요, 네?" 노라는 말했다.

"당신의 나이를 알기 전에는 아무 얘기도 하지 않겠소."

"여자에게 나이를 묻는 건 실례가 아닐까요. 더욱이 이렇게까지 강요를 하시니. 정 그렇게 아시구 싶다면 알려드리지요. 제 나이는 9백 69세입니다. 더구나 여자가 나이를 말할 때는 언제나 사실보다 적게 말한다는 걸 잊지 마세요. 저는 그보다 더 나이가 많습니다." 노라는 말했다.

"오케이, 매두셀라 부인!" 루이스 중위는 꽤 즐거운 듯 이렇게 말했다.

그러나 엘레오노라 베스트는 웃지 않았다.

루이스는 노라가 자기 청혼을 허락하는 걸로만 알았다.

그러나 노라는 그에게 분명히 안 된다고 거듭 거절했다.

"노하시진 마세요, 루이스 씨. 그러나 저는 당신과 한 집에서 하루 24시간을 보낼 순 없어요."

"그건 왜요?"

"조금 전에 말하지 않았어요. 나이 차이가 난다구요. 당신은 친절하고도 이지적이며 상냥스런 청년이십니다. 다시 말하면 지금 세대의 모든 젊은 이들처럼 말예요. 그러나, 저는 딴 세계의 여자입니다."

"무슨 말인지 이해가 안 가는군요."

"그래서 제가 변명하기를 거부한 거예요. 당신이 못 알아듣는 건 당연해요. 저는 경험과 체념과 고뇌의 1천 년이란 세월을 과거에 이미 가졌던 것입니다. 오늘의 저를 만들어준 1천 년을 말입니다. 당신은 현재를 가진 분이에요. 어쩌면 미래까지도 가졌겠지요. 제가 '어쩌면'이라고 한 것은 그것을 의심해서가 아니라 사람은 결코 미래의 일까지 확신할 수는 없기 때문이에요." 노라는 말했다.

"지나친 궤변인데요!" 중위는 약간 신경질적으로 말했다.

"조금만 더 들어주세요, 루이스 씨! 페트라르카나 괴테, 바이런 경(卿), 푸시킨의 사랑의 고백을 들은 뒤에, 트라이안 코루가 저에게 사랑의 입김을 불어넣은 뒤에, 유랑 시인들의 노래를 듣고 그들이 내 앞에 마치 왕비 앞에서 꿇어엎드리듯 하는 걸 본 뒤에, 저를 위한 임금님과 기사(騎士)의 자살을 본 뒤에, 그리고 발레리와 릴케, 다눈치오, 엘리어트와 더불어 사랑이란 걸 얘기한 뒤에 담배 연기를 제 얼굴에 뿜으면서 하시는 당신의 청혼을 제가 어떻게 진실한 것으로 받아들일 수 있겠습니까?"

"한 여성에게 청혼을 하려면 괴테나 바이런, 또는 페트라르카가 되지 않으면 안 된다는 말입니까?"

"아니에요, 루이스 씨. 여자에게 청혼하려면 릴케나 푸시킨이 되라는 말은 아닙니다. 그러나 요는 그 여자를 사랑해야 한다는 말입니다." 엘레오노라 베스트는 말했다.

"그렇다면 우리들의 의견은 일치된 것입니다." 루이스는 신이 나서 대답했다. 그리고는, "내가 당신을 사랑하지 않는다고, 누가 말했단 말입니까?"라고 말했다.

엘레오노라 베스트는 미소를 머금었다.

"사랑은 정열입니다, 루이스 씨. 당신은 그런 말을 누구한테서 이미 들었는지 아니면 어디서 분명히 읽었으리라 믿어요."

"또 한 번 우리들의 의견이 일치하는군. 물론 사랑은 정열입니다." 중위는 말했다.

"그러나 당신은 아무런 정열을 느낄 수가 없습니다. 그건 비단 당신뿐만이 아니에요. 당신네들 문명국의 여러분께선 정열를 갖는다는 건 불가능한 일입니다. 사랑, 그 최고의 정열은 인간이라는 걸 누구나 함부로 바꿔놓을 수 없는, 유일무이한 존재로서 존경을 받는 사회에서만 존재할 수 있는 겁니다. 당신들 사회에서는 하나 하나의 인간을 완전히 바꿔놓을 수 있다는 걸 믿습니다. 당신은 인간으로서 판단하는 것이 아닙니다. 따라서 사랑한다고 여기는 여성을 하느님이나 자연에 의해 창조된 유일한 책──단 한 권의 한정판(限定版)으로 생각하지 않고 있어요. 당신들 나라에서는 인간은 모두 총서(叢書)로 만들어지고 있습니다. 그러므로 당신의 눈에는 여자라면 어느 것도 다 똑같은 가치로 보여질 뿐입니다. 그런 생각을 가지고 있는 한 당신은 사랑의 진미를 모르실 겁니다. 우리들 사회의 여인들은 그들이 사랑하는 여자의 마음을 포착하는 데 성공하지 못하면 그의 연인을 세계의 어떤 여자와도 바꿔놓을 수 없다는 걸 알고 있습니다. 그렇기 때문에 그들은 사랑하는 여자를 위해서 자살하는 것쯤은 별로 신기한 일이 아니지요. 그들의 연애는 거절당하면 그때는 다른 어떤 연애와 바꿔놓을 수가 없어요. 저를 진정으로 사랑하는 사람이란 제가 그를 행복하게 할 수 있는 단 하나의 여자라는 마음을 제게 심어주는 겁니다. 오직 저 혼자만이 말입니다. 그 사랑을 저를 이 세상 방방곡곡에서 찾아봐도 저와 같은 여자를 구할 수 없는 유일무이의 것이라고 생각하는 겁니다. 저도 그렇게 믿게 되구요. 제가 둘이 아닌 그 누구와도 같지 않은 존재라는 느낌을 제게 주지 않는 사람은 저를 사랑할 수는 없습니다. 사랑하는 사람한테서 이런 보증을 얻지 못하는 여자라면 사랑을 받고 있는 것이 아닙니다. 만약 그런 사랑을 받지 못한다면 저는 그 사람과 결혼할 수 없습니다. 당신은 그런 확신을 제게 보여주실 수 있습니까, 루이스 씨? 당신은 저야말로 당신에게 있어선 다른 여자와 바꿀 수 없는 존재라고 진정으로 생각하시는가요? 아무 데를 찾아봐도 저를 어떤 여자와도 바꿀 수 없을 것이라고 생각해본 일이 있으세요? 그렇지 않을 거예요. 만약 제가 거절하면 당신은 반드시 아내가 될 다른 여자를 구하실 건 확실해요. 그러구 또 그 여자한테서 거절당하면 당신은 다시 세 번째의 여자를 찾아보시겠지요. 제 말이 틀린다고 생각지는 않으시겠죠."

"옳은 말입니다. 그러나 당신한테 거절당한 건 참으로 유감스럽습니다.

아무리 생각해봐두 유감천만입니다."

"루이스 씨! 우리들의 이 중요한 공부를 계속하면 어떨까요?"

노라는 소송기록을 펼쳐들고 이렇게 말했다.

"이 수용소의 사람들이 모두 취직을 시켜달라구 지원했습니다. 누구나 할것없이 아이들과 부녀자와 노인들까지도 섞여 있습니다. 모두가 지원병이 되기를 원합니다. 모두가 당신들 편이 되어 싸우기를 희망합니다."

엘레오노라 베스트의 얼굴엔 가벼운 미소가 떠올랐다. 그녀는 서양에 있는 수많은 외국 시민들을 생각해보았다. 전부 러시아 사람을 겁내고 도망해온 사람들이었다. 모두 미국, 영국, 프랑스 쪽으로 도피할 장소를 마련하려는 것이었다. 그들이 가는 곳이 어떤 곳인지도 생각해볼 겨를이 없었다. 그저 러시아 군을 피한다는 생각뿐이었다. 야만성, 공포, 죽음, 고통을 피해온 것이었다. 맹목적으로 이 지점까지 달려온 것이었다. 후방으로 되돌아가서는 안 된다는 것만 알고 있었을 뿐이다. 저쪽 거기에는 피만이 있었다. 공포와 죄악만이 있었다. 그들은 러시아군이 없는 이 땅에 입을 맞추었던 것이다. 무릎을 꿇고 앉아 이 땅과 입맞추고 이 땅을 모든 희망과 모든 기대의 땅이라 불렀다. 이 땅을 보기도 전에 그들은 입부터 맞추었다. 그곳에서는 어떠하리란 것을 생각해보지도 않고서, 러시아 사람이 없는 땅, 그것만으로 충분했다. 누가 살고 어느 나라가 점령했다는 것들은 그들에겐 중요한 일이 아니었다.

그들은 그저 러시아 사람을 만나지 않기만 바랐을 뿐이다.

그런데 미국 사람들은 이들 피난민 대열을 체포했던 것이다. 그러나 그들은 화를 내지 않았다. 희망했던 땅에 온 것만으로 소원은 이루어졌기 때문이었다. 그들은 러시아에서 탈출하는 것만이 여생의 희망이었다. 계속해서 저쪽을 탈출해나오는 사람들도 마찬가지였다. 그래서 미국인이 그들을 체포해도 화를 내지 않았다. 설사 미국 사람에게 죽는 한이 있더라도 그들은 이의(異義)를 내세우지 않았으리라. 바야흐로 선전포고가 내렸기 때문이다. 제3차 대전의 포고가 내렸다. 피난민들은 피로와 기아 속에 구금되었다.

그들은 식량과 휴식과 일자리, 그리고 자유를 바라마지 않았다. 그러나 그것을 획득치 못해도 반항하려 들지 않았다. 그들에겐 러시아를 피해 오는 데 성공했다는 그 사실만이 중요했기 때문이었다.

미국인들은 서구 군대에 지원병으로 참가한 사람들에게 석방시켜준다는 약속을 했다. 그러자 모든 사람들은 지원병이 되기를 원했다. 전투를 하기 위해서가 아니라 더 이상 구금당하지 않기 위해서, 더 이상 기아로 뱃가죽을 움켜쥐지 않기 위해서.

"얼마나 멋진 감격적인 일이오!" 루이스는 말했다. "서양이 동양의 야만을 향해 싸우는 의의(意義)는 전세계에서 지지를 받고 있소. 모든 사람들이 그들은 사느냐 죽느냐 하는 절박한 시기에 도달했다는 걸 알게 된 거요. 이 싸움은 한 시대를 이룰 거요. 이 싸움은 역사상 유례가 없었던 겁니다. 문명한 서양 대(對) 야만의 동양, 바야흐로 세계대전은 일어났습니다. 역사상 최초의 세계대전."

루이스는 두 손을 마주 비볐다.

"이 싸움에 참가하는 것은 다행한 일이고 명예스러운 일이지요. 승리는 이미 우리들의 것이니까. 전세계가 문명화하게 될 겁니다. 이제는 영원히 전쟁은 없어지겠지요. 진보와 번영과 안락을 떠난 모든 것은 죄다 없어질 겁니다."

엘레오노라 베스트는 입가에 미소를 띠었다.

"당신은 하나도 감격한 사람 같지 않군요. 당신은 서양의 의의에 대한 정열을 가지지 않은 것 같은데요. 당신은 볼셰비키를 지지하는 것 아닌가요? 당신 혼자만 다른 생각을 하며 감격을 잃은 사람 같아요." 루이스가 말했다.

"감격한 사람은 한 사람도 없을 겁니다. 당신은 사람들이 감격했을 거라고 생각할 따름입니다!" 엘레오노라 베스트는 말했다.

"우리들의 지원병 전부는 반(反) 볼셰비키가 아니라는 말입니까?"

"아니죠. 반 볼셰비키지요. 그러나 단지 그것뿐이라는 말입니다. 그건 그들이 조금이나마 공포의 공기를 느끼지 않고 죽음과 굶주림과 형벌과 고통을 당하지 않고 자유롭게 산다는 걸 원하다는 것뿐입니다. 그들의 태도는 정치적이 아닙니다. 그건 죄악과 공포와 노예 상태를 목전에 둔 사람들이 취하는 태도입니다." 엘레오노라 베스트는 말했다.

"그 밖에 또 무엇을 바란다는 겁니까? 그건 그들이 서양의 이익을 위해 완전히 몸을 바친다는 뜻이지요. 왜냐하면 우리들은 그들에게 자유와 평화와 그리고 옹호와 민주주의를 주기 위해서 싸우는 것이니까!" 루이스는 말했다.

"말에 현옥(眩惑)당해서는 안 됩니다, 루이스 씨. 당신이 '제 3 차 대전' 이라고 말하는 이 전쟁은 서양 대 동양의 전쟁이 아닙니다. 좀더 파고들 어가보면 설혹 전선이 극지(極地)에서 극지로 퍼지고 지구 전체를 덮어 버린다 해도 그건 전쟁이 아닙니다. 이 싸움은 서구 기술 사회의 테두리 안의 혁명밖엔 아무것도 아니에요. 그건 단지 내부적 혁명이고 그야말로 서양적인 혁명입니다." 엘레오노라 베스트는 말했다.

"그러나 우리들은 동양과 동유럽 전체와 싸우고 있는 걸요!" 루이스는 말했다.

"모르는 말씀입니다. 당신네의 서양이 당신들 문명에서 나온 일부분과 싸우고 있는 거예요." 엘레오노라 베스트는 반박했다.

"우리는 러시아와 싸우고 있어요."

"러시아는 공산주의 혁명 후로는 서구 기술 문명의 최전선의 한 분파 입니다. 러시아는 서양의 합리적인 이론을 섭취해서 단지 그걸 실행했을 뿐입니다. 그것은 서구에서 배운 것처럼 인간을 영점(零點)에다 내려놓습 니다. 러시아는 거대한 기계로 모든 사회를 일변시켰습니다. 그것도 서구 에서 배워온 겁니다. 야만과 미개인이 할 수 있는 유일한 방법으로 서양을 본뜬 거지요. 러시아가 공산주의 사회에 제공한 유일한 러시아적인 그것은 광신과 야만입니다. 실로 그것뿐입니다. 소비에트연방의 그것은 피의 갈망과 광신 이외에 전부 서양에서 가져온 것이지요. 그리고 당신들은 서양 문명의 그 부분, 즉 서구 기술 사회에서 공산주의로 넘어간 한 부분과 투쟁하는 것입니다. 이 제 3 차 대전은 서구 기술 사회의 내부에서 폭발되었고, 또 진행중인 내부 혁명에 불과하지요. 그러니까 그 이외의 것이 될 수 없다는 점도 이런 이유에서입니다. 서구 사회의 대서양 부문과 유럽 부문이, 서구적 공산군과 투쟁하는 겁니다. 이건 똑같은 사회의 두 개의 카테고리, 두 개의 계급 속에서 계속되는 내부 투쟁이지요. 그 예를 들어도 좋다면 1848년의 부르주아 혁명과 똑같은 확실한 계급적 혁명입니다. 동양은 서양의 이 내부 혁명에는 참가하지 않습니다. 서구 사회를 제외한 사람들은 이 혁명에 참가하지 않습니다. 이 혁명이 전형적인 서구 혁명인 한, 이 혁명은 인간의 행복을 위해서 생겨진 것이 아닙니다. 서구 사회는 인간을 가지지 않았습니다."

"통 이해할 수 없는데요."

"간단한 얘기예요. 서구 사회의 이해 관계는 인간들의 이해 관계가 아닙니다. 반대지요. 서구 기술 사회의 사람들은 초기 기독교처럼 무덤 속에서, 감옥 속에서, 유태인 거류지에서 인생의 테두리 밖을 헤매며 살고 있습니다. 그들은 몸을 숨기고 있습니다. 그들은 공공연히 살도록 허락되지 못했습니다. 어떤 곳을 막론하고, 특히 사무실 같은 데는 더 심했지요. 왜냐하면 당신들의 문명은 계단을 사무실로 바꿔놓았거든요. 아직도 여전히 인간으로서 존재하고 있는 인간은 할 수 없이 몸을 숨기고 있습니다. 그렇지 않으면 그들은 기술 법칙에 따라, 기계 법칙에 따라 살아야 하기 때문입니다. 인간은 단지 하나의 차원으로, 즉 사회적 차원으로 환원되어버렸습니다. 시민이라는 걸로 변형되고 말았습니다. 그것은 인간이라는 관념과는 이미 다른 용어가 되어버리고 말았습니다. 기술 사회는 인간을 모릅니다. 사회는 시민의 추상적 형태 아래서만 인간을 인식합니다. 그런데 사회가 인간을 인식하지 않는 한, 어떻게 인간을 위한 혁명이 있을 수 있습니까? 현실의 혁명은……특히 서구적 성격을 가지고 있는 경우에는 인간의 모든 이해 관계에 대해선 전혀 무관심합니다. 인간은 벌써 오래 전부터 당신들 사회에서는 프롤레타리아적 소수자로 되어버렸습니다. 그래서 어느 편이 현실 투쟁에 이기더라도 인간은 그 사회의 울타리 안에서 프롤레타리아로 남고 말 겁니다. 현실의 싸움은 살아 있는 노예, 피와 살을 가진 노예를 뒤에 거느린 로봇의 두 카테고리 간의 충돌입니다. 현재 진행중인 전쟁에서 인간은 참가자로 치지 않습니다. 그건 로마의 갤리 선(船)의 노예들이 로마 제국 전쟁에 있어서 참가자로 대우를 받지 못한 것과 똑같습니다. 그들은 단지 전쟁의 사슬을 짊어진 것뿐입니다. 사슬을 짊어지고서야 전쟁에 참가할 수는 없으니까요."

"그럼 이 수용소의 포로들은 그들 자신의 의사를 가지고 일하러 온 것이 아닙니까? 당신의 신념은 대단히 위험합니다. 나는 당신을 위협하는 것이 아니라 강력히 반대합니다. 각각의 지원자들은 그들 자신의 의사에 의해서 여기까지 온 겁니다. 당신은 우리가 그들 중 어느 한 사람에게라도 그것을 강요했다고 단언할 수 있습니까? 우리들이 그들 중 어느 사람이라도 거절했을 때 그들이 절망하는 모습을 당신은 직접 눈으로 보았을 겁니다. 우리들이 그들의 등록을 거절하면 그들은 자살한다고 도리어 위협했습니다. 이것이야말로 지원자의 행동이 아닐까요? 우리들보다 훨씬 열광적이지요. 지원을 거절당하면 무거운 형벌이나 받는 것처럼 보이지 않았던가요? 그랬지요?" 루이스는 반문했다.

"그들은 달리는 구원을 받을 길이 없습니다. 그들은 불길에 싸인 감방에 들어 있으니 단지 하나의 문으로 나갈 수밖에 없거든요. 이 문이 바로 지원자로 참가하는 원서일 겁니다. 그 문이야말로 매일 사무실에서 우리들이 받아들이는 진정서이지요. 이 진정서의 한 장 한 장은 어쩌다가 열려 있는 단 하나의 문으로 들이밀리는 절망의 부르짖음이지요. 모든 사람이 진정서를 보내옵니다. 동부에서 도피해온 유럽인뿐만 아니라 전 유럽인한테서 오는 겁니다." 엘레오노라 베스트는 말했다.

"그건 그렇지만 이 진정서는 그들이 불길 속에서 뛰어나오기 위한 단 하나의 문은 아닙니다. 그들은 러시아에서 살 수 있습니다. 왜 그들은 그렇게 하지 않습니까? 왜 그들은 우리가 있는 데로 오는 겁니까?" 루이스가 말했다.

"아니지요, 러시아로 가는 길을 사람들에게 가르쳐주는 건 불에 타고 있는 벽을 가리키는 것과 같습니다. 그들이 그 벽 위로 불타는 방 한가운데로 뛰어들 순 없어요. 벽을 넘어가면 불길과 죽음 속으로 뛰어드는 수밖에 없는 거지요. 어쨌든 단 하나의 문이나마 열려 있는 한 사람들은 불 속에 뛰어들진 못합니다. 그런데 그 문이 바로 우리들입니다. 그들은 피신하기를 원하지만 어느 쪽을 향해 이 문이 열렸는지 생각해볼 겨를이 없지요. 그들은 그것에는 관심이 없고 우선 밖으로 나가지 않으면 안 됩니다. 왜냐하면 그들은 곧 질식할 것 같기 때문입니다. 결국 문 쪽이 불에 타는 벽보다는 훨씬 나을 거라고 생각했기 때문입니다. 그래서 가령 사람들은 문 너머 저쪽도 불길에 휩싸였다는 걸 알지라도 그들은 역시 문을 택할 거예요. 최소한 한 순간이나마 불길을 보지 않을 수 있으니까. 그들은 아직 희망과 꿈을 가지고 있습니다. 그리고 그것은 아무것도 갖지 않는 것보다는 확실히 나을 거니까요. 이런 어리석은 꿈일망정 꿈을 지니고 있다는 것은 대단히 중요한 겁니다."

노라는 대답했다.

"당신은 모든 걸 비극적 각도에서 보십니다. 지원자들은 당신처럼 생각지는 않지요. 우리들이 그들의 원서를 수리해주면 참으로 감격할 것입니다. 그들은 생명을 내걸고 우리들의 목적이자 또 그들의 목적을 위해서 싸우는 것이지요. 그들은 우리의 우수한 병사들입니다. 문을 열고 사무실 앞에서 기다리고 있는 사람들을 좀 보십시오. 몇 백 명, 몇 천 명은 됩니다. 모두들 지원병으로 참가하기를 원합니다. 모두들 문명의 크나큰 목적을 위해서 싸우려는 겁니다. 모두들 내일의 위대한 승리를 차지하려 그들의 생명을 바치겠노라고 맹세합니다. 이 승리는 사람들에게 행복과 문명과 평화와 빵과 그리고 자유와 민주주의를 가져다줄 겁니다. 당신은 그렇게 생각하지 않습니까?" 루이스는 물었다.

"아니에요, 사람들은 이 싸움을 믿지 않습니다. 그들은 저처럼 분명하게 생각을 못하겠지요. 그들은 이 이상 생각하기에는 너무도 많은 고통을 겪어왔습니다. 그들은 아무것도 생각지 않을 겁니다. 저처럼 느끼긴 하겠지요. 저와 똑같이 괴로워하고 저와 같은 절망을 품고 있습니다. 전(全) 유럽은 저와 똑같이 느끼고 있습니다." 엘레오노라 베스트는 대답했다.

"실례를 들어 말씀드리지요. 베스트 부인! 나는 지원자로서 참가한 사람들이 얼마나 우리 앞에 열광적으로 협력한다는 걸 당신에게 증명해드리지요. 하나만 예를 들겠습니다. 그것도 아무나 손에 잡히는 대로 선택하지요."

루이스 중위는 일어섰다. 그는 문을 활짝 열어놓았다.

"보십시오. 오늘도 5백 명 이상의 사람들이 기다리고 있습니다." 그는 문 앞의 긴 행렬을 가리키며 말했다.

"첫 번째 사람 들어와."

루이스 중위는 문 앞에서 기다리는 첫 번째 사람을 사무실 안으로 불러들였다. 그 사람은 혼자가 아니었다. 그는 아내와 세 아이를 데리고 있었다.

검은 머리칼에 관자놀이가 희뜩희뜩한 사나이였다. 뺨은 다소 여위고 초조한 안색이었다. 크고 검은 눈은 슬픔을 띠었으나 아름다웠다.

노라는 그의 눈을 바라보고 '정신의 숭고함에서 우러나는 우울이 서려 있구나' 하고 생각했다.

노라 앞에 서 있는 그 사나이는 노동자였다. 그러나 그의 정신은 눈동자 속에 빛나고 있었다. 그것은 정신의 숭고성을 의미했다. 그의 슬픔은 단순한 육체적 슬픔이 아니었다. 실로 영혼의 슬픔이었다.

그의 옆에 붙어선 아내는 좀 큰 푸른 옷을 입고 있었다. 그녀의 금발엔 흰 머리가 섞여 있었다. 그녀도 정말 아름다웠다. 단지 용모만 뛰어난 것이 아니었다. 여성적인 그녀의 태도도 훌륭했고 전신의 털구멍에서 광채를 내뿜는 것 같았다.

엘레오노라 베스트는 동생을 대하듯이 웃어 보이고 싶었다. 그러나 그녀는 눈을 내리깔고 있었다. 슬프고도 불안스런 모습으로.

한 아이는 검은 눈매였다. 자기 아버지의 눈과 비슷했다. 그러나 그 아이의 눈에는 슬픈 빛이 없었다. 그의 타는 듯하고도 대담한 눈은 호기심으로 가득차서 노라를 바라보고 있었다.

또 한 아이는 눈을 내리깔고 있었다. 금발이었다. 무슨 다른 생각을 하는 듯 시무룩한 얼굴이었다.

제일 작은 아이는 네 살쯤 되어 보였다. 이 어린애는 고수머리에 푸른 눈이었다. 노라는 이 아이가 사낸지 여잔지 분간할 수가 없었다. 그러나 천사처럼 아름다웠다.

"가족이 모두 참가를 희망합니다. 그들이 당신과 같은 생각을 하고 있는지 좀 알아보세요. 그들은 절망 속에서 여기로 탈출해 왔는지 아닌지를 당신은 곧 알게 될 겁니다. 그들이 우리 곁으로 찾아온 것은 그들이 자유와 정의를 갈망하고 있기 때문이지요. 그들의 참가 지망은 그들의 평화와 문명을 위해서 싸우겠다는 희망을 가졌기 때문이지요. 물론 그들은 그것을 의식하고 있겠지요. 그들에게 물어보세요. 당신이 알고 싶다든가 또 확인하고 싶은 것을 말입니다." 루이스 중위는 말했다.

"그럴 필요는 없어요. 저는 이분들이 마음속에 지니고 있는 걸 알고 싶지 않습니다. 제 고민은 저 혼자만으로 족합니다. 다른 사람들의 갈망을 저에게 안겨주는 일은 시키지 말아주세요. 늘 당신에게 하던 대로 당신 자신이 심문을 하십시오. 저는 그만두겠습니다." 노라는 대답했다.

"무엇이든 당신이 바라는 걸 물어보세요. 반드시 당신 자신의 의견을 바꾸어놓을 거니까."

"알겠습니다." 엘레오노라 베스트는 말했다.

루이스의 마지막 언사는 명령과도 같았기 때문이다. 노라는 눈을 들어 앞에 있는 모자를 쓴 사나이를 쳐다보았다. 그의 시선과 마주쳤다.

"이름은?"

"요한 모리츠." 그 사나이는 대답했다. "저는 제 가족 전부와 함께 지원자로 참가를 희망합니다. 우리들 전부를 받아주시도록 알선해주십시오. 제 연령은 참작해주셔야 하겠습니다. 게시한 연령을 넘었으니까요. 그러나 저는 아직 젊은 기분을 가졌지요. 아이들은 또 너무 어린가 봅니다. 이 애들은 게시된 연령에 미달이지만 모두 정직하고 부지런합니다. 우리들은 게시에 적혀 있는 그대로 반(反) 볼셰비키입니다. 우리들은 수용소의 게시에 적혀 있는 대로 문명의 승리를 믿고 있습니다. 그러나 저희들 연령은 게시에 명시된 연령은 아니올시다. 하지만 인가증을 우리에게 내주시도록 부탁드리는 겁니다. 만약 당신이 저희들 전부를 받아주시지 않는다면 우리들은 어쩔 도리가 없습니다. 우리는 더 이상 살아갈 수가 없습니다." 검은 눈을 가진 큰 아이가 팔꿈치로 아버지를 툭툭 쳤다. 그가 너무 많이 지껄이는 것을 중지시키기 위한 암시였다.

요한 모리츠는 말을 중단했다. 그는 얼굴이 빨개졌다. 제일 마지막 말은 하지 말았더라면 싶었다. 실수를 한 것 같았다. 이런 실수를 해서 지원을 받아주지 않을까 걱정스러웠다.

"모쪼록 잘 부탁드립니다. 우리들을 받아주십시오! 우리는 모두 부지

런하고 정직합니다." 또다시 되뇌었다.

페드로는 그에게 좀더 다른 것을 이야기하라고 권했다. 그러나 그는 그러고 싶지 않았던 것이다. 그는 문명과 서양과 그 밖의 다른 여러 기지를 믿는다고 말하고 싶은 마음이었던 것이다. 그는 이런 이야기를 전부 할 수 없었다. 그의 입이 말을 들어주지 않았다. 그러나 아들은 사무실을 나가면 화를 내며 야단을 치리라. 그는 안타깝고 절박한 눈길을 이 책상에 앉아 있는 붉은 머리의 부인에게 던졌다. 그녀도 그를 쳐다보았다.

침묵이 흘렀다.

책상 앞에 앉은 여자는 부드럽고 아름답게 빛나는 눈매를 갖고 있었다. 요한 모리츠의 아내도 눈을 들어 책상 앞에 있는 그녀를 바라보았다. 아이들도 쳐다봤다. 그 여자는 물끄러미 모리츠를 바라볼 뿐 말이 없었다.

루이스 중위는 밖으로 나갔다. 엘레오노라 베스트는 여전히 아무 말도 않고 자기 앞의 사나이를 응시했다.

"당신은 트라이안 코루가를 아십니까?"

요한 모리츠는 깜짝 놀랐다.

"우리는 늘 함께 있었습니다." 그는 대답했다.

그는 수용소의 이야기를 하고 싶지 않았다. 페드로가 집에서 그런 말은 제발 하지 말라고 거듭 부탁했던 것이다.

"우리들은 마지막까지 함께 있었습니다. 그분과 코루가 사제님도 함께 계셨어요. 불행이 찾아온 순간까지 저는 트라이안 씨 곁에 있었습니다……."

모리츠는 입을 다물었다. 그러고 나서 또 계속했다. "그분은 제가 지금까지 보아온 사람 중에서 가장 훌륭한 분이었습니다. 인간이 아니라 성인이었습니다. 당신도 트라이안 씨를 아십니까?"

"나는 바로 그의 아내입니다."

요한 모리츠는 문에 기대서서 간신히 몸을 지탱했다. 그의 얼굴이 창백해졌다. 주머니에서 손수건을 꺼냈다. 그러나 손수건을 지니고 있지 않았다. 유리로 된 그 무엇이 손에 부딪쳤다. 트라이안 코루가의 안경이었다.

그는 오늘 아침 가죽으로 안경집을 만들려고 꺼냈던 것이다. 자기 보따리 속에서 깨어질까 염려스러웠기 때문이다.

그는 안경을 꺼내어 잠시 손에 들고 바라보았다. 그리고 이젠 자기가 집을 만들 필요도 없고 자기 보따리에 넣을 필요도 없다고 생각했다. 요한 모리츠는 안경을 엘레오노라 베스트의 앞 책상 위에 밀어놓았다.

"이것이 트라이안 씨의 안경입니다."

그는 기침을 했다. 목이 막히는지 더듬더듬 말했다.

"그분은 돌아가시기 전에 이걸 저한테 주며 부인께 전해달라구 부탁했습니다. 그분은 이걸 저에게 주고 곧 그 뒤……."

요한 모리츠의 목소리는 떨렸다. 그 이상 말을 할 수 없었다. 또 손수건을 찾아봤다. 안경집을 만들려던 가죽 조각밖엔 없었다. 그는 그것을 호주머니에서 끄집어냈다. 무엇을 해야 할 지 알 수 없었다. 그는 무엇이든 해야할 것 같아 그 가죽을 탁자 위 안경 곁에 놓았다.

"수용소에서는 시간이 충분히 있어서 그 안경이 깨지지 않도록 가죽으로 안경집을 만들 생각이었습니다. 부인께서 안경집을 만들어 넣어가지고 계세요. 그러면 깨지지 않고 좋을 겁니다."

"당신은 이제야 겨우 이 사람들이 진심으로 지원해 왔고 또 감격을 가지고 참가하러 왔다는 걸 알았지요?"

루이스 중위는 사무실로 들어오며 그녀에게 이렇게 물었다.

엘레오노라 베스트는 기침을 했다. 목이 꽉 막혀 있었다. 그녀는 억지로 태연스럽게 말했다.

"네, 저는 이젠 완전히 설득당했습니다. 이분들은 모두 제게 연령 면제증을 허가해달라고 부탁합니다. 모두 참가를 희망하고 있어요. 전 가족이 말예요."

루이스는 만족한 듯이 웃었다.

"면제증을 그들에게 허가해주시오. 그들에게 필요한 서류를 모두 만들어주도록 하시오. 나는 온 가족을 신문에 내기 위해 사진을 찍으렵니다."

루이스 중위는 제일 작은 아이한테로 가까이 가더니 머리를 쓰다듬어주었다. 그리고 그는 스잔나에게 물었다.

"이 아이도 역시 소련 사람이 싫다고 하지요, 그렇지요?" 스잔나는 눈을 내리깔았다. 그러나 그녀는 뭐라고 대답을 해야 했다.

"네, 그렇습니다. 이 아이도 소련 사람이 싫대요." 스잔나는 대답했다. 그녀는 요한 모리츠가 이 말을 듣지나 않았나 걱정했다.

모리츠는 이 말을 듣고 있었다. 스잔나는 입술을 물었다.

엘레오노라 베스트는 서류를 내놓았다.

"오늘밤 집으로 오십시오. 나도 이 수용소에 있습니다. 차나 함께 나누며 조용히 얘기하십시다. 당신은 트라이안에 관해서 아시는 대로 내게 들려주세요."

이렇게 말하는 노라의 눈동자는 흐려졌다.

"지금은 내가 묻는 데에 대답하세요. 1938년부터 지금까지 당신은 어디에 있었습니까? 죄다 말하세요. 조금도 염려하실 건 없습니다. 당신들의 소원은 승낙돼 있으니."

제일 큰 아이가 웃어 보였다. 목적은 이루어진 것이다. 그는 행복했다.

맨 작은 놈도 행복스러웠다. 루이스가 준 사탕을 얻어먹으며 하얀 이빨을 드러내며 웃었다.

스잔나는 눈을 내리깐 채로 있었다.

루이스는 사진기를 준비했다. 그는 요한 모리츠가 지원서를 쓰는 바로 그 시각에 전 가족의 사진을 찍을 참이었다. 모든 일이 정확해야 하니까.

"1938년에 저는 루마니아의 유태인 수용소에 있었습니다. 1940년에는 헝가리의 루마니아인 수용소에, 1941년에는 독일에 있는 헝가리인 수용소에, 1945년에는 미국인 수용소에 있었습니다. 그리고 바로 이틀 전에 다하우에서 석방되었습니다. 수용소 생활 13년이 끝난 나는 열여덟 시간 동안 자유스럽게 지냈습니다. 그리고, 또 이곳으로 끌려왔습니다……."

"웃어 봐요!" 루이스가 말했다.

그의 사진기 렌즈는 요한 모리츠와 그의 가족을 향해 돌려졌다.

모리츠는 엘레오노라 베스트를 바라보며 그가 살아온 수백 킬로의 철조망을 생각했다. 그는 그 철조망이 전부 그의 몸을 칭칭 감는 것처럼 여겨졌다.

루이스가 그에게 말을 걸었을 때 그는 들은 척도 하지 않았다. 영어를 모르기 때문이었다.

"이것이 1938년에서 오늘까지 지내온 길입니다. 수용소, 수용소, 수용소에서만 13년을 보냈습니다."

"웃어요!" 하고 루이스가 말했다.

요한 모리츠는 이 말이 자기에게 하는 말이라는 걸 눈치채고 노라에게 물었다.

"저 미국 사람이 뭐라고 하지요?"

"당신 보고 웃으라고 명령합니다."

모리츠는 탁자 위에 놓인 트라이안의 안경을 바라보았다.

그는 철조망 옆에서 쓰러져 죽은 트라이안의 모습을 보는 것 같았다. 그 수용소 주위를 둘러싸고 있던 수백 킬로의 철조망이 머리에 떠올랐다. 그는 코루가 사제의 절단된 다리가 생각났다. 13년 동안 겪어온 모든 일을 회상해보았다.

그는 스잔나를 바라보았다. 막내 애도 쳐다보았다. 그리곤 침울한 기분에 싸였다. 눈물이 와락 쏟아져나왔다. 웃으라는 명령을 받았지만 도무지 웃어지지가 않았다. 웃기는커녕 오히려 여자처럼 엉엉 울고 싶은 심정이었다. 절망에 싸여 몸부림을 치며 울고만 싶었다. 이것이 마지막인가 싶은 생각이 들었다. 이젠 더 멀리 갈 수가 없었다. 어느 누구도 이 이상 더 멀리 갈 수는 없으리라.

"웃어!"

장교는 요한 모리츠를 쳐다보며 명령했다.

"웃어! 웃어! 웃는 그대로 있어!……"

■ **감상과 해설**

1949년 파리에서 출간된 《25시》는 제 2 차 세계대전에 대한 가장 충격적인 증언을 전세계에 던져주었다. 그런데 이 작품의 특이한 점은 인류에게 엄청난 살상(殺傷)과 재난과 문화재의 소멸을 가져다준, 폭탄에 의한 전쟁의 참화 그 자체는 별로 다루지 않고 있다는 점이다. 그러면서도 이 작품은 유럽의 약소 국가 루마니아 출신의 순진한 농부, 요한 모리츠의 체험을 통하여 우연에 의해 씌워진 굴레, 인간의 숨겨진 잔학성, 기계적이고 획일적인 체제의 비인간성, 나아가 그러한 체제에 의해 지배된 유럽 문명의 모순과 장차 닥쳐올 위기를 파헤쳐놓았던 것이다. 이 작품이 제시한 이런 문제점은 전쟁이 끝난 지 반세기를 지난 오늘날에도 조금도 진부한 느낌이 없고 오히려 한층 새로운 느낌마저 든다.

전후의 세계 문단을 좌우하던 유럽 내지 프랑스 문단은 게오르규의 《25시》가 출판될 당시 크게 두 개의 실존주의 유파, 즉 가브리엘 마르셀 등의 가톨릭 사상가에 의하여 주도된 유신론적 실존주의와 사르트르, 시몬느 드 보브와르 등에 의하여 주도된 무신론적 실존주의로 나뉘어져 있었다. 이러한 분류는 사실상 역사와 현실에 대한 작가의 책임과 태도를 중심으로 이루어진 것으로, 전자는 전통적인 문학관에 입각한 미와 진리의 가치체계야말로 가장 영원하고 고귀한 것이며, 따라서 작가는 '실현(實現)의 역사가 주는 부담'에서 벗어나 참다운 창조에 전력해야 한다고 주장하였다. 이에 대하여 후자는 작가도 모든 사람과 같이 그 시대를 살아가고 있기 때문에 그 시대에 제기되는 문제들을 외면할 수 없으며, 따라서 작가는 당연한 의무로서 스스로 펜으로써 투쟁하면서 창조해야 한다는 참여(參與)의 기치를 들었다.

그러는 과정에서 결과적으로 전자는 과거의 문화적 유산과 가치관을 맹목적으로 답습하여 현대인에게 제기되는 문제들을 거의 도외시하게 되었으며, 후자는 현실 참여를 외쳤으나 그것은 현실 부정으로 기울어지게 되어 온갖 혼란만 초래하게 되었다. 그들이 주장하던 자유란 형이상학적이고 추상적인 개념으로 화하였고, 자유가 정작 필요한 공산국가에 대해서가 아니라 자유로운 나라에서 그와 같은 주장을 함으로써 결국 대중에게는 공염불이 되고 말았다.

이런 분위기 속에서 이 두 개의 정신적 유파는 그 시대가 가진 핵심적인 문제, 즉 모든 것이 기계화되고 있는 사회에 있어서의 개인 문제, 그리고 거시적인 관점에서 본 유럽 문명의 위기나 그에 대한 비판은 외면한 결과를 낳게 되었다.

이런 상황에서 언제나 사르트르적인 니힐리즘에 대해서, 그리고 뚜렷한 비전이 제시되지 않은 채 인간을 도외시한 기술의 개발만을 추구하는 유럽 문명에 대하여 비판적이었던 가브리엘 마르셀은 게오르규의 《25시》를 읽고 이 작품이야말로 2차 대전과 기계 문명, 그리고 실존주의 철학이 제기한 문제를 가장 생생하고 예리하게 다룬 것이라는 확신을 갖고 당시 파멸 의식에 사로잡혀 있던 프랑스 문단에 소개하였다. 그의 작품은 발표와 동시에 일부 비평가들의 외면에도 불구하고 공허한 유신론·무신론적 실존 철학에 대한 토론이나, 순수냐 참여냐의 논쟁을 무색하게 하는 일대 충격을 던져주었다.

게오르규(Constant Virgil Gheorghiu)는 1916년 루마니아의 라즈베니에서 전통적으로 그리스 정교의 신부를 많이 낳은 가문에서 태어났다. 종교적이고 학문적인 분위기 속에서 성장한 게오르규는 수도 부카레스트 대학과 하이델베르크 대학에서 철학과 신학을 공부하였고 특히 유럽의 상징주의 문학에 대하여 깊은 관심을 가졌다. 한때 그는 루마니아 외무성의 문화 사절 자격으로 외국에 나갔다가 전쟁을 맞게 되었다. 루마니아는 러시아 공산주의에 대한 공포 때문에 독일의 보호를 받다가 2차 대전이 발발하자 독일을 위시한 주축국과 함께 연합군에 대항하였는데 이로 인해 루마니아 시민권을 가지고 있던 게오르규도 한때 연합군의 포로 생활을 하게 되었다. 이런 체험을 토대로 1947년 명작 《25시》를 루마니아어로 썼으며 이어서 프랑스어 번역판을 파리의 파롱 사(社)에서 출판하자 그는 프랑스뿐만 아니라 전세계에 알려지게 되었고 절망을 통하여 가장 큰 감동을 준 소설가로 알려지게 되었다.

게오르규는 《25시》외에도 《제 2 의 찬스》, 《단독여행자》, 《다뉴브의 희생》, 《마호메트의 생애》등의 소설과 자서전적 작품이 있다. 그는 원래 시인으로서 24세 되던 1940년에 《설상(雪上)의 낙서》라는 시집으로 당시 루마니아 최고의 시인상인 '왕국 시인상'을 수상하였다. 그러나 전쟁을 겪는 동안 그는 체험을 작품화하는 데 있어서 보다 많은 사람들에게 감동을 주는 데에는 시보다 소설이 적합하다고 생각하고 그 후로 소설에 주력하였다.

루마니아인으로서의 긍지와 자기의 조국에 대한 사랑에도 불구하고 종전 후에 프랑스로 망명, 파리에 정주하였다. 현재 그는 소르본 대학 근처에서 그리스 정교회 사제로 있으면서 작품 활동을 하고 있다.

《25시》의 줄거리는 대략 다음과 같다.

선량한 농부 요한 모리츠는 악의에 찬 한 헌병에 의해 공문서에 유태인으로 기록된다. 그 때문에 헝가리로 탈출한 그는 '적국(敵國) 루마니아인'으로 채포되어 나치의 강제 수용소에 보내진다. 거기서 게르만 민족 연구가인 나치의 한 장교에 의해 순수한 게르만 영웅족(英雄族)의 후예로 인정되어 강제 노동의 감시병이 되었으나 노동자들의 탈출을 도와 연합국 지역으로 탈출한다. 그러나 이번에는 적국 병사로 체포되고 수용소에 갇히게 된다. 그가 이를 항의해도 수용소의 기계적인 관리 기구는 그의 호소를 무시한다. 전쟁이 끝나 우역곡절끝에 석방되어 아내와 자식을 만났으나 18시간이란 짧은 자유 시간을 보낸 그는, 다시 관헌의 소환을 받고 감금된다. 제 3 차 대전이 일어나 유럽에 사는 동유럽인들이 갇히게 된 것이다.

《25시》는 게오르규 사상의 핵심을 담은 작품이다.

주인공 요한 모리츠, 그의 순수하고 소박한 인간성과는 상관없이 그에게 씌워지는 운명의 굴레는 너무 혹독하고, 그리고 그의 불행이 갈수록 가중되는 것을 보면서 우리는 못내 신과 운명에 대하여 알지 못한 반항을 느끼게 된다. 솔제니친의 《이반 데니소비치의 하루》를 통해서도 우리는 이와 비슷한 느낌을 갖게 된다. 그리고 이와 같은 충격이나 느낌을 제외하더라도 우리는 이 소설의 미학적인 면을 발견할 수 있다. 이 소설의 구성은 주인공을 따라 전개되고 있지만 소설 내에는 《25시》라는 작품을 쓰고 있는 트라이안 코루가라는 소설가가 등장한다. 이 소설가는 게오르규의 분신으로서 이와 같은 설정의 예를 '누보 로망'의 효시라고 할 수 있는 앙드레 지드의 《사전꾼들》에서도 찾을 수 있다. 그리고 등장 인물은 별로 중요성이 없는 인물들까지 모두 도식적인 인물 묘사에 의하지 않고 작가의 중요한 행동이나 말, 습관에 의하여, 다시 말해 개인의 특성에 의하여 제시된다. 이런 신선한 충격을 주는 소설 기법은 누보 로망이 크게 부각한 소설 기법과 같은 것으로, 이밖에도 그의 언어의 날카로운 분석, 트라이안의 탄원서에 나타난 특색, 유머 등은 작품의 문학적 가치를 더해주고 있다.

그러나 무엇보다도 《25시》가 지니는 가장 큰 의미는 그것이 현대의 유럽 문명에 대한 비판과 그 기계 문명에 대한 예견을 보여준다는 점이다.

게오르규에 의하면 유럽 사회는 세 가지 훌륭한 유산을 상속받았는데 그것은 그리스인이 남긴 미(美)에 대한 사랑과 존경, 기독교가 가르쳐준 인간에 대한 사랑과 존중, 그리고 로마인이 보여준 정의에 대한 사랑과 존중으로, 현대 기계 사회는 이 세 가지 귀한 유산을 상실했다는 것이다. 그 결과 서구 사회에서의 인간은 자동성과 획일성의 원칙에 의하여 개성과 본래의 인간성을 잃게 되었고 인간은 불완전한 기술 노예로 전락하여 완전한 기술 노예인 로봇을 따르지 않으면 안 되게 되었다. 그리하여 결과적으로 서양 문명이라는 시계는 '25시'를 가리키는 것이다.

'25시'란 최후의 시간 다음에 오는 시간, 즉 메시아의 구원(救援)으로도 아무것도 해결할 수 없는 시간대를 의미한다.

그러면 우리에게 희망은 전혀 없는 것인가?

게오르규는 기계에 의하여 움직여지는 사회가 붕괴되면 인간적인 가치와 정신적인 가치의 르네상스가 이루어질 것이고, 그러한 광명은 공산주의 국가가 아닌 동방 세계로부터 온다고 보고 있다. 그는 동양인은 기계의 노예가 되지 않고 기계를 정복하여 정신과 기술의 조화를 이룩함으로써 새로운 인간적인 가치와 인간 구원의 진리가 존중되는 세계를 창조할 것이라고 예언하고 있다.

그러한 예언이 어떻게 실현될 것인지 확실히 알 수 없으나 현재 여러 가지 징조로 보아 서양 문명이 동양 특유의 정신 문명의 영향을 받아들여 어떤 조화를 구하지 않으면 안 된다고 하는 사실은 뚜렷한 사실이다. 요컨대 《25시》의 예언이 문자 그대로 맞고 맞지 않고가 문제가 아니라 인류가 과연 그의 비전에 따라 '인간 사회'를 통하여 나갈 수 있느냐 하는 것이 문제인 것이다.

25 시

- 저 자 / 게 오 르 규
- 역 자 / 김 양 순
- 발행자 / 남 용
- 발행소 / 一信書籍出版社

주 소 : 1 2 1 - 1 1 0
　　　　서울 마포구 신수동 177 - 3
등 록 : 1969. 9. 12. (No. 10 - 70)
전 화 : 703 - 3001~6
FAX : 703 - 3009
대체구좌 / 012245 - 31 - 2133577

© ILSIN PUBLISHING Co. 1990.　　값 10,000원